dtv
premium

DANIEL THOMAS

LIED DER WALE

Roman

Deutscher Taschenbuch Verlag

MIX
Papier aus verantwortungsvollen Quellen
FSC® C006701

Originalausgabe 2013

Umschlagkonzept: Balk & Brumshagen
Umschlaggestaltung: Wildes Blut, Atelier für Gestaltung, Stephanie Weischer unter Verwendung von Fotos von Arcangel Images und Trevillion Images
Satz: Greiner & Reichel, Köln
Gesetzt aus der Arno 10,85/14˙
Druck und Bindung: CPI – Ebner & Spiegel, Ulm
Gedruckt auf säurefreiem, chlorfrei gebleichtem Papier
Printed in Germany · ISBN 978-3-423-24962-1

Golf von Alaska – hundert Seemeilen südöstlich der Küste. Die Silhouette des Mannes, der auf dem offenen Meer den Horizont zu erreichen versuchte, verschmolz mit dem Licht der frühmorgendlichen Sonne. Mit kräftigen Armbewegungen durchschnitt er das Blau – ewiges tiefes Blau, das dem Blick nicht erlaubte, seine dunkleren Schichten zu durchdringen. Weiter draußen, gegen das Gleißen der Sonne kaum wahrnehmbar, schien sich etwas von der See abzuheben und mit gravitätischer Langsamkeit auf ihn zuzubewegen.

Sein Herzschlag beschleunigte sich, als er die riesige birnenförmige Wolke aus Wasser und Luft zum Greifen nahe vor sich sah, prächtige zehn Meter hoch. In ihrem zerstäubenden Nebel brach sich das Licht.

Dann spürte er, wie die bereits erwartete Woge von etwas, das sich nur schwer benennen ließ – eine eigenartige Energie, eine Kraft, eine unsichtbare Macht –, auf seinen Körper prallte. Es war, als würde er eine Grenze überschreiten. Hätte man von ihm verlangt, diesen Zustand näher zu beschreiben, er hätte kläglich versagt. Das Einzige, was er wusste, war, dass diese Kraft nicht von ihm ausging, sondern von dem monströs anmutenden Etwas, das dem Rumpf eines U-Bootes nicht unähnlich sah. Mit einer Eleganz und Leichtigkeit, die in keinem Verhältnis zu seinem gewaltigen Äußeren stand, glitt der Koloss an ihm vorüber, während sein Blick, wie zur Begrüßung eines alten Bekannten, auf ihm ruhte.

Er berührte die schwartige Haut seines Freundes und verspürte einen feinen, äußerst angenehmen Impuls. Es war fast so, als wäre er an ein Ladegerät angeschlossen, als wollte sich etwas Größeres, Bedeutsameres auf ihn übertragen.

Als würde der Strom des Alltags, der ihn sonst so beharrlich mit sich riss, plötzlich aufhören, als würde er in einen Zustand vollkommener Leere fallen wie in einen weichen, warmen Traum, nur dass dieser Traum sehr real und voller Leben war. Als würde der Wal ihm vermitteln: »Alles wird gut.« Auch wenn er ahnte, dass dem nicht so war.

In der Redaktionsetage des ›Washington Chronicle‹ ging es wie immer hoch her. Telefone schnarrten im Sekundentakt, Redakteure schwirrten herum wie Fliegen über dem Mittagstisch, überall türmten sich Berge von Papier, die Kaffeemaschine ächzte, und der für die Raucher vorgesehene Raum schien sich, wie auf einem Gemälde von William Turner, in fahlen Nebelschwaden aufzulösen. Leah Cullin versuchte sich von der Hektik nicht anstecken zu lassen, während ihr persönlicher Sklave – so titulierte sich Leahs Assistent Nick Pherson selbst – die Unterlagen über das neue NASA-Projekt mit ihr durchging.

»Nick, hättest du die Güte, endlich weiterzulesen … Ich häng an deinen Lippen.«

»Nun, die sagen, die Satelliten sollen lediglich thermische Aktivitäten erforschen, Geoffrey meint auch, es handelt sich nur um …«

Weiter kam Nick nicht, denn Leah unterbrach ihn barsch:

»Egal, was Geoffrey sagt – wir recherchieren, wir finden die Wahrheit raus, wir informieren unsere Leser …« Und dann, betont lauter, denn Geoffrey Wilbert, Chefredakteur, Vorgesetzter und Leahs Lebensgefährte in einer Person, kam gerade zur Tür hereingeschlendert: »… oder auch nicht, kommt drauf an, welchem unserer Inserenten wir damit wieder auf den Schlips treten. Sonst stellen wir es lieber anderen, die sich nicht so leicht foppen lassen wie unser Dream-Team hier, anheim, unsere Leser zu informieren.«

Geoffrey, dem keine Silbe entgangen war, pflanzte sich lässig vor Madeleines Schreibtisch auf, ohne Leah auch nur eines Blickes zu würdigen, was sie noch mehr in Rage versetzte. Zwei Monate war sie nun dahinterher gewesen, einen Artikel über dieses neue Satellitenprojekt der NASA zur Erforschung thermischer Aktivitäten in der Erdkruste zu schreiben. Zwei Monate hatte sie sich von einer Instanz zur anderen gekämpft, um am Ende doch nur festzustellen, dass sie wieder am Anfang angelangt war. Leah war schon nahe daran gewesen, ihre Recherche abzubrechen, als es das Schicksal wollte, dass sie auf Bob Myers stieß, einen alten Kumpel aus der College-Zeit, der inzwischen für die NASA arbeitete. Er war zwar nicht direkt für das Projekt zuständig, hegte aber genug Sympathien für Leah, um seine Beziehungen spielen zu lassen. Und die waren offensichtlich gut. Denn einen Tag später wurde Leah bereits von dem Projektleiter angerufen, der ihr mitteilte, dass alle Türen und Tore für sie offen stünden. Erstaunlich, wie schnell ein ranghöherer Dienstgrad den Geist der Menschen beflügeln konnte. Besonders wenn es darum ging, das Gerücht zu zerstreuen, die Erdkruste in China wäre nicht das Einzige, auf das die Sensoren aus dem All gerichtet seien.

Und trotzdem hieß es plötzlich, »die netten Jungs, die seitenweise bei uns inserieren, um ihre netten Produkte zu verkaufen«, seien sich uneins darüber, ob man überhaupt über das Thema berichten sollte. So weit war es mit der hochgelobten Pressefreiheit gekommen.

Geoffrey, ein Meister im Ignorieren von Anspielungen, überging Leahs sarkastischen Kommentar und wandte sich an Madeleine: »Ist dir David McGregor ein Begriff?«

Die Frage klang beiläufig, und der Dackelblick, den er dabei aufsetzte, diente einzig und allein dazu, die Harmlosigkeit seiner Worte zu unterstreichen. Was ihm nicht ganz gelang.

Leah fiel beinahe die Tasse aus der Hand, als sie McGregors Namen hörte, eine Reaktion, deren Heftigkeit selbst Geoffrey verblüffte. Sie war blass geworden. Für einen kurzen Moment stand ihr McGregor deutlich vor Augen, sein intensiver Blick, sein schelmisches Lächeln, sogar die feingliedrigen Hände, mit denen er sich gelegentlich durchs Haar strich.

»McGregor, der Wall-Street-Guru?«, fragte Madeleine.

»McGregor, der Walretter – aber ja, ein und derselbe. Wir haben einen Tipp bekommen, er hat anscheinend Dreck am Stecken, veruntreut angeblich Spendengelder und so'n Zeug.« Geoffrey genoss es sichtlich, Leah zappeln zu sehen.

Leah konnte sich nicht länger beherrschen: »Von wem kommt der Tipp?«

Ha, nur zwei Sätze, und sie hatte bereits angebissen. Geoffrey hatte große Mühe, sich den Triumph nicht anmerken zu lassen. Jetzt bloß keinen Fehler machen! Also ignorierte er sie geflissentlich weiter und sagte zu Madeleine: »Ich möchte, dass du der Sache nachgehst, könnte 'ne heiße Story werden – «

»Hey, Mister, ich hab dich was gefragt!«, unterbrach ihn Leah sauer. Doch ohne sie eines Blickes zu würdigen, begab sich Geoffrey zurück auf den Weg in sein Allerheiligstes.

»Und, Madeleine, wo auch immer du gerade dran bist: Gib's jemand anderem und ab geht's.« Damit verschwand er in seinem Büro. Es gab wohl keinen, der es besser verstanden hätte, einen so auflaufen zu lassen. Aber dieses Mal hatte er die Grenze eindeutig überschritten. Leah sprang von ihrem Stuhl auf und stürzte Geoffrey hinterher.

Der ließ die Tür zwar ins Schloss fallen, blieb jedoch direkt daneben stehen und wartete. Als er ihren stampfenden Schritt vernahm, riss er die Tür auf und Leah stolperte an ihm vorbei, mit hochrotem Kopf und durchaus in der Stimmung, alles, was sich ihr in den Weg stellte, niederzutrampeln.

»Wie kannst du es wagen, mich so vor meinen Leuten bloßzustellen?! Was zum Kuckuck glaubst du eigentlich, wer du bist?!«

»Dein Boss, Leah, ich bin hier der King, ich mach, was ich will, hab freie Hand ... Hab ich schon erwähnt, dass ich der Boss bin? Egal – wenn es dir nicht passt: Adios.«

»Adios? O.k., dann feure mich! Zeig, dass du den Mumm dazu hast!«

»Damit du 'ne Abfindung kriegst? Vergiss es.«

»Was willst du dann? Was für ein Spiel ist das hier?! Ich stelle nett eine Frage, du ignorierst sie, ich frag noch mal, du ...«

»Wer motzt hier seit einer Woche, wer antwortet nicht auf meine E-Mails?«

»Du gibst Madeleine so eine Story?! Das ist mein Ressort!«

»Was hab ich gesagt?« Geoffrey grinste über Leahs Schulter Madeleine zu, die nun auch in der Tür stand. »Sie wird anbeißen.«

»Du mieser kleiner Pygmäe – das war Absicht, ihr wolltet mich nur in dein Büro locken?! Zu dir komm ich noch«, zischte sie Madeleine zu, bevor sie an ihr vorbeirauschte und die Tür zuknallte, »na warte!«

»Kleiner Pygmäe lass ich nicht gelten«, rief Geoffrey ihr hinterher, »kleiner Pygmäe ist eine Tautologie. Ganz schön ärmlich für eine Topjournalistin.«

Keine fünf Minuten später hatte sich die Stimmung beruhigt. Während Geoffrey damit beschäftigt war, einen Platz für seine neue Golftrophäe zu finden – es war ihm endlich gelungen, Richardson von der ›Post‹ in seine Schranken zu verweisen –, thronte Leah auf seinem Sessel, ließ sich gnädig von Madeleine den Rücken massieren und scrollte durch die McGregor-Datei auf dem Bildschirm. Bereits als Leah seinen Namen vernommen hatte, wusste sie, dass sie am Haken hing.

»Es gibt wirklich keinen, der so ein mieses Gefühl für Timing hat wie du. Verdammt noch mal, klar interessiert es mich. Wieso kommst du ausgerechnet jetzt damit?«

»War nur 'ne Frage, vergiss es«, antwortete Geoffrey mit dem gleichgültigsten Gesicht der Welt. Er war sich seines Sieges sicher.

Auch wenn er es nie allzu deutlich zu zeigen versuchte, Geoffrey war verrückt nach dieser Frau mit der trotzig gewölbten Nase und den Dutzenden von Sommersprossen auf den Wangen. Geoffrey hatte sie gezählt, es waren genau siebenunddreißig, die sich unter ihren bernsteinfarbenen Augen gruppierten. Augen waren das, einfach unbeschreiblich … Warm und feurig konnten sie sein, als ob sie das Leuchten von Leahs wallendem kastanienfarbenem Haar zu übertrumpfen trachteten. Dann wieder schimmerten sie wie Opal, melancholisch und geheimnisvoll. Im Moment strahlten sie geradezu voller Unternehmungslust. Ein gutes Zeichen.

Natürlich kannte Geoffrey Leahs Antipathie gegenüber McGregor, die noch aus der Zeit stammte, als sie für den Wirtschaftsteil der ›Washington Post‹ Kolumnen schrieb. McGregors Fähigkeit, andere zu hintergehen und schamlos auszubeuten, war, so vermutete Geoffrey, der Grund für Leahs Aversion. Wie er damals den Leuten mit seinen Fonds das Geld aus der Tasche gezogen hatte, das gehörte schon zu den gepfeffertsten Mythen der Wall Street. Doch das war's dann auch. Hätte Geoffrey mehr über die Hintergründe gewusst, ja, hätte er nur im Entferntesten geahnt, was damals tatsächlich vorgefallen war, er wäre der Letzte gewesen, Leah auf den Iren anzusetzen.

Beladen mit Deli-Sandwiches und Caffè Latte, versuchte Nick die Tür zu öffnen, was ihm mit Madeleines Hilfe schließlich gelang. Nick vermutete bereits, worauf das Ganze hinauslaufen würde, und der Gedanke beflügelte ihn, während er sich zu den anderen gesellte. Endlich näherte sich die Chance zu beweisen, was er wirklich draufhatte, und den lästigen Habitus des Laufburschen und Mädchens für alles endgültig abzustreifen.

»Was, wenn ich drauf eingehe?«, tastete sich Leah weiter vor.

»Was, wenn es mit der Reise nach Cape Canaveral doch klappt?«, wollte Geoffrey von Leah wissen.

»Keine Ahnung, sag du's mir.«

Nervös rutschte Nick auf seinem Stuhl hin und her, er spürte deutlich, wie sein großer Augenblick näher rückte – jetzt bloß versuchen, nicht zu gierig zu klingen.

»Im Notfall übernehm ich das.« Bloß nicht zu schnell voranpreschen. »Natürlich nur, wenn's dir den Rücken frei macht, ist doch klar.« Klug eingefädelt, dachte Nick, doch Leahs ironischer Blick belehrte ihn schnell eines Besseren.

»Also, was weißt du noch darüber?«, erkundigte sich Leah weiter.

»Nun ja, er rückt sein Schiff nicht raus.«

»Aber er hat den Prozess doch verloren?«

»Kümmert ihn einen Dreck«, erwiderte Geoffrey. »Solange McGregor keinen Hafen anläuft, in dem ein Vollstreckungsbescheid auf ihn wartet, passiert ihm gar nichts.«

»Mit anderen Worten: Er kassiert Spendengelder für eine

lächerliche Zwei-Mann-Organisation zur Rettung der Wale, und keiner kontrolliert, wohin die Kohle fließt?«

»Eben. Bisher hat sich niemand die Mühe gemacht, ihn unter die Lupe zu nehmen. Die Frage ist, wie viel Geld bekommt er tatsächlich und wo geht das alles hin.«

Es überraschte Geoffrey nicht im Geringsten, nun genau das zu hören, was er von Anfang an von Leah zu hören erwartet hatte: »Ich brauch mehr Material, Nick, kümmerst du dich darum?« Geoffrey kannte seine Pappenheimer.

Die Kamera mit dem Megazoom an die Augen gepresst, lehnte Masao an der Reling der »SeaSpirit« und versuchte, etwas von dem Schauspiel mitzubekommen, das da draußen vor sich ging. Es war nicht das erste Mal, dass er damit beschäftigt war, David McGregors Begegnung mit einem Wal festzuhalten. Masao hatte inzwischen vier Filme durch den Apparat gejagt, doch er bezweifelte, dass sich etwas Brauchbares darunter befand. Mit dem Tele war es schon unter normalen Umständen schwierig, Bilder von bewegten Objekten einzufangen. Allein die Erschütterung durch ein Niesen ließ den Blick gleich um hundert Meter in eine andere Richtung schießen, und schon konnte man mit der Zielsuche von vorne beginnen. Hinzu kam, dass sich nicht nur das Objekt bewegte, sondern auch die Planken, auf denen er stand. Wenn man als an Wellen gewöhnter Mensch schon glaubte, man hätte festen Boden unter den Füßen, belehrte einen das hüpfende Motiv im Sucher eines Besseren. Das einzige Mal, dass er auf einem Schiff wirklich Übelkeit verspürt hatte, war beim Anblick des schwindenden Festlands durch ein Teleobjektiv gewesen.

Masao, Steuermann und Funker an Bord der »SeaSpirit«, beabsichtigte, spektakuläre Bilder zu schießen. Er wollte Fotos, die ins Herz trafen. Wie die Harpunen derer, denen er den Kampf angesagt hatte. Ja, er hatte sich mit Leib und Seele dieser Sache hier verschrieben. Dies war seine Welt, und es war ihm ein Anliegen, der anderen Welt da draußen klarzumachen, wie es, verdammt noch mal, auf den Meeren wirklich aussah, und dass die Zeit immer knapper wurde, um zu begreifen, dass beide Welten einander benötigten, dringend sogar, wenn sie ihr Überleben sichern wollten. Und er würde alles, was in seinen Kräften stand, dafür tun. Das war nicht immer so gewesen, doch daran wollte Masao nicht erinnert werden.

Sam steuerte auf seinen Kumpel zu und drückte ihm einen Becher mit dampfendem heißen Kaffee in die Hand.

»He, van Gogh, hat er das Ding endlich platziert?«

Ohne ein Wort zu verlieren, reichte Masao seinem Kumpel die Kamera und nahm einen tiefen Schluck. Sam justierte den Fokus eine Weile, bis ihm plötzlich die Kinnlade herunterklappte. Es sah fast so aus, als ob David auf dem Wal reiten wollte.

»Irgendwann mach ich das auch«, meinte Sam.

Masao konnte sich ein Grinsen nicht verkneifen. »Lern erst mal schwimmen.«

Sam warf ihm einen knappen Blick zu. Es war zu früh am Morgen und außerdem viel zu kalt für Scherze jeder Art. Also beförderte er die Kamera zurück in Masaos Pranke und verzog sich.

Der zoomte so nahe an David heran, dass man seine ergrauten Schläfen erkennen konnte, und betätigte mehr als zwanzigmal den Auslöser. Yep, genau so. Bilder wie diese waren es, die sie benötigten. Spektakulär eben. Unverzichtbar, wenn es darum ging, Flugblätter oder Plakate zu drucken oder in einem Vortrag zu glänzen. Bilder, die sich einprägten, Bilder, die belegten, dass eine friedliche Koexistenz zwischen Mensch und Wal möglich war.

Der Wal, der dies gerade zu bestätigen schien, trug den Namen Ketan – zumindest für die Besatzung der »SeaSpirit«. Es handelte sich um ein Prachtexemplar eines Blauwalbullen, fast dreißig Meter lang. David, mit knapp einem Meter neunzig innerhalb seiner Spezies auch nicht als klein zu bezeichnen, wirkte neben dem Giganten wie ein Madenhacker auf einem Nashorn.

Ketans Körper war, wie der jedes Großwals, mit Muscheln besetzt, die sich auf seiner ledernen Haut angesiedelt hatten. Majestätisch langsam glitt er durch das schillernde Nass, als spürte er, dass seinem Gast eine schnellere Gangart nicht gut bekommen wäre.

Für die Besatzung der »SeaSpirit« war Ketan etwas Besonderes, handelte es sich bei ihm doch um den ersten Wal, den sie erfolgreich vor einem norwegischen Walfangschiff schützen konnten. Das Ganze lag inzwischen Jahre zurück.

Damals waren etliche Journalisten an Bord der »SeaSpirit« gewesen. Und David, Masao, Sam und Joe hatten keine Minute gezögert, sich mit ihren Schlauchbooten in die Schusslinie der Harpunen zu manövrieren. Doch sie waren einigermaßen verblüfft, als die Norweger daraufhin das Schießen sofort einstellten und abdrehten. Was auf die Besatzung zunächst wie ein phänomenaler Triumph wirkte, ließ sich im Nachhinein leicht erklären: Zu dieser Zeit, in den Monaten um den Jahreswechsel 1997/98, waren über zwanzig Pottwale an der niederländischen Nordseeküste gestrandet. Zum Teil dramatische, aber größtenteils nutzlose Rettungsversuche beherrschten die Berichterstattung. Wale waren plötzlich in aller Munde – und das eben gerade nicht als Abendessen … Spendengelder flossen weltweit zur Rettung der Säuger, das kollektive schlechte Gewissen machte sich für ein paar Wochen Luft. In dieser Situation war es den Norwegern wohl klüger erschienen, den Fang aufzugeben, als mit aktuellen Bildern vom Abschlachten der Wale Öl ins Feuer zu gießen.

Doch das Verblüffendste war: Nach seiner Rettung verweilte

Ketan mehrere Tage in der Umgebung der »SeaSpirit«, ohne Anstalten zu machen, seine Route fortzusetzen. Keiner wusste genau, warum, nur David wertete es von Anfang an als Beleg für die ausgeprägte Sensibilität des Wals.

»Was gibt's daran nicht zu verstehen; er will uns seine Freundschaft zeigen.«

Um die Geste zu erwidern, begab David sich ins kalte Wasser und vertiefte die Beziehung zu seinem neugewonnenen, einzigartigen Freund. Bei jeder Gelegenheit. Und immer kam er wie berauscht von seinen Exkursionen zurück. Steve fing schon an, ihn auf die Schippe zu nehmen, denn David unternahm nicht mal den Versuch, ihnen zu erklären, was zwischen ihm und dem Wal vor sich ging. Wie hätte er auch beschreiben sollen, dass es da so etwas wie eine Verständigung gab, einen Austausch von Energien, von etwas, das sich jenseits des Verstandes abspielte. Es war ihm klar, dass dies eines der Dinge war, die man nicht einfach so erzählen konnte, ohne sich der Lächerlichkeit preiszugeben. Man musste es selbst erleben. Doch ohne dass sie sich untereinander abgesprochen hatten, unternahm kein anderer den Versuch, es David gleichzutun. Allen war klar, dass Ketan und David etwas Besonderes verband. Was immer sie da draußen miteinander zu tun hatten: Es war ihre ganz persönliche Angelegenheit.

Als dann der Technikfreak der »SeaSpirit«, Govind, endlich so weit war, den neuentwickelten Prototyp eines Minisenders zum Einsatz zu bringen, wussten alle, dass es für den Probelauf keinen geeigneteren Wal gab als Ketan. Der Sender, der mit einem Saugnapf auf der Haut des Wals befestigt wurde, sollte zum einen Fakten über Ketans Aufenthaltsorte sammeln, zum anderen Messdaten über Wassertiefe, Wasserdruck und verschiedene biologische Werte übermitteln. Damals verfügte die »SeaSpirit« noch nicht über ein Hightech-Center wie heute, sondern lediglich über einfache Ortungssysteme. Dennoch hätten sie Ketan mit dem Sender wochenlang auf der Spur bleiben können – wäre das blöde Teil nicht bereits einen halben Tag später wieder von der Haut des Wals abgefallen.

Seitdem war ihnen Ketan immer wieder begegnet. Ihn zu erkennen war nicht schwer, denn die Zeichnung seiner Haut war extrem auffällig. Dort, wo für gewöhnlich nur weiße Schecken die Haut eines Wals überzogen, zeigte sich bei Ketan ein über einen Meter großes, weißes Kreuz. Sie hatten eine ähnliche Zeichnung noch bei keinem anderen Blauwal gesehen. Dass er allerdings immer wieder nahe der »SeaSpirit« auftauchte, gab weiteren Anlass zu Diskussionen: War es so, dass der Riese das Schiff suchte, oder war es einfach nur Zufall?

Steve tendierte zur zweiten Erklärung. Wale mit menschlichen Eigenschaften zu belegen erschien ihm suspekt. David hatte für Steves Ansichten nur ein Lächeln übrig. Er und Steve hatten ihre Diskussionen über die Intelligenz und Empfindsamkeit der Meeressäuger schon lange ad acta gelegt. Wozu Worte vergeuden? Beide kämpften für die gleiche Sache, nur das zählte. Es gab nun mal gewisse Dinge, die nicht wissenschaftlich belegt waren – noch nicht. Und David hasste es, darüber rein theoretisch zu spekulieren. Entweder man machte seine Erfahrungen, und dann war es keine Frage des Glaubens, sondern alles baute auf der Grundlage eigener Erkenntnis auf. Oder man ließ es eben.

Jedenfalls war Ketan so etwas wie das Ehrenmitglied der SeaSpirit geworden, er gehörte zum Team.

»Unser bester PR-Mann«, scherzte Masao, »wir müssen ihm nur noch beibringen, den Dia-Projektor zu betätigen, und schon bleiben alle garantiert wach.« Der Seitenhieb galt Steve, bei dessen Vorträgen trotz seines angeblich sicheren Instinkts für »das, was die Leute hören wollen« so mancher Zuhörer einnickte.

Nachdem David seinen Zustand wieder so weit stabilisiert hatte, dass er sich seinem Vorhaben widmen konnte, beendete er sein halbstündiges Begrüßungsritual, richtete die Armbrust auf den Blauwal und feuerte sie ab.

Ketan reagierte nicht. Es schien ihm bewusst zu sein, dass dieser Akt für ihn keinerlei Gefahr darstellte. Vermutlich spürte er nicht einmal, wie der Pfeil mit dem darin befindlichen neuen Satellitensender seine Schwarte durchstieß, um sich in der darunterliegenden Fettschicht, dem Blubber, zu verhaken. Govind hatte es so ausgeheckt, dass der angebrachte Stopper ein tieferes Eindringen verhinderte. Dank einiger vorangegangener Versuche mit Schweinehälften, auf die sie ihre Armbrust abgefeuert hatten, hatte McGregor das Verfahren ausreichend erproben und als unbedenklich einstufen können. Noch dazu war die Blubberschicht des Wals schmerzunempfindlich und somit das beste Domizil für den nicht mal fünfzehn Gramm schweren Minisender, der auf diese Weise keine Gefahr lief, wieder im Meer verlorenzugehen – so wie bei der Saugnapfvariante. Der Sender – mittlerweile der vierte, den Ketan bekam – war kleiner als ein USB-Stick, aber dennoch in der Lage, präzise Daten über Standort, Tauchtiefe, Schwimmgeschwindigkeit, ja sogar Temperatur und Lichteinfall zu liefern. Mit seinen Angaben konnte der Wal auf mindestens zehn Meter genau geortet werden. Nach getaner Arbeit ließ sich David noch eine Weile neben dem Auge des Wals treiben, die beiden fixierten einander, das übliche Abschiedsritual, dann begann Ketan sich von ihm zu lösen. Er glitt dabei so knapp an David vorbei, dass der mit der Hand über seine Haut fahren konnte, während sein Freund langsam in der Tiefe verschwand.

Kaum fünfzig Meilen weiter südöstlich wälzten sich die tausend Bruttoregistertonnen der »Hikari« mit bleierner Schwere durch die Wellen, auf der, wie es schien, vergeblichen Suche nach Beute. Einige der Männer lagen noch in ihren Kojen und träumten von ›Tokyo Decadence‹, einem etwas ungewöhnlichen Film für die Besatzung eines panamaischen Walfangtrawlers, bei dem so ziemlich das Einzige an Bord, das an den mittelamerikanischen Staat erinnerte, offensichtlich die Flagge war, und selbst die stammte aus einem der Läden auf Hokkaido. Genauso wie der grüne Tee, den die weniger schlaftrunkenen Besatzungsmitglieder unter Deck im dämmrigen Licht der vom Zigarettenrauch verschmierten Glühbirnen zu sich nahmen.

Auf ihren Gesichtern lag die Unzufriedenheit darüber, dass ihr Fang bisher nicht gerade ergiebig gewesen war. Und das war alles andere als gut. Sie waren hier draußen, um das Leben aus den dicken Fettschichten ihrer Opfer zu schälen. Sie waren hier draußen, um das in ihrer Heimat so begehrte Fleisch dem Ozean zu entreißen. Sie waren hier draußen, um zu töten, keinesfalls, um Trübsal zu blasen. Sie waren die letzten Jäger einer aussterbenden Art. Nach ihnen würde es keine mehr geben, denn nach ihnen würde nichts mehr existieren, wonach es zu jagen lohnte. Jedem von ihnen war dies bewusst, und diese Gewissheit war die Ursache einer Schwermut, die in den Stunden des Nichtstuns wie ein Fluch auf ihnen lastete.

Die meisten hatten lediglich für eine Saison Arbeit auf dem Fangschiff gefunden, das in den letzten zehn Jahren nur noch illegal die Ozeane befahren hatte. Ob illegal oder nicht, interessierte keinen von ihnen, denn der Job war verdammt lukrativ. Mit ein bisschen Glück konnten sie hier in wenigen Monaten mehr verdienen als in zig Jahren zu Hause. Dafür lohnte es sich, ein gewisses Risiko einzugehen. Allen war bewusst, dass sie keine Wale schießen durften, schon gar nicht in diesem Gebiet, und wenn überhaupt irgendwo, dann nur die kleineren Walarten. Doch andererseits, wer kontrollierte sie schon? Sobald das Walfleisch in kleine Portionen aufgeteilt war, erübrigte sich die Frage nach der Herkunft. Wer sollte sie also davon abhalten, alles zu töten, was ihnen vor die Kanone kam?!

Steve half David an Bord der »SeaSpirit«. »Und, wie war's?«

David, hungrig, aber gut gelaunt, begann seinen Tauchanzug auszuziehen. Es kam ihm so vor, als wäre sein ganzer Körper auseinandergenommen und neu zusammengesetzt worden, sodass er, nach einer kurzen Phase der Anpassung, viel besser funktionieren würde.

»Die neue Befestigung ist klasse.«

Steve reichte ihm das Handtuch. Für einen Fünfzigjährigen hatte David immer noch eine erstaunliche Figur, einen durchtrainierten Körper, die Muskeln nicht übermäßig, aber gut ausgebildet, ein Bauchansatz war kaum wahrnehmbar. Nur die graumelierten Haare deuteten darauf hin, dass der Mann dabei war, seinen Zenit zu überschreiten. Dafür blitzten seine Augen umso unternehmungslustiger, und die vielen Lachfältchen verrieten, dass er Humor hatte.

»Was ist los mit dir?«, fragte Steve verwundert.

Davids Pupillen schienen überdimensional geweitet, und er erweckte den Eindruck, als hätte er Schwierigkeiten, seinen Gang zu koordinieren.

»Wieso? Alles bestens.«

Es war nicht immer leicht, nach einer Begegnung wie dieser wieder auf Normalbetrieb umzuschalten. David fühlte sich, als hätte er an einem Joint gezogen – sehr gelassen, fast schwerelos, abgesehen davon, dass irgendetwas in ihm noch zu vibrieren schien. Das alles stand für David zweifelsfrei in Zusammenhang mit dem Wal. Eine andere Erklärung konnte er jedenfalls nicht finden.

Masao kam hinzu. »Ketan war 'ne Ewigkeit bei dir.«

»Auge in Auge.«

Masao deutete auf Steve. »Er wird zwar sagen, es ist wieder nur Zufall, aber Ketan weiß genau, was da abgeht.«

»Ich will sie ja auch retten, muss ich sie deshalb menschlich machen?«, konterte Steve. Er war es leid, sich permanent rechtfertigen zu müssen, nur weil er nicht jedes Mal in grenzenlose Euphorie verfiel.

»Sein Gehirn ist tausendmal größer als unseres, Steve, der Vergleich zu deinem sprengt schon die Skala.«

Steve nickte geduldig, er war Masaos Spott gewohnt. »Mag sein, aber in Relation zur Körpergröße sieht's anders aus.«

»Nicht bei den Kleinwalen.«

»O. k., da ist es eben genauso wie bei uns. Und?«

Masao blickte gen Himmel, der Mann wollte es einfach nicht kapieren. »Eben. Wie bei uns! Abgesehen von der schlichten Tatsache, dass deren Gehirne schon seit Jahrmillionen so komplex sind und unsere erst seit schlappen vierzigtausend Jahren!« Mann, war Steve ein Spießer.

David klopfte den beiden wohlwollend auf die Schulter und schob Steve in Richtung Computerraum. Es brachte nichts, schon am frühen Morgen zu streiten, vor allem, wenn man nichts im Magen hatte.

Govind, der pummelige indische Computercrack, hatte es sich dort vor mehreren Monitoren bequem gemacht, seine Finger hämmerten mit der Sicherheit des Meisters über die Tasten – er wirkte, als wäre er mit dem Rechner verwachsen. Auf dem größten Bildschirm war eine Karte des Pazifiks zu sehen, in verschiedenen Quadranten blinkten hier und da etwa vier Dutzend Punkte.

»Also, wie sieht's aus?«, wollte David wissen, der mit Steve gerade den Raum betrat.

»Beep-beep-beep«, schnarrte Govind lakonisch.

David warf einen Blick auf den zweiten Monitor. »Wo ist Ketan?«

Govind deutete auf den blinkenden Punkt mit der Nummer 01, ohne dass seine übrigen Finger aufgehört hätten, die Tastatur zu bearbeiten.

Neben dem Bedürfnis nach Schlaf gab es für Govind fast nur einen Grund, seine Tätigkeit hier zu unterbrechen, und der trat ein, wenn Mareks Glocke zum Essen rief. Leider viel zu selten, wie Govind immer wieder beanstanden musste. Deshalb begannen sich seine Nasenflügel auch sofort zu weiten, als Marek mit einem Tablett durch die Tür polterte, denn aus dem Duft war unschwer zu schließen, dass Stärkung in Form von Omelett, Sandwiches und heißem Kaffee nahte. Ausgerechnet zwischen Govind und David musste Marek das Ganze platzieren: »Frühstück.«

Reflexartig begab sich die Hand des Inders auf den Weg, um seiner zweitwichtigster Beschäftigung nachzugehen. Allerdings wurde er darin von Marek barsch unterbrochen, der ihm auf die Finger klatschte. »Nicht für dich, Fresssack.«

Zustände waren das! Widerwillig und deutlich schlechter gelaunt versuchte Govind die Verlockung zu ignorieren, während David verfolgte, wie sich Punkt 01 weiter vom Schiff entfernte. »Bon voyage, alter Freund.«

Govind entging nicht, wie Steve dabei abfällig die Augen verdrehte. »Falls jetzt wieder eure kleine ›Diskussionsrunde‹ anfängt, verschont mich damit«, zeterte er in Steves Richtung. Nicht, dass er wie Masao ein Fanatiker war, was Davids Theorien anbetraf, aber noch weniger gehörte er zu Steves Fanklub. Niemand gehörte zu Steves Fanklub. Nicht mal Steve selbst. Er mochte sich auch nicht besonders in seiner Rolle, aber irgendeiner war ja wohl verpflichtet, den Sponsoren gegenüber eine Bastion der Glaubwürdigkeit darzustellen. Wale sollten gerettet werden, basta. Der Rest war Wunschdenken, Eso-Kram, dem jede wissenschaftliche Grundlage fehlte.

»Du willst das doch nicht alles alleine essen?«, flachste Govind und sah David an, der gerade dabei war, in ein Sandwich zu beißen.

Auf der Stelle reichte David es an Govind weiter, starrte auf neu eintreffende Daten auf dem Monitor und tippte mit der Maus auf Nummer 01. Govind warf Marek einen triumphierenden Blick zu, dann biss er genüsslich in die köstliche Mischung aus Brot, Käse, getrockneten Tomaten, Alfalfa-Sprossen und Mayonnaise.

Marek platzte der Kragen. »Wie ein Haifisch, nie satt. Und genauso dumm … dümmer«, entfuhr es ihm.

»Einhundertsiebenundvierzig Millionen Russen, David … warum musstest du gerade den da an Bord nehmen?« Govinds gespielt gelangweilter Ton verfehlte selten seine Wirkung auf den armen Marek.

»Pole! Ich heiße Polanski! Wie Regisseur! All der scharfe Curry hat Löcher in deinen Kopf geschmort, klingt Polanski nach russischem Namen?«

Marek war zwar durchaus bewusst, wie wichtig Govinds Tätigkeit für ihre Arbeit war, trotzdem konnte er an die Decke gehen, wenn er daran dachte, mit welchem Tempo der Inder in wenigen Tagen ihre gesamten Vorräte vernichtet haben würde. Ein Heuschreckenschwarm war ein Dreck dagegen.

Auf dem Monitor tauchten unter Punkt 01 neue Messdaten auf; dem schnell steigenden Wasserdruck war zu entnehmen, dass Ketan immer noch tauchte, jetzt schon in zweihundert Meter Tiefe.

Govind deutete aufs Omelett: »Du bist fertig?«

David hörte gar nicht zu. »Hmm?«

»Hat ja nicht mal angefangen!«, schrie Marek wütend.

»Mit dir red ich gar nicht, ab in die Küche. David, dein Omelett. Ist echt schade, wenn's kalt wird.«

»Nimm's ruhig«, brummelte David und verfolgte fasziniert den Datenfluss, der über den Monitor flirrte.

Marek hatte genug gehört, sauer knallte er die Tür hinter sich zu, eine ganze Palette slawischer Verwünschungen vor sich hin murmelnd. Govind hatte gewonnen, siegessicher und laut schmatzend verleibte er sich das Omelett ein.

David wartete, bis Marek außer Hörweite war. »Hörst du endlich auf, ihn so anzumachen!«

»Ich?« Govind starrte ihn mit der Unschuldsmiene eines Lämmchens an – eines sehr gefräßigen Lämmchens allerdings. »Was hab ich jetzt getan?«

Steve lag es schon auf der Zunge, David eine kleine rhetorische Frage zu stellen, nämlich, warum er zwar für Marek immer Partei ergriff, aber nicht für ihn, wenn er mal provoziert wurde. Doch erstens wollte er sich keine Blöße geben, und zweitens war auf der Brücke plötzlich der Teufel los.

Joe und Sam waren bereits da, als David, Steve und Govind hereinstürmten.

»Die ›Hikari‹ ist im Anmarsch«, erklärte Masao, der gerade den Funk abhörte, und Govind setzte sich sofort vor den Monitor, um die hereinströmenden Daten zu verarbeiten.

»Wenn die den Kurs weiter halten, werden sie in einer Stunde genau dort auftauchen.« Govind deutete auf einen Quadranten, nicht weit von der »SeaSpirit« entfernt, wo es nur so von Buckelwalen wimmelte.

Steve ahnte sofort, welche Reaktionen ein aufkreuzender Walfänger bei der Crew, aber vor allem bei David auslösen würde, insbesondere, wenn dessen Besatzung die Unverfrorenheit hatte, sich über alle Gesetze hinwegzusetzen. Immerhin befanden sie sich in international geschützten Gewässern, die Jagd war hier gemäß den Konventionen der Internationalen Walfangkommission IWC strikt verboten. Also versuchte er, seiner Stimme einen so entspannten Unterton zu geben wie eben möglich: »Keine Panik, Leute, die wissen, dass sie da nicht schießen dürfen.«

»Ach ja? Und was machen die dann hier?!«, konterte Masao, dem Steves Harmoniegehabe und sein Buckeln vor allem und jedem in den letzten Wochen mächtig auf die Nerven gegangen war.

»Wer sagt überhaupt, dass es ein Walfänger ist? ›Hikari‹? Kennt irgendjemand das Schiff?« Es lag in Steves Natur, Tumulte zu unterbinden, soweit dies eben möglich war. Wenn er gegen etwas protestierte, geschah das hinter seinem Schreibtisch, sein Schlachtfeld waren die Zahlen, nicht die Aktionen.

»So heißen die jetzt. Die lassen sich dauernd woanders registrieren, wechseln die Namen wie andere ihre Unterhosen …« Joe hasste diese Mistkerle da draußen. Wenn es nach ihm gegangen wäre, hätte man alle versenken können. Joe war ein alter Vietnamveteran, und die da draußen, das war der Feind. Und dass man mit dem Feind nicht zimperlich umging, stand außer Frage. Es hatte etwas Beruhigendes, wenn man wenigstens wusste, wer der Feind war. Und wo er war. Und was er vorhatte.

Masao, der immer noch den Funk abhörte, gab ihnen zu verstehen, sie sollten gefälligst leiser reden. »Die sind auf der Suche, quetschen gerade einen japanischen Frachter aus, ob die welche gesehen haben …«

Sam sah zu Steve hinüber: »Na bitte.«

David räusperte sich: »Wir nehmen Kurs auf die ›Hikari‹.«

»Wart mal. Sind vermutlich alles Japaner«, wandte Steve ein. »Wenn die mitbekommen, dass wir sie beobachten … Ich meine, wir als Presse und so. Die wollen doch nicht, dass sich die Öffentlichkeit weiter gegen sie empört.«

»Du sagst es, Steve, Japsen. Die gleichen Penner, die, ohne mit der Wimper zu zucken, jedes Jahr Tausende von Delfinen abschlachten.« Masao hatte keine Hemmungen, coram publico die eigenen Landsleute zu beschimpfen, erlaubte allerdings sonst keinem, einen so despektierlichen Ton anzuschlagen. »Denen ist es wurscht, ob sich die Weltpresse darüber aufregt oder nicht. Die regen sich höchstens auf, wenn wir uns darüber aufregen. Sind für die doch nur blöde Fische.«

Steves Stirn legte sich langsam in unzählige kleine Falten. In Erwartung dessen, was folgen würde, überschlug sich seine Stimme: »David, wenn du wieder so eine Nummer abziehst und deren Schiff rammst, geh ich! Und nicht nur ich!« Damit schaute er sich siegessicher unter seinen Kollegen um. Keine Reaktion.

»Keine Ahnung, was wir hier abziehen wollen. Die Frage ist doch, was wollen die hier abziehen?«, konterte David.

»Auf welcher Seite stehst du eigentlich, Steve?«, fragte Joe. »Glaubst du wirklich, das sind Heilige da drüben, die nur auf dein ›Einspruch, Euer Ehren‹ warten, damit sie friedlich abdrehen und auf ihre Beute verzichten?«

David winkte ab, es brachte nichts, sich weiter darüber zu ereifern. »Wir werden sehen. Joe, nimm Kurs auf die ›Hikari‹.«

Steve wusste, dass er schnell einen Vorschlag unterbreiten musste, bevor die Hardliner unter ihnen das Zepter in die Hand nahmen, um mit welch brachialen Methoden auch immer die Walfänger von ihrem Vorhaben abzuhalten. »Reicht es nicht, wenn wir mit den Schlauchbooten dazwischengehen? Die werden nicht riskieren, auf uns zu schießen.«

David konnte sich ein Lächeln nicht verkneifen. »Auf welchem Planeten lebst du bloß?«

Steve, der ziemlich genau zu wissen glaubte, wer hier als Einziger mit beiden Beinen auf dem Boden der Tatsachen stand, gab umso weniger nach: »Die wissen, dass sie hier keine Wale abknallen dürfen. Wenn die merken, dass wir sie filmen … David, die Aktion mit den Schlauchbooten zeigt passive Größe, alles andere ist ein Akt der Aggression und wird von den Medien in den Dreck gezogen.«

Joe konnte über Steves Naivität nur müde lachen.

»Was kümmert es die Wale, was deine Medien schreiben, wenn sie tot sind.«

»Dazu wird's nicht kommen«, beharrte Steve.

David schaute in die Runde, doch abgesehen von Joe und Masao hielten sich die anderen bedeckt.

Natürlich verabscheute er jeden Akt der Gewalt, besonders, wenn es sich vermeiden ließ. Aber Gewalt war genau das, was diese Typen den Walen antaten, und die wehrten sich bekanntlich nicht. Wie also sollte er sich entscheiden?

Steve spürte, dass er Oberwasser hatte, also setzte er schnell hinzu: »Die werden nicht so blöd sein, es vor laufender Kamera zu riskieren, vertrau mir einfach.«

»Wir lassen es auf einen Versuch ankommen, Steve. Alles andere wird sich zeigen.«

Steve atmete auf. Er war nun mal für den politischen Teil ihrer Mission zuständig, für die Medienarbeit, für das Einsammeln von Spendengeldern und das Auffinden von Sponsoren, und er hatte absolut keine Lust darauf, es sich mit irgendwem da draußen durch einen unbedachten Fehler zu verscherzen. Er war sich der Bedeutung durchaus bewusst, die er bei diesem Einsatz auf der »SeaSpirit« hatte. Wenn er David und die Crew nicht in ihrem Aktionismus bremsen und auf die richtige Bahn lenken konnte, dann sah es für ihre Stiftung nicht gut aus. Er hatte es schon schwer genug, Spender in Industrie und Wirtschaft zu finden, die sich hinter ihre Arbeit stellten. Noch ein Skandal in der Presse, und die sprangen ihm alle wieder ab. Doch das gab er hier wohlweislich nicht zum Besten. Wäre auch kaum ein Argument gewesen, das nur einen einzigen von ihnen in die Schranken gewiesen hätte.

Steve hatte Bedeutendes vor, und dazu war es notwendig, dass David sich seines politischen Handelns mehr bewusst wurde. Er musste begreifen, dass große Entscheidungen an großen Tischen verhandelt wurden und nicht auf irgendwelchen Schiffchen auf hoher See. Und dieser Tag heute, wer weiß, vielleicht konnte es der erste Sieg der Diplomatie werden? Zumindest versuchte Steve sich das einzureden.

Masao war es ebenso wie Joe anzusehen, dass er mit Davids Entscheidung nicht zufrieden war, doch was konnte er machen – David war der Boss. Noch dazu hatte Masao eine gehörige Portion Respekt vor ihm, betrachtete ihn als väterlichen Freund, seitdem der es geschafft hatte, ihn von den Drogen wegzuholen – auch wenn Davids Methode damals vor vier Jahren ziemlich rabiat gewesen war. Rabiat, aber effektiv.

In seinem Job als zweiter Steuermann eines japanischen Frachters war es für Masao ein Leichtes gewesen, von einem Hafen zum anderen »Vitamin H« zu schmuggeln, und es hätte ein recht einträgliches Handelsunternehmen daraus werden können, wenn er sich nicht selbst an der Ware bedient hätte. Die fehlenden Mengen – und Mengen waren es gewesen, Unmengen – füllte der aufstrebende Jungunternehmer mit Traubenzucker auf.

Am Anfang lief alles bestens. Doch als die Lokalmatadoren der Yakuza Wind davon bekamen, beschlossen sie, Masao umzulegen. Er musste einen Schutzengel gehabt haben, als er in jener regnerischen Nacht über den Coal-Harbour-Pier in Vancouver schlenderte. Der Schuss, der ihn töten sollte, riss ihm nur das linke Ohrläppchen ab. Geistesgegenwärtig stürzte Masao sich ins Wasser und tauchte nicht wieder auf, bevor er das erstbeste Boot erreicht hatte – die »SeaSpirit«.

Damals hatte er David unterschätzt, hatte gehofft, ihn mit einer Lügengeschichte einwickeln zu können, erzählte irgendwas von einem gehörnten Ehemann, der sich an ihm rächen wollte. Doch kaum zwei Tage, nachdem die »SeaSpirit« den Hafen verlassen hatte, war David klar, dass Masao an der Nadel hing. Er stellte ihn vor die Wahl: entweder Entzug oder von Bord. Masao entschied sich für Ersteres. Also schloss ihn David so lange in seiner Kajüte ein, bis Masao die schlimmsten Tage hinter sich hatte. Es war eine Tortur, der Realität gewordene Albtraum, doch seitdem war Masao nicht wiederzuerkennen. Er war die Droge los, sein Ohrläppchen sowieso, nur der »van Gogh« war ihm bis heute geblieben. Sam hatte ihn damals so getauft, »neues Leben, neuer Name«, und ein neues Leben war es allemal. Seine neue »Sucht«, wenn man sie als solche bezeichnen wollte, war die Rettung von Flora und Fauna, der er sich mit Haut und Haaren verschrieben hatte. Umso mehr wurde jeder Einsatz für ihn zu einem ganz persönlichen Kampf, in dem er beweisen konnte, dass er ein ernstzunehmender Streiter für die gute Sache war.

Kaum war Steve verschwunden, um die Zodiacs startklar zu machen, nahm David die anderen beiseite.

Joe wusste sofort, was in Davids Kopf vor sich ging. »Steve wird ausrasten, das ist dir klar.«

»Nur für den Fall. Ich verlass mich auf dich.«

Masao strahlte, Joe beließ es bei einem kurzen Nicken – so gefiel ihm das Ganze schon besser. In einem Krieg gab es Regeln, und eine davon lautete: Lass dich nie überraschen, sei deinem Gegner einen Schritt voraus. Nur, dass es sich hier nicht um einen Krieg handelte. Doch diesen feinen Unterschied ignorierte

Joe ganz einfach. Sam teilte seine Einstellung: Ein Ass im Ärmel zu haben konnte nie verkehrt sein.

»Na dann los, van Gogh, holen wir die verdammten Netze.«

Leahs Geduld kannte durchaus Grenzen. Ihr neunjähriger Sohn starrte auf sein nicht angerührtes Abendessen und schwieg beharrlich.

»Michael, ich red mit dir. Was ist los?«

Leah ahnte bereits, worum es ging. Ihre Schuld. Vermutlich hatte sie zu lange damit gewartet, ihren Filius mit dem Gedanken vertraut zu machen, dass es in ihrem Leben wieder einen Mann gab. Und dieser Mann war nun mal Geoffrey. Doch daran wollte sich der Junge einfach nicht gewöhnen, obwohl Geoffrey wirklich sein Bestes gab: »Sag mal, was hältst du davon: Wir gehen Samstag zum Yankees-Spiel, Männerabend, nur wir beide?«

Ohne ihn eines Blickes zu würdigen, stand Michael auf, ging in sein Zimmer und trat als Antwort die Tür hinter sich zu.

»Ist er immer so oder nur, wenn ich da bin?«, wollte Geoffrey wissen.

»Du verstehst das nicht.« Leah hasste es, zwischen den Fronten zu stehen.

»Was gibt's da zu verstehen – er kann mich nicht leiden, basta … Weiß er, dass wir verlobt sind?«

»Wir sind nicht verlobt, Geoffrey, wir schlafen nur miteinander.«

»Ich hab dir einen Heiratsantrag gemacht, und du hast nicht Nein gesagt. Wir sind verlobt, die Tatsachen sprechen für sich.«

»Ungeheuer romantisch, so ein Heiratsantrag per E-Mail, ich war zu Tränen gerührt.«

Das Verhalten ihres Sohnes beschäftigte Leah mehr, als sie Geoffrey gegenüber zugab. Auch wenn Michael das vehement bestritten hätte, es brauchte einen Mann im Haus, damit der Junge sich wieder als das fühlen konnte, was er war: ein Kind, nicht ihr Beschützer.

Leah wurde vom Klingeln an der Tür in ihren Gedanken unterbrochen – Nick und Madeleine kamen früher als erwartet.

»Ich sag dem Kleinen nur gute Nacht ... Die beiden sollen sich schon bedienen.«

Als Leah nach einem kurzen Klopfen Michaels Zimmer betrat, spielte er mit seiner Playstation. Leah setzte sich auf sein Bett. Daneben, auf dem kleinen Schreibtisch, befand sich das Foto von Michael und seinem verstorbenen Vater. Er war ihm wie aus dem Gesicht geschnitten.

»O. k., raus mit der Sprache.« Es war keine Aufforderung, eher der Versuch, eine Brücke zu schlagen.

»Ich will ins Internat.«

»Ins Internat. Aha. Darf ich fragen, woher dieser plötzliche Sinneswandel kommt?«

»Ist besser für mich. Darum!« Michaels Stimme klang gepresst.

»So, so. Inwiefern besser für dich? Besser fürs Lernen, besser, um neue Freunde kennenzulernen, hilf mir mal auf die Sprünge.«

Michael schwieg, und Leah musterte ihn liebevoll.

»Gib ihm wenigstens eine Chance ... Geoffrey ist ein netter Mann. Und er hat dich sehr gern.«

»Er will, dass ich Dad zu ihm sage – der kann mich mal!«

Leah verzog das Gesicht zu einer Grimasse. Dieser verdammte Geoffrey. »Komm her.«

Michael machte keine Anstalten, sein Spiel zu unterbrechen.

»Komm her, hab ich gesagt!«

Genervt erhob er sich vom Boden. Leah nahm ihn in den Arm, wollte seine Stirn küssen. Michael wehrte sich, doch Leah hielt ihn fest.

»Ich bin deine Mutter, ich habe auch Rechte. So!« Sie drückte ihm einen dicken Kuss auf die Wange. »Das mit dem Internat war nur Erpressung, stimmt's?«

Er verzog keine Miene.

»Miststück.« Leah kitzelte ihn ein wenig, um ihm zumindest eine kleine Reaktion zu entlocken.

»Was willst du überhaupt mit dem? So 'n Langweiler – hat keine Ahnung von Kindern. Weißt du, was er mir geschenkt hat? Ein Buch!«

»Oh nein, furchtbar – wie konnte er nur?«

»Einen Gedichtband! Glaubt er, ich bin schwul? Normale Jungs lesen keine Gedichte, normale Jungs lesen nur, was in der Schule verlangt wird, sonst ist man ein Schleimer«, gab ihr Sohn im Brustton der Überzeugung von sich.

»Das ist zu hoch für mich, Michael, das musst du mir morgen noch mal erklären, aber jetzt marsch ins Bett.« Erneut verpasste sie ihm einen Kuss, den er sich sofort von der Wange wischte. »Sehr merkwürdig, was in deinem Hirn so alles vor sich geht, nein wirklich …«

»Wann krieg ich einen Hund?«, unterbrach er Leah, während die seine dreckigen Jeans vom Boden aufsammelte.

»Nicht schon wieder, bitte, ich dachte, wir hätten es ausdiskutiert!«

»Haben wir nicht«, konterte Michael. »Du magst keine Tiere, aber ich mag sie. Zählt deine Stimme mehr als meine, ist das Demokratie?«

»Ich mag keine Tiere? Wer hat behauptet, dass ich keine Tiere mag? Ich liebe sie. Nur pinkeln sollen sie gefälligst auf die Teppichböden anderer Leute, nicht hier.«

»Ich führe ihn doch aus, drei-, viermal am Tag, sooft du willst.«

Während Leah schnell noch das Bett frisch bezog, erinnerte

sie ihren Sohn an die süßen Salzwasserfischlein, deren Aquarium er nach nur einer Woche zur Basis für das Captain-Nemo-U-Boot umfunktioniert hatte, und an den blau-gelben Wellensittich, den er als Brieftaube auf Nimmerwiedersehen in die Landschaft entließ. Zwei zu null für sie, Diskussion beendet.

Als Leah ins Wohnzimmer zurückkehrte, waren Madeleine und Nick gerade dabei, die Reste des Abendessens zu verspeisen, während Geoffrey das Material sichtete, das Nick für sie gesammelt hatte.

»In meinen Augen ist der Kerl ein Pirat. Er war einer, und er wird immer einer sein. An der Börse, wie er seine Anleger ausgeraubt hat, ich wette …«

Leah grüßte Nick und Madeleine nur flüchtig und verschwand in die Küche.

Geoffrey hatte den Stimmungswechsel bei ihr noch nicht bemerkt. »Ich wette«, fuhr er fort, »er finanziert seinen aufwendigen Lebensstil mit dieser Spendenmasche. Mit so spektakulären Auftritten zieht er doch reihenweise Leute in den Bann. Rammt ein harmloses Fischerboot, wo gibt's denn so was.«

»Geoffrey, hilfst du mir mal?«, war Leah aus der Küche zu vernehmen.

»Fischerboot ist leicht untertrieben. Es war ein Walfangschiff.« Die Bemerkung konnte sich Madeleine nicht verkneifen.

»Klar, natürlich, macht sich auch viel besser. Ist zwar seit Langem verboten, dort Walfang zu betreiben, aber die bösen Walfänger pfeifen ja bekanntlich drauf. Also spendet ihr Trottel. Und rettet die Meere.«

Geoffrey ging in die Küche und sah, wie Leah versuchte, eine Flasche Wein zu entkorken. Er wollte sie ihr aus der Hand nehmen, doch Leah ließ es nicht zu. Erst jetzt sah er Leahs nach unten gezogene Mundwinkel. Oh, oh, dicke Luft.

»Was ist jetzt wieder los?«

»Hast du Michael gesagt, er soll Dad zu dir sagen?«

»Und?«

Leah warf Geoffrey einen bitteren Blick zu und ging mit der Flasche zu den anderen. Geoffrey seufzte. Was er auch tat, es war verkehrt. Warum sollte sich der Junge nicht schon beizeiten daran gewöhnen? Konnte es was schaden? Nein. Musste sie immer alles so überbewerten?

»Weiß nicht, Veruntreuung von Spendengeldern klingt nicht sehr spannend. Ist das wirklich 'ne Story wert?«, fragte Madeleine.

Da hatte sie nicht ganz unrecht, was wäre schon, wenn genau das bei ihren Recherchen herauskäme? Leah reichte die Flasche Nick, der Wein nachgoss, während sich Geoffrey schweigend auf seinen Platz setzte und versuchte, Leahs Blick zu meiden. Trotzdem war er sofort wieder dabei, Punkte zu sammeln: »Wenn ein Promi im Namen einer guten Sache andere verarscht? Klar ist das 'ne Story wert. Und weißt du, warum? Weil sich sonst jeder sagt: Wenn's so ist, dann brauch ich nie mehr zu spenden. Und all die anderen, die korrekt sind und Spenden wirklich nötig haben, gehen leer aus. Oder wie seht ihr das?« Dabei schielte er zu Leah hinüber.

»Wie wir das sehen? Das Image des Retters der Nation passt nicht zu dir, Geoffrey. Du willst dich an seinen verfluchten Namen dranhängen, und am liebsten wär's dir, das Ganze ließe sich noch mit 'ner kleinen Sexaffäre würzen oder, besser, mit was Kriminellem. Hauptsache, die Auflage geht hoch, richtig?«

»Absolut. Aber sag's nicht weiter!«

Leah hätte nicht genau sagen können, warum sie so gereizt reagierte. Schließlich waren Geoffreys Absichten, was Michael betraf, durchaus gut. Reichlich gut sogar. Er hatte sich freiwillig angeboten, Ersatzpapa zu spielen, hatte dem Jungen die Hand gereicht, was konnte sie mehr von ihm erwarten? Er musste das nicht tun, irgendwie hatte es fast etwas Rührendes, etwas Umsorgendes, etwas, was sich jede Frau vom Mann ihrer Träume eigentlich erhoffte – trotzdem war sie aufgebracht. Gut, er hatte das Ganze ein bisschen forciert. Die »Na Kleiner, ich bin dein neuer Vater«-Kampagne war nicht gerade mit Feingefühl gestartet worden, noch dazu, ohne sich mit ihr abzusprechen. Aber das war nicht wirklich ein Problem.

Was also brachte sie so gegen ihn auf? Leah wusste es nicht. Hätte sie etwas tiefer nachgebohrt, wäre es ihr möglicherweise gelungen, sich die Frage zu beantworten. Doch wollte sie das überhaupt? Die volle Wahrheit hätte sie zum jetzigen Zeitpunkt eher aus dem Konzept gebracht.

Es schien, als schlingerte die »Hikari« immer noch orientierungslos durch das Wasser, doch sie näherte sich dabei unentwegt dem Gebiet, in dem sich die Gruppe von Buckelwalen befand.

Die Intuition hatte die Japaner offenbar nicht verlassen.

Als der schlaftrunkene Matrose im Ausguck der »Hikari« dessen gewahr wurde, kam Leben in ihn, sein Stakkato-Tonfall verriet den Inhalt seiner knappen Meldungen, die er in sein Walkie-Talkie brüllte, während die Besatzung jäh aus ihrer Starre erwachte. Der Kapitän eilte auf die Brücke, schnappte sich das Fernglas und suchte den Horizont ab. Weit und breit war nichts zu sehen, doch plötzlich hielt er inne, bewegte das Fernglas ein kurzes Stück zurück, und da stand sie, die Wolke aus feinem Wasserdunst, die beim Auftauchen aus dem Atemloch eines Wals schoss, der Blas. Das Sonar bestätigte die Entdeckung. Der Kapitän gab einen knappen Befehl an den Rudergänger, und die »Hikari« änderte ihren Kurs.

In Windeseile hatten die Japaner das Geschütz von der Plane befreit, die es vor der Korrosion durch die salzige Luft bewahren sollte. Die Mannschaft machte sich fertig für den Kill. Der Harpunier hob eine Granate aus dem schweren Munitionskasten und schob sie ins Rohr. Anschließend checkte er das kilometerlange Nylonseil, das am Projektil befestigt war. Es hatte sich reibungslos abzuspulen, wenn es der Harpune in rasender Geschwindigkeit folgen würde. Ein kurzer Blick nach Backbord, und er sah die Schlauchboote, die über die Wellenkämme der »Hikari« entgegenschossen.

Der erste Zodiac wurde von David gesteuert, Masao saß neben ihm und hielt sich mit dem Megafon bereit. Im zweiten war Steve am Steuer, während Sam versuchte, das todbringende Treiben an Bord mit seiner Videokamera einzufangen. Als sie die »Hikari« erreicht hatten, manövrierten die beiden Boote sofort vor deren Bug.

David erkannte, dass der Harpunier sich bereithielt und nur auf das Auftauchen eines Wales wartete. Offenbar machte ihr Manöver keinen Eindruck auf die Besatzung, also wandte er sich schnell an Masao: »Sag denen, sie sollen abdrehen, hier ist Schutzgebiet! Sag denen, dass sie gegen das Gesetz der International Whale Commission verstoßen, wenn sie hier Wale jagen. Sag denen, auf der ›SeaSpirit‹ befinden sich Reporter von CNN, ABC, CBS, NBC – die ganze Palette!«

Die Matrosen auf der »Hikari« waren zwar überrascht, ihre Muttersprache durch das Megafon zu hören, doch es schien sie in keiner Weise zu verunsichern oder von ihrem Vorhaben abzubringen.

»Sag denen, dass im gleichen Moment, in dem die Harpune abgeschossen wird, eine Meldung an die kanadische Wasserschutzpolizei hinausgeht und sie keine Chance auf ihren Fang haben werden!«

David setzte hauptsächlich darauf, dass die Japaner auf den kleinen Bluff mit den Reportern hereinfallen würden, der Rest waren leere Drohungen, die hatten noch nie gewirkt. Die Antwort kam prompt und bestand überwiegend aus dem Gelächter der Besatzung, ergänzt durch die Aufforderung, die Hurensöhne der »SeaSpirit« sollten sich endlich verpissen. Steve traute seinen Ohren nicht. Und seinen Augen auch nicht, als er sah, dass der Harpunier keinerlei Anstalten machte, sein Vorhaben abzubrechen, und mit seinem Geschütz direkt auf die Zodiacs, die sich zwischen die »Hikari« und die Wale geschoben hatten, zielte. David ergriff nun selbst das Megafon, doch weiter kam er nicht, denn die Matrosen der »Hikari« hatten bereits ihre Wasserschläuche auf sie gerichtet. Verdammter Mist.

Plötzlich meldete sich Govinds Stimme per Funk: »David! Hab Ketan auf dem Schirm, er muss irgendwo bei euch sein …«

David fluchte. »Wie weit entfernt?« Hektisch suchte sein Blick das Meer um ihn herum ab. Was, wenn er ihnen gefolgt war? Was, wenn die Japaner nicht mal davor zurückschrecken würden, einen Blauwal zu erlegen? Was, wenn …

Im gleichen Augenblick registrierte er, dass der Wal, der gerade vor ihnen auftauchte, kein Buckelwal war. Es war Ketan.

David spürte, wie ihm das Blut in den Adern gefror. Die konnten da oben jeden Augenblick ihre Harpune abfeuern, wenn er nicht sofort etwas unternahm.

»Er will zu mir!« Seine Stimme überschlug sich. »Gib Gas, gib Gas, er kommt direkt in die Schusslinie!«

Der Harpunier der »Hikari« grinste, als er Ketan entdeckte. Nicht nur ein willkommenes, leicht auszumachendes Ziel – ein Blauwal dieser Größe war heutzutage ein Vermögen wert, brachte gut und gern seine 200 US-Dollar pro Kilo auf dem heimischen Markt. Allein ein neun Meter langer und acht Tonnen schwerer Zwergwal warf mindestens 2000 Kilogramm Fleisch und Speck ab, was einen Gegenwert von 400 000 Dollar bedeutete. Was würde erst ein Blauwal einbringen, der 25-mal so viel wog? Einige Millionen sicherlich.

Im Bruchteil einer Sekunde rasten tausend Gedanken durch Davids Kopf. Als ob sie von jemand anderem geführt würde, tastete seine Hand im Staufach des Bootes herum. Nach kurzer Suche lag der metallene Griff der Leuchtpistole in seinen Fingern. Jetzt schnell die Patronen, bevor Ketan erneut auftauchte. Die Chancen dafür waren groß, denn er kannte Davids Zodiac nur zu gut. Kannte er auch die Gefahr, in der er sich befand, die Gefahr, in die ihn David jetzt selbst brachte? Bei dem Versuch, die Pistole zu laden, fiel David die Leuchtpatrone aus der Hand, verzweifelt suchte er sie am Boden.

»Was willst du damit, was hast du vor?«, schrie ihn Masao an.

Wertvolle Sekunden gingen verloren, bis es David gelang, die Patrone endlich in den Lauf zu schieben. Doch im gleichen Augenblick, als er den Arm ausstreckte, um seinen Warnschuss ein paar Meter über dem Harpunier zu platzieren, bemerkte er den Rückstoß der Kanone, den der Abschuss der Granate bewirkt hatte. So deutlich, als wäre es in Zeitlupe, konnte David den Lauf des Geschosses verfolgen, das direkt auf sie zusteuerte. Die Harpune war kaum zu hören, als sie in drei Metern Höhe über den Booten hinweg ihre Bahn zog. Nur das Nylonseil, das sich an ihrem Ende befand, surrte gefährlich nahe an den Köpfen vorbei, bevor sich der Stahl in den Fluten verlor.

David schrie auf, als er sah, wie sich das Projektil in Ketans Leib bohrte. Für einen Moment schien alles um ihn herum zu gefrieren, als hätte jemand die Mechanik gestoppt, die den Lauf der Zeit in Bewegung hielt. Dann erfolgte eine dumpfe Detonation, und die Erkenntnis dessen, was gerade geschah, schien etwas in Davids Innerem in zwei Teile zu spalten: in den einen, der mitfühlte, was mit Ketan passierte, und den anderen, der nur noch wilden Hass empfand. Es war, als hätte sich die Granate in sein eigenes Fleisch gebohrt, als würden ihre Splitter sich wie giftige Tentakel in das Geflecht seiner Nerven einbrennen, während sich die Widerhaken an der Spitze der Harpune unwiderruflich in seinem Körper verankerten.

Steve schrie wütend, doch seine Stimme war nicht frei von Angst: »Sind die wahnsinnig, was, wenn einer von uns dabei draufgegangen wäre? Hast du das mitgedreht?«

Die Frage galt Sam, der die Kamera bediente, doch Sam hörte ihn nicht. Unfähig zu reagieren, hielt er die Kamera, ohne weiter durch die Linse zu schauen, dorthin, wo sich das Meer rot färbte. Und weinte.

Ketan bäumte sich auf vor Schmerz, mit seinem ganzen Gewicht wuchtete er einen Graben ins Meer. Das Blut schoss aus dem metertiefen Krater in seinem Rücken, den die Granate zerfetzt hatte, und verwandelte das dunkle Blau um ihn herum sekundenschnell in einen roten Brei. Die schweren Schläge seiner Flossen brachten den Brei zum Brodeln, während Ketan mühsam versuchte, durch ein Blasrohr zu atmen, das nicht mehr vorhanden war.

Ein weiteres Projektil jagte ihm eine zweite, stärkere Leine in den Rücken, wieder barst die Granate, um Widerhaken freizusetzen, die sich dieses Mal tief in die Lungen gruben, während Ketan mit seiner Fluke Fontänen aus dem Wasser peitschte.

David starrte fassungslos auf den Wal. Unmöglich, einen klaren Gedanken zu fassen angesichts der Vorwürfe, die in seinem Schädel hämmerten. Hätte er doch nur schneller reagiert. Aber er hatte nicht. Jetzt war er dazu verurteilt zuzusehen, wie sein Freund von einer Präzisionstötungsmaschine zerlegt wurde. Niemand konnte ermessen, was Ketan erleiden musste, bevor er den Verletzungen erlag. Niemand konnte ermessen, wie es sich anfühlte, wenn das Seewasser die Lungen flutete. Niemand konnte sich die Qualen vorstellen, wenn Teile des Nervensystems zerfetzt wurden, wenn die Atmung auszusetzen begann und die durchtrennten Schlagadern, die das Gehirn mit Blut versorgten, gallonenweise ihren Inhalt ins Meer freigaben.

Der Besatzung der »Hikari« war das egal. Endlich hatten sie Fleisch. Fleisch, das sie einfahren konnten, das sicherstellte, dass sich der rostige Bauch ihres Schiffes und die meterhohen Tiefkühlaggregate mit dem tranigen Gold anfüllen würden. Und es war genauso sicher, dass es nicht bei diesem einen Wal bleiben würde.

Nachdem der Harpunier weitere Sprengschüsse auf Ketan abgefeuert hatte, näherte sich dessen grausiger Todeskampf dem Ende. An Bord der »Hikari« war bereits das knarrende Geräusch der Winde zu vernehmen, die gestartet wurde, um die Leine einzuholen.

Die Besatzung wirkte regelrecht berauscht von ihrem reichen Fang. Als Ketans sterbender Körper die »Hikari« erreichte, wurde vom Schiff aus eine bewegliche Klaue herabgelassen, deren stählerne Zangen sich in seinen Leib bohrten und ihn durch das geöffnete Heck zogen, bis er schließlich auf dem Flensdeck strandete. Männer in Gummizeug, mit messerscharfen Lanzen ausgerüstet und mit Spikes unter den Stiefeln, die ihnen auf dem unendlich lang erscheinenden Leib des Wales festen Halt sicherten, begannen sofort ihre Stangen in seinen Körper zu treiben. Taue wurden an die riesigen Placken seines aufgeschlitzten Leibes gelegt, um sie mit Hilfe von Winden aus seinem Körper zu reißen.

In wenigen Stunden würde von Ketan nichts anderes mehr übrig bleiben als eingefrorene Filets. Der Rest würde auf dem Meeresgrund landen.

»David«, meldete sich Joe von der »SeaSpirit« aus, die sich

bis auf ein paar hundert Meter dem Walfänger genähert hatte. Seine Stimme klang brüchig. »Die machen weiter.«

David hatte Mühe, die Lähmung, die ihn erfasst hatte, abzuschütteln, doch der Blick auf den Harpunier tat seine Wirkung. Schnell griff er zu seinem Funkgerät. »Joe, mach sie los!«

»Schon über Bord. Knall sie ihnen vor den Latz.«

Die Netze klebten an der Backbordseite der »SeaSpirit«, waren jedoch von der »Hikari« aus nicht zu sehen. Es waren gute, feste Netze. Treibnetze, die sie auf ihrer Reise durch die Meere eingesammelt hatten, ursprünglich endlose Kilometer lang, bis zu 500 Meter tiefe treibende Todesfallen, ehemals voll von Kadavern verendeter Seevögel, von Delfinen und unzähligen Arten von Fischen, die vergeblich versucht hatten, diesem Todesstreifen zu entgehen. Jedes Mal, wenn David solchen Netzen begegnete, ließ er die Maschinen stoppen und sie aus dem Meer ziehen, um zu verhindern, dass sie ihr grausames Werk bis in alle Ewigkeit fortsetzen konnten. Eine mühselige Arbeit, die sie Tage beschäftigte. Jetzt würden die Netze einem anderen Zweck dienen, einem guten Zweck.

David war klar, dass Steve im zweiten Schlauchboot das Ganze nicht billigen und sich deshalb weigern würde, ihm dabei zu helfen. Also musste er das Vorhaben mit seinem Boot allein durchziehen, und er durfte dabei keine Sekunde Zeit verlieren, denn die »Hikari« machte sich bereit für den zweiten Kill.

Der Motor bellte auf, als er auf die Backbordseite der »SeaSpirit« zuschoss, um dort das im Meer treibende Netz an einem Haken am Ende seines Schlauchbootes zu befestigen. Die Länge des Netzes hatten sie auf 100 Meter reduziert, völlig ausreichend für das Manöver, für das es gedacht war.

»David, nein«, meldete sich Steve per Funk. »Ist alles auf Video, tu das nicht, wir haben genug am Hals, ich will nicht noch ein Verfahren!«

Unbeirrt steuerte David den Zodiac zur »Hikari« zurück, manövrierte gefährlich nahe am Bug vorbei. Als sich das Netz in breiter Front vor dem Walfänger ausgebreitet hatte, gab David das Zeichen.

»Jetzt!«

Masao koppelte das Netz ab, das dank der Geschwindigkeit der »Hikari« sofort unter deren Rumpf verschwand. Sie konnten nur hoffen, dass es vom Sog der schweren Schiffsschraube angezogen wurde, um sich rettungslos in ihr zu verstricken, bevor der Harpunier auf einen weiteren Wal feuern konnte.

Vorsichtshalber hatte David die Netze ein paar Wochen zuvor mit dünnen Stahlseilen verstärken lassen, wohl ahnend, dass sie so ihrem neuen Zweck eher gerecht wurden. Sollte den Japanern die beschissene Schiffsschraube um die Ohren fliegen. Wenn es nach Masao gegangen wäre, hätte er noch Sprengstoff daran befestigt.

Steves Schlauchboot versuchte unterdessen, die Wale aus dem Bereich der »Hikari« zu vertreiben, was sich als schwieriges Unterfangen erwies. Voller Verzweiflung schrie Sam gegen den Wind: »Haut endlich ab, verdammt, weg von hier!«

Die »Hikari« hatte wieder Fahrt aufgenommen, und der Harpunier war bereits dabei, sein Geschütz nachzuladen, während er mit dem Mann im Ausguck in Kontakt stand, der mit seinem Fernglas hektisch das Meer absuchte. Die Vorfreude auf weiteren reichen Fang stand den Männern ins Gesicht geschrieben, und sie würden keine Ruhe geben, bis das Schiff voll beladen war. David betete, dass die Zeit reichen würde, denn mittlerweile steuerte die »Hikari« auf eine Herde von Buckelwalen zu, die trotz Sams und Steves Bemühungen keine Anstalten machten, Reißaus zu nehmen.

Knappe zwanzig Meter von ihrem Schlauchboot entfernt, war der Harpunier gerade dabei, einen prächtigen Buckelwal ins

Visier zu nehmen, als ein knirschendes Geräusch zu hören war, nicht laut, nur gerade so wahrnehmbar, aber doch laut genug, um die Besatzung in Panik zu versetzen. Mit jeder Umdrehung der Turbinen wickelte sich das Netz fester um die Schraube. Doch zu Davids Überraschung zog es ihr Boot dabei näher und näher an den Walfänger heran. Offenbar hatte das Netz sich am Schlauchboot verhakt, das nun gefährlich schnell auf den Bug der »Hikari« zusteuerte. Masao versuchte fieberhaft, das Seil zu durchtrennen, verlor dabei das Gleichgewicht und stürzte über Bord. Doch er konnte sich am Boot festhalten. Jetzt zählte jede Sekunde. Wenn der Zodiac dem Bug zu nahe kam, würde ihn der Sog unweigerlich unter den gewaltigen Rumpf der »Hikari« ziehen.

»Masao!«, schrie David.

Der begriff und warf David das Messer zu, bevor er den Versuch unternahm, wieder ins Boot zu gelangen. Kein schöner Tod, schoss es ihm durch den Sinn, wenn der tonnenschwere Stahl über ihre Köpfe hinwegziehen und sie dabei zerquetschen würde. Das verfluchte Seil! Mit aller Kraft zog David die Klinge mehrmals darüber, bis die Fasern endlich auseinandersprangen und auch der letzte kleine Strang zerriss. David sah hoch und zuckte zusammen. Direkt vor ihm türmte sich die Bugwand der »Hikari« auf. Allerhöchstens zwei Meter entfernt, mehr nicht.

Masao, der sich inzwischen zum Steuer vorgearbeitet hatte, ließ den Motor aufheulen und lenkte den Zodiac knapp an der »Hikari« vorbei. In letzter Sekunde.

Langsam, kaum merkbar, verlor der Walfänger an Geschwindigkeit. Von den Gesichtern der Besatzung war deutlich das Entsetzen abzulesen, als die Männer feststellen mussten, dass sie das Schiff nicht mehr unter Kontrolle hatten. Offenbar hatte sich das Netz nicht nur um die Schraube geschlungen, sondern auch das Ruder blockiert.

Mit versteinerter Miene verfolgte David, wie die Buckelwale zwischen den Wellentälern verschwanden. Wenigstens das war ihnen gelungen. Doch er konnte sich über seinen Sieg nicht freuen. Das Opfer war zu groß gewesen. Ketan gab es nicht mehr. In ein paar Stunden erinnerte nichts mehr an seine ehemalige Erhabenheit, außer ein paar Knochen.

Er konnte jetzt die »Hikari« ihrem Schicksal überlassen. Sie musste manövrierunfähig auf den Wellen treiben, bis ihr irgendein Schiff zu Hilfe eilte, das sie über Funk verständigen würden. Das konnte dauern, und noch länger würde es dauern, bis sie den Schaden repariert hatten.

Immer noch bildete David sich ein, Ketans stumme Agonie wahrzunehmen, seine verzweifelte Klage gegen die stumpfsinnige Brutalität, die ihm angetan wurde. David fühlte sich müde und erschöpft. Es war ein hoffnungsloser Kampf, den er führte. Ein Kampf, in dem man nur verlieren konnte. Er hatte es schon lange gewusst, doch heute traf es ihn mit einer Wucht, die er kaum ertragen konnte.

Joe und Govind standen an der Reling und warteten betroffen auf die Schlauchboote. Als David das Schiff betrat, war nicht zu übersehen, in welcher Verfassung er sich befand.

Govind wollte ihm Mut machen. »Ihr habt die ›Hikari‹ lahmgelegt, die Turbine ist kaputt, sie funken gerade wie wild herum, suchen einen Dummen, der sie in den nächsten Hafen schleppt …«

Normalerweise hätte David sich darüber gefreut, doch unter diesen Umständen hatte er kaum die Kraft für ein kurzes Nicken. Govind wechselte einen Blick mit Masao.

»Mistkerle. Hoffentlich saufen die ab.« Auch wenn er wusste, dass dies kaum passieren würde, tat es Masao gut, seiner Wut Luft zu machen.

Sobald sich Steve über die Reling geschwungen hatte, stürzte er David hinterher: »Seid ihr wahnsinnig geworden? Was fällt dir ein ... « Weiter kam er nicht, denn Masaos Hand stoppte ihn so abrupt in seiner Bewegung, dass er das Gleichgewicht verlor und gegen die Reling prallte. Womöglich wäre ihm Masao auch an die Gurgel gesprungen, hätte David ihm nicht die Hand auf die Schulter gelegt und zu verstehen gegeben, dass er Steve in Ruhe lassen solle. Das Letzte, was er gebrauchen konnte, war, dass sie sich jetzt untereinander zerrieben. Ohne ein weiteres Wort zu sagen, verschwand David in seiner Kabine. Vor seinen Männern wollte er nicht weinen.

Er ließ sich in seine Koje fallen und schaute auf die Fotos von sich und Ketan an der Pinnwand neben seinem Spind. Es war unmöglich, länger gegen die Tränen anzukämpfen, also ließ er sie zu, auch wenn er wusste, dass sie ihm keine Erleichterung verschaffen würden. Er hatte einen Freund verloren. Einen Freund, der ihn möglicherweise gekannt hatte wie kaum ein anderer.

Plötzlich war Leah wach geworden. Ein Geräusch hatte ihren Schlaf gestört, und sie öffnete die Augen. Da war es wieder, unverwechselbar: Ein leises Schnarchen erfüllte das Zimmer. Leah blickte auf die Uhr. Oh nein, so war es nicht abgemacht!

»Was soll das, seit wann darfst du über Nacht hierbleiben?« Leah drehte sich sauer um, doch die Worte blieben ihr im Hals stecken. Es war nicht Geoffrey, der neben ihr lag, sondern Michael. Den Mund gen Himmel gerichtet, erfand er Geräusche im Schlaf. Schmunzelnd strich sie ihrem Sohn die Haare aus der Stirn: »He, Mister. Aufstehen.«

Nichts. Keine Reaktion.

»Los. Du musst in die Schule. Hörst du mich?«

Die Antwort kam prompt, noch bevor Michael die Augen aufriss und sie anlachte.

»Du hast … ich glaub es nicht, du wagst es, einfach so neben mir zu pupsen? Na warte.«

Leah wollte ihn sich schnappen, doch Michael schlüpfte schnell weg, es gelang ihr gerade noch, sein Bein zu packen. Lachend zog er sie hinter sich her.

»Nee, nicht mit mir, ich mach dich fertig, ich …« Leah biss spielerisch in sein Bein, es kitzelte, Michael lachte lauter.

»Lass los! Lass los, oder ich tu es wieder!«

»Das wagst du nicht. Ich warne dich, wenn du noch mal …«

Er wagte es. Und lief davon, als sie mit der Hand vor ihrem Gesicht wedelte.

»Deine Tage sind gezählt, hörst du? Sobald ich wieder Luft kriege, werde ich dich windelweich prügeln. Was heißt prügeln, prügeln ist zu milde, Elektroschocks, ich werde dich …«

Michaels Stimme war aus der Küche zu hören: »Tee?«

Leah riss das Fenster auf. »Aber ohne Zucker, ich bin zu fett. Findest du nicht, dass ich zugenommen habe?«

Ehrliche Antwort oder das, was du hören willst?«, fragte Madeleine, als Leah eine Stunde später in der Redaktion eintraf. Mit einer kleinen Grimasse legte Leah den Donut zurück, während sie sich die Fotos von McGregor anschaute: David auf seiner Luxusjacht, David vor seinem Büro in der Wall Street, David auf unzähligen Empfängen.

»Alte Kamellen, kenn ich doch alles.«

Madeleine schnappte sich den Donut und biss genüsslich hinein. »Neuere gibt's nicht. Seitdem McGregor von der Wall Street verschwunden ist, will es wohl keinem gelingen, ihn vor die Kamera zu kriegen.«

Das mit der ehrlichen Antwort ließ Leah keine Ruhe: »Du meinst wirklich, ich hab zugenommen? Wo? Im Gesicht, an den

Hüften? Sag nicht, es ist der Po, ich trag dieselbe Größe, seit ich über die Sache mit Al Gore in Florida berichtet hab – es ist nicht der Po, oder?«

»Dein Po ist prima, dein Hirn ist das Problem.«

Leah drehte sich abrupt um, die Stimme gehörte Geoffrey, klarer Fall, und den würde sie heute mit Desinteresse strafen. Also wandte sie sich schnell wieder Madeleine zu, die sofort den Braten roch.

»Habt ihr wieder Zoff?«, wollte sie wissen.

»Was fragst du mich, ich blick bei ihr nicht mehr durch. Frag sie.«

Geoffrey streckte seine Hand nach dem zweiten Donut aus, doch Fett hin, Fett her, Leah konnte einfach nicht anders, als ihn Geoffrey vor der Nase wegzuschnappen und blitzschnell in ihrem Mund verschwinden zu lassen.

»Hat er wirklich ein Schiff gerammt, oder ist das alles nur Gequatsche?«, wollte sie lustvoll kauend wissen.

»Krieg's gefälligst raus«, meinte Geoffrey und ließ eine Visitenkarte in ihren Schoß fallen: FishGoods Inc.

Zwei Minuten später saß Leah vor ihrem »Irgendwann einmal«-Archiv, einem zwei Meter hohen Metallschrank, vollgestopft mit höchst persönlichen Unterlagen.

Unter vielen anderen und geordnet nach Priorität – ha, als ob sie jemals dazu kommen würde, sie hatte ja nicht mal die Zeit, das Material zu sichten –, waren da vier Ordner mit der Beschriftung »Rabin, Yitzhak« (nie und nimmer war das die Aktion eines Einzeltäters), zwölf Ordner mit »Kennedy, J. F.«, gleich daneben einer mit »Kelly, Grace«. Zugegeben, Leah war eine Romantikerin, aber bis heute stand nicht fest, wer den Wagen in den Abgrund fuhr, sie oder ihre minderjährige Tochter. Und dann die zwei Ordner »DMcG«. Der einzige Name, der nicht ausgeschrieben war. Sie enthielten alles, was in den letzten Jahren über den Mann publiziert worden war. Und er verstand es, Schlagzeilen zu hinterlassen. Das meiste handelte von Rowdytum auf hoher See, immer mal wieder legte er sich mit irgendeinem Fischtrawler an, doch zu ernsten Konsequenzen hatte sein Verhalten selten geführt. Es ging ihm wohl mehr um Publicity.

Vor sechs Wochen war ein Artikel im Wirtschaftsteil des ›Washington Chronicle‹ erschienen. Es ging um Hamamoto Inc., einen aufstrebenden japanischen Konzern mit zahllosen Tochterunternehmen, die in verschiedenen Sparten, unter anderem auch der Fischindustrie, angesiedelt waren. McGregor wurde im vorletzten Absatz erwähnt. Offenbar hatte er einen ihrer Thunfischfänger aufs Korn genommen und gerammt. Die Fish-Treasure, das betreffende Tochterunternehmen, hatte Klage erhoben und den Prozess problemlos aufgrund von McGregors Abwesenheit gewonnen. Weitere Informationen hatte sie nicht, und offenbar sträubte sich auch das Internet, mehr Wissenswertes über die Verhandlung auszuspucken. Also musste sie ihr Insider-Netzwerk aktivieren, das oft effektiver war als die elektronische Recherche.

»Bin bei den Finanz-Fuzzis«, sagte sie im Vorbeigehen zu Nick, der sich hinter dem Computer verkroch. Leah war sich sicher, dass er sie nicht mal wahrgenommen hatte.

Sie nahm die Treppe, um William Ferguson einen Besuch abzustatten, der in der drei Stockwerke höher gelegenen Wirtschaftsredaktion residierte. Leah hatte sich immer eine Sympathie für den alten Kauz bewahrt, in dessen Ressort sie lange tätig gewesen war. William thronte wie immer in seinem alten Ledersessel in dem mit Büchern, Ordnern und Papieren vollgestopften Raum. Allein. Sehr schön. Sie warf Jaquie, seiner Sekretärin, ein Lächeln zu. »Hi. Ist er beschäftigt?«

»Er ist immer beschäftigt.«

Wenn man Ferguson anrief, weil man ihn um ein Gespräch

von ein paar Minuten bitten wollte, war eine Abfuhr Standard. Es gab hundert verschiedene Gründe, weshalb Fergy, wie er hausintern genannt wurde, leider im Moment und auch in allen Momenten der nächsten Woche keine Sekunde für einen erübrigen konnte. Also hatte Leah ihre Taktik geändert. Sie tauchte einfach spontan auf, und wenn er allein in seinem Büro war, genügte ein Lächeln, und sie gewann den Jackpot: fünf Minuten seiner kostbaren Zeit.

Leah klopfte und trat ein. »Wie geht's, wie steht's?«

Er sah von einem dicken Blätterwust vor sich auf, alles gleichmäßig über seinen Schreibtisch verstreut. Bei der Bearbeitung seiner Notizen pflegte er pro Tag mindestens einen Bleistift zu zerkauen. Den Computer hingegen benutzte er nur, um am allgemeinen E-Mail-Verkehr teilzunehmen.

»Keine Zeit.«

Sie schenkte ihm das bezauberndste Lächeln aus ihrem großen Repertoire. Es wirkte. Fergy war nun mal ein Mann der alten Schule: Kavalier, Computerhasser, Bleistiftfan und seit dreißig Jahren verheiratet, glücklich, wie es hieß. Aber immer empfänglich für das Lächeln einer Frau.

»Setz dich. Kaffee?«

»Nein, danke. Fish-Treasure – klingelt da was?«

Ferguson runzelte die Stirn und schloss kurz die Augen. »Japanischer Fischereikonzern, vom Schiff bis zur Konserve, in den Siebzigern viel Kohle mit Walfang gemacht, in den Achtzigern auf die heutige Größe gewachsen, so viele Tochterfirmen wie die Haare, die ich verloren hab, Präsident derzeit …«

»Ich brauch nur eine Information«, stoppte Leah seinen Redefluss. Fergy war ein wandelndes Wirtschaftslexikon und die Antworten zum jeweiligen Stichwort selten kürzer als eine halbe Stunde.

»Bitte …«

»Über FishGoods Inc. Eine der Tochterfirmen.«

Ferguson navigierte sofort durch seinen internen Wissensspeicher und wurde fündig. »Nichts Spektakuläres. Die haben vor ein paar Wochen einen Prozess gewonnen, gegen McGregor und die ›SeaSpirit‹-Bewegung. Du weißt, wen ich meine. Hat eines ihrer Schiffe gerammt.«

»Das war in eurem Artikel nur am Rande erwähnt. Habt ihr da noch mehr?«

Ferguson schmunzelte. »Ich kenne diesen Blick. Hast mal wieder Blut geleckt, was?«

Leah antwortete nicht. Welcher Blick?

»Nein, wir haben es eigentlich nur wegen seines Rufes mit reingenommen. Aber ich erinnere mich, dass uns am Tag, nachdem unser Artikel rausgekommen war, der Geschäftsführer von FishGoods anrief, Kazuki oder so ähnlich. Jaquie hat seine Nummer. Wollte uns einen Bericht über den Prozess abringen, na ja, war nicht interessant genug. Falls du da was machen willst, der frisst dir aus der Hand.«

Leah erhob sich. »Fergy, hast mir sehr geholfen.«

»Wie geht's Michael? Ist sein Arm wieder o. k.?«

Der Mann hatte ein Gedächtnis wie ein Elefant. Als sie ihn das letzte Mal aufgesucht hatte, trug ihr Sohn einen Gips. Die Mountainbike-Eskapade lag schon über ein Jahr zurück. »Ja, alles in Ordnung.«

»Prima«, meinte Ferguson und war schon wieder in seine Notizen vertieft.

Leah saß noch nicht einmal hinter ihrem Schreibtisch, als sie schon die Nummer von Kazuki eingab. Das Unternehmen hatte seinen Sitz in Baltimore, das bedeutete zwei Stunden Autofahrt. Machbar. Wie nicht anders zu erwarten, meldete sich eine Sekretärin, bei der sie den Namen ihrer Zeitung und auch den von McGregor fallen ließ. Der kleine Appetizer verfehlte seine Wirkung nicht, ein paar Augenblicke später hatte sie ihren Termin mit Kazuki. Noch am selben Tag! Sah ganz danach aus, als würde sie schon bald mehr über den neuen McGregor, den selbsternannten Robin Hood der Weltmeere, erfahren.

Den alten kannte sie noch zur Genüge aus der Zeit, als sie fast täglich über das Börsengeschehen berichtet hatte. McGregor, das Wall-Street-Genie, ein Frauenheld und Bonvivant, wie er im Buche stand.

Stets Einzelkämpfer, war er damals einer von denen, die ihren Beruf fast ausschließlich mit dem Handy ausgeübt hatten. Er hatte sich als Aktienfondsmanager einen Namen gemacht – »McHedgefonds« – und es innerhalb von zwei Jahren sogar aufs Titelblatt der ›Times‹ geschafft. Sein Spezialgebiet war russisches Roulette mit dem Geld seiner Anleger. In diesen Hedgefonds wurde mit allem gehandelt, was große Gewinne oder große Verluste bedeutete: Leerverkäufe, Optionen und Futures. Es gab nur wenige Cracks unter diesen Fondsmanagern, einige wurden zu richtigen Koryphäen, doch früher oder später verwandelten sich diese Megastars in Sternschnuppen, denn die meisten spekulierten sich und, schlimmer noch, ihre Anleger in den Ruin. Nicht so McGregor. Er blieb der schillerndste Stern am Börsenfirmament, der Midas inter pares, Nestor der dicksten Portfolios, Gelddruckmaschine.

Vor sieben Jahren war er von ›Forbes‹ zum Fondsmanager des Jahres gekürt worden, womit sein Platz im Olymp der Wirtschaftsgötter gesichert schien. Leah verfluchte diesen Abend vor sieben Jahren, denn er entpuppte sich als Auftakt für die schlimmste Zeit ihres Lebens.

Die Einladung zur Pressekonferenz lautete auf den Namen Leah Stanford. Damals war ihr Mann Timothy noch am Leben. Natürlich bekamen sie wie immer bei solchen Gelegenheiten Krach, denn sie musste sofort nach New York fliegen, auch wenn sie nicht sonderlich darauf erpicht war. Und wie immer blieb es ihr überlassen, den Babysitter für Michael zu organisieren, denn Timothy hatte, das war klar, wieder mal keine Zeit. Seitdem er als Neurochirurg in der Georgetown University School of Medicine tätig war, hatte Timothy für gar nichts sonst Zeit. Leah wunderte sich, wie es überhaupt dazu gekommen war, Michael zu zeugen, denn sogar Sex war für Dr. Stanford eine unzumutbare Ablenkung von seiner Arbeit. Sie musste zugeben, er arbeitete wie ein Tier: den ganzen Tag im OP, nachts an seinen Vorträgen. Aber meine Güte – sie gab es auch noch. Und sie hatte ebenfalls Stress und trotzdem eine gesunde Libido. »Ich schenk dir zu Chanukka einen Vibrator«, hatte ihre beste Freundin Susan ihr schon mal gewohnt frivol versprochen.

Weil auch Susan heute keine Zeit hatte, auf Michael aufzupassen, blieb nur der Canossagang zu Leahs Mutter. Und die machte es ihr nicht leicht: »Schatz, ich bin gerne Großmutter, aber noch lieber spiele ich Bridge.« Leah verfluchte wieder einmal ihren und Timothys Job, die Leidenschaft ihrer Mutter fürs Kartenspiel und beinahe auch ihren Sohn, der nicht gerade dazu beitrug, ihr das Leben zu erleichtern.

Letztendlich zeigte sich ihre Mutter gnädig. Leah brauchte nur zu verkünden, dass sie dann leider gezwungen wäre, auf Timothys Eltern zurückzugreifen, schon ging sie die Wände hoch: »Die *Nazis*?! Du wärst bereit, mein Enkelkind *denen* auszuliefern?! Das ist *Erpressung*!«

Die übelste sogar. Leah war auch nicht gerade verrückt nach ihren Schwiegereltern, doch ihre Mutter bekam seit jenem unsäglichen Thanksgiving schon bei der Erwähnung ihrer Namen Pustelausschlag. Gordon und Lora, erzkonservative Republikaner (minus 20 Punkte), die am liebsten alle Einwanderer nach der »Mayflower« postwendend zurück in ihre Rattenlöcher verfrachtet hätten (minus 50), begingen zwischen Truthahn und

Bratäpfeln mit Vanilleeis den kapitalen Fehler, Mrs Cullin zu fragen, ob die Juden nicht doch vielleicht an ihrem Schicksal selbst schuld wären (minus unendlich, Super-GAU!).

Im Hause Cullin war Religion kein Thema, die gleichen Woolworth-Kerzen, die zu Chanukka in der Menora brannten, schmückten auch den Weihnachtsbaum, nicht selten stand der Pessachbecher für den Propheten Elia zwischen den bunten Ostereiern auf dem Tisch. Aber das war einfach zu viel.

Mrs Cullin ließ Gordons peinliche Tiraden – »Man weiß doch, was die Rothschilds im Schilde führten/wer die Welt beherrscht/wer von Hollywood aus mit Sex, Drogen und Gewalt die Jugend verdirbt« – noch mit redlicher Mühe über sich ergehen, und weil nun mal Erntedankfest war und aus Respekt für die Pilgerväter der »Mayflower« sowie aus Rücksichtnahme auf ihren Schwiegersohn Timothy hielt sich ihr Vergeltungsschlag sogar in Grenzen: »Zum Teufel mit dir, du bigotter Hundesohn! Du bist es nicht mal wert, dass man dir ins Gesicht spuckt!«

»Wie wagen Sie, so mit meinem Mann zu reden?«, empörte sich »Eva Braun« und blies zum Zapfenstreich. Es war das letzte Mal, dass die Senioren der Cullin- und Stanford-Dynastien die gleiche Luft einatmeten, selbst Michaels Geburtstage wurden seitdem in zwei Schichten gefeiert.

Leah tat es leid, dass wegen Gordon, diesem Dummkopf, das Gespräch derart entgleist war, bei einem Thema, das sie selbst ihr Leben lang beschäftigt hatte. Ihr Vater war Presbyterianer, wusste aber nie so richtig, inwieweit die Presbyter sich von den anderen christlichen Glaubensrichtungen unterschieden. Ma stammte aus einer liberalen jüdischen Familie, die sich zwar zu ihrer Religion bekannte, sie aber nicht mehr praktizierte. Und beide ließen ihrer Tochter die Wahl, sich als Erwachsene ihre Religion selbst auszusuchen. Was sie bis heute nicht getan hatte.

Im rein hypothetischen Fall, dass Leah sich doch für die eine oder andere Religion hätte entscheiden müssen, hätte mit Sicherheit das Judentum gesiegt. Der leiseste antisemitische Unterton genügte, schon ging ihr das Messer in der Tasche auf. Vielleicht lag es an ihrem Sinn für Gerechtigkeit, ergriff sie doch in jeder Situation automatisch Partei für die Außenseiter und Underdogs …

Mit der Einladung zur Pressekonferenz nach New York hatte sie sich jedenfalls nur Probleme eingehandelt. Ihre Mutter war sauer wegen des vermasselten Bridgeabends, Timothy wegen der Vorwürfe, nie für die Familie da zu sein, und sie selbst auf den Rest der Welt. Warum musste Jim sie auch über ihren Kopf hinweg dort anmelden? Konnte nicht jemand anderes aus der Redaktion über diesen McGregor berichten?

»Du bist die Beste, Leah, außerdem sind alle auf der Weihnachtsfeier. Sag nicht, dass ihr Leute Christi Geburt zelebriert.« Wieder so ein Goyismus, der sie wütend machte und das Messer wetzen ließ – *ihr Leute*! Aber was sollte sie tun, Jim war ihr Boss. Folglich beschloss sie, die Klappe zu halten und die letzen Weihnachtsgeschenke bei Macy's einzukaufen. Auf Spesen! Das hatte er nun davon!

Die Pressekonferenz unterschied sich kaum von anderen Veranstaltungen dieser Art: ein paar Häppchen, ein paar Gläser Champagner in einem der größten Konferenzräume eines der größten Hotels der City und eine Pressemappe, die man eigentlich auch am heimischen Schreibtisch hätte studieren können. Doch Pressemappen wurden ja leider nicht per Post verschickt. McGregor war äußerst charismatisch; er verstand es, sein Publikum in den Bann zu ziehen. Er wirkte nicht wie einer der typischen Mammonjäger, viel gelassener, natürlicher, kaum darauf bedacht, irgendwen von irgendetwas zu überzeugen. Untypisch, fast aufrichtig. Fast. Er hätte auf jeden Fall einen guten Schauspieler abgegeben.

Die üblichen Fragen stellten Leahs Kollegen, sodass sie den Mund halten konnte. Das erste Glas Champagner hatte sie noch entspannt, das zweite war schon zu viel. Also entschloss sie sich, nach der Konferenz noch etwas zu sich zu nehmen und sich dann schnell ins Bett zu verkriechen. Auf dem Weg zum Restaurant sah sie ihn an der Bar, umringt von mindestens drei ihrer penetranteren Kolleginnen. Zu Leahs Überraschung erwiderte er ihren eher zufälligen Blick und blinzelte ihr zu. Das war das Letzte, was sie jetzt gebrauchen konnte: einen selbstverliebten Pfau, der von sich überzeugt zum Thema Börse deklamierte.

Einen Meeresfrüchtesalat später fühlte sie sich bedeutend besser. Als sie erneut an der Bar vorbeiging, saß McGregor immer noch auf dem Hocker, nach wie vor von drei Damen umringt, allerdings waren zwei Drittel der Besetzung ausgetauscht. Leah konnte sich ein Grinsen nicht verkneifen. Und McGregor grinste zurück. Er entschuldigte sich bei seinen Groupies und trat auf sie zu.

»David McGregor. Ich freue mich, Sie kennenzulernen.«

»Stanford, Leah Stanford«, antwortete sie überrumpelt.

»Erweisen Sie mir die Ehre, Sie auf einen Drink entführen zu dürfen?« War sie in der falschen Operette? Mr Hedgefonds hatte wohl das Libretto nicht gelesen. Doch ohne eine Antwort abzuwarten, hakte er sich bei ihr unter und führte sie aus dem Hotel. Es gab wenige Situationen in ihrem Leben, in denen Leah sich nicht voll und ganz auf ihre Schlagfertigkeit verlassen konnte. So wie diese hier. Ihr Protest blieb aus.

»Ich kenne eine nette kleine Bar, gerade um die Ecke«, sagte McGregor.

»Und ich kenne drei Ladys, die Ihr Verhalten bestimmt nicht witzig finden.«

»Wissen Sie, man kann nicht alles haben im Leben, manchmal ist man gezwungen, Prioritäten zu setzen.«

Das, gepaart mit seinem umwerfenden Lächeln, führte dazu, dass Leah sich fragte, ob es eigentlich einen guten Grund gab, sich nicht einen Abend lang nette Dinge sagen zu lassen. Es wurde ihr bewusst, wie lange sie Derartiges nicht mehr gehört hatte. Und wie sehr sie es vermisste.

McGregor geleitete sie in eine kleine Spelunke mit überraschend ansprechendem Ambiente. Leah mochte rustikale Einrichtungen, hasste es jedoch, von zu viel Holz beinahe erschlagen zu werden. Hier fand sie einen gelungenen Kompromiss. McGregor, der den Angestellten offenbar nicht unbekannt war, bekam einen der versteckteren Tische in einer Nische zugewiesen. Diskret ließ die Bedienung das »Reserviert«-Schildchen verschwinden.

McGregor bestellte eine Flasche guten kalifornischen Cabernet Sauvignon, nachdem er sich nach ihren Vorlieben erkundigt hatte. Sie wusste, dass der Wein ihren Kopf sehr schnell in Watte packen würde. Aber ebenso wenig, wie sie auf die Komplimente verzichten wollte, wollte sie eine eventuelle Absicht, Berechnung oder gar Beliebigkeit dahinter wahrnehmen. Insofern war ein wenig Watte gar nicht schlecht. Doch zunächst saßen sie einander schweigend gegenüber.

Er wirkte auf sie immer noch nicht wie einer dieser vielen Wertpapier-Hasardeure. Sie hatte genug Vertreter dieser Spezies gesehen. Mehr als einige davon auf Koks, um der ständigen Anspannung zu entfliehen, und immer auf der Suche nach dem letzten Kick. McGregor wandte den Blick nicht von ihren Augen. Als er nach ihren Händen griff, zog sie sie reflexartig zurück, obwohl eine leise Stimme in ihrem Kopf sie dazu aufforderte, ihn gewähren zu lassen. Doch Komplimente waren eine Sache, Berührungen eine ganz andere. Besonders, da sie dabei plötzlich an ihr Diaphragma denken musste. Weiß der Himmel, wo es zu Hause verstaut war, gebraucht hatte sie es leider schon eine ganze Weile nicht mehr …

Die Bedienung servierte den Wein zusammen mit einem Schälchen Käsewürfel, und trotz ihres dabei zu bewundernden beachtlichen Dekolletés wich McGregors Blick auch in diesem Moment purster Verführung nicht von Leah. Sie prosteten einander zu, und Leah spürte, dass sie sich auf gefährliches Terrain begab. Nachdem sie ihr Glas abgesetzt hatte, wanderte ihre linke Hand automatisch zu der Stelle, an der sich ihr Ehering befand.

»Was hat Sie so erfolgreich gemacht?« Das war sicheres Terrain. Außerdem erschien ihr die Frage plötzlich nicht mehr so abgedroschen. Da hier der Prototyp des preisgekrönten Finanzjongleurs vor ihr saß – noch dazu ein besonders attraktives Exemplar dieser Gattung, zweifelsohne –, war sie wirklich neugierig geworden. Wie hatte es McGregor in so kurzer Zeit geschafft, eine so unglaubliche Karriere zu durchlaufen? Sie staunte mit einem Mal darüber, so wie sie als kleines Kind plötzlich die Frage beschäftigt hatte, warum man morgens und abends die Sonne rot sieht, obwohl sie doch tagsüber ihre Farbe nie verändert. Das Staunen über das Alltägliche, das Hinterfragen des scheinbar Selbstverständlichen.

McGregor grinste. »Also doch ein Exklusivinterview für die ›Post‹?«

Leah mimte die hartgesottene Journalistin, die an nichts anderes denken konnte als an ihren Job. Nur der zarte Rosé-Ton ihrer Gesichtshaut deutete darauf hin, dass dem nicht so war.

»In Ordnung«, meinte McGregor nur, »aber dann holen Sie besser Ihr Diktiergerät raus.« Nichts in seinem Ton verriet, ob er verärgert war.

Leah kramte ihr kleines Maschinchen aus der Handtasche und platzierte es mitten auf dem Tisch.

»Ich hatte einfach Glück, das war's, Interview zu Ende.«

Das war's? Wegen eines Satzes hatte sie ihr Diktiergerät hervorholen sollen? Natürlich entlockte sie ihm dann noch einiges mehr, off the record sozusagen, schaffte es, dass er ein bisschen Persönliches über sich erzählte: dass er Erdnussbutter auf den Tod hasste, dafür Orangenmarmelade auf Käsebrot liebte, eine Delikatesse, die er während eines längeren Aufenthalts in Stockholm zu schätzen gelernt hatte; oder dass er meistens drei Bücher gleichzeitig las, nie kurze Socken zum Anzug trug und ein Faible für Regatten – überhaupt für das Meer – hatte.

Leah hörte fasziniert zu. Zumindest mit einem Ohr. Das andere war vollauf damit beschäftigt, der inneren Stimme zu lauschen, die nach etwas ganz anderem verlangte. Der Wunsch, seine Hände nochmals zu berühren, wurde immer stärker. Sie führte dies auf den Wein zurück, dem bei der Pressekonferenz schon Champagner vorausgegangen war. Der rationale Teil ihres Gehirns erinnerte sie daran, dass sie momentan ein paar Probleme mit ihrem Privatleben hatte: Timothy war, wenn auch nicht geografisch, so doch emotional mindestens drei Zeitzonen entfernt; sie vernachlässigte wie eine Rabenmutter ihren Sohn; sie war mit ihrem Job im Wirtschaftsressort unzufrieden; ach ja, und das Verhältnis zu ihrer Mutter war derzeit auch nicht gerade das rosigste. Was blieb, war der unbändige Wunsch, diese Lippen zu küssen. *Das einzig Vernünftige, liebe Leah, was du heute zustande gebracht hast, war, dich mit Mühe und Not bisweilen wie eine Lady zu benehmen!*, fauchte eine weitere innere Stimme. Doch sie hörte sich nicht nach Leah an. Sie klang eher wie eine Mischung aus den Stimmen von Timothy, Michael, ihrer Ma und ihrem Pa.

» ... Bonbon?«

Leah zuckte zusammen. Sie musste feststellen, dass auch das andere Ohr es inzwischen vorgezogen hatte, den inneren Monologen zu lauschen. »Wie bitte?«

McGregor lachte laut. »Ich bin gerade dabei, Ihnen mein Innerstes zu offenbaren, und Sie hören nicht mal zu?«

Leahs Gesichtsfarbe wechselte in Rekordzeit von Rosé zu Tiefrot.

»Ich fragte, ob Sie nicht ein Bonbon für Ihre Story möchten.«

Leah nickte benommen, sah, wie McGregor die Pausetaste am Diktiergerät betätigte und den kleinen Kasten an den Rand des Tisches schob, und registrierte, wie allein diese Geste schon ihren Puls beschleunigte.

Er flüsterte: »Harriman wird steigen!«, strich dabei abermals über ihre Hände, und seine Finger glitten wie selbstverständlich über den Ehering hinweg. Sie erschauerte.

»Erzählen Sie etwas von sich.« Dieses Mal unterbrach sein Finger das Streicheln in Höhe des Eherings.

Leah schüttelte den Kopf. Sie hatte nicht den Wunsch, ihm über ihren Job als Redakteurin zu berichten. Und schon gar nicht, ihn mit ihrer kleinen Sinnkrise zu langweilen. Sie wollte einfach nur seine Hände spüren. Vielleicht auch mehr als das. Pfui, woher auf einmal diese Gedanken? Das war der schlechte Einfluss ihrer Freundin Susan, definitiv. Leah konnte sich gut vorstellen, wie Susan in so einer Situation ihrem Gegenüber signalisiert hätte, woran genau sie interessiert war.

Als ob McGregor ihre Gedanken lesen konnte, bat er um die Rechnung. Auf dem Weg zurück legte er wie selbstverständlich den Arm um sie. Und sie erwiderte die Geste. So erreichten sie, ohne ein weiteres Wort zu wechseln, das Hotel.

McGregor begleitete sie bis vor die Zimmertür. Leah hatte bislang den Gedanken, wie es an diesem Punkt weitergehen sollte, erfolgreich verdrängt, doch jetzt konnte sie der Entscheidung nicht mehr länger ausweichen. Wie würde sie reagieren, wenn er versuchen sollte, sie zu küssen? Vom Alter her hätte er fast ihr

Vater sein können, doch das interessierte sie momentan so sehr wie der aktuelle Wasserstand des Aralsees.

Sie hatte Timothy noch nie betrogen – vielleicht in ihrer Fantasie, aber wer konnte das einer Frau verdenken, die ihren Mann seltener sah als ihre Kosmetikerin?

Er würde sie küssen, das war so klar wie das Amen in der Kirche.

»Schlafen Sie gut, Mrs Stanford, ich habe mich sehr gefreut, Sie kennengelernt zu haben.« Er ergriff ihre Hand, führte sie sanft zu seinen Lippen, ließ sie wieder los und sah ihr in die Augen.

»Danke, das Vergnügen lag ganz auf meiner Seite.« Wenigstens die Standard-Textbausteine beherrschte sie noch.

McGregor wandte sich ab und schickte sich an, den Flur hinabzugehen. *Er verschwindet,* stellte der Chor all ihrer inneren Stimmen lakonisch fest. *Er hat es nicht mal versucht!* McGregor hatte den Fahrstuhl schon fast erreicht, als Leah seinen Namen rief. Er drehte sich um.

Langsam ging sie ihm entgegen. Den Kopf voller Moralprediger im Disput, die er zum Glück nicht hören konnte. Diaphragma hin, Diaphragma her, eine piepsige Stimme gewann schließlich die Oberhand: *Küss ihn!* Und das tat sie. Mit einer Leidenschaft, über die sie selbst erschrak. Ein Orkan, wo sie ein Sommerlüftchen erwartet hatte. Er erwiderte den Kuss, zuerst zögerlich, dann ebenso heftig und leidenschaftlich. Sie spürte seine kräftigen Hände, die sie abwechselnd hielten und durch ihre Haare strichen. Die Stimmen in Leahs Kopf beendeten endlich ihr Gezänk. Bis zu dem Moment, in dem sie in den luftleeren Raum gestoßen wurde. Denn seine Hände und seine Lippen lösten sich völlig unerwartet von ihr.

»Leah, wir würden es beide bereuen.«

Es waren die letzen Worte aus seinem Mund, bevor er aus ihrem Leben verschwand.

Freier Fall, wenn man glaubt, man hätte einen Fallschirm. Mit neunzig Meilen pro Stunde auf dem vereisten Highway, wenn man meint, die Bremsen funktionierten. Augenblicke, in denen man denkt, man kontrolliere das Spiel. Sie stand noch eine halbe Ewigkeit vor der verschlossenen Aufzugtür. Am ganzen Köper zitternd. Vor Demütigung. Vor Scham, bereit gewesen zu sein, ihre Ehe zu verraten. Schlimmer noch: vor Verlangen.

Eines war sicher: Einen besseren Weg, sich bis auf die Knochen zu blamieren, musste man erst mal finden. Leah hätte den unsäglichen Abend aus ihrem Gedächtnis streichen sollen. Restlos. Stattdessen ging sie alles Wort für Wort, Geste für Geste, Blick für Blick durch, in der Hoffnung, einen Hinweis zu finden, wo sie seine Zeichen – *waren da welche gewesen?* – so erbärmlich falsch bewertet hatte. Mein Gott, war sie naiv. Und lange aus der Übung. Mit der knappen Handvoll Männer, Timothy inklusive, mit denen sie etwas gehabt hatte, war das anders gewesen. Da hatte sie keine Rauchsignale deuten müssen.

Nein, es war nicht einfach, McGregor aus ihrem Schädel zu verbannen. Leider.

Weiter kam sie nicht in ihren Überlegungen. Denn der Kindergarten rief an, Michael habe die Windpocken und solle unverzüglich abgeholt werden. Gott sei Dank konnte sie ihren Dad erreichen, der das für sie erledigte. Also lieferte sie Jim ihre Kolumne ab und war gerade dabei, sich wieder auf den Weg zu machen, als ihr McGregors Name auf dem Bildschirm entgegenleuchtete. Er war in einem der abonnierten E-Mail-Newsletter erwähnt, die täglich ihren Rechner erreichten. Leah las. Und erstarrte.

McGregor hatte an diesem Morgen die Verlobung mit Britt Holland bekannt gegeben, Erbin eines Kosmetikimperiums, die ohne weiteres selbst als Model für ihre Produkte durchgehen konnte. Sie seien im Geheimen schon seit über einem halben Jahr ein Paar. In den sogenannten gut unterrichteten Kreisen kursierten Gerüchte, dass Britt schwanger sei.

Leah drehte dem Rechner den Saft ab, ohne ihn ordnungsgemäß herunterzufahren, und redete sich ein, dass sie sich freuen würde, wenn Timothy heute früher von der Arbeit käme. Dass ihre Seele dann vielleicht wieder Frieden finden würde. Doch zu Hause empfingen sie ihr weinender Sohn und ihr weinender Vater.

Ersteres war in Anbetracht des peinigenden Streuselkuchens auf der Haut ihres Sprösslings kein Wunder. Letzteres verstörte sie nachhaltig, was sie vor ihrem Sohn zu verbergen suchte. Sie gab Michael die Medikamente, die ihr Vater schon besorgt hatte, und betupfte die einzelnen Bläschen mit einer weißen Paste. Dann verabreichte sie ihm ein Zäpfchen gegen das Fieber und brachte ihn zu Bett.

Anschließend hockte sie sich zu ihrem Vater an den Küchentisch und schenkte ihnen beiden einen starken Kaffee ein. Es war ihr aufgefallen, dass ihr Dad in letzter Zeit schweigsamer geworden war. Doch er gehörte nicht zum Club der Lamentierer, also hatte sie dem auch keine weitere Beachtung geschenkt. Umso mehr erschütterten sie die Tränen des Mannes, den sie in ihrem ganzen Leben noch nie hatte weinen sehen.

Er fasste die Katastrophe knapp zusammen. Sein, wie sie glaubte, florierendes Textilunternehmen »Cullin Fashions« mit vierzig Angestellten stand kurz vor dem Bankrott. Seit drei Jahren ging es bereits bergab, der Preiskampf war mörderisch. Größere Firmen, fast zu hundert Prozent automatisiert, unterboten seine Preise mühelos. Sein Betrieb müsste wachsen, doch er konnte kaum den Status quo halten. Inzwischen hatte er die Hälfte des privaten Vermögens in die Firma gesteckt. Und gerade hatte er erfahren, dass sein Hauptkunde in Zukunft bei »Zager &

Zager« einkaufen würde. Alle Pläne, die Firma zu sanieren, waren damit Makulatur. Auch die Banken zeigten sich nicht mehr bereit, weitere Kredite zu bewilligen. Aus und vorbei.

»Harriman.« Leah war sich nicht bewusst gewesen, dass sie es laut ausgesprochen hatte.

»Wie bitte?«

»Harriman«, wiederholte sie. »Ein Fonds. Steigt in den nächsten Wochen steil nach oben. Hab's von McHedgefonds persönlich.« Sie hatte keinen Zweifel daran, wollte das Thema aber nicht weiter vertiefen. »Vergiss es.«

Das Interesse ihres Vaters schien auch weniger ihrer Bemerkung zu gelten als vielmehr dem Aufspüren einer weiteren Packung Papiertaschentücher.

Zwei Wochen später – Michaels rote Pusteln hatten inzwischen den üblichen Blessuren Platz gemacht, die der Kindergartenalltag mit sich brachte – war der Artikel über McGregor erschienen. Man klopfte Leah auf die Schulter; sogar Timothy, der ihn im Flugzeug gelesen hatte, zurück von einem seiner medizinischen Kongresse, die er nie auslassen würde, gefiel er. Gelungene Mischung zwischen packender Wirtschaftsreportage und der rechten Prise »human touch« – so der Tenor der selbsternannten wie auch der wahren Kenner. Nur Susan fragte sie direkt: »Hast du was mit McGorgeous?«

Schimmerte es so deutlich zwischen den Zeilen hindurch, dass dieser Abend nicht spurlos an ihr vorübergegangen war? Zum Glück waren das nur oberflächliche Kratzer auf der Seele, die man mit ein wenig Politur wieder beseitigen konnte. Dennoch, McGregor hatte Saiten in ihr zum Klingen gebracht, von denen sie nicht mal wusste, dass sie überhaupt noch gespannt waren.

Vor allem aber hatte dieser Abend Leah bewusst gemacht, dass ihre Ehe einem reichlich zerschlissenen Anzug glich. Und wenn es hier noch etwas zu retten gab, dann war es höchste Zeit, die

Nadel anzusetzen, bevor selbst die Altkleidersammlung dankend abwinkte. An diesem Wochenende gelang es ihr zum ersten Mal seit langer Zeit, Timothy ins Bett zu zerren. Es war schrecklich. Nein, es war wunderbar. Wunderbar schrecklich. Ein Orgasmus, mit dem Timothy allerdings nur geringfügig zu tun hatte. Es war David McGregor, den sie in den Armen hielt, er war es, dessen Zunge sie spürte, er war es, der in dieser Nacht ein Feuerwerk in ihr entzündete. Dieser Mistkerl!

Nicht zuletzt ihr Artikel über den Börsenstar mit den menschlichen Zügen löste einen wahren Boom aus. Viele Kleinanleger investierten plötzlich in Risikofonds, besonders natürlich in die von »McHedgefonds«.

Vier Wochen nach Leahs Treffen mit McGregor trat genau das ein, was er prophezeit hatte: Harriman begann seinen Höhenflug. Und genau weitere vier Wochen später geschah das, was niemand außer ein paar Mahnern in der Wüste geahnt hatte: Harriman stürzte wieder ab.

Jim war am Morgen, an dem Harrimans Sinkflug begann, durch die Redaktion gerannt, so aufgeregt, wie Leah ihn noch nie gesehen hatte, und hatte Luke gesucht, »das Barometer«. Stanton war der stellvertretende Ressortleiter, offiziell dazu ernannt, über das aktuelle Geschehen an der Börse zu berichten, es zu analysieren und zu kommentieren. Jim tuschelte kurz mit Luke. Der sah sich um, erkannte, dass von seinem Team derzeit nur Leah an ihrem Schreibtisch saß, und winkte sie herbei. Jim spulte knapp die Fakten ab: Harriman hatte innerhalb von zwei Tagen 60 Prozent verloren, ein Ende war nicht abzusehen. Die anderen Fonds von McGregor waren gerade dabei, mit in den Strudel zu geraten, und wenn die Strömung sich verstärkte, würden sie bald alle durch den Gully gurgeln.

Luke blickte Leah nur von der Seite an, und die nickte. Ja, sie würde darüber schreiben.

»Wie viele Zeilen?«

»So viele wie nötig.«

Sofort setzte sie sich an ihren Rechner. Jim legte ihr wenige Minuten später die aktuellen Zahlen auf den Tisch, und sie tippte und tippte, während sie, Profi wie sie war, parallel dazu versuchte, McGregor ans Telefon zu bekommen. Doch der schien sich nicht mehr mit Reportern unterhalten zu wollen. Unter allen Nummern, die die Pressemappe hergab, ließ er sich verleugnen. Fünf Tassen Kaffee und einige Maalox später stand der Artikel. Sachlich. Nüchtern. In gewohnter Leah-Stanford-Qualität. Es war ihr nicht schwergefallen, die Worte aneinanderzureihen. Selbst acht Wochen nach ihrer Begegnung schien sie immer noch den Kuss auf ihren Lippen fühlen zu können, aber den Kitzel der Schadenfreude darüber, dass dem Mann, der alles haben konnte – ja, verflucht, neben dem Herzen von Miss Kosmetik auch das ihre, wenn er es bloß darauf angelegt hätte –, eben auch mal ein Stück des Kuchens von der Meute unterm Tisch weggeschnappt wurde, spürte sie ebenfalls.

Jimmy nahm ihren Text entgegen, überflog ihn und nickte zufrieden. Damit war das Thema für Leah erledigt. Bis zum Abend.

Als das Telefon klingelte, lagen sie und Timothy schon im Bett. Gerade eben hatte sie noch Michael zum Einschlafen eine selbsterfundene Geschichte erzählt, während Timothy den Korrekturabzug des bahnbrechenden Wälzers kontrollierte, mit dem er und seine Kollegen die Neurochirurgie bereichern wollten. Da ihr Göttergatte nicht die geringsten Anstalten machte, sich ihr statt dem Text zu widmen, wollte sie gerade nach der Schlafbrille greifen, als das Läuten des Telefons die Stille in ihrem Schlafzimmer zerriss. Leah zuckte zusammen und sah zu Timothy hinüber. *Was, wenn McGregor dran ist? Du hast heute bei tausend Leuten die Nachricht hinterlassen, dass du ihn dringend sprechen möchtest.* Na und wenn schon? Was wäre schlimm daran? Nahm Tim nicht auch seine Arbeit mit ins Bett? *Sweetie, du beschummelst dich selbst,* flötete die innere Stimme. Der Artikel war bereits im Druck, McGregor hatte seine Chance vertan, jetzt konnte sie nichts mehr daran ändern.

»Willst du nicht endlich drangehen?«, hörte sie ihren Mann hinter seinen Druckfahnen murmeln, also ergriff sie mit zitternder Hand den Hörer und benötigte ein paar Sekunden, um zu begreifen, dass das verzweifelte Schluchzen am anderen Ende der Leitung von ihrer Mutter kam. Jeglicher Gedanke an McGregor, an ihren Job oder an Timothy verflüchtigte sich wie Wasser in der Wüste.

»Was ist los, Ma?«

Jetzt schaute Timothy von seinen Unterlagen hoch – zum ersten Mal, seit er im Bett lag. Und er sah, wie alle Farbe aus ihrem Gesicht gewichen war.

»Bin gleich da.«

Bevor Timothy seine rechte Augenbraue heben und fragen konnte, was denn los sei, stammelte Leah: »Mein Vater … er liegt im Sibley Memorial Hospital auf der Intensivstation … Herzinfarkt.«

»Shit«, entfuhr es Timothy, der solche Worte eigentlich immer vermied. *Mist* war bei ihm das Äußerste, wenn es darum ging, Unmut zu artikulieren. Gehörigen Unmut sogar.

Leah zog sich rasch an.

»Soll ich nicht mitkommen?«

»Und wer bleibt bei Michael? Ich ruf dich von dort aus an.«

Bis heute konnte sich Leah nicht an ihre Fahrt zur Loughboro Road erinnern. Sie wusste nur noch, dass sie die ganze Zeit über von einem einzigen Gedanken beherrscht war: *Was mache ich, wenn Pa stirbt?* Kurz vor dem Telefonat war es noch ein anderer gewesen: *Was ist von meiner Ehe eigentlich noch übrig?* So schnell konnten sich die Dinge ändern.

Ihre Mutter nahm sie im Krankenhaus in Empfang. Sie umarmte ihre Tochter und wurde dabei von Weinkrämpfen geschüttelt. Es vergingen lange Minuten, ehe sie Leah erzählen konnte, was vorgefallen war. Seit Monaten sei ihr Vater so verschlossen gewesen, erklärte sie, bis vor acht Wochen. Da habe er ihr erzählt, dass er in großen finanziellen Schwierigkeiten stecke. Dass es aber so aussehe, als seien die schlimmen Zeiten bald vorbei. Danach sei er regelrecht aufgeblüht. Alles sei bestens. Vor drei Tagen habe er sie sogar das erste Mal – nach zehn Jahren! – gefragt, ob sie nicht zusammen in Urlaub fahren wollten.

Als sie heute in der Küche seinen Kakao zubereitete, hatte sie einen dumpfen Schlag vernommen und war ins Wohnzimmer gestürzt. Dort lag er vor dem Fernsehsessel auf dem Boden. Sie wartete hilflos auf die Sanitäter, während im Hintergrund immer noch dieser ätzende Wirtschaftskanal lief, den er vor eineinhalb Monaten zu seinem neuen Lieblingssender auserkoren hatte.

Ein Verdacht beschlich Leah, der so fürchterlich war, dass sie sich verbieten wollte, darüber nachzudenken. Ihr Vater hatte bisher niemals einen dieser Sender eingeschaltet, die den ganzen Tag ausschließlich über das Auf und Ab an der Wall Street berichteten. Er war immer der Meinung gewesen, seriöse Informationen bekomme man nur aus einer der guten Tageszeitungen, wie zum Beispiel aus der, bei der seine Tochter beschäftigt war.

Wenn er also plötzlich angefangen hatte, eines dieser schillernden Magazine im Fernsehen zu verfolgen, welche die Wirtschaft auf einem Niveau verhandelten, das noch jedem blanken Laien suggerierte, er sei ein Aktienexperte, dann bedeutete das nichts Gutes. Sie betete, dass diese neue Marotte ihres Vaters nichts mit einem ihr bekannten Fonds zu tun hatte, den er – auf ihren Hinweis hin – für die Lösung all seiner finanziellen Probleme gehalten haben könnte.

Während sie in dem neondurchfluteten Wartesaal noch ihre Mutter zu trösten versuchte, kam ein Assistenzarzt vorbei, der erklärte, Mr Cullin sei jetzt bei Bewusstsein. Und er wünsche seine Tochter zu sehen. Allein.

Ihre Mutter warf ihr einen verstörten Blick zu – nein, nicht nur verstört, auch verletzt. Leah gab vor, nicht zu wissen, was ihr Vater von ihr wollte. Doch die Tatsache, dass er sie allein zu sprechen wünschte, schien die schlimme Vorahnung, mit der sie sich seit einer geraumen Stunde quälte, zu bestätigen. Als sie den Raum betrat, in dem ihr Vater lag, erschrak sie. Seine Wangen weit nach innen gewölbt, die Haut, als wäre sie mit Asche eingerieben, die Augen tief in den Höhlen, wirkte er, als sei er in den vergangenen acht Wochen um ein halbes Jahrhundert gealtert. Vor ihr lag ein Greis. Das Schlimmste war jedoch sein Blick: erloschen, tot.

»Hi Dad.«

Schuldbewusst suchten seine Augen ihre, als sie sich neben dem Bett niederließ, und Leah sah, wie seine Tränen auf dem Kissenbezug einen dunklen Fleck bildeten.

Leah küsste seine Hand und erschrak zum zweiten Mal, denn sein einst so fester Händedruck hätte nicht mal mit dem ihres kleinen Sohnes mithalten können.

»Entschuldige«, murmelte er, kaum verständlich, so als ob man ihm eine Mullkompresse in den Mund geschoben hätte.

»Es gibt nichts zu entschuldigen, Dad.« Die Phrase war ihr herausgerutscht, und sie wünschte, sie könnte sie zurücknehmen. Denn wenn ihr Vater sich dazu herabließ, sich zu entschuldigen, dann musste es einen triftigen Grund dafür geben. Ihr Pa hatte viele Qualitäten, doch das Eingeständnis eigener Schuld gehörte nicht zu seinen Stärken. Umso mehr machte es ihr Angst. Er hatte ihre Begrüßung nicht einmal erwidert. So dringend war sein Wunsch gewesen, sich zu entschuldigen.

Er setzte erneut an zu sprechen, doch aus seinem Mund drang nur ein heiseres Röcheln. Leah legte ihr Ohr an seine Lippen, und ihr Vater startete einen neuen Versuch. Was er sagte, klang entfernt nach »Mary Ann«. Leah kannte niemanden, der so hieß. Sie war sicher, das Wort konnte nur eines bedeuten – und das Unwetter ihrer Gedanken weitete sich zu einem ausgewachsenen Hurrikan aus – Harriman! Ihr Vater hatte in den Fonds investiert. Und wie sie ihn kannte, sicher nicht wenig.

Leah reichte ihm den Wasserbecher und brachte anschließend ihr Ohr wieder an seine Lippen, denn er setzte seine Rede im Flüsterton fort. Es schien ihm jetzt leichterzufallen.

Offenbar hatte er sich damals in einer dermaßen angespannten Lage befunden, dass er beschloss, nach ihrem Gespräch in seiner Verzweiflung Kontakt mit McGregor aufzunehmen und ihn um ein Treffen zu bitten. Es war ihm völlig klar, dass McGregor sich auf nichts einlassen konnte, doch trotzdem schenkte dieser ihm ein paar Minuten Gehör. Schnell schilderte er dem Börsenguru seine Situation, erzählte auch von seiner Tochter, die ihm den Tipp gegeben hatte, und auch dass er diese Unterhaltung, ebenso wie die mit seiner Tochter, auf jeden Fall sofort wieder vergessen werde. Nur eine Sache: Konnte er sein Geld in Harriman anlegen? Nach einer endlos lang erscheinenden Pause nickte McGregor ihm kurz zu, Leahs Vater bedankte sich und ging. Der Rest war Geschichte.

Ihr Vater wirkte, als ob ihm eine Last von den Schultern genommen wäre. Während er sich bemühte weiterzusprechen, nahmen seine Augen einen seidenen Glanz an. Die Worte, fast kraftvoll ausgestoßen, waren nicht misszuverstehen: »Bitte, pass auf deine Mutter auf.« Dann atmete er nicht mehr.

Die folgenden Stunden verbrachte Leah wie in Trance. Sie erinnerte sich noch, dass sie den Notrufknopf betätigt hatte, bis ihr Daumen wehtat, und dass sie von zwei Ärzten aus dem Zimmer gescheucht worden war. Sie erinnerte sich auch, wie ein Tier im Zoo den Flur auf und ab gerannt zu sein, mit immer wieder den gleichen Bewegungen, als ob sie in der Lage gewesen wäre, den Lauf des Geschehens zu ändern, wenn sie nur lange und schnell genug den Steinfußboden abschabte. Ihre Mutter hatte wie erstarrt auf dem Plastikstuhl gesessen. Dass Timothy sie nach Hause geholt hatte, wusste Leah nur noch aus seinen Erzählungen.

Die nächsten Tage erlebte sie wie hinter einer Nebelwand, abgeschirmt von der Außenwelt und von allen, die in der Lage gewesen wären, sie in die Realität zurückzuholen – in eine Realität, die sie im Moment nicht ertragen hätte. Timothy nahm sich eine Woche Urlaub, half bei den Vorbereitungen des Begräbnisses, kümmerte sich um Michael und ihre Mutter, während Leah apathisch auf ihrem Bett lag und nur an Harriman dachte – dieses kleine, unscheinbare Wörtchen, das, kaum hatte es ihren Mund verlassen, zu einem Fluch geworden war, der ihren Vater das Leben gekostet hatte. Sie war schuld daran, ausgerechnet sie, die ausgebuffte Wirtschaftsredakteurin! Die es eigentlich hätte besser wissen müssen. Nein, es gab keine Ausrede. Je mehr sie sich die Schuld am Tod ihres Vaters zuschrieb, desto wütender wurde sie auf den, der ihr diesen mörderischen Tipp gegeben hatte … Auf den, dessen Gesicht drohend in dem Nebel lauerte, der sie umgab.

Timothy nahm alle Telefonate entgegen. Unter den Anrufern war ein hartnäckiger Anwalt, der immer wieder verlangte, Leah zu sprechen, er müsse sich mit ihr und ihrer Mutter sofort treffen. Doch Leah lehnte jede Rückkehr ins Leben kategorisch ab. Am Tag des Begräbnisses war sie zum ersten Mal gezwungen, das Haus zu verlassen und den Zustand fortdauernder Betäubung aufzugeben. Sie erkannte sich selbst kaum wieder: War nicht immer sie diejenige gewesen, die die Dinge mit Vernunft betrachtete, die immer den Überblick bewahrte? Mit dem Tod ihres Vaters schien jemand den Stecker aus der Dose gezogen zu haben.

An die Beerdigung selbst konnte sie sich nur vage erinnern. Beim gemeinsamen Mittagessen kam es ihr vor, als befände sie sich mitten in einem Film, dessen Zuschauerin sie gleichzeitig war. Als würde sie alles aus einer großen Distanz betrachten, in gewisser Weise unbeteiligt und dennoch ergriffen vom Wechselspiel der Darsteller, die ihrer Rolle gemäß agierten. Ihrer Mutter ging es offensichtlich ähnlich. Sie saß starr in ihren Stuhl gedrückt, und ihr Blick ließ darauf schließen, dass sie sich in einer anderen Welt befand, zu der niemand sonst Zugang hatte.

Tage später hätte Leah sich dafür ohrfeigen können, dass sie einfach nicht in der Lage gewesen war, ihrer Mutter Trost zu spenden. Sie war kein kleines Mädchen mehr, verdammt. Und trotzdem: Für Leah war ihr Vater der Fels in der Brandung gewesen. Autoritär, aber Sicherheit vermittelnd und zuverlässig. Und immer zur Stelle, wenn sie ihn brauchte. Nicht nur finanziell, sondern vor allem, wenn es darum ging, ihre Zweifel zu zerstreuen und ihr Selbstvertrauen zu stärken. Honig schmierte er ihr dabei nie um den Mund, und gerade deshalb galt ihr sein Lob besonders viel. Ja, er war ein Patriarch, wie er im Buche stand. Aber auch der feste Punkt in ihrem Leben. Der Gedanke, dass sie seinen Tod verschuldet hatte, war unerträglich.

Bereits am Tag nach der Beerdigung rief der Anwalt wieder an, und Leah und ihrer Mutter blieb keine andere Wahl, als sich endlich mit ihm auseinanderzusetzen. Er war nicht unsympathisch, ein Sunnyboy mit Betonung auf »Sunny«, und er stellte sich ihnen als der Rechtsanwalt von Leahs Vater vor. Nicht einmal zehn Minuten benötigte er, um ihrer beider Leben endgültig aus der Bahn zu werfen, indem er ihnen eröffnete, was Leahs Mutter völlig unvorbereitet traf und Leah das Ausmaß der Katastrophe in Zahlen fassen ließ. Mr Cullin hatte seine gesamten Reserven in Harriman gesteckt, an die 300 000 Dollar. Reserven war übrigens nicht ganz das richtige Wort: Es war das gesamte noch übriggebliebene Kapital seiner Firma. Er hatte es eingesetzt, um in vier Wochen satte 250 Prozent Steigerung zu erleben. Und in den darauffolgenden vier Wochen einen Kurseinbruch auf 5,7 Prozent des Ausgangswertes.

»Was heißt das?«, fragte ihre Mutter.

Leah hatte das Gefühl, platzen zu müssen, wenn sie nicht augenblicklich zu schreien anfing. Oder irgendetwas, wie zum Beispiel diesen marmornen Aschenbecher, der auf dem kleinen Besuchertischchen so adrett platziert war, auf den Boden schmetterte. Die Apathie der letzten Tage war von ihr gewichen und hatte einer unbändigen Wut Platz gemacht. Sie fühlte sich wie eine Raubkatze, der man den Schwanz angezündet hatte.

»Das heißt«, fauchte sie, »dass alles futsch ist.«

Ihre Mutter sah sie mit einer Mischung aus Verständnislosigkeit und Befremden an. »Wie, alles?«

Hilfesuchend wandte sich ihre Mutter wieder dem Anwalt zu, dessen Geste die Bedeutung von »alles« besser als jedes Wörterbuch veranschaulichte.

Leah hatte lange genug in der Wirtschaftsredaktion gearbeitet, um wenigstens in groben Zügen zu wissen, wie sich Haftungen bei den verschiedenen Unternehmenstypen darstellten. Und bei der Firma ihres Vaters handelte es sich um ein gänzlich auf privatem Kapital basierendes Unternehmen. Dad haftete also persönlich mit seinem Vermögen. Und wenn das nicht ausreichte, weil ihm zudem ein gewisser Harriman sein Lebenslicht ausgeblasen hatte, dann hafteten eben die Erbfolger. Im Klartext: Ihre Mutter konnte sich eine billige Wohnung suchen, denn das Haus, das sie gemeinsam gebaut hatten, war futsch. Die Lebensversicherungen – futsch. Der wunderschöne alte Buick – futsch. Sollte ihre Mutter noch ein Sparbuch mit ein paar Dollar darauf haben – weg. Auch Leahs Lebensversicherung – alles würde in der großen Tonne mit der Aufschrift »Harriman« verschwinden.

Als Leah sich wieder beruhigt hatte, klebten die Kleidungsstücke an ihrem Körper, als hätte sie soeben einen Triathlon absolviert.

Langsam schien ihre Mutter zu begreifen, worum es hier ging: ihre Existenz.

»Mein Gott«, sagte sie und sackte zusammen, als hätte man alle Fäden gekappt, an denen sie ein Leben lang sicher aufgehängt war.

Die persönliche Bilanz Leahs und ihrer Mutter im Jahre eins nach Harriman bestand in der Bereinigung des Lebens um schnöde materielle Werte. Nach harten Verhandlungen mit der Bank ihres Vaters fingen ihre Mutter und sie bei null an, da ihrer beider Besitz die aufgelaufenen Schulden fast deckte. Mit der sofortigen Offenlegung ihres Vermögens verhinderten sie weiterreichende Forderungen.

Da Leahs Haus zum Glück nicht das ihre war, sondern rechtlich gesehen Timothy gehörte, konnte sie mit ihrer Familie darin wohnen bleiben. Ihre Lebensversicherung wurde gepfändet, ihr Wagen verkauft, und auch ihr Sparkonto für Michaels Collegeausbildung ging in den Besitz der Bank über. Für ihre Mutter sah es schlimmer aus: Sie wollte nicht zu ihnen ziehen, quartierte sich stattdessen in einer billigen Zweizimmerwohnung ein, und nach dreißig Jahren, in denen sie nicht hatte arbeiten müssen, nahm sie einen Job als Kassiererin im Supermarkt an.

Doch Elisabeth Cullin war zäh, sie würde es schaffen. Genauso, wie sie damals ihre Flucht geschafft hatte. Als sie sich im Alter von achtundzwanzig Jahren entschied, Englisch-Dolmetscherin für das Auswärtige Amt zu werden, geschah dies nur aus einem einzigen Wunsch heraus: dem Regime in Bukarest, sobald es nur irgendwie ging, zu entkommen. Als sie zwei Jahre später eine Handelsdelegation in die USA begleiten durfte, ergriff sie die Gelegenheit beim Schopf und setzte sich ab.

Es war ihr zweiter Tag in Chicago gewesen. Wie den anderen Mitgliedern der Delegation, war ihr vom Delegationsleiter der Pass abgenommen worden, wie die anderen wurde sie rund um die Uhr bewacht. Doch das Hotel war zum Bersten voll, was sich in den Fahrstühlen besonders bemerkbar machte. So versteckte sie sich, statt in der Lobby auszusteigen, hinter dem Rücken eines besonders korpulenten Mannes mit Cowboyhut. Bis in die Tiefgarage hielt sie den Atem an. Und mit nur einem Dollar fünfzig in der Tasche – mehr Devisen hatten sie nicht erhalten – rannte sie hinaus auf die Straße und direkt unter die Räder eines Postautos. Konfus vor Schmerzen, missdeutete sie die Uniform des erschrockenen Postbeamten und bat ihn um politisches Asyl.

In den nächsten Wochen war sie ein hysterisches Wrack, vermutete hinter jeder Gestalt Ceauşescus Geheimagenten, die sie mit Drogen vollpumpen und aus dem gelobten Land entführen wollten. Doch niemand schien sich für sie zu interessieren. Von Chicago aus zog sie zu Verwandten nach New York, wo sie an der Ecke Madison und 73. Straße ihren zukünftigen Mann traf. Zwischen die Augen. Mit einer Mandarine. Die wollte sie eigentlich ihrer Cousine Maja zuwerfen, verfehlte sie aber um drei volle Meter. Hektisch wischte sie den Saft von seiner Krawatte – es war Liebe auf den ersten Blick. Ein Jahr später wurde sie Mrs Cullin, und ihr sehnlichster Wunsch war es, nicht nach ihm zu sterben.

»Na, du Furie, siehst ja leichenblass aus.«

Leah blickte von ihrem Ordner auf. Sie merkte, dass sie immer noch auf ihren ersten selbst verfassten Artikel über McGregor gestarrt hatte. Geoffrey stand im Türrahmen und mampfte ein Sandwich.

»Hab dir auch eins mitgebracht.« Er warf ihr das zellophanverpackte Brot zu und setzte sich auf die einzige noch freie Ecke ihres Schreibtisches.

»Ich hab mich nur in den alten Unterlagen vergraben.«

Der Thunfisch mit Mayo schmeckte grauenhaft.

»Und, machst du Fortschritte?«

Geoffrey war nicht wegen McGregor gekommen, das spürte Leah deutlich. Sie warf das Sandwich in den Mülleimer und streckte sich – selten verharrte sie so lange am Schreibtisch. Das Erste, was sie sich ausbedungen hatte, als sie hier in der Redaktion anfing, war ein schnurloses Telefon. Denn sie brauchte Bewegung. Ein Telefonat war um einiges netter, wenn der Blick dabei über den Potomac schweifen konnte, und das nacheinander aus allen drei Fenstern des Büros.

»Was ist los, Geoffrey?«

So kratzbürstig und überheblich Geoffrey manchmal auch war, so verhalten konnte er sein, wenn es um persönliche Dinge ging. Also räusperte er sich erst einmal und schlenderte dann bedächtig zum Fenster, wo er sich gemächlich auf die Ablage niederließ.

»Das haut so nicht hin, Leah, so kann das auf Dauer nicht gehen.«

»Was meinst du damit?«

»Ich meine deinen Stammhalter. Ich mag den Kleinen, auch wenn er es einem nicht leicht macht. Doch du fährst mir immer in die Parade.«

»Meinst du wirklich, wir sollten das jetzt und hier ausdiskutieren?« Manchmal war sein Timing das eines Weihnachtsmanns, der zu Ostern auftauchte.

»Wann sonst? Wenn ich das Thema bei dir zu Hause anspreche, ist der Filius entweder wach oder du nicht mehr. Wenn wir ausgehen, meinst du ebenfalls, es sei nicht der richtige Zeitpunkt. Also wann?«

Leah seufzte. »Nie«, dachte sie und wusste, wie ungerecht das war. Geoffrey gab sich wirklich Mühe. O. k., nicht immer so, wie sie es gerne gehabt hätte, doch er mochte den Jungen. Und das war immerhin ein dicker Pluspunkt. Insbesondere, da Michael keinem Mann seit Timothy das Leben leicht gemacht hatte. Fast ein Wunder, einen zu finden, der es einfach so hinnahm, dass sie ein Kind hatte. Und ein Sechser im Lotto, einen zu finden, der sich auch noch um die Zuneigung dieses Jungen bemühte.

»Wie soll das funktionieren, wenn du ihm immer recht gibst, wenn er mir ans Bein pinkelt? Jedes Mal, wenn ihm was nicht passt, rennt er zu Mami, und du gibst mir hinterher eins auf den Deckel.«

»Er ist schließlich mein *Sohn*!«, sagte sie verärgert.

»Ja, er ist dein Sohn, nur muss er sich auch mit mir auseinandersetzen. Wenn es ihm nicht passt, Dad zu mir zu sagen, dann soll er es mir mitteilen. Es war ein Angebot, keine Drohung!« Auch Geoffreys Augen blitzten jetzt auf.

»Das ist unfair. Er hängt an seinem Vater.«

»Aber sein Vater ist tot. Und das seit drei Jahren. Und nach all dem, was du inzwischen erfahren hast, gebührt ihm nicht gerade ein Sockel, auf dem er sich in Ruhm und Ehre sonnen könnte.«

Leah wollte gerade lospoltern, das gebe ihm noch lange nicht das Recht, diese Position für sich einzunehmen, als Geoffrey die Hände hob. Leah blickte ihren Lebenspartner, Freund, Liebhaber an – was, verdammt noch mal, war er eigentlich genau?

»Gib uns ein Wochenende«, bat Geoffrey. »Nur er und ich. Wir fahren an den See, angeln. Oder sonst wohin – was auch immer er gerne macht.«

»Ich glaube nicht, dass er das will.«

»Ich auch nicht. Aber anders wird es nicht funktionieren. Er muss sich einmal mit mir auseinandersetzen. Nur mit mir.«

Leah zögerte. Er gab nicht auf, das musste sie ihm lassen. Und doch wehrte sich etwas in ihr bei dem Gedanken, ihren Sohn zu ein paar Tagen mit Geoffrey zu verdonnern. »Er ist noch nicht so weit.«

Geoffrey seufzte. »So, wie du es anstellst, wird er nie so weit sein.«

»Er braucht Zeit.« In dem Moment, in dem sie es aussprach, kam es ihr selbst wie eine abgedroschene Phrase vor.

»O. k., lass uns noch ein bisschen warten.«

Na also. Manchmal war er richtig einsichtig.

»… am besten, bis er das College hinter sich gebracht hat.« Mit diesen Worten war er aufgestanden und zur Tür gegangen.

»Geoffrey!«

Er blieb im Hinausgehen einen kurzen Moment stehen. »Nein, ist schon o. k. Vielleicht warten wir einfach noch, bis er uns irgendwann im Pflegeheim besucht.« Dann schloss er die Tür.

Es hatte keinen Sinn, ihm jetzt hinterherzurennen. Außerdem wollte sie sich nicht auf das Thema Geoffrey und Michael einlassen. Zu oft hatten sie darüber diskutiert, jedes Mal endete es damit, dass entweder einer von ihnen eine Tür zuknallte oder sie sich liebten, um die Spannung wieder abzubauen. So prickelnd diese Momente der Lust waren – deren Auslöser empfand Leah als ungesund.

Sie zwang sich, ihren Blick erneut auf den Ordner zu heften. Blätterte um. Und hatte den Artikel vor sich liegen, den sie damals als Nächstes geschrieben hatte, in der Nacht nach dem Gespräch, in dem ihnen der Anwalt ihres Dads den Boden unter den Füßen weggezogen hatte. Es war die Nacht, in der Leah ein neues Ziel in ihrem Leben fand: den Mann zur Rechenschaft zu ziehen, der das zu verantworten hatte. Gab es Journalisten, denen persönliche Gefühle bei einer Sache den Schreibstil verdarben, so war es bei ihr umgekehrt. Wenn sie in Rage geriet, war sie unschlagbar. Ihre Kommentare zu McGregors Pleitefonds waren bissig und voller Ironie und zielten alle auf die Hauptschlagader, nämlich die Frage, ob der Crash nicht vermeidbar gewesen wäre.

Jimmy und Stanton hatten sie gewähren lassen, solange sie gut recherchierte Fakten präsentierte. Und das tat sie. Sie rollte McGregors Leben vor dem Zusammenbruch auf. Deckte auf, dass der Mann, der jetzt so viele Anleger in den Ruin getrieben hatte, in den letzten Jahren schätzungsweise ein Vermögen von mindestens 400 Millionen Dollar angehäuft hatte.

Die Auswirkungen an der Börse folgten auf dem Fuße. So wie Stanton es prognostiziert hatte, rutschten auch McGregors andere Fonds ab, und nach wenigen Wochen schien der gesamte Markt für Hedgefonds zu leiden. Ein wahres Kursgewitter war die Folge.

McGregor wehrte sich heftig gegen alle Vorwürfe und das, was Leahs Zunft gegen ihn vorbrachte. Er dementierte und leugnete, und schon nach wenigen Wochen waren seine Auftritte im Fernsehen nicht mehr ganz so brillant. Was dann aber auch keine Rolle spielte, denn bald darauf wollte ohnehin kein Sender mehr über ihn berichten.

Mit ihren Artikeln hatte Leah schließlich zwei Dinge erreicht. Zum einen trug sie nicht unwesentlich dazu bei, dass David McGregor erst recht ins Straucheln geriet. Zum anderen hatte sie den Mann wahrscheinlich besser kennengelernt als jeder andere. Schließlich gönnten ihm die Sender noch einmal ein paar Minuten Redezeit. Auf allen Kanälen erklärte McGregor, dass er sich aus dem Börsengeschäft zurückziehen werde.

Er gab keine Auskunft darüber, was er zu tun gedachte. Und Leah setzte sich erneut an den Rechner und verfasste den letzten Beitrag über den Mann, der so viel Elend über ihre Familie gebracht hatte. Eine finale Abrechnung, in der sie nochmals seine Karriere darstellte, auf sein persönliches Vermögen einging und sein Unvermögen, ein Frauenherz ungebrochen auf seinem Lebensweg zurückzulassen. Später strich sie alles Persönliche wieder heraus, und Stanton setzte den Artikel auf die erste Seite.

McGregor war vom gesellschaftlichen Parkett gefegt worden. Ob er danach im Straßengraben oder im Gefängnis landete, war ihr gleichgültig gewesen, zumindest machte sie sich das damals vor, wenngleich sie seinen weiteren Lebensweg nie ganz aus den Augen verlor.

Und jetzt war er wieder dabei, das Geld anderer Leute zu missbrauchen. Spendengelder ahnungsloser Menschen, deren Engagement gegen den Walfang er offenbar dazu nutzte, sich ein angenehmes Leben zu ermöglichen und gelegentlich irgendwelche Rambo-Aktionen durchzuführen, die dem Ganzen dann den nötigen schlagzeilenträchtigen Anstrich geben sollten.

Leah würde so lange keine Ruhe geben, bis sie all das aufgerollt hatte. Sie stellte die Ordner wieder in den Schrank und schloss ihn sorgfältig ab. Wenn sie Kazuki nicht warten lassen wollte, musste sie sich sputen.

Ich kann Ihnen sagen, dass uns der Ausgang des Prozesses mit äußerster Genugtuung erfüllt hat.«

Leahs Gegenüber zeigte sich jovial und dabei doch absolut

professionell. Obwohl seine Gesichtszüge keinen Zweifel an seiner Herkunft ließen, wirkte er durch und durch amerikanisch. Das lag nicht nur an seiner Köpergröße, die mit eins achtzig deutlich über dem japanischen Durchschnitt lag, sondern auch an seiner offenen, fast übertrieben herzlichen Art, die ihn als Anhänger des »American way of life« auswies. Das »R« konnte er im Übrigen tadellos aussprechen.

»Ich freue mich auch, dass sich die seriöse Presse des Themas annimmt. Worüber genau wollen Sie schreiben?«

Kairami Kazuki arbeitete als Direktor der FishGoods Inc. Sein Büro war mit schlichtem Understatement eingerichtet, geprägt von wenigen, aber erlesenen Möbeln. Es wirkte modern und geschmackvoll. An der Wand hingen zwei großformatige Gemälde, die Leah sofort erkannte. Es handelte sich um zwei echte Hitamis. Aikimo Hitami war ein aufstrebender Stern am amerikanischen Künstlerhimmel und malte seit zehn Jahren Bilder, deren Motive man zwar nicht identifizieren konnte, die dafür aber umso gefragter waren.

Als Kazuki von Leah erfuhr, dass sie an einem Artikel über die SeaSpirit-Foundation arbeitete, nachdem sie »gewisse« Auskünfte erhalten hatte, und nun dabei sei, weitere Informationen und Hintergrundmaterial über die Bewegung zu sammeln, rieb er sich die Hände. Die Betonung auf »gewissen« Informationen hatte ihm besonders gut gefallen.

»Sie werden bei uns offene Türen vorfinden. Fragen Sie, was auch immer Sie wissen möchten, nur keine Hemmungen.«

Leah trank einen weiteren Schluck feinsten Darjeeling. Sie hatte eigentlich Sencha erwartet.

»Was genau wurde in dem Prozess verhandelt?«

»Lassen Sie mich eines vorwegnehmen: Unser Konzern, und damit meine ich jeden einzelnen unserer Mitarbeiter, egal, in welchem Land er arbeitet und aus welchem Land er kommt, wir alle verurteilen den Walfang aufs Schärfste. Unser Unternehmen hat mit keinem dieser Mörderschiffe auch nur das Geringste zu tun. Unsere Branche ist der Thunfischfang. Wir fangen keine Wale. Wir schlachten sie auch nicht ab. Insofern unterstützen wir prinzipiell die gleichen Ziele wie die SeaSpirit-Bewegung. Wir sind uns alle einig, wenn es darum geht, den sinnlosen Walfang zu stoppen.«

Kazuki hatte seine kleine Rede beendet. Sein Blick wirkte aufrichtig, und er schenkte Leah ein freundliches Lächeln, das Leah auch erwiderte, doch sie hatte nicht vor, sich einlullen zu lassen. Sollte er einfach erzählen, was er zu sagen hatte, sie würde sich die interessantesten Brocken schon herauspicken. »Und worum ging es nun in dem Prozess?«

Kazuki goss ihr Tee nach.

»Die Fakten: Vor genau einem Jahr war eines unserer Fangschiffe, die Santo Domingo, südlich von Neufundland unterwegs. Sie kreuzte schon seit einigen Tagen, hatte aber keine Thunfische mit dem Sonar erfasst. Als die Mannschaft endlich etwas ausmachen konnte, stieß sie auf die »SeaSpirit«, die parallel zu dem Thunfischschwarm schipperte. Unsere Leute kümmerten sich nicht weiter um das Boot, als unser werter Freund McGregor die Santo Domingo aufforderte beizudrehen. Kapitän Holbrook, ein erfahrener Seemann, hatte aber nicht vor beizudrehen, schließlich bewegte man sich hier in internationalen Gewässern. McGregor wurde daraufhin ziemlich unfreundlich. Das Ganze ist selbstverständlich in den Prozessakten dokumentiert. Holbrook ist einer unserer besten Männer. Ein kluger und umsichtiger Kopf – und dabei ein hervorragender Fischer. Vielleicht gestatten Sie mir einen kleinen Exkurs, bevor ich Ihnen weiter über den Prozess berichte?«

Leah nickte nur, alles, was sie an Informationen bekam, konnte nützlich sein.

»Wissen Sie, an Holbrook sieht man ziemlich gut, dass unsere Firma auf der richtigen Seite steht. Er arbeitete auf einem Walfänger, und vor fünf Jahren trafen die auf ein Schiff von Greenpeace. Klar, jeder, der auf Walfängern arbeitet, kennt die Typen. Und kennt die Bilder von den Schlauchbooten. Und wenn die rauen Seebären an Land waren, dann zogen sie gemeinsam über die blöden Ökos her und überboten sich in Gemeinheiten, was sie mit denen machen würden, wenn sie einmal vor dem eigenen Schiff auftauchen sollten. Holbrook war da immer fleißig mit von der Partie. Bis eines Tages, eben vor fünf Jahren, die Schlauchboote vor den Harpunen seines Schiffes kreuzten. Holbrook ließ die Geschosse scharfmachen und die Hochdruckwasserwerfer aufdrehen. Die gelten nicht den Walen, sind aber hervorragend dazu geeignet, die Schlauchboote aus dem Weg zu räumen.

Holbrook gab Anweisung, mit dem Wasserstrahl auf die Leute in den Booten zu zielen. Innerhalb von zwei Minuten schossen sie zwei Männer aus den Zodiacs. Als die in der See schwammen, zielte ein Matrose weiter auf einen der Männer und versuchte, ihn unter Wasser zu drücken. Das war der Punkt, der Holbrooks Leben veränderte. Er hat mir persönlich erzählt, dass er in das Gesicht seines Matrosen geblickt und dort die pure Mordlust gesehen hat. In diesem Moment gab er die Order, die Harpune zu sichern und die Wasserwerfer abzuschalten. Und er befahl, beizudrehen und die Wale und das Greenpeace-Schiff ziehen zu lassen. Er konnte knapp eine Meuterei unterdrücken. Sein erster Steuermann übernahm das Kommando und setzte Holbrook auf dem Mutterschiff der Flotte ab. Nach diesem Erlebnis reifte in Holbrook die Erkenntnis, dass diese Menschen wirklich ihr Leben aufs Spiel setzten, um die Wale zu schützen. Und er begann sich mit dem Thema zu beschäftigen. Wenig später kündigte er, eine Woche darauf fing er bei uns an. Um nie, nie wieder Wale zu jagen, wie er selbst sagte.«

Leah fragte sich, ob an dieser rührenden Geschichte etwas dran war oder ob man sie sich eigens ausgedacht hatte, um sie Journalisten aufzutischen. Sie notierte den Namen des Kapitäns in ihrem kleinen Notizbuch, das sie immer bei sich trug. Würde sich ja wohl nachprüfen lassen, wenn es wichtig werden sollte.

»Nun, Holbrook stieß also auf die ›SeaSpirit‹«, nahm Kazuki den Faden wieder auf. »Sie wollten gerade die Netze auslassen, da kamen auch schon Schlauchboote von denen angeschossen. Sie umkreisten das Schiff. Dann drehte die ›SeaSpirit‹ bei und steuerte ebenfalls auf die Santo Domingo zu. McGregor forderte unsere Crew auf, den Fang einzustellen und beizudrehen, doch Holbrook sah keinen Grund dazu.

Dann rammte die ›SeaSpirit‹ unseren Trawler. Bei einem Auto würde man von einem Totalschaden sprechen. Dementsprechend weise hat der Richter entschieden, dass McGregor Schadensersatz zu leisten hat. Und da McGregor die Reparaturkosten bis zum festgesetzten Termin nicht überwiesen hatte, bekamen wir einen Pfändungsbeschluss auf die ›SeaSpirit‹.«

Leah stutzte: »Aber dann sind Sie der Inhaber der ›SeaSpirit‹! Heißt das, die haben kein Schiff mehr?«

Kazuki konnte sich ein Lächeln nicht verkneifen: »Das ist der feine Unterschied zwischen *haben* und *besitzen*. Wenn wir die SeaSpirit in einem Hafen zu fassen bekommen, sind wir berechtigt, sie zu beschlagnahmen. Nur wird die Erdoberfläche zu 71 Prozent von den Weltmeeren bedeckt, McGregor kann überall sein. Wir haben keine Ahnung, welchen Hafen er als Nächstes anlaufen wird – und schon gar nicht, wann. Wie dem auch sei, ich habe Ihnen eine Kopie der Prozessakte anfertigen lassen, falls Sie sich noch tiefer mit dem Fall befassen möchten.«

»Wissen Sie etwas über die erste Rammaktion der ›SeaSpirit‹?«

»Selbstverständlich. Es war eine ähnliche Situation wie bei uns, mit zwei Unterschieden: Deren Schiff war nicht so sehr beschädigt wie das unsere, und die betreffende Firma ist viel, viel kleiner. Deshalb haben die auch keine Anklage erhoben.«

Leah runzelte die Stirn.

»Ganz einfach«, erklärte Kazuki, »so einen Prozess zu finanzieren geht richtig ins Geld. Die Anwaltskosten, die wir vorschießen mussten, überstiegen den Wert von McGregors Schiff bei Weitem. Trotzdem haben wir eine ganze Horde Anwälte auf den Fall angesetzt. Uns ging es dabei, wie Sie sich sicher denken können, nicht ums Geld. Wir wollten ein Exempel statuieren. Wir sind keine Verbrecher, und wir lassen uns nicht einfach so bedrohen.«

»Warum werden Sie eigentlich angegriffen, wenn Sie mit Walfang nichts am Hut haben?«

Kazuki zuckte mit den Schultern. »Ich weiß es nicht, Ms Cullin. Keine Ahnung, was die von uns wollen. Mir ist nicht bekannt, dass Thunfisch eine vom Aussterben bedrohte Tierart wäre. Allerdings, worüber sich auch die Leute von Greenpeace aufregen, sind die Treibnetze, die man auch zum Thunfischfang einsetzen kann.«

»Und? Setzen Sie sie ein?«

»Ja«, antwortete Kazuki zu Leahs Erstaunen. »Aber die Netze, die wir verwenden, sind kurze Netze, die den internationalen Statuten entsprechen, und nicht diese illegalen kilometerlangen Dinger. Außerdem gibt es bei uns kaum Beifang.«

Kazuki merkte, dass Leah nicht verstand, und führte etwas weiter aus: »Unter Beifang versteht man, was Sie in Ihrem Garten als Unkraut bezeichnen. Sie säen Radieschen, und wenn Sie sie ernten, finden Sie dort auch Löwenzahn. So wie bei Ihnen der Löwenzahn nicht ins Beet gehört, bleibt in den Netzen manchmal auch etwas anderes hängen als Thunfisch. Und das schmeißen wir dann wieder zurück ins Meer. Egal, ob es nun ein Kanister oder ein Fisch ist, den wir nicht gebrauchen können.«

»Und worüber kann man sich da aufregen?«

Kazuki war ganz ihrer Meinung. »Wenn Sie mich fragen und Sie dürfen mich gerne zitieren: Ich habe manchmal den Eindruck, solche Organisationen suchen sich Themen heraus, um Spendengelder lockerzumachen. Da hat mal ein Fotograf ein Bild von einem Netz geschossen, das sich versehentlich vom Fangschiff gelöst hat und im Meer trieb, und schon wird wieder Öl ins Feuer gegossen. Klar, dass sich darin auch mal Seevögel verfangen und verenden. Nur finden Sie in einem Netz, das ausgeworfen und kurz darauf wieder eingezogen wird, selten einen Seevogel, weil die meisten sich hüten, in der Nähe von Schiffen zu wassern – klingt logisch, nicht wahr? Die Ökos haben sich besonders darüber aufgeregt – damals zu Recht – dass Delfine, die sich oft in der Nähe von Thunfischschwärmen aufhalten, in den Netzen umkommen. So was ist heutzutage allerdings verboten.«

Kazuki gönnte sich noch einen Schluck Tee.

»Doch jetzt habe ich so viel erzählt. Vielleicht darf ich Ihnen eine Frage stellen: Was interessiert Sie an einem völlig nebensächlichen Prozess? Spinner oder zumindest fehlgeleitete Idealisten gibt es doch zuhauf.«

Leah zögerte, konkreter zu werden. Kazuki wirkte zwar sympathisch, und seine Offenheit gefiel ihr – besonders, da er ihr sogar die Akte kopiert hatte. Sie war schon darauf eingerichtet gewesen, sich mit dem Gericht auseinanderzusetzen, um an das Material zu gelangen.

Leah räusperte sich. »Sie haben es selbst angesprochen. Wie sieht es mit den Spenden aus? Es gibt Quellen, die behaupten, dass hier Gelder in privaten Taschen versickern. Große Summen.«

»Und wie gedenken Sie das anzugehen? Sie werden sich sicher nicht mit ein paar drittklassigen Informationen aus dem Internet zufriedengeben.« Etwas in Kazukis Tonfall hatte sich verändert. Als ob das Wetter umgeschlagen wäre und man die Elektrizität eines bevorstehenden Gewitters in der Luft spüren könnte. Kazuki schien angespannt. Und sie konnte sich auf einmal denken, worauf er hinauswollte.

»Nein, allerdings nicht.«

»Gehe ich dann recht in der Annahme, dass Sie Recherchen vor Ort planen?«

Leah konnte sich ein Grinsen nicht verkneifen. Sie hatte Kazuki unterschätzt.

»In der Tat würde ich denen gern einen Besuch abstatten. Falls wir herausbekommen sollten, wo sie sich derzeit aufhalten.«

»Wir haben das natürlich auch versucht, aber ich denke, Journalisten haben da vielleicht andere Möglichkeiten.«

Möglichkeiten schon, dachte Leah, nur nicht das Budget dazu.

»Ms Cullin, wenn ich das richtig sehe, dann haben wir beide in gewisser Weise dieselben Interessen. Wir möchten beide McGregors Machenschaften aufdecken. Ich könnte mir vorstellen, dass Sie das Know-how für diese Aufgabe haben, während wir uns eventuell finanziell beteiligen könnten.«

Na hoppla! Leah war plötzlich ganz Ohr.

»Lassen Sie es mich so formulieren: Sollten Sie bei Ihren Recherchen Kenntnis über die Route der ›SeaSpirit‹ erlangen, wichtiger noch, über den Hafen, den sie als Nächstes anläuft, so könnten wir sämtliche finanziellen Belastungen übernehmen, die Ihrer Redaktion aus Ihrer Arbeit erwachsen.«

Leah spürte, dass das noch nicht alles war.

»Um meine Überlegung abzurunden: Die Beschlagnahmung des Schiffes würde uns gute Publicity in der Branche bringen. Wenn Sie uns dabei helfen würden, könnte dies die Grundlage für unseren neuen Marketing-Feldzug sein. Ich dachte dabei an ein Jahreskonzept, das zweimonatlich sämtliche Publikationen aus Ihrem Hause mit ganzseitigen Anzeigen berücksichtigt.«

»Da wird sich unsere Geschäftsführung bestimmt freuen«, entfuhr es Leah.

Kazuki hatte sich offenbar schon vor ihrem Besuch Gedanken über einen derartigen Deal gemacht. Und er hatte natürlich recht. Selbst wenn sie die »SeaSpirit« ausfindig machte, war die Wahrscheinlichkeit, dass die gerade vor der eigenen Haustür dümpelte, eher gering. Wenn das Schiff sich gerade auf der anderen Seite des Erdballs befand, ginge die Recherchearbeit für ihren Artikel nur mit einer massiven Plünderung des ohnehin äußerst niedrigen Spesenetats einher. Worüber Geoffrey verständlicherweise so begeistert wäre wie über einen Brandanschlag aufs Verlagsgebäude.

»Nun, Ms Cullin, Sie müssen sich jetzt zu nichts verpflichten. Lassen Sie es mich einfach wissen, falls unser Angebot auf Ihr Interesse stoßen sollte.«

Leah konnte in Kazukis Augen nichts Hinterhältiges ausmachen. Der Mann schien einfach nur eine wahnsinnige Wut auf McGregor zu haben. Das konnte sie nachvollziehen. Da waren sie schon zu zweit.

»Ich werde darüber nachdenken.«

Kazuki erhob sich, half ihr in die Jacke und geleitete sie persönlich zum Aufzug.

Leah fühlte sich beschwingt, als sie das Gebäude der Fish-Goods Inc. verließ. Ihr Plan stand fest. Sie würde versuchen, für ein paar Tage auf die »SeaSpirit« zu gelangen, unter dem Vorwand, für deren Anliegen zu schreiben, in Wahrheit aber, um dabei festzustellen, auf welche Art und Weise McGregor es wieder mal schaffte, sich am Geld anderer zu bereichern.

Masao, Govind und Sam verfolgten, wie Joe mit der Miniarmbrust auf den Buckelwal zuschwamm. Er hatte den Job übernommen, da David sich in seiner Kabine eingeschlossen hatte. Er fühlte sich wie ein leckgeschlagenes U-Boot auf dem Grund des Meeres. Jegliche Energie war von ihm gewichen, die Lethargie hatte einem Kraken gleich Besitz von ihm ergriffen, hielt ihn fest in seinem Klammergriff und gestattete nicht die geringste Bewegung. Die zwei Whiskeyflaschen, die neben ihm auf dem Boden rollten, waren leer, doch offenbar hatte diese Medizin nur dazu ausgereicht, das Hämmern in seinem Schädel dumpfer werden zu lassen.

Masao klopfte. Als David nicht reagierte, öffnete er die Tür einen Spaltbreit.

»Bist du o. k.?«

David gab ihm mit einem kurzen Blick zu verstehen, dass er nicht die geringste Lust hatte, Fragen dieser Art zu beantworten.

»Joe ist so weit.«

Auch das war eine Tatsache, die David im Moment belanglos erschien.

»Willst du nicht rauskommen und es dir ansehen?«

David ignorierte die Frage. Nein, er wollte nicht.

»David ... Ketan ist nicht der einzige Wal, der abgeschlachtet wurde. Was hast du uns immer gepredigt: Es gilt, nicht aufzugeben, immer weiterzumachen, egal, wie sinnlos es erscheinen mag.«

»Da hab ich Unsinn geredet.« Davids Stimme war hart und zurückweisend.

»Blödsinn, wer hat mich in einem Zimmer eingeschlossen, als ich an der Nadel hing? Wer hat mir gesagt, auch das geht vorüber, als ich in meinem Erbrochenen lag und nicht mal in der Lage war, einen klaren Gedanke zu fassen?«

»Es ist sinnlos. Du hast gesehen, wie sinnlos es ist.«

»Nicht für die zwanzig Wale, die du gerettet hast.«

David wollte etwas sagen, ließ es aber bleiben. Klar, so gesehen, was konnte er da einwenden. So gesehen, lohnte sich jeder Einsatz, egal, wie hoch die Verluste waren. David warf dem Jungen einen prüfenden Blick zu. Nein, er durfte ihm nicht ein solches Bild von sich bieten. David war sich bewusst, dass er für Masao eine Art Idol war, dass es die Arbeit für die gute Sache war, die ihn davor schützte, rückfällig zu werden.

Masao spürte, dass er David mit seinen Argumenten fast erreicht hatte, dass er jetzt keine Pause machen durfte. Also redete er ohne Punkt und Komma weiter: Wenigstens hatte Sam alles mitgefilmt, und anhand des Chips von Ketan konnten sie beweisen, wo genau die Japaner den Blauwal getötet hatten, womit zweimal registriert war, dass hier eine illegale Tat begangen wurde. Per E-Mail hatten sie den Behörden einen Teil des Materials bereits zukommen lassen und hofften, da nun die »Hikari« gezwungen war, einen Hafen anzulaufen, dass ihre Fracht beschlagnahmt würde. Natürlich hatten sie das aufgezeichnete Material auch an die Presse weitergeleitet, und hier und da würde bestimmt ein Artikel darüber auftauchen.

David wollte Masaos Optimismus nicht bremsen, obwohl er überzeugt war, dass das Abschlachten von Walen mittlerweile kaum noch für Schlagzeilen taugte. Interessierte es wirklich noch irgendwen, wie es den Walen erging oder ob es den Regenwald eigentlich noch gab oder wie sich das Ozonloch veränderte? Gut, mit etwas Glück würde die Ladung der »Hikari« beschlagnahmt werden, bevor das Schiff wieder den Hafen verließ. Doch wer konnte schon garantieren, dass sie nicht weiterjagten, sobald sie sich erneut auf offener See befanden?

Masao sammelte die leeren Whiskeyflaschen ein. »Du kriegst jetzt einen starken Kaffee. Komm endlich mit.«

Als David das Deck betrat, fühlte er sich, als ob das viele Licht seinen Kopf in kleine Teile zerlegte und mit Tausenden von Spießen darin herumstocherte. Zu allem Übel stürzte sich auch noch Steve auf ihn, kaum dass er ihn wahrgenommen hatte.

»Kannst du mir sagen, was das wieder für 'ne Aktion war?«

David versuchte, seine Stimme so ruhig klingen zu lassen, wie es eben ging: »Du hast recht, wir hätten sie gleich rammen sollen.«

Steve konnte nur den Kopf schütteln über so viel Hirnrissigkeit. Jeder hier glaubte, das Gesetz in seine Hände nehmen zu können. »Oh ja, nur zu, noch ein Prozess am Hals! Die wollen das Schiff sowieso konfiszieren!«

»So läuft das nicht, Steve!«, unterbrach ihn David. »Dieser eine Wal da draußen, das war ein Wal zu viel. Geht das in deinen verdammten Schädel?«

Steve sah ein, dass es vorerst besser war zu schweigen. David hatte Ketan nicht mal bei seinem Namen genannt. Steve war klug genug, um zu begreifen, wie sehr es David getroffen hatte, wenn er versuchte, seine Gefühle so unter Kontrolle zu halten.

»Das war ... das war großartiges Leben, was da vernichtet wurde, Steve. Es hätte auch dich erwischen können.«

Steve war sich in diesem Moment nicht ganz sicher, ob diese Variante David nicht lieber gewesen wäre.

»Ich trag hier die Verantwortung«, fuhr David fort, »also entscheide ich auch, was unternommen wird. Und wenn du weiter an Bord bleiben willst, hältst du dich daran. Ist das klar?«

Steve schluckte seinen Ärger runter, es hatte keinen Sinn, in der Wunde zu stochern. Der Wal hätte nicht sterben dürfen, richtig. Andererseits, es war für eine gute Sache. Wie viele waren für eine gute Sache gestorben? Und wenn sie nicht gestorben wären, hätte sich dann die gute Sache überhaupt durchgesetzt? Große Resultate verlangten große Opfer. Aber das konnte er David nicht ins Gesicht sagen. Jetzt nicht und auch ein andermal nicht.

Das war Politik, und damit hatte David nichts am Hut. Aber er, Steve, würde den Tod von Ketan zu nutzen wissen. Eines war sicher, dieser Wal war nicht umsonst gestorben. Und so gesehen – auch wenn es pharisäerhaft klang –, war es sogar von Vorteil, dass er gestorben war, vor laufender Kamera, denn jetzt hatte Steve den eindringlichsten Beweis, warum es sich lohnte, die Stiftung am Leben zu erhalten. Solche Bilder überzeugten mehr als tausend Worte.

Steve wollte gehen, doch David hielt ihn am Arm fest und musterte ihn lange. »Passive Größe«, sagte er schließlich. »War es das, was du wolltest?«

Leisetreten scheint nicht gerade seine Stärke zu sein.«

Leah ging mit Madeleine und Geoffrey alle gesammelten Informationen über David durch.

»Trotzdem, warum rammt er ein Boot, das Thunfisch fängt?«, wollte Leah wissen. »Was hat das mit Walen zu tun?«

»Du weißt doch, wie diese Leute sind! Bald dürfen wir nicht mal mehr Gemüse essen, weil jemand für Radicchio auf die Barrikaden geht«, ereiferte sich Geoffrey.

Bevor Leah etwas erwidern konnte, platzte Nick breit grinsend herein und steuerte direkt auf Leah zu. »Sag ›Danke, Nick‹!«

»Danke, Nick. Und wofür, bitteschön, bedanke ich mich gerade?«

Nick sprach die Worte genüsslich aus: »Ich kenn einen bei der ›Times‹«, und mit einem schrägen Blick zu Geoffrey, »übrigens, die bezahlen ihre Leute um einiges besser als der Verein hier.«

»Geh doch hin, wer hindert dich?«, blaffte Geoffrey zurück.

Nick ließ sich nicht aus der Ruhe bringen: »Und ich soll euch im Stich lassen? Na, jedenfalls, der wiederum kennt jemand, der früher mal Whalewatching-Touren angeboten hat und jetzt mit McGregor ganz dicke ist.«

Leah setzte sich interessiert auf.

»Ein gewisser Steve Benson.« Am liebsten hätte Nick jede Silbe in die Länge gezogen, um den Triumph auszudehnen, den er gerade genoss. »Seine rechte Hand sozusagen, und ich hab die Funkfrequenz, wir können die ›SeaSpirit‹ jederzeit erreichen.«

Leah fuhr aus ihrem Stuhl hoch: »Worauf wartest du noch, funk sie an! Frag, ob sie eine engagierte Reporterin an Bord nehmen wollen. Eine, die verrückt nach Walen ist, total verrückt.«

Nick grinste. »Sag, dass ich ein Genie bin.«

»Bist du nicht. Erst, wenn du mich aufs Boot kriegst.«

»Schon geschehen! Hab mir die Freiheit genommen, dich bei diesem Benson als Reporterin vom ›National Geographic‹ anzukündigen. Niemand weist eine Reporterin von ›National Geographic‹ ab.« Er reichte Leah einen Zettel. »Hier. Brauchst nur anzurufen und einen Termin zu bestätigen.«

Nick ließ sich möglichst gelassen auf einen der Stühle fallen. Leah und die anderen waren beeindruckt.

Selbst Geoffrey pfiff anerkennend durch die Zähne. »Lernt schnell, der Kleine.«

»Das macht er nur, damit er nach Cape Canaveral darf«, behauptete Leah.

»Und? Darf ich?« Nick sah sie erwartungsvoll an.

Leah wechselte einen Blick mit Geoffrey, der ihr bedeutete, sie könne das selbst bestimmen. Was sie mit einem unmissverständlichen Zwinkern zu Nick hinüber auch tat.

»*Yesss*!!! Ähm, flieg ich Business?«

»Nicht frech werden«, konterte Geoffrey sofort, während Leah Madeleine bereits die Nummer der »SeaSpirit« anwählen ließ.

David hätte die Wände hochgehen können. Wieder irgendeine Zicke, die ihre Nase in alles stecken wollte, um sich dann hinterher darüber aufzuregen, dass sich in ihrer Kabine kein Bidet befand, dass jeder sein Geschirr selbst abzuwaschen hatte oder dass die Reinlichkeit an Bord zu wünschen übrig ließ. Vielleicht würde sie sich auch daran stoßen, dass der Kampf gegen den Walfang vorwiegend eine Männerdomäne war – wo blieb denn da das Recht auf Gleichberechtigung? Es gab tausend Gründe, warum man einen abfälligen Bericht schreiben konnte, und David hatte absolut keine Lust auf einen weiteren Versuch dieser Art. Nein, danke.

»Wer war das?«, erkundigte sich Steve, der gerade in den Funkraum getreten war.

David ignorierte die Frage. »Wo ist Masao?«

»Auf der Brücke. Weil ich hier bin. Und ich bin hier, weil ich gerne gewusst hätte, wer das war. Denn wenn es schon mal vorkommt, dass hier jemand anruft, den wir nicht kennen, bin ich der Meinung, ich sollte wissen, wer es gewesen ist.«

»Irgendeine Tussi vom ›National Geographic‹.«

David registrierte Steves Blick. Und konnte dessen Gedanken lesen. 465 Diskussionen in allen Varianten um das gleiche Thema schärften die Intuition.

Steves Stimme klang gepresst: »Willst du damit andeuten, dass du eben der Reporterin des ›National Geographic‹ eine Absage erteilt hast?«

David seufzte. Wenn Steve irgendwo den Hauch einer Chance witterte, sich vor der Kamera zu platzieren oder seine Worte in einer Kolumne gedruckt zu finden, konnte er einfach nicht widerstehen.

»M-hmm, das will ich damit andeuten.«

»Sag bitte, dass das nicht stimmt.«

»Es stimmt nicht – fühlst du dich jetzt besser?«

Steve schüttelte den Kopf voller Verzweiflung. »Du wirst es nie kapieren. David, wir brauchen Publicity, um an Spenden zu kommen. Ich hab dem ›National Geographic‹ vor einer Stunde zugesagt.«

»Selbst schuld, wenn du mich nicht informierst.«

»Wann denn, du hattest dich ja in deiner Kajüte vergraben!«

Das Klingeln des Telefons unterbrach ihn.

Die beiden Männer hatten sofort den gleichen Verdacht: Eine Journalistin gibt nie nach dem ersten Nein auf.

Steve wollte nach dem Hörer greifen, aber David hatte bereits die Hand daraufgelegt. Zu oft hatten sie schlechte Erfahrungen mit Reportern gemacht.

»Steve, vergiss es. Mit dem Ärger darf ich mich dann wieder rumschlagen.«

»Du meinst doch nicht den Pseudoreporter von der Animal Foundation, oder? Einmal ist mir ein kleiner Fehler unterlaufen, und …«

»Doch, Steve, genau den mein ich.«

»Der arme Kerl. Immer muss Selroy herhalten, wenn dir die Argumente ausgehen.«

Das Telefon mischte sich in den Disput durch beständiges Klingeln ein. Doch David nahm die Hand nicht vom Hörer.

»Ich will nichts mehr darüber hören!«, schnaubte er.

Steve seufzte. Selroy war der letzte Reporter gewesen, dem David gestattet hatte, das Schiff zu betreten. Der Kerl hatte sich eine Woche auf der »SeaSpirit« breitgemacht, um dann drei Zweiseitenartikel in fotokopierten Tierschützerzeitungen unterzubringen. Toller Publicityerfolg. Aber er wollte das große Geld, und er bekam es, denn er hielt sich bedauerlicherweise zum richtigen Zeitpunkt am richtigen Ort auf. Eine Woche, nachdem er von der »SeaSpirit« verschwunden war, trat Sarah Kaye, amtierende Senatorin von Oregon, in den Verschluss einer Bierdose und wetterte fleißig gegen den ökologischen Irrsinn in Form von Aludosen. Unabhängig davon machte sie sich seit geraumer Zeit für den Tierschutz stark. Selroy schaltete schnell und nutzte die Kombination für seine Zwecke. Er rief bei einer Glamour-Gazette an und verkündete, bestes Beispiel für Tierschutz mit mangelndem Öko-Bewusstsein stelle die »SeaSpirit« dar. Er hatte dort vier Filme verknipst, unter anderem ein Bild von McGregor, wie er eine Bierdose ins Meer warf. Dass das Ganze nur so aussah, dass McGregor in Wirklichkeit über Selroys Fotokoffer gestolpert war und dabei die Balance verloren hatte, sodass er beinahe selbst über Bord gegangen wäre, darüber stand in Selroys Reportage natürlich nichts.

Der Artikel war schnell verfasst. Tenor: Wale schützen, aber die Umwelt mit Füßen treten. Anscheinend gab es gerade nichts anderes, das sich für eine Schlagzeile geeignet hätte, daher stürzten sich alle Blätter des Landes in eine Öko-Diskussion, mit Senatorin Kaye als Galionsfigur des neuen Umweltbewusstseins.

David hatte von dem Schaden, den Selroy angerichtet hatte, erst erfahren, als plötzlich alle Welt auf der »SeaSpirit« anrief, um eine Stellungnahme von ihm zu bekommen. Als er dann einen dieser fleißigen Gutmenschen an der Strippe hatte, der für ›Ecology Today‹ schrieb und in Bierdosen das neuzeitliche Armageddon sah, riss David der Geduldsfaden. Er fabulierte wild zusammen, dass in der endgültigen Energiebilanz das Trinken von Dosenbier ein wahrer Segen für die Natur sei. Denn die Energie, die man durch das geringere Gewicht von Dosen gegenüber Pfandflaschen einspare, sei um den Faktor 1,3 höher als die Energie, die man für die Herstellung von Dosen zusätzlich verbrauche – man habe sich also sehr wohl darüber Gedanken gemacht. Der Kerl druckte den Quatsch. Und das Telefon stand abermals nicht still, weil nun eine ganze Horde Marketingleiter von Getränkeunternehmen anrief, die erstens um die Studie baten, die das belegte, und ihm zweitens anboten, ihn lebenslänglich mit Bier einzudecken, falls er sich für Werbezwecke vor ihren Karren spannen ließ. Danach ging David eine Woche nicht mehr ans Telefon.

Es klingelte immer noch. »Man kann nicht wegen einer schlechten Erfahrung im Leben aufhören zu leben, David. Wir reden hier vom ›National Geographic‹!«

»Wie du meinst, aber ich will damit nichts zu tun haben! Weder hier an Bord noch danach, wenn die Dame irgendwelchen Blödsinn verzapft.«

Damit hob er den Hörer, nur um ihn gleich wieder zurückfallen zu lassen, und ging. Zwei Sekunden später klingelte es erneut, und Steve griff augenblicklich zum Telefon.

»›SeaSpirit‹, Benson.«

Leah war erfreut zu hören, dass ihrem Besuch auf dem Schiff selbstverständlich nichts im Wege stand, wann auch immer sie wollte. Leah hakte nach, wollte wissen, in welchem Hafen sie die »SeaSpirit« treffen könnte, doch Steve gab ihr zu verstehen, dass sie nicht geplant hätten, in der nächsten Zeit einen Hafen anzulaufen.

»Aber das ist trotzdem kein Problem. Wir kreuzen derzeit 150 Meilen südlich der Kodiak-Insel. Am besten erreichen Sie uns, wenn Sie sich von dort aus mit einem Hubschrauber zum Schiff bringen lassen. Am Flughafen gibt's einen Lufttaxi-Service. Die genauen Koordinaten gebe ich Ihnen, wenn Sie ankommen.«

Dass sie als ›National-Geographic‹-Reporterin nicht den blassesten Schimmer hatte, wo sich auf dem Globus die Wie-auch-immer-sie-hieß-Insel überhaupt befand, wollte Leah nicht preisgeben, wurde aber schnell fündig: Kodiak, Nordpazifik, Alaska, Inselgruppe der Aleuten. Immerhin, die Aleuten waren ihr ein Begriff.

Am liebsten wäre es Leah gewesen, Geoffrey hätte die Nacht bei sich zu Hause verbracht, aber nein, er wollte sich partout noch aussprechen, bevor sie zu ihrem kleinen Trip aufbrach. Da es, was Michael betraf, jedoch kaum noch etwas zu sagen gab, was sie ihm nicht längst gesagt hatte, schleppte sie ihn kurzerhand ins Bett. Zur Belohnung. Weil er ihre kleinen Gemeinheiten immer wieder über sich ergehen ließ und sie dabei so liebevoll anschaute, dass ihr manchmal beinahe die Tränen kamen.

Im Grunde seines Wesens war er ein so aufmerksamer, geduldiger Mann. Warum bloß benahm sie sich immer wie eine Zimtzicke? Sie kraulte ihm den Rücken und konnte schon an seiner Atmung hören, was in seinem Kopf vor sich ging.

»O. k., frag mich.«

»Entweder es kommt freiwillig, oder ich verzichte drauf«, antwortete Geoffrey leicht pikiert. Männer. Immer erwarteten sie *Standing Ovations*.

»Wolke sieben, Geoffrey, du bist einmalig, irgendwann hab ich aufgehört, meine Orgasmen zu zählen.«

Geoffrey drehte sich sofort um und fing an, sie mit Küssen zu bedecken.

»Na bitte, so einfach kann man einen Mann glücklich machen!«

Oh, Geoffrey hatte einen Nachschlag im Sinn, denn seine Hand glitt unter die Decke, dabei war sie todmüde und wollte nur noch eines: schlafen.

»Im Ernst, was empfindest du für mich?«

Leah nahm seine Hand weg. »Ich hab dich gern.«

»Wie gern?«, Geoffrey rutschte unter die Decke.

»Sehr gern, aber bei mir tut sich nichts mehr.«

»Erstens werden wir das noch sehen, zweitens ist sehr gern nicht gern genug«, vernahm sie seine Stimme unter der Decke. »Ich zum Beispiel liebe dich.«

»Du liebst mich nicht, du bist nur froh, dass du endlich eine kennst, die du für Sex nicht bezahlen musst. Und die dir gelegentlich abends etwas Warmes … hör auf, Geoffrey, ich muss endlich … was ist bloß los mit dir? Wir haben doch gerade …«

Gespielt getroffen sank Geoffrey in sein Kissen zurück. Wie konnte sie nur so an ihm, an seinen Gefühlen, seinem Herzen, seiner Integrität, natürlich auch seiner Potenz und mindestens zwanzig weiteren Dingen, die er ihr ohne Punkt und Komma auflistete, zweifeln … Leah gelang es nicht, sich ein Lächeln zu verkneifen.

Oh, Geoffrey. Du bist eigentlich der perfekte Mann. Warum will ich dann, dass du jetzt aufstehst und nach Hause gehst? Es gab Tage, da bezweifelte sie, dass sie überhaupt noch zu irgendeiner Beziehung fähig war. Die zu ihrem Sohn schien völlig auszureichen. Doch auch diese Tage gingen vorüber.

Erst am Donnerstag im Bistro Antoine, Susans absolutem Lieblingsfranzosen jenseits von Lyon, dämmerte Leah das Ausmaß des Schlamassels, in den sie sich hineingeritten hatte. Sie wollte sich freiwillig auf hohe See begeben! Wie konnte sie so selbstvergessen an die Sache herangehen? Schon die Vorstellung von den Wellen, die sie dort zweifelsohne erwarten würden, verursachte ihr Übelkeit.

Schnell griff sie zu dem leichten Rosé, der bereits vor ihr stand, und spülte damit den Gedanken an Würgereiz und nervös zuckende Magenwände die Kehle hinunter. Nicht jetzt. Sie war ein paar Minuten zu früh, hatte sich einen Tisch im Freien ausgesucht, direkt unter einem der großen Kastanienbäume, die dem Garten bei Antoine seine unverwechselbare Atmosphäre verliehen.

Leah blickte gegen die Sonne und stieß einen Seufzer aus,

denn die Positionen auf der Liste für ihre Vorbereitungen hatten sich nur halb so schnell abhaken lassen, wie neue Punkte hinzugekommen waren. Dabei hatte sich die eigentliche Reiseplanung noch als die einfachste Übung erwiesen. Kazuki hatte alle Flüge buchen lassen und die Tickets hinterlegt. In Kodiak würde sie ein Mitarbeiter der FishGoods Inc. in Empfang nehmen und sie mit einem neutralen Helikopterservice zum Schiff geleiten, damit die Crew auf der »SeaSpirit« keinen Verdacht schöpfte. Übermorgen, am Samstag, sollte die »Operation SeaSpirit« beginnen. Diesbezüglich war also alles in Ordnung.

Auch Geoffrey hatte nichts einzuwenden, als sie ihm noch ein Satelliten-Handy mit integriertem Diktiergerät auf Redaktionskosten abschwatzte – spritzwassergeschützt und stoßfest. Was ihr Sorgen bereitete, war, dass ihre Mutter leider nicht abkömmlich war, um auf Michael aufzupassen. Zwar hatte sie schon vor einem Jahr aufgehört zu arbeiten; Leah hatte darauf bestanden, sie zu unterstützen, denn inzwischen konnte sie es sich leisten. Doch noch bevor sie am Telefon ihre Bitte loswerden konnte, zwitscherte ihre Ma in den Hörer, dass sie ihr etwas mitzuteilen habe – es gebe einen neuen Mann in ihrem Leben, Bill. Und eben jener Auserkorene werde sie von morgen bis Montag auf das East-Coast-Bridgeturnier der Senioren in Marthas Vineyard mitnehmen. Leah wusste nicht, worüber sie geschockter war – über die Tatsache, dass sie keinen Babysitter für Michael hatte, oder darüber, dass es tatsächlich einen Mann geben sollte, auf den ihre zweiundsiebzigjährige Mutter sich noch einließ.

»Was seufzt du, Chérie?«, begrüßte sie Susan, die durch den Gartenzugang des Bistros eingetreten war. Wie immer erzeugte Susans Erscheinen gedämpftes Schweigen in der Männerwelt. Die Kombination von hauchdünner Bluse und eng anliegender Samthose ließ keinen Zweifel daran, dass sie als fleischgewordene Erfüllung männlicher Träume im Mittelpunkt des Abends zu stehen gedachte. Leah konnte sich ein Schmunzeln nicht verkneifen. Kein Wunder, dass Susan jeden Richter für sich gewann, wenn sie so vor Gericht erschien.

Leah begann von ihrem bevorstehenden Trip inklusive aller Komplikationen zu berichten, während Susan mit Argusaugen die Nachbarschaft nach potenziellen Bewunderern absuchte. Als sie dezent auf Leahs Glas deutete, um ebenfalls einen Rosé zu ordern, stellte sie fest, dass auch der schwule Barmann seinen Blick nicht von ihr wenden konnte.

»Auf ein Schiff? So richtig im Ozean? Dir wird doch schon schlecht, wenn du einem Kind auf der Schaukel zuschaust!«

»Ich weiß auch nicht, wer diese hundsgemeine Regel aufgestellt hat, die einen Journalisten dazu verpflichtet, überall seine Nase hineinzustecken.«

Susan griff nach Leahs Glas und prostete ihr zu.

»Das warst sicher du! Kannst es doch kaum erwarten.«

»Ja. Und nein. Ich meine, das mit Michael macht mir zu schaffen.«

»Was ist mit Geoffrey?«

»Hab kapituliert. Vor kurzem hab ich ihm noch einen Korb gegeben, als er vorschlug, das Wochenende mit meinem Sohn zu verbringen.«

»Und?« Susan verbarg ihre Neugier so gut, wie man ein Wandgemälde hinter einer Dollarnote verstecken konnte.

Leahs bemühtes Lächeln entgleiste ein wenig.

»Und – ich bin zu Kreuze gekrochen. Ich musste ihn sogar bitten, Montag freizunehmen, weil Ma erst ab Dienstag Zeit hat.«

»Na prima, dann verbringen die beiden ein richtiges Männerwochenende!« Susan blieben die Worte fast im Halse stecken, als der Kellner neben ihr stehen blieb. Eine Mischung aus Harry Belafonte und Patrick Swayze.

»'aben die Damen schon etwas ausgesucht?«

»Ja: Sie«, knurrte sie, und Leah wäre am liebsten im Boden versunken.

»Geben Sie uns noch deux minutes, dann sind wir so weit.«

»Peinlicher geht's wohl nicht«, murrte Leah, nachdem der schüchterne Marokkaner das Weite gesucht hatte.

»Ich hab seit Halloween keinen Sex gehabt.«

Von wegen, dachte Leah, doch ihre Freundin hatte anscheinend telepathische Fähigkeiten, denn sie sagte: »Mein Gott, die paar Mal! Wollte nur, dass der Kerl sich gut einprägt, auf was er verzichtet.«

»Der ›Kerl‹ war *achtzehn*.«

»Alt genug, um sich freiwillig für die Army zu melden, voll ausgewachsen. Überall«, konterte Susan und öffnete die Speisekarte. »Also, wonach ist uns heute, Coq au Vin, Rinderfilet Richelieu, Noisette d'Agneau?«

»Bonjour tristesse«, seufzte Leah, der es noch bevorstand, Michael in ihre Pläne einzuweihen.

»Mein Gott, Leah, du hast die erstaunliche Eigenschaft, selbst durch eine rosarote Brille alles schwarz zu sehen. Sei froh, dass du so einen verrückten Kerl hast, der sich fast umbringt, um mit deinem Filius zusammen sein zu *dürfen*. Die beiden werden Spaß haben! Sie werden sich einen Actionfilm reinziehen, inklusive Chips bis zum Abwinken, und unter dem Siegel der Verschwiegenheit wird Geoffrey ihm einen Schluck Bier gönnen.«

»Kannst dir sicher vorstellen, wie scharf Mickey auf so was ist. *Bier?*«

»Na, vielleicht auch Schnaps.«

»Wie ich meinen Sohn kenne, wird er mich dafür büßen lassen.«

»Alles wird sich von alleine klären, glaub mir. Ich war drei

Jahre beim Psychoanalytiker, und sobald ich mich auf die Couch legte, spürte ich …«

»Warum?«, unterbrach sie Leah.

»Wie: ›Warum‹? Beim Analytiker liegt man immer auf der Couch.«

»Warum warst du beim *Analytiker,* Susan?«

»War ich gar nicht, wollte dich nur von ›Bonjour tristesse‹ ablenken. Können wir endlich bestellen?«

Wenig später waren sie wieder bei ihrem Lieblingsthema.

»Du verstehst dich doch mit Geoffrey?«

»Wie meinst du das?«

Susan verdrehte die Augen. »Wie wohl? Beim Vögeln alles im grünen Bereich?«

Nicht so laut, gab ihr Leah peinlich berührt zu verstehen.

»O.k., das ist Antwort genug. Könnt ihr miteinander reden, ich meine, richtig?«

Leah nickte. Das war kaum das Problem.

»Könnt ihr miteinander streiten?«

Noch ein Nicken. Das war schon eher das Problem.

»Na also.«

Leah sah Susan irritiert an, denn sie hatte weitere Fragen erwartet. Doch Susan schwieg und prostete ihr zu.

»Wie: ›Na also‹?«

»Na also im Sinne von ›Was willst du mehr?‹. Soll ich es buchstabieren? Du bist Mitte dreißig, die Zellulite startet bald einen Angriff auf deine Schenkel, und das mit dem Märchenprinzen hatten wir schon, nicht wahr?«

Es war Susan, die Leah damals die Augen geöffnet hatte. Einen Monat nach Timothys Tod. Einen Monat zu spät für Leah, selbst die Lawine loszutreten, die ihren heißgeliebten Göttergatten und sein damaliges »Objekt der Begierde« unter sich begrub. So viel zum Thema Märchenprinz.

»Du hast eine Sache vergessen, Susan.«

Susan nickte und antwortete mit vollem Mund: »Ach das. Nun, Liebe ist eine Illusion, mein Schatz, ausgelöst von einem wilden Hormoncocktail, den die Regierung schon lange unter das Drogengesetz gestellt hätte, wenn man ihn extrahieren könnte. Doch offenbar ist das Zeug flüchtiger als Erdgas. Also vergiss es.«

»Vielleicht hast du recht.«

»Nein, Verehrteste, *ganz sicher* hab ich recht. Und sollte er dir jemals einen Antrag machen, dann sei bitte nicht so bescheuert, ihn abzulehnen.«

Leah hielt Susans Blick stand und beschloss, seinen Verlobungsantrag nicht zu erwähnen.

»So, und jetzt erzähl mir endlich, was du auf dem Schiff machst.«

Leah berichtete ihr, was sie bislang in Erfahrung gebracht hatte. Sie schloss mit den Worten: »Die Japaner halten sich schon seit Jahren an die Quoten, schießen nur noch Wale zu rein wissenschaftlichen Zwecken. Und McGregor macht jeden möglichen Unsinn, um sie zu provozieren.«

»Solange die Spendengelder fließen …«

Das war der springende Punkt. »Genau dafür will ich Beweise finden. Und das werd ich auch.«

»Reden wir hier von *dem* McGregor? Mister ›Gib's mir auf dem Flur‹? Na hoppla.«

Hätte sie bloß damals ihre Klappe gehalten und es Susan nicht erzählt.

»Es gibt nur ein Problem.«

»Außer, dass du das Thema schnell gewechselt haben willst?« Einer von Susans einfühlsameren Augenblicken.

»Ich fürchte, er wird mich wiedererkennen.«

»Wenn er sich an jede erinnern wollte, mit der er mal geflirtet hat, müsste er sich bei einem Elefanten das Gedächtnis borgen – ich bitte dich! Außerdem, du warst damals viel …«

»… fetter. Sprich's ruhig aus.«

Susan kramte in ihrer Tasche und zauberte eine alte Fotografie heraus. Das Bild zeigte die beiden, als Susan gerade ihren Führerschein entgegennahm. Mit knapp dreißig, nach beinahe so vielen Versuchen. Das Mirakel hatte Eingang in die Familienbibel gefunden.

»Oh, mein Gott«, jammerte Leah, »ich war die wandelnde Reklame für Slim-Fast …«

»Nein, für Clarisse-Haarfärbemittel. Damals warst du blond, hast in Wirtschaft gemacht und deine Schmähartikel bei der ›Post‹ mit Stanford signiert, jetzt trägst du deinen Mädchennamen und machst einen auf ›National Geographic‹. Und da du, wie ich stark annehme, bei eurem einzigen Treffen viel zu beschäftigt warst, in seine Hose zu gelangen, statt ihm deine Vita vorzutragen, gibt's keine Probleme.«

»Und wenn er mich trotzdem erkennt?«

»Dann bist du schon auf dem Boot. Dir wird schon was einfallen, dir fällt immer was ein. Außerdem, genau deswegen gehst du doch hin. Wegen McGorgeous. Rache ist doch nur dann süß, wenn er auch weiß, warum. Du willst mir doch nicht weismachen, dass dich außer ihm irgendwas an dieser Spendengeldkiste wirklich interessieren könnte, oder?«

Gott sei Dank wurde Leah einer Antwort enthoben, denn Belafonte brachte die Rechnung. Susan gab ihm ein großzügiges Trinkgeld und natürlich ihre Telefonnummer. Mit Lippenstift auf eine Serviette geschrieben. Direkt unter den Abdruck ihrer mit keckem Zungenschlag befeuchteten Lippen.

Auf dem Weg zu ihrer nächsten Prüfung schwor sich Leah, nie wieder mit ihrer Freundin auszugehen. Und falls doch, würde *sie* das Lokal aussuchen! Eines, wo sie nur von kahlköpfigen, kastrierten Kellnern bedient wurden. Wieso fiel ihr so eine Alliteration nicht ein, wenn sie mit Geoffrey sprach, fragte sich die Topjournalistin – die gerade mächtig Schiss vor dem hatte, was ihr als Nächstes bevorstand: Harte, zähe Verhandlungen. Mit *ihrem Sohn*!

Wie Leah vermutet hatte, fiel für Michael die Aussicht, mit Geoffrey volle drei Tage alleine verbringen zu müssen, in die Rubrik »kotz-würg«. Doch mangels Alternativen und dank plumper Bestechung durch fünf neue Spiele für seine Playstation lief die Auseinandersetzung glimpflicher ab als erwartet. Kein Glanzstück im Repertoire kindererzieherischer Maßnahmen, aber diesmal war sie gezwungen, tief in die Kiste schmutziger Tricks zu greifen.

Bereits um Viertel nach sechs war sie aus dem Bett, Michael schlief Gott sei Dank noch, und Geoffrey würde erst in einer halben Stunde eintreffen. Von draußen klatschte Regen an die Fenster und versprach Trübsal. Nicht gerade ein idealer Tag zum Reisen.

Leah war todmüde, Grund dazu hatte sie reichlich. Die halbe Nacht hatte sie wegen Michael kein Auge zugetan. Und da sie sich völlig im Klaren darüber gewesen war, dass sich in der zweiten Hälfte der Nacht ihr Gewissen auch nicht beruhigen würde, hatte sie schließlich zu einem Buch gegriffen, von dem sie glaubte, dass es sie wie ein ultimativer Crashkurs in die Welt der Wale einführen würde.

Offenbar hatte sich der Autor bei der Beschreibung in Superlative verliebt: Da war die Rede davon, dass die Zunge eines ausgewachsenen Blauwals so viel wog wie ein ganzer Elefant oder dass sein Körpergewicht mehr als 200 Tonnen ausmachte und sein Maul ohne Schwierigkeiten 100 Kubikmeter Wasser aufnehmen konnte, wenn der Wal seine Kehlfurchen nur weit genug dehnte. Ohne Zweifel eine stark gefährdete Population. Noch gab es ein paar Exemplare auf der Erde, doch konnte keiner voraussagen, ob ihre Anzahl ausreichen würde, das Überleben der Spezies zu sichern. Wissenschaftler waren sich uneins darüber, ob es sich um ein paar Hundert oder ein paar Tausend Tiere handelte, denn die Wale hatten es vorgezogen, Volkszählungen zu vermeiden. Mit Sicherheit konnte nur gesagt werden, dass der Blauwal das größte Tier war, das je auf der Erde existiert hatte. Ob er das auch bleiben würde, war ungewiss. 275 000 Blauwale sollte es einmal gegeben haben. Während man 1989 noch glaubte, dass ihr Bestand wieder auf zehntausend Stück ansteigen würde, musste die International Whale Commission schon bald darauf die traurige Nachricht verkünden, dass im Laufe unzähliger Forschungsfahrten über einen Zeitraum von zehn Jahren nicht mehr als 453 Blauwale gezählt wurden.

Zahlen, Zahlen, Zahlen. Leah bemühte sich, einige davon zu behalten, doch beeindrucken konnte diese Faktenoffensive sie nicht. Man versuchte offenbar, auf die Tränendrüse zu drücken, indem man moralinsauer auf die Bösen deutete, die es wieder mal geschafft hatten, die Welt ein bisschen schlechter aussehen zu lassen. Wale hin, Wale her, eigentlich ging es hier kaum um etwas anderes als den Fang von Meerestieren, besonders großen Meerestieren, die zugegebenermaßen zu den Säugetieren gehörten – so wie Rinder eben auch. Bedrohte Rinder, o.k., ähnlich wahrscheinlich den Büffeln, von denen einst dreißig Millionen über die Steppen Amerikas zogen, bis sie von weißen Siedlern auf ein paar Tausend Stück dezimiert wurden. Ein trauriges Kapitel, doch auch ein verschmerzbares, denn mittlerweile war ihre Zahl wieder stark am Wachsen.

Endlich, gegen zwei Uhr morgens, waren Leah die Lider schwer geworden, doch ihr Schlaf war unruhig. Sie träumte von einem kleinen Boot, in dem sie sich gegen riesige Wellenberge zu behaupten versuchte, während Michael, der offenbar im Meer hinter ihr schwamm und gegen die Strömung ankämpfte, sich immer mehr vom Boot entfernte. Als sie ihm ins Wasser folgen wollte, wurde sie von Geoffrey zurückgehalten. Sie setzte sich zur Wehr, doch plötzlich hatte Geoffrey einen Strick in den Händen und fesselte sie an den Mast. Er wollte doch nicht etwa, dass Michael ertrank? Schweißgebadet schreckte Leah aus dem Schlaf hoch – eindeutig genug für diese Nacht. Die Dusche weckte ihre Lebensgeister, und sie begann, die Tasche fertig zu packen.

Nur die warmen Pullover fehlten noch. Da die Schurwollungetüme zu viel Platz wegnahmen, abgesehen davon, dass sie ihre Figur so gut zur Geltung brachten wie ein russischer Raumfahrtanzug, stopfte sie an ihrer Stelle zwei Fleece-Sweatshirts hinein. Während sie sich gerade einen dritten Arm wünschte, um die vermaledeite Tasche endlich schließen zu können, tapste Michael ins Schlafzimmer und sah sie mit einer Mischung aus Traurigkeit und Vorwurf an – wie schon so oft, wenn sie sich aufgemacht hatte, der Welt ein paar wichtige Geheimnisse zu entreißen. Sein Blick war das Weckerklingeln, das ihr schlechtes Gewissen aufscheuchen sollte. Leah versuchte den imaginären Aus-Knopf zu finden. »Wir hatten einen Deal, oder? Und es ist nur für ein paar Tage, Oma kommt am Dienstag und …«

»Warum ausgerechnet der?«

Der Satz schien in Endlosschleife durch Michaels Schädel zu laufen. Mit Engelszungen redete sie auf ihn ein: Erstens gebe es keine andere Möglichkeit, zweitens sei sie froh, dass sie überhaupt jemanden gefunden habe, drittens möge Geoffrey ihn nun mal.

»Erstens musst du nicht wegfahren, zweitens könnte ich alleine bleiben, und drittens mag er mich überhaupt nicht.«

»Weißt du was, Mister, ich glaube, du hast keine Ahnung, wie sich ein Mann dir gegenüber verhalten würde, der dich *nicht* mag! Denk mal drüber nach.«

Zehn Minuten später schnaufte Geoffrey telefonierend die Treppen herauf und notierte sich dabei eine Nummer. » … alles klar, ja, ich hab's … und, he, Nick, saubere Arbeit.«

Er klappte sein Handy zusammen und reichte Leah den Zettel. »Dein kleiner Einstein hat Funk, Fax, Telefon eingerichtet. Egal, wie du versuchst, uns zu erreichen, da meldet sich immer ›National Geographic‹.« Dann erst bemerkte er Michael, der mit hängenden Schultern neben Leah stand. »Na, Sportsfreund, wir werden 'ne Menge Spaß haben, was?«

Michaels Schweigen machte deutlich, dass ihrer beider Vorstellungen über Spaß ungefähr so viel gemein hatten wie die von Mister Bean und dem Papst.

»Er ist richtig aus dem Häuschen. Schau, wie er sich freut.«

Leah warf Geoffrey einen strafenden Blick zu. Sie wollte noch etwas erwidern, einen letzten verzweifelten Versuch starten, ausgleichend zu wirken, eine verbale Brücke zu bauen zwischen den beiden, damit sie guten Gewissens abreisen konnte, doch das Klingeln an der Tür enthob sie jeden Kommentars. Leah schnappte die Tasche und schob sich an den beiden Zankteufeln vorbei.

»Mein Taxi. Sag, dass ich gleich unten bin.«

Geoffrey tat wie ihm geheißen, und Leah kniete neben ihrem Sohn.

»Mach mir jetzt kein schlechtes Gewissen … Komm, gib deiner Rabenmutter einen Kuss und versprich, dass du ihm nicht die Hölle heiß machen wirst.«

Michael schien höchstens gewillt, über den Part mit der Hölle zu diskutieren. Also zog Leah ihn zu sich. »Gib ihm eine Chance, Michael … bitte … für mich.«

Sie spürte, wie sich die Arme ihres Sohnes zögerlich um ihren

Nacken legten. Sehr zögerlich. Also tat Leah genau das, was jede einfühlsame Mutter in derselben Situation getan hätte. Sie versprach, ihm fünf weitere Spiele zu kaufen, sobald sie wieder zurück wäre. »Du hinterlistiger Manipulant«, rief sie, als ihr Sohn schlagartig vom sterbenden Schwan zum hüpfenden Derwisch umschaltete, »das war die ganze Zeit Taktik!«

»Und über das Hündchen reden wir, wenn du wieder da bist, o.k.?« Michael verstand es wirklich, die Gunst der Stunde zu nutzen. »Im Laden neben dem Kino hab ich einen kleinen ...«

Leah konnte nur den Kopf schütteln, drückte Michael fest an sich und stürzte dann in den Aufzug. Geoffrey, der schon neben dem Taxi auf sie wartete, bekam ebenfalls eine Umarmung.

»Kein Kuss?«

Also küsste sie ihn. Und betete, dass aus dem Wirrwarr sich widersprechender Gefühle, die sie für Geoffrey hegte, doch irgendwann noch Liebe werden könnte. Gespaltenen Herzens stellte sie fest, dass Michael ihr nicht wie üblich vom Fenster aus zuwinkte. Der Schuft hing sicher am Telefon, um seine Kumpels über den gelungenen Raubzug zu unterrichten ... Wenigstens hatte es keine Tränen gegeben.

Im Flieger versuchte Leah ein wenig zu schlafen – ein vergeblicher Versuch, denn ihre Gedanken kreisten zu sehr um Michael. Sie öffnete ihre Handtasche und entnahm ihr das kleine Fotoalbum, das sie stets bei sich trug. Ein Geschenk ihres Sohnes zu ihrem vorletzten Geburtstag. Fotos von Michael jetzt, Fotos von Michael aus glücklicheren Tagen, als Timothy noch lebte, Fotos, die ihr Sohn alle aufbewahrt hatte, die einzigen, aus denen sie seinen Vater nicht mit der Schere verbannt hatte. Michael kannte die Wahrheit nicht, sollte die Illusion von einem Vater behalten, auf dessen Andenken er sein kleines Universum aufbauen konnte.

Sie musste plötzlich daran denken, wie sie damals nach Davos geflogen war, um Timothys Leiche nach Hause zu überführen. Die Eltern der langbeinigen fünfundzwanzigjährigen Blondine mit Namen Cynthia, der er die Heirat versprochen hatte, waren ebenfalls dort. Leah hatte nichts von Timothys Beziehung gewusst und nur angenommen, die junge Frau wäre zufällig zusammen mit Timothy und drei anderen von der Lawine überrascht worden. Susan wusste schon davon. Sie begleitete Leah in die Schweiz und half ihr, sich um die Formalitäten zu kümmern. Dabei gelang es ihr nicht zu verhindern, dass Leah mit Cynthias Mutter ins Gespräch kam, und auch nicht, dass sie damit die Wahrheit über Timothy erfuhr.

Einen Monat lang fraß Leah alles in sich hinein. Einen Monat lang, in dem sie sich nicht zugestand, sich ihrem Leid hinzugeben wie damals nach dem Tod ihres Vaters. Michael zuliebe, der ihren Beistand dringend benötigte. Also verdrängte sie jede andere Gefühlsregung aus ihrem Herzen. Sie verbot sich das Weinen, verbot sich, Kummer zu zeigen, und zwang sich zu einer Normalität, die selbst ihrem Sohn suspekt vorkam.

Dann fing sie an zu trinken. Sobald Michael über das Gröbste hinweg war und von sich aus darum bat, während der Osterferien ins Camp fahren zu dürfen, griff sie zur Flasche und ließ sie nicht mehr los. Verzweifelt wandte sich ihre Mutter an Leahs beste Freundin. Einen Tag später zog Susan bei Leah ein. Doch als es selbst ihr nicht gelingen wollte, Leah aus dem Badezimmer zu locken, in dem sie sich mit ein paar Flaschen Jack Daniels verbarrikadiert hatte, beschloss Susan, ihr die Schocktherapie durch die geschlossene Tür zu verabreichen. Es wirkte. Die Tür öffnete sich, und um Susans gewagte Aussage schwarz auf weiß bewiesen zu sehen, durchblätterte Leah Timothys Adressbuch. Beim

Buchstaben B hatte sie endgültig begriffen, dass die naturblonde Cynthia nicht die Einzige war, mit der er sie hintergangen hatte. Jedes andere Wort war überflüssig, Susan musste nichts weiter tun, als Leahs Kopf die nächsten Stunden über der Schüssel zu halten.

Um alle positiven Gefühle für Timothy gänzlich auszulöschen, recherchierte sie in einem Anfall von Masochismus diskret in der Medical School weiter. Sie wusste, wie man Fragen stellte, also bekam sie auch Antworten. Dr. Stanford war in der Tat kein Kostverächter. Kein Wunder, dass er sich zu Hause wie ein Mönch gebärdete, sein Pulver verschoss er auf dem Campus. Die Wut über die Erniedrigung, ihn um körperliche Zuwendung fast angebettelt zu haben, beschleunigte den Heilungsprozess besser als jedes Medikament. Nur manchmal, gelegentlich, wenn ihr Sohn im Brustton der Überzeugung verkündete, er wolle, wenn er groß sei, genauso werden wie sein Papa, musste sie kurz innehalten, um das Gift, das die Erinnerung immer noch in ihr aufwallen ließ, zu neutralisieren. Doch weil Timothy tatsächlich meistens ein liebender, einfühlsamer Vater für Michael gewesen war, beschloss sie, die Wahrheit – dass er bereit gewesen war, sie beide wegen einer anderen zu verlassen – mit ins Grab zu nehmen.

In Minneapolis musste sie den Flieger wechseln. Sobald sie mit ihrem Sitz in Berührung kam, glitt sie zumindest für eine Weile in Morpheus' Arme, den Rest der Zeit versuchte sie mit dem Anschauen von zwei Filmen zu überbrücken. Neun Stunden nach ihrem Abflug aus der Hauptstadt landete ihr Flugzeug in Anchorage. Eiskalter Wind schob Wolkenberge wie auf einem übergroßen Rangierbahnhof über den Himmel. Nur an ein paar Stellen konnte sie die schneebedeckten Gipfel der Coast Ranges im Südwesten erkennen.

Sie stellte ihre Uhr vier Stunden zurück. Hier war es zehn nach zwei, in D. C. war es zehn nach sechs, und sie fühlte sich, als wäre es bereits zehn nach zwölf. Sie nahm ihre Reisetasche in Empfang und wurde gleich darauf zum Anschlussflug nach Kodiak mit Alaska Airlines gelotst. Sie kannte sich mit den verschiedenen Airlines nicht aus, doch die Maschine von Alaska Air war mit einem Eskimo auf dem Leitwerk verziert, was die Boeing 737 unverwechselbar machte.

Kaum war Leah in Kodiak aus dem Flugzeug gestiegen, als sie bereits den an der Treppe wartenden Mitarbeiter der Fish-Goods Inc. wahrnahm. Er schwenkte ein Schild mit ihrem Namen und bedeutete ihr, sie solle sich beeilen. »Sakomosheti mein Name. Wir sind startklar.«

»Was für ein Service, ich bin beeindruckt.«

»Kommen Sie bitte hier entlang.«

Er hatte ihr die Tasche abgenommen und führte sie zum wartenden Jeep. Das Wetter in Kodiak sah freundlicher aus als in Anchorage, doch der Wind schnitt ihr frostig ins Gesicht. Leah konnte sich nicht helfen, Sakomo-wie-auch-immer-sein-Name-war schien ihr nicht sonderlich sympathisch: Es handelte sich um den Typus des aufstrebenden Karrieremannes, derzeit noch auf einem Referentenposten, aber das große Ziel schon vor Augen.

Der Jeep rollte auf eine Wiese unweit des Flughafengebäudes. Dort standen drei Helikopter.

Mr FishGoods, wie sie ihn jetzt in Gedanken nannte, deutete auf den größten. »Das ist unserer. Ein Sikorsky Jayhawk. Der bringt uns sicher hin, auch wenn es etwas stürmischer werden sollte.«

Mochte Leah schon keine Flugzeuge, so waren ihr Helikopter erst recht suspekt. Nun gut, der schien zumindest eine gewisse Größe zu haben. In ihren dunklen Ahnungen hatte sie schon befürchtet, in einem kleinen Leichtmetallquirl durch die Lüfte geschippert zu werden. Dieses Exemplar hier war sicher zwanzig Meter lang.

»Die gesamte Küstenwache der Vereinigten Staaten benutzt ihn«, beruhigte sie Mr FishGoods, der ihre Skepsis bemerkt hatte, und half ihr beim Einstieg. Wenigstens hatte sie Sportschuhe an, die ihr das Klettern über den seitlichen Tritt unterhalb der Tür erleichterten. Mr FishGoods hob noch ihre Tasche durch die Tür, folgte dann selbst und gab dem Piloten das Zeichen zum Abflug.

»Sie haben die Koordinaten des Schiffs, Ms Cullin?«, erkundigte sich der Pilot.

Leah reichte ihm den Zettel mit den Breiten- und Längengraden, die ihr Steve Benson während ihres Zwischenstopps in Minneapolis durchgegeben hatte.

Kurz darauf begann der Motor, seine Arbeit mit der gebotenen Lautstärke zu verrichten, der Rotor kam in Schwung, und einen Schluckanfall später hob sich der Helikopter vom Boden. Leah unterdrückte den Impuls, augenblicklich zu einer Tüte zu greifen. Wenn sie schon jetzt vor der Rebellion ihres Magens kapitulierte, wie sollte sie dann ihren Aufenthalt auf dem Schiff überleben. Reiß dich zusammen, befahl ihr die schulmeisterlichste ihrer inneren Stimmen.

Bereits nach einer Viertelstunde Flug waren am Horizont lediglich noch die Gipfel weniger Berge zu erkennen, eine halbe Stunde später erspähte sie nur noch Wassermassen, die sich unter ihr rastlos bewegten. Irgendwann drehte sich der Pilot um und erklärte, in etwa zwanzig Minuten würden sie das Schiff erreichen.

FishGoods reichte Leah ihre Tasche: »Möchten Sie sich nicht umziehen?«

Leah blickte auf ihre sorgfältig ausgesuchte sportive Kluft.

»Wieso, sehe ich nicht ›National Geographic‹-mäßig genug aus?«

»Ich meine Ihren Neopren-Anzug, das Wasser ist ziemlich kalt um diese Jahreszeit.«

Leah schien etwas irritiert: »Neoprenanzug? Was für ein ...« Scheiße, Scheiße, SCHEISSE!

Bin gespannt, was uns der ›National Geographic‹ da schickt ...« Nach Masaos Einschätzung brauchte der blinkende und piepsende Punkt auf dem Radar, der das Näherkommen des Hubschraubers verkündete, nur noch wenige Minuten, bis er die »SeaSpirit« erreichte.

»Sag dem Piloten, dass wir bereit sind, die Dame in Empfang zu nehmen«, bat ihn Steve, als er die Brücke verließ.

Sam bereitete schon das Schlauchboot vor. »Und? Hast du eine Ahnung, wie die Mieze aussieht?«

»Logisch«, erwiderte Steve, während er gemeinsam mit Sam das Boot aus der Halterung löste.

»Ehrlich?«

Blöd wie Hühnerkacke, dachte Steve. »Ich hab ihr gesagt, sie soll erst mal ein Bild faxen, dann würden wir uns überlegen, ob wir sie an Bord lassen. Das letzte Wort hättest dann du.«

Sams Stinkefinger überraschte ihn. Sollte er wirklich die Pointe verstanden haben?

»Hol noch ein paar Decken, sie wird sich sonst totfrieren.«

Sam zog los, und Steve suchte den Horizont nach dem Heli ab. Wenige Sekunden später flog er ins Sichtfeld.

Mit einer Winde?« Leahs Stimme verlieh ihrer Panik würdigen Ausdruck. »Wieso kann man mich nicht direkt auf das Schiff runterlassen?«

»Zu gefährlich bei dem Wind, und das Schiff hat keine Landefläche – hat Ihnen keiner gesagt, Sie sollen einen Neoprenanzug mitbringen?«

Leah starrte entsetzt nach draußen. »Doch, nur ich dachte ›Pfeif drauf, ich lass lieber meine Eileiter zu Eiszapfen gefrieren‹ – was ist das für 'ne blöde Frage, natürlich hat mir keiner ... Entschuldigen Sie, ich bin etwas nervös.«

Etwas war untertrieben, und *nervös*? Aber hallo! Schock, Panik, Grauen. Gemischt mit Zorn, Wut, Rage. Nicht über Fish-Goods – der war eigentlich gar nicht so schlimm, wie sie anfangs dachte –, sondern über Nick. Und Madeleine. Und Geoffrey auch, warum sollte er ungeschoren davonkommen? Die hätten das mit dem Neoprenzeug wissen müssen, die Reisevorbereitung war deren Aufgabe, sie war nur für die Schlagzeilen zuständig.

»Da. Die ›SeaSpirit‹ auf drei Uhr«, unterbrach der Pilot ihren inneren Sermon. Leah kniff die Augen zusammen und erkannte die Umrisse eines Schiffs am Horizont. Das also war die »SeaSpirit«, auf der sie die folgenden Tage verbringen sollte. Sie hatte vorhin schon eine halbe Packung Tabletten gegen Übelkeit geschluckt, was sich allein für den Flug mit dieser Schleuder bezahlt gemacht hatte ... Doch der Gedanke an das schaukelnde Schiff in den Wellen torpedierte allmählich die Wirkung des Mittels. Es fiel Leah zum Glück nicht schwer, an etwas anderes zu denken. Zum Beispiel an das Abseilen aus einem fliegenden Hubschrauber mit einer Winde ... Wenn der Karabiner des Seils vorzeitig seinen Dienst quittierte, würde sie sich irgendwelche Knochen brechen oder, schlimmer noch, im eisigen Ozean versinken. Allerdings nahm sie nicht an, dass es ihr gelingen könnte, *neben* ein solch großes Schiff zu fallen.

Sie erkannte einen kleinen Punkt, der sich vom Schiff löste und sich durch das Wasser auf den Helikopter zubewegte. Eine böse Ahnung stieg in ihr auf. »Was ist denn das?«

»Das ist das Schlauchboot, das Sie aufnehmen wird.«

Leah blickte den Mann entsetzt an. »Schlauchboot?«

»Wer auch immer den Trip für Sie organisiert hat, hat Sie verdammt schlecht unterrichtet. Ist Ihre Tasche wenigstens wasserdicht?«

»Vergessen Sie die Tasche, wieso Schlauchboot?«, hauchte Leah.

»Ganz einfach – sehen Sie die Wellen?«

Leah erschien die Frage absolut überflüssig. Die Riesendinger waren genau das Problem!

»Es ist zu windig. Und wenn das Seil irgendwo an der ›Sea-Spirit‹ hängen bleibt, dann übt sich der Heli im Tauchen, und mit ein wenig Glück spielen wir noch eine Runde Schiffe versenken.«

Leah schluckte. Und ihr Magen grüßte zurück. Sie war nicht mehr in der Lage, etwas zu sagen, sonst hätte sie FishGoods Anzug ruiniert. Erst Seilwinde, dann Schlauchboot. Richtig klasse. Einmal in ihrem Leben hatte sie sich von Timothy dazu überreden lassen, mit ihm im Schlauchboot eine Runde zu drehen. Sie hatte sich zunächst geweigert, doch Tim war sofort eingeschnappt, weil sie seine Künste als Steuermann anzuzweifeln schien. Er behauptete, er würde sie über den Lake George chauffieren, als ob sie in ihrem Chevy säße.

Sie hatte sich überreden lassen.

Doch sie hatte sich geweigert, ihm danach beim Ausspritzen des Bootes zur Hand zu gehen. Nie mehr würde sie in so ein Ding steigen, das war ihr einziger Gedanke gewesen, während sie am Strand auf dem Rücken lag, bis auch ihr Magen begriff, dass sie sich wieder auf festem Boden befand.

Panik stieg in Leah auf wie ein graues, glibberiges Ungeheuer, das von ihren Eingeweiden aus die Kontrolle über den Rest des Körpers erlangte. »O. k., zurück nach Kodiak, das war's.«

Ihr mitleidloser Freund von der Fischindustrie fing tatsächlich an zu lachen. »Schon gut, die meisten haben Panik, aber in fünf Minuten ist alles vorbei!«

Dem wagte sie nicht zu widersprechen. Im Gegenteil. Das war genau ihre Befürchtung.

Das orangefarbene Schlauchboot war jetzt gut zu erkennen, sie konnte zwei Männer darin ausmachen. Der Helikopter verringerte seine Geschwindigkeit und schwebte etwa zwanzig Meter über den weißgefleckten Wellenkämmen. Das Schlauchboot befand sich nun genau unter ihnen.

Mr FishGoods schob sich wenig galant an Leah vorbei und griff nach ihrer Tasche. Er befestigte die Trageschlaufen am Karabinerhaken eines Seils. Kaum machte es »Klack«, öffnete er auch schon die seitliche Schiebetür des Helikopters.

Es gibt Momente im Leben eines Menschen, die sind von kurzer, aber tiefer Selbsterkenntnis geprägt. Als der Wind durch die geöffnete Tür des Helikopters pfiff, erlebte Leah einen solchen Moment: Ich will nach Hause!, durchzuckte es sie klar und deutlich. Es war etwas ganz anderes, auf festem Boden durch eine solche Tür einzusteigen, als sich etliche Meter über gischtsprühenden Wellenbergen durch dieselbe Tür abzuseilen. Doch sie hatte noch Zeit. Zunächst war ja ihre Tasche an der Reihe.

FishGoods bewegte sich ohne jegliche Anzeichen von Furcht neben der offenen Tür. Wahrscheinlich waren seine Eltern Ninjas oder Trapezkünstler, und Leah revidierte wieder ihre Meinung. Sie hasste ihn.

FishGoods hantierte an den Griffen der Winde, warf die Tasche hinaus, und Leah sah, wie das Seil Meter um Meter abgespult wurde. Als die Tasche unten angekommen war, drückte er auf einen Knopf der Winde. Das Seil wurde schnell aufgewickelt, und wenige Sekunden später sprang der leere Haken wieder in den Hubschrauber herein. Ohne Tasche. Wie ein Stück Angelschnur, nachdem der Fisch den Köder vom Haken stibitzt hatte.

FishGoods reichte ihr ein seltsam anmutendes Etwas, das im Wesentlichen aus Nylongebilden bestand, die nach einer nicht zu durchschauenden Anordnung miteinander verknotet waren.

»O. k., wenn Sie jetzt bitte die Tragegurte umlegen.«

»Tragegurte sind das? Wie soll ich die denn anlegen?«

Sein Blick verriet mehr als sein Seufzer, was er gerade dachte. *Weiber!* Und sofort nahm der Mistkerl Platz eins auf ihrer Liste der Meistgehassten ein.

»Wissen Sie, ich habe so was das letzte Mal vorgestern gemacht, und wenn ich das nicht täglich übe, komme ich aus der Routine …«

»Sie steigen hinein wie in eine Hose«, unterbrach FishGoods, »dann legen Sie den anderen Gurt um die Hüfte, lassen die Gurtschlösser einrasten und fertig.« Er musste gegen den Krach des Rotors anbrüllen, doch Leah konnte sich lebhaft vorstellen, wie sein Tonfall geklungen hätte, wenn sie dieses Gespräch an einem leiseren Ort geführt hätten. Wärst du jetzt an einem leiseren Ort, müsstest du dieses Gespräch gar nicht führen, meldete sich ihre Lieblingsstimme.

Mit einem kaum verständlichen »Entschuldigen Sie bitte« faltete er das Gurtgewirr auf, griff dreimal um Leah herum, jedes Mal begleitet vom Klacken irgendwelcher Verschlüsse. Dann packte FishGoods wieder das Seil und hakte den Karabiner in eine Öse, die vor ihrem Bauch baumelte.

»So, wir sind so weit. Und Sie wissen: Je eher wir den Zielhafen der ›SeaSpirit‹ kennen, umso besser.«

Egoistisches Schwein! Erst mal musste sie da lebend ankommen. Welcher Teufel hatte sie bloß zu diesem wahnwitzigen Abenteuer getrieben? Sie setzte sich an den Rand der Tür.

»Lassen Sie sich fallen«, hörte sie FishGoods bellen, »den Rest mache ich. Auf keinen Fall runterschauen!«

Zu spät. Der Blick währte nur den Bruchteil einer Sekunde, doch er genügte, den ganzen theoretischen Zweifeln, die sie gerade erörtert hatte, eine reale Grundlage zu schenken. Wasser. Kaltes Wasser. Eiskalt. Wellen. Hohe Wellen, noch dazu aufgepeitscht durch den Rotor des Helikopters. Ein schaukelndes Schlauchboot im Zentrum, das sich nach einer sich ihr nicht offenbarenden Melodie bewegte. Mozarts »Requiem« vielleicht oder das Lied der gepeinigten Mägen.

»Einfach fallen lassen, Ms Cullin!«

Fuck you, FishGoods, wozu die Eile?

Sie stemmte sich vom Boden des Helis ab und rutschte langsam nach draußen.

Dann fiel sie. Nach einer gefühlten Unendlichkeit, während der sie tatsächlich nur fünfzig Zentimeter zurückgelegt hatte, strafften sich die Tragegurte. Sie federte leicht nach, dann hing sie in der Luft, ihr Schicksal am stählernen Faden, sozusagen.

»Gute Reise«, verabschiedete sich Mr FishGoods. Und wie sie ihn hasste. Sicher und vor den Elementen geschützt im wunderbar kuschligen, zweirotorigen Sikorsky, in den sie sich jetzt so innig zurückwünschte. Leah war nicht in der Lage, noch ein Wort des Abschieds hervorzukramen, denn alle Synapsen in ihrem Hirn waren vollauf damit beschäftigt, ihren baumelnden Körper zum Erstarren zu bringen. Der Wind zerrte an ihr, und der Lärm des Hubschraubers war ohrenbetäubend.

Leah sah erneut nach unten.

Fehler.

Aus der Perspektive, die sich ihr jetzt, am Seil hängend, eröffnete, sah alles noch schlimmer aus. Direkt unter ihr das winzige

Schlauchboot, rundherum eiskalte, tanzende Wassermassen, die sich durch die Luftverdrängung des Helikopters kreisförmig um das Boot herum zu formieren schienen. Auf sie wirkte es, als ob sie in den Schlund eines Vulkans glitt. Dem Blick nach oben bot sich jedoch auch nichts Beruhigenderes, denn nun sah sie die Unterseite des Sikorsky. O. k., sie war keine Ingenieurin, doch ihr Wagen wäre mit solchen Rostflecken zum Liebling jeder Werkstatt geworden.

Je weiter sie heruntergelassen wurde, umso mehr machte sich der Wind bemerkbar, der das Seil und damit seine Fracht zum Schwingen brachte. So wirst du sterben. Vom Winde verweht, von Wellen begraben. *Abyss,* flimmerte ihr durch den Kopf, *Titanic.* Wieso hatte sie sich auch einen Tag ausgesucht, an dem Windstärke 34 herrschte! Mindestens.

Das wild hüpfende Schlauchboot wurde langsam größer, und Leah konnte zum ersten Mal die Gesichter der beiden Männer darin erkennen. Der eine, ein Japaner, schien alle Mühe zu haben, das Boot auf der Stelle zu halten, der andere winkte ihr zu.

»Wunderbar, wenn Sie vielleicht ein wenig über das Boot steuern könnten?«

Wie denn? Ein echter Witzbold. Saß mit seinem Hintern im Trockenen.

Leah hatte keine Vorstellung davon, wie sie jemals in diese Nussschale gelangen sollte. Das Seil pendelte weit ausholend hin und her, tat alles, um nur nicht über dem Boot stehen zu bleiben. Wenn hier etwas schiefging, dann landete sie mit zweihundertprozentiger Sicherheit im Wasser. Genauer gesagt, in einem flüssigen Kühlschrank. Ein gigantischer Wellenkamm klatschte gegen ihre Füße und durchnässte ihre Hose bis hinauf zu den Knien.

Fantastisch. Bei dem Wind und den Wassertemperaturen würde sie in wenigen Sekunden über zwei Eisbeine verfügen. Und wieder pendelte sie über die Köpfe der Männer hinweg.

»Wieso haben Sie keinen Neoprenanzug an?«

Platz zwei auf ihrer Hassliste, fluchte Leah innerlich.

»Könnten Sie mich freundlicherweise jetzt in Empfang nehmen?«, schrie sie.

Die Pendelbewegung wurde abrupt durch zwei starke Pranken an ihrem Hintern gestoppt. Normalerweise – auf dem Trockenen mit solidem Kontinent unter den Füßen – hätte ihr rechtes Knie sich reflexartig in seine Fortpflanzungsorgane gebohrt. Aber im Hier und Jetzt hatte der Pograpscher Leahs Blankovollmacht; sie wünschte sich sogar, er würde noch entschiedener Hand anlegen. Bedien dich, nur hol mich hier runter!

Sie befand sich erstaunlicherweise direkt über dem Schlauchboot. Ihre Füße berührten mit den Spitzen den Holzboden. Ihr Retter ließ seine Hände ein wenig höher wandern und umfasste nun ihre Hüfte. So dirigierte er sie in die Mitte des Bootes. Gut so, nur keine Hemmungen. Sekunden später trugen ihre Füße wieder das ganze Körpergewicht, und Leah sah, wie das Seil vor ihr an Spannung verlor.

Sie griff erleichtert an den Karabinerhaken, als sie ihr Retter warnte: »Erst setzen!«

Zu spät. Im selben Augenblick, als sie die Sperre des Karabiners niederdrückte, hob sich der Boden des Schlauchboots und rollte unter ihren Füßen in die Höhe.

»Nein!«, schrie sie auf und riss die Arme hoch, um die Balance zu halten.

»Nein!«, echote der Mann im Boot.

Das war das Letzte, was sie vernahm, bevor sie rücklings ins Meer klatschte. Und versank.

Ihre Kleidung bot ihr für den Bruchteil einer Sekunde Schutz, dann traf die Kälte sie wie ein Eishammer. Sie ruderte hektisch mit den Armen, spürte, wie der Stoff immer schwerer wurde und sie hinabzuziehen drohte. Sie ruderte kräftiger und stieß mit dem Kopf aus dem arktischen Nass hervor. Das Boot schien unendlich weit weg, sicher vier oder fünf Meter. Dann verschwand es hinter einem Wellenberg. Eine Wahnsinnsidee, diese ganze Aktion, Leah Cullin, nein wirklich.

Masao hatte es kommen sehen, doch er war nicht in der Lage gewesen, es aufzuhalten. Die Welle traf das Boot von hinten, und er war der Einzige, der den Blick in diese Richtung gewandt hatte. Sam, dessen Gleichgewichtssinn er seit jeher bewundert hatte, schwankte kurz, blieb aber stehen.

»Shit! Hat ihr keiner gesagt, dass sie bei so einem Manöver einen Neoprenanzug braucht?«, fluchte Sam, und Masao hätte ihm wortreich zugestimmt, wenn er nicht alle Konzentration benötigt hätte, das Schlauchboot nicht zu weit von »Ms National Geographic« wegtreiben zu lassen. Windstärke sechs hatte der Wetterdienst gemeldet. Im Schnitt vielleicht, hier gebärdete der Wind sich deutlich rauer. Wenn die Dame sich nicht eine saftige Erkältung mit Option auf eine Lungenentzündung zuziehen sollte, dann musste er den Zodiac schnell zu ihr bewegen. Mit geschickter Kombination von Gas und Lenkeinschlag manövrierte er ihn so, dass Sam Leah an Bord ziehen konnte. »Gleich haben wir's … geben Sie mir Ihre Hand … Ihre Hand!«, forderte Sam sie auf.

Die hysterische Person reckte ihre Hand aus dem Wasser.

»Und nun die andere!«

Stattdessen spuckte sie ihm eine Fontäne Salzwasser entgegen. Ganz Gentleman, ignorierte er das und griff nach ihrem anderen Arm.

»Wo ist meine Tasche? Haben Sie wenigstens meine Tasche,

Gott ist mir kalt, ohne meine Tasche bin ich aufgesch…« Eine Welle mitten ins Gesicht stoppte ihre Suada.

Masao half Sam, Madame vollends an Bord zu ziehen. Mit einem letzten Schwung glitt sie über die Luftkammer. Sie rappelte sich auf, während Sam die Decken öffnete und sie der Diva umlegte.

»D-D-Danke«, brachte sie zähneklappernd hervor.

»Gern geschehen, wir tun, was wir können, um unsere Gäste zufriedenzustellen. Herzlich willkommen!« Sam faltete die nächste Decke auf und legte auch diese um ihre Schultern.

Masao steuerte derweil auf die »SeaSpirit« zu. Der Hubschrauber entfernte sich, und damit sank der Lärmpegel wieder auf ein erträgliches Maß.

»An Bord nehmen Sie erst mal eine heiße Dusche, und jetzt trinken Sie einen kräftigen Schluck.« Sam gab sich fürsorglich und zauberte einen Flachmann hervor.

Masao verdrehte die Augen. Als Steve Sam die Decken hatte holen lassen, hatte der das Survival-Pack offensichtlich eigenmächtig erweitert.

Sam öffnete den silbernen Flachmann und setzte ihn der Journalistin an die Lippen. Die trank, schluckte, und augenblicklich wechselte ihre Gesichtsfarbe von Grün auf Purpur. Masao konnte sich nicht vorstellen, dass sie Ähnliches vorher schon einmal genossen hatte. Er selbst war über einen einzigen Schluck dieses Gebräus nie hinausgekommen. Und er war sicher, dass die Journalistin ihren Erfahrungshorizont in dieser Hinsicht auch nicht wesentlich zu erweitern gedachte …

Sie fing an zu husten, und Sam rieb ihr den Rücken. »Es hilft, glauben Sie mir«, säuselte er.

War ein weibliches Wesen in der Nähe, verfiel Sams Stimme in ungeahnte Modulationen. Fehlte nur noch, dass er sich auf sie legte, um ihr seine Körperwärme zu spenden. Der Zodiac sprang über einen weiteren Wellenberg, um gleich darauf in die Talfahrt überzugehen. Aus den Augenwinkeln erkannte Masao, dass »National Geographic« schwer mit ihrem Magen verhandelte, ob er seinen Inhalt preisgeben sollte oder nicht. Ein mitleidiges Lächeln huschte über sein Gesicht. Er erinnerte sich gut seiner ersten Anfälle von Seekrankheit. Doch er wusste auch, dass es vorübergehen würde. Nach ein paar Stunden, Tagen oder Wochen. Je nachdem.

Wenige Sekunden später türmte sich vor ihnen eine Wand aus Stahl auf. Die weiße, grobe Farbe war zum Teil bereits abgeblättert und gab rostige Placken frei. Das also war das Ziel ihrer Reise: die »SeaSpirit«, deren Anblick allerdings eindeutig verriet, dass es sich hier um alles andere als eine Luxusjacht handelte, auf der Spendengelder im großen Stil verprasst wurden. Aber im Moment war Leah das piepegal.

Masao steuerte das Schlauchboot am Rumpf entlang in Richtung Heck. Das Schiff schützte sie vor dem Wind, was die See jedoch nicht davon abhielt, ihr Wellenberg-Wellental-Spiel weiterzutreiben.

Am Heck baumelte die Jakobsleiter von der Reling, und der Blick der Journalistin verriet überdeutlich, was sich in ihrem Kopf abspielte. »Vergessen Sie's, ich komme diese Leiter nicht hoch«, stammelte sie.

»Wir nehmen die Leiter und ziehen Sie mit dem Boot hinauf«, versuchte Gentleman Sam den Schrecken aus ihren Augen zu vertreiben.

Masao manövrierte das Schlauchboot neben die Leiter, und Sam stieg so mühelos um, als absolvierte er die Übung im heimischen Wohnzimmer und nicht auf hoher See bei Windstärke sechs. Er befestigte eine Leine mit einem Karabinerhaken an der Schlaufe seiner Hose. Oben angekommen, schwang er sich über die Reling.

Das Pfeifen des Windes ließ Leah den Motor der Kranwinde nicht vernehmen, scheinbar lautlos glitten die Karabinerhaken für das Boot von oben herab. Bald hast du's hinter dir, dachte sie, und dann gibt's nur noch eins: eine heiße Dusche!

Leah schaute nach oben und erkannte gerade noch, wie auch der Japaner über die Reling kletterte und damit ebenfalls aus ihrem Leben verschwand. Nicht, dass die beiden Männer ihr auf den ersten Blick wirklich sympathisch gewesen wären, doch jetzt, da sie ohne ihre Retter auf den Wellen trieb, fühlte sie sich ziemlich alleine. Und fror. Und war kurz davor, die Beherrschung zu verlieren, als sich wie von Zauberhand die Seile strafften, an denen ihr Schicksal hing. Sekunden später ging ein Ruck durch das Schlauchboot, und Leah entwich ein Aufschrei, den glücklicherweise niemand hörte. Abermals schwebte sie durch die Luft, wenn auch auf angenehmere Art und Weise als ein paar Minuten zuvor. Sie erreichte die Reling und wurde weiter nach oben gezogen. Unter den Augen der beiden Männer aus dem Boot fühlte sich Leah wie ein Karnickel, das soeben aus dem Hut gezaubert wurde.

Der Kran setzte den Zodiac auf dem Schiffsdeck ab. Wieder ein Ruck. Und endlich, endlich so etwas wie fester Boden unter den Füßen. Die »SeaSpirit« hatte die angenehme Größe einer Festung, die Sicherheit gegen die Brecher da draußen versprach. Obwohl das Schaukeln nicht aufhörte, schien ihr der Wellengang dank der Masse an Stahl nicht auf die gleiche Art wahrnehmbar. Das Schiff stürzte nicht in jedes daherrollende Tal, die Wogen gingen vielmehr unter ihm hinweg, und bevor sich das Heck absenken konnte, saß der Bug schon auf dem nächsten Wellenkamm.

Sam eilte herbei und half ihr aus dem Boot, dabei tunlichst darauf bedacht, die Decken nicht von ihren Schultern rutschen zu lassen.

Leah versuchte sich einzureden, dass sie es in der Mitte des

Schiffes wahrscheinlich am besten aushalten konnte. Dort, so hieß es, sei man der Wirkung des Seegangs weniger ausgesetzt. Während Vorder- und Hinterteil eines Bootes wie bei einer Wippe extreme Ausschläge zu verzeichnen hatten, ruhte es dort mehr oder weniger in der Balance. Zumindest hoffte sie das. Doch während derart feinsinniger Gedanken schien ein Reiz von ihrem Magen auszugehen, der ihr unmissverständlich klarmachte, dass er sich an die neuen Umstände erst zu gewöhnen hatte. Ehe sie es sich versah, klatschte dessen Inhalt vor ihre wackligen Beine.

»Fängt ja heiter an«, kommentierte eine Stimme vom Oberdeck.

Dort stand er und senkte seinen Blick auf sie herab. Das Gesicht braungebrannt, von der Seeluft gegerbt, die Haare mit Strähnen von Grau durchzogen, alles in allem kraftvoll, eine beeindruckende Erscheinung. Nur ein paar Falten mehr als damals. Ungerecht, dieses Klischee, dass sie Männer interessanter machten – was sie zweifellos bei ihm auch taten –, während Frauen dazu verdammt waren, beim Auftauchen erster zarter Linien besser gleich mit dem Leben abzuschließen. Oder für die Rechnung des Chirurgen zu sparen.

»Ms Cullin, vielleicht über die Reling, wenn möglich?«

Sie hasste FishGoods, sie hasste den Neoprenklugscheißer auf dem Schlauchboot, aber ihn hasste sie am meisten. McGregor wandte sich ab und setzte sein Gespräch mit einem Inder fort, der ihr offenbar zugrinste. Ja, macht euch ruhig lustig, ihr werdet schon sehen.

Doch zuerst die Dusche. Heiß. Brühend heiß. Der einzige Befehl, den ihre Nervenbahnen derzeit weiterleiteten.

Der Mann, der eben noch am Kran gestanden hatte, kam auf sie zu und streckte ihr seine Hand entgegen. Sein Gesicht zeigte ebenfalls Spuren des Lebens auf See, doch er war jünger und sein Blick nicht so verschlossen wie der von McGregor.

»Steve Benson, willkommen an Bord der ›SeaSpirit‹, Ms Cullin.«

Ihre Hände hielten die Decken von innen zusammen, um dem Wind keine Angriffsfläche zu bieten. Und sie war nicht gewillt, die Hülle um ihren nassen, frierenden Körper auch nur einen Spaltbreit zu öffnen.

Er schien ihr Dilemma zu begreifen, legte einen Arm um ihre Schulter und ergriff mit dem anderen ihre Tasche. Er lotste sie ein paar Meter über Deck zum Eingang ins Innere des Schiffes.

»Folgen Sie mir«, forderte er sie auf.

Leah hatte nichts anderes im Sinn. Benson stieg eine Treppe hinab. Um ihm zu folgen, musste Leah den Schutz der Decken aufgeben, da der Boden unter ihr sich immer noch bewegte und sie es vorzog, ihre Hände entlang des Geländers die Führung übernehmen zu lassen.

Steve drehte sich um. »Keine vierundzwanzig Stunden, und Sie werden den Seegang nicht mehr spüren. Ihr Gleichgewichtssinn wird Ihren Körper die Bewegungen des Schiffsdecks vollständig ausgleichen lassen.«

Konnte der Typ nicht von etwas anderem reden als von sich bewegenden Schiffsdecks?

Steve öffnete die Tür und stellte ihre Tasche auf den abgenutzten Tisch neben der Koje. Dort warteten bereits frische Handtücher auf sie.

»Ich überlasse Ihnen meine Kabine, werde bei Sam unterkommen. Fühlen Sie sich hier wie zu Hause.«

Steve zeigte ihr noch Dusche und WC, die sich wenige Meter entlang des Mittelgangs des Schiffs befanden.

»Wenn Sie sich frischgemacht haben, kommen Sie einfach hoch in die Messe.«

Sobald er aus der Tür war, riss sich Leah die nassen Sachen vom Leib. Das Zeug klebte an ihr wie eine zweite Haut. Schnell rubbelte sie sich mit den Handtüchern ab, wickelte das größte um ihren Körper und machte sich auf den Weg zur Dusche. Da das Schiff wieder in ein Wellental glitt, entschied sie sich, zuerst die der Dusche gegenüberliegende Toilette aufzusuchen. Hoffentlich würde sich dieser Aspekt der Reise bald erledigt haben, viel konnte ihr Magen nicht mehr hergeben. Sie nahm sich vor, die nächste Zeit keinen Bissen zu sich zu nehmen. Zwei, drei Tage, kein Problem. Und Nächte! Oh Graus, der Gedanke, in einer schwankenden Koje zu liegen, erschreckte sie.

Gott sei Dank, die Dusche lieferte heißes Wasser. Bereits wenige Minuten unter dem Strahl ließen ihre Lebensgeister zurückkehren. *Ms Cullin* … McGregor hatte sie also nicht erkannt. Gut für ihr Vorhaben, weniger gut für ihr Ego. Im Gegensatz zu Susan war Leah der Meinung, dass sie sich kaum verändert hatte. O. k., ihr Haar war damals ein wenig blondiert, Timothy stand drauf, und sie blöde Kuh tat ihm den Gefallen. Immerhin hatten McGregor und sie sich einen ganzen Abend lang in die Augen geschaut, sogar *geküsst,* verdammt noch mal, so was vergisst man nicht einfach. Leah war ziemlich pikiert. Eine durchaus unpassende Gemütsregung, die sie selbst überraschte – war sie nicht hier, um dem Mann den Garaus zu machen? Richtig. Denk an deinen Vater. Denk an …, doch das Einzige, woran sie denken konnte, war, wie McGregor ihre Hand berührt hatte. Ihn aus der Ferne zu verdammen war um vieles einfacher gewesen. Denk an deinen Auftrag. Und denk vor allem daran, wie er dich damals abblitzen ließ.

David stand immer noch an der Reling des Oberdecks. Govind war schon wieder im Computerraum verschwunden, nachdem Steve die Reporterin ins Innere des Schiffes begleitet hatte. Zu seinen Füßen beseitigte Masao mit einem Schrubber die Spuren von Ms Cullins Einstand auf der »SeaSpirit«.

Für einen kurzen Moment hatte David gezögert – tatsächlich war es ihm so vorgekommen, als kenne er die Frau, als sie mit ihren Turnschuhen durchnässt und sichtlich am Ende ihrer Kraft über das Deck der »SeaSpirit« gestrauchelt war. Wahrscheinlich sah sie nur jemandem ähnlich, die wiederum einer Person ähnlich sah, an die er lieber nicht erinnert werden wollte. Trotz ihres geringfügig derangierten Äußeren wirkte sie durchaus attraktiv: die rotbraunen Haare in Kombination mit den dunklen Augen, der geschwungene Mund, die hohe Wangenpartie. Schön und sexy! Kurz: Der Ärger war nur eine Frage der Zeit. Immer wieder erstaunte es ihn, zu beobachten, wie zivilisierte Männer in stammesgeschichtlich überwunden geglaubtes Konkurrenzverhalten verfielen, wenn sich plötzlich ein vereinzeltes Mitglied des weiblichen Geschlechts unter sie mischte. Eben noch die Ruhe selbst, voller Vernunft und Besonnenheit, konnten sie sich auf der Stelle in eine Horde lüsterner, schweißtriefender Bullen verwandeln, die alle nur ein Ziel kannten: das Weibchen zu begatten. Offenbar war das Programm, die Welt vor dem Aussterben der Menschheit zu bewahren, tief in den männlichen Genen verankert, auch wenn dies angesichts der globalen Bevölkerungsexplosion kaum zu befürchten stand.

Schon Ms Cullins simple Anwesenheit an Bord störte ihn. David wusste nicht erst seit seinem Börsendebakel, wie die Presse funktionierte. Wie sie sich auf alles stürzte, was Schlagzeilen versprach, wie sie jemanden in die höchsten Höhen hob, um ihn anschließend bei der Landung in Stücke zu reißen. Und der gleiche Grund, der zuvor den Anlass für Jubel darstellte, wurde hinterher benutzt, um eine Sache in den Dreck zu ziehen. Wer die Guten und wer die Bösen waren, hing oft nur von Tageslaunen ab.

Andererseits war Steve nicht der Einzige, der erkannt hatte, dass sie auf Hilfe von außen angewiesen waren. Vielleicht war es nicht die schlechteste Idee, eine Reporterin vom ›National Geographic‹ an Bord kommen zu lassen. Er selbst würde gute Miene zum bösen Spiel machen und der Frau einfach aus dem Weg gehen. Sollte sie ihren Artikel kriegen, sollte sie ihre Fotos schießen, sollte sie ihre Fragen stellen. Solange man ihn in Ruhe ließ.

Er stieß sich von der Reling ab und schlenderte in den Computerraum, wo er auf dem Monitor die Route des neulich markierten Wales verfolgte, bis Steve den Kopf hereinsteckte. »Die Reporterin kommt gleich – trifft sich mit uns in der Messe.«

»Wie schön.«

»Willst du sie nicht begrüßen?«

»Nö.«

»David, sie ist vom ›National Geographic‹, ihr die kalte Schulter zu …«

»Du wolltest sie partout an Bord haben, also kümmere dich um sie«, unterbrach David.

»Aber …«

»Halt sie mir einfach vom Leib, o. k.?«

Steve schaute ihn verständnislos an, winkte ab und ging. Sturer Bock.

Als ihre nasse Kleidung zum Trocknen über der Heizung hing, konnte sie es kaum abwarten, die Treppe nach oben zu steigen. Direkt vor sich sah sie eine Tür, die sie öffnete. Allerdings handelte es sich eindeutig nicht um den Aufenthaltsraum, eher um die Luxusausgabe einer Kabine. Bilder an der Wand von Walen und Segelbooten, Regale voller Bücher von Alan Watts, Melville, McCullers, Tennessee Williams, W. B. Yeats, antike nautische Messinginstrumente, ein alter Teakholztisch, auf dem sich verschiedene Papiere stapelten, unter anderem ein Zeichenblock mit mehreren Skizzen eines Blauwals – all das verlieh dem Raum eine persönliche Note. Offenbar war sie in McGregors Heiligtum eingedrungen. Sie unterdrückte den Impuls herumzuschnüffeln. Schließlich wollte sie das Schiff nicht sofort wieder verlassen müssen.

Am Ende des Ganges fand sie eine weitere Tür, diesmal erwies sie sich als die richtige: Um einen großen Tisch herum saßen ein paar Mitglieder der Besatzung. Sie nickte dem Japaner mit den Rastalocken zu und ließ sich ebenfalls auf einem der Stühle nieder.

Masao goss ihr dampfenden Tee in einen Becher, veredelt mit einem Schuss Rum. Leah dankte ihm dafür und wärmte sogleich ihre Hände an dem Becher, während die anderen sie nicht aus den Augen ließen.

»Möchten Sie was gegen die Übelkeit haben, Ms Cullin?«, wollte der Japaner wissen.

»Danke, ich bin o. k.« Sie drückte ihm die Hand. »Und Leah reicht. Wir duzen uns, oder? Hab glaube ich 'ne ziemlich schwache Nummer da draußen abgegeben …«

»Kein Problem. Masao, bin hier Steuermann und Funker.«

Er wandte sich zu den anderen, jeder nickte, während Masao die Vorstellung übernahm. »Sam, den kennst du ja bereits, Joe, der Kapitän, Govind, unser Hightech-Guru, und Steve bist du ja auch schon begegnet.«

Steve kam gerade durch die Tür und gesellte sich ebenfalls zum Leah-Begrüßungskomitee. »Na, wiederhergestellt?« Er drückte ihr einen ganzen Stapel Ausdrucke in die Hand. »Das Protokoll der letzten sechs Monate. Da kannst du dir zum Einstieg ein besseres Bild davon machen, was wir hier eigentlich so tun.«

»Hervorragend. Wann kann ich David McGregor treffen?«

Steves Reaktion zeigte Leah deutlich, dass ihm die Frage nicht sonderlich gelegen kam. »Er ist im Moment … bald. Hat grad eine wichtige Sache am Bein. Ich werd sehen, dass …«, stammelte er.

Sam unterbrach: »Wenn du möchtest, zeig ich dir erst mal das Schiff.«

»Einverstanden.«

Steve schien dankbar für Sams Ablenkungsmanöver. Der strahlte und zwinkerte Steve zu.

Was nach ihrem einstündigen Rundgang in Leahs Gedächtnis hängen blieb, war zumindest ein grober Plan des Schiffes – und wohl der Standardwortschatz der großen Seefahrt.

Das Oberdeck, dessen Aufbauten ungefähr fünfzehn Meter lang waren, barg vier Räume: zuvorderst die Brücke mit Steuerrad – Ruder, wie Sam augenblicklich verbesserte – und den Navigationsgeräten. Von dort führte ein Gang in Richtung des Schiffshecks, an dessen Ende sich der Funkraum, Masaos Reich, befand. Sam erklärte ebenfalls alle Geräte, doch Leah begriff nur, dass es sich hier um die absolute State-of-the-art-Version eines Funkraums handelte, mit dem man via Satellit auch noch mit Südpolforschern Funkkontakt aufnehmen konnte.

Rechts und links des Verbindungsganges fanden sich zwei längliche Räume. Der eine war vollgestopft mit Computern und Monitoren – Hoheitsgebiet des jungen Inders Govind, wo er über Bytes und RAMs herrschte. Auch hier verstand Leah nur, dass sie gekennzeichnete Wale mit den Rechnern überall auf der Welt orten konnten. Zu diesem Zweck führte ein armdicker Kabelstrang vom Computer- in den Funkraum. »Ohne Vernetzung funktioniert hier gar nichts, und Masaos Tempel ist unser Fenster zur Welt«, hatte Sam erklärt.

Das gegenüberliegende Zimmer beherbergte ein komplett ausgestattetes Labor für Analysen inklusive einer Dunkelkammer. Leah staunte nicht schlecht. Im Kopf aktivierte sie schon die Rechenmaschine und addierte, was das Equipment wohl gekostet haben mochte. Wie viel auch immer, es bedurfte wohl einiger Spenden, um sich so auszurüsten.

Anschließend führte Sam sie aufs Bootsdeck, auf dem sie mit dem Schlauchboot abgesetzt worden war. Insgesamt verfügte das Schiff über vier Schlauchboote und zwei Kräne. Zwischen den Kränen befand sich ein ungefähr zwanzig Quadratmeter großes Becken. »Eine Art Aquarium«, meinte Sam nur.

Die Innenräume des Decks teilten sich auf in Küche – »*Kombüse*, sonst versteht dich hier kein Mensch« –, den angrenzenden Aufenthaltsraum – »*Messe*, Leah, *Messe*, denk einfach an eine Kirche« –, einen Geräteraum, der auch als Trockenraum fungierte, McGregors Kabine und die Kapitänsmesse. »Hier finden die Chefsitzungen statt«, feixte Sam und deutete auf die Tür eines WCs.

Er führte sie zum Bug des Schiffes, wo mächtige Ankerwinden ihren Platz einnahmen. Leah entdeckte aus den Augenwinkeln McGregor eine Etage über ihr. Der Zeitpunkt für eine Gegenüberstellung schien gekommen, und der Gedanke beschleunigte ihren Puls. Doch McGregor hatte offensichtlich bemerkt, dass er beobachtet wurde, denn Leah stellte irritiert fest, dass er plötzlich verschwunden war. Seltsam, ging er ihr aus dem Weg?

Gemeinsam stiegen Leah und Sam hinab zum Hauptdeck, in dessen Rumpf die typischen Bullaugen über der Wasserlinie eingesetzt waren. Hier befanden sich die Kabinen der Crewmitglieder – insgesamt sieben Männer –, die Dusche, eine Krankenstation und weitere Toiletten. Der Bug wurde als Vorratskammer genutzt, und neben der Treppe befanden sich die Dieseltanks. Am Ende des Ganges führte eine Tür in den Maschinenraum.

Vom Hauptdeck aus ging es in den »Keller«, das sogenannte Zwischendeck. Hier fanden sich weitere Tanks für Öl, Kraftstoff und Wasser sowie ein zweiter Vorratsraum. Ziemlich langweilig, so ein Rundgang, das Einzige, was ihr verstohlenes Gähnen unterbrach, waren Sams Beschreibungen darüber, wie sie die Wale markierten, um ihre Standorte zu verfolgen. »… und so geht's immer weiter, ein Wal nach dem anderen. Man muss schon ein gewisses Fingerspitzengefühl für die Sache haben.«

»Aber die Walfänger, mit denen geht ihr nicht gerade zimperlich um.«

Sam musste grinsen: »Hat sich also rumgesprochen.«

»Allerdings.«

»Die töten Wale. Illegal. Die wussten, auf was sie sich einließen. Und wir haben sie vorher gewarnt – so ist es nicht.«

»Na ja … Gute Nacht, Sam. War sehr aufschlussreich.«

Sam hatte sie nach dem Rundgang noch zu ihrer Kabine begleitet.

»Jederzeit. Ich stehe rund um die Uhr zu deiner Verfügung«, versprach er.

Leah lächelte und verschwand in ihrem neuen Domizil. Sie war hundemüde und sah auf die Uhr. Zehn. Das hieß, dass es zu Hause zwei Uhr morgens war.

Sie entledigte sich ihrer Kleidung und ließ sich in die Koje fallen. Nach wie vor spürte sie das Rollen der Wellen. Ihr war immer noch mulmig zumute, doch der kleine Rundgang hatte zumindest bewirkt, dass ihr das Stampfen des Schiffes ein wenig vertrauter vorkam. Sie kuschelte sich unter die Decke und rekapitulierte die Führung. Sam hatte ihr alles gezeigt, jeden Winkel auf dem Kahn. Und ihr erster Eindruck hatte sich bestätigt: Mit den Spendengeldern wurden hier keine Wände tapeziert. Selbst die Kapitänsräume wirkten nicht gerade verschwenderisch. Doch all das konnte täuschen.

Nachdem Leah zu seinem Bedauern die Tür von innen verschlossen hatte, verschwand Sam, um seinerseits in die Koje zu kriechen. Nicht enttäuscht sein, alter Junge, gut Ding will Weile haben, die Lady hat Stil, die fällt nicht jedem in der erstbesten Sekunde um den Hals, das ist korrekt. Nichtsdestotrotz glaubte Sam eindeutige Signale wahrgenommen zu haben, dass Leah auf ihn abfuhr. Allerdings glaubte er das bei jeder Frau.

Als er zum Knauf seiner Kabinentür griff, beschlich ihn das Gefühl, dass hier irgendwas nicht stimmte. Als er sie geöffnet hatte, wusste er, was es war. »No way, das kommt nicht in Frage!«

Steve stand vor dem Kleiderschrank und war dabei, seine Sachen in die freie Hälfte einzuräumen. Sam wollte protestieren, doch Steve kam ihm zuvor und deutete auf die Kojen. »Soll ich oben oder unten schlafen, was ist dir lieber?«

Sam hatte vor Leah noch groß getönt, jeder habe hier seine eigene Kabine, doch ihm war schon klar gewesen, dass Steve, der ihr ja die seine zur Verfügung gestellt hatte, nicht im Schlauchboot übernachten würde. Aber warum ausgerechnet bei ihm?

»Am liebsten irgendwo anders – warum nicht bei Joe? Seine Kajüte ist größer als meine. Oder bei Govind?«

»Mit Joe versteh ich mich nicht gerade besonders. Außerdem hat er entweder eine Schlaftablette genommen, oder er will die Tür nicht öffnen.«

»Und Govind? Der ist sicher noch wach.«

Aber Steve hatte seine Entscheidung getroffen. »Also: oben oder unten?«

Widerspruch war anscheinend zwecklos. »Ist mir egal, such dir was aus.«

»O. k., oben …«

Dann eben oben. Musste er sein Bettzeug zumindest nicht herumwuchten.

Steve zog sich bis auf die Unterhose aus und schwang seinen Körper auf die obere Pritsche. »Mach das Licht aus, wir haben die Vier-bis-acht.«

Sam seufzte, beinahe hätte er es verpennt. Er war wieder mit Frühschicht dran. Jede Nacht teilte sich in drei Nachtwachen: je zwei Crewmitglieder von acht bis Mitternacht, von Mitternacht bis vier und dann von vier bis acht. Die schlimmste Schicht von allen. Nach der Vier-bis-acht war er den ganzen Tag kaputt. Noch dazu konnte er nicht auf Kommando einschlafen. Im Gegensatz zu Steve.

Der lag keine drei Minuten flach, und schon war die Kabine erfüllt von einem gleichmäßigen Sound. Zuerst schnarchte er noch mit der Zurückhaltung des Neuankömmlings, dann mit mindestens 100 Dezibel. Verflucht, wo war das Ohropax, wenn man es brauchte?

»He, schalt die Säge ab!«

Steve reagierte nicht mal.

Sam trat mit seinem Fuß gegen die Matratze über ihm, dort, wo er Steves Hintern vermutete. Steve schnaufte kurz, dann schnarchte er weiter. Sam versuchte es zu ignorieren. Er wusste, dass er im Schlaf ebenfalls wie eine Kaffeemaschine röchelte, das hatten ihm schon einige Frauen unter die Nase gerieben. Aber eben im Schlaf, und dahin musste man erst mal kommen bei Steves Getöse. Den letzten bissen immer die Hunde.

Sam starrte auf die Unterseite der tönenden Koje über ihm und dachte an die Reporterin. Die Lady war genau seine Kragenweite. Ein fester, knackiger Hintern, was er schon im Schlauchboot feststellen konnte, und ihre Brüste schienen ebenso vielversprechend. Sie hielt sie gut unter dem dicken Pulli verborgen, aber sein Kennerblick hatte schon durch die Auf- und Abbewegung beim Treppensteigen erkennen können, dass es besondere Exemplare waren. Auch das Gesicht hatte ihm zugesagt. Er konnte mit diesem ganzen Kitsch von Kastanienaugen und sinnlichen Lippen nichts anfangen. Entweder ein Gesicht passte, oder es passte nicht. Das von »Ms National Geographic« passte.

Er gab ihr neun Punkte. Zehn markierten die Spitze. Gab kaum eine in seinem Leben, der er die Zehn zugestanden hatte. Geschlafen hatte er nur mit wenigen Neunern, meistens mit Achtern. Siebener waren selten gewesen und Sechser indiskutabel.

Govind hatte ihn angeblökt, als er ihn im Hafen von Rio einmal mit einer Acht in einem der Zodiacs erwischt hatte. Er war richtig stinkig geworden, als Sam ihm erklärte, was eine Acht war, und kochte geradezu über, als sich herausstellte, dass Sam nicht mal ihren Namen kannte. Govind hatte ihn als Chauvi bezeichnet, und obwohl Sam mit Fremdwörtern auf Kriegsfuß stand, war ihm dieses einigermaßen geläufig. Es stimmte ihn freudig, gab ihm das Gefühl, er gehöre auch zur Intelligenzija. Dabei sah er sich lediglich als Mann, der keine Zeit mit unnützen Dingen vertrödelte. Und er mochte die Mädels, mit denen er etwas anfing. Es war ja nicht so, dass er nur auf das Äußere schaute, wie ihm Govind unterstellte. Es gab genug Neuner, die er angesprochen und nach ein paar Minuten in der Ecke stehen gelassen hatte. Was nützte ein schöner Körper, wenn die Damen Schwierigkeiten hatten, den nächsten Satz zu formulieren? Er selbst war bestimmt kein Shakespeare, doch wenn *ihm* schon auffiel, dass seine Eroberung nichts Gescheites über die Lippen brachte, dann war einfach Schichtende. Govind hatte behauptet, er verachte die Frauen. Da musste Sam nun wirklich lachen. »Wenn ich die Frauen verachte, dann verbring ich nicht meine Nächte mit ihnen im Rettungsboot.« Simpelste Logik, oder? Doch Govind hatte nur abgewinkt. Verstand eben nichts von Weibern. Sam hegte den heimlichen Verdacht, dass der Inder vom andern Ufer war.

Leah erwachte, kaum dass die Sonne dem Meer entstieg. Soweit sie es durch ihr Bullauge erkennen konnte, hatten sich die schweren Wolken zum Horizont hin verzogen. Das Morgenrot verwandelte sie in rosafarbene Sahnehäubchen und wich schon bald einem strahlenden Zitronengelb, das einen herrlichen Tag versprach. Leah hatte gerade eine Katzenwäsche am Waschbecken in der Kabine hinter sich gebracht, als Steve an die Tür klopfte.

»Ich hoffe, du hast gut geschlafen?«

»Wie ein Murmeltier. Oder sollte ich besser sagen – wie ein Wal? Können Wale überhaupt schlafen?«

»Man nimmt es an«, fing er sofort an zu dozieren, »entweder schlafen sie an der Wasseroberfläche oder während des allmählichen Absinkens. Und wenn dabei Sauerstoffmangel eintritt, kehren sie langsam zur Oberfläche zurück.«

»Wow!« Leah zeigte sich beeindruckt. So genau hatte sie es gar nicht wissen wollen. Überrascht stellte sie fest, dass ihr Magen knurrte. Hunger. Schon war die selbst auferlegte Fastenkur vergessen.

Als sie die Messe betraten, kam ihnen McGregor entgegen. Der Mistkerl strahlte eine Vitalität aus, die ihn nicht gerade unattraktiver machte. Im Gegenteil. Cool bleiben, nichts anmerken lassen. Leah erinnerte sich nicht nur an ihre früheren Artikel, in denen sie belegt hatte, dass eine Menge Beziehungsleichen seinen Weg pflasterten, sondern auch an den Kuss vor ihrem Hotelzimmer. Stopp, denk einfach nur daran, weshalb du hier bist.

»Freut mich, bei Ihnen an Bord sein zu dürfen – David McGregor?«

»M-hmm, freut mich auch.« Er log wie gedruckt, das sah sie ihm an. McGregor ergriff kurz ihre Hand, brummelte etwas vor sich hin und wollte an ihr vorbei.

»Ich weiß immer noch nicht, was ich eigentlich verbrochen

habe. Gibt es einen Grund, warum Sie mich nicht an Bord empfangen wollten?«

»Wenigstens haben Sie sich nicht abwimmeln lassen ... Ein Zeichen, dass Sie Ihren Job möglicherweise ernst nehmen.«

Und schon machte er auf dem Absatz kehrt und verließ die Messe schneller, als er sie betreten hatte. Na bitte. Er mied sie wie der Teufel das Weihwasser. Und was sollte das heißen: »möglicherweise«? Was glaubte der Kerl, wen er vor sich hatte? Und dieser Ton!

»Er ist ein Seebär, raue Schale, harter Kern, weißt schon, was ich meine«, versuchte Steve sie aufzuheitern, »lass dich bloß nicht von ihm verunsichern.«

Leah belohnte ihn mit einem forcierten Lächeln und schaltete wieder auf Profi-Modus um.

Die Messe sah definitiv wie ein Ort aus, der stark frequentiert wurde. Der Zustand der Holzmöbel, jetzt von der Sonne ins Rampenlicht gerückt, war mit »abgeschabt« noch schmeichelhaft umschrieben. Zumal die Stühle aufs Geratewohl zusammengestückelt schienen. Die runden Tische boten ein einheitlicheres Bild, was besonders daran lag, dass sich ihr Resopalbelag gleichmäßig abzuschälen begann. Die Kargheit der Ausstattung war beim besten Willen nicht zu übersehen.

Die angrenzende Kombüse war nur durch einen schmalen Tresen vom restlichen Raum getrennt. Zwischen blechernen Pfannen und verbeulten Töpfen, die von der Decke herabhingen, konnte man das wächsern-bleiche Gesicht des Polen erkennen, dessen Augen misstrauisch blitzten, als er Leah eintreten sah. Der Mann erinnerte an ein Fossil, seine Haut mit all ihren Falten wirkte wie mumifiziert. Trotz seines beträchtlichen Alters legte er eine Flinkheit an den Tag, die dem Zickzacklauf eines aufgescheuchten Hasen bei der Jagd alle Ehre gemacht hätte.

Marek wurde von Steve als Meister der Improvisation vorgestellt, denn immerhin habe er es noch nie geschafft, ein Gericht so schmecken zu lassen wie beim letzten Mal. Marek betrachtete das als Verdienst, auch wenn der »Variantenreichtum« nicht jedermanns Geschmack war. Doch die Crew hatte sich längst daran gewöhnt.

Wie jeden Morgen fing Marek sofort an, sich zu beschweren, und listete Steve eine ganze Reihe von Proviant auf, den er auf der Stelle benötigte, ansonsten stürben alle an Skorbut. Steve wurde die Litanei schnell zu viel. Was würde »National Geographic« von den Zuständen auf ihrem Schiff denken? Also klopfte er Bocuse auf den Rücken und schob ihn in die Kombüse zurück.

»Zwei Kaffee, Marek, und alles, was du uns zum Frühstück auftischen kannst.« Dann wandte er sich wieder Leah zu. »Marek ignoriert gerne, dass unser Vorrat hauptsächlich aus Tiefgefrorenem und Konserven besteht. Er mag's lieber frisch.«

»Korrekt«, intonierte Marek, der schon wieder am Tresen auftauchte und zwei Becher mit dampfendem Kaffee daraufknallte. »Totes Essen nur gut für tote Menschen. Schmeckt super tot!« Damit schien er seinen Crashkurs in Ernährungskunde im Allgemeinen und auf Schiffen im Besonderen beendet zu haben.

Leah nippte an ihrem Kaffee – sie hatte schon schlechteren getrunken. Nein, wirklich lecker.

»Was genau macht ihr hier eigentlich?« Leah deutete zu dem Inder, der gerade mit Masao am Nebentisch Platz nahm. »Wie ich hörte, verfolgt er Wale auf seinem Bildschirm, wie bei einem Computerspiel. Seid ihr nicht die Wal-Rambos, Robin Hoods mit Rammbooten?«

Steve griff sich an den Kopf. »Auweia, wenn das das Bild ist, das wir in der Öffentlichkeit abgeben, dann haben wir noch einen weiten Weg vor uns …«

Darauf wollte sie gar nicht hinaus, aber Steve war schon in

seinem Element. »Wir wissen noch sehr wenig über die Riesen der Meere. In einschlägigen Büchern findest du zu neunzig Prozent anatomische Beschreibungen. Aber was wir herausfinden wollen, ist, wie sie leben: Wo sie hinziehen, wie lange sie dort bleiben, ob sie immer zu denselben Stellen wandern oder ob sie sich neue Jagdgründe suchen.« Schien eine Macke bei Steve zu sein, immer so weit auszuholen, dass er sein Publikum schon nach den ersten Metern verlor. »Dadurch, dass wir Wale individuell markieren, können wir nicht nur sagen, wo eine bestimmte Art sich aufhält, sondern wir können ganz detaillierte Aussagen über einzelne Tiere machen. Bleiben die Gruppen als Gruppe bestehen, oder ändern sich die Verbände? Gibt es Wal-Ehen? Oder nur zufällige Paarungen? All diese Fragen sind nicht wirklich beantwortet. Und den Job machen wir.«

Gott sei Dank schob Marek zwei riesige Teller auf den Tisch, die sich sehen lassen konnten: Müsli, Rührei, frische Sprossen, Käsetoasts – genug, um selbst Govind satt zu bekommen.

Leah nutzte die Chance, um das Thema zu wechseln. »Ihr habt doch gerade einen Prozess verloren, weil ihr ein Schiff gerammt habt. Was hat das mit Walbeobachtung zu tun?«

Steve hob die Hände mit einer Geste der Unschuld. »Wir sind nie angetreten, die Walfangflotte zu versenken. Wir sind nicht Paul Watson.«

Watson, Watson?, fragte sich die Topjournalistin ... Wer war das noch mal?

»Den Namen nie gehört?«

»Doch. Nur dachte ich, dass er bei Greenpeace ist.« Uff. Gute Arbeit, Nick, ich nehme alles zurück. Der einzige Watson, den Leah bis zu seinem »Einführungsabend« gekannt hatte, jagte mit Sherlock nach Moriarty.

Wie sie von Steve erfuhr, stimmte das mit Greenpeace nur zum Teil. Paul Watson war zwar eines der Gründungsmitglieder, hatte sich jedoch schon lange von der Organisation getrennt. Er sei das, was man einen militanten Walschützer nenne. »Hat Ende der Siebziger die Sierra gerammt.«

Steves Ton klang fast vorwurfsvoll, sie konnte sich auf den Mann keinen rechten Reim machen. Gerade eben hatte er ihr noch lang und breit erzählt, dass seit 1968 alleine an die 25 000 getötete Wale auf das Konto der Sierra gingen. Auf das Konto eines einzigen Schiffs.

»Und er hat damit einer Menge Walen das Leben gerettet«, erwiderte Leah. Worauf wollte Steve eigentlich hinaus?

»Ich billige solche Aktionen nicht. Es gibt auch andere Methoden, zum Beispiel deine: die Leute darüber informieren, was für eine Metzelei sich trotz der IWC-Statuten auf den Ozeanen abspielt. Die Feder ist mächtiger als das Schwert.«

Halleluja! Was war denn das jetzt? Versuchte der Typ, sich bei ihr einzuschleimen? Er redete über seine Lebensaufgabe mit ungefähr so viel Pathos wie ein Politiker über die Vorzüge der Gegenpartei. Sogar Leah fand das befremdlich, obwohl sich ihr inniges Verhältnis zu Meeresbewohnern eher auf das Öffnen von Thunfischdosen beschränkte.

»Hey, Steve, David braucht dich auf der Brücke.«

Leah hatte Sam nicht kommen hören und erschrak, als sie seine Stimme unmittelbar hinter sich vernahm.

»Keine Angst, ich übernehm das hier.«

Leah las in Steves Augen, dass es genau das war, was er befürchtete. »Bin gleich zurück.«

»Lass dir Zeit«, warf ihm Sam hinterher und ließ sich dicht neben Leah auf die Bank fallen. Etwas zu dicht. Sie rutschte ein paar Zentimeter zur Seite. Der sarkastische Blick, den Govind ihrem Sitznachbarn zuwarf, als er sich über Steves unangetastete Rühreier hermachte, entging Leah nicht.

»Steve hat dir gerade von Watson erzählt, oder?«, meinte Sam, der bemüht war, den entstandenen Abstand zwischen ihnen wieder zu verringern.

»Ja. Von den Attacken auf Walfangschiffe. Nicht gerade legal, würde ich sagen.«

»Nein, nicht wirklich.«

Sams Blick schien der Schwerkraft zu unterliegen, denn er wanderte immer wieder von Leahs Gesicht abwärts. O.k., verstanden, die engen Pullis blieben ab jetzt im Koffer.

»Klingt nach einem ausgewachsenen *Aber*.«

»Kannst gegen Watson sagen, was du willst, er hat Tausenden von Walen das Leben gerettet. Der hat gehandelt, während alle anderen sich nur den Mund fusslig geredet haben.«

»Und ihr tretet jetzt mit der ›SeaSpirit‹ an seine Seite?«

»Schön wär's. Wir machen mehr so in Forschung. Warum suchen wir uns nicht ein ruhigeres Plätzchen und reden darüber?«

Masao und der Inder, die bisher so bemüht schienen, der Konversation nicht zu lauschen, konnten sich ein Lachen kaum verkneifen.

»Was hältst du davon? Nur so … du und ich«, flüsterte Sam unbeirrt weiter und unterstrich die subtile Botschaft, für den Fall, dass sie Leah möglicherweise entgangen sein sollte, mit seiner Hand auf ihrem Oberschenkel – die prompt von Leah entfernt wurde.

»Pass auf«, flüsterte sie zurück, um ihn nicht vor seinen Freunden zu blamieren, »wir beide tun am besten so, als ob das hier ein Versehen ist. O.k.? Denn wenn das noch mal vorkommt, knall ich dir eine, dass du nicht mehr weißt, wie du auf dieses Schiff gekommen bist. Guter Vorschlag, oder? Kannst du nicht meckern.« Leah stand auf und sammelte ihre Unterlagen ein. »Mahlzeit.«

»Sie ist frigide«, kommentierte Sam Leahs plötzlichen Abgang.

Govind vertilgte den letzten Bissen. »Die ist nicht frigide, die weiß, was sie will. Und du gehörst offenbar nicht dazu.«

»Denkst du wirklich, bei der kommst du mit so was an?«, kicherte Masao.

Sam ging das alles langsam auf den Keks. »Das Leben ist zu kurz für langes Drumherumgerede. Du fragst die Mädels geradeheraus, ob sie vögeln wollen, ja oder nein. O.k., neun von zehn scheuern dir vielleicht eine, aber bei zehn Prozent klappt's. Wo gibt's sonst so 'ne Rendite?«

Masao wechselte einen Blick mit Govind, der nur den Kopf schüttelte. Was sollte er dem Schwachkopf darauf antworten.

Leah fand ein sonniges, windgeschütztes Plätzchen am Heck und vertiefte sich in Steves Computerausdrucke. Im Wesentlichen dokumentierten sie detailliert alle Walbegegnungen, seit Neuestem auch, wo, wann und mit welchen Hightech-Methoden sie markiert wurden, außerdem umfassten sie eine imponierende Sammlung der weltweiten Vorträge über die SeaSpirit-Organisation, Pressemitteilungen diesbezüglich, die Standard-Informationen über Schiff und Besatzung – nur über Budget und Kostendeckung durch eingegangene Spenden, was für einen gemeinnützigen Verein Usus sein sollte, gab es keinerlei Informationen. Leah grübelte bereits, wie sie das Thema am unauffälligsten ansprechen sollte, als Steve sich wieder zu ihr gesellte.

»Genügt es, oder brauchst du mehr?«

»Habt ihr dieses Fischereischiff nun gerammt, ja oder nein?«

Wenn Steve über ihre Direktheit überrascht war, so ließ er es sich zumindest nicht anmerken. »Leah, die haben mit ihrem Scheißnetz genau in dem Bereich gefischt, in dem sich eine Walschule aufgehalten hat. Zwanzig Schweinswale! Zwanzig! Und dann ein ewig langes Netz. War nur 'ne Frage der Zeit, bis die

Wale sich darin verfangen hätten. Wir haben die mehrfach ersucht, das Netz einzuholen, ohne Erfolg. Also blieb uns nichts anderes übrig, als etwas zu unternehmen.«

»Da hätten Menschen verletzt werden können«, wandte Leah ein.

»Ist auch nicht unsere Art, andere Schiffe zu rammen. Und dass ich so was nicht billige, hab ich dir bereits gesagt.«

»War also McGregors Entscheidung. Hast du keinen Einfluss auf so was?«

Sie musste einen wunden Punkt getroffen haben, denn Steve beschloss, schnell das Thema zu wechseln. »Jedenfalls haben die Wale bis auf einen überlebt. Nachdem der Trawler manövrierunfähig war, haben sie das Netz eingeholt.«

»Ich dachte, Treibnetze sind kein Problem mehr, die langen wurden doch aus dem Verkehr gezogen.«

Steve lachte bitter auf. »Treibnetze sind sehr wohl ein Problem. Nur die Europäische Union hat sie inzwischen ganz verboten. Doch was nützt das dem Rest der Weltmeere? Ich könnte dir jetzt einen Dreistundenvortrag allein über Treibnetze halten, aber glaub mir einfach die Zusammenfassung: Treibnetze sind ein Riesenproblem. Mit ihnen werden die Ozeane leer gefischt, und das betrifft nicht nur die Arten, die auf unserer Speisekarte stehen.«

»Du meinst Beifang – Kanister und Fische, die man eigentlich nicht fangen will.«

»Schön gesagt. Kanister und Fische, Turnschuhe und Wale, Treibgut und Seevögel.« Steves Stimme hatte einen sarkastischen Unterton angenommen. »Bin sicher, du hast eine dieser Broschüren der Fischereiindustrie gelesen, stimmt's?«

Leah hatte nicht vor, Steve ihre Kontakte zu FishGoods zu offenbaren. »›National Geographic‹ verfügt über eine ziemlich große Datenbank.«

»Na gut, dann gestatte mir eine Frage: Was meinst du, wie viele leere Kanister so auf den Weltmeeren treiben?«

Kanister. Wie waren sie jetzt bloß auf Kanister gekommen? »Keine Ahnung.«

»Gut, ich auch nicht. Aber selbst wenn wir schätzen, dass gerade ein Schiff untergegangen ist, das leere Kanister transportiert hat, liegen wir mit 100 000 sicher nicht zu niedrig, hab ich recht?«

Oh Mann, das wurde ja immer schlimmer.

»Die Ozeane bedecken mehr als 300 Millionen Quadratkilometer. Das bedeutet, dass in einem Gebiet von 3000 Quadratkilometern statistisch gesehen ein Kanister herumtreibt. Finde ihn.« Steve musste ihren verwirrten Blick als Aha-Effekt interpretiert haben. »Damit haben wir die Kanister geklärt!«

Na, Gott sei Dank, dachte Leah, aber Steve schien darauf bedacht zu sein, sie noch mehr durcheinanderzubringen.

»Jetzt zu den Treibnetzen. Es wird ein bisschen makaber, aber es zeigt, was ich meine. Stell dir vor, in New York leben nur noch Hunde und Wellensittiche. Du hast die Aufgabe, in allerkürzester Zeit möglichst viele Hunde zu fangen, weil sie als Delikatesse gelten. Und wir definieren, dass Wellensittiche vom Aussterben bedroht sind, o.k.?«

Leah lehnte sich resigniert zurück und nickte ihm zu.

»Gut. New York. Knapp 800 Quadratkilometer. In möglichst kurzer Zeit möglichst viele Hunde. Wie gehst du vor?«

»Keine Ahnung. Mit einer MP?«, seufzte Leah.

Steve schüttelte den Kopf. »Schlecht, dann musst du ja jedem einzelnen Köter hinterherrennen. Mit meiner Methode bin ich unschlagbar: Ich flieg über die Stadt und sprühe, sagen wir, ein Giftgas, das für die Menschen unbedenklich ist, und sammle die toten Tiere einfach ein.«

Die jodhaltige Meeresluft musste den Leuten hier eindeutig die Birne weichmachen, Steve war der lebende Beweis dafür.

Aber der Hirni schien mit McGregor auf Kriegsfuß zu stehen, und der Feind ihres Feindes … Leah beschloss, sein Spiel mitzuspielen.

»Mit dem Giftgas hast du auch alle Wellensittiche umgebracht!«

»So ist es. Aber ich habe auch alle Hunde erlegt. Und nun ersetz Hunde durch Thunfisch, Wellensittiche durch Meerestiere, die man nicht essen kann, und Giftgas durch Treibnetze. Dann hast du ungefähr das richtige Bild.«

Ein Punkt für Steve, das musste Leah zugeben.

»Und was die Kanister angeht, wie viele liegen jetzt nach unserem kleinen Beispiel statistisch gesehen in New York herum? Alle 3000 Quadratkilometer einer, New York hat 800 Quadratkilometer. Wenn ich also Dusel habe, stolpere ich vielleicht über einen – magst du noch Kaffee?«

»Du willst sagen, der Trawler hat auch mit Treibnetzen gearbeitet?« Leah sah überall nur tote Hunde und Wellensittiche herumliegen, und Steve dachte an Kaffee.

»Klar hat er.«

»Ihr habt vorher noch ein anderes Schiff gerammt, nicht wahr?«

»Du hast dich ja sauber auf den Trip hier vorbereitet. Die meisten wissen nicht mal, wie der Kapitän heißt, und du kennst schon unsere ganze Geschichte.« Steve grinste. »Wir haben nicht. Komm mit.«

Leah folgte Steve nach oben aufs Brückendeck.

»Govind kann dir zeigen, was damals passiert ist.«

Sie betrat nach Steve den Computerraum.

»Leah möchte mal die Bilder von der ›Shaqua Soul‹ sehen.«

Er zog einen Stuhl heran, und sie ließ sich vor einer flackernden Wand aus acht Monitoren nieder. Govind klickte sich mit der Maus durch ein paar Verzeichnisse in die Tiefen irgendwelcher

Festplatten. Dann deutete er auf den Monitor, der unmittelbar vor Leah in Augenhöhe platziert war. Der Bildschirm zeigte ein großes, schwarzes Schiff. Leah sah nicht nur die haushohen Wellen, sondern aus zwei kleinen, aber feinen Boxen konnte sie das Tosen des Sturms hören, der über den Ozean fegte.

Als ob Steve ihre Gedanken erraten konnte, erklärte er: »Windstärke acht. Kam richtig gut.«

Die Kamera schwenkte nun von der »Shaqua Soul« auf das Heck der »SeaSpirit«. Leah erkannte, wie zwei Schlauchboote klargemacht wurden.

»Masao und Govind in dem einen Boot, David und Sam in dem anderen.«

»Und was wollen die mit den Schlauchbooten machen – ich meine, das ist doch Wahnsinn bei dem Wetter!«, sagte Leah.

»Sie wollen die Langleine der ›Shaqua Soul‹ durchtrennen.«

Leah kam gar nicht dazu, zu fragen, worum es sich dabei handelte.

»Langleinenfischerei ist eine weitere Art des industriellen Fischfangs.«

Während Leah gebannt verfolgte, wie die beiden Schlauchboote nacheinander zu Wasser gelassen wurden und über die Wellen zum Heck der »Shaqua Soul« preschten, ließ es sich Steve nicht nehmen, weiter zu ihrer Bildung beizutragen. »Die Langleinenfischerei kam nach dem Zweiten Weltkrieg auf. Eine Langleine hat nichts mehr mit einer Angelschnur zu tun. Die reißfesten Kunststoffseile sind bis 130 Kilometer lang und mit bis zu 30 000 Haken bestückt. Auf diesen Haken sitzen Köder für Thunfische oder schwarze Seehechte, doch leider hat keiner die Delfine oder Schweinswale darüber informiert. Wenn die den Köder sehen, greifen sie genauso zu und landen als Beifang im Meer. Als Müll sozusagen.«

»Langleinen sind sicher auch verboten?«

Steve schüttelte den Kopf. »Nein. Sind sie nicht.«

»Kein Grund, sie nicht durchzuschneiden!«, tönte Masao, der sich zu ihnen gesellt hatte.

»Darüber kann man geteilter Meinung sein«, sagte Steve. Leah entging nicht die Spannung, die in der Luft lag.

»Wieso verstoßt ihr gegen das Gesetz? Sagtet ihr nicht, ihr seid Forscher?«

Es war Govind, der nun das Wort ergriff. »Wir schneiden nicht ständig irgendwelche Netze oder Leinen ab. Das hier war das erste Mal. Wir fahren jetzt fünf Jahre zur See. Und wir haben nie was Illegales gemacht. Aber wenn du den hundertsten verendeten Delfin aus einem dieser Netze oder von einer dieser Leinen befreist, kommt irgendwann der Punkt, wo du dich entscheiden musst. Befolgst du weiter Gesetze, oder tust du das Richtige?«

Die beiden Schlauchboote auf dem Monitor kreisten jetzt am Heck des Fischtrawlers. Man sah, wie sich aus einem der Boote jemand gefährlich weit herauslehnte und im Wasser hantierte. Hätte Leah nicht gewusst, dass er im Begriff war, die Fangleine durchzuschneiden, sie hätte geglaubt, der Mann wollte sich aus dem Boot stürzen. Die Boote verschwanden immer wieder in den Wellentälern.

»Jetzt. Eben hab ich das Seil gekappt.« Leah merkte, wie in Masaos Stimme Stolz mitschwang.

Die Kamera schwenkte einmal entlang der »Shaqua Soul«, als sich die Schlauchboote hastig entfernten. Man konnte förmlich sehen, wie in Leahs Kopf die Zahnräder ratterten. »Hab ich das verpennt, oder trägt das Schiff keinen Schriftzug? Hab nirgendwo den Namen lesen können. Und hat nicht jedes Schiff eine Länderflagge?«

»Hundert Punkte«, ergriff Masao das Wort. »Die ›Shaqua Soul‹ ist ein Piratenfischer. Damals fuhr sie angeblich unter der

Flagge von Honduras. Derzeit weiß man's nicht so genau. Wir vermuten Belize.«

Steve unterbrach ihn. »Mit ›Piratenfischer‹ meint er Fischer, die mit industriellen Fangschiffen unter einer Billigflagge fahren, das heißt, einem Land, das den Fischereiabkommen nicht beitritt. Die halten sich weder an Fangquoten noch an ausgewiesene Fanggründe. Außerdem kontrollieren die Billigflaggenstaaten die Aktivitäten ihrer Schiffe nicht.«

»Das Gleiche also wie mit den Öltankern.« Leah befand sich auf einigermaßen vertrautem Terrain.

»Richtig, die haben nicht mal einen TÜV für Schiffe.«

Govind fuhr fort: »Der Staat gibt denen zwar finanzielle Unterstützung, damit niemand durch die Umstellung der Fangmethoden pleitegeht, nur stellen die schnell fest, dass sie mit Treibnetzen nach wie vor viel mehr Kohle machen. Und wenn Länder wie zum Beispiel Honduras, Belize, Panama oder St. Vincent ihre Flagge an jeden Schiffsbetreiber verkaufen, ist das ein prima Deal: Die Klipper unterliegen kaum technischen Kontrollen, und kein Hahn kräht mehr nach irgendwelchen Fischereiabkommen.«

»Jede Fischfirma kann also ihre Schiffe unter irgendeiner beliebigen Flagge fahren lassen«, kommentierte Leah.

»Manchmal muss man noch ein paar Briefkastenfirmen dazwischenschalten – aber im Prinzip schon.«

»Und woher kennt ihr den Namen des Schiffs, wenn er nicht dransteht?«

Masao und Govind grinsten.

»Recherche. Wir haben inzwischen eine ganz gute Datenbank über Piratenfischer. Man schätzt, dass es über tausend gibt. Von zweihundertfünfzig haben wir die Daten. Weitere zweihundert haben wir auf dem Kieker.«

»Und was macht ihr mit den Infos?«

»Wir schanzen sie den Leuten zu, die sie sinnvoll nutzen.«

»So, so, verstehe.« Leah schaute gebannt auf den Bildschirm, wo die Schlauchboote gerade zur »SeaSpirit« zurückkehrten, dann verdeckte das Heck die Sicht. Wenig später kletterte Govind über die Reling. Das Prozedere kannte Leah nun schon aus eigener Erfahrung: Alle raus aus dem Boot über die Jakobsleiter, und der Gewinner durfte mit dem Zodiac Aufzug fahren. Leah dachte an ihre durchnässte Ankunft zurück, und es schüttelte sie.

Aber plötzlich wurde ihre Aufmerksamkeit wieder von den Bildern auf dem Monitor in Anspruch genommen, denn die »Shaqua Soul« war der »SeaSpirit« bedrohlich näher gekommen.

»Die fanden die Aktion nicht sonderlich witzig«, erklärte Govind, »die ›Shaqua Soul‹ steuerte einfach steuerbord neben uns.«

»Und ich hing unten zwischen den Schiffen in meinem Zodiac und fühlte mich wie Knoblauch in der Presse«, ergänzte Masao. »Sam und David waren zu der Zeit noch im Wasser. Sie haben sich mit ihrem Boot zurückfallen lassen, aber für mich ging's um Sekunden.«

Der Fischtrawler streifte die »SeaSpirit« beinahe.

»Joe stand damals am Ruder, ich rief ihm zu, dass Masao gleich zerquetscht werden würde. Joe musste sich also entscheiden.« Leah hörte die Aufregung in Govinds Stimme. »Er riss das Ruder nach Steuerbord, sodass die ›SeaSpirit‹ die ›Shaqua Soul‹ am Bug wegdrückte und den Abstand zwischen den Booten vergrößerte. Da siehst du es.«

Auf dem Film war ein Ruck zu sehen, die Kamera schwenkte um 180 Grad, und man erkannte, wie der Bug der »SeaSpirit« den der »Shaqua Soul« berührte und beide Schiffe dann langsam wieder auseinanderdrifteten. Sie näherten sich einander erneut, dann wurde die Kamera zur Seite gerissen.

»Tja, die ›Shaqua Soul‹ hat sicher eine Beule davongetragen, denn ihr Rumpf war nicht verstärkt.«

»Dafür hab ich keine – mein Rumpf ist noch weniger verstärkt …«, fügte Masao hinzu.

»Habt ihr Anzeige erstattet?«

»Bei wem, Leah?«, schaltete Steve sich wieder ein. »Wir hatten keine Ahnung, zu welchem Fischereikonzern die ›Shaqua Soul‹ gehörte. Wir haben's erst erfahren, als die FishRow Inc. die Pressemitteilung über den Ticker jagte, wir hätten eines ihrer Schiffe gerammt.«

»Und ihr habt nicht reagiert?«

»Wenn wir auf jeden Quatsch, der über uns berichtet wird, reagieren wollten, bräuchten wir zwei Kräfte mehr an Bord.«

Verklemmte Ziege. Hatte wahrscheinlich ein oder zwei Bälger, denn der Bauch stand ein kleines bisschen hervor. Sam wäre gerne bereit gewesen, diesen Makel zu übersehen, doch nach dem Vorfall in der Messe hatte er die Reporterin rückwirkend auf eine Drei bis Vier eingestuft. Zumindest vorübergehend.

»Die Mutti ist verrückt nach mir, sie weiß es nur noch nicht«, erläuterte er Joe, mit dem er es sich am Vorschiff bequem gemacht hatte. »Deine Zwanzig und noch mal Zwanzig drauf.« Nur selten kam es vor, dass es an Bord so gut wie nichts zu tun gab, doch wenn das mal der Fall war, dann gelang es Sam meistens sofort, einen von der Mannschaft zu einer kleinen Pokerpartie zu überreden, hatte er sich doch den Ruf des unbesiegbaren »Mister Cool« erworben – ein Titel, den es ihm auf der »SeaSpirit« unbedingt abzujagen galt. Und Joe hatte ein Full House, Könige mit Damen, also legte er noch mal zwanzig drauf und zeigte dem Greenhorn sein Wahnsinnsblatt.

»Schätze, diesmal hast du nur geblufft, Sammyboy.«

»Schätze, das gehört mir!«

Sam blätterte vier Asse auf den Tisch und wollte gerade den Pot für sich einholen, als Joes Pranke auf seinem Unterarm landete. »Momentchen mal …«

»Wieso? Asse schlagen Full House!«

Was wollte dieser Ignorant von ihm? Das Wort hatte er bei einem Streit mit Steve aufgeschnappt und schnell im Wörterbuch nachgelesen. Mit der größten Selbstverständlichkeit versuchte Sam erneut, das ihm rechtmäßig zustehende Geld einzusammeln, als ihn Joe stoppte. Diesmal jedoch nur mit einer minimalen Handbewegung, die völlig ausreichte, um seine Karten aufzudecken, die er kurz zuvor abgeworfen hatte. Darunter befand sich ein Ass.

Sam spürte, wie ihm das Blut in den Adern gefror. Er verstand die Welt nicht mehr.

»Du wirfst ein Ass weg? Keine Sau tauscht drei Karten und wirft ein Ass weg!«

»Ich polier dir gleich die Fresse, du verdammter Hurenbock. Ich will alles zurück, was du bis jetzt gewonnen hast, raus damit!« Wenn Joe sich aufregte, dann fingen seine Ohren an, sich mit Blut anzureichern, und da sie im Moment dunkellila glänzten, konnte man davon ausgehen, dass er mehr als sauer war.

»Wieso, wer sagt, dass ich dich vorhin auch beschissen hab?! Kannst du's beweisen? Nix kannst du beweisen!«

Für einen kurzen Augenblick war es ruhig, dann packte Joe Sam am Kragen und hob ihn zwanzig Zentimeter über den Boden.

Sam wusste, wenn er Joe nicht sofort die Kohle gab, würde er höchstwahrscheinlich als Haifutter über Bord gehen. Ausgerechnet jetzt musste die Frusttante von der Zeitung plötzlich dastehen.

»Jiu-Jitsu!« Sam zwinkerte in der Luft baumelnd Leah zu. »Ich bring King-Kong hier gerade ein paar neue Tricks bei.«

Joe sah über die Schulter, wie die Reporterin ihnen amüsiert zuschaute, und ließ los.

»Wir sind Kumpels«, fuhr Sam fort und steckte Joe eine Faust voll Dollars in die Brusttasche, »wie oft muss ich dir noch sagen, du brauchst dafür nicht zu bezahlen.«

Leah sah Sam hinterher, wie er stolz erhobenen Hauptes von dannen marschierte, und lächelte Joe zu, während sie zur Reling schlenderte und sich auf dem hölzernen Handlauf abstützte. Wie auf einem Bild von Edward Hopper teilte der Horizont die Welt schnurgerade in oben und unten. Unten kräuselten sich die Wellen, oben zogen vereinzelte Kumuluswolken, die wie Gebirge hinauf in die Atmosphäre ragten, ihre Spur über den Himmel.

Joe gesellte sich zu ihr. »Netter Vogel, der dich zum Schiff gebracht hat«, meinte er unvermittelt.

»Hauptsache, ich muss so was nie wieder tun.«

Joe grinste. »Keine Sorge, der Jayhawk ist einer der zuverlässigsten Helikopter, die je gebaut wurden.«

»Klingt so, als hättest du selbst mal einen geflogen.« Als Joe nicht gleich antwortete, setzte Leah nach: »He, sag bloß, du hast bei der Küstenwache gearbeitet?«

Joes Antwort war ein bellendes Lachen, das in einen Hustenanfall überging. Er wischte sich eine Träne aus dem Augenwinkel. »Küstenwache – so kann man das auch nennen!«

Leah machte aus ihrer Irritation keinen Hehl. »Wo dann?«

»In Vietnam hat man den Begriff Küstenwache etwas anders interpretiert, aber irgendwie trifft's das auch.«

»Du warst in Vietnam?«

»Marine-Infanteriegeschwader.«

»Und wie kommst du dann zu Hubschraubern?«

Während er aufs Meer hinausstarrte, erklärte er, der Huey sei in Vietnam ihr Taxi gewesen – und manchmal auch ihr Engel. Als er weiterredete, wurde Joes Blick fast melancholisch.

»Der Huey hat uns überall hingebracht und auch überall rausgeholt, er brachte den Nachschub, und er nahm die … na ja, alles, was wir nach Vietnam gebracht haben, und alles, was von dort zurückging, lag mindestens zweimal in einem Huey.« Joe hielt kurz inne. »Du kennst dich mit Musik aus?«

»Einigermaßen.«

»›The End‹ von den Doors – das ist sein Lied –, so hört er sich an. Nichts klang mehr nach Heimat als das Geräusch eines Hueys.«

Leah kannte das Stück. Es begann mit dem tiefen Rattern von Helikoptern. Sie überlegte kurz – ja, war auch die Titelmusik zu einem Vietnamfilm, den sie mal gesehen hatte. Sie erinnerte sich nicht mehr, wie er hieß. Timothy hatte sie damals in den Streifen geschleppt, ihr lagen diese Kriegsfilme, diese endlosen Gemetzel nicht. Dann hatten sie auch noch Samuel Barbers ›Adagio for Strings‹ in dem Film verbraten, und Leah konnte es ohnehin nicht leiden, wenn man versuchte, Stimmung durch Sülzmusik zu erzeugen, weil die Bilder allein dazu nicht in der Lage waren. Timothy hatte sich danach zu allem Übel den Soundtrack besorgt, und so musste sie sowohl Barber als auch die Hubschrauberstaffel des Öfteren über sich ergehen lassen.

»Und das mit dem Fliegen?«

Hatte er auf dem Stützpunkt gelernt. Joe machte erneut eine Pause, und Leah war sich nicht sicher, ob er weitersprechen würde. Doch er fuhr fort: »Als ich wieder zu Hause war, also ich meine, als ich wieder in den Staaten war, da hab ich offiziell den Pilotenschein gemacht – erst für den Huey und später für den Black Hawk – das ist der Jayhawk mit Tarnfarbe. Deshalb kenn ich die Vögel. Und wenn dein Pilot nicht stoned oder betrunken war, war jede Angst unnötig. Die Dinger sind absolut zuverlässig und gutmütig in ihrem Flugverhalten.«

»Wie lange warst du bei der Army?«

»Bis ’85.«

Wegen der Erinnerung an diesen bescheuerten Film rutschte Leah die Frage raus, bevor sie sie zurückhalten konnte: »Wie war es in Vietnam?«

Dämlicher ging es ja wohl kaum – ein echter Journalistenlapsus. Sie empfand Joes Reaktion noch als gnädig. Er warf ihr nur einen kurzen Blick zu, dann stieß er sich von der Reling ab.

»Zeit für die Brücke.«

Okay, Geoffrey war kein Meisterkoch – trotzdem hatte er gehofft, Spaghetti in Tomatensauce würden dem Herrn munden. Eigentlich hätte er sich von vornherein darüber im Klaren sein müssen, dass Michael nichts schmecken würde, was er auf den Tisch zauberte. Der Lümmel war einfach aufgestanden und hatte sich eine Chipstüte geschnappt, deren Inhalt er laut schmatzend verspeiste.

Fazit des Tages: Das Frühstück gab’s zu früh, im Zoo war es zu heiß, die Tiere stanken, die Burger schmeckten lange nicht so gut wie in seinem Lieblingsetablissement (von dem es natürlich keine Niederlassung in Zoo-Nähe gab), Geoffreys Wagen war eine lahme Kiste, das Video, das er ausgeliehen hatte, na ja, gähn hoch zwei, und was die Spaghetti Pomodoro anging, aus frischen Tomaten wohlgemerkt, erübrigte sich jeglicher Kommentar.

Keine Ahnung, wie Leah das aushielt. Geoffrey kratzte den letzten Rest Selbstbeherrschung zusammen und zwang sich, die wirklich hervorragende, nein, Weltklasse-Pasta in aller Ruhe zu genießen. Es gelang ihm sogar, Michaels Schmatzen zu ignorieren; erst als der anfing, in der Nase zu popeln und nach jedem Schluck Coke einen Rülpser von sich zu geben, verging ihm der Appetit. Er schnappte seinen und Michaels Teller und kippte das Essen in den Müll, wobei ihm das boshafte Grinsen in Michaels

Gesicht nicht entging. Okay, dachte sich Geoffrey, aber abräumen werd ich in keinem Fall alleine.

»Würdest du mir bitte helfen, den Tisch …«

»Nein.«

»Oh doch, mein Lieber. Und zwar pronto.«

Michael dachte nicht mal daran, marschierte stattdessen schnurstracks zum Fernseher, schaltete ihn ein und lümmelte sich auf die Couch. Dabei griff er immer wieder in die Tüte, stopfte ganze Hände voll Chips in seinen Mund, wobei ein nicht unbeträchtlicher Anteil davon auf dem Sofa landete.

»Pass auf, Michael, ich sag's nur noch einmal, und ich sag es ganz deutlich: Heb deinen Hintern von der Couch, komm hierher und räum den Tisch mit mir ab.«

»Du hast mir nichts zu sagen. Außerdem muss ich das nie tun.«

Fehler. Das Argument zog nicht, denn Leah konnte den kleinen Teufel nicht oft genug loben, weil er so selbstständig sei, tatsächlich habe er schon manchmal die ganze Küche geputzt, Abwasch inklusive – sie sei abends nach Hause gekommen, und alles sei picobello gewesen.

Michael schaltete auf einen Kanal um, der so etwas Ähnliches wie Musik verbreitete. Zumindest waren die Aliens in ihren glitzernden Kostümen mit verstimmten Gitarren bewaffnet.

»Wenn ich deiner Mutter Glauben schenken darf, musst du das sehr wohl tun.«

»Du hast mir überhaupt nichts zu sagen, du bist nicht mein Papa, du bist gar nix.«

Geoffrey zählte langsam von zehn rückwärts. Bei minus zwanzig hatte er sich wieder so weit in der Gewalt, dass er nicht Gefahr lief, den Bengel auf der Stelle in der Tiefkühltruhe zu versenken.

»Nein, ich bin nicht dein Papa, aber wir beide müssen nolens volens ein paar Tage miteinander auskommen, und ich werde nicht deinen Diener spielen.«

Die Antwort konnte er nicht hören – er sah nur, wie sich Michaels Lippen bewegten, denn der hatte die Lautstärke auf einen Pegel hochgezogen, der den Bewohnern im gesamten Viertel Freudentränen in die Augen treiben musste. Geoffreys Nervenstränge fühlten sich wie überalterte Wäscheleinen an, die man zum Bungee-Jumping verwendete. Nicht mit mir, Beelzebübchen, beschloss Geoffrey und zog den Stecker aus der Dose. Für einen kurzen Moment triumphierende Stille.

Michael sprang vom Sofa, wobei er die Hälfte seiner restlichen Chips weiträumig verteilte, schoss an Geoffrey vorbei und versuchte wütend, den Stecker wieder an seinen Platz zurückzubefördern. Doch Geoffrey war nicht gewillt, klein beizugeben. Nicht an diesem Punkt. Abgesehen von seinem Neffen, einem fast unnatürlich braven Jungen, der dackelgleich aufs Wort gehorchte, hatte Geoffrey keine Erfahrung mit Kindern. Doch er wusste instinktiv, wenn er jetzt nachgab, dann würde ihn der kleine Stinkstiefel plattmachen. Also schnappte er den zappelnden Michael und trug ihn zum Esstisch.

»Lass mich los, du bist nicht …«

»Ja, ich weiß, langsam wird's langweilig. Wir räumen jetzt gemeinsam ab. Du die eine Hälfte, ich die andere …«

Weiter kam er nicht, denn Michaels Fuß traf Geoffrey mit diabolischer Präzision exakt an der Stelle seines Schienbeins, mit der er mindestens zweimal pro Woche gegen eine offene Schublade seines Schreibtisches donnerte. Geoffreys Augen weiteten sich zu Tischtennisballgröße. Er schrie auf vor Schmerz, und seine rechte Hand fuhr instinktiv in die Höhe. Glücklicherweise gelang es ihm, sie wenige Zentimeter vor Michaels Wange zu stoppen.

»Ich werd dir nicht den Gefallen tun und die Beherrschung verlieren«, zischte er wie die Schlange im Dschungelbuch. »Ich will dir nur sagen, dass ich dein Verhalten zum Kotzen finde.

Ich räume jetzt meine Hälfte weg. Wenn du deine stehen lässt – bitte. Das kannst du dann am Dienstag deiner Oma erklären. Und Fernsehen kannst du vergessen, bevor nicht die gesamten Chips verschwunden sind.«

Michaels Grinsen wurde unsicherer.

»Ich geh jetzt duschen«, sagte Geoffrey.

Er hatte am Morgen schon geduscht, aber er wollte dem Knirps nicht die Genugtuung geben, die Schmerzenstränen zu sehen, die langsam seine Augen wässerten. Also machte er kehrt, verschwand in Richtung Bad und bemühte sich, unterwegs nicht zu hinken.

Der warme Wasserstrahl beruhigte Geoffrey, und er überlegte, wie er in diesem Kampf der Titanen weiter vorzugehen hatte. Gott sei Dank hatte er Klein-Godzilla nicht geohrfeigt – verdient hätte der es allemal, doch Geoffrey wusste, dass das Klatschen der Backpfeife auch den Schlusspunkt seiner Beziehung zu Leah markiert hätte. Und er wusste, dass Michael das ebenfalls wusste.

Dennoch war ihm klar, dass er Michael gegenüber ein deutliches Zeichen setzen musste. Sechsunddreißig endlose Stunden, bis Leahs Mutter den Frontdienst übernehmen würde; so lange hatte er Zeit, Michael seine Rolle als pater familias schmackhaft zu machen. Für Leah war das sicher ein wichtiger Test, auf keinen Fall durfte er dabei scheitern. Und hier stand er, magna cum laude in Yale, liberaler Demokrat und Schöngeist, wie ein Idiot unter der Brause und wusste nicht weiter. Er brauchte einen Plan. Es war immer gut, einen Plan zu haben, ohne Plan ging gar nichts. Um diese höchst diffizile Situation zu meistern, musste man sich eine Strategie zulegen …

Appeasement! Genau, seine nicht selten zitierte Doktorarbeit behandelte die Politik der Beschwichtigung, Chamberlain und so weiter, die hatte zwar bei Hitler erbärmlich versagt, aber da waren doch Ansätze, die er vielleicht jetzt ... Quatsch, nein, *Konfliktmanagement!* Vor Jahren hatte er auf Anraten der Konzernleitung an einem Krisenmanagement-Seminar in Vermont teilgenommen. Wie war das noch mal? Kontroversen und Differenzen im Team sind gang und gäbe; erkannte man rechtzeitig die Eskalationsstufen, dann konnte man den Konfliktverlauf beeinflussen, so in der Art. Während sie enthusiastisch Bäume umarmten und ähnlichen Blödsinn machten, wurde den Seminarteilnehmern eingetrichtert, Konflikte als Herausforderung anzunehmen, sich ihnen voller Optimismus zu öffnen, jedoch, um eine resignative Grundstimmung zu vermeiden, das eigene Anliegen nicht ohne weiteres den Anliegen des vermeintlichen Widersachers unterzuordnen. Das war angeblich sehr wichtig, denn es führte zu einem gesunden Selbstvertrauen, was automatisch bewirkte, dass durch die von Glück und Seligkeit aufquellende Aura jetzt vom »Innersten Ich« feinstoffliche Kaskaden bejahender, positiv geladener Signale zum »Innersten des Gegenübers« ausströmten.

Vielleicht war das alles nur Kokolores, grübelte Geoffrey, während er sanft das malträtierte Schienbein frottierte, doch um Michaels präpubertären Widerstand zu brechen, sollte »Der Quantensprung in subtiler Konfliktmanipulation« allemal genügen. Er war jetzt der Mann mit dem Plan, auf keinen Fall durfte er von Michael wieder in die Rolle des Aggressors getrieben werden.

Als er in die Arena zurückkehrte, hockte das kleine Untier, wie nicht anders zu erwarten, mit ausgefahrenen Krallen auf dem Sofa, umringt von zerbröselten Chips. Der Fernseher dröhnte erneut. Kylie Minogue lamentierte lautstark zu wummernden Bässen, wieso ihr dieser Mann nicht aus dem Kopf ging.

»O. k., ich mach dir einen Vorschlag«, bemühte sich Geoffrey, in möglichst friedlicher Stimmlage die Australierin zu übertönen, »wir reden jetzt miteinander wie zwei Erwachsene. Ich sage dir, was ich auf dem Herzen habe, dann sagst du mir, was du auf dem Herzen hast.«

»Wieso du zuerst, warum darf ich nicht anfangen?«, protestierte sein vermeintlicher Widersacher, während er sich eine neue Ladung Chips in den Rachen schob.

»Fang an, ich höre – das heißt, wenn du so nett wärst, den Fernseher etwas runterzudrehen, ich bekomm davon ziemliche Kopfschmerzen«, bemühte sich Geoffrey, seinem Gegenüber voller Optimismus sein »Innerstes Ich« zu offenbaren.

»Ich räum den Fraß nicht ab, und das ist unser Fernseher, nicht deiner!«, unterbrach Michael, ohne die geringsten Anstalten zu machen, die Fernbedienung zu betätigen.

Ruhig Blut, bloß keine resignative Grundstimmung aufkeimen lassen, befahl Geoffrey seiner Aura, die schon Gewehr bei Fuß stand, den kleinen Schmock von der Erdoberfläche zu tilgen. Positive Signale, lass es nicht eskalieren, jeder Konflikt ist eine Herausforderung!

»Michael, wollen wir ein Spiel spielen?«

»Was für ein Spiel?«

Jawohl, Vertrauen aufbauen. Jetzt erinnerte sich Geoffrey, das kam *vor* dem Kapitel »Die eigenen Anliegen offenbaren«. »Den Weg bereiten«, hieß es, schaffe während der Kontroverse sofort eine Verbindung, eine Brücke zwischen den verfeindeten ... na bitte, wer sagt's denn, Michael drehte den Kasten leiser und schaute ihn sogar an.

»Ein tolles Spiel, hast du auf deiner Uhr einen Sekundenzähler?« Michael hatte. »Na gut. Ich werde jetzt deine Hälfte aufräumen, du stoppst die Zeit, die ich brauche, alles in die Küche zu tragen, dann stellen wir es gemeinsam zurück auf den Tisch und du versuchst, schneller zu sein. Der Verlierer wäscht ab. Na, was hältst du davon?«

Gott sei Dank, es funktionierte. Michael schaute auf die Uhr und bedeutete Geoffrey, er solle loslegen.

»Na gut, Sportsfreund, jetzt aufgepasst«, sagte der Mann mit dem Plan und bemühte sich, nicht allzu viel Tomatensoße auf den Ärmel zu kriegen, als er mit Michaels Zeug in die Küche hinkte. »Das ist Weltrekord«, sagte Geoffrey, sobald er alles abgesetzt hatte, »die Zeit hätte nicht mal Carl Lewis geschafft – weißt du, wer Carl Lewis ist, Michael?«

Anstatt einer Antwort lärmte wieder der Musikkanal.

»Los geht's, zack, zack, jetzt bist du dran.«

»Wieso, ist doch alles in der Küche.«

»Moment, so war's nicht abgem... Mach sofort die Musik leiser, Michael, sonst werd ich richtig sauer!«

Nichts.

»Mach den Fernseher aus, Michael, jetzt, sofort. MACH! IHN! AUS!«

Wieder nichts. Geoffrey zog abermals den Stecker aus der Dose, stöpselte das Kabel des Fernsehers aus dem Gerät und ließ es in der Hosentasche verschwinden.

»Gib sofort das Kabel wieder her!«

»Vergiss es.«

Sodann gönnte sich Geoffrey ein Bier, griff zu dem Krimi, den er gerade las, und versuchte es sich mit einem Meter Sicherheitsabstand von Michael auf dem Sofa bequem zu machen, wobei ein Knirschen verriet, dass dabei weitere Chips zerlegt wurden.

»Was machst du jetzt?«, blökte ihn Michael an.

»Einen gemütlichen Abend mach ich mir, Kumpel. Ich werd mir dieses Buch hier einverleiben.« Geoffrey nahm einen Schluck Bier, blätterte zur Seite mit dem Knick in der Ecke und widmete sich gemeinsam mit der Romanheldin der Suche nach dem Mörder.

Wie eine Katze, der die Beute auf unerklärliche Weise abhandengekommen war, saß Michael noch einige Minuten unschlüssig auf dem Sofa, dann verschwand er in sein Zimmer.

Als Geoffrey das nächste Mal auf die Uhr sah, war es nach zehn, und er hatte bereits hundert Seiten hinter sich. Auf dem Weg zur Toilette warf er einen Blick in Michaels Zimmer. Der lag angezogen auf dem Bett und schlief den Schlaf dessen, der redlich ein anstrengendes Tagewerk hinter sich gebracht hatte. Geoffrey ergriff die dünne Decke, die am Fuß des Bettes lag, und breitete sie über ihm aus.

»Michael, Michael, warum machst du's uns beiden nur so schwer?«, seufzte er, dann verließ er den Raum und schloss behutsam die Tür. Auf dem Rückweg fischte Geoffrey ein weiteres Bier aus dem Kühlschrank und steuerte zum Sofa zurück. Die Chipskrümel waren ihm ein Dorn im Auge, doch er unterdrückte den Impuls, sie zu beseitigen. No way – erzieherische Maßnahme. Doch wenn sie übermorgen, bei Omas Ankunft, immer noch hier lagen, wäre es Geoffrey, der in Erklärungsnotstand geriet. Denn versagen durfte er in ihren und Leahs Augen keinesfalls, bis dahin musste er das hinkriegen mit Michael. Nur wie? Als das Telefon eine halbe Stunde später klingelte, war er beim Staubsaugen.

»Bei Cullin.«

»Kommt ihr beiden zurecht?«

Kaum vernahm Geoffrey den warmen Ton ihrer Stimme, schon bereute er, dass er sie auf dieses Schiff geschickt hatte. »Er frisst mir aus der Hand. Kommst du mit dem Seegang klar?«

»Kein Problem. Wie geht's Michael?« Leah verstand es, beim Thema zu bleiben.

»Alles paletti, Zoo, Spiele gespielt, wir hatten eine Riesengaudi. Jetzt ratzt er.« Was hätte er auch sonst sagen können? Die Wahrheit würde tausend Erklärungen nach sich ziehen, und auf Details, warum und wieso er nicht in der Lage war, mit einem kleinen Jungen auszukommen, dessen Mutter er in Bälde zu ehelichen gedachte, hatte er einfach keine Lust. Doch zu Geoffreys Glück schien die Antwort Leah zufriedenzustellen, denn sie unterließ weitere Fragen in dieser Richtung.

»Wie ist die Kreuzfahrt? Swimmingpool, Suite?«

»Kann man nicht gerade sagen. Sieht eher danach aus, als ob die hier tatsächlich nur Wale erforschen. Obwohl ich den Eindruck nicht loswerde, dass trotzdem irgendwas faul ist. Wenn ich was rauskriege, meld ich mich.«

»Weiß Mata Hari schon, welchen Hafen sie anlaufen?«

»Geoffrey, lass mir ein paar Tage Zeit!«

»Schon gut, war nur 'ne Frage.«

»Eigentlich wollt ich auch mit Michael sprechen ...«

Wenn sie jetzt mit dem kleinen Monster spricht, gibt's garantiert eine Endlos-Diskussion. Geoffrey flehte zum Himmel, der Kelch möge an ihm vorübergehen.

»... aber wenn er schon schläft, dann lass ihn.«

Ganz deiner Meinung, dachte Geoffrey.

»Und wie geht's dir?«

Er hatte schon angenommen, sie würde diese Frage nie mehr stellen. »Hab meine Beine epiliert und wollte gerade die Fußnägel lackieren, soll ich Rot oder lieber Rosa nehmen? Nein, Rot ist zu vulgär, ich nehm doch Rosa, passt perfekt zu deinem Tanga-Slip, den ich gerade anhabe ...« Er konnte sich ihr Schmunzeln vorstellen. Er mochte diese regelrechte Invasion von Lachfältchen, die sich um ihre Augen und Mundwinkel abzeichneten, wenn sie lächelte. Und in diesem Moment spürte er mit einem fast körperlich wahrnehmbaren Schmerz, dass er sie vermisste. »Mir geht's richtig blendend, so gut ist's mir noch nie gegangen.«

»Mhmm, ich hör's an deiner Stimme. Also. Was hat er angestellt?«

»*Michael*? Unser lieber, süßer, kleiner Spatz?«, empörte sich

Geoffrey, der noch genau zweiunddreißig und ein viertel Stunden hatte, um des Widerspenstigen Zähmung zu vollbringen. »Leah, er ist das Salz der Erde.«

»Kein Wort glaub ich dir, aber wir wollen es dabei belassen.«

Wir wollen, und wie wir es wollen, nichts lieber als das! Außerdem musste er von den zweiunddreißig Stunden Michaels Schul- und Schlafzeit abziehen, das würde mächtig knapp.

»Drück ihn ganz fest von mir. Und dich küsse ich … Ciao.«

»Ich dich auch. He, vermisst du mich – Leah?«

Sie hatte schon aufgelegt.

» … wollte dir nur noch sagen, dass ich dich liebe«, erklärte er daraufhin dem Telefonhörer.

Einen Moment war er versucht, sie zurückzurufen, doch er unterdrückte den Impuls. Wäre ihm zu blöd vorgekommen, nur zu sagen, wie sehr er sie liebte, und dann das Gespräch erneut zu beenden. Dennoch war er nicht in der Lage, den Hörer sofort wieder an seinen angestammten Platz zu legen. Irgendwie schien er ihm das Gefühl zu vermitteln, noch immer bei ihr zu sein. »Ich liebe dich, Leah Cullin.« Er lauschte noch eine Weile, während er sich fragte, ob diese Worte jetzt über einen einsamen Satelliten liefen und irgendwo da oben im Weltraum verhallten oder ob sie dazu verurteilt waren, hier im Apparat gefangen zu bleiben. Geoffrey musste über sich selbst lächeln, als er schließlich auflegte – so langsam entwickelte er sich noch zu einem richtigen Romantiker. Daran war Leah schuld. Sie hatte sein Leben verändert, ohne Zweifel.

Sie hatte ihr Lieblingsplätzchen bereits auf dem ersten Rundgang mit Sam entdeckt: die Bank auf dem Vorschiff, längs zur Fahrtrichtung. Leah legte sich gegen die Seitenlehne zurück, streckte die Beine auf der Bank aus und blickte über den Bug des

Schiffes auf das in der Sonne fluoreszierende Meer, das vor ihr auf und nieder wippte. Wie unbezwingbar schön sie war, diese unergründliche und ständig vom Wind aufgepeitschte Weite der See, die irgendwo in der Ferne in die Mischfarben des Himmels überzugehen schien. Leah atmete tief durch, ein Bedürfnis, das sie in der Stadt nie zu haben schien. Hier war sie ständig dabei, bewusst zu atmen, presste so viel Sauerstoff in ihre mit Großstadtluft durchtränkten Alveolen, dass es schon wehtat. Es war, als ob das Meer sie daran erinnern wollte: Atme. Atme und lebe. So intensiv wie nur möglich.

Auf Leahs Schoß lag das Satellitenhandy. Es war deutlich unförmiger als ihr kleines Privathandy, verfügte dafür aber über einen entscheidenden Vorteil: Durch seine ausgetüftelte Elektronik und die größere Antenne mit der kleinen Kugel an ihrer Spitze war es in der Lage, von jedem Punkt der Erde aus zu senden und zu empfangen. Während gewöhnliche Handys maximal vierzig Kilometer von einer Antennenstation entfernt sein durften, kommunizierte dieses hier via Satellit. Das Ding war sündhaft teuer, aber immer noch Kategorie Portokasse, verglichen mit den Gesprächsgebühren.

»Geoffrey, Leah ist vom ›National Geographic‹!«, hatte Madeleine gewettert. »Die werden für ihre Recherchen super ausgestattet.«

Das Argument hatte Geoffrey überzeugt, und einen Tag später drückte Nick ihr das Edelteil in die Hand – fünfzig Prozent unter Preis eingekauft, weiß der Himmel, wie er das immer anstellte.

Das Gespräch mit Geoffrey hatte nicht den gewünschten Effekt gehabt. Sie hatte gehofft, beim Klang seiner Stimme ein heimatliches Gefühl zu verspüren, ein bisschen Wärme, nach der sie sich hier auf dem Schiff, sozusagen mitten im Feindesland, besonders gesehnt hatte. Aber Geoffrey war ihr wortkarger vorgekommen, als er es mit all seinem Sarkasmus üblicherweise war. Es hatte sie zwar beruhigt zu hören, dass die beiden sich immerhin noch ganz gut hielten. Doch sie kannte Geoffrey inzwischen in- und auswendig: Wenn sie sich wirklich verstehen würden, wäre Geoffreys akustische Selbstbeweihräucherung ob seiner Heldentaten als Papaersatz kaum kürzer ausgefallen als eine komplette Lesung der Thora. Den Triumph hätte er sich nicht nehmen lassen. So konnte sie zumindest hoffen, dass die Wohnung noch intakt war und Geoffrey sich nicht hatte hinreißen lassen, ihren Sohn zur Adoption freizugeben. Sie wusste, dass Mickey zu einem kleinen Monster mutieren konnte, wenn ihm etwas nicht passte – eine Starrköpfigkeit, die er nicht von seinem Vater geerbt hatte. Nun, damit musste Geoffrey jetzt klarkommen.

Leah genoss die Ruhe auf der Bank. Immerhin war das flaue Gefühl in ihrem Magen fast vollständig verschwunden, dank einem Fläschchen mit geheimnisvollen ayurvedischen Tropfen, das Govind ihr in die Hand gedrückt hatte. Was auch immer es war, es hatte geholfen. So sehr, dass sie das sanfte Schaukeln inzwischen schon als beruhigend empfand. Gleich schläfst du ein, dachte sie, dabei bist du nicht für einen Erholungsurlaub an Bord gekommen.

Als sie sich bei Sams Führung flüchtig umgeschaut hatte, waren ihr im Computerraum mehrere Schränke mit Akten aufgefallen. Vielleicht würde einer dieser Ordner Hinweise auf die tatsächlichen Finanzgeschäfte der SeaSpirit-Bewegung geben. Zuerst musste sie sich jedenfalls einen Überblick verschaffen. Vielleicht konnte sie sich genauer umsehen, wenn Govind sich ganz den Bits und Bytes hingab.

Auf dem Weg zur Hightech-Kammer legte sie sich ein paar Fragen nach Rechnerkapazitäten und weiterem technischen Blabla zurecht, die sie Govind stellen wollte – Dinge, die sie in Wirklichkeit so wenig interessierten wie das Paarungsverhalten von Orang-Utans.

Aber die Fragen würden den Computerfreak zum Erzählen animieren und ihr vielleicht etwas Zeit verschaffen, um ihre Nase zwischen die Aktendeckel zu stecken. Dummerweise war es nicht Govinds Stimme, die sie von der anderen Seite der Tür zum Eintreten aufforderte, sondern die von Steve, dessen Zeigefinger etwas schwerfällig nach den richtigen Tasten suchte.

Nun galt es zu improvisieren. Steve war gewiss nicht die Adresse für technischen Schnickschnack. Aber unverrichteter Dinge abziehen wollte sie auch nicht. Neben der Tastatur lagen drei aufgeschlagene Ordner. Steve beschäftigte sich offensichtlich mit der administrativen Seite der SeaSpirit-Foundation. Er hatte den Webbrowser auf dem Monitor geöffnet. Das brachte Leah auf eine Idee.

»Wollte nur fragen, ob ich mal von einem der Rechner aus nach meinen Mails schauen kann.«

»Kein Problem. Ich mach das gerade noch zu Ende. Ich liebe Buchhaltung«, sagte er, und seine Grimasse unterstrich den Mangel an Begeisterung.

»Geht mir genauso.«

Auf Leahs Frage, weshalb sie die Buchhaltung nicht im Büro am Festland erledigten, erwiderte Steve, sie könnten schlecht mal eben ins Büro jetten, also müsse das Büro mit an Bord. Das Office in L. A. war genau genommen nur ein Briefkasten; eine Studentin leerte ihn wöchentlich und mailte das Wichtigste an die »SeaSpirit«.

»Ich logge mich gerade noch aus. So, das war's.«

Leah ließ sich vor dem Bildschirm nieder, während Steve hinter ihrem Rücken mit den Ordnern hantierte. Er wirkte zwar vertieft in seine Arbeit, wuselte dabei aber ständig hin und her, sodass Leah sich unter Beobachtung fühlte.

Sie rief den Webbrowser auf und gab die Seite ihres E-Mail-Providers ein. Eigentlich erwartete sie, keine Nachrichten vorzufinden, alles Wichtige lief über die Adresse der Redaktion. Sich jedoch dort einzuloggen, wäre unter den gegebenen Umständen nicht gerade opportun, falls ihr doch einmal jemand über die Schulter blickte.

Zwei Mails befanden sich in ihrer Box. Eine versprach ihr die Vergrößerung ihres Penis um mindestens zwei Inches – längst hatte sie es aufgegeben, sich über derartige Idiotien noch aufzuregen, und löschte die Mail einfach. Die zweite kam von Susan.

»Na, du Luder, wie ist das so unter sexuell ausgehungerten Matrosen? Ich bin neidisch!!!«

Da Steve weiter herumfuhrwerkte, schrieb sie ein paar freche Zeilen, die Susans Fantasie beflügeln würden, und überlegte eifrig, wie sie Steve am besten loswerden könnte.

»Fertig?«, hörte Leah ihn fragen. »Ich muss jetzt zur Brücke.«

»Hätte noch ein paar Mails zu beantworten, geht das in Ordnung?«

In Steves Augen las sie einen leisen Zweifel, ob er sie wirklich allein lassen sollte.

»Keine Sorge, ›National Geographic‹ ist nicht an eurer Buchhaltung interessiert«, sagte sie, ohne rot zu werden.

Das klang für Steve einleuchtend. Mit einem schuldbewussten Lächeln verließ er die Kabine.

Leah erfasste mit einem schnellen Blick den Raum. Der Schrank, in dem Steve die Ordner hatte verschwinden lassen, stand rechter Hand. Zwei Schiebetüren verbargen den gesamten Papierkram. Auf dem Rechner mochten auch Hinweise für den Umgang mit Spendengeldern zu finden sein, doch um die Festplatte abzugrasen, benötigte sie deutlich mehr Zeit, und jeden Moment konnte ein Crewmitglied auftauchen.

Sie entschied sich für den Schrank, zog die Schiebetüren auf und betrachtete die Galerie der Rückenschilder. Etwa zehn Ordner teilten sich den Platz auf dem Regal Korrespondenz. *Korres-*

pondenz alt 1, Korrespondenz alt 2, Förderer. Steve schien ein gewissenhafter Buchhalter zu sein. *Webpage* – die wurde also auch von hier aus verwaltet.

Kontoauszüge. Bingo! Leah zog den Ordner heraus und öffnete ihn. Darin fanden sich Ausdrucke der Kontobewegungen, fein säuberlich nach Monaten sortiert. Kontonummer 181 818 181 bei der Master-Bank of Santa Ana. Die Kontonummer war ihr nicht unbekannt, sie war auch auf der Webpage angegeben. Leah überflog die Salden. Hier kamen mal 100 Dollar rein, dort 20, dann mal wieder 200. Alles in allem keine Beträge, die dazu animierten, sich Gedanken über mehr als den Zukauf einiger Vorräte für die Kombüse zu machen.

Sie blätterte weiter. Auch die Ausgaben hielten sich in Grenzen. Die traten zwar immer gehäuft auf, aber das lag sicher daran, dass Ausgaben nur in Häfen getätigt werden konnten.

In wenigen Minuten hatte sie die Kontobewegungen des letzten Jahres überflogen. Keine größere Summe war eingegangen. Vor einem Jahr lagen 15 245,85 Dollar auf dem Konto. Der Kontostand des jüngsten Ausdrucks, der aus der letzten Woche stammte, belief sich auf 123,56 Dollar. Im Minus. Das Sparschwein war auf Diät. Nicht gerade eine günstige Ausgangslage für Spendenhinterziehung.

Leah stellte den Ordner zurück. Sein Nachbar trug den Namen *Quittungen, laufendes Jahr.* Sie zog ihn heraus und ließ die Finger durch die Seiten gleiten – immer auf eventuelle Geräusche vom Gang konzentriert. In vorbildlicher Weise waren alle Quittungen auf Blätter geklebt und mit Nummer und Datum versehen. Steve hätte gute Chancen auf den Titel Buchhalter des Jahres gehabt. Leah suchte nach Ausgaben über 1000 Dollar – und fand genau sieben. Drei Quittungen waren über Lebensmittel ausgestellt, die anderen dokumentierten Dieseleinkäufe. Auch nicht gerade der Stoff, aus dem Wirtschaftskrimis gestrickt waren.

Wenn der Verdacht gegen McGregor gerechtfertigt war, dann versteckte er das Geld zumindest auf sehr geschickte Weise. Schnell bugsierte sie den Ordner wieder in den Schrank und zog die Türen leise zu.

Mal sehen, ob der Rechner noch etwas hergab. Leah konnte zumindest einen kurzen Blick riskieren. Sie ließ den Mauszeiger an den unteren Bildschirmrand wandern, und wenige Klicks später sah sie die Liste der Programme, die auf dem PC installiert waren.

Sie öffnete das Mail-Programm, das augenblicklich den Bildschirm füllte. Die Oberfläche wirkte auf den ersten Blick fremd, da Leah in der Redaktion mit einem weitverbreiteten anderen System arbeitete. Es dauerte einen Moment, bevor sie sich damit vertraut gemacht hatte, dann klickte sie auf den entsprechenden Button, der die eingegangenen Mails sichtbar machen sollte. Was auch immer der Computer meinte, nun berechnen zu müssen, er konnte sich damit ruhig ein bisschen beeilen. Aber Leahs Befürchtung schien sich zu bewahrheiten: Erschien die Sanduhr, konnte man getrost einen Kaffee kochen und die dazugehörige Torte backen.

Dann vernahm sie Stimmen. Leah unterdrückte einen Fluch. Wenn sie momentan etwas überhaupt nicht gebrauchen konnte, dann Bill Gates' Rache an der Menschheit in Form einer virtuellen Sanduhr, die es ihr verwehrte, das Programmfenster wieder vom Monitor zu zaubern. Sie klickte auf den Button zum Schließen des Programms, doch die Sanduhr schien sich durch derartige Aktionen nicht aus der Ruhe bringen zu lassen. Die Stimmen wurden lauter, und Leah hörte bereits das Klacken der Türklinke. Wie Bälle in einem furiosen Pingpongspiel schossen Leahs Gedanken in ihrem Kopf kreuz und quer. Es blieb nur eine Lösung. Sie bückte sich unter den Tisch zum Rechner und betätigte beherzt den Netzschalter. Wenigstens der hielt zu ihr. Im gleichen Moment, als die Tür aufschwang, wurde der Bildschirm dunkel. Eins zu null gegen die Sanduhr.

»Na, alles geklappt?«

»Ja … nein. Bin gerade mit dem Knie an den Einschaltknopf gekommen. Ich hoffe sehr, ich hab keine Daten vernichtet?!«

Steve winkte ab. »Kein Problem, ich fahr ihn einfach wieder hoch.«

Leah hatte das Gefühl zu ersticken. Sie war für solche Geheimdienstspielchen einfach nicht geschaffen. Äußerlich wirkte sie zwar immer noch gelassen, mal abgesehen von ihren Händen, die sie fest auf die Tischplatte drücken musste, damit Steve nicht mitbekam, wie sehr sie zitterten. Doch in ihrem Kopf hämmerte das Blut gegen die Schläfen, und die Spannung steckte in ihrer Kehle wie die klebrige Polenta mit Schafskäse, die ihre Mutter bei jedem, aber auch *jedem* Besuch extra für sie zubereitete: »Hier, dein Lieblingsessen.« Keine Ahnung, woher ihre Mutter das hatte, aber sie schien in ihrem Irrtum so glücklich, dass Leah es nicht übers Herz brachte, ihr je die Wahrheit zu sagen.

»Ich geh dann wieder«, erklärte sie halbherzig.

Steve brummte nur noch ein »Mhmm«, offensichtlich war er in Gedanken schon woanders. Glück gehabt, Leah Cullin, trojanische Stute. Das nächste Mal bitte mit mehr Köpfchen.

Sie ging zu ihrem Lieblingsplatz auf dem Vorderdeck zurück, parkte ihren Blick auf den Wellen und wartete, dass sich ihr Pulsschlag wieder beruhigte.

Zweimal schlafen, machte etwa sechzehn Stunden; morgen sechs Stunden Schule, das waren schon zweiundzwanzig, die Geoffrey abhandenkamen. Da der Quantensprung in subtiler Deeskalation sich als Salto rückwärts entpuppt hatte, blieben, bis der Bengel in Grandmas Obhut wechselte, gerade mal sechshundert Netto-Minuten, um ihn doch noch für sein Team zu gewinnen. Die Uhr tickte, und er hatte keine andere Wahl. Er musste mit offenen Karten spielen.

Michael wurde sofort wach, als Geoffrey sich auf seine Bettkante setzte.

»Willst du nicht deinen Pyjama anziehen?«

»*Mein* Zimmer, geh raus!«

»Michael, hör mir kurz zu«, bat ihn Geoffrey im mildesten Tonfall, den er aufbringen konnte, »ich muss dir was Wichtiges sagen.«

»Ich weiß schon, was du sagen willst, ich werde es nicht tun.«

»Nein, ich hab längst aufgeräumt, es geht … es geht um deine Mutter und mich.«

Michael kehrte ihm den Rücken zu und zog sich die Decke über den Kopf.

»Ich liebe sie … ich will sie glücklich machen, und sie hat weiß Gott ein bisschen Glück verdient. Tut mir leid, dass wir beide so auf Kriegsfuß miteinander stehen … Ich hab keine Erfahrung mit Kindern, sicher stelle ich mich meistens saudoof an, sag du mir, was ich machen soll.«

»Aus meinem Zimmer rausgehen!«, kam es dumpf von unterhalb der Decke.

»Pass auf, die Sache ist so: Ich will deine Mutter heiraten, aber ich habe nicht die geringste Chance, wenn du mich nicht akzeptierst. Für Leah bist du das Wichtigste im Leben. Wenn du nur die Nase rümpfst, bin ich für sie Geschichte, und das weißt du. Ich hab schon begriffen, dass ich nicht den Platz deines Vaters einnehmen kann, aber sieh mich wenigstens nicht als Feind. Überleg mal, was hab ich schon verbrochen? Nimmst du's mir übel, wenn ich verrückt nach deiner Mutter bin? Schuldig. Ich bin verrückt nach ihr, total. Und ich wusste von Anfang an, dass sie ein Kind hat, so wie ich weiß, dass sie nie mit mir eins haben will, einzig und allein, damit du nie auf den Gedanken kommst, dass ein gemeinsames Kind möglicherweise auch nur ein Quäntchen mehr Aufmerksamkeit oder Liebe bekommt als du. Das hat sie mir klipp und klar gesagt, es stand nicht mal zur Debatte. Und ich hab's sofort akzeptiert. Ich werde also nie ein eigenes Kind haben, und ich bitte dich, ich bitte dich sehr, auch wenn du mich nicht als deinen Vater willst, erlaub mir wenigstens, dass ich dich wie meinen eigenen Sohn aufziehe, mehr will ich gar nicht. Hörst du, Michael?«

Geoffrey wusste nicht, ob der Kleine ihm noch zuhörte oder längst wieder eingeschlafen war, aber er war froh, es ausgesprochen zu haben. Froh für sich selbst. Froh, ohne die raffinierte Kultiviertheit seines Sarkasmus, ohne die üblichen Pointen, mit denen er alles Echte entschärfte, geradeheraus seine Gefühle offenbart zu haben. Sollte er sich gerade eben einem Neunjährigen mit seiner Offenheit endgültig ausgeliefert haben, auch gut. Denn was er gesagt hatte, war die reine Wahrheit. Komisch. Wie leicht es ihm gefallen war, sie auszusprechen. Und welch ungeheure Erleichterung es ausnahmsweise war, authentisch zu sein.

Leah schreckte hoch, als ihr jemand auf die Schulter tippte, und sah Joe vor sich stehen.

»Wollte dich nicht erschrecken, aber es wird frisch. Und eine Erkältung kannst du sicher nicht gebrauchen.«

Ein Blick auf die Uhr sagte Leah, dass sie fast zwei Stunden geschlafen hatte. Es war kurz vor zehn Uhr Kodiak-Zeit. Sie hatte keine Ahnung, ob sie sich noch in der gleichen Zeitzone befanden.

»Danke.« Eine Gänsehaut kroch über ihre Haut. Sie fror tatsächlich. »Ich werd mir eine Jacke holen.«

»Ich begleite dich.« Joe räusperte sich. Im Umgang mit Menschen weiblichen Geschlechts war der alte Haudegen etwas aus der Übung, aber Leah schaffte es schnell, ihm seine Befangenheit zu nehmen. Sie erfuhr, dass er von acht bis zwölf Uhr Nachtwache, *Dogwatch,* hatte.

»Jede Stunde wird 'ne komplette Runde übers Schiff gedreht und überprüft, ob alles in Ordnung ist. Jetzt bin ich dran.«

Auf Leahs Frage, was denn in einer Stunde schon Schreckliches passieren konnte, gelang es Joe, in wenigen Augenblicken Gruselszenarien zu entwickeln, die jede Versicherung in Angst und Schrecken versetzt hätten. Er beschrieb anschaulich, weshalb Wasser, Feuer und nicht ordnungsgemäß befestigte Dinge die größten Feinde auf einem Schiff sein konnten. Wenn die See rauer würde und zum Beispiel einer der Kräne gegen die Aufbauten krachte, dann sei Masao im Funkraum schnell einen Kopf kürzer. Eine lose Kiste an Bord konnte sich zu einem üblen Geschoss entwickeln. Leah solle sich nur einmal vorstellen, der Kahn finge Feuer und die elektrische Anlage wäre futsch. Ohne Funk wären sie hier draußen völlig aufgeschmissen.

Leah erinnerte sich an Steves Anekdote mit den Kanistern und kam sich mitten im grenzenlosen Ozean einen Moment lang ziemlich einsam vor.

»Wenn du nichts dagegen hast, komm ich ein Stück mit. Ich ziehe mir nur rasch etwas über«, sagte sie.

Zwei Minuten später war sie in ihrer wärmsten Jacke zurück. »Werden die Wachen nicht zu zweit abgehalten?«, fragte sie Joe.

»Einer macht den Rundgang, der andere ist auf der Brücke, die muss immer besetzt sein.«

»Und die Brücke wird besetzt von …?«

»David.«

Leah nickte und wusste, dass sie McGregor nun nicht mehr entwischen lassen würde. Den ganzen Tag über war es ihm gelungen, sich ihr zu entziehen – denn um nichts anderes handelte es sich bei seinem Verhalten, da war sie sich sicher.

Noch bevor sie die Brücke betraten, vernahm Leah den gedämpften Sound einer Trompete, die von einem Orchester begleitet wurde. Sie erkannte das Stück. Keiner konnte einer Trompete so melancholische Töne entlocken wie Miles Davis. Und er hatte mit keinem Orchester so fantastisch gespielt wie mit jenem von Gil Evans.

Joe öffnete die Tür, und Leah trat ein. McGregor blickte stur geradeaus. »Schon zurück? Oder was vergessen?«

»Weder noch«, entgegnete Leah.

David wirbelte herum. »Was machen Sie hier?« Sein Blick sprang zwischen Joe und Leah hin und her und ließ keinen Zweifel daran aufkommen, dass er über den ungeladenen Gast alles andere als erfreut war.

Ehe Joe eine Erklärung abgeben konnte, meldete sich Leah schon zu Wort: »Joe ist so nett, mir die *Dogwatch* zu zeigen. Und die beginnt auf der Brücke.«

McGregor wollte etwas erwidern, doch Leah gebot ihm, kurz zu schweigen, indem sie die Hand hob. »Moment«, meinte sie und lauschte konzentriert den Takten der Musik, die aus zwei kleinen Lautsprechern drangen, die unauffällig zwischen den verschiedenen Geräten der Brückenkonsole installiert waren. Einen Augenblick lang schloss Leah die Augen, dann überzog ein Lächeln ihr Gesicht. »Wenn mich nicht alles täuscht, ist das die andere Einspielung von ›Sketches of Spain‹. Die, die Miles zuerst aufgenommen hatte!«

David zog erstaunt eine Augenbraue hoch. Na, so was, »National Geographic« offenbarte Seiten, die er ihr nicht zugetraut hätte.

Leah missverstand seine Reaktion. »Nein? Hätte schwören können, dass es die ist, die sie sonntags aufgenommen haben.«

Das Lächeln sprang auf Davids Gesicht über. »15. November 1960.«

»Richtig«, entgegnete Leah knapp. Sie versuchte sich ihr Erstaunen über diese offensichtliche Gemeinsamkeit nicht anmerken zu lassen und erläuterte, Miles habe an dem Tag nur drei Viertel des Stücks eingespielt. Die Einspielung sei auf der Original-LP leider nie zu hören gewesen. Erst auf einer späteren CD hätten sie auch diese Version veröffentlicht, die ihr persönlich immer besser gefallen hatte. David war beeindruckt. Ein einsamer, klagender Trompetenton erklang, und Leah war sich sicher, dass nicht nur ihr eine Gänsehaut über den Rücken kroch. David, der für einen Moment alle Vorbehalte gegenüber der schreibenden Zunft vergessen zu haben schien, wollte wissen, wie sie an Miles Davis geraten war.

»Ich liebe Davis. Er hat so eine Art, Gefühle mit Tönen auszudrücken. Wobei er die traurigen deutlich besser beherrscht.«

David blickte Leah an und schwieg. Woher, verflucht noch mal, kannte er sie? Es wollte ihm einfach nicht einfallen. Dabei kam sie ihm so vertraut vor, wie ein Déjà-vu, das man nicht einordnen konnte, flüchtig, sprunghaft, ein zarter Hauch Erinnerung an etwas, das niemals stattgefunden hatte – denn auch wenn er von präseniler Vergesslichkeit befallen sein sollte, Ms Cullin war eine junge Frau. Sie wiederum hätte sich an eine frühere Begegnung sicherlich erinnert und sie erwähnt, das wäre ja in ihrem Interesse gewesen.

»›Solea‹, auf der gleichen CD, hat mir auch gut gefallen«, unterbrach Leah seine Gedanken. Das reichte jetzt aber auch, sie wollte nicht als Besserwisserin erscheinen. Leah bildete sich ein, dass sie bei ihm ein bisschen Land hatte gewinnen können. Zum ersten Mal hatte sich McGregor dazu herabgelassen, nicht gleich das Weite zu suchen. Sollte sie jetzt nicht die Chance nutzen, das Gespräch fortzuführen? Allerdings war ihr nicht entgangen, wie er ihren Körper gemustert hatte. Und wenn ein Mann in irgendeiner Weise Interesse an einer Frau zeigte, dann sollte sie es ihm nicht zu leicht machen. Das galt nicht nur für Liebesbeziehungen. Das galt für jeglichen Kontakt mit dem anderen Geschlecht. Also entschied sie sich zu schweigen.

»Möchtest du einen Kaffee?«, fragte Joe sie.

»Gerne.«

Joe füllte ihr eine Tasse aus der Thermoskanne. »Ist schwarz – wenn du Zucker oder Milch willst, kann ich was aus der Kombüse …«

»Schon o. k., danke.« Leah nahm einen tiefen Schluck. Wer auch immer hier an Bord für den Kaffee verantwortlich war, das Zeug war köstlich.

Sie stand jetzt direkt neben dem massiven Tisch, auf dem eine Seekarte befestigt war. Diverse Lineale und andere seltsam anmutende Geräte lagen darauf herum.

»Wo sind wir eigentlich?«, wollte Leah wissen.

So würde sie wenigstens erfahren, wie viele Stunden Zeitunterschied sie von Washington trennten. Joe deutete auf eines der vielen Displays, die auf der Brücke angebracht waren. Die Längen- und Breitenangaben zeigten ihr, dass sie sich weiterhin in Richtung Süden bewegten und ein wenig weiter nach Westen gedriftet waren.

»Muss ich die Uhr umstellen?«

»Kaum«, klärte Joe sie auf. Sie hielten sich hier an die Anchorage-Zeit. Es vereinfachte die Sache, sich an der Ortszeit einer großen Stadt zu orientieren. Vor ein paar Wochen noch hatten sie sich genau auf der Datumsgrenze entlangbewegt. Da ging die Uhr auf dem Display zwar ihren gewohnten Gang, aber das Datum flackerte wie eine Discobeleuchtung.

»Lass lieber deine Uhr so, wie sie ist; wenn wir den nächsten Hafen anlaufen, werden wir die Zeit wieder darauf einstellen.«

Leah wurde hellhörig, doch sie war vorsichtig genug, nicht direkt mit der Tür ins Haus zu fallen. Also schluckte sie die Frage nach dem Zielhafen fürs Erste hinunter.

»Wir haben die Route für die nächsten Tage festgelegt«, fuhr Joe fort, dann glitt sein Finger auf dem Bildschirm weiter. »Wenn alles glattgeht, laufen wir in zehn Tagen in Dutch Harbour ein. Kleiner Hafen, aber sie haben alles, was man so benötigt. Der Dieselmotor braucht 'ne Überholung.«

Sie traute ihren Ohren nicht: Gerade eben hatte man ihr auf dem silbernen Tablett eine der Informationen beschert, deretwegen sie sich an Bord befand. Leah blickte sich verstohlen um und registrierte eine Bewegung McGregors. Hatte er gerade zu ihr geschaut, oder kam es ihr nur so vor? Warum sah er nur so verdammt gut aus, wie er da am Ruder stand und auf das Meer hinausblickte? Und warum war es ihr so wichtig, dass er Interesse an ihr zeigte? Der Mann, den sie vernichten wollte, war ein wandelnder Widerspruch: auf der einen Seite hart wie Granit, schroff, abweisend, auf der anderen Seite dieses Faible für Miles Davis' wehmütige Töne, für Bücher von Alan Watts und Carson McCullers, für Gedichte von Yeats …

»Muss jetzt den Rundgang machen. Kommst du mit?«, fragte Joe.

Miles hatte gerade aufgehört zu spielen.

»Danke, ich glaub, ich bin zu müde.« Das war Mist, meldete sich ein leises Stimmchen, gerade hast du McGregor gesagt, du willst Joe begleiten.

»… muss auch dringend meine Notizen ins Reine schreiben«, fügte sie so laut hinzu, dass McGregor es nicht überhören konnte.

Joe begann seinen Rundgang, während sie noch unschlüssig

dastand, ihrem geschwätzigen inneren Stimmenchor lauschend: Ich muss auch gehen, was denkt er, warum ich noch bleibe, soll ich nicht versuchen, doch etwas aus ihm rauszulocken, sind meine Haare in Ordnung, sehe ich in der Jacke unförmig aus, aber wenn ich sie ausziehe und er will, dass ich verschwinde, ist es nur oberpeinlich, warum sagt er nicht was?

»Eine Frage, Ms Cullin«, erbarmte sich McGregor. »Sind wir uns vielleicht schon mal begegnet?«

Oh Mann, shit! Weiß er's oder fischt er nur im Trüben, war das ein Test oder nur eine Floskel, was mach ich jetzt, sag ich Nein und er hat mich erkannt, bin ich sofort erledigt, sag ich Ja, wird er wissen wollen, wann, wo, weshalb, verdammter Mist, warum bin ich nicht mit Joe gegangen, denk nach, Leah, denk nach, sonst denkt er, du hast nur Grütze im Hirn, das war keine Fangfrage, oder war sie es doch, du musst langsam was sagen, mach den Mund auf, Augen zu und durch, SAG WAS!

»Ich weiß nicht, was ich sagen soll«, hörte sie sich sagen und hätte sich sofort ohrfeigen können, was war *das* jetzt für ein Blödsinn, hatte sie nicht mehr alle Tassen im Schrank?

»Versteh ich nicht, was meinen Sie?«

Ich auch nicht, o. k., könnten wir's dabei belassen?, flehte Leah innerlich. Was musste er noch nachhaken? Gib mir einen Hinweis, McGregor, hast du mich erkannt, ja oder nein? »Ich weiß nicht, was ich sagen soll, weil ich mir nicht sicher bin, ob Sie es waren. Die Finkelstein-Bar-Mizwa?« *Was?*, hörte sie eine verwirrte innere Stimme krächzen, die sie nur noch mehr durcheinanderbrachte. »Union Club, letzten Sommer, die Finkelsteins sind gute Freunde. Mögen Sie die Finkelsteins? Sicher mögen Sie sie.« Lieber Gott, lass die Decke auf mich fallen, mach mich platt, betete Leah und betete auch, dass der Schweiß, der ihr unter der Jacke ausbrach, in den Daunen stecken bleiben würde.

»Sind bestimmt reizende Leute, aber nein, da war es nicht.«

»Ach so? Na dann.«

»Sie scheinen plötzlich so nervös, hab ich Sie in Verlegenheit gebracht?«

»Wie kommen Sie drauf, dass ich nervös bin, aus welchem Grund sollte ich nervös sein?« Er weiß es, der Schuft genießt es einfach, mich langsam zu grillen. Denk nach, Leah, wie kommst du aus dem Schlamassel?

»Eben, deswegen hab ich auch gefragt. Wahrscheinlich hab ich Sie bei einem unserer Vorträge gesehen, so wird es sein.«

Er weiß es *nicht,* Massel gehabt, Halleluja, das mit der Decke, lieber Gott, nehm ich zurück, machen wir's rückgängig, sorry, mea culpa.

»Na dann«, hörte sie sich erneut sagen. Wieder so ein Bonmot.

»›Na dann‹ im Sinne von ›Ja, Sie waren auf dem Vortrag‹ oder im Sinne von ›Hören Sie auf, mich in die Bredouille zu bringen‹?«

»In ... in welche Bredouille?« Hoppla, wendete sich das Blatt jetzt wieder? Was sollte dieses Katz-und-Maus-Spiel, sag doch geradeheraus, dass ich nur hier bin, um dich auszuspioni ...

»Sie wollten Joe auf die Dogwatch begleiten, dann doch lieber dringend Ihre Notizen sortieren. Stattdessen sind Sie hier geblieben, was mich vermuten lässt, dass Sie offensichtlich etwas auf dem Herzen haben ... Haben Sie etwas auf dem Herzen, Ms Cullin? Wenn ja, spucken Sie's aus, damit wir's hinter uns bringen, ich hab mir mit dem Smalltalk genug Mühe gegeben, da liegt ein Haufen Arbeit, die erledigt werden muss.«

Arschloch, brüllten alle inneren Stimmen gleichzeitig, noch einmal lass ich mich nicht von dir abservieren, wenn, dann mach ich es!

»*Sie* haben mit der Woher-kennen-wir-uns-Leier angefangen, ich war schon auf dem Weg hinaus«, protestierte Leah, aber

McGregor wandte ihr den Rücken zu und griff nach dem Logbuch. Die Fingernägel tief in die Handballen bohrend, um bloß nicht die Beherrschung zu verlieren, stürmte sie von der Brücke, ohne sich zu verabschieden.

Zurück in ihrer Kabine, drückte sie sich ein Kissen vors Gesicht, um den Schall ihres wütenden Schreis zu dämpfen, besser gesagt: ihrer Schreie, denn wenn Leah einmal loslegte, war sie kaum zu stoppen. Nie war sie von einem Mann, von irgendjemand, so behandelt worden. McGregors offensichtliche Gleichgültigkeit streute nur noch Salz in die immer noch klaffende Wunde, die er ihr an dem unsäglichen Abend damals zugefügt hatte. Sie war zu aufgewühlt, um zu schlafen, also zog sie sich an und beschloss, draußen so lange den Mond anzustarren, bis sie vor Müdigkeit umkippte.

Auf dem Weg zu ihrem vom Wind geschützten Lieblingsplatz schlenderte Leah eher zufällig am Computerraum vorbei. Die Stimmen, die sie dort vernahm, schienen zu Govind und Steve zu gehören, die in eine Auseinandersetzung verstrickt waren. Angeblich hatte Steve erst jetzt begriffen, dass McGregor schon seit einer geraumen Weile auch Walfänger markierte, sofern er dazu in der Lage war. Govind fand es klasse und wollte schlafen gehen, Steve war strikt dagegen und wollte es auf der Stelle mit David ausdiskutieren. Als sie den Computerraum verließen und ihrer Wege gingen, bemerkte keiner von beiden Leah. Und ihr war sofort aufgefallen, dass Steve die Tür nicht verschlossen hatte. Das war ihre Chance, jetzt könnte es klappen. So wütend wie Steve war, würde der Streit mit McGregor sicherlich ein paar Minuten dauern. Durch den schmalen Spalt zwischen Tür und Rahmen schimmerte Licht.

Entweder sie unterdrückte ihre Neugier und stieg die Treppe

hinauf oder … Noch während sie diese Überlegung anstellte, öffnete Leah leise die Tür und kam sich im gleichen Moment reichlich leichtsinnig vor. Sie sah sich flüchtig im Raum um, alle Geräte waren ausgeschaltet – außer dem Internetrechner, und der hatte die gleiche Wirkung auf Leah wie Licht auf eine Motte. Mit einem letzten Blick vergewisserte sie sich, dass die Luft rein war, dann betrat sie den Raum, tunlichst darauf bedacht, kein Geräusch zu machen. Schwer abzuschätzen, wie viel Zeit sie haben würde, bevor Steve wieder auftauchte: viel bestimmt nicht.

Der Bildschirm zeigte momentan die Seite eines bedeutenden internationalen Ölkonzerns. Wahrscheinlich das nächste Opfer einer Protestkampagne. Sie stellte sich an die Tastatur des Rechners – sich auf den Stuhl zu setzen erschien ihr zu riskant. Das Knie platzierte sie so, dass sie im Notfall den Netzschalter betätigen konnte. Ein erneuter provozierter Absturz des Rechners würde zwar auffällig wirken, doch weniger als geöffnete Programme, die vorhin noch geschlossen gewesen waren.

Viel mehr als der Webbrowser interessierte Leah jedoch das Mail-Programm. Wenige Mausklicks später hatte sie den richtigen Button erwischt. Die gefürchtete Sanduhr flackerte über den Bildschirm, und Leah war kurz davor, einen Fluch auszustoßen, als die Uhr verschwand und sich das Fenster des Programms öffnete.

Dem Frohlocken folgte die Enttäuschung. Der Ordner mit der Beschriftung »Posteingang« enthielt nur zwei Mails, der Ordner »Postausgang« keine einzige.

Die erste Mail stammte von Sonya, acht Jahre, die der Sea-Spirit-Bewegung mitteilen wollte, dass sie es ganz toll finde, dass sie die Wale schützten. Sie selbst habe auch ein Aquarium mit 34 Guppys und 3 Welsen.

Die zweite war von dem elfjährigen Richard, der sich entschieden hatte, die Schule endgültig zu verlassen und sein Leben lieber für den Kampf um das Leben der Wale einzusetzen. Wann er sich der Crew anschließen könnte, wollte er wissen, und ob er unbedingt die Einwilligung der Eltern vorzeigen musste oder ob es auch so gehen würde.

Leah schmunzelte. Das war's. Sie wollte schon das Programm schließen, als ihr Augenmerk auf »Gelöschte Objekte« fiel. Sie öffnete die Seite und entdeckte eine einzige Mitteilung. Deren Absender war offenbar die Marketing-Abteilung des Turnschuhkonzerns Fowlers. Leah blickte auf ihre Füße. Die Marke war nicht unbekannt. Der Abteilungsleiter, ein Mann namens Hendricks, schrieb, man bedanke sich für das informative Gespräch und habe sich für eine weitere Spende entschieden, Höhe wie im vergangenen Jahr, gleiche Bankverbindung.

Leah schloss das Mailprogramm und gab das Kommando über den Bildschirm an den Webbrowser zurück. Ein Geräusch auf dem Gang ließ sie zusammenzucken. Kam da jemand den Flur entlang, oder war bloß irgendwo eine Tür zugefallen? Leah erstarrte zur Salzsäule, lauschte, doch sie konnte nichts weiter hören. Sie atmete tief durch. Noch hatte sie die Chance, ein wenig zu schnüffeln, und die sollte sie unbedingt wahrnehmen. Doch das Geräusch hatte ihren Puls auf Rekordjagd geschickt, und er war davon immer noch nicht zurückgekehrt. Die vernünftigere Stimme der beiden, die sich in ihrem Inneren gerade ein erbittertes Gefecht lieferten, befahl ihr, den Computer nicht mehr anzurühren und den Raum auf der Stelle zu verlassen. Solange noch Zeit dazu war. Ihr Blick fiel abermals auf den Webbrowser. Vielleicht käme sie auf die Schnelle noch ein Stück weiter, wenn sie sah, auf welchen Seiten sich Steve bewegt hatte. Zumindest eine kleine Chance, flüsterte die weniger vernünftige Stimme.

Leah entschied sich für die letztere und ließ den Mauszeiger auf den Zurück-Button wandern. Es erschien die Website von Fowlers. Die Seite davor gehörte zur Master-Bank of Santa Ana, auf der man sich mit seinen Kontodaten einloggen konnte. Das Feld, in dem die Kontonummer eingetragen wurde, war mit Sternchen ausgefüllt. Leider strahlten auch in dem Feld für das Passwort neun Sterne. Auf gut Glück klickte Leah auf den Button »Login«, um Zugang zu den Bankdaten zu erhalten. Wieder erschien ein Fensterchen, das sie aufforderte, Kontonummer und Passwort einzugeben.

Leah lauschte, doch sie hörte keine Geräusche außer dem Summen des Lüfters. Sie würde es wagen.

Die Kontonummer war ihr bekannt, sie tippte die Zahlenfolge ein: 181 818 181. Ein neunstelliges Passwort. Sie folgte ihrem ersten Gedanken: »SeaSpirit«.

Das Fenster materialisierte sich erneut und verkündete: *Zugriff verweigert. Bitte überprüfen Sie Kontonummer und Passwort.*

Leah löschte die Sternchen im Passwortfeld und überlegte kurz. Dann tippte sie eine neue Buchstabenfolge ein: T-R-E-I-B-N-E-T-Z.

Fehlanzeige.

Es handelte sich um ein Kreuzworträtsel für gehobene Ansprüche: ein Wort mit neun Buchstaben. Waagerecht. Kein einziger Buchstabe bekannt. L-A-N-G-L-E-I-N-E.

Fehlanzeige.

W-A-L-S-C-H-U-L-E.

Leah sah ein, dass es nicht viel Sinn machte. Schließlich konnte Steve auch die auf der Hand liegende Kombination 1–2-X-F-Q-5-P-P-Z gewählt haben. Oder den Namen seiner liebsten Salamisorte. Sie dachte dennoch weiter angestrengt über sinnvolle Kombinationen nach, als sie Schritte auf dem Flur vernahm. Vergessen war die Suche nach dem Passwort. Mit zwei Klicks hatte sie wieder die Öl-Multi-Seite auf den Monitor gezaubert. Leider fehlte ihr zum Codeknackerdiplom noch ein wesentlicher Kurs in vorausschauender Sicherung des Fluchtwegs. Leah sah sich verzweifelt um: keines der Regale bot völligen Sichtschutz. Die Schritte verstummten. Dafür schwang die Tür auf. Leah griff nach dem letzten Strohhalm – der in diesem Fall eine Türklinke war, die zur Verbindungstür zum Funkraum gehörte. Sie hoffte inständig, dass sie nicht abgesperrt war. Dass auf der anderen Seite nicht dieselben Fragen warteten, die sie diesseits sicherlich beantworten musste, wenn sie sich nicht augenblicklich in Luft auflöste. Die Tür gab den Weg in den angrenzenden Raum frei. Halleluja. Leah schloss sie leise, als Steve den Computerraum betrat.

Im Funkraum war es stockdunkel, nur durch die Fenster fiel ein wenig Mondlicht herein. Da sie gerade aus einem hell erleuchteten Raum geflüchtet war, konnte sie so gut wie nichts erkennen, ihre Augen mussten sich erst an die Dunkelheit gewöhnen. Sie wich zurück, stieß gegen den Tisch, und etwas ging zu Boden. Sie wusste nicht, was es war – sie wusste nur, dass Steve das Geräusch gehört haben musste.

»Govind?«, hörte sie ihn fragen.

Sie blinzelte rasch in der Hoffnung, ihre Augen zu ein wenig mehr Nachtsicht bewegen zu können. Zwar nahm sie eine Tür zum Gang wahr, musste jedoch verzweifelt feststellen, dass sie verschlossen war. Gebannt lauschte sie auf die Schritte im Computerraum. Leider sah sie immer noch nicht viel mehr, den Tisch, die Schränke – alles nur schwarze Quader. Verflucht, wohin mit ihr? Sie schnellte unter den Tisch.

Mit einem Ruck wurde die Tür aufgerissen, und grelles Licht flutete in den Funkraum, den Steve augenblicklich betrat. Direkt vor ihm lag sie, die Taschenlampe, die Leah gerade zu Boden gestoßen hatte und die nun dem Wellengang folgend von einer Seite zur anderen rollte.

Steve bückte sich nach ihr, hob sie auf – und verließ den Raum wieder. Offenbar war ihm die Lampe Erklärung genug, um das Zimmer nicht genauer unter die Lupe zu nehmen.

Doppeltes Uff – wenn das so weiterging, würde Leah mit einem Eintrag ins Guinness-Buch der Rekorde rechnen können, zumindest was die Höhe ihres Pulses anging, der gerade dabei war, die Rekordmarke von vorhin zu toppen. In ihrem Kopf hatte sie schon das Geräusch der Hubschrauberrotoren vernommen, die sie, leider unverrichteter Dinge, auf schnellstem Wege von hier weggebracht hätten, hätte Steve nur einen weiteren Blick gewagt.

Es dauerte endlose vierzig Minuten, dann verschwand der Lichtstreifen unter der Verbindungstür zwischen den beiden Räumen. Leah hörte, wie die Tür zum Computerraum ins Schloss fiel. Sie würde noch mindestens zwei Minuten warten, bevor sie ihren sicheren Platz aufgab. Als sie sich schließlich unter dem Tisch hervorquälte, musste sie feststellen, dass ihre Füße eingeschlafen waren.

Leah bewegte die Zehen, um das Kribbeln loszuwerden. Sie horchte an der Verbindungstür, bevor sie behutsam die Klinke niederdrückte. Der Computerraum lag ebenfalls im Dunkeln. Leah schlich auf den Ausgang zu und presste das Ohr gegen das Holz der Tür.

Stille auf der anderen Seite. Sie würde es wagen. Ebenso sachte wie zuvor drückte sie auch diese Klinke. Doch die Tür verwehrte ihr den Schritt in die Freiheit. Sie war gefangen.

Leah widerstand sowohl dem ersten Impuls, an der Tür zu rütteln, als auch dem zweiten, stimmgewaltig auf ihre missliche Lage aufmerksam zu machen. Die Brücke lag auf der anderen Seite des Gangs, sodass auch weniger lautstarke Unmutsäußerungen unter Umständen zu einer Befreiung geführt hätten, ebenfalls von vielen unangenehmen Fragen begleitet. Leah drehte sich um. Wenn sie im Augenblick den Fragen ausweichen wollte, musste sie die Nacht hier verbringen. Keine sonderlich angenehme Vorstellung. Denn damit würde sie das Prozedere nur auf morgen vertagen. Also was tun? In die Außenwand waren zwei Bullaugen eingelassen. Trotz des fahlen Lichts erfasste Leah sofort, dass sie sich nicht öffnen ließen. Sie ging zurück in den Funkraum. Hier konnte sie durch drei Fenster nach draußen blicken. Die beiden, die nach Steuerbord zeigten, waren ebenfalls nicht zu öffnen.

Allein das Fenster in Richtung Heck ließ sich nach oben schieben. Dazu musste Leah rechts und links zwei Arretierungshebel zur Seite bewegen, woraufhin es sich ohne Widerstand kippen ließ. Leah schob einen Plastikstuhl unter das Fenster, der den Ausstieg erleichtern sollte. Die Öffnung war eindeutig nicht als Notausgang konzipiert. Sie war gerade mal so groß, dass vielleicht ihr Sohn mit Leichtigkeit hindurchgekommen wäre, aber nicht Leah. Zudem hatten die Konstrukteure es völlig ignoriert, an der Außenseite entsprechende Halterungen anzubringen. Natürlich versuchte sie es trotzdem und schob sich ein Stück nach draußen, wobei schon ihre Schultern ein einfaches Hinausgleiten verhinderten. An ihren Hüften scheiterte sie jedoch endgültig. Der Gedanke, dass die Breite ihres Beckens dafür verantwortlich war und nicht irgendwelche Fettschichten, tröstete sie nur kurz. Denn der Weg zurück war ebenfalls versperrt. Keine Ahnung, welcher Witzbold eben ihre Schultern verbreitert hatte. Jedenfalls steckte sie fest.

Was jetzt? Sie könnte um Hilfe rufen, McGregor würde ihr sicher gern unter die Arme greifen. Und ihr bei der Befreiungsaktion nebenbei gleich das Kreuz brechen. Oder sie in dieser Position verhören – bei wachsendem Auditorium. Es war der Gedanke an den Anblick, den sie aus der Perspektive des Funkraums den anderen am nächsten Morgen bieten würde, der ihr die nötige Kraft gab, sich wieder nach innen zu ziehen. Schönes Ergebnis: Jacke ruiniert, blaue Flecken und die Aussicht auf eine Nacht unter dem Tisch.

Dort machte sie es sich so bequem, wie es einer – dummen –

Gans in einem Hasenkäfig eben möglich war. Irgendwann gelang es ihr sogar, trotz des neuerlichen Kribbelns in ihren Beinen und der stechenden Schmerzen in ihren Schultern einzuschlafen. Als sie erwachte, stellte sie fest, dass sie immerhin für vier Minuten eingeschlummert war. Es würde sicher eine erholsame Nacht werden.

David stand etwas ratlos vor dem Schrank in seiner Kabine, dessen Tür er soeben geöffnet hatte. Darin befand sich sein Schatz. Ungefähr dreihundert CDs.

Er benötigte nicht viele Utensilien. Die Garderobe an Bord konnte man übersichtlich halten, Smoking und Cashmere-Anzüge waren eingemottet in der kleinen Wohnung in L. A., die er sich kurz nach dem finanziellen Crash geleistet hatte. Von seinen Besitztümern, die er im Laufe seiner Börsenkarriere angehäuft hatte, war nicht mehr übrig als das. Das Penthouse in Manhattan hatte er ebenso zu Geld gemacht wie die Oldtimer. O. k., dem dreißig Jahre alten Bentley trauerte er vielleicht ein wenig nach, aber alles andere fiel in die Kategorie Schnickschnack.

Davids Augen glitten über seine Lieblings-Jazz-CDs. »D« wie Davis. Nein. Von dem hatte er genug für heute. Damit hatte Leah Cullin ihn doch drangekriegt. Sie hatte ihn neugierig gemacht. Er kannte wenige Menschen, die sich überhaupt für Jazz begeistern konnten. Und er kannte noch weniger Frauen, auf die das zutraf. Aber er hatte es bisher noch nie erlebt, dass eine Frau auch noch aus dem Stand in der Lage war, nach nur wenigen Tönen von Miles das Stück zu erkennen, ja sogar, um welche Aufnahme es sich handelte. Er wusste von sich selbst, dass man so etwas nicht über Nacht erlernen konnte. Die Versuchung war tatsächlich groß gewesen, all seine Widerstände über Bord zu werfen. Doch letztlich hatte die Vorsicht gesiegt. Er war fest entschlossen, seine

Vorbehalte gegenüber Journalisten auf keinen Fall aufzugeben. Auch wenn sie alle Miles-Stücke auswendig kannten und aussahen wie Göttinnen.

Er wurde den Verdacht nicht los, dass er Leah Cullin schon begegnet war. Ganz sicher. Er vergaß die Nummer seiner Kreditkarte, er vergaß auch mal das Datum einer Miles-Aufnahme, aber seltener ein Gesicht. Und dieses kannte er. Dennoch hatte er nicht den leisesten Schimmer, aus welcher Schublade er das ihre herauskramen sollte. Die mit dem Etikett »Bankkontakte« kam ihm genauso unwahrscheinlich vor wie »Die dreißig freundlichsten Stewardessen weltweit«. Klar, die Schublade mit der Aufschrift »Presse« käme natürlich in Frage, doch eine Leah Cullin hatte ihn bisher nicht interviewt, oder etwa doch …? Er war sich nicht gänzlich sicher, und das wurmte ihn. Das Einzige, was er mit Bestimmtheit sagen konnte, war, dass sie nicht in der Rubrik »One-Night-Stands« zu finden war. Er kam einfach nicht drauf, noch nicht. Irgendwann würde die entsprechende Schublade schon von selbst aufspringen.

Also keinen Miles mehr. In L. A. bewahrte er den Rest seiner Sammlung auf, vielleicht das Zehnfache dessen, was er hier an Bord hatte. Als er damals auf die »SeaSpirit« kam, benötigte er einen Koffer für Klamotten und persönliche Dinge und einen für Musik. Nachdem er sich in der Kabine eingerichtet hatte, stellte er fest, dass die Hälfte der Schränke leer geblieben war. Seltsamerweise erfüllte ihn das mit einem Gefühl der Genugtuung. Der einzige Luxus, den er sich gönnte, war ein kleines Paar der besten Boxen, die er bekommen konnte. Und auch wenn das leise Brummen des Dieselmotors so manchem Hi-Fi-Puristen den Spaß verdorben hätte, in der Beziehung war er alles andere als ein Dogmatiker. Wenn die Boxen gut klangen, konnte man sich mit dem Rest arrangieren.

In seiner Unschlüssigkeit war er inzwischen bei den Interpreten mit »W« angekommen. Wesseltoft, Bugge. New Conception of Jazz. Ein wahres Kleinod. Und genau das Richtige für seine momentane Stimmung. Obwohl er gerade vier Stunden Dogwatch geschoben hatte, war er aufgekratzt.

Für gewöhnlich konnte man ihn nach einer nächtlichen Wache ablegen, wo man wollte, innerhalb von fünf Minuten schlief er. Nicht so heute. Er legte die CD ein und wählte das zweite Stück: ›Sharing‹. Leise klang die Musik aus den Boxen. Drum'n Bass mit der Stimme von Bugge höchstpersönlich. »Once upon a time, there used to be another way of living. Someday there will be another way of living.« Klang regelrecht programmatisch für ihre Mission, wenn er so darüber nachdachte. Er legte sich rücklings aufs Bett und verschränkte die Arme hinterm Kopf. Wieder sah er ihr Gesicht ganz deutlich vor sich. Die Begegnung hatte noch eine andere Saite in ihm zum Klingen gebracht. Er konnte sich kaum erinnern, wann er das letzte Mal mit jemandem überhaupt über Musik hatte reden können. Und er hatte in diesem Moment gemerkt, dass ihm etwas fehlte. Nicht etwa, dass er früher musiktheoretische Gespräche geführt hätte – das Parkett, auf dem sich seine Finanzkollegen bewegten, war nicht reich gesegnet mit Menschen, die daran interessiert waren. Doch seit er auf dem Schiff lebte, war er mit seiner Passion allein geblieben, fast allein – denn diese Frau schien wahrlich …

Was wird sie über uns schreiben?, schoss es ihm durch den Kopf. Wahrscheinlich denselben Stuss wie alle zuvor. Trotz Steves Bestrebungen, der Arbeit eine wissenschaftliche Untermauerung zu verpassen, war es schlicht ihr Ziel, Wale zu retten, alles andere war nur Beiwerk. Wie sollte er Ms Gib-mir-die-Fakten das verständlich machen, wie sollte sie begreifen, was für besondere Wesen Wale waren? So was konnte man nicht intellektuell vermitteln, ohne Beweise. Zu einer wissenschaftlichen Arbeit gehörten eine Hypothese, die Methode, das Vorgehen, mit dem man die Hypothese über das Objekt der Untersuchung austestete, die Ergebnisse und die Diskussion der Ergebnisse, sodass jeder sie auch verstand. Aber die geeignete Methode, mit der er beweisen konnte, was einem, mit etwas Glück und der nötigen Offenheit, in der Nähe eines Wales widerfahren konnte, hatte er noch nicht gefunden. Das menschliche Gehirn akzeptiert nun mal in der Regel nur das, was es kennt, alles andere versucht es so schnell wie möglich zu rationalisieren und dem Begreifbaren anzupassen. Würde Ms Cullin *seine* Hypothese akzeptieren, dass unser so hochgepriesener Neocortex vielleicht doch nicht so einzigartig ist?

Wir wissen, dass es ultraviolettes Licht gibt, immer gab, können wir es deshalb sehen? Nein. Können wir so gut riechen wie Hunde, so gut hören wie Pferde? Auch nicht. Sogar auf der banalen Ebene des Sensoriums sind wir den Tieren unterlegen. Wer weiß, was noch direkt vor unseren bloßen Augen liegt, was wir aber schlichtweg nicht wahrnehmen? Wie können wir dann Mittel und Wege finden, etwas zu beweisen, was sich nur durch ein Gefühl erleben lässt, was man in Worten nicht auszudrücken vermag? Wie lange haben wir gebraucht, um zu begreifen, dass Materie, eine massive Wand sogar, auf der subatomaren Ebene nur aus winzigen Energiebündelchen besteht, deren Entfernung voneinander – darüber hatte er eine Menge Bücher gelesen – in Relation zu ihrem Umfang größer ist als die von der Erde zum Mond? Würde sie akzeptieren, dass sogar diese Wand, an der wir uns gerne den Dickschädel wund schlagen, nach den Erkenntnissen der Quantenphysik nur aus zusammengepresster Dynamik besteht, nichts Festes ist, im wahrsten Sinn des Wortes? Würde sie seine wirren Gedanken nachvollziehen können, dass nichts so ist, wie es ad hoc erscheint? Dass Ketan, dieses wunderbare Wesen, mit ihm auf eine Weise kommuniziert hatte, die selbst die ausgesuchtesten Worte nicht annähernd auszudrücken vermochten, ja sogar verfälschten? Man musste es erleben – aber welche Wissenschaft ließ sich schon auf subjektive Gefühle ein? Nein, es gab keine Methode. Und auch keine Beweise. Irgendwann vielleicht würde es Geräte geben, die es ermöglichten, das, was zwischen Walen und Menschen geschehen konnte, messbar darzustellen, aber bis dahin würden diese Wesen weiter ausgerottet … Und nein, sie würde es nicht verstehen, niemals, nicht mal versuchen wollen; die anderen hatten es auch nicht getan, als er sich noch die Mühe machte, Gott und die Welt davon überzeugen zu wollen … Warum kam sie ihm so vertraut vor?

Bugge war inzwischen bei Stück Nummer vier angelangt. »You might say, you don't need me no more, you might say, we got no place to go…« Und David befand sich irgendwo in einem Raum zwischen Vergangenheit und jetzt.

Am nächsten Morgen weckte ihn der Duft. Für einen Moment war Geoffrey etwas konfus, in Leahs Bett aufzuwachen, immerhin eine Premiere, dann sah er das Tablett auf dem Nachttisch. Den dampfenden Becher Kaffee, zwei mit Erdnussbutter und Erdbeermarmelade geschmierte Toasts. Es machte ihn noch konfuser. Sollte Leah etwa schon zurück sein? Nein, unmöglich. *Michael*?

Der Kleine aß seine Cornflakes und schaute sich den Kinderkanal an, als Geoffrey mit dem Tablett ins Wohnzimmer kam.

»Weiß gar nicht, was ich sagen soll … danke«, gab Geoffrey gerührt von sich und nahm neben ihm auf der Couch Platz. Michael machte sofort den Fernseher aus.

»Mein Vater hat auch meine Mama geliebt und hat sie betrogen.«

»Davon … davon weiß ich nichts«, log Geoffrey und trank

schnell einen Schluck Kaffee, damit er nicht weiterreden musste.

»Doch, du weißt es, ich hab euch gehört, als ihr darüber am Telefon gesprochen habt, sie hat dich gefragt, ob du es auch machen wirst. Was, wenn du eine andere Frau triffst, die dir mehr gefällt?«

»Unmöglich, ausgeschlossen. Aber woher hast du das mit deinem Vater, soviel ich weiß, hat Leah nie mit dir …«

»Mama denkt, ich würde ihn dann hassen«, unterbrach ihn Michael, »deswegen will sie mit mir darüber nicht reden, aber ich kenn die Wahrheit. Hab gehört, wie Tommys Mutter mit der von Ben darüber gesprochen hat. Versprichst du mir, dass du ihr nichts davon sagst?«

Geoffrey streckte ihm die Hand hin. Michael drückte sie fest und schaute ihm ernst in die Augen. Das erste Mal, dass der Kleine ihn wie einen Gleichwertigen behandelte. Geoffrey war stolzer darauf als auf alle seine Diplome und Golftrophäen.

»Versprichst du mir auch, dass du sie nie traurig machst? Sie war sehr lange traurig!«

Er nahm Michael in den Arm und drückte ihn ganz fest an sich. »Ich werde deine Mutter glücklich machen, und wenn du mir erlaubst, werde ich versuchen, ein guter Va… Freund für dich zu sein. Der beste.«

»Und ich will weiter Stanford heißen, ich bin jetzt im Softball-Team, und auf dem Trikot steht Stanford«, sagte Michael, während er sich aus der Umarmung löste.

Geoffrey schnäuzte sich und nickte, ja, natürlich.

»Gut«, sagte Michael, »jetzt muss ich in die Schule.«

Den kurzen Weg zu Fuß dorthin wechselten sie kein Wort miteinander; Geoffrey hatte sowieso eine Heidenangst, mit seinem unkontrollierten Mundwerk den Zauber zu brechen. Er blieb, wie Leah ihm befohlen hatte, kurz vor dem Schulhof stehen; sie tat es auch, um Michael nicht vor seinen Freunden zu blamieren. Aber leider hatten die ihn entdeckt und fingen sofort an, ihn zu hänseln. Michael rannte mit rotem Kopf hinein.

»Wer ist der Grufti?«, fragte ihn ein Widerling.

»Niemand«, antwortete Michael. »Nur mein Dad.«

Geoffrey schossen die Tränen in die Augen.

Gott im Himmel, dachte er sich, ich bin eingefleischter Atheist, aber danke, dass es dich gibt!

Zwanzig Minuten später telefonierte er aus Leahs Wohnung mit ihrer Mutter und flehte sie an, sie möge bitte, *bitte*, ihren Aufenthalt in Marthas Vineyard verlängern.

Es war ungefähr acht Uhr morgens, als Leah aus dem Halbschlaf gerissen wurde. Gott sei Dank lag sie in der hintersten Ecke unter einem Tisch, als McGregor in den Raum stürzte. Mit dem Rücken zu ihr pflanzte er sich vors Funkgerät und versuchte eine Verbindung zu Wem-auch-immer herzustellen. Die Tür hatte er offen stehen lassen. Leah entschloss sich, die Chance zu nutzen. Leicht gesagt, ihre Muskulatur war eingeschlafen.

Gott sei Dank war Mr Schiffeversenker voll und ganz mit dem Kontakt zur Außenwelt beschäftigt. Sorgsam darauf bedacht, die Schmerzen in ihren Beinen zu ignorieren, schob sie sich langsam über den Fußboden. Gerade ermahnte sie sich, bloß kein Geräusch zu machen, als McGregor zu schimpfen begann; offenbar wollte seine Verbindung nicht zustande kommen. Nicht gut, jeden Moment konnte er sich umdrehen und sie entdecken. Sie musste sich beeilen. Wenigstens konnte sie Oberschenkel und Waden wieder fühlen, doch ihre Füße schienen immer noch wie Klumpen an ihr zu hängen. Gerade hatte sie die Schwelle zum rettenden Flur erreicht, da donnerte McGregor plötzlich das Mikro mit einem Fluch auf den Tisch, sprang auf und … nur wenig fehlte, und er wäre über sie gestolpert. So ein Mist, jetzt war es doch passiert. Wenigstens eine Sache schien immer zuzutreffen: ›Gebete werden nicht erhört.‹

»Alles o. k.?«, nuschelte Leah, während sie gesenkten Hauptes weiterkroch.

»Was treiben Sie da unten?«

Leahs Gehirnzellen schienen sich auf der Suche nach einem passenden Vorwand komplett auszuschalten, dann hörte sie sich selbst reden: »Oh, ich arbeite an einer Teststudie über das Verhalten der Gleichgewichtsorgane bei schwerem Seegang, ist das nicht offensichtlich?« Leah blinzelte in McGregors verdutztes Gesicht. »Haben *Sie* vielleicht meinen Ohrring gefunden? Muss ihn gestern irgendwo hier verloren haben … Nein? Ist ein Erbstück meiner Großmutter, aber sorry, hab Sie nicht stören wollen.«

»Und ich hab Sie nicht reinkommen sehen!«

»Sie haben auch nicht vernommen, wie ich Guten Morgen sagte, gehört sicher zu Ihrem Programm, damit ich mich auf diesem Schiff noch unwillkommener fühle! Schwamm drüber, wenn Sie ihn sehen, versuchen Sie bitte, nicht draufzutreten.«

»Worauf, Ms Cullin, worauf soll ich nicht treten?«

»Auf den Ohrring, Mr McGregor, hören Sie nie zu, wenn man mit Ihnen spricht?«, fauchte sie ihn an und verschwand in die Freiheit.

David war ihr Gebaren zwar suspekt, doch da er dafür keine weitere Erklärung hatte, akzeptierte er die ihre.

»Guten Morgen«, gab er sich geschlagen.

Dreimal uff. Unfassbar. Das mit den Gebeten revidierte sie sofort. Es war schlicht ein Wunder, dass sie es geschafft hatte, diesem Albtraum mit heiler Haut zu entkommen. Warst gar nicht so schlecht, Leah Cullin, bekommst langsam Routine, Ms Sangfroid, eiskalte Spezialagentin. Von wegen. Ihre Knie schlotterten im Fünfvierteltakt, und sie schwor sich hoch und heilig, solche Einsätze in Zukunft den Profis zu überlassen.

Als Leah ihre Kabine erreichte, gab es zwei Dinge, die sie sofort in Angriff nehmen musste: Das eine war, Nick anzurufen. Das andere, sich auf der Stelle in die Koje zu hauen, falls sie nicht schon während des Telefonats ins Koma fiel. Gott sei Dank erreichte sie Nick sofort.

»Hi, ich bin's. Ich hätte Verwendung für deine speziellen Fähigkeiten.«

»Ich weiß nicht, ob Geoffrey damit einverstanden wäre!«

»Quatschkopf, ich rede von Computern.«

»Schieß los.« Leah konnte sein Grinsen förmlich hören.

»Dein Freund mit den flinken Händen hat sich doch damals bei der Cetergo-Sache in den Firmenrechner eingeklinkt, richtig?«

»Wenn du die Sache mit den falschen Gutachten meinst – ja. War nicht so schwierig, die haben noch auf 'nem alten Großrechner gearbeitet, und die Firewall war ein Witz. Ich hab …«

Oh Gott … Leah musste Nick auf der Stelle ins Wort fallen. Sie kannte die Geschichte bereits bis zum Abwinken, obwohl sie nicht behaupten konnte, jemals auch nur ein Wort verstanden zu haben.

»Nick! Ist gut.« Klar, jetzt war er beleidigt. Egal. »Kann er sich auch in einen Bankrechner einloggen?«

Es rauschte in der Leitung.

»Nick? Bist du noch dran?«

»Leah, Banken sind ein ganz anderes Kaliber.«

»O. k., vergiss es.« Die Antwort hätte sie sich auch selbst geben können. Hätte Nick nicht immer so groß getönt, was für ein Genie sein alter Kumpel vom Chaosclub doch sei … Zumindest hatte es etwas Beruhigendes, dass Banken sozusagen Sperrgebiet für Hacker waren. Schließlich befand sich ihr Konto ebenfalls auf irgendwelchen Festplatten.

»Welche Bank ist es denn?«

»Lass gut sein, Nick, ich krieg's auch anders raus.«

»Nun sag schon, wenn's nicht die Federal Reserve Bank ist, kann er's ja mal versuchen. Im Prinzip kann man in jedes System eindringen.«

Leah seufzte – also sollte man die Kohle doch lieber im Sparstrumpf verstecken?!

»Master-Bank of Santa Ana. Das Konto der SeaSpirit-Foundation. Nummer: viermal die Achtzehn, dann die Eins – steht auf ihrer Homepage.«

»Und was willst du rauskriegen?«

»Zunächst, ob jemals größere Beträge transferiert wurden. Nach den Unterlagen hier scheint das nicht der Fall zu sein, aber vielleicht sind die auch gefaked. Die greifen von hier aus über das Internet auf das Konto zu. Das Passwort ist neun Zeichen lang.«

Wieder drang für kurze Zeit nur das Rauschen des Äthers aus Leahs Hörer.

»Hab's notiert. Noch was?«

»Ja. Kannst du mal schauen, ob Fowlers denen was gespendet hat? Einmal im letzten Jahr, das zweite Mal vor wenigen Tagen.«

»Fowlers? Wer ist Fowlers? Hat der was mit der Turnschuhmarke zu tun?«

»Er hat.«

Nick pfiff anerkennend. »Dann haben die aber sicher nicht nur zwei Dollar fünfzig einkassiert.«

»Vielleicht bekommst du's raus?!«

»Ist das Leah?«, hörte sie Geoffrey fragen und hatte ihn umgehend an der Strippe. »Einen Augenblick, mein Schatz, ich geh nur schnell in mein Zimmer.«

Ein paar Sekunden später war er wieder dran. Aufgeregt wie selten. Und erzählte ihr stolz, was sie zu Tränen rührte. Michael hatte nicht direkt Dad zu ihm gesagt, aber ihn vor seinen Freunden so genannt, das war ein riesiger Schritt. Sie konnte sich zwar nicht erklären, wie Geoffrey ihren Saulus zum Paulus bekehrt hatte, egal, die beiden schienen Gott sei Dank bestens miteinander auszukommen.

»Schön zu hören.«

»Noch schöner wäre, dich bald mal wieder hier zu haben. Wann kommst du?«

»In circa neun Tagen laufen wir einen Hafen an. Denke, bis dahin hab ich alles, was ich brauche.«

»Leah, nur rein interessehalber.« Geoffrey räusperte sich. »Was ist der nächste Hafen?«

Er konnte verdammt hartnäckig sein, wenn er etwas wissen wollte.

»Geoffrey, bitte!«

»Was heißt hier: Geoffrey, bitte? Wenn du nicht willst, dass ich es weitersage, tu ich es nicht, was soll der Blödsinn? Oder vertraust du mir nicht?«

Leah fühlte sich, als sei sie in eine Falle geraten. Selbstverständlich traute sie Geoffrey, doch sie konnte sich des Gefühls nicht erwehren, die Crew der »SeaSpirit« zu hintergehen, wenn sie den Hafen preisgab. Andererseits, wenn er versprach, es für sich zu behalten … Schließlich war er ihr Freund, ihr Verlobter, der Held, der es mit Mickey aufgenommen hatte.

In der Regel hielt Geoffrey seine Versprechen, doch manchmal neigte er zu einer gewissen Vergesslichkeit, besonders dann, wenn es opportun für ihn war. Was, wenn sie sich alle irrten? Was, wenn Kazuki sie auf eine falsche Fährte gesetzt hatte und seine eigenen Motive verfolgte, welche auch immer das waren?

»Kein Sterbenswörtchen zu irgendwem!«

»Absolut. Solange nichts bewiesen ist. Meine Lippen sind versiegelt.«

»Dutch Harbour. Sie brauchen Proviant, Wasser, und auch mit dem Motor scheint was nicht in Ordnung zu sein.«

»Dutch Harbour? Die fahren doch nicht nach Europa? Gib mal einen kleinen Tipp, wo ich auf der Landkarte suchen soll.«

Leah musste lachen. »Nein, Europa liegt nicht auf der Route. Dutch Harbour gehört zu den Aleuten, ziemlich weit westlich, Richtung Japan.«

Nachdem sie das Gespräch beendet hatte, war sie so aufgewühlt, dass an Schlaf kaum noch zu denken war. Susan hatte recht. Susan hatte immer recht. Sie sollte auf ihre Freundin hören und Geoffrey heiraten und sich fallen lassen und seine Liebe erwidern – ohne Angst, wieder von einem Mann enttäuscht zu werden. Zum Beispiel von einem, der nicht mal merkte, dass sie keine Ohrringe trug und immer noch in denselben Kleidern steckte wie am Abend zuvor, und der sich nicht daran erinnern konnte, wie sich ihre Lippen berührt hatten. UND der deinen Vater auf dem Gewissen hat!, meldete sich die beharrlichste aller ihrer inneren Stimmen. Ja, das auch – obwohl die Wut darüber in den Hintergrund geraten war, seitdem sie seine Augen, seine Hände wieder gesehen hatte. Zum Teufel mit dir, McGregor, kannst du nicht für einen Moment aus meinem Kopf verschwinden, ich will dich hassen, hab allen Grund dazu, mach, dass du wegkommst, befahl ihm Leah, während sie auf die Matratze kippte, um wenigstens zu versuchen, ein paar Stunden entgangener Nachtruhe nachzuholen.

Es sollte ihr nicht gegönnt sein. Kaum eingenickt, wurde sie von heftigem Klopfen geweckt, das sie befürchten ließ, man wäre ihr doch noch auf die Schliche gekommen.

»Leah?«

»Was gibt's?«

»Ich bin's, Govind. Wenn du was Tolles sehen willst, komm mal nach oben. Nimm die Kamera mit!«

»Okay, okay, bin gleich da«, murmelte Leah und versuchte die Müdigkeit abzuschütteln wie ein lästiges Insekt.

Was war ihr gerade eben noch vor dem Einschlafen durch den Kopf gegangen? Dutch Harbour, richtig! Hoffentlich war es kein Fehler, Geoffrey den Namen des Hafens durchzugeben. Was, wenn er doch … Nein, Geoffrey würde so was nicht tun.

Nach einer kurzen Dusche ging sie zur Brücke hinauf.

»Und …?«, begrüßte McGregor sie.

»Und was?«

»Haben Sie ihn gefunden?«

Erst jetzt begriff Leah, dass die Anspielung ihrem Ohrring galt. »Ähm, Glück gehabt. Wissen Sie, wo Govind steckt?«

»In seinem Tempel.« Damit stapfte McGregor von dannen.

Wie immer saß Govind vor seinen Computern, schob ihr zur Begrüßung gleich einen Stuhl hin und führte den Mauszeiger auf ein Wal-Piktogramm, das sich in unmittelbarer Nähe der »Sea-Spirit« befand. Ein Textkasten erschien auf dem Bildschirm. »Jeroha« war dort zu lesen. Govind deutete auf den kleineren Monitor, der rechts neben dem großen platziert war. »Hier steht im Klartext, was sich hinter dem Symbol verbirgt.«

Leah überflog die Daten. Bei Jeroha handelte es sich um einen weiblichen Zwergwal von zehn Metern Länge. Ihr Alter wurde auf etwa dreißig geschätzt, sie war vor kurzem erst mit einem Sender markiert worden. Unter den Basisdaten folgte eine Tabelle, in der die Ortungen genau aufgezeichnet waren.

»Eine sehr liebe Bekannte. Gleich sind wir da. Wir hoffen, sie ist nicht alleine. Wenn wir Glück haben, sehen wir dort eine ganze Walschule«, freute sich Govind.

»Wie kommt ihr an all die Informationen?«

Govind erklärte, dass alle Daten, die die Sender der Wale weitergaben, von zwei Satelliten aufgefangen wurden: NOAA1 und NOAA2. Sie kreisten in 850 Kilometer Höhe um die Erde und gaben die Informationen an Bodenstationen in den USA und Frankreich weiter. Von dort waren sie per Internet mit entsprechenden Zugangscodes jederzeit abrufbar. Eigentlich war das Ganze gar nicht so revolutionär, sondern nur eine Art GPS, wie es auch in der Rentierzüchtung benutzt wurde, damit die Tiere in den riesigen Weidegebieten nicht verloren gingen.

Auf ihre Frage, wie sie denn Zugang zu den Satelliten bekämen, erläuterte Govind, dass sie die Kapazitäten gemietet hätten – sozusagen eine edlere Version von Internet-by-call.

Dann klickte er auf eine Tabelle, woraufhin sich auf dem noch weiter rechts gelegenen Monitor ein Fenster öffnete, in dem ein feines Netz von Linien zu erkennen war. Govind betätigte die Maus abermals, und aus dem Netz wurde eine Fläche. Noch ein Klick, und die Fläche verkleinerte sich, und Leah erkannte, dass es sich um den Ausschnitt der Weltkarte handelte, in dem das Schiff derzeit unterwegs war. Sie erkannte die Aleuten, konnte sogar Anchorage und Kodiak identifizieren.

»Hier siehst du die Route unserer Wale. Jeroha bewegt sich nicht viel, das Gebiet ist kleiner als 100 000 Quadratkilometer.«

»Na, wenn das nicht viel ist«, warf Leah ein.

»Kommt drauf an«, meinte Govind, klickte wieder auf ein paar Felder, und schon sah man eine Weltkugel, die einen Bereich vom Äquator bis ins nordische Packeis zeigte. »Hier hast du das Zehnfache: ein Blauwal.«

»Wow!« Leah staunte nicht schlecht. Ihr Blick fiel auf den nebenstehenden Monitor mit den Basisdaten. Dort stand, dass es sich um Ketan handelte, einen männlichen Blauwal von dreißig Metern Länge. Das erste Mal vor fünf Jahren markiert, danach noch zweimal. Einmal vor zwei Jahren und einmal ... »He, das war doch erst vor einer Woche!« Dann stockte sie. Was sie gerade las, machte keinen Sinn. »Wie, gestorben? Am selben Tag?«

Govind nickte betreten. »Ein Walfänger.«

»Aber die dürfen doch keine Blauwale schießen?«

Govind stieß die Luft aus und sah Leah an. »Natürlich nicht. Ein Piratenwalfänger.« Er hielt kurz inne. »Ich zeig ihn dir.«

Rasch klickte er auf ein Kamerasymbol, und auf dem vierten Monitor flimmerte ein Video, das Govind gedreht hatte. Die Aufnahmen wirkten bedeutend friedlicher als die von der Rammaktion gegen die »Shaqua Soul«. Zuerst konnte man nur die Blaswolke ausmachen, kurz darauf den Koloss selbst. Der Monitor verdunkelte sich, dann konnte sie McGregor im Schlauchboot erkennen. Der Kameramann befand sich im selben Boot. McGregor strahlte übers ganze Gesicht. Plötzlich tauchte der Wal neben dem Boot auf, und McGregor fuhr sanft mit einer Hand über dessen Schwarte. Die Kamera zoomte sich schnell heran, und Leah bekam einen Eindruck von der Größe Ketans. Beim weiteren Näherkommen ließ sich sogar das rechte Auge von Ketan erkennen, der sich im Wasser etwas gedreht hatte, um McGregor anzuschauen. Auf Leah wirkten die beiden wie ein eingespieltes Team, zwei Kumpels, die sich von Zeit zu Zeit auf hoher See begegneten. Dann wurde der Monitor erneut schwarz und sofort wieder hell – ein anderes Schiff war zu sehen. Offenbar handelte es sich jetzt um die Aufzeichnung, die Sam von der Begegnung mit dem Piratenwalfänger gemacht hatte. Govind stoppte das Video.

Leah protestierte.

»Ich glaub nicht, dass du das sehen willst.«

Leah drängte ihn, den Film trotzdem zu zeigen, doch bereits

wenige Sekunden später bereute sie es. Sie kannte Bilder von Walfängern, erinnerte sich an Aufzeichnungen, die zeigten, wie eine Harpune auf einen Wal abgefeuert wurde und danach das Blut das Wasser rot färbte. Sie hatte auch die Bilder der Fabrikschiffe gesehen, die mit einer Winde die toten Riesen über eine Rampe an Bord hievten, und sie kannte Fotos von Männern, die den Wal danach zerlegten. Bislang hatten sie in ihr nicht mehr Emotionen ausgelöst als ähnliche Aufnahmen aus Schlachthäusern, in denen Schweine oder Rinder zu Steaks verarbeitet wurden. Sie wusste, dass es das gab, aber es hatte sie nicht wirklich berührt. Anonyme Wesen. Weit weg.

Dieses hier war etwas anderes. Es war Ketan. Der Wal auf den Fotos in der Kapitänskabine, den McGregor eben noch berührt, dem sie selbst auf dem Bildschirm ins Auge geblickt hatte. Leah spürte, wie sich ihr Hals zusammenschnürte. Der Wal hatte einen Namen gehabt. McGregor hatte ihn ihm gegeben. Wie zwei Freunde waren sie zusammen geschwommen, und dann war Ketan gestorben. Nein. *Abgeschlachtet* hatten sie ihn. Während sie die Aufzeichnungen seiner letzten Minuten sah, krampfte sich ihr Magen zusammen, vor Abscheu, Grauen, Entsetzen. Immer wieder bäumte sich Ketan auf, während weitere Granaten in ihn einschlugen. Ein grauenhaft langer, schmerzvoller Todeskampf. Leah standen die Tränen in den Augen, als der Film endlich zu Ende war.

»Ich glaube, ich brauch frische Luft.«

»Klar. Muss sowieso David Bescheid sagen, dass wir Jeroha erreicht haben. Er will mit ihr schwimmen«, erwiderte Govind und verschwand.

Leah hätte jetzt die Chance gehabt, weiter herumzuschnüffeln, doch sie dachte nicht einmal daran.

Sie ging ins Freie und lehnte sich an die Reling. Ketan. Der Name ging ihr nicht aus dem Kopf. Und auch McGregor erschien ihr plötzlich in einem anderen Licht. Seinen Gesichtsausdruck, als die Harpune Ketan traf, würde sie nicht vergessen.

Ihr Grübeln wurde erst durch die Geschäftigkeit an Bord unterbrochen. McGregor kam an Deck, komplett in einen Neoprenanzug verpackt. Ihm folgte Joe, ebenfalls im Taucheroutfit, kurz darauf Govind. Sam war dabei, einen der Zodiacs von seiner Plane zu befreien.

McGregor wechselte ein paar Worte mit Govind, der immer wieder aufs Meer hinaus deutete. Leahs Augen folgten seiner Hand, bis sie schließlich sah, wie eine Wolke aus zerstiebendem Wasser über die Wellen hinausschoss, ähnlich der, die sie vorhin auf dem Monitor gesehen hatte. Kurz darauf donnerte Jeroha aus dem Wasser in die Höhe. Es hatte etwas Majestätisches – dieser Flug einer Titanin, dieser heroische Kampf gegen die Schwerkraft, die letztlich doch gewinnen würde. Die Himmelsstürmerin vollführte eine leichte Drehung in der Luft, und als ob sie verstand, dass dieser Versuch nicht ausreichen würde, um sie in die höheren Sphären zu tragen, kippte sie seitwärts wieder dem Meer entgegen. Während Jeroha sich drehte, erkannte Leah die weiße Zeichnung an den Seitenflossen. Die Walkuh versank in den Wellen, um sich Sekunden später erneut voller Hoffnung aus den Fluten zu erheben. Leah verfolgte gebannt das Spiel der Kräfte. Was hatte Govind gesagt: Er will mit ihr schwimmen? Schwer vorstellbar, so ein kleiner Mensch, verwickelt in den Zweikampf zwischen Meer und Wal … Sie wandte sich McGregor zu, der gerade die Atemgeräte überprüfte.

»Ist es nicht ziemlich gefährlich, wenn Sie so nahe an sie rangehen?«

McGregor lächelte: »Sehr sogar …«

»Aber …«

»Aber nur für sie … Keine Sorge. Sie weiß, wir sind auf ihrer Seite.«

»Sie weiß? Was macht Sie so sicher, dass es für *Sie* nicht gefährlich ist? Kommt Ihnen nie der Gedanke, dass Sie ein Wal angreifen könnte?«

McGregor sah sie mit einem Ausdruck echten Erstaunens an: »Warum sollte er? Jeroha erwartet mich. Sie weiß, was ich vorhabe.«

»Sie weiß, was Sie vorhaben?«, echote Leah ungläubig. Ihr Blick wanderte nun zwischen dem Wal und Mc Gregor hin und her. »Wollen Sie damit sagen, Wale können Gedanken lesen?«

»Erschreckt Sie das?«

Leah wusste nicht, was sie mit einer solchen Antwort anfangen sollte. Natürlich erschreckte es sie nicht, sie wusste nur nicht, ob es nicht etwas zu viel des Guten war zu behaupten, dass diese Wesen da draußen den Menschen überlegen sein könnten.

Kaum hatten die Worte seinen Mund verlassen, schien es McGregor unangenehm zu sein, dass er überhaupt etwas von sich und seiner Denkweise preisgegeben hatte. Also versuchte er es schnell wieder vom Tisch zu wischen: »Man kann das nicht beschreiben, man muss es erleben.« Und um Leah keine Chance zu geben, ihn in ein unerwünschtes Zwiegespräch zu verwickeln, kletterte er über die Reling und folgte Joe die Strickleiter hinab.

Wieder schoss eine Fontäne in die Luft. Jeroha ließ sich jetzt ruhig im Meer treiben, so als ob hiermit alle Begrüßungsformalitäten abgeschlossen wären und sie nun darauf wartete, dass man ihr endlich einen Besuch abstattete.

Wenig später jagte der gelbe Zodiac über die Wellen. Steve erschien neben Leah an der Reling, eine riesige Kamera in den

Händen. Jetzt konnte man auch erkennen, wie in Jerohas Nähe eine Menge weiterer Flossen aus dem Wasser ragten.

»Eine ganze Walschule«, begeisterte sich Steve über den Anblick.

Hundert Meter von Jeroha entfernt drosselte Joe die Geschwindigkeit und brachte gleich darauf die »SeaSpirit« zum Stillstand. Im gleichen Moment ließ sich McGregor ins eisige Wasser fallen.

Leah versuchte zu erkennen, was sich auf dem Meer abspielte, doch die Entfernung war zu groß. Sie überlegte gerade, ob sie Steve um einen Blick durch sein Objektiv bitten sollte, als Govind neben ihr erschien, in der Hand ein Fernglas. »Dachte, du kannst es brauchen.«

Leah bedankte sich, und einen Augenblick später hatte sie McGregor im Visier, wie er mit kräftigen Zügen auf die Walkuh zuschwamm. Offenbar hatte er das Atemgerät im Boot gelassen. Als er bei Jeroha angekommen war, strich er mit seiner Hand über ihre Schwarte, bewegte sich auf die Rückenflosse zu und hielt sich an ihr fest. Der Wal klatschte mit seiner Fluke aufs Wasser, dann setzte er sich in Bewegung. McGregor ließ sich durchs Meer ziehen. Leah kannte derartige Bilder zwar aus einstudierten Vorführungen in einem Delfinarium, doch dies hier in freier Natur zu beobachten, war etwas völlig anderes. Sie hätte nie gedacht, dass ein solcher Kontakt zu Tieren in Freiheit möglich sei. Besonders faszinierte sie, dass Jeroha McGregor nicht in die Tiefe zog, als ob sie wüsste, dass ihr Begleiter ihr dorthin nicht folgen konnte.

»Wie du gesehen hast, ist Jeroha bereits markiert«, hörte sie Govind sagen. »Sie trägt einen unserer modernsten Sender in ihrer Fettschicht. Einen solarbetriebenen Transponder, die wurden ursprünglich von Vogelkundlern entwickelt, die sie Greifvögeln umbanden, um deren Routen genauer zu studieren. Hab sie ein bisschen umgebaut. Ein Transponder nimmt das von einer Sendestation ausgehende Funksignal auf, verstärkt es und schickt es auf einer anderen Frequenz wieder zurück. Jerohas Transponder hat den Vorteil, dass er mit extrem wenig Energie auskommt und der Akku durch Solarzellen immer wieder aufgeladen wird.«

Nun war Leahs Aufmerksamkeit ganz auf Govind gelenkt. »Wo sind die Solarzellen? Habt ihr sie an die Flossen getackert?«

Govind lachte. »Nein. Aus dem Einschussloch in der Schwarte, in dem der Transponder steckt, hängt ein winziger Streifen Solarzellen heraus. Die laden sich auf, wenn der Wal sich an der Oberfläche befindet. Und sollten sie mal abreißen, dann funktioniert der Sender immer noch ein Jahr, bis der Akku leer ist. David checkt gerade, ob die Solarzellen noch voll funktionieren.«

Leah führte das Fernglas wieder an die Augen.

»Ich geh rein, die Rechner warten«, verabschiedete sich Govind.

Sie nahm Govinds Worte kaum noch wahr, so sehr faszinierte es sie, was sich dort im Meer abspielte. McGregor ließ sich immer noch durchs Wasser ziehen. Einmal sah Leah etwas in der Sonne glitzern, was eindeutig nicht zu Jeroha gehörte. Das Wal-Piercing schien offenbar noch intakt zu sein.

Nach einem Mittagessen, das sie erst eingenommen hatte, als sie es vor Hunger kaum noch aushielt und sich von dem Schauspiel losreißen musste, saßen sie und Steve in McGregors »Vorzimmer«, einem Raum mit großem Tisch in der Mitte und ein paar hölzernen Schränken. Leah hatte ihr Satellitenhandy auf den Tisch gelegt, um das Gespräch mit der Diktierfunktion aufzuzeichnen.

Steve war wie immer äußerst charmant zu ihr, vielleicht eine Spur zu viel des Guten. Nach Sams unbeholfenen Avancen war

Leah achtsamer geworden. Sie konnte sich des Eindrucks nicht erwehren, dass Steves Interesse an ihr ebenfalls über das rein berufliche hinausgehen könnte; zumindest schienen das seine Augen zu signalisieren, die immer wieder die ihren suchten. Es war kein prüfender oder abschätzender Blick, wie sie ihn von Männern kannte, die sich auf ein Interview mit ihr einließen ohne die Gewissheit, dass das Resultat ihnen zum Vorteil gereichen würde.

Nein, Steves Blick schien sich des Ergebnisses ihrer Reportage sicher zu sein; er genoss Leahs Gesellschaft, und auf seine dezente Art wollte er wohl andeuten, dass sie ihm womöglich gefiel. Doch im Übrigen war er in keiner Weise aufdringlich, wie, außer Sam, niemand von der Crew, was Leah sehr zu schätzen wusste.

Steve begann das Interview mit einer Gegenfrage: Es interessierte ihn, wie Leah darauf gekommen war, gerade über sie zu schreiben.

Und sie bemühte sich, gelassen zu bleiben. »Dass wir das Thema Wale aufgreifen wollten, war schon lange klar. Unser Chefredakteur hat einen Sohn. Der Junge ist sechzehn und hat eine neue Freundin. Die fährt nicht nur auf ihn, sondern auch auf Umweltschutz ab. Seitdem gab's zum Frühstück ökologische Endlosdebatten. Mein Trip hierher dient also auch der Wiederherstellung des Hausfriedens, sonst hätte ihm sein Filius den Garaus gemacht«, log sich Leah heraus, bestrebt, die Stimmung etwas aufzulockern.

»Und warum bist du gerade hier und nicht bei den Kollegen, zum Beispiel auf der ›Rainbow Warrior‹?«

Leah konnte sich ein Grinsen nicht verkneifen. »Über Greenpeace wird so viel berichtet. Außerdem wollte ich zu einer Organisation, die sich ausschließlich mit Walen beschäftigt. Und zu einer, die mit eigenen Schiffen arbeitet.«

Gut gemacht: Steve schien mit ihrer Antwort zufrieden.

Als Leah sich dann nach den Ursprüngen der SeaSpirit-Foundation erkundigte, war Steve nicht mehr zu bremsen: Vor zehn Jahren war sie ursprünglich von ihm ins Leben gerufen worden. Als Student an der UCLA war er dauernd pleite wie die meisten seiner Kommilitonen und ständig auf der Suche nach Teilzeitjobs. Mit der letzten Kohle hatte er sich für ein Wochenende einen rostigen Kutter gemietet. Zu der Zeit kämpfte Greenpeace für das Walfangverbot, alle paar Wochen waren sie in den Medien. Und wenige Meilen vor L. A. schwammen Wale, wo man nur hinsah. Mit einem selbst gepinselten Schild stellte sich Steve an den Kai, und drei Stunden später startete eines der ersten Whale-Watching-Unternehmen. Das Ganze war rein kommerziell ausgerichtet und nannte sich eben SeaSpirit. Heute hieß der Betrieb »2-C-Whales« – die Hip-Hop-Variante von SeaSpirit – und betrieb zehn Schiffe. Steve hatte keine Anteile mehr daran, aber zumindest war das der Anfang von allem.

Aus der Whale-Watching-Firma wurde die Foundation, ein paar Wochen nachdem Steve David kennengelernt hatte, im Herbst vor knapp sechs Jahren. Er habe damals in einer Bar gehockt, nach einem absolut beschissenen Tag, an dem alles schiefgegangen war. Der Wagen war kaputt, er hatte erfahren, dass einer seiner Geschäftsführer in die eigene Tasche arbeitete, und seine damalige Freundin hatte ihm den Laufpass gegeben, blabla. Steve hätte sich an dem Abend wohl unter den Tisch gesoffen, wenn nicht plötzlich dieser Broker-Dandy hereingekommen wäre und sich neben ihn gestellt hätte. Gerade hatte er noch gedacht, er hätte einen Scheißtag gehabt. Aber nach dem Gesichtsausdruck des Mannes neben ihm zu urteilen, konnte Steve sich wohl noch glücklich schätzen.

Der Dandy fragte ihn, ob er der Typ sei, der mit den Booten zu den Walen rausfahre. Klar, sagte Steve. Der Kerl – eben David McGregor – wollte wissen, wann die nächste Tour startete; es war am folgenden Tag. Also setzte McGregor sich neben ihn an die Bar, wobei er einen Hocker zwischen ihnen frei ließ, und schüttete innerhalb von fünf Minuten drei Malt-Whiskeys in sich hinein. Na, auch die Frau weggelaufen?, hatte Steve von ihm wissen wollen. Ein kurzes Nicken schien das zu bestätigen. Bin auch noch von meinem Geschäftsführer betrogen worden, legte Steve nach und McGregor erwiderte: Ich von vieren und danach sicher noch von mindestens einem Dutzend. So kamen sie ins Gespräch, wobei Steve die meiste Zeit redete. Von David erfuhr er nur, dass er als Broker Schiffbruch erlitten hatte und nun der Welt der Finanzen, nein, der Welt im Allgemeinen den Rücken kehren wollte. Steve erzählte ihm, was er so machte, SeaSpirit, UCLA et cetera, blabla.

»Ich war nicht mal sicher, ob er überhaupt zuhörte. Mir war's auch egal, ich hatte mittlerweile so viel intus, ich hätte in meinem Frust die ganze Story auch dem Dackel meiner Großmutter erzählt.«

Eins blieb bei ihm jedoch hängen: David beichtete, dass er etwas wiedergutzumachen hätte. Mehr nicht, den Rest vertraute er ihm erst viel später an. David hatte vor Jahren einem japanischen Konzern geholfen, einen perfekten Börsengang zu absolvieren. Unmengen Geld flossen in die Kassen der Company, die daraufhin stark expandierte. Der Konzern war unter anderem im Fischfang tätig, doch was David erst viel später erfuhr: Die hatten auch Walfangschiffe. Zu dem Zeitpunkt konnte er aber nichts mehr machen. Zumindest nicht in dem Job, den er hatte. Steve glaubte, dass David damals unter dem »Frankenstein-Komplex« litt. Er hatte ein Monster erschaffen und war nicht in der Lage, etwas gegen dessen Untaten zu unternehmen. Aber das war Schnee von gestern.

»Meine Güte, der Alkoholpegel an dem Abend stieg und stieg. Jedenfalls haben wir die Kneipe als Letzte verlassen. Keine Ahnung, wie David nach Hause gekommen ist, ich jedenfalls bin mehr oder weniger gekrochen.«

Am nächsten Tag stand David tatsächlich am Pier, als Steve gerade starten wollte, und fuhr mit hinaus. Es sollte eine Tour über zwei Tage werden, und das war auch gut so, denn am ersten Tag hatten sie kein Glück. Am Nachmittag erhielten sie von einem Fischer einen Tipp, wo sich ein paar Finnwale aufhielten, und sie machten sich auf, um sie zu finden, leider vergeblich.

Doch am folgenden Morgen waren sie da – ein paar wunderschöne Exemplare. Ganz in der Nähe vom Boot, so, als ob sie sie gesucht hätten. Im gleichen Moment, in dem David die Wale sah, wurde er seltsam still. Steve hielt fleißig seine Vorträge, aber David hörte schon nicht mehr zu. Er war fast wie in Trance, und plötzlich begann er sich auszuziehen.

»Ich dachte, ich seh nicht recht. In aller Seelenruhe zog er sein T-Shirt über die Brust, o.k., da schauten schon ein paar Omas pikiert, aber als er sich seiner Hosen entledigte, konnte er sich der gesammelten Aufmerksamkeit sicher sein. Ich redete auf ihn ein, was das solle, dachte, klasse, jetzt hast du einen Exhibitionisten an Bord. Und wenn es etwas gab, was jeder der Anwesenden in der Hand hielt, so war das ein Fotoapparat oder eine Videokamera. Dann ging es ganz schnell. David stemmte sich über die Reling und sprang ins Wasser. Du kannst dir den Zirkus an Bord vorstellen, als er beschlossen hatte, die Whale-Watching-Tour in eine Whale-Touching-Tour umzufunktionieren. Ich ließ sofort ein Rettungsboot zu Wasser, doch David war inzwischen bei den Walen angekommen. Denen schien er nicht ganz geheuer zu sein. Nur einer der Finnwale war auf das komische Wesen ebenso neugierig wie dieses auf ihn. David schwamm zu ihm, und der Wal ließ sich von ihm berühren. Ich stand inmitten einer Kakophonie von klickenden Fotoapparaten. Das Rettungsboot war inzwischen bei David angekommen, mein Mitarbeiter redete mit Engelszungen auf David ein, doch weder der Wal noch David machten Anstalten, den Kontakt zu beenden. Fünf Minuten später fing der Typ im Rettungsboot ebenfalls an, den Wal zu kraulen. Zufällig war auch noch irgendein Lokalreporter an Bord, und ratzfatz drohte das Ganze zu einem kleinen Medienspektakel zu werden – mit welchem Tenor, das war nicht abzusehen. Nach einer halben Stunde bequemte sich David endlich, an Bord des Rettungsbootes zu gehen.

Als er wieder auf dem Schiff war, drängte sich der Reporter vor. David sah mich flehend an, in der Hoffnung, dass ich ihn der Meute entreißen würde. In dem Moment hätte ich nicht übel Lust gehabt, ihn in kleinen Häppchen den Haien zuzuführen. Doch im Grunde meines Herzens bin ich ein Bernhardiner, es fehlt nur das Rumfässchen. Also schnappte ich ihn und brachte ihn, tropfnass wie er war, und mit seinen Klamotten unter dem Arm, in die Offizierskajüte. ›Danke‹, sagte er nur, dann schwieg er eine Weile. Ich setzte mich ihm gegenüber und fragte: ›Und jetzt?‹ Ich bezog das auf den Reporter und den Ärger, der sich daraus für meine Firma ergeben konnte. David allerdings schien die Frage auf den Fortgang seines Lebens zu beziehen. Er sah mich an und sagte: ›Und jetzt legen wir los. Ich kenn jemanden, der arbeitet mit Navigationssendern. Lass sie uns erforschen.‹ – ›Die Sender?‹, fragte ich. – ›Nein, die Wale‹, sagte er. David wollte einen gemeinnützigen Verein gründen, Wale mit Sendern markieren, um damit mehr über ihre Routen und ihr Leben in Erfahrung zu bringen und sie dadurch besser schützen zu können, das Ganze vielleicht in Kooperation mit einer Uni. Er war völlig euphorisiert, so als ob er sein ganzes Leben nur darauf gewartet hätte. Es stellte sich heraus, dass er sogar ein Kapitänspatent besaß, nicht für Schiffe wie dieses, dafür haben wir Joe, aber immerhin, der Mann hatte Hochseeregatten gefahren.«

»Und – habt ihr sofort losgelegt?«, wollte Leah wissen.

Steve lachte auf. »Zuerst hab ich ihn überhaupt nicht ernst genommen, diese Begegnung mit dem Wal hatte ihn offensichtlich ziemlich aus der Bahn geworfen. Ich kannte das schon. Auf jeder Tour war so einer dabei, der in Tränen ausbrach, wenn er mit Walen zum ersten Mal in Kontakt kam. Ich konnte das nie so richtig nachvollziehen. Doch bei David war es anders. Wir trafen uns abends wieder in meiner Stammkneipe, und er hielt mir einen Vortrag darüber, was er gespürt hatte: Er sprach von Energien, wie sich seine mit der des Wals vereinigt hätte und dass das eine einzigartige Begegnung gewesen sei. Endlich wollte er seinem Leben einen Sinn geben. Auch das hielt ich für Gefasel, bis er konkret wurde: ›Pass auf, du bist ein praktisch veranlagter Mensch‹, sagte er zu mir. ›Ich werd das hier aufziehen. Und wenn du dabei sein willst … Ich hab eine Million Dollar. Du kannst das Geld in ein Schiff mit Crew und einen Verein umwandeln. Wenn du mitmachen willst, hast du freie Hand.‹ Klar hab ich eingeschlagen. Sechs Wochen später stach die ›SeaSpirit‹ in See. Es klingt unglaublich, aber genau so war's.«

Auf Leahs Frage, ob McGregor sein gesamtes Geld in das Projekt gesteckt habe, antwortete Steve, fünfzigtausend habe er selbst eingebracht, der Rest sei von David. So ziemlich alles, was er noch besessen hatte, stecke in dem Kahn hier. Da sie die Uni in L. A. mit Daten versorgten, fließe darüber auch ein bisschen Kohle zurück. Aber alles in allem sei das Ganze finanziell ziemlich riskant.

»Manchmal unnötig riskant«, murmelte er, »was ganz bestimmt nicht sein müsste.« Er hob die Arme und streckte sich. »Aber was ist schon ein Leben ohne Risiko?«

Leah, kein Neuling im Erspüren feinster Nuancierungen, bemerkte sofort, dass es da noch etwas gab, über das Steve vielleicht gerne geredet hätte, das er aber aus irgendeinem Grund jetzt verschwieg.

Sie wollte gerade nachhaken, als sich die Tür öffnete und David im Türrahmen stand. Er nahm Steve gar nicht wahr, sondern fixierte Leah wie ein Bombenentschärfer die roten und blauen Kabel. Nur am leichten Zittern seiner Hand, in der Bewegung feiner als der Vibrationsalarm ihres Handys, konnte Leah erkennen, dass er sich zusammenriss.

In völliger Verkennung der Situation wollte Steve erklären, was er Leah gerade erzählt hatte, doch David ließ ihn nicht mal anfangen, sondern polterte gleich los. Wie Leah dazu käme, sich hier als Journalistin vom ›National Geographic‹ einzuschleichen?!

Leah sah Steve prüfend an, der jedoch ehrlich überrascht schien.

Wusste der Himmel, woher McGregor es hatte. Einen kurzen Moment lang überlegte sie, ob sie es leugnen sollte, doch an seinem Blick erkannte sie, dass es zwecklos war.

Als sie nichts erwiderte, setzte McGregor noch einen drauf. Denn er erinnerte sich nun auch, woher er sie kannte. Sie sei von der ›Post‹. Stanford, Leah Stanford. Hätte sie auch den Vornamen geändert, wäre die Lüge noch besser gewesen.

Oh Mann, wie komm ich jetzt raus, wieso hilft mir keiner? Sie versuchte, die Fassung zu bewahren, und entgegnete, Cullin sei nun mal ihr jetziger Name, ihr Mädchenname, und dass sie bei der ›Post‹ war, sei eine Weile her.

»Für wen auch immer Sie arbeiten, es ist definitiv nicht der ›National Geographic‹!«, brüllte David sie an.

Tja, Leah saß in der Zwickmühle. Jetzt half nur noch die Flucht nach vorn. »Ich war mir nicht sicher, ob ihr mich an Bord gelassen hättet, wenn ich erzählt hätte, dass ich für so ein Blättchen wie den ›Chronicle‹ schreibe«, sagte sie.

McGregor wischte ihr Argument mit einer Handbewegung beiseite. Der ›Chronicle‹ sei wohl kaum das Problem. Eher ihre

Vergangenheit. Ob sie glaube, sie könne hier alle an der Nase herumführen? Ob sie vorhabe, so über die »SeaSpirit« herzuziehen, wie sie es seinerzeit mit seiner Firma gemacht habe?

Leah schluckte, doch der Kloß im Hals wollte sich keinen Millimeter nach unten bewegen. Wie auch immer McGregor es angestellt hatte, die Hausaufgaben waren gründlich gemacht. Röte überzog ihr Gesicht. Sie habe damals nur die Wahrheit geschrieben. Schließlich hatte er unbestreitbar Mist gebaut. Als sie mitbekam, dass er es war, der die »SeaSpirit« leitete, war klar, dass sie etwas erfinden musste. Natürlich wusste sie, dass McGregor sie jederzeit wiedererkennen konnte, doch sie hatte die leise Hoffnung gehegt, dass sie als Reporterin des ›National Geographic‹ ein leichteres Spiel haben würde.

»Leichteres Spiel wobei?«, unterbrach sie David.

»Ich bin hier, um über Ihre Arbeit zu schreiben, Mr McGregor, nicht über Sie persönlich. Um die Story zu schreiben, konnte ich schlecht meine damaligen Artikel als Referenzen präsentieren.«

McGregor war außer sich vor Wut. »Da sind wir ausnahmsweise einer Meinung! Genau wegen dieser Artikel werden Sie schleunigst das Schiff verlassen. Sobald wir uns der Küste nähern, werden Sie Ihren falschen Journalistenhintern in einen Helikopter setzen und von hier verschwinden. *Ende* der Geschichte!«

»Wie Sie meinen«, erwiderte Leah und verließ die Kabine.

Steve war das Ganze sichtlich unangenehm. Er schaute aus der Wäsche wie ein kleiner Junge, der einen Tag vor Heiligabend erfährt, dass es den Weihnachtsmann nicht gibt.

Wie hast du das rausgekriegt?«, wollte Steve wissen.

»Ich hab angerufen und nachgefragt! Ich habe das getan, was *du* hättest tun müssen, bevor wir jemanden an Bord lassen!«

Und wieder einmal war es David gelungen zu beweisen, dass die Presse nur Dreck am Stecken hatte. Steve kannte das bereits.

»Trotzdem, Leah ist in Ordnung. O.k., sie hat ein bisschen geschwindelt. Das zeigt, dass sie bereit ist, ein Risiko einzugehen. So wie du. Wer sagt immer: Die gute Absicht rechtfertigt auch den Einsatz fragwürdiger Methoden? Ich meine, sie will immer noch einen Artikel über uns schreiben. Daran hat sich nichts geändert. Nur für 'ne andere Zeitung, oder?«

»Steve, Steve ... Gott bewahr dir deine Naivität. Sie hat mich schon mal in die Pfanne gehauen. Sie wird es wieder tun.«

»Aha. Und woher dieses prophetische Wissen?«

»Bauchgefühl.«

»Dein Bauch leidet an Paranoia und gehört in eine Gummizelle! Wir brauchen Presse, David. Egal, für wen sie schreibt, sie bringt uns in die Medien! Geht das in deinen Schädel?«

Steve war nicht mehr zu bremsen: Ob David nicht mitbekommen habe, dass sie von ihrer Arbeit mit den Walen begeistert sei, fragte er. Davids Vergangenheit als gescheiterter Börsenmakler interessiere hier nicht. Und sein verletzter Stolz ebenso wenig.

»Wir können es uns nicht leisten, jeden Journalisten zu vergraulen, ich mach das nicht mehr mit!«

»Ach ja?« David blickte Steve in die Augen.

»Du kannst mich mal.« Steve warf die Hände in die Luft. »Mir gehen deine selbstzerstörerischen Anfälle auf den Geist! Wenn du uns fertigmachen willst, warum gehst du dann nicht nach unten, ziehst den Stöpsel und lässt das Schiff einfach absaufen? Das ist zumindest ehrlicher als dieses Anti-Presse-Theater.«

David wollte etwas erwidern, aber Steve kam ihm zuvor: »Und noch was! Vielleicht ist es dir entgangen, aber sie ist verdammt nett. Sie ist motiviert, offen, und – Achtung, jetzt kommt's! – sie ist tatsächlich ein bezauberndes, mitfühlendes Wesen. Ich habe keine Ahnung, weshalb du sie wie Dreck behandelst!«

Mit diesen Worten verließ auch Steve den Raum.

David blieb allein zurück und starrte aus dem Fenster. Er hätte sie nie an Bord kommen lassen dürfen. Sein Instinkt hatte ihn nicht getäuscht. Mittlerweile erinnerte er sich auch an ihre Begegnung. Nach dem Gespräch mit der Redaktion vom ›National Geographic‹ war es ihm wie Schuppen von den Augen gefallen. Leah Stanford, die Frau, die ihn in Grund und Boden gerammt hatte. So, wie sie ihn damals geküsst hatte, wäre er nicht im Traum darauf gekommen, dass sie die Absicht hatte, ihn mit ihrem Artikel durch den Dreck zu ziehen … War das so verwerflich, dass er seiner zukünftigen Frau treu bleiben wollte? Und jetzt, als er sie wiedersah, passte es immer noch nicht zusammen. Sogar Joe hatte zu ihm gesagt, dass sie o. k. sei. Und das kam bei Joe schon fast einer Liebeserklärung gleich. McGregor seufzte, griff nach dem dreckigen Geschirr und brachte es zur Kombüse. Dann stapfte er zur Brücke. Schon seltsam: Wieso plagte *ihn* jetzt das schlechte Gewissen, obwohl er doch ganz offensichtlich im Recht war?

Leah fühlte sich wie eine Kirchgängerin, die man beim Plündern des Opferstocks erwischt hatte. Sie konnte nicht mal sauer auf ihn sein; die Vorwürfe, auch wenn er die Wahrheit nicht ahnen konnte, waren ja berechtigt. Immerhin hatte sie noch irgendwo in seinen Gehirnwindungen als Erinnerungspixel existiert, das war schon fast als Kompliment zu werten. Natürlich hatte die Art, wie er sie abkanzelte, sie nicht gleichgültig gelassen.

Andererseits: Da sie nun zur Persona non grata geworden war, spielte es auch keine Rolle mehr, ob man sie beim Spionieren erwischte oder nicht. Dementsprechend konnte sie entschiedener zu Werke gehen. Ein paar Tage hatte sie vielleicht noch, bevor sie die Helikopterprozedur ein zweites Mal über sich ergehen lassen musste. Sei's drum. Es war ihr fast lieber so, denn nun lagen die

Dinge klar auf dem Tisch, und sie brauchte nicht weiter mit einem schlechten Gewissen herumzulaufen. Sie war offiziell zum Staatsfeind erklärt worden. Doch wenn er glaubte, sie würde sich deswegen verkriechen, hatte er sich geschnitten. Wie war das noch gleich, hatte er *falscher* Journalistenhintern gesagt oder *fetter* Journalistenhintern? Egal, seinem Hintern würde sie bald einen gewaltigen Tritt verpassen, das war ein Versprechen!

Noch dazu hatte Steve nicht so ausgesehen, als ob er McGregors Ansichten teilte. Mal sehen, ob es ihr nicht gelang, ihn auf ihre Seite zu ziehen… Das Ganze konnte sogar recht amüsant werden.

Natürlich meldete sich da noch eine zweite, leisere innere Stimme, die nicht so leichtfertig über das Ganze hinwegbügelte. Sie machte Leah klar, wie sehr es sie kränkte, dass McGregor in ihr lediglich die potenzielle Verräterin erblickt hatte, die nur darauf wartete, ihn ein zweites Mal vom Sockel zu stürzen. Auch wenn er sich nur auf Intuition und Vermutungen verlassen konnte, hatte der Mann im Grunde ja recht, denn genau das hatte Leah vorgehabt. Aber es verletzte sie dennoch, dass es da nicht noch etwas anderes gab, das ihn an ihr interessierte. Sie war für ihn wie Luft. Toxische Luft. Giftgas.

Keine zehn Minuten später klopfte es an Leahs Tür. Es war Steve, der gute Steve, der sich bei ihr für David entschuldigen wollte und hoffte, dass Leah Profi genug war, um über die Geschehnisse und den Kampf für die Wale so objektiv zu berichten, wie es die Sache verdiente. Dabei sei es ihm persönlich völlig egal, ob sie vom ›National Geographic‹ oder einem x-beliebigen anderen Blatt kam. Hauptsache, es werde über dieses wichtige Thema geschrieben, und darum wolle er Leah nochmals nachdrücklich bitten. David sei da leider etwas zu engstirnig, er werfe immer alle Dinge in einen Topf – die schlechten Erfahrungen hätten ihn zu sehr geprägt, das müsse man ihm nachsehen. Leah hatte mit ihrer Vermutung also gar nicht so verkehrt gelegen, was die Diskrepanzen zwischen den beiden anging.

Plötzlich wusste sie nicht, ob sie nicht doch ein schlechtes Gewissen haben sollte bei so viel Offenheit. Die waren hier alle richtig nett zu ihr, mit einer Ausnahme. Was machst du nur, Leah: Versuchst, ihnen etwas anzuhängen, was keiner hier von dir vermuten würde, abgesehen von Mr Runter-vom-Schiff! Schäm dich. Aber nein, Job ist Job! Oder lag sie bei dem hier etwa falsch? Tat sie das? Mit diesen Grübeleien verbrachte sie den Rest des Nachmittags und den ganzen Abend.

Joe drehte seine Dogwatch-Runde über das Schiff, während David am Ruder stand und seinen Gedanken nachhing, die immer wieder bei der verdammten Journalistin landeten. Kein Steve in Sicht, der ihm die Leviten las, und auch keine Leah, die ihn mit vorwurfsvollem Blick bedachte. Nur er und seine Gedanken.

O. k., vielleicht war er zu weit gegangen. Vielleicht hätte er sich zumindest ihre Version anhören sollen. Diese Frau hatte wirklich Talent, die schlechten Seiten aus ihm herauszukitzeln! Er war davon ausgegangen, mit der Vergangenheit abgeschlossen zu haben. Von wegen. Seinen Job, sein Prestige zu verlieren, das war eine Erfahrung. Doch von der Presse zu Unrecht geschlachtet zu werden eine ganz andere. Und nun kam sie an Bord, Circe redux, kein Wunder, dass er annehmen musste, sie wolle ihn erneut den Löwen zum Fraß vorwerfen. Allerdings, wenn er es sich recht überlegte – die Frage nach der Motivation war nicht klar. Nur weil er ihr an dem Abend im Hotel einen Korb gegeben hatte? Das konnte es nicht sein. Andererseits: Warum sonst hatte sie ihn damals so auseinandergenommen? Investigativer Journalismus? Nein, da waren Emotionen im Spiel. Oder sah er jetzt schon Gespenster?

Vielleicht kam sie tatsächlich hierher, um für seine Sache zu schreiben. Vielleicht tat er Ms Welche-Boulevardpresse-auch-immer einfach nur unrecht. Warum konnte er sich nicht gegen diese Gefühle wehren? Vielleicht hatte Steve recht, und er sollte sich ihr gegenüber nicht so verschließen.

In diesem Moment kam Joe zurück.

»Alles o. k.?«, erkundigte sich McGregor.

»An Deck schon«, meinte Joe lakonisch.

David drehte sich um und starrte den besten seiner Kumpels an. »Und wo nicht?«

Joe antwortete nicht, das ganze Thema war ihm unangenehm, und er war sowieso ein Meister darin, immer den falschen Ton zu treffen.

»Raus mit der Sprache, was ist los? Hat Marek die Tiefkühltruhe sabotiert?«

Joe schaute ihn ernst an. »David, du kennst mich. Ich mach nicht gern große Worte, und auf Gefühlsduselei steh ich nicht.«

»Aber?«

»Nichts aber. Ich denke nur, die Cullin ist ganz in Ordnung. Du musst sie ja nicht küssen, und … ach, vergiss es, du bist hier der Boss.«

Jetzt fängt der auch noch an, offenbar hat Steve geplaudert. Petzen tut er also obendrein.

Joe setzte sich auf einen Hocker und schwieg. David fragte sich, ob er an Bord inzwischen Tratschthema Nummer eins war, wenn sogar Joe sich an der Diskussion beteiligte.

Den nächsten Tag begann Leah, wie sie den vorherigen beendet hatte: grübelnd. Erst ein ungewohntes Vibrieren des Schiffes riss sie aus ihren Gedanken – offenbar hatte es seine Geschwindigkeit verringert. Irgendetwas ging da draußen vor sich, und sie konnte nur hoffen, dass es nicht schon der Helikopter war, der kam, um sie wieder an Land zu bringen.

Als sie das Deck erreichte, liefen die Dieselaggregate wieder auf halber Kraft, das Schiff wendete.

McGregor stand am Ruder und steuerte, Masao und Steve ließen die Zodiacs ins Wasser.

»Ich geh mit Sam ins zweite Boot«, gab Masao Steve zu verstehen.

Leahs Blick wanderte zwischen den beiden Männern hin und her, doch die schienen sie überhaupt nicht wahrzunehmen. »Was ist passiert?«, fragte sie schließlich.

»Govind hat ein Treibnetz geortet, nicht weit von hier. Wir werden es rausholen«, erklärte Masao.

Der Gedanke, gleich Zeuge einer Konfrontation mit einem Fischereischiff zu werden, freute die Journalistin in ihr, auch wenn die Vorstellung einer handgreiflichen Auseinandersetzung mit ungewissem Ausgang etwas Beunruhigendes hatte.

»Und wo ist das Fangboot?«

»Es gibt keinen Trawler. Das Netz ist herrenlos.«

Leah benötigte eine Sekunde, bis sie begriff, was Masao meinte: eine dieser losgerissenen, herumgeisternden Todeswände, die jahrelang im Meer trieben und in denen sich angeblich Tausende von Tieren verfingen. Beifang. Abfall. Es überraschte sie, dass das Wort wie Gift auf sie wirkte. Woher diese plötzliche Anteilnahme?

»Ich komm mit!« Noch bevor sie es sich richtig überlegt hatte, sprudelten die Worte schon aus ihrem Mund.

»Vergiss es, Leah, ist zu gefährlich.«

»Stimmt, das Netz könnte mich anspringen.«

»Nein, das nicht.« Steve grinste. »Aber du kannst dich in den Dingern verfangen. Und du bist nicht besonders erfahren mit Schlauchbooten.«

»Und deshalb wollt ihr nicht, dass ich darüber berichte?«

»Klar wollen wir.«

»Dann muss ich es sehen. Ich pack das schon.«

Masao schien der Gedanke zu gefallen. »Wir haben vielleicht einen Anzug, der ihr passen würde.«

»Das Risiko ist zu groß. Es ist unverantwortlich«, widersprach Steve.

Leah seufzte. Sie war es gewohnt, und sie hasste es. XY-Chromosomenträger hatten nun mal die Angewohnheit, über Frauen zu sprechen, als wären sie nicht anwesend.

»Erde an Steve, Erde an Steve: Der Typ, mit dem du sprichst, ist Masao, nicht ich.«

Verwirrt wandte sich Steve wieder ihr zu.

»Ich habe eine gute Versicherung abgeschlossen, ihr erleidet also keinen Schaden.«

McGregor tauchte hinter Steve auf und kam die Treppe herunter.

»Warum nicht?«, hörte sie ihn sagen. »Wir können jede Hand gebrauchen. Sie muss wissen, was sie tut.«

Na hoppla, was war denn in den gefahren, wollte er ihr eine letzte Lektion erteilen? Erhoffte er sich, sie mit ihrem eigenen Enthusiasmus strafen zu können? Da konnte er lange warten, so leicht würde sie es ihm nicht machen. Egal, wenigstens war er ihr nicht in den Rücken gefallen, das hatte etwas Positives und half ihr, sich nicht wie ein Paria zu fühlen. Leah bedankte sich mit einem Kopfnicken, hakte sich bei Masao unter und zog ihn mit sich. Masao konnte sich ein Grinsen nicht verkneifen, doch der Anflug von Heiterkeit währte nur kurz. Er führte sie ein Stockwerk tiefer in den Geräte- und Trockenraum, in dem sich auch die Tauchausrüstungen befanden. Mit einem schnellen Blick musterte er Leah, dann wanderten seine Finger entlang der Neoprenanzüge, die wie im Kaufhaus an der Stange hingen, nach Größen geordnet. Er zog einen hervor, hängte ihn ab und reichte ihn Leah. »Beeil dich. Da sind die Schwimmwesten, such dir eine aus.«

Als Leah zurück an Deck stieg, hatten sich Joe und David bereits mit einem der Schlauchboote abgeseilt. Masao und Sam standen an der Reling, und wie ihren Blicken zu entnehmen war, sah sie nicht übel aus. Der Kautschuk schmiegte sich an ihren Körper wie eine zweite Haut. Sam kletterte ins Boot, Masao betätigte den Kran, nachdem Govind ihnen geholfen hatte, den Zodiac sicher am Haken zu arretieren. Leah beobachtete, wie er angehoben wurde, über die Reling schwebte und langsam in Richtung Wasser sank.

»O.k., jetzt wir«, sagte Masao, und Leah folgte ihm ohne Zögern über die Reling, obwohl sich bei dem Gedanken, die Jakobsleiter hinabzuklettern, alles in ihr zusammenzog. Doch sie wusste, McGregor war da unten und beobachtete sie in der sicheren Erwartung, dass sie sich mächtig blamierte. Die Schadenfreude würde sie ihm nicht gönnen. Egal wie strapaziert ihre Nerven waren, agieren würde sie wie ein Profi. Also beschäftigte sie sich nicht weiter damit und befolgte Regel Nummer eins: Schau niemals nach unten.

Kaum hatte Leah das Schlauchboot betreten, steuerte Sam auf die offene See hinaus, immer dem zweiten Zodiac mit David und Joe folgend. Es gab kaum Wellen, trotzdem stoben sie über die wenigen, als wären diese als Sprungschanzen gedacht, um das Boot in die Luft zu katapultieren. Wenn es danach wieder im Wasser landete, hatte Leah jedes Mal das Gefühl, auf hartem Beton zu landen. Instinktiv krallten sich ihre Hände um die Griffe, die sich entlang der Luftkammern aneinanderreihten.

Das Netz war nicht zu übersehen. Doch neben den kleinen

Schwimmkörpern, die es an der Wasseroberfläche hielten, konnte Leah noch andere Gegenstände wahrnehmen, deren Formen für Bojen zu unregelmäßig waren. Erst als sie näher kamen, erkannte sie, worum es sich dabei handelte: Kadaver von Seevögeln, die sich in dem Netz verfangen hatten.

Sam drosselte den Antrieb, sodass das Schlauchboot nur noch in Schrittgeschwindigkeit dahintuckerte. Bis zu diesem Zeitpunkt hatte keiner ein Wort gesprochen, was in Anbetracht des Motorenlärms auch kaum sinnvoll gewesen wäre. Nun erklärte ihr Sam, dass sie höllisch aufpassen mussten, mit der Schraube nicht in das Netz zu geraten. Schließlich erstarb das Tuckern vollständig, und Sam klappte den Motor nach oben. Masao bückte sich und hob etwas vom Holzboden des Bootes, das sich als Paddel entpuppte. Leah ergriff das zweite Paddel. Während der Zodiac entlang des Netzes glitt, konnte Leah den Blick nicht von den Leichen wenden. Einige der Vögel waren bereits stark verwest, andere völlig aufgedunsen. Ein offenes Massengrab. Eine Sache war es, davon zu hören, eine andere, es zu erleben. Doch für ein Gefühl des Ekels war kein Platz in Leahs Seele, sie war voller Mitleid für diese armen Kreaturen.

Sie hatte bei ihrer Vorbereitung gelesen, dass die Gründungsmitglieder von Greenpeace es sich zur Aufgabe gemacht hatten, an die Stätten des Unrechts zu gehen, um davon Zeugnis abzulegen. Genauso empfand auch sie in diesem Moment. Sie wollte das Unrecht mit eigenen Augen sehen.

Masao riss sie aus ihren düsteren Gedanken, als er den Anfang des Netzes fand. Jetzt mussten sie nur noch auf die »SeaSpirit« warten, um das Netz mit der Winde an Bord des Schiffes zu ziehen. Das Schlauchboot, in dem Joe und David saßen, steuerte an ihre Seite, und sie zwang sich, nicht hinüberzuschauen. Masao legte Taucherbrille und Flossen an. Er wollte einen Tauchgang wagen, um zu erkunden, wie tief das Netz unter der Wasseroberfläche hing – eine nicht ungefährliche Aktion. Er konnte dabei schnell selbst zu einem Opfer des Netzes werden, doch er machte dies nicht zum ersten Mal, wusste, womit er zu rechnen hatte. Masao ließ sich über den Bootsrand kippen und verschwand in der See. Eine Weile erkannte ihn Leah noch schemenhaft, dann schloss ihn die Dunkelheit ein. Leah spürte, wie sie den Atem anhielt, und es gelang ihr nicht, den Blick vom Wasser zu wenden. Als der junge Japaner nach einer Minute nicht wieder auftauchte, wurde sie unruhig. Nachdem eine zweite Minute verstrichen war, stand Leah im Zodiac auf, als ob sie dadurch in der Lage wäre, tiefer zu blicken. Sie stützte sich auf den Luftkörper des Bootes und starrte in die dunkle Ewigkeit unter sich, so lange, bis sie endlich etwas entdeckte, das sich schnell der Oberfläche zu nähern schien – Luftblasen. Entsetzt wollte sie sich an Sam wenden, da erkannte sie hinter den Blasen ein Gewirr aus Bewegungen, die von der Lichtbrechung verzerrt wurden: Masao. Noch zwei Meter, und er hatte es geschafft. Leah atmete auf und half Sam, ihn an Bord zu hieven.

Masao holte ein paarmal tief Luft, dann berichtete er. Ein Ende des Netzes hatte er offenbar nicht sehen können, doch es schien sich einiges darin verfangen zu haben. Offenbar trieb es schon eine ganze Weile umher.

Leah fröstelte. Obwohl sie noch nie ein Treibnetz gesehen hatte, konnte sie sich dessen bleierne Fülle bildhaft vorstellen. Langsam näherte sich die »SeaSpirit«, Steve drehte mit dem Heck zu den Schlauchbooten und stoppte die Motoren.

»Dann wollen wir mal«, bemerkte McGregor.

Leah warf ihm einen zögerlichen Blick zu, den er erwiderte. In seinen Augen meinte sie so etwas wie Verachtung zu lesen. Wahrscheinlich dachte er, sie sei mit dem Diktiergerät ins Boot gestiegen, um lediglich ein paar Eindrücke einfangen zu können – Eindrücke des Massensterbens, möglichst frisch und schlagzeilenträchtig dargeboten. Dabei hatte sie nur daran gedacht zu helfen. Und das würde sie jetzt auch tun.

Steve beugte sich über die Reling und wartete, bis Joe und David ans Heck der »SeaSpirit« gepaddelt waren und ihm ein Zeichen gaben. Wenig später surrte über die Winde ein Seil herab, an dessen Ende sich ein Haken befand. David nahm ihn in Empfang, und Joe paddelte zum zweiten Schlauchboot zurück. Masao hatte bereits das Netz in den Händen und befestigte es sogleich an dem Haken, den David ihm reichte. Dann fing die Winde an zu arbeiten, das Netz spannte sich langsam und hob sich ein Stück aus dem Wasser.

»Ihr vorne, wir hinten«, kommandierte David.

»Jetzt kommt der unangenehme Teil«, hörte sie Masao sagen, »Sam und ich werden die Kadaver, die an der Oberfläche treiben, vom Netz lösen, David und Joe fusseln dann die Reste raus, die sich derzeit noch unter der Wasseroberfläche befinden.«

»Ich mache mit«, entschied Leah, die sich darüber wunderte, dass offenbar auch Masao davon ausgegangen war, sie wolle hier nur die stumme Beobachterin spielen.

Der Japaner wechselte einen Blick mit Sam. »Ich sag's dir gleich, ist 'ne Arbeit, von der ich nicht weiß, ob dein Magen sie verkraftet.«

Leahs Antwort bestand aus der Frage, wie man nun vorgehe. Das Prinzip war einfach, wie sich herausstellte. Sam reichte ihr ein Messer. Waren die Tiere tot, wurden sie vom Netz geschnitten. In diesem Fall so, dass man das Netz möglichst nicht zu sehr beschädigte. »Im Zweifel setzt du das Messer eher bei dem Tier an.«

»Die Netze ganz lassen?«

Sam schien nach Worten zu suchen. Wie sollte er ihr den offensichtlich seltsamen Wunsch erklären.

»Die Tiere sind tot«, half ihm Masao, »wir können nichts mehr für sie tun.«

Leah unterbrach ihn: »Sie sind doch nicht alle tot, wir könnten doch auch lebende finden!«

Wieder einer dieser Blickwechsel zwischen den beiden Männern, der ihr signalisierte, dass sie keineswegs zu den Eingeweihten gehörte.

»Wenn wir ein lebendes Tier finden, dann versuchen wir es zu retten, aber glaub mir, sie sind fast alle tot.«

Leah sah erneut auf den reglosen Seevogel, der wenige Meter von ihnen entfernt in den Maschen hing. Dann schweifte ihr Blick weiter in die Ferne, und es schien ihr, als würde sich diese Todesfalle bis hinter den Horizont erstrecken. »Wie lang ist es?«, fragte sie tonlos.

»Keine Ahnung. Sie können bis zu sechzig Kilometer lang sein, die Japaner benutzen solche«, antwortete Masao, dankbar, dass Leah ihre ursprüngliche Frage zu Sinn und Zweck unversehrter Netze vergessen hatte.

Doch er irrte sich, dazu war Leah zu sehr Journalistin. Sie hakte nochmals nach.

»Wir erklären's dir später, o.k.? Lass uns an die Arbeit gehen.« Mit diesen Worten lehnte sich Masao über die Bootswand und zog das Netz zu sich. Sam tat es ihm gleich, und auch Leah platzierte sich auf ähnliche Weise zwischen den beiden Männern.

Die Sonne brannte auf sie herab, und das Meer schien sich weiter zu beruhigen. Die Stille um sie herum wurde nur von den dumpfen Geräuschen schneidender Messer unterbrochen. Sam hatte nun den toten Vogel genau vor sich. Sein einst weißes Gefieder war völlig zerrupft, sein Körper wirkte deformiert. Leah fragte sich, woran er gestorben sein mochte – war er verhungert oder ertrunken? Der starre Blick seiner milchig trüben Augen traf sie wie ein Vorwurf. Sam durchtrennte den Flügel des Vogels und griff nun nach dem Körper. Er zog den Torso vom Netz, warf ihn von sich und zog als Nächstes den Flügel aus den Maschen. Diesen schleuderte er ebenfalls hinter sich. Ein Würgereiz überfiel Leah, doch sie unterdrückte den Impuls, sich zu übergeben. Masao und Sam zogen am Netz, und bereits wenige Meter weiter fanden sich wieder zwei Vögel. Tot.

»Sind das Möwen?«

»Eissturmvögel«, antwortete Masao und holte das Netz ein Stück weiter ein, bis einer der Vögel direkt vor Leah schwamm. Er war noch nicht in den Zustand der Verwesung übergegangen, und für einen Augenblick hoffte Leah, er könne noch leben. Doch dann sah sie sein gebrochenes Genick. Auch für ihn kam jede Hilfe zu spät.

Masao wollte das Tier schon zu sich ziehen, doch Leah war schneller. Sie war gekommen, um zu helfen. Also würde sie es jetzt tun. Sie spürte den toten Körper, der keinen Widerstand leistete, zwischen ihren Fingern.

Auch er hatte sich mit den Flügeln im Netz verfangen. Leah versuchte zunächst, die Flügel ohne den Gebrauch des Messers zu befreien, doch das Gefieder wirkte wie eine Ansammlung von Widerhaken. Anfangs behutsam, als könnte sie dem Vogel noch wehtun, versuchte sie Faden um Faden des Netzes von den Flügeln zu trennen. Doch es funktionierte nicht. Also begann sie, an dem Tier zu zerren, aber auch das wollte nicht zum gewünschten Erfolg führen.

Masao kam ihr zu Hilfe. Mit drei geübten Schnitten trennte er den Kopf vom Rumpf des Vogels und schleuderte ihn davon. Dadurch konnte er den einen Flügel ohne weiteres aus dem Netz ziehen. Um den zweiten zu befreien, musste er nochmals zum Messer greifen.

»Ich will dir nicht zu nahe treten, Leah, aber wenn wir jeden Vogel sanft und schonend behandeln, brauchen wir eine Ewigkeit. Sie sind tot, und das ändert sich auch nicht, wenn wir das Messer beiseitelassen.«

Für einen kurzen Moment hielt Leah inne, doch sie begriff, dass er kein pietätloses Monster war, natürlich hatte er recht, angesichts dieses endlosen Elends ... Sie war auf so etwas nur nicht vorbereitet gewesen. Es war einfach zu grauenhaft, zu unbeschreiblich. Leah erinnerte sich an eine Reportage über eine Ölpest, mit Bildern von Vögeln, die in zähen, klebrigen Massen erstickten, Bilder eines qualvollen, erbärmlichen Todes. Dieser Wahnsinn hier unterschied sich in nichts davon.

Ihre Augen suchten das erste Schlauchboot, das vielleicht zwanzig Meter entfernt war, an der Stelle, an der die Winde das Netz Stück für Stück nach oben zog. David und Joe verrichteten die gleiche Arbeit, und Leah sah, dass sich nicht nur kleine Fische im Netz verfangen hatten, sondern auch ein verwester Körper, der aussah wie ein Delfin. Leah erkannte, wie viel Anstrengung es David kostete, das tote Tier aus dem Netz zu befreien. Ihr Blick wanderte zurück zu den beiden Männern, die sich daran machten, einen weiteren Vogel loszuschneiden. Wieder flog ein Stück des Kadavers ins Wasser.

Das Meer hatte seinen Frieden eingebüßt, das Gurgeln und Klatschen der Wellen gegen das Schlauchboot erschien Leah plötzlich wie dumpfes Gelächter, wie Spott über die Unbedarftheit, mit der sie das Ganze begonnen hatte. Was immer sie hier erwartet hatte, es war anders. Die Realität hatte sie eingeholt.

Nachdem Sam noch ein Dutzend weiterer Tiere vom Netz gelöst hatte, wandte er sich ihr zu und erkundigte sich, ob sie nicht lieber zurück an Bord wolle. Leah schaute in seine Augen. Sie konnte darin weder Geringschätzung noch die kleinste Spur von Brutalität entdecken. Nein, die Brutalität lag nicht im Vorgehen der Männer hier, sondern bei denen, die diese Netze aufgegeben hatten.

»Geht schon«, erwiderte Leah. Sie packte das Messer, ergriff einen der toten Eissturmvögel und setzte die Klinge an. Fast mühelos durchdrang sie den geschundenen Körper, trennte einen Flügel vom verquollenen Rumpf ab, dann den zweiten, warf die armseligen Überreste hinter sich ins Wasser. Ab sofort würde sie ihr Gehirn da raushalten, komplett abschalten, würde versuchen, einfach nur weiterzuarbeiten, mechanische Bewegung an mechanische Bewegung zu setzen, alles tun, was zu schnellen Ergebnissen führte. Sie konnte nur nicht verhindern, dass ihr dabei die Tränen kamen.

Es war still geworden in den Schlauchbooten. Der unerträgliche Geruch der schleimig aufgedunsenen Kadaver zwang sie, nur noch durch den Mund zu atmen. Als sie eine verendete Robbe ergreifen wollte, fuhr ihre Hand durch das faulig zerfledderte Gewebe, als wäre es Pudding, und Leah musste sich übergeben. Danach griff sie wieder beschämt zum Messer und hoffte, dass McGregor es nicht mitbekommen hatte.

Alle fünf befreiten sie das Netz von unzähligen Leichen, und erst zwei lange Stunden später, in denen sie kein einziges lebendes Tier hatten bergen können, horchte Leah auf. »Was war das?«

Auch Masao und Sam hielten inne. Ein leises Fiepen war zu vernehmen – halb Klagelied, halb Todesgesang. Keine dreißig Meter entfernt schien einer der Vögel wieder zum Leben erwacht, mobilisierte in seinem ungleichen Kampf gegen das Sterben die letzten Kraftreserven. Er war deutlich größer als die anderen, doch genau konnte man es nicht sehen, da sich ein Teil seines Gefieders unter der Oberfläche befand. Hastig zogen sie das Netz mit dem Tier, bei dem es sich um einen Albatros handelte, näher zu sich heran. Doch die Hoffnung, endlich helfen zu können, schwand wieder, als er auf Höhe des Schlauchbootes angekommen war und das Ausmaß seiner Verletzungen sichtbar wurde. Die Flügel waren gebrochen.

»Scheiße«, flüsterte Masao. Leah sah in die verzweifelten Augen des Vogels. Sie waren verkrustet und trübe, so als hätte der kalte Wind eine Eisschicht über sie gelegt. Erneut drang ein leises Fiepen aus seinem Schnabel. Dann sank der Kopf des Tieres ins Wasser. Leah dachte schon, er sei tot, doch der Albatros war nicht gewillt aufzugeben, reckte den Hals erneut in die Höhe, blies Wasser und eine trübe, eitrige Flüssigkeit aus dem Schnabel.

»Er leidet nur noch.« Sam sprach aus, was Leah befürchtet hatte.

Sam und Masao sahen sich an, und Leah spürte, dass die beiden Männer ihren Blick mieden. Sam nickte.

Und Masao stach zu.

»NEIN!«, schrie Leah und übertönte damit den letzten Aufschrei des Vogels. Sein Kopf sackte zusammen, und das frische Blut hüllte sein schmutzigweißes Gefieder in einen roten Mantel ein. Leah schluchzte auf. Der Vogel vor ihr dümpelte nun wie alle anderen reglos in der See – wie ein Stück Abfall. »Beifang«, hallte es in Leahs Ohren wider, »all das, was wir nicht gebrauchen können.«

Bevor Masao sein Messer erneut ansetzen konnte, packte Leah den Albatros und versuchte ihn mit den Händen aus dem Netz zu befreien. In stillem Einvernehmen kam ihr Masao zu Hilfe, und mit gemeinsamer Anstrengung gelang es ihnen. Es kostete sie fast zehn Minuten. Einmal trafen sich ihre Augen, und Leah erkannte, dass nicht nur sie über das Ende des Vogels weinte. Vorsichtig legte sie seine toten Überreste auf die Wasseroberfläche und überließ sie den Wellen, die sie langsam vom Boot forttrieben.

»Danke«, sagte sie nur, dann zog sie das Netz wieder zu sich. Und um zu zeigen, dass sie das Mitgefühl Masaos zu schätzen wusste, setzte Leah als erste das Messer erneut an und trennte den nächsten Flügel vom Körper eines Vogels.

Leah saß auf der Heizung, starrte auf die weiße Wand wie auf einen imaginären Bildschirm, von dem die Bilder der letzten Stunden einfach nicht weichen wollten, während sie sich an einer Tasse heißem Tee zu wärmen versuchte.

Noch ehe sie ihn sah, spürte sie, dass sie nicht mehr allein war.

»Sie müssen das nicht machen.« Seine Stimme klang verhalten, nicht mehr so abweisend wie zuvor, ein bisschen zögerlich vielleicht. Er war von hinten an sie herangetreten.

»Ich weiß«, erwiderte sie und nahm einen weiteren Schluck, um die Steifheit aus ihren durchgefrorenen Gliedern herauszubekommen. Und um nichts weiter sagen zu müssen. Das Essen hatte sie nicht mal angerührt. Keinen Bissen hätte sie davon herunterbekommen, auch wenn Marek es ihr vermutlich nie verzeihen würde. Leah stand auf und wollte nach draußen gehen. Sie erstickte hier drin, sie brauchte frische Luft. Die Bilder da unten, das war zu viel gewesen. Nach drei Schritten vernahm sie erneut seine Stimme.

»Ms Cullin …«

Sie war jetzt leiser, fast bittend und nicht ohne eine Spur von Schuldbewusstsein. Zumindest von Skrupel. Leah hielt inne, drehte sich aber nicht um.

»Tut mir leid wegen gestern.«

Kein Wort mehr. Dieser Satz war nicht der Auftakt für lange Erklärungen, sondern sprach für sich selbst. Etwas daran rührte Leah, die jedoch nicht so recht wusste, was sie damit anfangen sollte. Egal. Angesichts dessen, was sie erlebt hatte, erschien alles andere bedeutungslos. Über drei Stunden hatten sie bereits das Netz von Tieren befreit. Der Albatros blieb das einzige Tier, das noch gelebt hatte. Alle anderen waren tot. Zum Schluss hatte sie sich eingeredet, dass es ihr kaum mehr etwas ausmachte, mit dem Messer zu hantieren. Immer wenn sie daran dachte, welche Tätigkeit sie hier eigentlich verrichtete, rief sie sich ins Gedächtnis, dass jede Stunde, die sie eher fertig wurden, eine Stunde weniger war, in der das Netz noch eine Falle darstellte.

Leah räusperte sich. »Schon o. k. War auch meine Schuld.«

Nach einer kurzen Pause, in der offenbar beide das Gleiche dachten, meldete sich McGregor wieder zu Wort: »Sie sollten jetzt an Bord bleiben.«

Leah zögerte einen Augenblick, dann drehte sie sich um und schaute ihm in die Augen. Was sie dort sah, brachte sie aus dem Konzept. Sie hatte nach wie vor einen eher distanzierten, skeptischen Blick erwartet, doch diesmal strahlte er eine Wärme aus, mit der sie nicht gerechnet hatte. So wie damals, als sie in der Bar gesessen hatten. Sie erinnerte sich auch an die weichen Knie, die der Glanz in seinen Augen bei ihr hervorgerufen hatte. Jetzt war sie weit von diesem Gefühl entfernt. Das Netz da unten ließ sie nicht los.

»Nein, ich mache weiter. Brauch nur eine kleine Pause.«

David nickte. Er spürte offenbar, dass ein Widerspruch zwecklos gewesen wäre. »In Ordnung, dann werden wir drei Boote besetzen. In einer halben Stunde?«

Diesmal erhob Leah keinerlei Einspruch. Die Zeit würde reichen, um sich eine heiße Dusche zu genehmigen. Mehr brauchte sie nicht.

Die anderen waren schon wieder bei der Arbeit, als Leah mit Steve zu ihnen stieß.

Die beiden sollten sich jetzt um jene Tiere kümmern, die an der Wasseroberfläche in den Maschen hingen, während Sam und Masao David und Joe zur Hand gingen. Obwohl das Netz nicht tiefer als fünfzig Meter war, hatten sich ganze Fischschwärme darin verfangen. Leah stellte fest, dass auch Steve diese elende Arbeit nicht zum ersten Mal verrichtete. Schweigend arbeiteten sie sich Meter für Meter an dem engmaschigen Nylonnetz voran. Hier und da fanden sich tatsächlich größere Abschnitte, in denen sich nicht ein einziges gefiedertes Opfer verfangen hatte, doch dann kamen gleich wieder vier bis fünf Vögel. Es wirkte, als ob sie sich entschieden hätten, einander beim Sterben Gesellschaft zu leisten. Leah hätte nicht sagen können, wie lange sie schon gearbeitet hatte, als wieder ein vertrautes Geräusch zu hören war. Es ähnelte dem Fiepen des Vogels, den sie nicht retten konnten, doch diesmal war es deutlich lauter und klang fast wie ein Wiehern. Über ihnen segelten vier Albatrosse.

»Mist«, entfuhr es Steve, und Leah begriff, woran er dachte. Die Tiere waren auf der Suche nach Nahrung. Wenn sie jetzt einen Sturzflug ins Wasser machten, dann sicher an der Stelle, wo das Netz mit seinen Tausenden von Leichen trieb. Leah blickte zu den Vögeln, die sich majestätisch durch die Luft schwangen, und erinnerte sich an einen Dokumentarfilm, der den Anflug von Albatrossen festgehalten hatte. Damals hatte sie Tränen gelacht, denn eine Landung ohne Purzelbaum war für jene Albatrosse schon eine Glanzleistung. In krassem Gegensatz zu ihrer Schwäche beim Wassern stand die Eleganz ihres Fluges.

Die Vögel umkreisten das Schiff und landeten glücklicherweise vor dem Bug der »SeaSpirit«. Da das Netz hinter dem Schiff lag, bestand für sie dort keine Gefahr. Marek schien die Tiere ebenfalls gehört zu haben, denn er eilte zur Reling und warf ihnen Küchenabfälle entgegen. Gut so, damit konnte er sie vom Netz fernhalten.

Steve und Leah konzentrierten sich weiter auf ihr trauriges Tun. Ab und an vernahmen sie die Schreie der Albatrosse, doch sie kümmerten sich nicht weiter darum. Erst als die Vögel nach einer Weile über ihre Köpfe hinwegflogen, sah Leah ihnen hinterher. Macht's gut, dachte sie, gerade bevor einer der Vögel zum Sturzflug ansetzte.

»Oh Gott«, schrie sie, doch da stach das Tier bereits ins Wasser. Steve sah Leahs entsetzten Blick und erkannte die Lage. Leah stellte sich auf und konnte sehen, wie die Kreatur vergeblich versuchte, sich aus ihrer Falle zu befreien, doch je mehr sie mit den Flügeln schlug, umso mehr verwickelte sie sich in ihren eigenen Untergang. Steve fluchte, legte das Messer zur Seite und ergriff das Paddel. Leah tat es ihm gleich. Zehn Meter vom Netz entfernt warf Steve den Außenborder an, dann bewegte sich das Boot über die Wellen auf den Albatros zu. Seine drei Kollegen hielten sich immer noch in der Luft, und Leah betete, dass sie dort blieben.

Geschickt steuerte Steve auf den Vogel zu, sodass ein weiteres Paddeln nicht nötig war.

»Halte du seinen Kopf nach oben, ich versuch ihn zu befreien«, rief Steve.

Leah beugte sich über den Rand des Bootes hinweg und näherte ihre Hand behutsam dem Vogel. Er schnappte nach ihr, doch Leah zog die Hand nicht weg. Die Handschuhe boten genügend Schutz. Der Albatros starrte sie entsetzt an, während ihre linke Hand seinen Hals umfasste, um den Kopf über Wasser zu halten. Dabei schlug der Vogel so heftig mit dem noch freien Flügel gegen das Boot, dass Leah Angst hatte, er könnte brechen. Steve lehnte sich neben ihr über die Luftkammer und versuchte vergeblich, das Tier zu befreien.

»Ich muss ins Wasser, so schaff ich das nicht.«

Er setzte die Tauchermaske auf, zog die Flossen an und glitt vorsichtig über Bord.

Leah beobachtete, wie Steve sich unter der Wasseroberfläche an dem Netz zu schaffen machte, während der Vogel um sich schlug und immer wieder versuchte, nach ihr zu schnappen. Als endlich beide Flügel frei waren, fing er an zu kreischen und wollte sich auf der Stelle in die Lüfte erheben. Doch immer noch schien ein Fuß im Netz zu hängen. Steve tauchte auf, saugte gierig Luft ein und verschwand wieder unter Wasser. Zehn Sekunden später hielt der Vogel kurz inne, sah Leah an, als ob er sich bedanken wollte, dann breitete er seine Flügel aus, und mit kräftigen Schlägen erhob er sich schwerfällig und laut kreischend in die Luft. Er hat es geschafft, dachte Leah. Wärme durchflutete ihren Körper. So vielen Tieren hatten sie nicht mehr helfen können, aber es war ihnen wenigstens gelungen, eines zu retten. Sie war noch ganz in diesem Glücksgefühl gefangen, als ihr schlagartig bewusst wurde, dass der Vogel zwar fort, Steve aber keineswegs aufgetaucht war. Sie spähte in die Tiefe, doch die Schatten gaben keine Auskunft. Dann jedoch bewegte sich etwas, und Steve schoss aus dem Wasser.

»Ein Messer, schnell! Und alarmier David, da unten ist ein Wal, und er lebt noch.«

Leah griff nach dem Messer auf dem Bootsboden, zog es aus dem Schaft und reichte es Steve, der daraufhin wieder abtauchte. Leah griff zum Walkie-Talkie und gab David Bescheid, der sofort seine Arbeit abbrach, den Außenborder startete und auf sie zuraste.

Steve tauchte sofort wieder auf. »Ich brauch deine Hilfe! Komm mit. Beeil dich.«

Komm mit war gut. Ein Wal – das war eindeutig ein respekteinflößendes Wort. Insbesondere, da sie gleich einem begegnen sollte. Sie war auf vieles vorbereitet, aber darauf nicht … vor allem nicht unter Wasser. Doch Steve hatte nicht den Eindruck erweckt, dass sie eine Alternative hätte. Dann konnte es auch nicht gefährlich sein. Und er brauchte ihre Hilfe! Rasch schlüpfte sie in die Flossen, zog die Taucherbrille durch das Meerwasser, setzte sie auf und glitt ins kalte Nass. Durch die Sonne wurde das

Meer vom Licht durchflutet, bis es in der Tiefe immer dunkler zu werden schien. Und von genau dort schimmerte etwas zu ihr hinauf. Gott sei Dank war es nicht viel größer als Steve, der sich dort unten am Netz zu schaffen machte. Dann erschrak sie, denn der Wal war schwarz mit einem weißen Bauch. Ein Killerwal, schoss es ihr durch den Kopf, ein Orca. Einer, bei dem vielleicht auch Menschen auf der Menükarte standen.

Bloß nicht den Kopf verlieren, Ms Cullin. Am liebsten wäre sie sofort wieder aufgetaucht. Doch wenn sich Steve so unbekümmert in seine Nähe begab, dann konnte doch wirklich keine Gefahr bestehen. Das hoffte sie zumindest und näherte sich vorsichtig. Mit seiner schwarz-weiß gefleckten Haut sah er einem Schwertwal tatsächlich sehr ähnlich, doch dann redete sie sich ein, dass er mit einer Länge von kaum mehr als zwei Metern dafür wohl zu klein war. Mit heftigen Bewegungen schnitt sich Steve durch das Netz, und je näher Leah herankam, desto deutlicher sah sie die Verletzungen des Tieres. Beide Flossen und die Fluke waren von tiefen Schnittwunden gezeichnet. Leahs Magen krampfte sich zusammen. Die Freude über die Rettung des Albatros schrumpfte in Anbetracht dieser leidenden Kreatur zur Bedeutungslosigkeit. Dann sah sie die Augen des Tieres. Trotz des Schmerzes und des Leids, das der kleine Wal erleben musste, schienen sie voller Mitgefühl, voller Wärme zu ihr hinüberzublicken. Ihre Angst verschwand auf der Stelle, dafür kamen ihr die Tränen.

Sie tauchte zu Steve, der die letzten Nylonfäden durchtrennte, die den Wal noch gefangen hielten. Ein paar Sekunden später hatte er es geschafft, der Wal war frei. Doch statt dass er nun gemächlich davonschwamm, machte er keinerlei Anstalten, sich zu bewegen. Vielmehr sank er in die Tiefe. Leah griff sofort nach ihm, umfasste seinen Bauch. Als sie nach oben blickte, konnte sie erkennen, wie David ins Wasser sprang und zu ihnen tauchte.

Keine Sekunde zu früh, denn Steve schien der Sauerstoff auszugehen, er musste hinauf, und Leah ging es auch nicht viel besser. Gemeinsam mit David gelang es ihr, den Wal am Absinken zu hindern. Als Steve erneut hinzukam, hatten sie bereits ein paar Meter an Höhe gewonnen, doch jetzt war es Leah, die es keine Sekunde länger aushielt und auftauchen musste.

Schnell presste sie die Luft in ihre Lungen und wollte gerade einen neuen Tauchgang starten, als die beiden Männer mit dem Wal die Wasseroberfläche erreichten, wo dieser eine Blaswolke aufsteigen ließ. Gott sei Dank, geschafft. Nach all den toten Tieren war dies das schönste Geschenk, das der Himmel Leah machen konnte. Sie waren nicht zu spät gekommen, nicht für diesen kleinen Wal, der nun neben ihr im Wasser lag und mit seinem Blick ihr Herz berührte. Die drei umfassten ihren Schützling, so gut es eben ging, und versuchten ihn über Wasser zu halten. Joe, der sich in Davids Schlauchboot befand, erfasste sofort die Lage und reichte David die Schwimmwesten. Nachdem sie zwei miteinander verbunden hatten, gelang es ihnen, diese so unter den Wal zu ziehen, dass er nicht mehr abzusinken drohte. Doch seine Flossen bewegten sich immer noch nicht.

»Joe, wir müssen ihn an Bord nehmen.«

Als ob Joe das bereits erwartet hatte, befestigte er die linke der Schwimmwesten steuerbord am Schlauchboot, während David die zweite Weste am anderen Boot festband. Der Wal lag nun sicher zwischen den beiden Booten wie auf einer Trage. Joe informierte Govind, dass er das Becken vorbereiten solle. Deswegen also der Pool, begriff Leah und wollte gerade über den Kopf des Wals streicheln, als David sie bat, das Schlauchboot zu übernehmen. Er und Steve würden im Wasser beim Wal bleiben, während sie und Joe die beiden Zodiacs mit geringer Geschwindigkeit zur »SeaSpirit« steuern würden, immer den Wal in der Mitte.

Schließlich erreichten sie das Schiff. Dort hatte Govind bereits eine Trage mit dem Kran heruntergelassen, und Leah half den beiden vom Boot aus, sie unter den Wal zu schieben. Schließlich reckte David den Daumen nach oben, und das Tuch samt seiner lebenden Fracht hob sich in die Höhe. Mit einer Leichtigkeit, die sie sich unter anderen Umständen nicht zugetraut hätte, erklomm Leah die Jakobsleiter, der Gedanke an Schwindelgefühle kam gar nicht erst auf, die Angst um den kleinen Wal ließ keiner anderen Empfindung Raum. David folgte ihr, während Steve mit den anderen die Arbeit am Netz fortsetzte.

An Bord hatte Govind alles gut vorbereitet. Die Abdeckung des Pools war zur Seite geräumt, das Becken etwa zur Hälfte mit Wasser gefüllt. Vorsichtig ließ Joe den Wal über dem Becken ab. David glitt hinein, und Leah folgte ihm unaufgefordert. Das Wasser war so tief, dass sie gerade noch stehen konnte.

Als der Wal fast vollständig im Becken verschwunden war, regte er sich immer noch nicht. David watete auf ihn zu und strich über seinen Kopf. Der Wal gab keinen Laut von sich. Auch Leah berührte seine glatte Haut, während seine Augen zu ihr wanderten.

»Ist es schlimm?«

David hob die Schultern. »Die Verletzungen an den Flossen sehen übler aus, als sie sind, auch die an der Fluke. Wir können nur hoffen, dass er nicht zu lange ohne Sauerstoff war.«

Was das bedeutete, war Leah klar. Und sie betete inständig, dass die Lähmung nicht daher rührte, dass bereits zu viele Gehirnzellen abgestorben waren.

»Wir müssen ihn alle drei Minuten aus dem Wasser heben, damit er atmen kann. Und wieder absenken. Ich hoffe, dass er irgendwann zu schwimmen beginnt«, erklärte ihr David und fügte hinzu, dass das Heben und Senken des Weißflankenschweinswals, wie seine genaue Bezeichnung lautete, über den Computer gesteuert würde.

Beide verharrten eine Weile schweigend bei ihrem kleinen Freund, so als führten sie einen inneren Dialog mit ihm, dann räusperte sich David.

»Mehr können wir im Moment leider nicht für ihn tun. Ich werd mich wieder um das Netz kümmern.« Er strich dem Wal zum Abschied noch einmal über den Kopf und verließ das Becken, während Leah neben dem Tier verweilte. Nein, sie würde ihn nicht verlassen, sie würde hierbleiben und Krankenwache halten – so lange, bis er gesund war. Sein Blick folgte jeder ihrer Bewegungen, woraus Leah schloss, dass noch nicht alles verloren sein konnte.

So verharrten sie beide, Auge in Auge, bis der Kran anfing, ihn langsam zu senken. Doch er rührte sich immer noch nicht. Er braucht Zeit, versuchte Leah sich Mut zu machen. Wer weiß, wie sehr ihn die Wunden noch schmerzten.

Govind erschien am Beckenrand. »Wie geht's ihm?«

»Er rührt sich nicht.«

»Er wird schon wieder«, meinte der Inder, doch seine Stimme war nicht in der Lage, den Optimismus zu verbreiten, den seine Worte suggerieren sollten. Einen Moment blieb er am Beckenrand stehen, dann verschwand er in Richtung Heck.

Das Fortschreiten der Zeit zeigte sich ab sofort im dreiminütigen Heben und Senken des Wales. Leah blieb im Becken, der Neoprenanzug ließ sie die Kälte völlig vergessen. Zweimal hatte sie den Eindruck, der Wal hätte sich bewegt, begriff aber, dass es nur eine Täuschung gewesen sein konnte. Als es dunkel wurde, bemerkte sie schließlich, dass sie fröstelte, und so entschied sie sich, das Becken zu verlassen.

»Ich komme gleich wieder, mein Guter«, sagte sie, strich ihm nochmals über den Kopf und kletterte dann über die Leiter am

Beckenrand hinaus. Über die Reling hinweg sah sie, dass die anderen immer noch mit dem Netz beschäftigt waren. Es war harte, mühevolle Arbeit. Scheinwerfer beleuchteten mittlerweile die makabre Szenerie. Überall um die Männer herum schwammen tote, aufgedunsene Leiber. Leah konnte kaum fassen, mit welcher Unnachgiebigkeit diese verrückten Kerle sich dort abmühten. Am liebsten wäre sie wieder zu ihnen gestoßen, hätte gezeigt, dass sie ihre Gefühle teilte, dass sie zu würdigen wusste, was sie da taten, und wie sehr sie sie bewunderte. Doch Leah spürte, dass ihr Platz jetzt an der Seite des kleinen Wals war. Dass sie auch ihm zeigen musste, dass es sich lohnte, weiterzukämpfen.

Also begab sie sich in den Trockenraum. Sie schlüpfte aus dem Anzug und in ihre Kleidung und beschloss, sich noch eine Jacke zu holen.

Als sie an Deck zurückkehrte, kletterte Masao gerade an Bord. Er nickte ihr wortlos zu. Leah sah ihm an, wie sehr er fror. Ihm folgte Sam.

»Kommen die anderen auch?«, erkundigte sie sich.

»Steve kommt noch. Joe und David machen weiter. Wir brauchen ’ne Pause. Mal sehen, was Marek in der Pfanne hat.«

Auch Steve schien es nicht sonderlich warm zu sein, als er wenig später auftauchte.

»Habt ihr noch lebende Tiere gefunden?«

Steve schüttelte den Kopf.

Leah schritt ans Heck, wo Govind mithilfe eines kleinen Hebels, der einem Joystick nicht unähnlich sah, die Winde bediente. Govind zog das Netz immer einen Meter nach oben, verwob dann grob die oberste Leine mit einem Stahlseil, das er von einer kleinen Rolle abspulte, und wartete, bis McGregor ihm von unten ein Zeichen gab.

Mit ungebrochenem Einsatz verrichteten Joe und David ihre Aufgabe.

»Wozu, Govind? Wozu braucht ihr das verdammte Netz?«

Govind räusperte sich, es war ihm unangenehm, dass der Schwarze Peter ausgerechnet ihm zufiel. Doch er hatte Leah bei der Arbeit gesehen und wusste, dass sie ihr diese Antwort schuldig waren.

»Ist unsere Notreserve. Falls nichts mehr greift, um einen Piratenwalfänger am Töten zu hindern. Schiffsschrauben fühlen sich von den Dingern magisch angezogen.«

Leah verstand, was er damit meinte. »Ihr benutzt sie als Waffen.« Sie hätte nicht sagen können, dass sie es verurteilte. Nicht nach dem hier.

Govind erklärte weiter, dass sie dafür nur ein paar Hundert Meter brauchten. Den Rest schnürten sie mit Draht zusammen, dann entfernten sie alle Schwimmer und versenkten das Paket für immer auf dem Meeresgrund, damit das Netz keine Gefahr mehr für die Fische darstellte. In ein paar Jahren würde es mit Algen zugewachsen sein.

Als hätte der Wal sie gerufen, wandte sich Leah ab und ging zum Wasserbecken zurück, wo sie sich am Rand niederließ.

»Hallo, mein Kleiner, bin wieder da.« Sie war sich sicher, dass er sie ansah. Nach einer kurzen Weile ließ der Kran den Patienten ins Wasser zurück.

Leah wusste nicht, wie lange sie am Rand des Beckens gesessen hatte, als David plötzlich neben ihr auftauchte. Er steckte noch im Neoprenanzug, seine Lippen waren blau gefroren.

»Vielleicht wird er etwas zu sich nehmen. Wenn Sie sich aus der Kombüse ein paar Makrelen oder Heringe geben lassen, steig ich ins Becken und geb sie ihm.«

Leah erhob sich, was sich als nicht so einfach erwies, ihre Glieder waren vom langen Sitzen steif. Sie eilte hinein, wo Marek ihr ein paar Fische reichte. David stand bereits im Becken neben dem Wal und schien völlig abwesend zu sein, als Leah wieder erschien. Er ergriff einen der Fische, versuchte die Schnauze des Wales zu öffnen und ihn hineinzuschieben, doch ihr kleiner Freund zeigte keinerlei Interesse. Auch etliche weitere Versuche blieben ergebnislos, bis David es schließlich aufgab. Als er aus dem Pool stieg, stand ihm die Enttäuschung ins Gesicht geschrieben.

Leah merkte, wie sehr ihn die Anstrengungen des Tages ausgelaugt hatten. »Sie sollten sich umziehen, Sie zittern ja«, sagte sie.

David schüttelte den Kopf: »Noch ein paar Stunden, dann haben wir es geschafft.«

Leah begriff. Sie würden die Nacht über weiterarbeiten, so lange, bis sich kein Zentimeter Netz mehr im Wasser befand.

Immer und immer wieder zogen die Bilder des heutigen Tages an ihrem geistigen Auge vorbei, wie eine Diashow, die man nicht stoppen konnte. Niemals hätte sie sich vorstellen können, welche Grausamkeit sich hinter einem scheinbar so harmlosen Ausdruck wie *Treibnetz* verbarg. Und sie musste an Steves Worte denken: Einen leeren Kanister hatten sie in seinen Maschen nicht gefunden …

Der Mond schämte sich offenbar seiner Fülle und hielt sich bedeckt wie eine verschleierte Muslimin. Leahs Blick folgte gedankenverloren dem Lauf der nachtgrauen Wolken, als eine Stimme sie aufschreckte.

»Willst du nicht schlafen gehen?« Die Frage kam von Sam, der gerade die Ein-Uhr-Dogwatch machte.

Leah schüttelte langsam den Kopf und gab die gleiche Antwort, die sie zuvor auch schon Steve gegeben hatte. »Ich bleib bei ihm.«

Für einen Moment überlegte Sam, ob er ihr nicht Gesellschaft leisten sollte, aber er spürte, dass Leah nicht in der Stimmung für Smalltalk war, also setzte er seine Runde fort. Wieder war das Geräusch des Krans zu vernehmen, der den kleinen Wal an die Wasseroberfläche zog; wieder eine kleine Fontäne, während er ausatmete. Sonst nichts, keine Bewegung seiner Flossen, kein Flukenschlag, kein Nicken seines Kopfes – wie ein Brett lag er im Wasser. Bereits vor drei Stunden hatte David ihr eine noch wärmere Jacke und eine Isomatte gebracht, damit sie nicht fror.

Obwohl inzwischen die Nacht hereingebrochen war, war die Schiffsbeleuchtung hell genug, um das Becken in dämmriges Licht zu tauchen. Nein, sie wollte jetzt nicht schlafen, konnte sich unmöglich von dem Wal lösen, der so dringend ihres Beistands bedurfte. Zumindest vermutete sie das. Oder war es etwa umgekehrt?

Hätte Leah jemand noch vor wenigen Tagen zu vermitteln versucht, was ihr gerade widerfuhr, sie hätte ihn als Spinner abgetan. Der Wal sprach mit ihr. Sie scheute sich, es jemandem mitzuteilen, aber das reglose Wesen im Becken kommunizierte seit geraumer Zeit mit ihr auf eine Weise, die ihr Verstand nicht für möglich gehalten hätte. Eine Verständigung ohne Worte, die trotzdem Sinn ergab. Es war so, als ob er auf der Klaviatur ihrer Gefühle eine sonderbare Melodie hinterließ, von der jede einzelne Note eine Bedeutung hatte.

So etwas hatte sie bisher nur ein einziges Mal erlebt. Bei Michaels Geburt. Die Schwester hatte ihr das kleine Würmchen in die Arme gelegt, und von dem Moment an, als sie ihn voller Ehrfurcht an ihre Brust drückte, hatte der Begriff »Sohn« eine völlig andere Bedeutung – nicht zu vergleichen mit den langen Monaten, in denen sie ihn in ihrem Leib beherbergt hatte. Bis dahin hatte Leah sich ausgemalt, er wäre ein Teil von ihr – der wichtigste Teil, wichtiger als ihr eigenes Leben. Doch sobald sie seinen Atem auf ihrer Haut wahrnahm, war das, was sie empfand, nicht mehr in Worte zu fassen. Sie wunderte sich, wo dieses *Noch-Mehr*, dieses *Unendlich-Mehr* an unbeschreiblicher Liebe, die sie plötzlich empfand, sich zuvor hatte verbergen können, und wieso sie jetzt so genau spüren konnte, was in dem kleinen Wesen vor sich ging. Sie verstand alles – instinktiv. Das, was seine Augen, die noch nicht sehen konnten, dennoch wahrnahmen, die unbegreiflichen Geräusche, die seine ungeübten Ohren erreichten, was ihr Sohn fühlte, was er dachte und was er ihr dabei stumm vermittelte. Und was sie ebenso stumm beantwortete, ohne dass er auch nur eine Silbe nicht verstanden hätte: dass er sich nicht zu fürchten brauchte; dass sie, solange sie lebte, immer für ihn da sein würde. Und vieles, unendlich vieles mehr.

Ähnliches erfuhr sie jetzt. Nicht, dass dies hier ihrem Einssein mit Michael gleichzusetzen war, aber es kam dem ziemlich nahe. Auch der kleine Wal schien in dieser Nacht zu Leahs Seele zu sprechen, schien all ihre längst vergessen geglaubten, unerfüllten Hoffnungen, all die Enttäuschungen und tiefsten Schmerzen, die sie im Laufe ihres Lebens hatte durchmachen müssen, auf magische Weise aus all den heimlichen Verstecken in ihrem Inneren hervorzuziehen. Zumindest geisterten sie in dieser Nacht wie Schimären durch Leahs Kopf, bis Zuversicht sie ablöste. Es war nicht zu leugnen, dieses Gefühl ging von dem Wal aus, und was er ihr zu vermitteln suchte, war am besten mit dem Wort »Vertrauen« zu bezeichnen. Er schien ihr Vertrauen einzuhauchen … Vertrauen in ihr Schicksal. Vertrauen in ihr Leben. Ja, sogar Vertrauen in den Tod. Vertrauen, dass sie eines Tages alles begreifen würde, was es zu begreifen gab.

»Sie wollen also die ganze Nacht bei ihm bleiben?«

Leah schaute wieder auf, doch diesmal gehörte die Stimme zu David. Er hatte immer noch den Neoprenanzug an, das Wasser tropfte ihm aus den Haaren.

Leah kam es vor, als ob Sam erst vor wenigen Minuten verschwunden wäre, doch die Uhrzeiger belehrten sie eines Besseren: Es war bereits nach zwei.

»Gut, dann werde ich Ihnen eine Stärkung besorgen«, meinte er und verschwand, um wenige Minuten später mit zwei Tassen zurückzukehren. Er ließ sich neben Leah am Beckenrand nieder und reichte ihr eine davon.

»Was ist das?«

»Ein Hausmittel, das bei derartigen Nachtwachen an der frischen Luft Wunder wirkt.« Er lächelte.

Leah umfasste die Tasse und schnupperte. Es roch wie Sams Zaubertrank, und es schmeckte auch so. Der Alkohol brannte in der Speiseröhre, doch kaum war er im Körper, wirkte er so belebend wie ein Heizofen. Schweigend saßen die beiden nebeneinander und schienen sich in der Stille zu verlieren, bis David sich schließlich räusperte und sagte: »Danke … für Ihren Einsatz, Leah. Was immer Sie über mich denken, Sie haben allen Grund dazu. Würde mich trotzdem freuen, wenn Sie das, was ich Ihnen gestern an den Kopf geworfen habe, aus Ihrem Gedächtnis streichen könnten. Manchmal reitet mich der Teufel, wissen Sie, da kann ich wie ein Berserker sein. Leider. Aber ich weiß es zu schätzen, was Sie da unten am Netz und für unseren Freund hier getan haben. Danke.«

Leah merkte, wie der Kloß in ihrem Hals dicker wurde, ihr fehlten die Worte, um darauf zu antworten. Was hätte sie auch sagen können? Nein, Sie hatten gestern völlig recht, vergessen Sie schnell wieder Ihre Gutgläubigkeit, ich, Leah Cullin, bin tatsächlich nur aus dem einzigen Grund hier, um Sie ans Messer zu liefern. Aber das würde sie auf keinen Fall mehr, nicht nach dem, was sie heute erlebt hatte. Im Gegenteil. Sie müsste ihm die Wahrheit sagen, ihn warnen, zum Beispiel vor Kazuki, der in irgendeinem verdammten Hafen auf David warten würde, um ihn seiner Existenz zu berauben. Doch Leah sagte gar nichts. Stattdessen trafen sich ihrer beider Blicke für einen kurzen Moment, vorsichtig tastend, um sich nicht zu weit vorzuwagen, und doch voller Neugier, das zu erkunden, was der andere bereit war preiszugeben.

»Meinen Sie, er wird durchkommen?«

»Ich hoffe es, ich hoffe es sehr.«

David legte den Kopf in den Nacken und fixierte einen entfernten Punkt am Himmel, der gerade aufzureißen begann und ein paar Sterne sichtbar werden ließ.

»Es gab da mal einen Delfin, eigentlich fünf Delfine, die wir lebend aus einem Treibnetz befreien konnten. Vier sind sofort weitergeschwommen, doch dem einen hatte das Netz die Flossen so abgeschnürt, dass sie nicht mehr genügend durchblutet waren. Sie waren sozusagen ›eingeschlafen‹. Da er nicht schwimmen konnte, hievten wir ihn in unser Becken. Es dauerte eine ganze Weile, ich glaube, so an die zwei, drei Tage, doch dann war er tatsächlich über den Berg, und wir konnten ihn wieder aussetzen. Ich weiß nicht, woher die so schnell gekommen waren, aber sofort wurde er von seinen vier Artgenossen begrüßt. Sie hatten in der Nähe auf ihn gewartet und auf geheimnisvolle Weise sofort den richtigen Zeitpunkt erwischt, um ihn zu empfangen.«

»Sind wirklich besondere Tiere, die Delfine.«

Als ob sie damit einen Bann gebrochen hatte, fing David nun erst recht an zu reden. Frei von der Seele. Als ob sie sich schon eine Ewigkeit kannten, wie mit einem vertrauten Freund. »Es gibt tausend Geschichten über ihre Intelligenz, ihre Menschenliebe, ihre Freundlichkeit, bis in die Mythologie zurück. Von Korianos aus Paros wird zum Beispiel berichtet, dass er einem Delfin das Leben rettete. Als Korianos dann starb, wollte man seinen toten Körper am Meeresufer verbrennen. Plötzlich erschienen unzählige Delfine im flachen Wasser vor dem Strand, lagen dort und warteten, so, als wären auch sie Teilnehmer der Trauerzeremonie. Sie erwiesen ihm auf ihre Weise die letzte Ehre und blieben so lange, bis das Feuer erloschen war. Ja, sie zeigen gerne ihre Dankbarkeit … Es ist bei Delfinen üblich, dass sie ihren verstorbenen Freunden Achtung bekunden, dass sie sie niemals alleine lassen, wenn sie im Sterben liegen. Sie gehen sogar so weit, dass sie ihre toten Gefährten ans Ufer schieben, so, als rechneten sie damit, dass wir Menschen sie begraben würden.«

Er erzählte ihr, dass schon Aristoteles darüber geschrieben hatte. »Sie kämpfen auch um ihre Toten«, fuhr David fort, »damit kein Raubfisch sich über sie hermachen kann. Schon Tausende von Jahren vor unserer Zeit wurden bei zahlreichen Völkern Delfine als gottähnlich verehrt – wer sie tötete, war selbst des Todes. Bei den Griechen und auch den Römern galt der Delfin als König der Meere. Er war ein treuer Begleiter und Diener ihrer Götter, die sich angeblich seiner Form bedienten, um uns gelegentlich zu erscheinen. Von ihm zu träumen, galt als etwas ganz Besonderes. Bacchylides von Ceos gab den Delfinen die Bezeichnung ›Meeresmenschen‹. Man betrachtete es als unmoralisch und äußerst verwerflich, Delfine zu jagen. Das Töten eines Delfins wurde damals genauso wie der Mord an einem Menschen bestraft. – Keine Ahnung«, schloss David seinen Bericht, »warum sie uns so gerne haben, verdient haben wir es nicht, aber es kümmert sie nicht. Wer weiß, vielleicht sind wir es ja doch wert …«

Leah hatte ihm aufmerksam zugehört. David hatte eine Stimme, der man Vertrauen schenken wollte. Ihr fiel auf, dass seine markanten Gesichtszüge sehr viel besser zu dem Leben hier auf See passten als zu seiner Tätigkeit als Aktienjongleur mit Schlips und Kragen. Wie auch immer er früher gewesen sein mochte, dank der Ereignisse des heutigen Tages wusste Leah, dass dieser Mann hier nichts mehr mit dem ausgebufften, sarkastischen Geldhai gemein hatte, den sie von früher zu kennen glaubte. Und sie hatte das Gefühl, dass er ihr bei weitem nicht so fremd war, wie sie vermutet hatte.

Leah betrachtete ihren Schützling im Becken. Seine Augen waren geschlossen – zum ersten Mal, seit sie bei ihm Wache hielt. Sie erschrak und spürte, wie sich alles in ihr zusammenkrampfte.

»Ist er tot?«

»Nein, er lebt«, erwiderte David.

Im selben Augenblick hob der Kran das Tier aus dem Wasser, und als wollte der Wal die Aussage bekräftigen, ließ er wieder eine kleine Blaswolke aufsteigen. Die Anspannung wich von Leah. Ein paar Minuten saßen sie schweigend neben dem Becken, dann ergriff David seinen Becher und stand auf.

»Ich muss langsam wieder auf die Brücke, hab noch Dienst heute Nacht. Wenn Sie hierbleiben wollen, bring ich Ihnen einen Schlafsack.«

Leah lächelte ihm zu und nickte.

Als er sich abwandte, rief sie seinen Namen. »David?«

Er drehte sich fragend um.

»Haben Sie das ganze Netz herausgefischt?«

»Ja«, erwiderte er nur und verschwand, um sich trockene Kleidung zu besorgen.

Leah schlief schlecht in dieser Nacht, trotz des kuscheligen Schlafsackes. Die Bilder des Todes, die sie den Tag über in sich aufgenommen hatte, überrollten sie mit aller Macht. Sie träumte von einem Hundefänger, der in Washington bei sengender Sommerhitze die Vierbeiner mit Treibnetzen jagte, und erwachte schweißgebadet. Später schreckte sie aus einem weiteren Traum auf, den sie im Moment des Erwachens schon wieder vergessen hatte. Dennoch pochte ihr Herz gegen die Rippen, und die Frequenz ihres Pulses schien es mit dem Tackern eines Geigerzählers aufnehmen zu wollen.

Als sie das dritte Mal wach wurde, stand die Sonne bereits am Himmel. Der Schlafsack war jetzt eindeutig zu warm, besonders in Kombination mit Davids Jacke. Sie schälte sich aus dem Daunenkokon und sah auf die Uhr. Es war bereits halb sieben. Sie wandte sich rasch dem Wal zu. Er hatte die Augen geöffnet und blickte sie an.

»Hoffentlich hast du dich besser erholt als ich«, sagte sie lächelnd.

Immer noch lag er starr in seiner Trage, und Leah befürchtete, dass er sich bislang überhaupt noch nicht bewegt hatte.

Sie rutschte an den Beckenrand. *Komm, beweg dich, heb doch mal eine Flosse,* versuchte sie ihm zuzureden. Ohne Worte. Nur indem sie ihn streichelte.

David kam auf sie zu.

»Gut geschlafen?«

»Gefroren hab ich jedenfalls nicht.«

»Sie können sich ruhig frisch machen und etwas frühstücken, Leah.«

Leahs Blick wanderte kurz zwischen David und dem Wal hin und her.

»Ich werd so lange bei ihm bleiben«, sagte er.

»Danke, das Angebot nehme ich gerne an.«

Sie raffte ihre Sachen zusammen, schlüpfte in ihre Schuhe und blickte ins Becken. »Hau mir nicht ab!«

Die Dusche weckte ihre Lebensgeister. Das warme Wasser streichelte die Muskeln, der kalte Wasserstrahl danach beschleunigte den Kreislauf.

Ihr Handy machte sich bemerkbar. Auf dem Display blinkte ein Briefsymbol. Schnell öffnete sie Nicks Nachricht: »Neuigkeiten. Ruf an.« Leahs Herz begann zu pochen. Einerseits war sie neugierig, was er wohl herausgefunden haben mochte, auf der anderen Seite spürte sie, dass sie es am liebsten gar nicht mehr wissen wollte. Im Widerstreit ihrer Gefühle hatte sie sich eindeutig zugunsten der Besatzung der »SeaSpirit« entschieden: Der Wert ihrer Arbeit hier ließ sich nicht in Dollars aufwiegen.

Selbst wenn Nick ihr am Telefon sagen würde, die SeaSpirit-Bewegung sei eine riesige Betrugsmaschine, sie könnte es nicht glauben. All die Menschen, die sie an Bord kennengelernt hatte, machten einen durchweg aufrichtigen Eindruck. Der Gedanke, Nick könnte ihre Vorstellung torpedieren, machte ihr außerordentlich zu schaffen. Sie wollte vor allem nicht, dass er ihr neu gezeichnetes Bild von David zerstörte. Ja, sie hegte noch Groll wegen dem, was er ihrem Vater angetan hatte. Zumindest hatte sie sich das eingeredet. Doch seitdem sie gesehen hatte, wie er sich mit dem Treibnetz abmühte, wie er neben seinen Männern schuftete, ja sogar sein Leben riskierte, war das Bild eines aalglatten Spendenhinterziehers dem eines sensiblen, empfindsamen Mannes gewichen. Und Leah wünschte sich, dass nichts und niemand diese neu gewonnene Einsicht widerlegte.

Trotzdem musste sie auf Nicks Nachricht reagieren. Sie wählte seine Nummer und kaute wartend auf ihrer Unterlippe.

»Sag: ›Danke, Nick‹«, meldete sich ihr Adlatus.

»Danke, Nick.« Sie wandte den Kopf und sah in Richtung Brücke. Hinter der Scheibe erkannte sie David. Es gab kein Zurück mehr. Aber sie konnte das Gespräch jetzt schlecht abbrechen.

»Also«, begann Nick, »die Master-Bank of Santa Ana ist wirklich eine kleine Bank. Haben zehn Filialen, sind alle auf das Gebiet von L. A. beschränkt. Ist auch noch nicht besonders alt, wurde erst vor zwanzig Jahren gegründet. Heute wird die Bank …«

Immer wenn Nick einen Satz mit *Also* beginnen ließ, konnte man sicher sein, dass seine Ausführungen länger dauern würden. Doch Leah hatte keine Geduld, eine Lektion in Bankengeschichte zu ertragen. »Was hast du rausgefunden?«

»Erzähl ich dir doch gerade«, gab Nick zurück und nahm den Faden wieder auf. »Heute wird die Bank von den beiden Söhnen des Gründers geleitet. Und die haben in den Achtzigern richtig in ihre EDV-Anlage investiert.«

»Nick!« Die verdammte Geschichte der Bank war das Allerletzte, was sie interessierte. Doch Nick ließ sich von seiner Art des Berichtens nicht abbringen. Leah war klar, dass sie die Geduld einfach aufbringen musste. Mit halbem Ohr hörte sie zu, wie Nick schilderte, dass die Sicherheitsvorkehrungen der Master-Bank von Santa Ana ziemlich rudimentär waren, weil sie eben aus den Achtzigern stammten, und wie es seinem genialen Freund – das wird dich was kosten, Leah – gelungen war, sich in den Hauptrechner einzuloggen, die Administrator-Rechte – nein, sie wollte auch *nicht* wissen, was das war, und auch nicht den Trick erfahren, wie Dennis, so hieß Nicks Kumpel, mittels einer Shadow-Datei ein neues Passwort anmeldete und dann wieder alles mit der Shadow-Sicherungsdatei rückgängig machte …

»Nick, es in-ter-e-ssiert mich nicht!« Leah spürte, dass sie zunehmend gereizter wurde.

»He, was ist los mit dir?«

»Nichts. Ich warte einfach darauf, dass du mir das erzählst, was ich wirklich wissen will. Haben sie Dreck am Stecken?«

Nick seufzte. »Nein. Haben sie nicht. Ich hab mir das Konto angesehen, seitdem es für die Foundation eingerichtet worden ist. In den fast sechs Jahren ist nur ein einziger großer Betrag drauf eingegangen, eine Million.«

Leah schluckte. »Eine Million? Und was ist mit dem Geld passiert?«

»Das ist die Summe, die David McGregor vor etwa sechs Jahren eingezahlt hat. Und das ist alles draufgegangen für das Schiff und das technische Equipment.«

Richtig, Steve hatte es ihr erzählt, daran konnte sie sich erinnern.

»Und sonst?«

»Nichts. Kleckerbeträge rein, Kleckerbeträge raus, derzeit ein Minus von …«

»… knapp 125 Dollar.«

»Genau. Woher weißt du das?«

»Den aktuellen Kontostand hab ich hier auf dem Schiff rausbekommen. Hast du sonst noch was entdeckt?«

»Bislang nicht. Und hab auch keine Spende von Fowlers gefunden.«

»Du meinst also, die sind sauber?«

»Sieht so aus. Auf dem Konto gibt's keine Unregelmäßigkeiten. Ich hab mir die ganzen Daten runtergeladen und die halbe Nacht damit verbracht, alle Bewegungen anzusehen. Nichts. Wie gesagt, nur kleine Ein- und Auszahlungen, nur in elektronische Ausrüstung haben sie ein Vermögen investiert, aber das meiste von der ursprünglich eingezahlten Million.«

Leah schloss die Augen. Sie hatte es so gehofft. Wer auch immer die SeaSpirit-Bewegung torpedieren wollte, es gab keine Grundlage dafür.

»Geoffrey hat mir gesagt, ich soll da ruhig noch ein bisschen Zeit reinhängen, also klinke ich mich noch mal ein. Aber ich wollte dir auf jeden Fall sagen, dass das Konto koscher ist.«

Die beiden verabschiedeten sich, und Leah steckte das Handy weg. Sie hätte die Welt umarmen können. Alle Anschuldigungen waren offensichtlich falsch. Und David doch kein Schurke.

Als Leah zurück an Deck kam, hielt sie zwei Tassen Kaffee in der Hand. Eine reichte sie David.

»Hat er sich bewegt?«

Er schüttelte den Kopf. Wie schon in der Nacht zuvor saßen sie eine Weile schweigend nebeneinander.

»Wie lange kann so ein Zustand andauern?«, unterbrach Leah Davids Gedanken.

»Meistens nicht sehr lange. Wenn er's nicht bald schafft, sind seine Chancen nicht besonders groß.« Sie versteht nichts davon, aber intuitiv hat sie mit genau dieser Antwort gerechnet, dachte David.

»Und wir können nichts tun?«

»Warten. Und beten, wenn man glaubt, dass es hilft.«

Glaubte er es? Er war sich selbst nicht im Klaren darüber. Ja, er glaubte an einen Sinn der Schöpfung, er glaubte daran, dass es etwas gab, das dieses Universum erschaffen hatte, und er war überzeugt davon, dass all dies kein Produkt des Zufalls war. Wie oft hatte er schon über diese Fragen sinniert und war zu dem Schluss gekommen, dass alles, aber auch alles einen tieferen Zweck haben musste, auch wenn er sich seinem bescheidenen menschlichen Verstand entzog. Doch andererseits, wenn es diese höhere Kraft im Universum gab, die den Lauf aller Dinge regelte, warum gab es dann so viel Elend auf der Erde? Warum mussten so viele Kreaturen leiden und jämmerlich zugrunde gehen? Warum gab es all diese Kriege und Hungersnöte, warum so viel Ungerechtigkeit und Zerstörung? Das war die zentrale Frage, auf die man wieder und wieder zurückkam. Warum griff Gott, oder wie immer man dieses höhere Prinzip nennen wollte, nicht ein? War dies alles notwendiger Bestandteil unseres Seins? Lag es wirklich allein in unseren Händen zu bestimmen, wie das Schicksal eines jeden, wie das Schicksal dieser Welt seinen Lauf nahm? War das Ganze am Ende als eine Art Schule zu betrachten, mit allen Herausforderungen, die das Leben zu bieten hatte, in der jeder Einzelne irgendwann sein Examen zu absolvieren hatte – mit dem einen kleinen Unterschied, dass die Testanordnung bei jedem anders verlief? Waren Kriege, Leid und Vernichtung, kurz alles Negative, am Ende nichts anderes als uns unverständliche Prüfungen, die es zu bestehen galt?

Für all jene, die an so etwas wie Wiedergeburt glaubten, mochte dies einen Sinn ergeben, verbarg sich dahinter doch der Gedanke, dass dem Menschen eine Chance gegeben wurde, aus seinen Erfahrungen zu lernen. Doch für die anderen blieb es letztlich eine makabre Erklärung, wenn auch die einzig plausible, die für David mit der Vorstellung der Existenz Gottes Hand in Hand gehen konnte. Anders war es für ihn zumindest nicht zu begreifen.

»Da!«

Leahs Aufschrei riss ihn aus dem Grübeln.

»Haben Sie das gesehen?«

»Nein, was?«

»Er hat sich bewegt!«

David betrachtete den Wal. Er konnte keinerlei Regung wahrnehmen.

Sie fasste David an der Schulter. »Doch, seine Fluke hat sich bewegt!«

In diesem Moment sah es auch David. Die Fluke des Wals zuckte.

»Schon wieder!«, rief Leah aus, und die Freude ließ ihr Gesicht erstrahlen. Sie sprang auf und stieg so, wie sie war, einfach ins Becken.

David traute seinen Augen nicht. »Leah, das ist saukalt.«

Doch sie schien ihn nicht zu hören. Schon stand sie neben ihrem Schützling im Wasser und strich über seinen Kopf. »Mein Guter, komm schon, zapple richtig, und wir lassen dich wieder frei.«

Aber der Wal lag wieder reglos auf seiner Trage, auch wenn Leah nicht aufhörte, ihn zu streicheln und auf ihn einzureden. David beugte sich weiter über den Beckenrand. Vielleicht hatte Leah recht, vielleicht würde der Wal sich tatsächlich wieder erholen.

Dann hörten sie seine Laute. Der Wal sprach zu ihnen. David kannte Aufnahmen von Schweinswal-Lauten, von ihrem Klicken und auch von der ganzen Bandbreite an Pfeiftönen. Doch solche Laute, wie sie dieser Wal nun von sich gab, hatte er noch nicht vernommen. Er konnte sich des Eindrucks nicht erwehren, dass der kleine Kerl schrie. Leah sah David vom Becken aus an. Sie sprach nicht mehr zu dem Wal, und in ihrem Gesicht konnte David lesen, dass sie die Töne ebenfalls als Klagerufe interpretiert hatte. Sie wandte sich wieder ihrem Freund zu.

Der Wal bewegte seine Augen, suchte Leahs Blick, fand ihn und hielt ihn fest. Abermals stieß er sein gequältes Pfeifen aus. Seine Fluke zitterte erneut. Danach seine Flossen. Dann brachen seine Augen.

»Was ist los mit dir?«, stammelte Leah entsetzt, doch der Wal reagierte nicht mehr.

»Oh nein, bitte nicht«, flüsterte sie, und David sah mehr die Bewegung ihrer Lippen, als dass er verstand, was sie sagte. Er hatte schon befürchtet, dass der Wal den Tag nicht überleben würde. Zu oft hatte er in den Jahren auf der »SeaSpirit« derartig geschundene Tiere sehen müssen, um in dieser Beziehung noch irgendwelche Illusionen zu hegen.

Weinend umfasste Leah den leblosen Körper des kleinen Wals und weigerte sich, ihn loszulassen. Sie fühlte sich mitschuldig an seinem Tod, und sie fühlte Scham. Scham für alle, die daran beteiligt waren, dass das hier überhaupt geschehen war. Scham darüber, dass sie nie zuvor daran gedacht hatte, dass dies alles immer weiter passieren würde, wenn niemand etwas dagegen unternahm. Wahrscheinlich war es nicht einmal böse Absicht gewesen, als die Fischer das Netz dem Meer überließen. Für den Wal jedoch und all die anderen verendeten Geschöpfe spielte das keine Rolle mehr: Sie waren qualvoll zugrunde gegangen.

»Leah, kommen Sie aus dem Wasser. Sie holen sich eine Lungenentzündung.«

Sie hörte ihn nicht.

»Leah …«

David zögerte. Einen Moment lang dachte er daran, selbst ins Becken zu steigen und sie zu holen. Doch er wollte sich nicht auf eine Auseinandersetzung mit ihr einlassen. Wenn sie auch nur halb so emotional reagierte, wie er es getan hatte, als er zu Beginn seiner Fahrten Zeuge des Sterbens wurde, dann würde sie womöglich versuchen, ihm die Augen auszukratzen, wenn er sie anfasste. David erhob sich. Er würde wohl Hilfe benötigen.

Wenige Minuten später kam er gemeinsam mit Joe aufs Achterdeck zurück, unter seinem Arm eine Decke.

»Leah, bitte kommen Sie heraus. Wir werden den Wal jetzt dem Meer zurückgeben.«

Leah sah ihn nur an. Ihre Augen waren vom Weinen gerötet. Ein letztes Mal strich sie über die Haut des Wals, über seine Schnauze, flüsterte etwas, das David nicht verstehen konnte. Dann bewegte sie sich zum Beckenrand auf die Leiter zu. David war erstaunt, wie gefasst sie plötzlich erschien. Er nickte Joe zu, der den Kran bediente. Der ließ den Wal auf den Grund des Pools sinken, schwenkte den Kranausleger neben das Becken und löste die Halterung der Trage.

David reichte Leah die Hand. Sie griff danach, und er half ihr, aus dem Pool zu steigen. Leah nahm keine Notiz von ihm, ihr Blick war sofort wieder auf den toten Wal gerichtet, als ob ein Magnet ihre Augen ausrichten würde.

David breitete die Decke aus und legte sie um ihre Schultern.

Leah war völlig durchnässt, das Wasser tropfte aufs Deck. David wusste, dass sie jetzt schleunigst eine heiße Dusche benötigte, doch er wusste auch, dass nichts und niemand Leah in diesem Moment von Deck bewegen konnte.

Sam, Govind und Masao waren ebenfalls eingetroffen. Joe bediente weiterhin den Kran, während Masao in eines der Boote stieg. Mit schnellen, geübten Handgriffen ließen sie es zu Wasser. Kaum war das Seil des Krans wieder an Bord, hakte Joe die Leinen der Trage ein. Dann hievte er den toten Wal langsam aus dem Becken heraus und schwenkte ihn über die Bordwand.

Keine Sekunde ließ ihn Leah aus den Augen. David hatte einen Arm um sie gelegt, damit sie nicht noch mehr fror. Oder auch, um ihr Trost zu spenden. Leah schien es nicht wahrzunehmen. Unentwegt liefen ihr Tränen über das Gesicht.

Als Joe den Wal absinken ließ, löste sie sich von David und ging zur Reling, um das Tier im Auge zu behalten. David folgte ihr, hielt jedoch Abstand. Er kannte das Gefühl, das sie quälte. Vor allem die erdrückende Traurigkeit und den Wunsch, allein zu sein.

Masao gab Joe per Funk Anweisungen und hielt das Schlauchboot direkt neben dem Wal. Er legte eine Hand auf den Kopf des Tieres und summte ein leises Gebet. Seine Art, Abschied zu nehmen. Dann gab Joe Leine nach, und Masao löste die Seile. Als der Wal vom Tuch rutschte, sah es so aus, als bewegte er seine Flossen, als würde er ihnen ein letztes Mal zuwinken, dann versank er langsam in der Tiefe des Ozeans.

Joe ließ das Seil des Krans nach oben schnurren, und Sekunden später wehte die Trage im Wind neben der Reling, hing schlaff am Haken, nasses, nutzloses Utensil, das Letzte, was an das Leben dieses wunderbaren Wesens erinnerte. Der Anblick des knatternden, leeren Tuchs löste Leah aus ihrer Erstarrung.

David wusste, dass sie ihre Umwelt in diesem Zustand nicht

wahrgenommen hatte. Leah schaute nach innen, und er kannte sie nur zu gut, die schwarzen Bilder, die dort unaufhörlich emporstiegen. Doch der Ausbruch, der nun folgte, traf ihn völlig überraschend. Plötzlich hämmerten ihre Fäuste auf ihn ein. Das Trommelfeuer auf seiner Brust tat ihm nicht weh. Vielmehr traf ihn der gebrochene Klang ihrer Stimme, immer wieder nur dieses einzige Wort, als wäre es ein Mantra, dessen ständige Wiederholung den Lauf der Dinge ändern könnte: »Warum?«

Allmählich erlahmte ihre Kraft, und ihre Hände ruhten reglos auf seiner Brust. Sie begann zu schluchzen. Als könnte er damit die Wucht ihres Schmerzes lindern, legte David den Arm um sie und hielt sie fest.

So standen sie reglos an Deck, während es zu regnen begann – ein leichter Regen, kaum wahrnehmbar, der sich wie ein Schleier über alles legte.

Masao, Joe und Sam hatten längst das Schlauchboot wieder verstaut und den Kran abgeschaltet. Joe hatte David noch einen fragenden Blick zugeworfen, doch als der ein Nicken andeutete – Lass nur, ich kümmere mich um sie –, verschwand er mit den anderen.

Mittlerweile war auch die Decke völlig durchnässt, und David spürte, wie Leah darunter zitterte.

Es war ihr recht so. Je mehr ihr Körper fror, je mehr er sich bemerkbar machte, umso mehr würde dies, so hoffte sie, den Schmerz übertönen, der sie quälte.

Er stand alleine auf der Brücke und starrte in das dämmerige Licht, dessen Kontrast zum dunklen Meer nur allmählich geringer wurde, obwohl es schon nach Mitternacht war. Einer der Vorteile des Sommers in diesen Breitengraden. Die Wolken reflektierten das letzte Umbrarot der bereits versunkenen Sonne und tauchten die schneebedeckten Gipfel einer der Aleuteninseln vor ihnen in warmes Licht.

Vor wenigen Minuten hatte sich der Blas eines Wals gegen den Himmel abgezeichnet, und David war von diesem Anblick seltsam berührt. Wie lange noch würde es solche Begegnungen geben? Immer wieder nahm er sich vor, den Tod einzelner Tiere nicht mehr so nah an sich herankommen zu lassen, doch es schien ihm zunehmend schlechter zu gelingen.

Leahs Betroffenheit hatte jedenfalls mit dazu beigetragen, dass ihm der Tod des Wales mächtig zusetzte. Am liebsten hätte er so lange auf sie eingeredet, bis ihr Kummer verschwunden wäre. Doch sie hatte am Nachmittag darum gebeten, alleine sein zu können. Außerdem müsse sie anfangen, ihren Artikel zu schreiben. Genau genommen wusste er auch nicht, was er hätte sagen sollen. Worte des Trostes? Welche? Alle Tiere kommen in den Himmel? Jede Bemerkung musste wie blanker Hohn wirken.

Plötzlich öffnete sich die Tür, und Leah betrat die Brücke.

»Ich wollte mich bei Ihnen entschuldigen.« Ihre Stimme klang brüchig, erschöpft. »Vorhin an Deck … es tut mir leid, dass ich die Kontrolle verloren habe.«

»Leah, das ist doch kein Problem, ich …«

Leah gebot ihm mit einer winzigen Geste zu schweigen. »Ich war wie von Sinnen. Ich hab so etwas noch nie erlebt, und … Ich weiß nicht, wie ich es erklären soll, dieser Wal …« Leah stockte. Egal, was sie jetzt sagen würde, es würde der Sache nicht gerecht werden.

Doch David ahnte bereits, was sie ihm zu vermitteln suchte. Er kannte die Klippen, an denen die Sprache scheitern musste. Zu oft war es ihm selbst so ergangen. Zu oft hatte er das Unverständnis in den Gesichtern derer wahrgenommen, denen er versucht hatte, etwas von dem begreiflich zu machen, was sich während einer Begegnung mit einem Wal in ihm abspielte. Er deutete zu einem der Hocker, und Leah nahm Platz.

»Ich hab genauso reagiert wie Sie, gerade als ich die ersten Male mit so was konfrontiert wurde. Fragen Sie Steve. Hab mir seinerzeit die Lunge aus dem Leib geschrien.« Und später fast die Leber rausgesoffen, dachte er, aber das sagte er ihr nicht.

»Ich habe die Aktivitäten von Greenpeace und allen anderen Organisationen, die sich für den Schutz der Wale einsetzen, immer geschätzt«, fuhr Leah fort. »Und ich glaube, die meisten finden Walschutz o. k., und die Schlauchbootfahrer, die den Harpunen trotzen, sind die Helden von heute. Aber ich hab nicht gewusst, dass ...«

Leah suchte nach dem richtigen Wort und konnte es nicht finden. Sie hatte nicht gewusst, dass diese Wesen da draußen im Ozean nicht einfach irgendwelche »Tiere« waren. Wollte sie das wirklich sagen? Dass sie gespürt hatte, dass dieser Wal in dem Becken dort nicht weniger war als sie .... Dass er ihr etwas gegeben hatte, was immer noch tief in ihr wirkte? Dass sie es noch nicht begreifen konnte oder erst zögernd zu verstehen schien? Offensichtlich hatte er eine Tür in ihr geöffnet, und sie wusste nicht, ob sie darüber glücklich sein sollte oder ob sie daran verzweifeln würde.

Obendrein meldete sich ihr innerer Zweifler. Hatte all das wirklich seine Ursache in der Begegnung mit dem Wal oder bloß in der Tatsache, dass er so tragisch gestorben war, und wurde dies deshalb von ihr selbst erzeugt, aus Trauer, aus dem Gefühl der Verzweiflung, der Mitschuld?

Hatte die Wissenschaft nicht längst bewiesen, dass Wale niemals die Intelligenz des Homo sapiens besaßen? Und selbst wenn, so war es doch naheliegend, dass sie nicht mit dem Menschen auf eine Stufe zu stellen waren, mit dessen Brillanz, Dinge zu erschaffen, seinem Erfindergeist, seinem enormen Schöpfungspotenzial. Was hatten Wale schon hervorgebracht? Nichts. Sie waren einfach nur.

Sie waren einfach nur ... Wie oft war ihr dieser Satz in den letzten Stunden durch den Kopf gegangen wie der Refrain eines Liedes. Zig Millionen Jahre Evolution – und das war's? Mehr nicht als einfach nur Dasein? Oder war es genau das: das Sein selbst als höchstes Ziel hinter allem? Einfach nur die Wahrnehmung dessen, was »ist«? Kein Gestern, kein Morgen, alle Energie auf diesen einen Moment ausgerichtet, auch wenn er ewig dauern konnte?

Leah wollte sich nichts vormachen, sie war verwirrt. Vor ihr hatten sich Fragen aufgebaut, wie eine endlose Mauer, die sie nur dann überwinden konnte, wenn sie das Lösungswort kannte. Aber sie kannte es nicht.

»Ich weiß nicht, vielleicht klingt das zu pathetisch, aber mittlerweile bin ich der Überzeugung, dass Ihre Arbeit wichtiger ist, als die meisten Menschen da draußen ahnen. Fragen Sie mich nicht, wieso ... Es hat mit diesem Wal zu tun und mit etwas, was mir durch ihn erst langsam bewusst wird. Klingt das sehr seltsam?«

Ihre Hocker standen nahe beieinander. Es hätte für beide nur einer winzigen Bewegung bedurft, die Hand des anderen zu berühren. David staunte nicht mal über die Tatsache, dass er eine derartige Geste in Erwägung zog.

»Danke, dass Sie sich mir anvertrauen«, sagte er nach einer Weile. »Nein, es klingt nicht seltsam. Ich glaube, es ist das Schönste, was ich je gehört habe.«

Dann schwiegen sie. Beide spürten, dass sie irgendwie miteinander zu verwachsen begannen, und es schien nichts zu geben, was sie daran hindern konnte. Alles war perfekt, so wie es war. Kein Wort, das gesagt werden musste, keine Gebärde, die gefehlt hätte. Zwei Wesen, die nicht nur die gleiche Luft miteinander teilten, sondern auch die gleichen Gedanken und Gefühle. Keiner wandte den Blick vom anderen ab, keiner wollte, dass es endete.

So saßen sie, bis Joe hereinplatzte. Ihm war sofort klar, dass es nicht der passendste Augenblick war, um auf der Brücke zu erscheinen. Zu blöd. Doch jetzt war er da, und es hätte seltsam gewirkt, wenn er wortlos verschwunden wäre. Er hatte eine bessere Idee.

»Ich übernehm jetzt das Ruder. Hau dich in die Falle oder mach, was du willst. Hauptsache, du verschwindest von hier.«

Ein zaghaftes Lächeln zeigte, dass David Joes Vorschlag zu schätzen wusste.

»Begleiten Sie mich in die Kombüse? Vielleicht finden wir noch was zu essen.«

»Ich habe keinen Hunger.«

»Ich weiß. Aber es geht das Gerücht, dass es ungünstige Folgen hat, wenn man nicht irgendwann wieder mit der Nahrungsaufnahme beginnt, Leah.«

Leah – wie schön es war, diesen Namen auszusprechen.

Der Wein ließ eine angenehme Wärme in ihre unterkühlten Glieder strömen. David hatte vorgeschlagen, sie solle, wenn sie immer noch Lust hätte, ihn zu interviewen, ihm einfach jetzt ihre Fragen stellen. Er wusste, dass dies der beste Weg war, um sie von dem Geschehenen ein bisschen abzulenken.

Leah fühlte sich zurückversetzt. Es war wie damals vor sechs Jahren, in der kleinen Bar in New York. Als sie gehofft hatte, er würde sie in seine Arme nehmen und nie wieder loslassen.

»Sie wollen doch sicher wissen, wie ein Aktienspekulant dazu kommt, von heute auf morgen ein Schiff zu besteigen, Wale zu schützen und der restlichen Welt den Rücken zuzukehren.«

Leah nickte ihm nur zu. Unmittelbar nachdem sie heute Morgen mit Nick telefoniert hatte, wollte sie David alles beichten, war schon auf dem Weg zu ihm, doch dann verwarf sie den Gedanken wieder. Wozu auch? Sie würde nichts gegen die »Sea-Spirit« unternehmen, also brauchte sie sich in Davids Augen nicht noch schlechter zu machen.

David lehnte sich ein wenig zurück, sah an die Decke und stieß die Luft aus. »Das hab ich mich in den letzten Jahren auch ein paar Mal selbst gefragt.«

Sein Blick schien nach innen gekehrt, abwesend. Leahs Augen wanderten zu seinen Händen. Wie sehr hatte sie sich an dem Abend damals gewünscht, seine Hände zu berühren. Auch in diesem Moment spürte sie einen Impuls, sie zu umfassen.

»Wissen Sie, es war eine sehr spontane Entscheidung«, meldete sich David aus seinem Gedankenexil zurück. »Steve hat Ihnen sicher schon erzählt, wie ich in sein Leben gestolpert bin. Ich bin damals geflüchtet.« David lachte auf. »Meine ganze Welt war zusammengebrochen. Ich bin zum Flughafen gefahren und habe gefragt, welcher Flug mich möglichst weit weg brächte. L.A., erklärte mir die Dame am Check-in, in einer Stunde. Ich kaufte das Ticket und fand mich am selben Abend an der Westküste. Glücklicherweise hatte sie nicht Kathmandu gesagt. Wär etwas schwierig gewesen, am Himalaya auf Wale zu stoßen.«

David schüttelte den Kopf, als ob er seiner eigenen Geschichte misstraute. »Ich wollte nur noch abhauen, meine ganze Welt lag in Scherben. Keine Perspektive mehr. Vom jetzigen Standpunkt aus gar nicht mal das Schlechteste … Damals war es die Hölle. Besonders, weil ich es, trotz allem, was darüber geschrieben wurde, nicht verschuldet hatte. Ich Trottel bin schlicht und einfach betrogen worden. Klassisch. Dummdreist. Jemand hat auf meine Kosten sehr viel Geld gemacht. Womit ich noch hätte leben können, aber mit dem Geld verlor ich auch meinen Ruf. Und schneller, als eine Lawine den Berg hinunterrauscht, war ich erledigt.«

David schüttelte wieder den Kopf. »Mit Harriman fing alles an. War bombensicher – dachte ich. Und ich hatte ein gutes Gefühl für diese Dinge.«

Leah zuckte leicht zusammen, als sie *Harriman* hörte. Noch immer, Jahre nach dem Tod ihres Vaters, bewirkte der Klang dieser drei Silben bei ihr ein Frösteln.

»Sie erinnern sich vielleicht noch: Harriman war der Name eines Aktienfonds, für den ich die Verantwortung trug. Alles Aktien von Firmen, die man der ›New Economy‹ zurechnen würde. Innovative Ideen, im Hightech-Bereich angesiedelt. Computer, Biochemie und so weiter, ziemlich riskant, nur hatte ich in der Beziehung wie gesagt eine gute Nase. Von vier Werten stiegen mindestens drei, das rechnete sich immer. Harriman zum Beispiel war eine todsichere Sache; im Verhältnis zu anderen Fonds gehörte der schon fast zu den konservativen und versprach dennoch, einen riesigen Satz nach oben zu machen. Eines der Unternehmen im Fonds war Psipixels, für Firmen dieser Kategorie schon regelrecht etabliert. Die arbeiteten in der Visualisierung von Simulationsprogrammen, hatten zugekauft, was das Zeug hielt, und es war abzusehen, dass nicht mehr viel fehlte, und sie würden eines der ganz Großen werden. Und diesen Sprung planten sie durch eine weitere Übernahme, die den Gewinn in die Höhe schnellen lassen sollte. Sie wollten eine Spieleschmiede kaufen. Nein, nicht eine, sondern *die* Firma für Computerspiele, Xansons, ein kleiner Laden, aber sie waren schlichtweg die Besten. Traten nicht selbst in Erscheinung, sondern arbeiteten für die Großen der Branche. Vier Leute, die sich seit Jahren mit nichts anderem beschäftigten als der Erschaffung virtueller Welten und Menschen im Computer. Darin waren sie perfekt. Es mangelte noch an Rechnerpower, doch mit noch sehr langsam laufenden Modellen zeigten die Cracks von Xansons, was möglich war. Gleichzeitig arbeiteten sie an einem Computerspiel mit bis dahin ungekannten Animationen, es würde den Markt umkrempeln. Und es sollte ihre Visitenkarte werden, ihr Ticket nach Hollywood. Denn damit würde das richtig große Geld kommen. Sie waren nur noch einen Tick davon entfernt, Schauspieler künstlich ›herzustellen‹.

Man kann sich vorstellen, was das bedeutet: Erklärtes Ziel in Hollywood war und ist es, mit Computerfiguren, nein, mit Computer*menschen* auf Dauer den echten Stars Konkurrenz zu machen. Wenn es Hollywood gelingt, einen Computermenschen zum Star zu machen, werden sie Gewinne einfahren, von denen man heute nur träumen kann. Denken Sie nur an die Gagen, Krankheitsausfälle, die horrenden Versicherungssummen für die Beine der Filmdiva. Und Xansons war fast am Ziel! Um es kurz zu machen, Psipixels hat die gekauft, die Aktien schossen nach oben, und keiner hat dabei bedacht, dass der prognostizierte Erfolg von Psipixels plötzlich an den vier Brains von Xanson hing. Und die stiegen aus. Gleichzeitig. Alle vier. Ohne die war Xansons aber kaum noch was wert. Psipixels stürzte ins Nichts und zog Harriman mit sich. Und mit Harriman mich. Es hat ein Jahr gedauert, bis ich herausbekommen habe, wer wirklich dahintersteckte. Es gibt eine Spielart bei sogenannten Hedge-Aktienfonds, bei denen ein Broker mit terminierter Beleihung von Aktien auf deren Absturz spekuliert. Einer meiner lieben Kollegen hatte genau das durchgezogen. Ich nehme an, dass er trotz aller Schmiergelder einen guten Schnitt gemacht hat.«

»Haben Sie ihn nicht angezeigt?«

In Davids Stimme lag eine Mischung aus Schwermut und Belustigung. »Als ich das herausfand, war ich schon lange hier auf dem Schiff. Mit Harriman gingen Stück für Stück meine Fonds in den Keller, ein Dominoeffekt. Dem Kollegen, der mich fertigmachen wollte, ist sein Vorhaben mehr als geglückt. Es dauerte nicht lange, da konnte ich meinen Hut nehmen.«

»Warum haben Sie das nicht bekanntgegeben?«

»Unser Business ist eine brisante Mischung aus Politik und Showbiz, jedes Dementi wird als doppeltes Eingeständnis gewertet. Und die Presse hatte mich ziemlich in der Zange. Aber das wissen Sie ja am besten.«

Leah war erstaunt, in seiner Bemerkung keine Bitterkeit mitschwingen zu hören. Dennoch wäre sie am liebsten im Boden versunken. Sie hatte einen Schuldigen für den Tod ihres Vaters gebraucht und sich David auserkoren. Den Mann, der ihr den Tipp gegeben hatte? Nein. Den Mann, der ihr nach einem vielversprechenden Abend einen Korb gegeben hatte und seiner Partnerin treu blieb. Den Mann, der genau das getan hatte, was sich jede Frau von ihrem eigenen Mann in so einer Situation gewünscht hätte.

»Tut mir leid«, sagte Leah, »davon hatte ich keine Ahnung.«

»Wissen Sie, wenn es jemandem gelang, einen Börsenhai wie mich so zu linken, dann konnte ich bei weitem nicht so gut sein, wie ich dachte.«

»Und Sie sinnen nicht auf Rache?«

»Warum? Ich möchte mein derzeitiges Leben mit nichts und niemandem tauschen. Es mag seltsam klingen, aber vielleicht sollte ich denen, die an meinem Untergang mitgewirkt haben, sogar dankbar sein.«

»Wie sind Sie zu den Walen gekommen? Ich meine, Sie sind doch nach dem Crash nicht nach L.A. geflogen, über Steves Füße gestolpert und haben einfach so beschlossen, ein Walschützer zu werden.«

David lachte. »Warum nicht?«

»Es gibt für alles im Leben eine Motivation. Und Sie betreiben das hier zu intensiv, als dass es Zufall sein könnte.«

David lächelte. »Abendkurse in Verhaltenspsychologie, Ms Cullin?«

»Zaghafter Versuch, vom Thema abzulenken, Mr McGregor?«

»Touché! Wenn ich Ihnen das erzähle, geben Sie mir Ihr Wort, dass Sie nicht darüber schreiben werden?«

»Weshalb?«

»Nun, es ist eine sehr private Geschichte, die nicht mal Steve kennt. Und ich möchte sie nirgendwo gedruckt sehen, das ist alles.«

Leah wich seinem Blick nicht aus. Und warum will er *dir* dann die Geschichte erzählen? »Natürlich ... Ich behalte es für mich.«

David lehnte sich zurück und faltete die Hände hinter dem Kopf. »Ich war damals zwölf. Es war das letzte Mal, dass ich den Sommer bei meinem Großvater verbrachte. Er lebte in einem kleinen Fischerdorf an der Ostküste, ganz in der Nähe der irischen Hauptstadt, Skerries hieß das Örtchen. Wissen Sie, ich war ein Stadtkind, durch und durch, ich liebte Fernsehen, Comics, Autos, spielte gälischen Football, eine Mischung aus Fußball und Rugby, unsere Mannschaft war die beste in ganz Dublin – ich war ziemlich im Reinen mit der Welt damals. Aber die Sommer bei ihm, die waren was Besonderes.«

Er griff zur Rotweinflasche und schenkte Leah nach.

»Mein Großvater war ein feiner Mann, Fischer von Beruf. Als ich auf die Welt kam, hatte er die sechzig schon erreicht. Er verkaufte sein Schiff und lebte von dem Erlös und einer bescheidenen Rente. Doch immer, wenn ich bei ihm war, durfte ich einmal mit auf See fahren. Alle Menschen im Dorf kannten ihn, und es war für ihn nicht schwer, ein Boot zu finden, auf dem wir einen Tag lang rausfahren konnten. Ansonsten machten wir Spaziergänge, am liebsten zu dem kleinen Hafen. Schiffe haben mich immer fasziniert. Und ich half ihm im Haus oder beim Anstreichen des Zauns. Ich wusste nicht, dass er Krebs hatte – die gleiche tückische Krankheit, an der auch meine Großmutter zehn Jahre zuvor starb. Ich merkte nur, dass er nicht mehr so kräftig war wie früher und ich, der ich als Kind hier und da mitgeholfen hatte, nun wirklich mit anpacken musste.

Auf einem unserer Spaziergänge lag eines Tages etwas am Strand, das wir aus der Entfernung nicht identifizieren konnten. Ich dachte zuerst, es wäre ein Mensch, doch ich erkannte, dass es zu groß war. Ich rannte hin. Es waren zwei Delfine gestrandet – ein junges Tier und ein ausgewachsenes Weibchen. Wir waren hilflos, zu weit vom Dorf entfernt, um Hilfe zu holen, zu schwach, um die Delfine ins Meer zu tragen, also breiteten wir Handtücher auf ihren Leibern aus, hielten sie feucht wegen der Sonne und warteten auf die nächste Flut.«

»Und – haben Sie die Delfine retten können?«

»Nur einen. Die Flut kam, doch die Tiere waren zu weit an Land gespült worden, als hätte eine riesige Welle sie an den Strand geworfen… Für das Weibchen war es zu spät. Ähnlich unserem kleinen Freund von gestern pfiff und schnatterte sie noch mal, bewegte hilflos ihre Flossen – und starb. Es war das erste Tier, das ich sterben sah.«

Leah sah den kleinen Wal vor sich, der in ihren Armen gestorben war.

»Der jüngere Delfin, den ich Jack getauft hatte, blickte mich an, und irgendwas war da zwischen ihm und mir. Mein Großvater sagte, ich solle mit ihm reden. Also wischte ich die Tränen ab und fragte verzweifelt, was ich denn sagen solle. ›Du musst nicht laut sprechen‹, meinte er, stand auf und ließ mich allein mit meinen Gedanken.

Ich zermarterte mir das Hirn, was ich dem Delfin sagen könnte. Mein Gott, ich wollte, dass er es schaffte, dass er seinen Weg zurück ins Meer fand, zu seiner Familie schwamm, noch viele

Jahre leben würde, selbst Kinder bekam, dass er all das, was er noch vor sich hatte, auch erleben konnte. Aber was sollte ich ihm sagen? Ich saß im Sand wie ein Häufchen Elend, bangte um ihn, während unsere Blicke einander nicht losließen.«

So wie unsere jetzt, dachte Leah.

»Irgendwann kam dann unser Nachbar James mit seinem alten Abschleppwagen vorbei, der ein Ableger irgendeines Militärlasters zu sein schien, der Motor verursachte jedenfalls einen Heidenlärm. James rangierte den Wagen rückwärts neben den Delfin. Glücklicherweise hatte er eine Plane dabei, an deren Enden sich Ösen befanden, sodass man ihn damit anheben konnte.

Wir rollten das arme Tier auf die Plane. Sein Pfeifen machte auch einem, der seiner Sprache nicht mächtig war, klar, dass er das alles nicht besonders witzig fand. Während ich den Männern half, brabbelte ich ständig vor mich hin. Ich entschuldigte mich bei Jack, sagte ihm, wir müssten das machen, das sei wie eine Spritze beim Doc, es sei nicht angenehm, aber nötig. Wenige Minuten später hing Jack am Ausleger des Abschleppwagens. James steuerte den Laster rückwärts in die See, und ich lief mit meinem Großvater ins Wasser. James setzte den Wagen so weit zurück, bis der Motor absoff. Die Wassertiefe betrug vielleicht einen knappen Meter, etwas zu flach für den Delfin, aber wir konnten ihn nicht weiter ins Meer bugsieren. Obwohl der Krach, den der Laster machte, alle Tiere in der Umgebung in nackte Panik hätte versetzen müssen, erkannten wir die Finnen unzähliger anderer Delfine, die nun ihrerseits gefährlich nah ans Ufer schwammen. Und Jack pfiff und stieß seine Knacklaute aus. Mein Großvater und ich ließen ihn langsam ins Meer gleiten, öffneten die Plane – und Jack war frei. Er stach jedoch nicht sofort in See, als ob er diesen Moment seiner Rettung mit uns teilen wollte. Er sprang auch nicht aus dem Wasser, denn es war nicht tief genug, um eine Landung zu riskieren.

Ich sah Jack an, und irgendwas in mir … na ja, ich war ziemlich aufgewühlt. Jack hielt inne, seine Augen suchten nach meinen. Als er mich im Blickfeld hatte, schwamm er langsam auf mich zu. Ich wich nicht zur Seite. Er sah mich nur an. Das heißt, damals dachte ich, er sähe mich nur an. Dann stupste er mich zweimal sanft in den Bauch, drehte sich um, und ich konnte nicht anders, als ihm hinterherzuspringen und nach seiner Rückenfinne zu greifen. Und Jack zog mich ins Meer hinaus. Ich hab es mir später erzählen lassen, gehört hab ich es in dem Augenblick nicht: Mein Großvater rief mir hinterher, geriet in Panik, nicht wegen des Delfins, er hatte Angst, ich würde vielleicht loslassen und da draußen in eine Strömung geraten. Doch ich wusste, dass für mich keine Gefahr bestand. Jack zog mich bis zu seiner Familie, einer Delfinschule, die ihn erwartete. Er schlängelte sich zwischen seinen Artgenossen hindurch, ohne dass er oder ich auch nur einen berührten. Ich weiß nicht, wie lange es dauerte, wenige Minuten wahrscheinlich, dann drehte Jack um und schwamm zurück in Richtung Strand. Bis zu meinem Großvater, der am Ufer auf uns wartete. Ich ließ Jack los, und er stupste mich noch einmal. Dann verschwand er. Sekunden später war seine Finne nur noch eine unter all den anderen. Und – das werden Sie sicher nicht glauben – sie blieben alle in der Nähe des Strandes, bis wir das Weibchen begraben hatten, erst dann verschwanden sie.«

Leah spürte den Kloß im Hals und hoffte, nicht erneut von einer Tränenattacke überrollt zu werden.

»Hab lange darüber gegrübelt«, hörte sie David sagen, »was mein Großvater eigentlich damit gemeint hatte, dass ich es nicht laut aussprechen müsse. Heute weiß ich, dass der Delfin alles verstand, was ich dachte, meine Sorge um ihn, mein Mitgefühl. Und als er mit mir schwamm, spürte ich, dass auch er mir etwas zu sagen hatte. Was ich aber leider nicht begriff. Damals nicht … Langweile ich Sie?«

»Keineswegs«, antwortete sie prompt und hoffte, dass ihre Stimme nichts von ihrer Aufgewühltheit verriet.

»Nur für den Fall, dass ich Sie langweile …«

»Nun erzählen Sie schon weiter!« Und in einem etwas sanfteren Ton ließ sie schnell ein »Bitte« folgen.

»O. k. Ich hab das wohl erst begriffen, nachdem ich Steve traf. Da war die Episode mit Jack in meinem Kopf längst verblasst. Na ja, ich war zwölf damals. Ein Jahr später begann ich mich für Mädchen zu interessieren, die Schule wurde härter, irgendwann machte ich den Führerschein, hatte die erste Freundin, die ersten Aktien, absolvierte mein Studium, ging in die Staaten, legte eine Finanzkarriere hin. Die Delfin-Geschichte war nicht mehr wichtig, sie war eine nette Erinnerung, wie ein altes, vergilbtes Foto – nur noch eine Anekdote auf Partys, kam gut bei Frauen an. Ich erinnerte mich noch an Jack, an die Rettungsaktion, aber das Band zwischen uns hatte ich vergessen.

Dann hörte ich von Steve und seiner Whale-Watching-Tour. Vielleicht war es Schicksal, vielleicht ein Ruf – keine Ahnung. Ich war damals nahe dran, mich vom nächstbesten Dach zu stürzen oder einfach nur in Apathie zu verfallen.«

David nahm einen Schluck Rotwein und schien sich in seinen Erinnerungen zu verlieren. »Den ersten Tag bekamen wir keinen einzigen Wal zu Gesicht. Es war schwül, die Sonne verbrannte uns die Haut, und alle waren ziemlich gereizt. Die Nacht verbrachten wir auf dem Schiff, doch an Schlafen war für mich nicht zu denken. Es war ein Tag vor Vollmond, tausend Gedanken gingen mir durch den Kopf, und in der stickigen Kabine war es nicht zum Aushalten. Als ich an der Reling stand, hörte ich ein leises Plätschern. Dann sah ich ihn. Mit allem hatte ich gerechnet, nur damit nicht. Er lag vor mir wie ein Wesen von einem anderen Stern, von einer Größe, die unendlich schien. Ein Finnwal. Sicher zwanzig Meter lang. Er hatte sich auf die Seite gelegt, sodass er mich in aller Ruhe betrachten konnte. Es war unheimlich, mystisch, ich war mir nicht mal sicher, ob das nicht alles Teil eines Traums war. Egal. Etwas ging von ihm aus, das mich zu ihm zog, und so nahm ich das Schlauchboot, um ihm näher zu sein. Wieso der Wal gerade beim Schiff war, wieso er mir so viel Aufmerksamkeit schenkte, keine Ahnung, damals überkam mich der Verdacht, er habe nur auf mich gewartet. Jedenfalls blieb ich fast die halbe Nacht bei ihm – oder er bei mir, wie man es auch auslegen will.

Und so geschah es zum zweiten Mal, dass mir ein Wal aufmerksam zuhörte, ohne dass ich etwas laut sagte. Und ich spürte, dass ich hier einen Freund gefunden hatte, der mir die Gewissheit gab, dass es in Ordnung war, so wie mein Leben bisher verlief. Es war, als ob ich plötzlich begriff, dass wir alle einer Art rotem Faden zu folgen hatten, wie einem inneren Skript, nur geschrieben, damit sich das, was man Schicksal nennt, erfüllen kann. Es stand vollkommen klar vor meinen Augen, aber das Interessanteste war, dass auch die Zukunft vor mir lag wie ein offenes Buch und ich deutlich sah, dass ich auf dem Meer zu Hause war.

Irgendwann war dann dieser ›Traum‹ zu Ende, und als ich mich wieder in die Koje legte, hatte ich hohes Fieber und Schüttelfrost, und schließlich schwitzte ich, so wie ich in meinem ganzen Leben noch nie geschwitzt hatte. Doch am nächsten Morgen fühlte ich mich um vieles leichter, hatte kein Fieber mehr, und es ging mir blendend. So gut, dass ich, als wir den Wal erneut sichteten, nicht anders konnte, als zu ihm ins Wasser zu springen. Wie ich einst zu Jack gesprungen war. Ich schwamm zu ihm. Und in dem Moment, als ich ihn berührte, wusste ich, was Jack mir mitgeteilt hatte.«

Davids Lächeln wirkte verlegen. »Könnte mir vorstellen, es war das Gleiche, was Ihnen der kleine Wal gesagt hat. Auf die eine oder andere Weise. Lässt sich eben schwer in Worte fassen. Er sagte es jedenfalls auf eine Weise, die ich in unserer Welt vielleicht eher der Musik zuordnen würde. Sie hören Miles, und irgendwie spricht er zu Ihnen, ohne Worte, in einer anderen Sprache, einer metaphysischen. Und Sie reagieren darauf, verstehen Sie? Und eine solche metaphysische Verbindung besteht auch zwischen mir und den Walen. Ich habe eine Weile gebraucht, um es zu begreifen.«

Jedes seiner Worte entsprach dem, was auch Leah erfahren hatte, es war fast so, als hätte sie den Bruchteil einer Sekunde vorher schon gewusst, was er ihr erzählen würde, als hätte sie es ihm souffliert. Sie hatte das Gefühl, dass alles, was diesem Mann zugestoßen war, einen Sinn ergab und dass sein Leben genauso verlaufen musste, wie es verlaufen war, auch wenn sich vieles davon mit schmerzhaften Erfahrungen verband. Auch für sie. Und in diesem Augenblick hatte sie das Gefühl, ihn zu lieben.

Jetzt drehst du völlig ab, Leah Cullin, meldete sich eine ihr wohlbekannte Stimme. Wirf mal unauffällig einen Blick zu dieser Weinflasche. Was siehst du da? Richtig, nichts siehst du da. Hast sie fast alleine ausgetrunken. Also lass die Gefühlsduselei und warte bis morgen früh, wenn du wieder bei Sinnen bist.

Sie musste an den kleinen Wal denken, und erneut stiegen Tränen in ihr auf, diesmal unaufhaltsam. Sie konnte sich einfach nicht dagegen wehren, genauso wenig wie gegen das Bild seines toten Körpers, wie er lautlos im Meer versank. »David, er hatte keinen Namen. Ich hab ihm keinen Namen gegeben, als er noch lebte.«

Er wusste, was sie meinte.

»Er hätte einen Namen haben müssen, immer, wenn ich ihn vor mir sehe, heißt er nur *der kleine Wal* – verdammt, ich will jetzt nicht heulen.« Wieder wischte sie über ihre Augen. David zauberte ein Taschentuch hervor. Sie tupfte sich das Gesicht damit ab und erkannte, dass sich ihr Make-up weiträumig verteilt haben musste.

»Wenn sie alle einen Namen hätten, wäre das Sterben nicht so anonym. Ich bin sicher, wenn ein Wesen einen Namen hat, kann man es nicht so einfach töten.«

»Da haben Sie vielleicht recht. Sogar die Cops der Mordkommission nennen Opfer, deren Namen sie nicht kennen, ›John Doe‹, um nicht immer von ›der Leiche‹ sprechen zu müssen.« Er überlegte und fragte dann: »Was halten Sie davon, wenn wir ihn Jonas nennen?«

Leah nickte ihm dankbar zu, und David fragte, ob er das Taschentuch kurz haben könnte. Behutsam wischte er die Spuren der verlaufenen Wimperntusche aus ihren Augenwinkeln und reichte ihr das Tuch zurück.

»Entschuldigen Sie, aber ich nehme an, es war in Ihrem Sinn.« Er lächelte sie an mit dieser anziehenden Mischung aus Machotum und Fürsorge.

Gerade als sie sich bei dem Gedanken erwischte, warum es ihr nichts ausmachte, dass sie sicherlich wie ein Schreckgespenst aussah, hörten sie Masao rufen. Die Schule der Buckelwale war in Sicht.

Sicher hundert Tiere«, meinte Steve, dessen Augen irritiert zwischen David und Leah hin und her wanderten, als die beiden die Brücke betraten, »eine riesige Schule!«

Alle waren da, Joe, Sam, Govind, Steve, Masao, sogar Marek hatte seine Kombüse verlassen.

Das Geräusch einer Fontäne lenkte ihren Blick aufs Meer. Da die Brücke nur schwach vom Schein der Instrumente erhellt war, konnten sie in der Ferne die Wolke eines Walblas in sich zusammenfallen sehen und erkennen, wie die feinen Tröpfchen im Mondlicht flirrten. Wenige Sekunden später schoss ein Wal durch die Meeresoberfläche, drehte sich in der Luft und landete, während er Unmengen Wasser durch die Gegend wirbelte, wieder in seinem Element.

Leah war immer noch aufgewühlt von ihrem Gespräch. Und sie spürte, dass es ihr unter all den Menschen hier zu eng wurde.

»Ich geh noch mal an die frische Luft«, flüsterte sie und verschwand.

Sie holte ihre Jacke und verkroch sich am Bug des Schiffes. Kein Wölkchen trübte den Himmel, und der Mond schien nur dazu da, die Nacht der Wale zu beleuchten. Sie erinnerte sich daran, den Gesang der sich vor ihr tummelnden Kolosse mit ihren überirdisch sehnsuchtsvollen Tönen, die wie aus einer anderen Welt zu kommen schienen, schon einmal vernommen zu haben, glaubte, sie regelrecht hören zu können, auch wenn dies unmöglich war, denn erstens hätte man dazu ein Unterwassermikrofon benötigt, und zweitens war gerade keine Paarungszeit. Also musste es etwas anderes sein, was sie deutlich spürte: War es die Präsenz der Wale oder vielleicht die Tatsache, dass sie ihre Gefühle für David McGregor einfach nicht mehr unter Kontrolle zu halten vermochte? Es war das erste Mal, dass sie es sich nach so langer Zeit wieder offen eingestand.

Die Nacht der Wahrheit. Der Einsicht.

Ein tragischer Glücksfall. Im falschen Augenblick dem Richtigen begegnet zu sein. Schicksal. Jetzt war der Augenblick wieder der falsche. Dass sie zusammenkommen sollten, schien einfach nicht vorherbestimmt. Sei still und sei einfach nur bei den Walen!

Sie machen dir Mut.

Leah wusste nicht, wie lange sie schon an der Reling gestanden hatte, als sie mit einem Mal Geräusche hörte, die mit von Menschen erzeugter Musik nichts gemein hatten. Und doch war es eine Melodie … Govind musste das Unterwassermikrofon der »SeaSpirit« an die Lautsprecher angeschlossen haben, damit sie alle den Gesang der sich vor ihnen tummelnden Kolosse verfolgen konnten – ein Lied, dessen Töne aus einer anderen Welt zu kommen schienen. Leah war so davon gebannt, dass sie es nicht einmal bemerkte, als David sich zu ihr gesellte. Schweigend standen sie nebeneinander und schauten in die nächtliche See hinaus, auf die sich das Licht von Mond und Sternen wie ein Teppich gelegt hatte. Immer noch stiegen die Wale in der Nähe des Schiffs aus dem Wasser empor und ließen sich wieder fallen.

»Es hat etwas Magisches«, sagte Leah schließlich.

»Seltener Anblick hier in Alaska, das machen sie eher in den Paarungsgebieten. Wahrscheinlich eine Sondervorstellung für Sie.«

Die »SeaSpirit« lag reglos im Wasser. So konnte Leah es nicht auf die unruhige See schieben, dass ihre Hand neben die seine rutschte. Sie berührten einander nur mit der Außenseite des kleinen Fingers, und trotzdem glaubte Leah dort ein Kribbeln zu verspüren, als ob sie Medium eines Experimentes zur Fernübertragung von Strom wäre. Keiner umfasste die Hand des anderen. Keiner zog seine Hand zurück. Es fiel Leah schwer, ihre Aufmerksamkeit ungeteilt der Aufführung der Wale zu schenken. Wenn sie nicht Dinge tun oder sagen wollte, die sie vielleicht morgen bereute, war es an der Zeit, sich zu verabschieden und schlafen zu gehen. Allein. Sofort.

»Ich bin sehr müde«, log sie. »Gute Nacht, David. Und danke.«

»Danke wofür?«

Leah versuchte ein unverfängliches Lächeln, das ihr misslang. »Dafür, dass Sie mir Ihre Geschichte erzählt haben. Aber vor allem für den Namen.«

David nickte ihr zu und suchte ihren Blick. Keiner wandte sich ab, wie auch zuvor keiner die Berührung unterbunden hatte. Er sah sie voller Wärme an, seine Augen hatten alle Härte verloren.

»Gute Nacht, Leah.«

»Gute Nacht, David.«

Sie verließ das Vorschiff und ging ohne Umweg in ihre Kabine. Allein. Vernünftig. Sie hatte sich in ihrem Leben schon manches Mal das genommen, was sie gewollt hatte. Und sie war sich *fast* sicher, dass David ihren Kuss, hätte sie es darauf angelegt, erwidert hätte. Fast! Doch drei Dinge waren ihr durch den Kopf gegangen, als sie sich schweigend gegenüberstanden. Zuerst einmal erinnerte sie sich an die Szene im Hotel vor sechs Jahren. Eine nochmalige Zurückweisung hätte sie womöglich nicht ertragen. Zweitens dachte sie an Geoffrey. Ihren Partner. Ihren – beinahe – Verlobten. Und drittens war sie der Ansicht, dass alles Erotische an Bord dieses Schiffes nichts verloren hatte.

Und viertens wäre ihr das alles völlig egal gewesen, wenn er sie geküsst hätte. Das war ihr letzter Gedanke, bevor sie einschlief. Es war der ehrlichste.

Als Leah am nächsten Morgen in Richtung Messe schlenderte, herrschte bereits hektische Betriebsamkeit. Sie stieg auf das Achterdeck, wo Steve und Sam die Schlauchboote klarmachten. David war über seine Ausrüstung gebeugt, testete gerade die Armbrust, mit der er die Buckelwale markieren würde. Leah wollte ihn gerade begrüßen, als sie mitbekam, worüber er sich mit Govind unterhielt.

»Ohne Scheiß, David, jemand versucht sich in unseren Server einzuhacken, er ist übers File-Transfer-Protokoll reingekommen und hat uns einen Trojaner eingeschleust.«

»Schaffst du's, den ›Trojaner‹ zu eliminieren?«

»Schon passiert, aber der, der eure Software installiert hat, war ein totaler Depp, ich hab das FTP abgestellt, ab jetzt gilt nur Secure-Copy über Secure-Shell 2.«

Was immer das jetzt wieder hieß, David zeigte sich beeindruckt. Offensichtlich war er versierter als sie und verstand, was Govind da von sich gab.

»Prima, Govind, ich wusste, warum ich dich an Bord geholt hab. Ich frag mich nur, wer sich die Mühe macht, in unseren Rechner reinzukommen …«

Ich weiß, wer, schoss es Leah durch den Kopf, Nicks Freund, wer sonst. Aber er hatte Gott sei Dank nichts gefunden, sonst hätte Nick sie doch sofort …

»Hi!« David hatte sie bemerkt.

Leah erwiderte seinen Gruß. Und überlegte, wie sie ihre in der Nacht gefasste Entscheidung formulieren sollte. Am besten direkt und ohne Umschweife.

»Ich würde gerne mit Ihnen hinausfahren, David.« Sie hatte mit Protest gerechnet, doch er schien es fast erwartet zu haben.

»Warum nicht. Sie wissen, wo die Anzüge sind. In zehn Minuten kann's losgehen.«

Sie brauchte nur fünf, bis sie neben ihm im Boot saß.

Masao stoppte vierzig Meter vor einem der Riesen und drosselte den Motor. Der Wal lag reglos im Wasser, eine Seite nach oben gewandt, das Auge auf die Besucher gerichtet. Etwas weiter entfernt ließ sich ein zweiter Buckelwal treiben.

Selbst auf die Entfernung hin konnte Leah die vielen Erhebungen und Grübchen auf seinem Rücken erkennen. Der näher bei ihnen im Wasser treibende Wal bewegte eine seiner Seitenflossen. Es wirkte auf Leah wie ein Winken.

»Sehen Sie die Zeichnung auf dem Flipper?«

Leah betrachtete das schwarz-weiße Muster und nickte.

»Sie ist bei jedem Buckelwal unterschiedlich, so was Ähnliches wie sein Fingerabdruck«, erklärte Masao.

Leah führte ihre Kamera ans Auge und begann zu fotografieren. Sie tat es für Michael. Er sollte an ihrem Abenteuer teilhaben können.

David bereitete sich für den Tauchgang vor. Er zog die Brille übers Gesicht, steckte den Atemregler in den Mund und hob den Daumen nach oben, bevor er sich aus dem Schlauchboot fallen ließ. Mit einem Mal tauchten beide Riesen synchron in die Tiefe. Etwas enttäuscht beobachtete Leah die Wasseroberfläche. Gerade als sie nicht mehr über die Wale nachgedacht, sondern sich nur noch ihrem Anblick hingegeben hatte, waren sie verschwunden.

»Keine Sorge. Die kommen wieder«, hörte sie Masao sagen, und sie beschloss, sich in Geduld zu üben. Entspann dich, lass dich treiben, so wie die Wale. Wenn sie tatsächlich so etwas wie ein Gespür entwickelt hatten für das, was Menschen dachten, dann wollte sie sie auf keinen Fall mit unsinnigen Gedanken belästigen.

Nach einer Weile konnte sie eine kleine Bugwelle ausmachen, die sich auf das Boot zubewegte. Masao hatte offenbar recht. Ein paar Meter vor ihr verschwand die Welle, und sie konnte verfolgen, wie der Wal langsam unter dem Zodiac hindurchtauchte. Leah erkannte die graublaue, ledrige Haut, übersät von unzähligen Entenmuscheln, die beiden Blaslöcher, die Beulen und staunte zum Schluss über die riesige, kraftvolle Fluke, die in ihrer Form Schmetterlingsflügeln ähnelte.

Bis zu siebzehn Meter, hatte sie gelesen. Sie hatte eine ziemlich genaue Vorstellung von siebzehn Metern. Fast sieben Stockwerke waren das, oder fünfmal ihr Kleinwagen, Stoßstange an Stoßstange hintereinander, oder mehr als acht Betten wie ihres aneinandergereiht. Eben siebzehn Meter. Nichts jedoch hatte sie vorbereitet auf den Anblick von siebzehn Meter Wal an einem Stück. »Bist du o. k.?«, hörte sie Masao fragen.

»Alles bestens«, antwortete Leah, sobald sie sicher war, ihre

Stimme so weit zu beherrschen, dass sie nicht ihre flatternden Nerven verriet. Diesem Giganten so nahe zu sein und seine enorme Größe, seine kraftvollen Bewegungen ganz dicht vor ihr wahrzunehmen, war, milde gesagt, ein bisschen erschreckend. Und überwältigend. Aber im Gegensatz zu Masao war ihr dabei mehr als nur mulmig zumute. Was wäre, wenn er seine Fluke als Tennisschläger missbrauchte, um Leah im hohen Bogen vom Platz zu schlagen? Michael zog sie schon damit auf, dass sie jedes Mal, wenn sie im Schwimmbad einen vielversprechenden Anlauf auf dem Dreimeterbrett nahm, es irgendwie doch immer wieder schaffte, das halsbrecherische Unterfangen kurz vor dem Sprung in die Tiefe abzubrechen. Die Befürchtung, hier dank der riesigen Fluke mittels Katapultstart in die ewigen Jagdgründe befördert zu werden oder zumindest eine ganze Strecke vom Boot entfernt im eiskalten Pazifik zu landen, schien jedoch nicht ganz unbegründet. Woher sollte ein Wal wissen, wie zerbrechlich das menschliche Knochengerüst war? Selbst wenn er nur spielen wollte, so wie Delfine, die immer spielen wollen, warum also nicht auch er. Delfine waren schließlich auch Wale.

Der Wal wendete und tauchte erneut unter dem Zodiac hindurch. Anschließend schwamm er bedächtig neben sie und rollte sich seitwärts. Deutlich waren seine Kehlfurchen zu erkennen, die vom Kinn bis zu den Brustflossen liefen. Er brachte sein menschenkopfgroßes Auge in eine Position, aus der heraus er Leah ansehen konnte. Dabei stellte er den Flipper senkrecht in die Luft, eine drei bis vier Meter hohe, ehrfurchtgebietende schwarzweiße Wand, die das Schlauchboot mit einem Schlag hätte zerstören können.

Ein Blick zu Masao zeigte Leah jedoch, dass es keinerlei Grund zur Besorgnis gab. Verlass dich auf die Profis, befahl sie sich. Dann sah sie dem Wal ins Auge. Er bewegte sich nicht, wurde eins mit dem Wasser. Sie konnte nicht sagen, wie lange sie sich anschauten, sie hatte fast den Eindruck, sie versuchten einander zu hypnotisieren. Langsam und zögerlich streckte sie ihre Hand aus und berührte seine schwartige Haut. Wie schon vorgestern, als sie den sterbenden Wal auf dem Schiff gestreichelt hatte, prickelten ihre Fingerspitzen. Sie hatte gedacht, sie hätte es sich nur eingebildet, aber jetzt wiederholte es sich, stärker noch, denn dies hier war eine völlig andere Erfahrung als die mit dem kleinen Wal. Der hatte in einem Becken gelegen, schwerverletzt, konnte sich nicht mal bewegen, geschweige denn flüchten, wenn ihm danach zumute gewesen wäre. Dieser Riese hier war aus eigenem Willen zu ihr gekommen, um sie kennenzulernen, um Kontakt zu ihr aufzunehmen, zu ihr, Leah Cullin aus Washington, D. C.

Nach einer geraumen Zeit regte sich der Buckelwal und stupste mit dem Kopf leicht gegen das Schlauchboot. Der Zodiac schaukelte, und Leah stellte fest, dass sie keinerlei Angst mehr verspürte. Sie befürchtete auch nicht, dass das Tier ihre Berührung vielleicht mit seiner Flosse erwidern könnte. Der Wal schien genau zu wissen, was der Kontaktaufnahme diente und was ihr entgegenwirkte.

»Gib mir deine Kamera«, vernahm sie Masaos Stimme. Gedankenverloren streifte sie den Apparat ab und reichte ihn dem Japaner. Dann wandte sie dem Wal wieder ihre ungeteilte Aufmerksamkeit zu, strich über dessen Haut. Abermals stupste er das Boot an, dann verschwand er in der Dunkelheit des Meeres, so unerwartet, wie er erschienen war. Und an seiner Stelle tauchte einige Sekunden später David auf.

Masao half ihm an Bord. David nahm die Brille ab und den Atemregler aus dem Mund. Er strahlte.

»Haben Sie den Wal markieren können?«

Er nickte. »Beide.«

Masao startete den Motor, langsam tuckerten sie zum Schiff zurück. Leah schwieg die ganze Zeit über, sogar noch, als sie wieder auf dem sicheren Deck des Vorschiffs stand, und auch noch, als sie sich wieder umgezogen hatte und an der Reling lehnte.

David hantierte auf dem Vordeck mit den Ausrüstungsgegenständen, dann trat er lautlos neben sie.

»Sie haben ihn berührt, nicht wahr?«, hörte sie ihn sanft fragen.

Leah sah ihn nur an und nickte. Und traf eine weitere Entscheidung. Die sie genauso überraschte wie David.

»Beim nächsten Mal würde ich gerne mittauchen.«

David sah sie erstaunt an. In seinem Gesicht konnte sie den Widerstreit zwischen Freude, Skepsis und Ablehnung beobachten. »Leah, ich weiß nicht, das ist vielleicht ein etwas übereilter Schritt.«

Hätte Leah mehr darüber nachgedacht, so hätte sie ihm vermutlich recht gegeben. Doch sie tat es nicht.

»Bitte. Ich verspreche auch, ich werde nichts tun, was Sie von Ihrer Arbeit abbringen könnte. Und den Tauchschein hab ich auch.«

Er malte mit den Händen ein paar Zeichen in die Luft. »Was bedeutet das?«

Leah lächelte. »Entweder, dass mit Ihrer Feinmotorik etwas im Argen liegt – oder Sie wollen mir klarmachen, dass ich auftauchen soll, was hier oben an Bord etwas schwierig ist. David – ich bin vielleicht ein bisschen aus der Übung, das heißt aber nicht, dass ich alles vergessen habe. Außerdem kann ich gut auf mich selbst aufpassen.«

Er war sich immer noch nicht sicher.

»Bitte. Ich möchte auch zu ihnen schwimmen.«

Eine halbe Stunde später saß sie mit im Schlauchboot, und es lag nicht an den Temperaturen, dass ihr heiß und kalt zugleich wurde. Sie konnte ihre Aufregung kaum verbergen. Zum Glück hatte David sie nicht gefragt, wann und wo sie das letzte Mal getaucht war, denn sonst hätte sie gestehen müssen, dass sie über den Rand eines Schwimmbeckens nie hinausgekommen war. Warum eigentlich? Zu viel Furcht vor dem, was in den Meeren lauerte, oder einfach nur Mangel an Interesse? Beides wahrscheinlich. Den Schein hatte sie damals lediglich absolviert, um Timothy einen Gefallen zu tun.

David beachtete sie nicht weiter. Kaum am Ziel angekommen, setzte er Brille und Atemgerät auf und ließ sie mit ihrer Entscheidung allein. Leah war erleichtert, dass er sie anscheinend in keiner Weise beeinflussen wollte. Sie griff zu ihrer Ausrüstung, steckte den Atemregler in den Mund und setzte sich an den Rand des Schlauchboots. Dann überfiel sie die Panik, und sie fand die Vorstellung, die sie gerade noch so begeistert hatte, alles andere als erstrebenswert. Jetzt oder nie. Doch ihre Glieder verweigerten jede Bewegung. Sie fürchtete schon, es würde auf ein *Nie* hinauslaufen, als Masao ihr zulächelte und den Daumen in die Luft streckte.

»Jetzt.«

Staunend über sich selbst ließ Leah sich nach hinten fallen und tauchte in ein Meer von Angst. Und von Blasen. Schnell versuchte sie sich damit zu beruhigen, dass sie sich nur auf die Atmung zu konzentrieren hatte. Einatmen.

Und aus. Und ein.

Nach wenigen Atemzügen hatte sie sich immerhin so weit im Griff, dass ihr Blick umherzuschweifen begann. David erschien an ihrer Seite und fragte mittels Fingerzeichen, ob alles in Ordnung sei. Wenn sie auch lange nicht mehr getaucht war, diese Sprache hatte sie zum Glück noch fest in ihrem Gedächtnis gespeichert. Das Schlimmste, was passieren konnte, war, dass er später ihren Dialekt kritisierte ... Nein, das war nicht das Schlimmste.

Das Schlimmste wäre, wenn gleich irgendein monströser, zähnefletschender, dunkler Schatten aus der Tiefe auf sie zustoßen würde. Bloß nicht dran denken, Leah, solche »Schatten« gibt es nur in blöden Horrorfilmen, wo sie Richard Dreyfuss den Garaus machen. Bevor die Fantasie gänzlich mit ihr durchging, konzentrierte sie sich auf David und gab ihm das Okay. Sie hielt sich direkt hinter ihm und bemühte sich, nicht viel mehr zu erblicken als das beruhigende Auf und Ab seiner Flossen.

Dann kam der Schatten. Wie eine Wand baute er sich vor ihnen auf. Noch bevor David in seine Richtung deuten konnte, hatte sie ihn schon wahrgenommen: einen Buckelwal, unermesslich groß und beängstigend nah, aber Gott sei Dank eindeutig ein Wal. Da sie jedoch nicht wusste, ob alle Wale an Davids Theorie glaubten, hielt Leah sich zurück. Was der Wal ebenfalls tat. Ein Gentleman, ohne Zweifel.

David reduzierte sein Tempo und ließ sich gemächlich in die Richtung des Wals gleiten. Ein paar Meter weiter nahte ein zweiter großer Schatten. Zwei riesige Berge schienen sich wie in Zeitlupe direkt vor Leah zu bewegen. Erschreckend und bedrohlich. Ihr Anblick war ihr fast unerträglich. Zumindest wollte ein Teil ihres Gehirns Leah dies einreden. Ein anderer Teil versuchte, sie zu beruhigen: Schau dir David an. Erinnere dich an Jonas, den kleinen Wal. Doch der war gelähmt gewesen und hatte, verglichen mit seinen Kollegen hier, gerade mal Schoßhundformat gehabt.

Sich vom Boot aus Begegnungen mit Walen vorzustellen, wirkte regelrecht romantisch im Vergleich zu dem, was sie gerade tat: In einem enganliegenden Tauchanzug, abhängig von einer funktionierenden Pressluftflasche und mit durch die Brille eingeschränktem Gesichtsfeld, auf diese Giganten zuzuschwimmen.

Sie sah, wie David um das Tier herum schwamm, wie er offenbar Kontakt mit ihm aufzunehmen begann und wie der Buckelwal in das Spiel einstieg. So bewegten sich die beiden einer mystischen Choreografie folgend langsam umeinander. Leah war von dem Schauspiel so fasziniert, dass sie alles andere vergaß. Auch den zweiten Wal, der sich unversehens in Leahs Richtung gedreht hatte und … *Er kommt direkt auf mich zu,* schoss es Leah durch den Kopf.

Und er kam.

Nick blickte auf die Uhr. Die Zeit wurde knapp. Warum ging Leah nicht an den Apparat? Er hatte in den letzten drei Stunden mindestens zehn Mal ihr Handy klingeln lassen. Und davor hatte er schon zwei SMS geschickt, in denen er sie dringend um Rückruf bat. Wieder fiel sein Blick auf den Stapel Papiere, den der Drucker vor wenigen Stunden ausgespuckt hatte. Das waren echte Neuigkeiten. Gestern noch hatte er Leah berichtet, dass das Konto der Walheinis keine Auffälligkeiten aufwies, und heute schon sah die Welt ganz anders aus.

Abermals wählte er die Nummer ihres Handys. Nein, für eine SMS war die Information eindeutig zu lang, außerdem wollte er etwas so Brisantes lieber fernmündlich austauschen. Und gleich die entsprechende Anerkennung einheimsen.

Inzwischen war es kurz vor sieben. Wenn er nicht langsam in die Gänge kam, würde er zu spät am Kino eintreffen. Und er wollte das zarte Pflänzchen der Liebe, das ihn mit seiner neuen Angebeteten verband, nicht durch Unpünktlichkeit gefährden, denn die konnte die schönste Frau der Welt auf den Tod nicht ausstehen. Was sie ihm schon deutlich unter die Nase gerieben hatte. Und er hatte null Bock darauf, ein zweites Mal allein im Kino zu sitzen. Außerdem wollte er ›Lachsfischen im

Jemen‹ von Anfang an sehen. Gut, musste Leah eben bis morgen warten.

Ein letzter Versuch noch. Er betätigte gerade die Wahlwiederholung, als ein quietschvergnügter Geoffrey samt Leahs Sohnemann das Büro betrat.

»Du kommst wie gerufen.« Nick legte das Handy zur Seite.

Geoffrey, der Nick lange genug kannte, um dessen Stimmlage zu entnehmen, dass er was an der Angel hatte, gab Michael die Liste einiger ausgewählter Bücher und schickte ihn in sein Büro.

»Was gibt's Neues aus Canaveral?«

Nick schüttelte den Kopf. »Andere Baustelle. Welcher Fall genießt absolute Priorität, wenn ich da mal jemanden zitieren darf?«

»Mach's nicht so spannend.«

»Hab noch was über Leahs Wal-Gang rausgefunden, die Jungs sind doch nicht so sauber.«

Geoffrey hob eine Augenbraue. »A-ha.«

Nick wusste, wie er das zu deuten hatte. Eine Augenbraue nach oben bedeutete so viel wie »Wie war noch gleich dein Name«? Aber Augenbraue nach oben zusammen mit »A-ha« war ein Volltreffer. Möglicherweise eine Gehaltszulage, vielleicht hatte er sogar Aussicht auf ein eigenes kleines Büro, mindestens aber auf einen dieser Sessel, in denen man sich zurücklehnen konnte, um seine Füße bequem auf den Schreibtisch zu legen, so wie es Redford im Watergate-Film getan hatte.

»Könntest du Leah Bescheid sagen, was los ist? Ich muss dringend weg, und ich bin sicher, sie brennt drauf, es zu erfahren. Ich hab sie nur nicht erreicht.«

»Schieß los.«

Nick deutete auf den Papierstapel.

»Mein Kumpel hat doch deren Konto unter die Lupe genommen, das offizielle Konto der SeaSpirit-Bewegung.«

Geoffrey sah nicht gerade glücklich aus. »Du bist sicher, die können die Spur nicht zu uns zurückverfolgen, richtig?«

»Er hat es von *seinem* Computer aus gemacht, Geoffrey, so bescheuert bin ich auch wieder nicht. Falls die überhaupt was merken, werden sie glauben, dass sich ein paar Studenten an einer chinesischen Uni für ihre Bank interessieren, dafür hat Denis gesorgt. Jedenfalls hatte Leah rausgefunden, dass Fowlers auch was an die gespendet hat und …«

»Du meinst, *der* Fowlers, der Sportschuhhersteller, der auch bei uns inseriert?«

»Genau der, aber von denen hab ich nix auf dem Konto gefunden. Also hab ich Fowlers angerufen, im Auftrag der SeaSpirit natürlich, und hab sie gefragt, ob wir ihnen bereits eine Spendenquittung geschickt hätten, peilst du, was ich meine, wir, quasi die SeaSpirit-Bewegung …«

»Nick!«

Aber Nick fuhr unbeirrt fort, und Geoffrey wunderte sich, wann er überhaupt zum Atmen kam. »… wir Walretterchaotenbande hatten leider einen Wasserschaden, der unsere Buchhaltung etwas durcheinandergebracht hat. Die nette Dame in der Buchhaltung von Fowlers sagt, einen Moment, und eine Minute später meint sie, da sei noch nichts gekommen. Und ich sage, machen wir sofort, hoffe, bei dem ganzen Wasser sind noch alle Bankauszüge da, welches unsrer Konten war das noch mal? Sie schaut tatsächlich nach und meint, das auf der Santa Ana Bank, und ich denke mir, Denis, du Niete, wieso hast du's nicht entdeckt.

Also ruf ich als Steve Bensons rechte Hand die Bank an und mach die Angestellte zur Schnecke, weil die Überweisung von Fowlers nicht auf den Kontoauszügen drauf ist. Sie schaut nach und ist jetzt völlig irritiert. Sie behauptet, die sei drauf, und als ich kurz vorm Schreikrampf bin, nennt mir die Gute doch tatsächlich die Kontonummer. Und was soll ich dir sagen: Es ist ein völlig anderes Konto als das, was wir hatten. Ich rufe also Denis an, und er hat sich letzte Nacht wieder bei der Santa Ana eingeloggt, und jetzt halt dich fest ...« Nick blätterte in dem Ausdruck, bis er die Stelle gefunden hatte. »Fowlers, hier, und nicht nur die. Sieben oder acht weitere Konzerne. Die spenden richtig Asche, nicht paar Dollar fünfzig wie die Oma von nebenan, auf dem Konto liegen satte acht Millionen Dollar!«

Geoffrey schaute Nick begeistert an.

»Ist alles in den letzten vier Jahren reingelaufen. Sogar Hagger & Jars haben 'ne halbe Million gespendet.«

»Der Waffenhersteller?!«

Bumm. Nick zielte mit der Fingerpistole auf Geoffrey. »Genau der. Sind also nicht sehr wählerisch bei der Wahl ihrer Spender.«

Geoffrey fühlte sich irgendwie beschwingt.

»Aber jetzt kommt's«, fuhr Nick fort. »Von diesem Konto ist nie auch nur ein Dollar abgehoben worden. Dort wird das Geld gehortet. Die fahren jedes Jahr über 300 000 Dollar an Zinsen ein.«

»Du meinst, das Geld wird nicht zur Seite geschafft?«

Nick schüttelte den Kopf. »Nein, von dem Konto aus nicht. Keine Ahnung, was das soll. Wenn sie Gelder veruntreuen wollen, dann versteh ich nicht, weshalb sie solche Riesenbeträge auf einer kalifornischen Bank herumdümpeln lassen, warum transferiert es keiner auf die Caymans? Ich kapier's nicht. Aber auf keinen Fall sieht das nach satzungsgemäßer Verwendung von Spendengeldern aus. Da ist was faul.« Nick sah auf seine Uhr. »Mist, ich muss los. Gibst du Leah Bescheid?«

»Du fliegst Business nach Orlando«, rief ihm ein äußerst zufriedener Geoffrey hinterher und griff sich den Stapel Papiere. Wenn das alle Kontenbewegungen der letzten vier Jahre waren, dann fühlte sich der Stapel extrem dünn an.

Er überflog die Aufstellung.

Sie las sich tatsächlich wie ein kleines Who's who der mittleren bis größeren Wirtschaftsunternehmen, besonders der aus dem Gebiet der Westküste. Gerade im Silicon Valley schien man besonders spendabel zu sein. Und kein einziger Dollar war jemals von dem Konto abgehoben oder überwiesen worden.

Geoffrey lehnte sich zurück und starrte sekundenlang an die Decke. Er würde eine Entscheidung treffen müssen.

Als er sein Büro betrat, surfte Michael bereits durch das Angebot von Amazon.

»Na, Sportsfreund, was gefunden?«

»Wirklich keine Krimis?«

»Keine Krimis, kein Science-Fiction, nur die Bücher auf der Liste.«

»Die hören sich aber langweilig an«, moserte Michael.

»Wenn es unter uns bleibt: zehn Dollar für jedes Buch, über das du mir eine Kurzbeschreibung lieferst.«

»Das wären dann achtzig Dollar«, sagte Michael wie aus der Pistole geschossen und streckte Geoffrey erwartungsvoll die Hand entgegen.

»Erst lesen, mein Lieber, *dann* kassieren. Sind wir im Geschäft?«

Und ob sie es waren.

Zur gleichen Zeit, als der Wal Kurs auf sie nahm, konnte Leah zweierlei feststellen. Erstens, dass sie sich ruhiger und entspannter fühlte, ihre Aufregung sich legte und sie in einen Zustand zunehmender Begeisterung geriet. Zweitens, dass es sich bei dem Wal um eine Walkuh handeln musste, denn ihr kleinerer Begleiter, der da wie aus dem Nichts aufgetaucht war und dicht neben ihr schwamm, war zweifelsohne ihr Baby. Mit unendlich langsamen Flossenbewegungen glitten die beiden auf Leah zu.

Das Junge war höchstens fünf Meter lang, doch seine graue Farbe hatte es bereits verloren. Nachdem es zuerst auf Leah zugeschwommen war, machte es kehrt, als ob es Angst vor der eigenen Courage hätte. Dann wendete es erneut und schien Leah eine Weile zu taxieren, bevor es einen weiteren Vorstoß in ihre Richtung wagte. Nachdem der kleine Wal erkannt hatte, dass seine Ma in dem komischen Fisch mit den vielen Luftblasen keine Gefahr sah, wagte er sich näher an Leah heran. Er berührte sie nicht, doch er blieb in ihrer Nähe. Leah konnte sein Auge sehen, das neugierig durch ihre Brille zu schauen versuchte. Und sie wunderte sich nicht mal mehr, mit welcher Selbstverständlichkeit sie nun dem »Kleinen« die Hand hinstreckte, der diese tatsächlich knuffte.

Wie Leah, so gewann auch das Walbaby zusehends an Mut und umkreiste die Taucherin nun mehrmals. Langsam näherte sich auch die Walmutter, hielt erst inne, als sie sich einen halben Meter vor ihr auftürmte. Leah streckte vorsichtig ihre Hand aus und berührte das Tier an der Stirn. Sie erwartete, wieder das leichte Kribbeln zu spüren, doch was sie jetzt empfand, war anders. Sie streckte auch die zweite Hand aus, als ob sie damit einen Kreis schließen wollte, und glaubte förmlich vor Energie zu bersten – vor Lebensmut und Freude.

David hatte nicht übertrieben, als er von seiner ersten Begegnung mit einem Wal gesprochen hatte. Es war, als ob ein Empfänger in ihrem Herzen eingeschaltet worden wäre, und Leah hatte keinen Zweifel daran, dass sie die Sprache des Wals verstehen konnte.

Die Walmutter bewegte sich kaum, schien fast auf der Stelle zu verharren. Leah schwamm um sie herum und strich über ihre Haut, war völlig versunken in den Kontakt zu den beiden anderen Wesen: eine Verbindung, sprachlos und doch voller Botschaften. Sie war wie in Trance, hätte stundenlang so weitermachen können. Bis die Walmutter innehielt. Sie löste sich von Leah, wartete, bis ihr Junges ihr folgte, das Leah zum Abschied übermütig ein zweites Mal stupste. Dann schwammen beide davon. Leah fühlte es wie einen Schmerz, wäre den beiden am liebsten hinterhergeschwommen, sah aber, dass David ihr das Zeichen zum Auftauchen gab.

Mechanisch stieg sie an Bord, nahm Brille und Atemgerät ab. Kurz lächelte sie David zu, doch auch dies geschah eher wie ein Reflex. Während Masao zur »SeaSpirit« zurücksteuerte, hingen beide ihren Gedanken nach. Davids Schweigsamkeit kannte Masao schon. Doch dass Leah einstimmte, wunderte ihn.

Ein Teil von ihr befand sich offenbar noch nicht im Boot. Irgendwo dort draußen, an der Seite des Wals, durchschnitt er die Tiefe des Pazifiks wie ein neugewonnenes Universum, dessen Existenz ihr plötzlich bewusst wurde. Das eine Sehnsucht in ihr weckte, die so tief in ihr verankert zu sein schien, dass sie offenbar zu ihrem Wesen gehörte, ohne dass sie sie jemals zuvor wahrgenommen hätte.

Sie spürte nicht, wie sie mitsamt dem Schlauchboot in die Lüfte gehoben wurde, und erst als David ihr auf die Schulter tippte, bemerkte sie, dass sie angekommen waren. Benommen trat sie in den Trockenraum, tauschte den Neoprenanzug gegen ihre Kleidung, dann eilte sie wieder zum Vordeck, um den Walen, *ihren* Walen, nachzuspähen. David machte keinen Versuch, sie anzusprechen, und sie war ihm dankbar dafür. Er hauchte ihr lediglich einen Kuss aufs Haar und verschwand.

Gütiger Himmel, wie lange hatte sich Leah nach einem Zeichen seiner Zuneigung gesehnt! Nur war ihr Gehirn gerade zu nichts zu gebrauchen. Die sanfte Berührung wurde protokolliert, abgelegt, und man widmete sich wieder den wichtigen lebenserhaltenden Maßnahmen. Atmen zum Beispiel. Leah schaute auf die Meeresoberfläche, fast wie betäubt. Es dauerte eine halbe Stunde, bis sich auf ihrem Gesicht wieder eine Regung zeigte. Erst zitterten die Lider. Dann spürte sie, wie die Tränen rannen.

Er jagt Wale? So richtig Action also?«

»Yep, so richtig Action«, versicherte ihm Geoffrey. »Aber das ist unser Geheimnis, es bleibt unter uns Männern, ein Wort zu deiner Mutter und …«

Michael wollte keine Zeit verplempern, der Achtzig-Dollar-Köder ließ die vierundzwanzig Stunden Lieferzeit von Amazon wie eine Ewigkeit erscheinen. Da Geoffrey noch so einiges zu erledigen hatte, eilte sein plötzlich in eine Leseratte verwandelter Filius in spe von dannen, um die acht Wälzer endlich zu ergattern. Wollte sie sogar mit ins Camp nehmen. Bis zum Ende der Sommerferien alle gelesen haben. Am liebsten heute noch mit ›Moby Dick‹ anfangen. Kein Wenn, kein Aber: Geoffrey konnte auf seine Instant-Vaterschaftserfolge stolz sein. Warum ist Leah bloß nicht darauf gekommen, welche Wunder ein bisschen Kohle bewirken kann. Apropos Kohle.

Er nahm sich Nicks Papiere noch einmal vor und musste seine Stimme auf das Niveau eines Footballmanagers anheben – »Ja, Sally, sofort heißt jetzt!« –, um von der Anzeigendisposition den aktuellen Stand der Buchungseingänge für das kommende Quartal anzufordern. Zu seiner eigenen Beruhigung betete er sich den ganzen Sermon von Jeder-muss-denken-wie-ein-Unternehmer-auch-als-Angestellter vor, den er bei seinem ehemaligen Boss schon so gehasst hatte. Dass er sich jetzt dazu hinreißen ließ, sich genauso zu verhalten, war ein Zeichen für seine Anspannung.

Kazuki hatte ihm eine Serie von Anzeigen versprochen, die

über zwei Jahre laufen sollte. Wöchentlich eine. Ganzseitig. Er griff zum Taschenrechner, fluchte, weil er die Anzeigenpreisliste nicht greifbar hatte, wühlte sich durch die Stapel auf dem Schreibtisch, gab schließlich auf und lud sie sich von den eigenen Internetseiten herunter.

Eine Weile übte er sich in der Kunst von Addition und Multiplikation und sah dann eine Zahl, die ihn, zumindest in enger Nachbarschaft mit einem Dollarzeichen, mächtig beeindruckte.

Sally aus der Anzeigenabteilung steckte zaghaft den Kopf in den Türrahmen, noch eingeschüchtert von dem Donnerwetter, das sie stellvertretend für all jene abbekommen hatte, die die Unverschämtheit besaßen, sich nach sieben nicht mehr die Zeit im Büro zu vertreiben.

»Mr Wilbert?«

Geoffrey strahlte sie an. »Sally, kommen Sie doch rein! Sorry, dass ich ein wenig die Contenance verloren habe.«

Sally erwiderte nichts, drückte ihm nur schnell die gewünschten Unterlagen in die Hand und verließ den Raum; vielleicht fürchtete sie, dass er es sich anders überlegte. Auch gut. Es gab gerade Wichtigeres als eine verstimmte Mitarbeiterin.

Er griff sich den Stapel der Anzeigenaufträge. Zuoberst lag die Zusammenfassung der letzten zwölf Quartale. Man musste kein Finanzgenie sein, um den Verlauf der Kurve richtig zu interpretieren – es war eine Talfahrt, die jeden Abfahrtsskiläufer in Entzücken versetzt hätte. Milde gesagt: Es sah beschissen aus. Geoffrey griff abermals zum Rechner, und Sekunden später erhellte ein Lächeln sein Gesicht. Er würde die Kurve nach oben biegen, sodass die Skiläufer zumindest einen Schlepplift benötigten.

Die Entscheidung fiel ihm nicht schwer. Er kramte nach der Nummer von FishGoods und verlangte Mr Kazuki. Kurz ertönte eine Melodie, die ihn irgendwie an ›M. A. S. H‹ erinnerte, dann hatte er seinen Retter an der Strippe.

»Mr Kazuki, Geoffrey Wilbert vom ›Chronicle‹, ich habe eine Information für Sie.«

»Betrifft es McGregor?« Der kam direkt zur Sache.

»Allerdings. Wir beide sollten …«

»Sie haben den Hafen?«, unterbrach ihn Kazuki.

»Ja.« Jetzt fehlte nur noch, dass er den Namen forderte und auflegte.

Doch mit einem Mal schien Kazuki wie verwandelt: »Mr Wilbert, ich freue mich sehr, mit Ihnen Geschäfte zu machen. Was halten Sie davon, wenn wir in den nächsten Tagen zusammen speisen? Ich schicke Ihnen den Jet.«

Geoffrey schluckte. Er war davon ausgegangen, die Sache am Telefon abhaken zu können.

»Sehr schön«, sagte Kazuki und legte auf, noch bevor er ihm antworten konnte. Natürlich würde er brav der Einladung folgen, aber es fuchste Geoffrey, so überrumpelt zu werden. Bevor es ihm jedoch gelang, sich so richtig in Rage zu steigern, tauchte vor seinem geistigen Auge Leahs Gesicht auf. Es war ihr Verdienst, dass er mit FishGoods so schnell zu Potte kommen würde. Sicher würde sie jubilieren, dafür verantwortlich zu sein, dass die schwierige finanzielle Situation im Hause sich schlagartig zu entspannen versprach. Ihr Instinkt hatte sie nicht getrogen, die Reise hatte sich gelohnt, McGregor führte ein zweites, geheimes Konto, gefüllt mit etlichen Millionen. Was wollten sie mehr?

Er würde Leah am Tag ihrer Rückkehr mit Nicks Entdeckung überraschen – die gute Nachricht quasi mit einem vorbereitenden Pitch auf's Grün servieren, um gleich hinterher den Heiratsantrag ganz sanft ins Loch zu putten. Er würde um ihre Hand bitten, so wie sie es sich vorgestellt hatte. Romantisch. Auf Knien, wenn's sein musste. Mit Kerzen und Harfenmusik. Und er würde den verwandelten Mickey sozusagen als Sahnehäubchen servieren. Da er ihren Sohn endlich auf seiner Seite hatte, stand der Hochzeit nichts mehr im Wege. Morgen sollte er unverzüglich damit beginnen, die Verlobungsparty vorzubereiten. Besser: vorbereiten zu lassen. Eine Agentur beauftragen, die so was professionell anpackte, mit allem Pipapo.

Ja, er freute sich auf Leahs Ankunft. Auf ihr Staunen darüber, dass ihr über alles geliebter Sprössling gerade dabei war, Melville zu lesen, und darüber, dass satte Anzeigenaufträge winkten, die in ihrer nächsten Jahresbilanz nach langer Zeit wieder für ein Plus sorgten.

Sie hatte an diesem Tag keine Zeile geschrieben. Nach einer Verschnaufpause waren Masao und David nochmals hinausgefahren, um weitere Wale zu markieren. David hatte sie sogar gefragt, ob sie nicht mitfahren wolle, doch sie musste allein sein. Und eine Lösung finden. Niemand sonst hatte sie angesprochen, sie saß auf ihrer Bank, als ob sie unter einer Tarnkappe versteckt wäre. Genauso fühlte sie sich auch. Seitdem sie aus dem Wasser zurückgekehrt war, hatte sie nur einen einzigen Gedanken: So wie bisher, so willst du nicht mehr weiterleben. Und diese Gewissheit erfüllte sie zugleich mit einer tiefen Traurigkeit.

Es war eine Sache, mit den Umständen, in denen man steckte, unzufrieden zu sein, und eine andere, sich aus ihnen zu lösen. Leah wusste nicht, was sie tun konnte, um ihrem Leben einen tieferen Sinn zu geben. Hätte sie kein Kind gehabt, gut, da wäre einiges möglich gewesen, zum Beispiel David zu bitten, sich hier auf dem Schiff nützlich machen zu dürfen … Der Gedanke war noch nicht zu Ende gedacht, als sie sich schon dafür schämte: Mickey als Argument zu benutzen war verwerflich. Aber was ist mit deiner Mutter, den Freunden, deinem Job, der noch lange nicht abbezahlten Wohnung? Geht es dir wirklich um die Wale, oder liegt es an David, dass du überhaupt so etwas in Erwägung ziehst? Und was ist mit Geoffrey?, maulte die empörteste aus dem babylonischen Gewirr ihrer inneren Stimmen. Genau. So jemand war sie nicht. Selbst wenn sie Michael nicht hätte oder er schon erwachsen wäre, außer Haus und ihrer gluckenhaften Fürsorge nicht mehr bedürftig, wäre da noch Geoffrey, und er hätte das wirklich nicht verdient. Nein, er konnte sich ihrer sicher sein, denn egal, wie unausstehlich sie auch zu ihm war, er würde sie lieben, auch mit schlaffer Haut und spröden Haaren. Betrügen? Niemals. Sie ihn? Auf keinen Fall.

Die Antwort kam zu schnell, Leah Cullin, Bullshit, gewaltiger. Tief aus ihrem Unbewussten stieg etwas auf, und Leahs Herz fing an zu galoppieren. Vorhin. Auf dem Vordeck. David. War das ein *Kuss*? Quatsch, unmöglich, hätte er das getan, würden sich diese Fragen doch erübrigen! Bei einem Kuss wäre es nicht geblieben. Nicht dieses Mal. Sie hätte die Gelegenheit beim Schopf gepackt. Und nicht mehr losgelassen. Sie könnte ja mit Michael nach Alaska ziehen, in ein Haus mit großem Garten, die ›Anchorage Daily News‹ würde jemanden von ihrem Kaliber mit Handkuss … Oh Gott, schau dich nur an. Von Geoffrey-kann-ich-das-nicht-antun-niemals auf Wohnungsinserate-lesen-und-Bewerbung-hinschicken in vier Komma zwei Sekunden. Was ist nur aus dir geworden, du Turboschlampe, das Moralingeschwätz kannst du dir sparen, wir wissen genau, was los ist.

Nein. Die Wale waren es offenbar nicht. Nicht nur. Dass sie erwog, auf der »SeaSpirit« mitzumachen, hatte nur begrenzt damit zu tun. Auch wenn sie nach dem unvergesslichen Erlebnis immer noch voller Euphorie war.

Irgendwann spürte Leah, dass sie nicht mehr fror. Dann roch sie den wolligen Duft der Decke um ihre Schulter. Seit wann saß er neben ihr auf der Bank? Und warum starrte er sie so an, hatte sie etwa laut gesprochen?

»Den ganzen Nachmittag sitze ich hier und starre ins Nichts«, hörte sie sich zu David sagen. »Ist mein Verhalten sehr komisch?«

»Es ist angemessen.«

Während er sie ansah, wurde Leah bewusst, wie viele Facetten von Gefühlszuständen sein Gesicht gleichzeitig ausdrücken konnte. Gerade jetzt: ernst, ein bisschen schwermütig vielleicht, die Augen hintergründig, tief, als ob sie ein Geheimnis kannten, das sie nicht preiszugeben bereit waren.

»Ich glaube, ich verstehe jetzt, was Sie gemeint haben mit ›man muss es erfahren‹.«

»Wie so manches im Leben.«

Leah lehnte sich zurück. »Seltsam. Warum habe ich plötzlich den Eindruck, mein ganzes Leben falsch gelebt zu haben?«

»Wie kommen Sie darauf? Es gibt sicher Verwerflicheres, als Journalistin zu sein. Broker zum Beispiel.«

»Oder Anwalt«, bemühte sich Leah, die Scharade gegenüber David aufrechtzuerhalten.

»Tja, die gleiche Handlung erscheint in einem anderen Licht, wenn die Beweggründe dafür keine, sagen wir, aufrichtigen sind.«

Er hatte es auf den Punkt gebracht. Vielleicht war es tatsächlich nicht so wichtig, ob sie nun für ›National Geographic‹ oder den ›Chronicle‹ arbeitete, aber es war wichtig, weshalb sie sich an Bord gemogelt hatte.

Und der Grund war alles andere als aufrichtig. Ihr Hass von damals hatte seine Tentakel bis in die Gegenwart gestreckt. Und obwohl er jetzt fast vergessen war, so hatte er doch immer noch seine Auswirkungen. Zum Beispiel, weil Geoffrey den Hafen kannte, den die »SeaSpirit« demnächst anlaufen würde, und Leah sich nicht sicher sein konnte, dass er diese Information für sich behielt. Ein Kloß bildete sich in ihrem Hals, sie sollte David alles offenbaren. Jetzt. Doch genau in diesem Augenblick zog eine Sternschnuppe ihre Bahn über den Himmel.

»Sie sollten sich etwas wünschen«, hörte sie ihn flüstern.

»Hab ich, und ich muss Ihnen etwas sagen …«

»Nein, wenn Sie es aussprechen, ist der Zauber weg. Sehen Sie die Sterne dort? Der etwas hellere …«

Sie folgte der Richtung, in die Davids Hand deutete, und konnte ihn unter all den funkelnden Diamanten gleich erkennen.

»Das Sirius-Sternensystem. Die Legende behauptet, von dort seien vor Millionen Jahren die Wale auf die Erde gekommen.«

Es fiel ihr schwer, sich auf den Stern der Wale zu konzentrieren, weil sie sich eigentlich vorgenommen hatte zu beichten.

»Klingt das sehr absurd für Sie?«

David, bitte, es ist mir wichtig, wollte sie tapfer mit ihrem Geständnis fortfahren, doch der Mut verließ sie, als er seinen Arm um ihre Schulter legte. Halt den Mund, nicht jetzt, sonst wird er ihn wegnehmen, und der ganze Zauber ist futsch, sei still.

»Ich denke manchmal darüber nach, ob wir nicht alle nur Besucher sind, hier auf der Erde …« – Leah lauschte seiner tiefen, heiseren, so betörenden Stimme – »… ob das Leben hier vielleicht nur eine kurze Durchreise ist. Oder wie es ein irischer Dichter nannte: ›Dieses lächerliche Gefühl vergänglicher Ewigkeit‹.«

Das Prickeln auf ihrer Schulter begann sich über den ganzen Körper auszubreiten – lieber Gott, er soll sich nicht bewegen, lass seinen Arm da, wo er ist. Für immer.

»Es gibt Religionen, die behaupten, dass wir wiedergeboren werden, was halten Sie von dem Gedanken?«

Ihr Hals war vor Aufregung ganz trocken, sie musste jetzt etwas sagen, das Gespräch in Gang halten, sonst würde er verschwinden und sein Arm damit auch.

»Glauben Sie an so etwas wie Karma?«, fragte sie statt einer Antwort. Leider wurde ihr leises Krächzen von einem deutlichen Knurren ihres Magens begleitet – *nein*, nicht doch, hiergeblieben.

David sprang auf und musste lachen. »Glauben Sie an Abendessen?«

Warum war dieser Kerl permanent so scharf darauf, sie abzufüttern?

»Kommen Sie, Leah, unser Karma läuft uns nicht weg.«

Anderthalb Stunden später wälzte David sich rastlos in seinem Bett. Zwei Worte gingen ihm immer wieder durch den Kopf. *Bleib hier.* Er hatte sich bereits vor einer Stunde in die Koje gehauen, und normalerweise wäre er längst eingeschlafen. Um seine Fähigkeit, wann und wo auch immer auf Kommando einzunicken, wurde er von allen an Bord beneidet, doch jetzt wollte es partout nicht klappen.

Schuld war sie.

Nachdem Leah ihm geholfen hatte, jeden Krümel aus Mareks pingelig blankgeputzter Kombüse schnellstens wieder zu entfernen, begaben sie sich mit den Sandwiches in die Kapitänsmesse. Etwas musste er falsch gemacht haben, sie wirkte irgendwie irritiert, der magische Augenblick draußen, unter dem Bann des Nachthimmels, schien plötzlich verflogen.

Wahrscheinlich war es der Kuss. Ja, er erinnerte sich, dass er ihr am Nachmittag einen Kuss aufs Haar gehaucht hatte. Ohne nachzudenken. Ein kleiner Fehler, der ihm unterlaufen war. Im Nachhinein hatte er versucht, das Etikett »rein freundschaftliche Geste« draufzukleben. Doch es hielt nicht. Später, als er neben ihr auf der Bank saß, ertappte er sich bei dem Wunsch, sie wieder zu küssen, diesmal richtig. Leah musste es gespürt haben, Frauen hatten dafür einen sechsten Sinn, wahrscheinlich war es das, was sie ihm den ganzen Abend sagen wollte. Und wovon er sie mit allen Mittel abgehalten hatte. *Vergiss es.*

Ja, er hatte seine Chance gehabt, und er hatte sie vergeudet. Dass er sich damals in New York, an besagtem Abend, auf den Zauber, der sich zwischen ihnen entfaltet hatte, nicht eingelassen hatte, dass er die Flucht ergriff, statt die Fügung des Schicksals dankbar anzunehmen, das es so clever einzurichten verstand, dass sich zwei Seelenverwandte über den Weg liefen, ja, das war ein verdammter Fehler gewesen, unentschuldbar. Sicher war es genau das, was sie ihm vermitteln wollte – du hast es vermasselt.

Während sie aßen, hatte er über Belanglosigkeiten geplaudert, sich Mühe gegeben, das Gespräch am Laufen zu halten, und bei jeder Pause befürchtet, Leah würde die bittere Wahrheit aussprechen und sich dann für die Nacht verabschieden. Irgendwie war er plötzlich dabei gewesen, ihr das Funktionsprinzip des Kreiselkompasses zu erklären – wahrscheinlich entsprangen ihre Fragen bezüglich Schiffsnavigation eher der Verlegenheit. Doch ihre Knie berührten sich währenddessen, und er redete und redete, damit sie es nicht bemerkte und ihre nicht wegziehen würde. Nach fast sechs Jahren ununterbrochenen Aufenthaltes auf See war ihm das Prinzip so geläufig, dass er es im Schlaf hätte herunterleiern können. Was von Vorteil war, da sich sein Innerstes ungefähr wie ein Kreiselkompass gebärdete. Und das lag zweifellos an dieser Frau.

Seit Ewigkeiten hatte er nicht mehr an Britt gedacht, seine Exfrau, die ihn nach seinem Absturz schneller fallengelassen hatte als eine heiße Kartoffel. Denn eine »Holland« konnte sich mit dem gebrandmarkten Loser unmöglich weiter in den Hamptons blicken lassen. Als er sie am meisten brauchte, schickte sie ihm per Kurier und ohne Begleitbrief die Scheidungspapiere.

Er hatte sie aufrichtig geliebt, und seitdem Leah in seinen Tagträumen zunehmend an Bedeutung gewann, wurde ihm wieder bewusst, welch tiefe Wunden Britt bei ihm hinterlassen hatte. Seit damals waren Frauen für ihn tabu. Attraktive besonders. Steve, der sich eine Weile darüber gewundert hatte, warum David nie das Schiff verließ, attestierte ihm ohnehin eine emotionale Speckschicht, die nur noch vom Blubber eines Blauwals übertroffen wurde. In seinem derzeitigen Job, wenn man sein Lebenswerk so bezeichnen wollte, waren die Chancen, sich mit Frauen auseinandersetzen zu müssen, ohnehin geringer als die für das Auftauchen eines herrenlosen Treibnetzes, und Angriffe auf seinen »Blubber« waren bisher kaum vorgekommen. Bis Leah hereinspazierte. Runterplumpste, um genauer zu sein. Aus einem Helikopter, mit dem sie auch wieder verschwinden würde, sehr bald schon. Während er ihr erklärte, weshalb ein Kreiselkompass den wirklichen geografischen Norden und nicht den davon abweichenden magnetischen anzeigte, nahm er ihren zarten Duft wahr.

Vergiss es.

So lautete der lapidare Kommentar seines Verstandes. Außerdem bist du zu alt. Und zu verschroben. Und zu knorrig. Doch dann hatte er plötzlich ihr Bein neben seinem gespürt. Das war der Augenblick, in dem es ihm zum ersten Mal schwerfiel, das Prinzip des Kreiselkompasses zu verdeutlichen. Instinktiv wollte er das Papier zur Seite schieben, den Griffel fallen lassen, sie packen und küssen. Zum Glück hatte er sich so weit unter Kontrolle. Eine derartige Torheit hätte sie mit Sicherheit auf der Stelle in die Flucht getrieben. Stattdessen quasselte er weiter, als ob sein Leben davon abhinge, und hoffte, dass er es noch nicht verlernt hatte, in den Augen einer Frau zu lesen. Er suchte diesen besonderen, magischen Blick, der stille Übereinkunft verhieß – Startsignal für den Tauchgang in Gefilde, in denen er sich früher einmal wie selbstverständlich bewegt hatte. Wie oft hatte er den Blick provoziert, sich darin gesonnt, um schließlich die meisten seiner Nächte nicht alleine zu verbringen. Wenn er sich nicht gänzlich täuschte, dann hatte er diesen Blick in Leahs Augen bereits erspäht. Für einen flüchtigen Moment, oben auf dem Deck, war er da gewesen.

Doch eines war neu: Er verspürte das Verlangen, nicht nur ihren Körper, sondern auch ihre Seele zu berühren.

Niemals hätte er gedacht, dass eine Großstadtfrau wie sie in ein Schlauchboot steigen würde, um Tiere aus Treibnetzen zu befreien. Niemals hätte er es für möglich gehalten, dass sie eine Nacht lang neben einem todgeweihten Wal ausharren würde, voller Hoffnung auf sein Überleben, voller Verzweiflung über seinen Tod. Und der heutige Tag hatte ihm gezeigt, dass sie in der Gegenwart der Wale das Gleiche empfand wie er.

»Sie sind müde, tut mir leid, verzeihen Sie, dass ich Sie so lange aufgehalten habe.«

Mit diesem Satz beendete Leah plötzlich seinen Monolog, und es blieb ihm nichts anderes übrig, als sie zur Tür zu begleiten.

Sie griff nach seiner Hand, drückte sie kurz und fest. »Schlafen Sie gut. Und danke für den schönen Abend.«

»Ja, schlafen Sie auch gut.«

Für den Bruchteil einer Sekunde schaute sie ihn prüfend an, wahrscheinlich stand ihm die Enttäuschung ins Gesicht geschrieben. Dann verließ sie die Kajüte. Und nachdem sie die Tür hinter sich ins Schloss gezogen hatte, flüsterte er diese zwei verdammten Worte:

Bleib hier.

Erneut sah David auf die Uhr. Wieder eine Stunde später, und er war immer noch hellwach. Lass die Finger von ihr. Was soll das bringen, die Frau wird bald in ihr bisheriges Leben zurückkehren. Und deines wird ohne sie leerer sein.

Die Stimme seiner Vernunft übertönte schließlich wie ein Presslufthammer jeden anderen Gedanken. Sie war laut genug, um ihn zur Räson zu bringen, und stellte ihm zwei neue Worte zur Verfügung. Ein Mantra für den gesegneten Schlaf. Für ein ruhigeres Dasein.

Finger weg.

Es war die Lakonie, die Leah verblüffte, nicht der Inhalt. Steve hatte sie beim Frühstück gebeten, seinen Vortrag für die bevorstehende Artenschutzkonferenz zu überfliegen, und Leah wunderte sich, wie es der Mann bloß schaffte, so wenig Pathos aufzubringen. Die fabelhafte Arbeit, die die Mannschaft der Sea-Spirit verrichtete, auf einfache Zahlenkolumnen zu reduzieren – das würde potenzielle Geldgeber wohl kaum vom Hocker reißen. Wie viele Tiere und von welcher Spezies in den Treibnetzen verendeten, ja, das war sicher ein wichtiger Aspekt, dazu gehörte aber auch die emotionale Veranschaulichung des tragischen Ausmaßes dieses Elends. Etwas, das unter die Haut ging.

»Soll ich dir ein paar Tipps geben?«

»Nur zu.«

»Bring sie zum Weinen, Steve. Menschen sind, was Zahlen angeht, immun geworden. Dass Tausende irgendwo an Hunger sterben, bleibt leider nur Statistik, Sekunden später ist es schon aus den Köpfen verschwunden. Werden wir aber mit einem ausgesetzten Welpen konfrontiert, hungernd an einen Pfosten gebunden, *das* bricht uns das Herz, da gehen wir auf die Barrikaden. So ist unsere Gesellschaft nun mal gestrickt, leider, wie gesagt.«

Steve schien nicht überzeugt. »Zu Hunden haben die Menschen eine besondere Beziehung.«

»Eben. Schaffe eine. Zu dem kleinen Wal zum Beispiel, der nicht mehr zu retten war. Lass die Leute durch deine Augen sehen, was hier wirklich passiert. Was ihm und vielen seiner Art angetan wurde. Nenne die Schuldigen beim Namen, ihr kennt sie ja; deren ganze Nation an den Pranger zu stellen ist nutzlose

Propaganda. Einen Geschäftsmann zu entblößen, tja, da wird es schon konkreter, gegen den kann man was unternehmen, seine Produkte meiden. Begreifst du, was ich meine? Da kommen doch Leute vom Fernsehen, gib ihnen Gefühle, gib ihnen Zündstoff, und die werden es im ganzen Land ausstrahlen.«

»Wahrscheinlich hast du recht«, musste Steve zugeben.

»Willkommen im Haifischbecken der Medien. Die stärkste Story überlebt. Und die stärkste Story spricht das Herz an, nicht den Intellekt.«

»He, komm doch mit, der Heli holt mich übermorgen ab, brauchst nicht extra bis Dutch Harbour zu warten.«

Steve war längst bei der Überarbeitung seines bevorstehenden Vortrags, und Leah wunderte sich immer noch über die scheinheiligen Argumente, mit denen sie sein Angebot ablehnte. Denn übermorgen wäre zu früh, das würde die kostbare Zeit, die sie noch mit David hatte, weiter verkürzen. Unmöglich.

Sie hatte am Vorabend Stunden benötigt, um einzuschlafen. Zunächst versuchte sie sich einzureden, es hätte an der Begegnung mit dem Wal gelegen, doch sie musste sich eingestehen, dass es eine Begegnung ganz anderer Art war, die ihr den Schlaf raubte. Ihr wurde beängstigend klar, was sie bislang hatte verdrängen können: dass Dutch Harbour die Endstation ihrer Reise war. Sie würde dort für immer aus Davids Leben verschwinden und nach Hause fliegen. Wieder an ihrem Schreibtisch sitzen, Artikel schreiben, recherchieren, noch mehr Artikel schreiben – und ihre Zeit auf dem Schiff würde zur Erinnerung verblassen. Sie würde Geoffrey dazu bringen, eine Serie über Wale und die »SeaSpirit« zu publizieren, und dann würde der Ordner McGregor aus ihrem Archiv verschwinden. Wie die Wale. Verdrängt aus ihrem Kopf und den Köpfen ihrer Leser. Sie hätte Steve sagen sollen, dass zwar die stärkste Story überlebt, aber nur, bis sie von der nächsten verdrängt wird. Außer …

Ich habe eine Idee.«

David sah nicht einmal auf, während er, über den Tisch gebeugt, die Sender zur Markierung der Wale inspizierte.

»Hallo, ich habe eine Idee!«

Er war wie verwandelt. Gestern Abend noch hatte sich Leah eingebildet, eine Nähe und Zuneigung zwischen ihnen zu spüren, die sie niemals für möglich gehalten hätte. Und heute trug er wieder das große Nicht-betreten-vermintes-Gelände-Schild um den Hals, das spürte sie schon, bevor er antwortete.

»Und ich hab leider keine Zeit.« David ließ die Armbrust auf den Tisch gleiten, vermied es aber, sie dabei anzuschauen.

Sein abweisender Ton konnte sie nicht entmutigen. »Ich weiß, wie die SeaSpirit-Bewegung größer werden kann.«

»Größer? Sie sollten inzwischen wissen, dass ich der Größe der Bewegung keine Bedeutung beimesse.«

»Aber Sie haben ein Interesse daran, dass die Wale nicht mehr gejagt werden. Und ich weiß jetzt, wie wir diesem Ziel ein Stück näher kommen können.«

David schob ein paar Markierungspfeile auf dem Tisch hin und her.

»Ich meine, ihr braucht Leute, die euch unterstützen.«

»Wir bekommen Spenden.«

Logo. Deshalb habt ihr auch hundert Miese auf dem Konto. Es gelang ihr gerade noch rechtzeitig, ihre Zunge im Zaum zu halten. »Nein, ich rede von Spendern, die richtig viel Geld lockermachen. Die Einfluss haben, die ihre Spenden publik machen und andere Menschen zum Nachdenken anregen.«

»Multiplikatoren.«

»Genau. Multiplikatoren.«

Zumindest hatte sie seine Aufmerksamkeit geweckt. In der letzten Nacht war ihr bewusst geworden, dass es ihr kaum mehr gelingen würde, einfach so zur täglichen Routine zurückzukehren. Als ob nichts geschehen wäre. Das Mindeste war, den Kontakt zu halten, wenn auch aus der Ferne, sie wollte wenigstens verfolgen, wo sich die »SeaSpirit« – nein, sei ehrlich: wo *er* sich befand. Wo sich dieser bärbeißige Seelenverwandte aufhielt, der sich so gerne hinter seiner Mauer der Unnahbarkeit versteckte. Selbst wenn er ihre Liebe nicht erwiderte.

»Wir müssen den Menschen eure Tätigkeit zugänglich machen. Was, wenn wir die Daten über die Wale ins Internet stellen? Und eine Webcam auf dem Vordeck installieren?«

»Oh ja, unbedingt, die ›SeaSpirit‹ als schwimmender Big-Brother-Container, und die Rechte verkaufen wir einem Sender.«

Aus einer plötzlichen Gefühlsaufwallung heraus kniff sie David in die Wange und zupfte daran. »Jetzt lass mich doch erst mal ausreden, du Miesmacher.«

Sie hatte es nicht geplant. Es war eine Geste der Vertrautheit, eine Geste, mit der sie eine Grenze überschritten hatte. Davids überraschter Gesichtsausdruck bestätigte sie darin.

»Entschuldige, ich – ich wollte nicht …« Sie strich mit der Hand zärtlich über die eben noch malträtierte Stelle. Noch schlimmer. Oh Gott.

»Tut mir leid – «

Sie stürzte aus der Kapitänsmesse, flüchtete den Gang entlang zu ihrem Zufluchtsort am Bug des Schiffes. Wie konnte sie sich nur so lächerlich machen. Zum zweiten Mal. Und als wäre das nicht genug, fuhr ihr Magen Achterbahn, denn in ihr rumorte das schlechte Gewissen wegen ihres Verrats – David gegenüber, den sie ans Messer hatte liefern wollen. Und Geoffrey? Wir wollen doch Geoffrey nicht vergessen, meldete sich ungefragt die nervigste ihrer inneren Stimmen, wechselte sich ab mit der Unlust, wieder in ihr altes Leben abzutauchen. Und das alles nur wegen dieses ruppigen, bewundernswerten, verstockten, gutaussehenden, liebenswerten Mannes mit der Anziehungskraft einer uneinnehmbaren Festung.

Sie hatte ihn nicht kommen hören, aber sie spürte seine Gegenwart. Als sie sich umdrehte, stand er einen Meter entfernt von ihr.

»Entschuldige bitte. Ich lass dich ausreden. Was wolltest du mir sagen?«

»Ich will …« Nicht mehr nach Hause, *das* wollte sie ihm sagen. Und dass du mich in deine Arme nimmst, David McGregor. Ich möchte dir endlich beichten, was ich bereit war, dir anzutun, und wie sehr ich mich deswegen schäme. Ich möchte deine Lippen berühren, deine Haut spüren. Ich will nicht von diesem Schiff runter, ich will mit dir zu den Walen schwimmen, dich lieben und verdammt noch mal für immer bei dir sein.

Sie schloss die Augen und atmete tief ein und aus. »Ich will, dass wir Patenschaften für jeden Wal vergeben.«

»Was?«

»Patenschaften. Es ist ganz simpel: Ihr markiert die Wale. Damit sind sie nicht mehr nur Teil einer Statistik, sondern konkrete Wesen …«

»Das sind sie ohnehin.«

»Ja, für dich, für uns, aber nicht für die Menschen da draußen.« Sie unterstrich ihre Worte mit einer ausladenden Geste, die den ganzen Horizont zu umspannen schien. »Ich weiß, dass es so was wie Patenschaften bereits gibt. Aber alle anonym. Wenn wir diese Daten öffentlich machen, wissen die Menschen, wo sich die einzelnen Wale befinden, *ihre* Wale. Wir vergeben – kostenpflichtig – eine Patenschaft und versorgen die Paten mit allen Einzelheiten, der Pate kann immer im Internet verfolgen, wo auf dem Globus sich ›sein‹ Wal gerade befindet. Und wir richten einen Newsletter ein, der alle regelmäßig informiert – und sie an die Gefahren, die ihren Schützlingen drohen, erinnert.«

Warum sagte er nichts, war es nicht eine tolle Idee? Oder ahnte er bereits das niedere Motiv, aus dem sie nicht zuletzt entstanden war: Leahs Wunsch, immer genau zu wissen, wo auf dem Globus er sich gerade befand?

»David, damit bekommen wir Geld in die Kasse, können vielleicht ein zweites Schiff kaufen. Die Menschen werden ihren Freunden, Bekannten, Kollegen von ihren ›Patenkindern‹ erzählen – wir entreißen den Wal der Anonymität des Meeres. Die Menschen schützen nicht, worüber sie nur hören, sie schützen nur das, wozu sie eine Bindung haben. Wir brauchen Gefühle und nicht nur dokumentarische Bilder, wir brauchen …«

Sie hatte »wir« gesagt. Da gerade wieder. Wie schön dieses Wir in Davids Ohren nachhallte. Es klang wunderbar, klang so, als könnte es eine Zukunft haben. Ein Lächeln überzog sein Gesicht. »Die Idee ist super, Leah. Unglaublich! Einfach großartig!« Dabei erwiderte er ihre Zutraulichkeit und kniff sie ebenfalls in die Wange.

Das Kribbeln zog sich durch ihren Körper, von den Fußspitzen bis zu den Haarwurzeln. Außerdem konnte sie sich des Eindrucks nicht erwehren, dass es sich von den beiden Polen aus in der Mitte ihres Körpers verstärkte. Kreiselkompass. Jetzt hatte sie es begriffen.

»Ich rede mit Govind, inwieweit wir das mit unserem Equipment machen können. Allerdings muss sich dann jemand um die Web-Inhalte kümmern …«

»Das übernehme ich. Ich betreue die Internetseite von Washington aus. Wenn ihr in der Lage seid, den Kontakt zu den Walen über den ganzen Globus zu halten, dann sollte uns das nicht schwerer fallen.«

Davids Lächeln erstarb. Für einige wenige Sekunden hatte er tatsächlich zu hoffen gewagt, dass sie auf der »SeaSpirit« bleiben würde. Die überwältigende Wärme, die er gerade noch gefühlt hatte, zog sich zurück wie das Meer bei Ebbe und ließ ihn frierend zurück.

»Ja, ich werde Govind fragen, wie wir das managen können«, sagte er heiser. Dann versuchte er sich zusammenzunehmen und sah sie direkt an. »Leah, es wäre vielleicht besser …« Er hielt inne, als sie zu ihm aufschaute. Sie war so offen, so verwundbar und so voller Euphorie.

»Was wäre besser, David?«

»Ähm … es wäre besser, ich tue es gleich. Mit Govind sprechen.«

Nein, er konnte das jetzt hier nicht stoppen, nur weil er sich wie ein Trottel in diese Frau verliebt hatte. Und weil er es nicht ertragen würde, mit ihr zu arbeiten, ständig mit ihr in Kontakt zu bleiben, wenn sie sich am anderen Ende der Welt befand. Und weil sie ihm schon jetzt fehlte. Er wandte sich ab und ging.

Sie schaute ihm hinterher. In keinem Moment, seitdem sie ihren Fuß an Bord gesetzt hatte, war sie sich so allein vorgekommen wie in diesem.

Natürlich wird sie das Schiff verlassen.

Zum ersten Mal wurde David bewusst, dass er Leah in der letzten Zeit zur Crew gezählt hatte, dabei würde sie schon bald von Bord gehen und in ihr altes Leben zurückkehren, zu ihrem Sohn und gewiss zu einem Ehemann, Lebensgefährten – wie auch immer.

Nach seinen Überlegungen der letzten Nacht sollte er froh darüber sein. Schon vergessen? Finger weg.

Aber er spürte noch ihre Hand auf seiner Wange. Mit ihrer Berührung hatte sie ein kleines Tor in seinem Herzen aufgerissen, das er beim Verriegeln übersehen hatte. Und dieses Engagement und ihre wirklich gute Idee, nicht nur, weil es *ihre* war und er sich über ihr Engagement freute, nein, die Idee war brauchbar, leicht umzusetzen, ohne eine Riesenorganisation an Land aufbauen zu müssen – es rührte ihn, zu sehen, wie sie an allem teilnahm, wie sie sich hineinkniete. Wozu all das, wenn er für sie doch morgen schon Vergangenheit war? Was redete sie da von Kontakt halten von Washington aus? Wie sollte so was laufen? Videokonferenz? Sollten beide gleichzeitig die Hand auf ihren Monitor legen, den Bildschirm streicheln als Ersatz für echte Berührungen, nach denen zumindest er sich sehnte? Diese Frau war dabei, sein Leben auf den Kopf zu stellen.

Es gab nur ein Mittel dagegen: Schotten dicht. Abriegeln. Den Schmerz, sie wieder zu verlieren, würde er nicht ertragen.

Bis Dutch Harbour musste er noch ein paar Tage durchhalten. Er würde leiden, so ehrlich konnte er sich gegenüber inzwischen sein, aber auch das würde vorübergehen. Und bald wäre Leah Cullin nur noch eine Erinnerung.

Leah.

Schluss jetzt!

Wie geht's dir, mein Schatz?«

Sie hätte nie gedacht, dass Geoffreys Stimme sie so durcheinanderbringen würde.

»Gut«, log Leah. »Sehr gut.«

»Alles klar an Bord, schwimmen die Fischlein noch?«

Obwohl er es sicherlich erwartete, war Leah nicht in der Stimmung, aus ihrem Fundus schnippischer Repliken die passende in Blitzgeschwindigkeit hervorzukramen. Sie war nicht mal in der Stimmung, überhaupt mit Geoffrey zu telefonieren. Nur konnte sie das Gespräch schlecht beenden, ohne ihn vor den Kopf zu stoßen – und ohne Verdacht zu wecken.

»Ja, die Wale schwimmen noch, und die Leute hier verdienen

allen Respekt. Ich bring eine Menge Material mit für eine ganze Artikelserie, das wird ein Knüller.«

»Über Wale? Jetzt mach mal halblang, darüber wurde schon genügend geschrieben, interessiert doch kein Schwein, was über Wale zu …«

»Ich hab Tiere aus Treibnetzen befreit, Geoffrey«, fiel sie ihm ins Wort. »Du kannst dir nicht vorstellen, was für Sauereien hier passieren. Ich habe Videos von Piratenfischern gesehen, sogar ein Video, in dem die ›SeaSpirit‹ gerammt wurde. Die machen einen knallharten Job hier. Und einen guten.«

Sie hörte Geoffrey ausatmen. Er zögerte. Klar, sie hatte diese Reise aus einem anderen Grund unternommen, doch Geoffrey würde sich damit abfinden müssen: Diese Artikel würden erscheinen, hundertprozentig. Sie empfand eine wachsende Aggressivität ihm gegenüber, obwohl sie wusste, dass es ungerecht war. Konnte sie ihm seine Ahnungslosigkeit übelnehmen? Vor kurzem hatte sie noch genauso gedacht wie er. Seltsam, die Erinnerung daran erschien ihr wie aus einem anderen Leben. Ihr Blick glitt über die Wellenberge, denen sich Masao und David gerade in dem kleinen Schlauchboot entgegenstemmten, um erneut die Buckelwale zu erreichen, die sich noch in ihrer Nähe aufhielten. Als ob sie kooperieren wollten, als ob sie wussten, dass es nur ihrem Schutz diente, wenn es David gelang, sie alle mit einem Sender auszustatten.

»Schon gut, bring das Zeug ruhig mit. Wir werden sehen, was wir verwerten können.«

Sein spürbares Desinteresse, wie eine schlagfeste Grundierung unter dem Lack seiner Worte, lenkte ihre Gedanken zurück zum Gespräch.

»Wann kann ich mit dir rechnen? Madeleine will in einer Woche Urlaub machen, und ich muss den Personalplan aufstellen. Bleibt es jetzt bei Dutch Harbour?«

Sie lauschte ihrem eigenen Atem, als gehörte er einer Fremden, und hörte sich schließlich mit »Ja« antworten. Steves Vorschlag, mit ihm das Schiff früher zu verlassen, verschwieg sie. »Aber ich warne dich, kein Wort zu Kazuki, erst musst du dir anhören, was ich über die Leute hier zu berichten habe.«

Anstelle einer Antwort erzählte ihr Geoffrey, dass er eine kleine Feier arrangiert hätte.

»Feier?« Was, bitte, gab es zu feiern? Genau genommen war die ganze Aktion doch als Flop einzustufen. Sie war einem Spendenbetrug nachgegangen, der sich in Nichts auflöste.

»Da wir jetzt Michaels Segen haben, dachte ich mir, wir können es endlich offiziell machen. Oder?«

David ließ sich vom Schlauchboot aus in die See fallen. Sie erinnerte sich, wie er gestern in ihrer Nähe geblieben war, als sie den Kontakt zu dem Walbaby geknüpft hatte.

»Was, bitte, willst du offiziell machen?«

»Leah, nicht per E-Mail, nicht per Telefon, nein, so richtig mit allem Drum und Dran. Sag mir nicht, dass du das vergessen hast, wir haben darüber gesprochen!«

»Die Verlobung? Ja, wir sprachen über Verlobung. Im Konjunktiv.«

»Mit einer echten Cajun-Band. Madeleine hat auch ihre Kontakte zu diesem Zauberer spielen lassen, die Einladungen gehen heute raus.«

»Wie bitte?!«

»O. k., wenn du's nicht willst, lassen wir den Zauberer weg, ich dachte nur, Mickey könnte das Spaß machen.«

Wenn er etwas nicht begreifen wollte, konnte sich Geoffrey verdammt stur stellen. »Ich will keine Feier, Geoffrey.« Ich will keine Verlobung, wollte sie ins Telefon schreien, als ihr Blick zurück zum Schlauchboot wanderte. »Können wir nicht in Ruhe darüber reden, wenn ich in Washington bin? Ich …« Ich will mich mit dir nicht verloben, Geoffrey Wilbert, denn das käme einem Eheversprechen gleich, und ich will dich nicht heiraten, denn so, wie es aussieht, bist du der Falsche. Der Richtige ist hier – auch wenn er mich nicht will. »Geoffrey, ich lass mich nicht unter Druck setzen. Ich werde kein geladener Gast auf meiner Verlobungsfeier sein. So läuft das nicht. Wir reden darüber, wenn ich in Washington bin. Punkt. Ich ruf dich an, bevor ich von Bord gehe.«

»Wie du meinst.« Seine Stimme hatte schlagartig die Innentemperatur ihres Vier-Sterne-Gefrierfaches erreicht.

Es war unfair ihm gegenüber, doch sie hatte nicht den Mut, ihm die Wahrheit zu gestehen. Geoffrey hatte es gut gemeint, er wollte ihre gemeinsame Zukunft zelebrieren und ahnte nicht, dass es für sie fast wie die Einladung zur Guillotine klang.

Geoffrey verabschiedete sich ungewöhnlich knapp. »O.k. Bis dann.« *Mein Schatz.* Er hatte es nicht gesagt.

Und sie hatte es nicht vermisst. Im Gegenteil.

David tauchte neben dem Boot aus dem Wasser auf. Aufgeregt gestikulierte er, dann stülpte er sich die Tauchmaske wieder übers Gesicht, ließ sich von Masao die Unterwasserkamera geben und versank erneut in den Fluten.

Er war in seinem Element. Der einsame Retter der Wale. Der einsam bleiben wollte. Was nichts daran änderte, dass sie ihn liebte!

Ironie des Schicksals, dass Geoffrey ihr diese Einsicht geschenkt hatte. Ausgerechnet Geoffrey, den Michael nach so langer Zeit endlich bereit war, als seinen Dad zu akzeptieren. Und dem sie zum Dank für seine Mühen prompt Hörner aufgesetzt hätte, wäre von David auch nur ein winziges Signal gekommen. Sie liebte David McGregor. Nach dem Gespräch mit Geoffrey bestand kein Zweifel mehr daran. Ich liebe dich, dachte Leah, und du wirst es nie erfahren, genauso wie Geoffrey nie erfahren wird, dass ich ihn deinetwegen verlasse. Ich muss in irgendeinem früheren Leben etwas verbrochen haben, warum sonst will der Mann, dem ich mein Herz schenke, es nicht haben?! Timothy hatte meine Liebe wenigstens mit Füßen getreten, du nimmst sie nicht einmal wahr.

Aussichtslos wäre es ohnehin.

Er auf See, sie bei ihrem Kind … nein, sie würde sich die wenigen verbleibenden Tage zusammennehmen, ihm auch ein wenig aus dem Weg gehen. Möglicherweise würde sie es ihm doch sagen, was hatte sie schon zu verlieren? Beim Abschied vielleicht. So hätte er keine Gelegenheit, sie wieder zurückzuweisen. Bis dahin musste sie durchhalten.

Leah schreckte hoch, als eine Hand ihre Schulter berührte.

»Sorry, ich wollte dich nicht erschrecken. Wenn du was essen willst, wir sitzen alle in der Messe.«

»Ja. Danke. Ist David wieder an Bord?«

Sam nickte, und ihm war anzusehen, dass ihn die Frage nach David nicht eben glücklich stimmte. Leahs Antennen empfingen die Botschaft, doch es war ihr einerlei. Im Moment des Aufschreckens hatte sich plötzlich die Lösung ihres Problems offenbart. Sie musste das Schiff so schnell wie möglich verlassen. Am besten sofort. Es wird sich sowieso nichts ändern, warum das Leid bis Dutch Harbour ertragen?

Blanke Illusion, David aus dem Weg gehen zu können, unmöglich, weiter ihre Liebe zu unterdrücken, undenkbar, es ihm zu offenbaren, selbst wenn er die Zurückweisung diesmal aus Rücksicht besser kaschierte. Sie würde es in seinen Augen lesen können.

Es hatte Vorteile, feige zu sein. Sie würde sich damit einiges ersparen. Und David sicher auch.

»Er ist in seiner Kabine. Hat keinen Hunger. Sag mal, braucht ihr alle keine Nahrung zum Leben?«

»Ich esse immer am Ende des Monats. Spart Zeit.«

Damit stapfte sie von dannen, um Steve mitzuteilen, dass sie ihn begleiten würde, und anschließend David ihren Entschluss bekanntzugeben. Bevor sie ihn bereute. Und sicher wieder ins Schwanken geriet.

David empfing sie mit einem strahlenden Lächeln. »Ich hab mit Govind über deinen Vorschlag gesprochen.«

»Und?« Die Neugier siegte über den Vorsatz, ihn sofort von ihrer Abreise in Kenntnis zu setzen. Auch wenn sie an dem Projekt nicht mehr beteiligt wäre, so hielt sie den Einfall für einen ihrer besten.

»Er hat nur gefragt, weshalb wir darauf nicht früher gekommen sind. Technisch kein Problem. Und der Aufwand hält sich in Grenzen, das meiste lässt sich über Programme automatisieren. Wir werden das angehen, Leah. Vielleicht habe ich wirklich jemanden wie dich gebraucht, der mich ein bisschen anschubst.«

Jemanden wie mich hieß nicht *mich*. Sie schwankte zwischen der Freude, dass er ihren Vorschlag umsetzen wollte, und der Enttäuschung, akzeptieren zu müssen, dass David sich für ihren Einfall interessierte, aber nicht für sie.

Sein Lachen verschwand so schnell, wie es gekommen war. »Ich habe in den letzten Stunden viel nachgedacht, Leah.«

»Wegen der Patenschaften?«

»Auch. Nein. Ich … Leah, ich …« Er nahm ihre Hand in die seine, und ihr Puls fing an zu galoppieren. Jetzt, gab die innere Stimme den Startschuss. Sag es ihm. Sag, dass dein Koffer gepackt ist, dass du zu deinem Sohn musst, dass du es in seiner Nähe, ohne ihn lieben zu dürfen, nicht mehr aushältst und umgekehrt, falls er deine Gefühle erwidern würde, das Desaster vorprogrammiert wäre. Wie könnte ich dann auf ihn verzichten?

Nein, ist besser so, besser für uns beide und vernünftiger allemal, leb wohl, David, wir bleiben in Kontakt.

»Leah. Ich weiß nicht, wie ich anfangen soll. Ich denke, du solltest wieder nach Hause fliegen. Bald.«

Es war wie ein Schlag in den Magen. Gewaltig. Unerwartet. Obwohl er nur das aussprach, was auch sie sich zurechtgelegt hatte. Und sie konnte sich nicht einmal einen Reim darauf machen, wieso er sie so plötzlich loswerden wollte.

»Was hab ich getan?«

»Du? Du hast gar nichts getan. Ich spreche nicht von dir.«

»Und wen schickst du gerade von deinem Schiff?«

Er hielt sie mit seinen Augen in Bann, während er ihre Hand sanft und voller Zärtlichkeit streichelte.

»Du merkst, was hier passiert. Es wird nicht funktionieren.«

Ihre Finger erwiderten seine Liebkosung, obwohl ihr Verstand ihm recht gab und ihr diktierte, Abstand zu halten.

»Wieso, du kennst mich gar nicht.«

»Aber ich kenne mich. Einer muss die Notbremse ziehen, Leah, sonst steuern wir auf eine Katastrophe zu. Es ist besser so.«

Schnell wandte sie ihm den Rücken zu, ihre Tränen sollte er nicht sehen. Sie spürte seine Hände auf ihren Schultern.

»Steve nimmt mich mit, ich hab's schon mit ihm besprochen.«

»Ja«, hörte sie ihn sagen. »Ist besser so, für uns beide.«

Besser? Wieso besser? Sie drehte sich um und sah in seine Augen, die eine andere Wahrheit sprachen. David zog sie an sich und schloss sie in seine Arme. Sie erwiderte seine Umarmung, zögernd, verzweifelt, den Kopf an seine Schulter gelehnt, fühlte sein Herz schlagen, sein Kinn an ihrer Wange, seine Hände in ihrem Haar. Und der Teil in ihr, der sich immer noch gegen den Siegeszug ihrer Liebe gewehrt hatte und die Oberhand zurückzuerobern trachtete, gab auf.

Sie küssten sich mit derselben Dringlichkeit, mit der ein Ertrinkender nach Atem ringt. Als seine Hände über ihre Brüste strichen, war die letzte Chance zur Umkehr verpasst. Sie liebkoste seine Ohrläppchen, seine Augen, ließ ihn die Kleider von ihrem Körper streifen und zog ihn mit sich auf das Bett.

Davids Hände glitten mit unendlicher Langsamkeit über ihren Körper, wanderten über Hügel und Täler, strichen sanft über ihre Haut, sodass sich alle dort befindlichen Härchen aufrichteten, als stellten sie sich einer unbekannten Macht entgegen, der sich zu widersetzen sie doch keine Aussicht hatten.

Als er in sie eindrang, war es, als wäre David der erste Mann in ihrem Leben, als hätten ihre Sinne nur auf diesen einen Zeitpunkt hingelebt. Mit ihm erlebte sie eine andere Bedeutung der Vereinigung, als seien ihre Seelen verschmolzen, näher und intensiver, als es das Spiel ihrer Körper, der unaufhörliche Reigen der Leiber je gestattet hätte.

Leah krallte ihre Finger in Davids Rücken, drängte sich ihm entgegen, wollte sich in ihm auflösen, mit ihm eins werden, für immer. Sie war angekommen. Bei sich, bei ihm, es war das Gleiche.

Keiner von ihnen hätte zu sagen vermocht, wie lange sie schweigend nebeneinander lagen. Zeit hatte ihre Bedeutung verloren.

Schließlich hörte Leah David sagen: »Ich liebe dich. Ich liebe dich so sehr, dass ich keine Luft mehr bekomme, wenn ich nicht in deiner Nähe bin. Weißt du das? Du bist überall. In meinen Gedanken. In meinen Träumen. Und in meinen schlimmsten Ängsten bist du auch. Die bloße Vorstellung, ohne dich zu sein, versetzt mich in Panik.«

Sie zitterte am ganzen Körper, die Tränen abzuwischen machte keinen Sinn mehr, sie flossen unaufhörlich über ihre Wangen. Sie weinte vor Glück, Trauer und Hoffnungslosigkeit.

»Bitte bleib. Wenigstens, bis wir Dutch Harbour erreicht haben.«

Leah klammerte sich an ihn – keine Macht der Welt hätte sie vom Schiff bekommen. Nur noch wenige Tage, doch sie wollte keinen einzigen freiwillig hergeben. Was auch immer danach passierte, war in diesem Augenblick unwichtig. So verrückt es auch klang, sie hatte es ganz tief in ihrem Innern gespürt: Es *war* Bestimmung. Schicksal. Alle weiteren Gedanken und Überlegungen zählten nicht mehr, hatten längst ihre Gültigkeit verloren.

»Nein, ich werde nicht fliegen. Ich könnte es nicht, selbst wenn du mich wegschicken würdest.«

Sie liebten sich erneut und schliefen ein und wachten auf und fingen an, sich wieder zu lieben. Jeden kostbaren Augenblick saugten sie in sich auf und konnten nicht voneinander lassen, konnten keine Sekunde ertragen, in der ihre Körper nicht vereint waren, erschöpften sich bis zur Besinnungslosigkeit.

Schließlich riss der Wecker sie aus traumlosem Schlaf zurück in die Wirklichkeit. David kramte nach seiner Uhr, die unter den Kleidern auf dem Boden lag. »Ich muss auf die Brücke, Leah.«

Als sie ihm kurz darauf folgte, informierte sie ein brummiger Sam, David sei im Computerraum. Sie konnte ihm ansehen, dass er Bescheid wusste. Wahrscheinlich wussten alle Bescheid. Sie hatten sich achtzehn Stunden nicht an Deck blicken lassen.

Leah fand David mit Govind vor einem Monitor ins Gespräch vertieft. Als sie neben ihn trat, suchte seine Hand augenblicklich die ihre.

»Die Wale ziehen nach Süden. Und wir sollten uns auch langsam aufmachen«, erklärte Govind und zog mit dem Bleistift eine imaginäre Linie über den Bildschirm. »Dutch Harbour liegt jetzt südöstlich von uns. Auf direktem Weg sind es ungefähr 400 nautische Meilen. Und für die Landratten …«, er wandte sich Leah zu, bemerkte, wie sie und David Händchen hielten, verzog aber keine Miene, »...750 Kilometer, bald kannst du nach Hause.«

Etwas Schlimmeres hätte er nicht sagen können.

»In Ordnung«, entschied David, »dann schippern wir endlich da hin. Wenn wir den Diesel etwas schonen, brauchen wir drei Tage.«

»Kannst du mir noch mal unser Walbaby zeigen?«, bat Leah.

David nickte Govind zu, der mit ein paar Mausklicks drei blinkende Punkte auf den Bildschirm zauberte. »Das sind wir.« Er zeigte es ihr auf dem Monitor. »Der Punkt mit der Nummer B18 ist die Walmutter, B19 das Junge.«

Beide entfernten sich von der »SeaSpirit« auf einer Route, die vermutlich seit uralten Zeiten in ihren Genen verankert war. Leah kam es beinahe so vor, als wäre sie zum zweiten Mal Mutter geworden. Das Walbaby war nun das Kind ihrer Liebe, und es war schön, etwas zu haben, was David und sie tiefer verband. Jedes Mal, wenn sie daran denken würde, würde sie auch an David denken, und jedes Mal, wenn Punkt B19 auf Davids Monitor blinkte, würde er mit seinen Gedanken auch bei ihr sein.

»Es hat noch keinen Namen! Es sollte einen haben«, flüsterte sie ihm zu.

»Dann gib ihm einen.«

Leah überlegte. »Noah finde ich schön.«

David winkte zum Monitor: »Bon voyage, Noah, viel Glück auf unserem Planeten.« Dabei drückte er ihre Hand für einen Augenblick so fest, dass es schmerzte.

»Auch wenn ich nicht mehr an Bord bin – du lässt mich immer wissen, wo Noah ist und wie es ihm geht?«

»Versprochen.«

David besiegelte den Pakt mit einem Kuss. Vergessen war Govind, vergessen sogar der Gedanke, dass sie bald nicht mehr an Bord sein würde.

Leah wartete ungeduldig, bis David die Nachtwache beendet hatte. Endlich konnten sie wieder zusammen sein, und sie bekamen nicht genug voneinander. Nachdem sie sich geliebt hatten, breitete sie ihr ganzes Leben vor ihm aus, erzählte von ihrem Sohn, ihrer Mutter, von ihrem Job, ihren Freunden in Washington und schließlich auch von Geoffrey. Nur von ihrer ursprünglichen Absicht erzählte Leah nicht. Und auch nicht von ihrem Vater. Eigentlich hätte sie David jetzt reinen Wein einschenken müssen.

»Bloß nicht«, hatte Susan auf ihre E-Mail geantwortet, nachdem sie ihr von ihrem Dilemma berichtet hatte. »Manchmal ist eine Lüge der Wahrheit viel näher als alle edlen Versuche der Aufrichtigkeit. Warum willst du ihm wehtun? Warum ihm etwas erzählen, was keine Bedeutung mehr hat?«

Ihre Lage war kompliziert genug, und auch wenn sie nicht wusste, ob Susan nun recht hatte oder nicht, so war Leah doch klar, dass es am ungefährlichsten war zu schweigen. Denn Leah war zwar als Feindin an Bord gekommen, doch all das war längst verblasst wie Herbstlaub im Frühling, hatte sich in Luft aufgelöst. Jetzt liebte sie ihn, und er liebte sie, und die Zeit war knapp und schnell vergeudet mit jedem unnützen Wort. Die Wahrheit konnte falsch sein wie eine Schlange. Sie konnte eine unberechenbare Waffe sein, deshalb war Vorsicht geboten, wenn man sie zum Einsatz brachte. Warum sollte sie ihre Liebe dieser Gefahr aussetzen? War das notwendig? Mit Sicherheit nicht. Warum sollte sie ihm von etwas erzählen, das längst keine Gültigkeit mehr hatte, warum ihn an ihrer Aufrichtigkeit zweifeln lassen?

»Frauen sind eigenartig«, hatte ihr Susan geschrieben. »Aus Angst, dass ihr Macker ihnen etwas verheimlicht, bestehen sie auf absoluter Ehrlichkeit – ›Lüg mich *nie* an, wenn du mich anlügst, tut es mir noch mehr weh‹ –, und um ihm auf die Sprünge zu helfen, offenbaren sie gleich das Erstbeste von sich selbst.

O.k., denkst du dir, das ist eine faire Abmachung. Von wegen. Wär besser gewesen, die Klappe zu halten, denn kaum gibst du was preis, was nicht in das Bild passt, das er sich von dir gemacht hat, ist er zutiefst getroffen. Und leidet. Und weiß nicht, ob er dir jemals wieder vertrauen kann. Oder er verlässt dich auf der Stelle. Vergiss es einfach, denk nicht mal dran. So wie ich dich kenne, liebst du deinen David dafür umso mehr.«

Wahrscheinlich hatte Susan recht. Leah entschied sich, ausnahmsweise nicht päpstlicher als der Papst zu sein.

Die Zeit mit David war erfüllt von Zärtlichkeit, von Lachen und auch von Weinen. Sie schmiedeten Pläne. Sie nahmen sich vor, es nicht zu tun, und taten es doch. Das mit dem Haus in Alaska konnte Leah zu den Akten legen: Schon in zwei Monaten würde die »SeaSpirit« die Reise nach Neuseeland antreten. Sie gaben sich Mühe, sich damit so sachlich wie möglich auseinanderzusetzen. Sie wussten beide, sie würden sich, ganz gleich, was sie sich auch versprachen, nur selten treffen können. In der Zwischenzeit würden sie sich mit Telefon und E-Mail behelfen müssen. Und mit Videokonferenzen, David, das ist es!

»Wir besorgen uns diese kleinen Webcams«, versuchte Leah sich Mut zu machen, »einigen uns auf ganz bestimmte Zeiten, schalten uns ins Internet und können quasi zusammen essen, beim Einschlafen plaudern, nein, das geht wegen der Zeitdifferenz nicht, aber wir könnten uns jederzeit sehen und hören, ich kann so wenigstens ein bisschen an deinem Leben teilnehmen und du an meinem, was sagst du dazu?«

»Ich sage, wehe dir, wenn du da nackt herumläufst, wie soll ich das aushalten?«

Sie gab ihm einen Kuss und sah ihm frech in die Augen. »Dafür werden wir auch einen Weg finden.«

»Dafür? Wie meinst du das? Moment! Denkst du etwa gerade dasselbe, was ich denke? Leah, mir verschlägt es die Sprache! Ich bin ein unbedarfter Junge vom Land, in welche Abgründe treibst du mich?«

»Hm! Wir haben gesehen, wie unbedarft du bist. Findest du's pervers?«

»Ich find es abgefahren. Weiß nur nicht, ob ich mich traue.«

»Ich auch nicht.« Leah lachte.

Erneut begann er ihre Brüste zu liebkosen, bis sie es nicht länger aushielt, sich in seinen Haaren festkrallte und ihn zu sich zog. Ja, die kurze Zeit, die ihr und David noch verblieb, mussten sie auskosten und die verlorene, bis zu ihrer nächsten Begegnung verschwendete einholen, fest im Herzen die zerronnene einspeichern, die in noch ferner Zukunft liegende vorausleben.

Geständnisse waren da nur unangebracht.

Leah erwachte mit dem Gedanken, dass sie zumindest Geoffrey die Wahrheit sagen musste. Das war etwas anderes, da sollte sie reinen Tisch machen. Ohne Wenn und Aber. David schlief ruhig an ihrer Seite, seinen Arm um ihren Körper geschlungen. Sie genoss die Berührung und das Gefühl der Geborgenheit und überlegte dabei, wie sie Geoffrey am schonendsten beibringen sollte, dass es keine Verlobungsfeier geben würde. Steh auf, befahl sie sich schließlich. Du sagst es ihm jetzt.

Vorsichtig, um David nicht zu wecken, löste sie sich aus seiner Umarmung. Leider nicht vorsichtig genug.

»Ist noch früh, wo willst du hin?«

»Ich muss meinen Sohn anrufen«, log sie ihn an, aber eigentlich war es keine richtige Lüge, denn ihn wollte sie auch sprechen. »Schlaf weiter.« Sie küsste Davids Augen wieder zu, schlüpfte in ihre Kleidung und verschwand mit dem Handy aus der Kabine.

Zu Hause war schon der Anrufbeantworter eingeschaltet. Als sie die Nummer der Redaktion wählte, klopfte ihr Herz bis zum

Hals. Madeleine war am Apparat. Wie immer befand sich Geoffrey in einer wichtigen Besprechung.

»Ich ruf dann wieder an«, antwortete Leah erleichtert, auch wenn sie es damit nur aufschob, Geoffrey vor den Kopf zu stoßen.

»Mach das. Herzlichen Glückwunsch übrigens, die Geldspritze kam goldrichtig, wenn man den Lobeshymnen glauben darf. Super.«

»Super? Wieso? Hab ich was verpasst? Welche Geldspritze?«

Madeleine stutzte. »Die Sache mit dem Hafen, Leah, FishGoods pflastert uns mit Anzeigen zu, und Geoffrey wird nicht müde zu betonen, wie pfiffig du das hingekriegt hast.«

Leah spürte, wie sich ihr Kreislauf verabschiedete. Dieser Hurensohn hatte Dutch Harbour verraten und sie gleich mit. Sie taumelte zu ihrer Bank, ließ sich darauf niedersinken.

»Leah, bist du noch da?«

Sie schluckte. »Gib mir Geoffrey.«

»Er ist in einem Meeting. Irgendein hohes Tier von …«

»Madeleine!«, brüllte sie in den Hörer. »Gib ihn mir! Jetzt! Sofort!« Es war zum Verrücktwerden. Wäre sie jetzt in der Redaktion, würde sie Geoffreys Tür aufreißen und ihm vor Mr-Wem-auch-immer rechts und links eine Ohrfeige verpassen. Doch sie war nicht dort. Und Brüllen bewirkte bei Madeleine gar nichts – dazu kannte sie die Cullin'schen Ausbrüche zu gut. Es gelang Leah mühsam, ihre Wut nicht in einem lauten Schrei zu artikulieren.

»Madeleine, du hebst jetzt deinen Hintern vom Stuhl, gehst in sein Zimmer und holst ihn ans Telefon. Wenn nicht, wird Geoffrey mit seinen bescheuerten Anzeigen eine Riesenpleite erleben, und du, nein, lass mich ausreden, du trägst die Verantwortung! Also hopp, hopp, pfeif ihn da raus, verstanden?«

Es würde ohnehin keine Anzeigen geben. Doch es war die einzige Möglichkeit, Geoffrey an die Strippe zu bekommen.

Es dauerte keine zehn Sekunden.

»Was ist jetzt wieder los?«, motzte er sie an.

»Du miese, kleine, wichtigtuerische Ratte!«, brüllte sie ins Telefon. »Du bist das Letzte, weißt du das?! Wie kannst du es wagen ... Du hast mir versprochen, es nicht zu tun! Geoffrey, du hast es mir versprochen!«

»He, sachte, beruhig dich erst mal. Und falls ich dich korrigieren darf: Versprochen hab ich, dein kleines Geheimnis zu bewahren, so lange, bis wir den Beweis haben!«

»Welchen Beweis, wovon quatschst du?«

»Ich rede von deinen Walretter-Heinis und dem Beweis, dass sie Dreck am Stecken ...«

»Genau das haben sie *nicht*!«

»Haben sie doch! Und wie die's haben, gepfropft mit acht Millionen Dollar! Nick hat saubere Arbeit geleistet.«

Leah wurde schwindlig, es fühlte sich an, als ob das Blut in ihren Adern durch Blei ersetzt wurde. Nick hatte doch das Konto überprüft und nichts gefunden außer hundert Miesen. »Gib mir Nick!«

»Leah, der ›Chronicle‹ kriegt ein Riesen-Package mit Anzeigen, und diese Rambo-Piraten kriegen endlich eins auf die Rübe. Darf ich fragen, warum du sauer auf mich bist?«

»Gib! Mir! NICK!«, fauchte sie ihn abermals an.

Sie hörte ihn den Hörer ablegen und nach Nick rufen, dessen Schilderung sie wenig später ungläubig verfolgte. Wie er auf das zweite Konto gestoßen war, auf dem acht Millionen gebunkert wurden. Sie hörte zu und wünschte, sie wäre taub.

»Leah, ich hab mich drauf verlassen, dass er dich anruft. Hab's selbst stundenlang versucht, du bist nicht rangegangen!«

Irgendwann musste sie das Handy selbst abgeschaltet haben. Es lag jedenfalls am Boden und gab keinen Mucks mehr von sich. Sie konnte sich auch nicht erinnern, sich von Nick verabschiedet zu haben. Oder ihm gedankt zu haben. Für die saubere Arbeit, Nick. Auf die ich dich angesetzt hatte. Um den Mann meines Lebens zu vernichten. Den Mann meiner noch ungeträumten Träume.

Acht Millionen Dollar! Auf einem geheimen Konto. Sie verstand gar nichts mehr. Er jagte doch die Waljäger … Vernichtete die Treibnetze … Damit Noah, ihr Baby Noah, nicht darin verendete … Und bunkerte Spendengelder?! Für acht Millionen hätte David wer weiß wie viele Schiffe einsetzen können.

Ihre Gedanken rasten hin und her. Es ist nicht wahr. Es ist wahr. Nick hatte es recherchiert. Sie hatte es ihm selbst beigebracht, das Recherchieren. Ihn nicht gebeten, es weiter zu tun, aber er hatte es getan. Wie es sich für einen guten Journalisten gehört. Immer der Wahrheit nach. Alles aufdecken, wir sind die Guten, die anderen sind die Bösen.

Kazuki hatte es bereits befürchtet. Seine Menschenkenntnis hatte ihn bislang nie im Stich gelassen. Vielleicht war das der Grund, weshalb FishGoods so groß werden konnte. Schon als er diese Cullin das erste Mal gesehen hatte, hatte er Zweifel, ob sie wirklich kooperieren würde. Geoffrey Wilbert war eine andere Kategorie Mensch, den konnte man klar in Dollars berechnen. Es hatte ihn daher nicht wirklich erstaunt, als Wilbert anrief und beichtete, er könne nicht garantieren, dass die »SeaSpirit« Dutch Harbour wirklich anlaufe. Er gehe nach wie vor davon aus, doch seien Komplikationen aufgetreten, über die er derzeit nicht sprechen könne. Kazuki konnte sich seinen Teil denken. Was soll's. Wenn die Tanks leer waren, würden sie einen der Häfen anlaufen müssen. Wenn nicht Dutch Harbour, dann einen anderen im näheren Umkreis.

Leah holte tief Luft und betrat seine Kajüte.

»David, ich muss mit dir reden.«

Das Handtuch um die Hüften geschlungen, drehte er sich mit einem fragenden Lächeln um, doch die Mundwinkel rückten augenblicklich in die Ausgangsposition zurück, als er ihre geröteten Augen entdeckte. »Was ist passiert?«

»Setz dich, David. Bitte.«

David schlüpfte in die Hosen, zog sich ein T-Shirt über, dann folgte er ihrer Aufforderung. »Schieß los.« Seine Hand griff nach der ihren.

»Ihr werdet in Dutch Harbour erwartet. FishGoods erwartet euch. Ich hab euch verraten.«

Sie redete sich alles von der Seele: Geoffreys Vorschlag, ihre Recherche, wie sie sich nach dem Gespräch mit FishGoods den Zugang zum Boot erschwindelt hatte, einfach alles. Mit jedem Wort wurde David blasser. Wenn sie erwartet hatte, mit Vorwürfen bombardiert zu werden, so hatte sie sich getäuscht. Er sagte nichts. Keinen Ton.

»Ich wusste nicht, worauf ich mich eingelassen hatte, das war, bevor mir klar wurde, wie wichtig eure Arbeit ist. Wie sollte ich ahnen, dass wir beide … dass zwischen uns jetzt … Es tut mir so leid, ich wollte nur meinen Job machen.«

»Klar, alle machen nur ihren Job. Und du machst deinen besonders gut.« Er sprach so leise, dass sie ihn kaum hören konnte.

»David …«

»Nein, lass es, bitte. Seit … seit wann weißt du das mit Kazuki? Dass seine Leute auf uns warten?«

Nicht die Trauer in seiner Stimme war es, was ihr Angst bereitete, es war sein enttäuschter, tief verletzter Blick, der sie erschreckte. »Ich habe es gerade eben erfahren, dachtest du, ich würde dir so was verschweigen?«

Sie griff wieder nach seiner Hand, aber er zog sie weg. Susan hatte mit ihrer Prophezeiung recht gehabt. Die Worte wirkten wie ein Fluch, der sie trennte. Unmöglich, sich dem anderen zu nähern, unmöglich, so zu tun, als ob nichts gewesen wäre.

»Für meine Mannschaft, für meine Freunde hier … Was wir hier machen, ist unser aller Lebensinhalt. Sie arbeiten ohne Bezahlung und nehmen die größten Entbehrungen in Kauf. Das Schiff ist ihr Zuhause und Mittel zum Zweck, ohne das Schiff können wir gar nichts bewirken. Und ich frage mich, was für ein Mensch du bist … nein, das ist nicht fair, was für ein Mensch du warst. Bereit, für eine Story das alles zu zerstören?«

»Du verachtest mich, ich weiß.«

»Leah, wenn das, was zwischen uns passiert ist, nicht passiert wäre, hättest du es mir dann verschwiegen?«

Sie sagte nichts. Was sollte sie ihm darauf antworten? Hätte sie? Nach all dem Engagement, das sie hier an Bord erlebt hatte? Nein. Trotzdem, er hatte recht: Sie musste sich fragen, was für ein Mensch sie eigentlich war – für eine Schlagzeile das Schicksal vieler anderer aufs Spiel zu setzen.

Er stand auf und zog seine Jacke an.

»Ist schon o. k. Ich werd's überleben. Ich weiß nicht, ob wir genug Sprit haben, um ausweichen zu können. Wahrscheinlich schon. Aber es spielt auch keine Rolle mehr, wir haben ohnehin kaum Geld, um neuen zu kaufen. Gibt es noch irgendwelche weiteren Überraschungen, von denen ich wissen sollte?«

Sie hatte ihn verloren. Seine Stimme klang nicht bösartig, nur eben wieder so wie während ihrer ersten Tage auf dem Schiff, abweisend, distanziert, wie abgeschirmt von einem Schutzwall aus Beton. Der Augenblick war nicht dazu angetan, noch irgendetwas zu verschweigen. Sie unterdrückte ihr Schluchzen und begann, das letzte traurige Kapitel ihrer Recherchen zu offenbaren: die Existenz des zweiten Kontos der SeaSpirit-Bewegung, von dem bereits die gesamte Redaktion in Washington wusste, wie auch die Tatsache, dass es nicht mehr in ihrer Hand lag, ob der ›Chronicle‹ davon Gebrauch machen würde, die Öffentlichkeit über die gebunkerten acht Millionen Dollar zu informieren.

»*Acht Millionen*? Wovon zur Hölle redest du, Leah? Mit so vielen Spenden hätten wir die ›SeaSpirit‹ aufrüsten können, hätten Schiffe dazugekauft und uns breit verteilt – nach all dem, was du hier erlebt hast, wie kannst du nur an einen solchen Blödsinn glauben?«

Sie nannte ihm das Konto auf der Bank in Santa Ana, und die Namen der Spender nannte sie ihm auch.

Es schien David die Sprache zu verschlagen.

Falls die Entrüstung in seinen Augen, sein Schock, als er wutentbrannt die Kajüte verließ, tatsächlich unecht war, dann war er ein verdammt guter Schauspieler. Eine Erklärung gab er ihr jedenfalls nicht.

Leah war klar, dass sie keine andere Wahl hatte, als die Konsequenzen zu ziehen. Die Situation würde unerträglich sein, wie sollte es weitergehen, was hätten sie sich noch sagen können? Vielleicht würde, wenn sie jetzt das Schiff verließ, zumindest eine kleine Hoffnung bestehen, die gemeinsame Zeit als etwas Schönes in Erinnerung zu behalten. Nur durch ihre Abreise konnte das, was zwischen ihnen gewesen war, auf eine gewisse Art unzerstört erhalten bleiben. Wenn sie noch blieb, wenn sie nicht sofort mit Steve das Schiff verließ, würde nur etwas unglaublich Hässliches entstehen, etwas, das das Andenken an all das Wunderbare, was sie zusammen erlebt hatten, auslöschte wie ein Tsunami.

Sie brauchte einige Minuten, um sich zu sammeln, um Schmerz und Verzweiflung zurückzudrängen, vorerst wenigstens. Dann stand sie auf und ging in ihre Kabine. Packen.

Woher hat sie das, kannst du's mir bitte erklären?« David gab sich keine Mühe, seinen Ärger zu verbergen.

»Ich hab sie unterschätzt. Sie ist richtig gut.« Steve steckte sein Vortragsmanuskript in die Reisetasche und grinste ihn an. »Ich wollte es dir sagen, David. Aber nicht jetzt. Erst bei meiner Rückkehr. Was schaust du mich so an, ich hab einfach dafür gesorgt, dass der Verein eine Zukunft hat. Mit dem Geld können wir endlich eine richtig straffe Organisation aufbauen. Und diese ... diese dämlichen Schulhofraufereien vermeiden. Mensch, David, begreifst du nicht, wie viel mehr wir erreichen können, wenn wir von Land aus operieren? Hast du mir gestern nicht was von Walpatenschaften erzählt? Das ist ein Riesending! Wir haben so viele Wale markiert. Und wir werden es hier und da weiter tun. Ohne uns ständig mit anderen anzulegen!«

David war fassungslos. »Also hat Leah recht. Du führst ein zweites Konto, du schleust Spendengelder an uns vorbei und ...«

»Jetzt mach dich mal locker«, unterbrach ihn Steve barsch, »du klingst ja so, als hätte ich Geld geklaut, was soll der Mist?! Während du auf dem Boot Trübsal geblasen hast, hab ich mich mit Sponsoren getroffen. Fowlers. James & James. WA-Airlines. Sie alle haben gespendet, David, wir haben richtig Kohle.«

David musste sich setzen. Wie hatte es dazu kommen können, dass eine Zeitung im fernen Washington genauer darüber Bescheid wusste, was in seiner Organisation vor sich ging, als er selbst? Wie hatte es geschehen können, dass ihn wieder ein Freund und Partner so schäbig hinterging?

»Was wäre passiert, David, wenn ich's dir gesagt hätte? *Was*? Du hättest dir die Hände gerieben und dir mal eben für ein paar Millionen einen neuen, noch größeren schwimmenden Rammbock besorgt. Oder auch zwei. Aber die Zeiten sind vorbei. Wir geben unser Know-how weiter und konzentrieren uns auf die Patenschaften. Von Kalifornien aus. Wo du nicht mehr in

Versuchung kommst, die öffentliche Meinung gegen uns aufzubringen!«

»Du dummer, kleiner Bedenkenträger, du kapierst gar nichts, nichts hast du kapiert! Unser Kampf wird nicht am Schreibtisch gewonnen. Wir markieren Wale, wir erforschen und, ja, wir schützen sie, wenn's sein muss, auch. Wenn wir hier draußen nichts unternehmen, wenn wir dem Treiben keinen Einhalt gebieten, wenn wir ...«

Doch Steves abfälliger Blick verriet ihm, dass das Drehbuch darüber, welchen Weg die SeaSpirit-Foundation von nun an beschreiten würde, bereits geschrieben war. Von Steve. In diesem Moment fühlte David sich alt und verbraucht, wie jemand, dem die vielen Jahre, die er mittlerweile auf dem Buckel hatte, den Blick für die Realität verschlossen hatten. Wie jemand, der begriff, dass sich etwas gegen ihn zusammengebraut hatte und er nichts dagegen unternehmen konnte. Wie jemand, der sich kopflos auf eine junge Frau einließ und ...

»Das Schiff wird in Dutch Harbour von FishGoods erwartet«, hörte er Steve sagen.

Das gab ihm den Rest. David verstand jetzt gar nichts mehr.

»Du *weißt* davon?!«

»Kazukis Jungs haben heute Morgen ihre Zelte dort aufgeschlagen und schmücken bereits die Hafeneinfahrt. Nachdem ich herausgefunden hatte, wer Leah mit dem Hubschrauber hergebracht hat, genügten ein paar Anrufe. Warum regst du dich so auf? Sie ist von der Presse, sie kann uns noch verdammt nützlich sein!«

»Bist du jetzt völlig übergeschnappt? Willst du, dass die uns die ›SeaSpirit‹ wegnehmen?«

»David! Hör mir endlich zu! Wir verlieren an Sympathie da draußen. Fowlers hat versprochen, uns noch stärker zu unterstützen, wenn wir die Rambo-Masche einstellen. FishGoods bekommt den alten Kahn hier, und Fowlers spendet das Geld zurück – so viel könnten wir nicht mal durch einen Verkauf erzielen! Und ich bin sicher, dass nach der Konferenz morgen noch ein paar Dollar in unsere Kassen fließen. Dann starten wir durch. Und zwar so, dass in drei Jahren keine Unze Walfleisch mehr auf dem Markt zu finden sein wird. Denk an die Patenschaften, Leahs Idee ist doch der Renner, *das* wird unser Aufhänger, wozu brauchen wir noch ein Schiff?«

David schluckte. Was Steve sagte, klang nicht wie ein Vorschlag. »Nein.«

»Wie nein?«

»Das lass ich nicht zu. Wir tanken woanders, in Kavenga gibt's eine Station der Coast Guard, die werden uns mit ausreichend Diesel bis zum Festland versorgen, und dann werden wir die ›SeaSpirit‹ richtig ausrüsten und die Patenschaften von hier aus verteilen. Und all denen in die Quere kommen, die auf Wale schießen. So wie jetzt!«

»Mit welchem Geld, David?«

»Auf dem Konto liegt ein Vermögen, mit *dem* Geld!«

»Oh, das wird kaum gehen.« Offensichtlich genoss es Steve, die Oberhand zu haben, lange genug hatte er sich von David unterbuttern lassen. »Auf das Konto hat ausschließlich der Geschäftsführer des Vereins Zugriff.«

»Mit anderen Worten: du«, kommentierte David verbittert.

»Nicht mit anderen Worten, David, die Worte waren schon richtig. Denn egal, was du anstellst, wenn die euch nicht in Dutch Harbour kriegen, dann eben im nächsten Hafen.«

»*Euch?* Bist du schon so weit weg von uns?«

Steve ließ sich nicht aus der Fassung bringen. »Wir siedeln über nach L. A., hab mich schon nach Büros erkundigt. Malibu Beach. Wir werden zu 'ner Touristenattraktion. Und jeder Tourist wird Pate eines Wals. Du kannst mitmachen oder es lassen.«

David ballte die Fäuste und sprang auf.

»David, komm runter. Macht sich nicht gut, wenn der offizielle Sprecher der SeaSpirit-Bewegung mit 'nem blauen Auge auf der Konferenz erscheint.«

David packte Steve am Kragen und holte aus, als die Tür aufgerissen wurde. Masao stürzte herein. Sein Blick flog zwischen den beiden hin und her, aber falls er erkannte, dass er gerade Steve davor gerettet hatte, seine Frontzähne vom Boden aufzusammeln, schien ihn das nicht zu interessieren. »Die ›Hikari‹ ist wieder im Einsatz und steuert auf die Buckelwale zu«, sagte er.

Der Name des Schiffes fuhr David wie ein Messer in die Brust. Das auch noch. Leah hatte sie verraten. Steve hatte ihn verraten. Und nun eilte die »Hikari« herbei, um ihm den Rest zu geben. »Wir kehren um, sag Joe ...«

»Wenn du wieder so 'ne Nummer abziehst«, unterbrach ihn Steve, »dann bist du draußen!«

So viel Zeit musste noch sein. Ein paar Sekunden reichten, um den offiziellen Sprecher der SeaSpirit-Bewegung mit einer blutigen Nase auf die Reise zu schicken. Endgültig.

Leahs Blick fiel ein letztes Mal auf die »SeaSpirit«, die unter ihnen gerade ein Wendemanöver veranstaltete. David wollte das Schiff offensichtlich nicht von FishGoods einsacken lassen. Ihr Magen krampfte sich zusammen, und die bis eben zurückgedrängte Verzweiflung überfiel sie mit aller Macht.

Es war furchtbar. Die letzten zwanzig Minuten hatte sie wie im Traum erlebt – einem Albtraum. Der Abschied von David hatte sie in Stücke gerissen. Er stand ins Gespräch vertieft mit Masao und Joe auf der Brücke, und als sie diese betrat, hörte er sofort auf zu reden. Sie gehörte nicht mehr dazu. Fast mechanisch hatte er ihr die Hand zum Abschied gereicht, sein Gesicht war zu einer

Maske erstarrt, die nicht verraten sollte, ob er über ihre Entscheidung erleichtert war oder ob er genauso darunter litt wie sie. Nur seine Augen schienen nicht ganz in der Lage, zu verhüllen, was er in diesem Augenblick empfand. Zumindest bildete Leah sich das ein.

Vor den anderen hatte sie sich gescheut, offen mit ihm zu reden. Was hätte sie auch sagen können? Dass es ihr leidtat? Nein, das wusste er. Und er musste auch wissen, dass sie niemals dazu bereit gewesen wäre, ihre Liebe zu verraten. Sie war als Feind gekommen, aber sie ging als Freund. Als Liebende. In seinen Augen konnte sie lesen, dass er es wusste.

Als sie mit Steve in den Zodiac stieg, war sie nicht imstande, nach dem Grund für die zwei Watteröllchen in seiner Nase zu fragen, und hatte auch nicht die Kraft, Sam, der das Schlauchboot vom Schiff wegmanövrierte, die Frage zu beantworten, was denn eigentlich los sei, dass sie so überstürzt aufbrach.

Der Schwebeflug durch die Luft am Seil der Winde löste keine Panik mehr in ihr aus, zu sehr waren ihre Gedanken bei David. Bei ihren zerstörten Zukunftsplänen. Bei seinen Fingern und Lippen, die ihren Körper nie wieder berühren würden.

Der Helikopter flog einen Bogen und steuerte dann in Richtung Südosten. In einer Stunde würde sie wieder festen Boden unter den Füßen haben.

Nick hatte ihr per SMS den Flug nach Anchorage bestätigt. Der Anschluss nach Washington war ebenfalls gebucht, die Tickets an den jeweiligen Schaltern hinterlegt. Sie flog erster Klasse – wohl ein Versöhnungsangebot von Geoffrey.

Leah starrte aus dem Fenster auf die Wassermassen unter ihr und glaubte, die Anwesenheit der Wale zu spüren.

Sie würde den Artikel schreiben. Einen, der es in sich hatte. Sie hoffte, dass es ihr gelingen würde, all das in diesen Text zu legen, was sie David nicht mehr hatte sagen können. Ihre Liebe in Worte zu fassen, deren wahren Sinn nur er begreifen konnte. Aber erst musste sie sich über die letzte Frage Klarheit verschaffen, musste sich sicher sein.

»Warum bunkert er das Geld? Warum benutzt er es nicht?«

Nur durch Steves Antwort wurde ihr bewusst, dass sie ihre Gedanken laut ausgesprochen hatte. »Die SeaSpirit-Bewegung wird bald ihr Gesicht verändern, Leah. Dafür musste gespart werden. Hätte David vom diesem Konto gewusst, hätte er es gleich dafür benutzt, um …«

»*Du* hast das zweite Konto angelegt?«, fiel ihm Leah entgeistert ins Wort.

»Ich dachte, er hätte es dir erzählt. Ja, wer sonst?«

»Du meinst, er hatte keine Ahnung von dem Geld?«

»Hätte ich es verraten, wäre längst nichts mehr übrig. Er hätte es sinnlos verplempert, hier und da wieder ein Boot gerammt – wir erscheinen doch nur noch als Buhmänner. Was glaubst du, weshalb die vorhin beigedreht haben? Um zurück zu den Buckelwalen zu schippern. Und warum? Weil irgendein Walfänger in die Richtung fährt. Ich weiß, wie David tickt, er wird versuchen, sie zu rammen. Nach der Sache mit Ketan würde er die ›Hikari‹ doch am liebsten versenken, und wer muss dann wieder zu den Sponsoren kriechen, sie weichklopfen, damit … Was ist mit dir?«

Leah stand das Entsetzen ins Gesicht geschrieben. »Ein Walfänger steuert auf die Buckelwale zu? Um sie zu schießen?«

»Ich verstehe, was du denkst, aber wir können nicht überall sein, so werden wir die nie stoppen, was meinst du, wie die Presse darüber berichten wird? Aus unserem Haufen muss eine professionelle Organisation werden, ich denke sogar darüber nach, mich mit FishGoods vor laufenden Kameras an einen Tisch zu setzen. Das wird sicher mehr Walen und Delfinen das Leben retten als Davids idiotischer Aktionismus.«

Noah, schoss es Leah durch den Kopf. Das Waljunge war in Gefahr. Und David machte sich auf den Weg, um es zu retten. Und sie flog in die andere Richtung. Leah verfluchte sich selbst, so Hals über Kopf geflüchtet zu sein. Deshalb war er so abweisend gewesen. Er wusste, es würde gefährlich werden, und wollte sie so schnell wie möglich von Bord haben. Mit einem Mal verspürte sie Ekel vor dem Mann neben ihr.

»Steve, ich glaube, du kapierst gar nichts«, flüsterte sie.

Der zuckte nur mit den Schultern und lachte, als hätte sie einen guten Witz gemacht: »Das sagt David auch immer.«

Leah erkundigte sich sofort bei dem Piloten, ob eine Umkehr möglich wäre, doch der wies nur auf die Treibstoffanzeige und gab ihr zu verstehen, dass der Sprit dafür nicht reichen würde. Außerdem war er für den Rest des Tages schon ausgebucht.

Wir werden's nicht schaffen.«

David warf einen Blick auf die Karte und konnte Joe nur recht geben. Neben dem Plan lagen ein paar lose Blätter, Ausdrucke ihrer eigenen Position, der Position der »Hikari« und jener der Buckelwale innerhalb der letzten drei Stunden. Man musste kein großer Navigator sein, um zu erkennen, dass die »SeaSpirit« keine Chance hatte, das Gebiet der Wale vor der »Hikari« zu erreichen.

»Was schlägst du vor?«

Joe schien in seinem Kopf bereits alles überschlagen zu haben. »Nicht mit der ›SeaSpirit‹, aber ...«

David fiel es wie Schuppen von den Augen. »Natürlich, mit den Schlauchbooten.«

»Wär zumindest 'ne Möglichkeit.« Joe grinste.

»Seh ich auch so.«

»Dann sollten wir keine Zeit verlieren.«

»Nicht du, Joe. Du setzt mit der ›SeaSpirit‹ nach. Wir brauchen den Kahn so schnell wie möglich zur Unterstützung.«

Joe hatte ohnehin gewusst, dass es darauf hinauslaufen würde. In seinem Alter gehörte man nicht mehr zur Kavallerie. Das hatte ohne Zweifel auch seine Vorteile, wenngleich es ihn doch immer wieder in den Fingern juckte.

»Nur Vorsicht. Die Jungs auf der ›Hikari‹ sind nicht gerade gut auf uns zu sprechen.«

Zehn Minuten später hatten Masao und Sam die beiden Zodiacs zu Wasser gelassen. Masao steuerte das eine, Sam teilte sich mit David den Platz im zweiten Boot. Allen war klar, dass es für sie nicht besonders vielversprechend aussah. Zwei mickrige Schlauchboote gegen ein Walfangschiff. Was konnten sie schon ausrichten? Doch David ließ keinen Zweifel daran, dass den Walen diesmal kein Leid zugefügt werden würde.

So rasten sie mit Höchstgeschwindigkeit davon. Masao preschte vor ihnen her, über das Funkgerät ständig mit Govind verbunden, der ihnen den richtigen Kurs durchgab. Sie hatten ausgerechnet, dass sie in zwei bis drei Stunden die »Hikari« erreichen würden. Die »SeaSpirit« dagegen würde mindestens eine Stunde länger brauchen, selbst wenn Joe die Kolben durch die Zylinderköpfe prügelte.

Während Sam das Boot steuerte, studierte David den Schiffsplan der »Hikari«, den sich Govind von einem japanischen Server runtergeladen hatte. Er war sich keinesfalls sicher, wie er vorgehen würde, nur eines war klar: Das Gemetzel musste verhindert werden.

Eine Ewigkeit später drosselte Sam den Motor und steuerte das Boot neben Masaos.

»He, van Gogh, machst du ein Nickerchen, oder was?«

Masao deutete nach vorne. »Positionslichter. Die ›Hikari‹. Govind meint, die Wale sind auch ganz in der Nähe. Wenn die das bis jetzt nicht rausgefunden haben, dann spätestens bei Tagesanbruch.«

»Bringen wir uns vor dem Schiff in Position?«, wollte Sam von David wissen. »Sie haben kaum Fahrt.«

David dachte an den kleinen Noah, der da draußen irgendwo mit seiner Mutter seine Runden zog, kaum mehr als sieben Monate alt, er dachte an die wunderbare Begegnung, die er und Leah mit ihm hatten, ja, er dachte auch an sie, die vermutlich schon im Flugzeug auf dem Weg nach Washington saß. Wie hätte er auch nicht an sie denken können.

»Nein. Das Spielchen kennen wir schon. Wir werden nicht zulassen, dass sich noch mal eine Harpune über unsere Köpfe hinweg in einen Wal bohrt.«

Masao schien es zu gefallen. »Also was machen wir? Entern?«

»Ich geh an Bord und schau mir mal ihre Kanone an.« David ergriff Rucksack und Walkie-Talkie.

»Die Dinger sind nicht aus Blech!«, gab Sam zu bedenken.

»Ich weiß. Aber diesmal wird es keinen toten Wal geben. Keinen einzigen. Fahr mich steuerbord, kurz hinter die Brücke.«

»Ich komm mit«, entgegnete Masao.

»Nein, zu zweit ist das Risiko doppelt so hoch, dass sie einen erwischen. Halt lieber die Leuchtraketen bereit, falls wir ein bisschen Ablenkung brauchen.«

Als sie sich der »Hikari« näherten, drosselten sie die Geschwindigkeit, um mit dem Lärm der Motoren nicht das Stampfen des Schiffs zu übertönen. Sam brachte das Boot längsseits in Position. Wie die meisten Walfangschiffe bot ihnen die »Hikari« den Vorteil, dass es an jeder Seite eine Stelle gab, an der das Deck nur knapp einen Meter über der Wasserlinie lag, dort, wo man die erlegten Wale nach ihrem Todeskampf hereinhievte. David konnte hier mühelos an Bord gelangen.

»Wünscht mir Glück«, sagte er, bevor er aufs Schiff wechselte.

»Alles Glück der Welt«, murmelte Sam, der Davids katzenhaften Umstieg mit skeptischem Blick verfolgte. Dann ließ er das Schlauchboot zurückfallen, damit niemand auf der »Hikari« den ungebetenen Gast schon wegen der Zodiacs entdeckte.

Die Schiffsbeleuchtung war spärlich, was David zum Vorteil gereichte. Seine Kleidung und sein Rucksack, beide dunkel gehalten, würden hier kaum auffallen. Das Schiff schien nicht im besten Zustand zu sein, überall ließ der Rost die graue Farbe abblättern. Er schlich in Richtung Bug. Wie ein Relikt aus einer anderen Zeit zeichnete sich die Kanone gespenstisch auf dessen Spitze ab. Im Gegensatz zum Deck lag sie knappe sieben Meter über der Wasserlinie auf einer Plattform, die man über eine Treppe erreichen konnte.

David schaute sich um: Die Brücke befand sich lediglich ein paar Schritte hinter ihm, er betete, dass ihn die Dunkelheit vor den Augen des Rudergängers schützen würde.

Gerade wollte er sich weiter vorwärts tasten, als er Schritte vernahm, die schnell lauter wurden. Offensichtlich kamen sie aus dem Treppenhaus im Deckaufbau. Hektisch sah sich David nach einem passenden Versteck um, entdeckte jedoch lediglich eine Nische, in die er sich schnell zwängte. Kein ausreichender Schutz, falls man seine Anwesenheit bereits entdeckt hatte und nach ihm suchte. Doch vielleicht handelte es sich auch nur um den Rundgang der Nachtwache. Keine Sekunde später trat eine Gestalt durch die Tür auf der Steuerbordseite unterhalb der Brücke.

David hielt den Atem an, konnte nur hoffen, dass ihn der Matrose in der Dunkelheit nicht bemerken würde. Als er nur noch drei Meter von ihm entfernt war, blieb er plötzlich stehen. Davids Muskeln spannten sich, sein Herz begann zu rasen, als er den Mann unter seine Jacke greifen sah. Für einen Moment fürchtete er, dass der andere eine Waffe hervorziehen könnte.

Stattdessen flammte Feuer auf. In seinem Schein erkannte David, wie sich der Japaner, ein korpulenter Kerl mit leicht wulstigem Gesicht, eine Zigarette anzündete und nach einem kräftigen Zug gemächlich seine Runde fortsetzte. David atmete aus, gab seinem Puls ein paar Sekunden Gelegenheit, sich wieder zu beruhigen, dann griff er zum Walkie-Talkie.

»Hier patrouilliert eine Wache. Haltet Abstand zum Schiff, damit sie euch nicht sehen«, flüsterte er.

Als er sich aus seinem Versteck herausschälte, prallte er mit dem Ellenbogen gegen einen Widerstand. David unterdrückte einen Schrei. Offenbar handelte es sich um einen Knauf, der zu einer Tür gehörte. Er öffnete langsam die Tür, darauf bedacht, bloß kein Geräusch zu verursachen. In dem Spind befanden sich einige Regenjacken und Schwimmwesten. David zog eine kleine Taschenlampe aus dem Rucksack. Sie spendete nur wenig Licht, aber der japanische Schriftzug auf den Jacken war gut zu erkennen. Schnell zog er sich eine davon über. Die Tarnung konnte ihm von Nutzen sein.

Leise arbeitete er sich weiter zur Bugspitze vor und die Treppe hinauf, versuchte sich dabei so locker wie möglich zu bewegen. Falls man ihn von der Brücke aus sah, sollte man ihn für die Wache halten können. Als würde er es tagtäglich tun, begutachtete er die Verzurrung der Plane, die sich über der Kanone befand. Sekunden später teilte er die Abdeckung mit dem Geschütz.

Mit Hilfe der Taschenlampe untersuchte er die Abschussvorrichtung. Auf den ersten Blick boten sich kaum Angriffsstellen, durch deren Beschädigung er das robuste Gerät außer Betrieb setzen konnte. Es war auch nicht daran zu denken, die Vorrichtung durch ein paar gezielte Schläge mit der Zange unbrauchbar zu machen, ganz abgesehen von dem Lärm, den dies verursacht hätte. Mit etwas Sprengstoff hätte er vielleicht das Abschussrohr beschädigen können, doch woher nehmen? Wenn er die Kanone wirklich außer Gefecht setzen wollte, so war es das Beste, sie als Ganzes über Bord zu werfen. Er unterzog die Befestigung des Geräts einer genaueren Inspektion. Die Schrauben, die es auf dem Gerüst des Schiffes hielten, waren offenbar dem Typ Goliath zuzuordnen. Das würde dauern, denn ganze vierundzwanzig Stück saßen auf der Stahlplatte. David griff in den Rucksack und fischte eine mächtige Rohrzange heraus, das schwerste Utensil seiner Ausrüstung. Er setzte die Zange auf eine der Schrauben, passte ihre Größe an und musste den Zangenkopf auf die weiteste Einstellung drehen, um damit die Schraube zu umfassen. Die Länge der Zange bot eine gewisse Hebelwirkung, und es gelang ihm schließlich, die erste Schraube so weit aus ihrer Halterung zu drehen, dass er ihre letzten Windungen mit den Fingern erledigen konnte. Er schnippte sie unter der Plane hervor über Bord und schaute auf die Uhr: zweieinhalb Minuten. Er würde sich beeilen müssen. David setzte die Zange an die nächste Schraube. Sie ließ sich ebenfalls lösen, folgte ihrer Vorgängerin ins Wasser. David rechnete hoch: Wenn alles weiter so gut verlief, wäre er in einer Stunde fertig.

Doch die dritte Schraube weigerte sich beharrlich, sich auch nur einen Viertelmillimeter zu lockern. David stemmte sich mit aller Kraft, die seine gebückte Position zuließ, gegen die Zange, doch es war zwecklos. Er ließ von der Schraube ab, versuchte die nächste, die sich ebenfalls als äußerst wehrhaft erwies.

Eine knappe Stunde später war es David gelungen, fünfzehn Schrauben zu entfernen. Doch die verbleibenden neun hielten die Kanone nach wie vor in ihrer Position, zu allem Übel war es in spätestens dreißig Minuten hell. Wenn alles gutging, würde sich dann auch die »SeaSpirit« in Sichtweite befinden. Fieberhaft überlegte David, wie er die Kanone aus ihrer Halterung zwingen konnte, als ihm ein Detail von Govinds Schiffsplänen einfiel. Auf dem Vordeck musste sich eine Winde befinden. Er packte seine Utensilien in den Rucksack und spähte unter der Plane hervor. Noch war es finster, auch wenn sich bereits ein heller Silberstreifen über den Horizont zu ziehen begann. Auf allen vieren kroch er zur Treppe, stieg hinab und tastete sich über das Deck. Tatsächlich befand sich vor ihm ein ebenfalls von einer Plane verdeckter großer Kasten. David sah sich wiederholt um, die Wache war nicht zu entdecken. Er hoffte, dass ihn selbst bei einem flüchtigen Blick des Wachhabenden die Jacke tarnen würde, aber was, wenn ihn jemand ansprach? Oder sein Gesicht sah? Er huschte unter die Plane. Hundert Punkte – es war die Winde. Ein dickes Drahtseil befand sich auf der Spule, mit einem Karabinerhaken am Ende – sie benutzten es, um Wale beizuholen.

Die einfachste Lösung bestand darin, die Winde anzuwerfen und das abrollende Seil am Haken nach oben zur Kanone zu schleppen. Ging aber nicht wegen des Lärms, den sie verursachen konnte. Also entschied er sich, von der Plane geschützt, das Seil zunächst mit der Hand abzuwickeln. Es würde umständlich werden, doch es war der einzig sichere Weg.

David schätzte die Entfernung zur Kanone auf zwanzig Meter, was wiederum bedeutete, dass er nicht mehr als zehn Wicklungen des Stahlseils benötigte. Bereits nach der Hälfte war David völlig durchgeschwitzt.

Als er unter der Plane hervorkroch, hatte sich der Streifen am Horizont bereits zu einem breiten Balken Tageslicht gewandelt, gegen den sich die Konturen eines Schiffes abhoben; konnte sich nur um die »SeaSpirit« handeln. Der Mann auf der Brücke hatte sie sicherlich schon am Radar entdeckt.

David flüsterte ins Walkie-Talkie: »Jetzt die Leuchtraketen. Und bleibt achtern, wenn in den nächsten fünf Minuten jemand zum Bug schaut, bin ich geliefert.« David sah sich nochmals um, dann zog er das Seil hinter sich her zum Bug und gab das Kommando: »Jetzt!«

Hals über Kopf das Schiff zu verlassen war nicht gerade eine ihrer besten Eingebungen gewesen. David hatte sie überhaupt nicht darum gebeten. Sie war einfach nur feige gewesen. Das Horrorszenario, dem sie sich nicht aussetzen wollte, hatte sie sich selbst ausgemalt. Sicher, angenehm wäre es keineswegs gewesen, aber sie hätten es vielleicht gemeinsam bewältigen können. Ihre Liebe war so stark, dass sie mit alldem hätten fertigwerden können. Und die Auswirkungen des Unheils, das sie angerichtet hatte, konnten immer noch verhindert werden. Außerdem war ihr Motiv ja ganz plausibel. Wie hätte sie damals ahnen können, was sich zwischen ihr und David entwickeln würde? Sie war als Journalistin einem Verdacht nachgegangen, der sich zum Teil auch bestätigt hatte. David konnte ihr sogar dankbar sein, dass er endlich mitbekam, was Steve hinter seinem Rücken im Schilde führte. Warum also war sie geflüchtet? Eine spontane Reaktion. Etwas zu spontan. Jedenfalls die falsche.

Leah wollte zurück zu David. Auf der Stelle. Doch alles schien sich gegen sie gewendet zu haben.

Kaum war der Helikopter in Anchorage gelandet, versuchte Leah, einen anderen zu finden, der sie wieder zur »SeaSpirit« beförderte, doch ohne Erfolg. Morgen vielleicht, hieß es. Und wenn, dann erst am frühen Nachmittag. Sie hatte mehrmals das Schiff angerufen, bis Joe sich endlich meldete, aber er konnte oder wollte ihr die Koordinaten, unter denen die »SeaSpirit« morgen zu finden sein würde, nicht durchgeben, und auch David konnte oder wollte er nicht ans Telefon holen. Da Steve bereits in der Maschine nach Vancouver saß und der Pilot, der sie vom Schiff hergebracht hatte, ebenfalls wieder unterwegs war, konnte sie dem genervten Typen am Schalter nicht einmal *ungefähr* sagen, wo im Pazifischen Ozean sich David und seine Crew befanden.

Verzweifelt stellte sie sich trotzdem in die Schlange, um den Flug nach Washington zu canceln. Sie hegte den vagen Plan, morgen mit dem Helikopter wieder in Richtung Nordwesten zu starten, und wollte, wen auch immer sie per Funk auf der »Sea-Spirit« erreichte, sie dann aus der Luft vor vollendete Tatsachen stellen. Sie wollte nichts unversucht lassen, um auf das Schiff zurückzukehren, und kein noch so triftiger Grund würde sie von diesem Wunsch abbringen können.

Dann fiel ihr doch einer ein, genauer gesagt zwei.

Denn allein schon wegen Michael wäre es nicht gegangen. Ihr Sohn wartete lange genug darauf, dass sie endlich wieder nach Hause kam.

Außerdem erinnerte die Dame direkt vor ihr in der Reihe Leah irgendwie an ihre Mutter, und sie entsann sich der Worte, die ihre Mom ihr während ihrer Kindheit eingetrichtert hatte: Wenn du dir etwas zu sehr wünschst, nimm Abstand und schau genau hin, ob du es dir *wirklich* wünschst – denn manchmal verändern sich die Dinge.

Und Abstand war nötig. Zeitlich wie auch räumlich. David hatte im Moment genug am Hals, sie wäre ihm nur zur Last gefallen. Er hatte sie zwar nicht gebeten zu gehen, aber zu bleiben genauso wenig.

»Ist mir egal, Fenster, Gang, was auch immer Sie haben«, antwortete sie der netten Bodenstewardess von Northwest Airlines.

Von einem lauten Knall begleitet, zog sich eine rote Leuchtspur über den dämmernden Morgenhimmel, gefolgt von einer zweiten und einer dritten. Sogar der Rudergänger verließ seinen Platz auf der Brücke, um nachzuschauen, was sich hinter der »Hikari« abspielte. Das war der Augenblick, auf den David gewartet hatte. So schnell er konnte, stürzte er die Treppe hinauf, quälte sich dabei mit dem Stahlseil ab, das sich seinem Willen widersetzte. Das verfluchte Teil wog eine ganze Menge, und der Aufstieg fiel ihm von Sprosse zu Sprosse schwerer. Blieb nur zu hoffen, dass alle noch eine Weile mit Masaos improvisiertem Feuerwerk beschäftigt waren. Als er die Plattform erreichte, kroch er erneut unter die Abdeckung des Geschützes und bemühte sich mit letzter Kraft, das Seil um die Kanone zu legen. Als es ihm endlich gelang, ließ er den Karabinerhaken am anderen Ende der Schlaufe einrasten. Das Seil hing jetzt auf Höhe des Abzugs von der Kanone herunter, womit sich die Hebelwirkung voll entfalten konnte.

Noch war er alleine auf dem Vorderdeck, doch das Ablenkungsmanöver durch die Leuchtgranaten ging seinem Ende entgegen. Lediglich das Gebrüll und was auch immer Masao und Sam da hinten alles so veranstalteten, schien die Mannschaft der »Hikari« noch auf Trab zu halten. Aber wie lange noch? Er verließ erneut sein Versteck, zog sich die Mütze tief ins Gesicht und stieg betont lässig die Treppe hinab, um fast wie nebenbei auf die Winde zuzusteuern. Dort machte er sich an der Verzurrung der Abdeckung zu schaffen, tat so, als ob er sie kontrolliere und etwas entdeckt habe, kroch dabei blitzschnell darunter.

»Masao, ich bin in zwei Minuten steuerbords«, sagte er ins Funkgerät.

David besah sich die japanisch beschrifteten Schalter, drei große Knöpfe, einer rot, zwei grün. Eindeutig. Er betätigte einen der beiden grünen Knöpfe. Die Winde setzte sich augenblicklich in Bewegung. David erschrak, nicht über die Richtung, in die sie sich bewegte, die war goldrichtig. Er hatte bloß nicht mit dem Höllenlärm gerechnet, den sie verursachte. Im Gegensatz zu den gut gepflegten Winden der »SeaSpirit« gebärdete sich diese hier wie ein tonnenschwerer Trecker gegenüber einem Elektrocaddie. Und sie arbeitete nicht einmal unter Last, denn bislang spulte sie lediglich das lose Stahlseil auf, das David zu lang bemessen hatte. David überlegte, ob es besser wäre zu warten, bis die Winde das Geschütz aus der Halterung gerissen hatte, oder ob er lieber abhauen sollte, bevor ihn – sicher recht bald – jemand von der Mannschaft in Gewahrsam nehmen konnte.

Die Entscheidung wurde ihm abgenommen. Mit einem Ruck hob sich die Plane über seinem Kopf, Tageslicht blendete ihn, und der Finger einer fremden Hand drückte auf den roten Knopf. Augenblicklich verstummte die Winde.

Sie waren zu zweit, schauten beide irritiert auf den Gaijin, der eine ihrer Jacken trug und doch offensichtlich keiner der Ihren war. In Davids Kopf ratterten die Gedanken. Natürlich könnte er wieder den grünen Knopf betätigen. Und die beiden Kleiderschränke wieder den roten. Das Spiel würde sich wiederholen, bis einer der Matrosen auf die glorreiche Idee käme, dass ein Schlag gegen seinen Schädel die effektivere Lösung zum Stoppen der Winde wäre. Wenn er aber jetzt an den beiden vorbeipreschte, bestand zumindest die Möglichkeit, noch unversehrt von Bord zu gelangen. Masao war bereits neben dem Schiff, er müsste nur springen. Im schlimmsten Fall würde er das Boot verfehlen.

Zu spät. Das Muskelpaket, das er schon auf dessen Wachgang gesehen hatte, packte ihn am Kragen und sprach ihn auf Japanisch an. Nein, sein Plan war leider nicht aufgegangen. Und für einen anderen hatte er nicht mehr die Zeit. Also versuchte er es mit einem Bluff, sprach die beiden empört an, als wollte er das Missverständnis erklären, deutete hierhin und dahin, schob sie schließlich energisch zur Seite. Und startete los. Er musste sich beeilen, wenn er ihnen zuvorkommen wollte. Keine Wale, ihr kriegt keinen einzigen mehr! Nicht, wenn er nur den Hauch einer Chance hatte, dies zu verhindern. Er stürzte die Treppe hinauf, während die beiden Matrosen gerade das Seil untersuchten und zu begreifen schienen, wozu es gedacht war. Offenbar gingen sie davon aus, dass David vorhatte, von Bord zu springen, denn bisher waren sie ihm nicht gefolgt. Doch nichts lag ihm ferner als das. Er befreite schnell das Geschütz vom Stahlseil und knotete stattdessen die dicke Nylonschnur, deren anderes Ende bereits an einer der Granaten hing, um die Kanone. Von der Brücke her ertönten irgendwelche barschen Befehle, und auch wenn er kein Wort Japanisch verstand, wusste David sehr wohl, an wen sie gerichtet waren. Er schob die Granate in den Lauf, und bevor er die Kanone auf einen Punkt in der Nähe des Schlauchbootes richtete, verständigte er Masao, dass sie das Seil aus dem Wasser fischen und an der »SeaSpirit« befestigen sollten.

»Die Kanone hängt nur noch an ein paar Schrauben. Wir könnten es schaffen.«

Dann feuerte er. Und sah, wie die beiden Matrosen auf ihn zustürmten. Sie würden versuchen, das Seil vom Geschütz zu entfernen. Also musste er sie davon abhalten, die Plattform zu betreten. Leichter gesagt als getan.

Govind starrte durch den Sucher auf David, wie er sich den beiden Männern in den Weg stellte. Er hatte die Kamera an einen der Monitore auf der Brücke angeschlossen, sodass auch Joe Davids Aktion verfolgen konnte.

»Sieht nicht gut aus«, lautete sein einziger Kommentar.

Dank vierzigfachem digitalem Zoom und Bildstabilisator gelang es Govind, David und seine beiden Widersacher scharf auf den Bildschirm zu bannen. David stand oberhalb der Treppe und redete auf die beiden Matrosen ein, die nicht recht verstehen wollten, wieso dieser Verrückte eine Granate abgefeuert hatte, auch noch auf seine Kollegen im Schlauchboot.

Masao raste mit dem Seil zur »SeaSpirit«, wo Marek es an der Ankerwinde vertäute. Und Joe gab Vollgas. Als sich die Distanz vergrößerte und das Nylon straff aus dem Wasser schoss, um am Geschütz der »Hikari« zu zerren, war den Matrosen alles klar. Sie stürmten die Plattform und verpassten David, der immer noch den Zugang zu blockieren versuchte, ein paar wohlgezielte Schläge, während der Rudergänger der »Hikari« seinen Kurs dem der »SeaSpirit« anpasste, um damit einen zu starken Zug auf das Geschütz zu verhindern.

»Was werden sie machen?«, dachte Govind laut.

»Das Seil kappen«, gab Joe trocken zurück.

Tatsächlich näherte sich bereits ein weiterer Japaner mit einem der langen Messer, die sie zum Zerlegen von Walfleisch benutzten, um genau das zu tun. David, der sich langsam wieder aufrappelte, erkannte, wie der Matrose an dem stark gespannten Seil herumsäbelte, und versuchte, ihn daran zu hindern. Dabei hatte er allerdings dessen Kollegen völlig außer Acht gelassen. Er kam ohnehin zu spät, das Seil hing nur noch an wenigen Fasern zusammen, Bruchteile von Sekunden später riss es mit einer ungeheuren Spannung auseinander und peitschte übers Wasser.

Govind sah den ersten Schlag nicht kommen. Die Faust knallte gegen Davids Schläfe, bevor der sich ducken konnte. Der Kopf flog zur Seite, während der Körper in seiner Stellung verharrte.

Joe griff schnell zum Mikrofon und mahnte den Kapitän, die Gewaltaktionen auf seinem Schiff umgehend zu beenden, während die Japaner erbarmungslos immer weiter auf David einschlugen. Die maßregelnde Stimme des Kapitäns ertönte über den Lautsprecher, als einer der Matrosen David brutal in den Rücken trat. David krümmte sich vor Schmerz, machte einen Ausfallschritt, um nicht das Gleichgewicht zu verlieren, taumelte dabei direkt in den Radius der Kanone, die ein zweiter Matrose mit brachialer Kraft gegen seinen Kopf schwenkte.

Das rechte Bein knickte weg, und Govind, der automatisch die Kamera mitriss, schrie auf. Masao sah, wie David bewusstlos über Bord stürzte und aus sieben Metern Höhe bäuchlings aufs Wasser klatschte. Sofort sprang Masao aus dem Boot und tauchte David hinterher. Joe brüllte über das Mikrofon den Kapitän der »Hikari« an, die Maschinen zu stoppen, doch offenbar hatte dieser den Vorfall selbst bemerkt und unverzüglich die gleiche Anweisung erteilt.

»Ich hab ihn!« Masaos Worte schienen wie eine Erlösung. Während Sam Masao half, David an Bord des Zodiacs zu zerren, funkte Joe schon nach einem Rettungshubschrauber. Zwei Stunden würden sie mindestens benötigen, teilte die Rettungswacht mit, wenn der Wind nicht wieder zunahm. Was hier nie abzuschätzen sei.

»Er atmet nicht mehr!«, hörten sie Masao schreien, der zusammen mit Sam sofort versuchte, David mit Herzmassage und Mund-zu-Mund-Beatmung ins Leben zurückzuholen.

Über Funk meldete sich eine unbekannte Stimme: »Rufe ›SeaSpirit‹. Hier spricht Jack Hornung, Kapitän der MS Ottawa, wir haben Ihr Gespräch mitgehört. An Bord befindet sich ein Helikopter, wir können den Verletzten zum Festland fliegen.«

Joe gab ihm die Koordinaten durch, offenbar befand sich die Ottawa kaum mehr als fünfzig Seemeilen entfernt.

Kurz danach vernahm er Masaos Stimme. »Er ist wieder da!«

Hoffentlich bleibt er's auch. Joe presste die Lippen aufeinander.

»Ganesha sei Dank«, hörte er Govind sagen, während er die Brücke verließ. »Joe, ich bin im Computerraum, ich sende das Material ans Fernsehen, die ganze Welt soll es erfahren!«

Die Walfänger schienen vom Verlauf der Dinge ebenfalls nicht unberührt. Sie nahmen die Fahrt nicht wieder auf. Einige Männer standen an der Reling und verfolgten das Geschehen, doch Joe war nicht entgangen, dass sie auch das Krähennest, den Ausguck, von dem aus sie Wale aufspürten, besetzt hatten.

»Govind, wo sind die Buckelwale?«, fragte Joe über die interne Sprechanlage.

Die Antwort kam prompt: »Unter uns.« Ein einziger Scheißtag war das.

»Wie geht's David?«, erkundigte er sich bei Masao.

»Er atmet. Flach. Sieht furchtbar aus, hat Blut gespuckt. Joe, ich flieg mit.«

Endlich sah Joe den Helikopter, der zielstrebig auf die Schiffe zusteuerte und sich wenig später direkt über Masaos Schlauchboot in der Luft hielt. Joe stellte die Funkverbindung zwischen den beiden her. Dabei erfuhr er, dass sich im Helikopter auch der Schiffsarzt der Ottawa befand, der David bis Anchorage zumindest notdürftig versorgen konnte. Masao durfte also nicht mitfliegen. Vom Helikopter aus wurde eine Trage herabgelassen, auf der Sam und Masao David anschnallten, dann hob er sich langsam in die Lüfte. Joe tat etwas, was er sonst nie tat: Er betete.

»Verdammt, was machen die da?!«, hörte er Masao rufen. Joe sah instinktiv zum Hubschrauber, doch der schien ruhig in Richtung Norden zu fliegen. Ein Blick auf den Walfänger machte ihm klar, was Masao meinte. Auf der »Hikari« stand bereits ein Mann an der Kanone. Und lud sie. Kaum war die Bahn wieder frei, konnte die Metzelei beginnen.

Erneut sendete Joe Funksprüche an die Japaner, drohte, fluchte, redete auf sie ein, doch er erhielt keine Antwort.

Masao und Sam kreuzten mit ihren Booten vor dem Walfänger, doch der verringerte nicht mal seine Fahrt, die er soeben wieder aufgenommen hatte. Dann sah Joe den Blas des Wals, den sie ins Visier genommen hatten. Die Fontäne war klein. Der Wal auch. Und wenn man das Kalb hatte, bekam man die Mutter gratis dazu.

Joe erinnerte sich an Davids Worte, als seien sie sein letzter Wille. Er wusste nicht, ob dieses Walkalb Noah war oder nicht, aber er wusste, dass die »Hikari« es nicht kriegen würde. Dieses nicht und auch kein anderes mehr. Diesmal nicht. David hätte sich ins Wasser retten können, aber er war geblieben, um zu verhindern, dass auch nur ein einziger Wal starb. Jetzt würde Joe das Gleiche tun. Er drückte den Hebel durch und trieb die »Sea-Spirit« bis an die Grenze ihrer Leistung auf die »Hikari« zu.

»Sam, van Gogh, weg da«, rief er ins Mikro. »Ich komme!« Das Schiff vibrierte. Joe verkündete über die Lautsprecher der internen Sprechanlage, dass er vorhabe, sich der »Hikari« in den Weg zu stellen, Govind und Marek sollten sich hinlegen und festhalten. Als Govind mit der Kamera aus dem Computerraum stürzte, hörte er Joe die »Hikari« anfunken, dass sie die Maschinen stoppen sollten, doch es folgte keine Antwort. Er richtete die Kamera auf den Walfänger und erschrak. »Joe! Da steht keiner mehr an der Kanone, die rammen uns!«

Es war das Letzte, was Joe hörte, bevor ihm die Splitter des Seitenfensters um die Ohren flogen. Er knallte auf den Boden, stieß sich schmerzhaft die Schulter. Als er sich wieder aufrappelte, blickte er in die Mündung der Kanone, die vor ihm auf der Brücke lag. Die Wucht des Aufpralls hatte sie aus ihrer Verankerung gerissen.

»Diesmal nicht, ihr Sauhaufen«, schrie er dem sich entfernenden Walfänger hinterher. »*Diesmal* nicht!«

Und jubelte. Er jubelte für David. Seinen Freund, seinen Bruder. Der über das unbeabsichtigte Abschiedsgeschenk der Japaner jetzt auch gejubelt hätte.

»Schau's dir an, David, du hast es geschafft!« Joe spuckte auf die Kanone und eilte davon, um nach seinen Kameraden zu sehen.

»Marek! Govind! Ist jemand verletzt?!«

Govind griff nach Mareks Hand und hob sich mühsam vom Boden hoch. Besorgt tastete er sich ab, alles in Ordnung. Die nächste Inspektion galt der Kamera, und ein breites Lächeln erhellte sein Gesicht. »It's a Sony …«

»Kommt mit, wir checken den Kahn«, rief Joe den beiden zu. Kurz darauf bestätigte sich, was er insgeheim schon befürchtet hatte. »Wir sinken.«

Der Bug des Walfängers hatte die »SeaSpirit« genau am mittleren Schott getroffen. Es hatte sich verkantet und schloss nicht mehr richtig. Eine vollgelaufene Kammer konnte sie verkraften. Zwei bedeuteten unausweichlich den Untergang.

Joe sendete ein SOS, das von der Ottawa bestätigt wurde, und Govind begann sofort, alles Wichtige auf seine externe Festplatte zu speichern. Doch schon bald wurde ihm klar, dass die Zeit nicht reichen würde, also markierte er alle übrigen Dateien und sendete sie vorsichtshalber an seine eigene Internetadresse und die seiner Freunde in Bombay. Wie viel noch durchging, wusste er nicht, denn Joe und Marek zerrten ihn aus dem Computerraum. Während Govind gemeinsam mit den beiden in die Schlauchboote hüpfte, bangte sein Herz um jedes Megabyte, das bald in den Fluten verlorengehen würde. Mit all seinen persönlichen Sachen. Außer der Festplatte hatte er nichts mehr mitnehmen können.

Von den Zodiacs aus erkannten sie, dass die Kollision den Bug des Japaners nur leicht beschädigt hatte. Falls Govind jemals wieder eine Datenbank über Walfänger anlegen sollte, würde er unter dem Namen »Hikari« vermerken können: »Bug verstärkt.« Aber die Kanone waren sie vorerst los.

Er half Marek, aus den Thermoskannen, die er für den bis zur Haut durchnässten Masao in letzter Sekunde abgefüllt hatte, heißen Tee einzuschenken. Sie konnten stolz auf sich sein. Wenigstens ein Ziel hatten sie erreicht. Wenigstens hier und heute würde kein Wal mehr sterben.

Joe hatte, seit er mit siebzehn in die Armee eingetreten war, nur zwei Mal geweint. Das eine Mal in Vietnam, nachdem er einen Kameraden erschossen hatte, der jede Kontrolle über sein Handeln verloren hatte und dabei war, das Versteck des Platoons in die Luft zu sprengen. Und jetzt, als er das Krähennest der »SeaSpirit« im Meer versinken sah. Damals war die Army für ihn so was wie eine Familie. Doch sein Zuhause – sein wahres Zuhause – war dieses Schiff dort gewesen. Komisch, dass man Dinge oft erst dann richtig einzuschätzen lernte, nachdem man sie verloren hatte.

Der Kapitän der »Hikari« stand unter Schock. Er hatte geahnt, was die »SeaSpirit« vorhatte, und hatte es nicht mehr verhindern können. Seine Ausweichbefehle an den Rudergänger waren im frenetischen Gejohle der Mannschaft untergegangen. Wie jetzt das Schiff der Walschützer im Meer. Gemäß den internationalen Seenotkonventionen bot er den Schiffbrüchigen sofort an, sie an Bord zu nehmen, doch die lehnten ab.

Also beschloss er, in ihrer Nähe zu bleiben, zumindest bis die Ottawa eintreffen würde. Er stand an der Reling und blickte voller Respekt auf die Männer da unten, die ihrem untergehenden Schiff die letzte Ehre erwiesen.

Es wollte ihm nicht in den Kopf, dass diese Kerle bereit gewesen waren, ihr Leben für die Wale zu riskieren. Er war außerstande, es zu glauben, und konnte nicht anders, als zu grübeln, ob vielleicht, verdammt noch mal, doch mehr an diesen »Fischen« dran war, als er sich jemals eingestanden hatte.

Er wusste selbst nicht genau, wie ihm geschah, doch plötzlich schämte er sich. Für die Männer, die er befehligte, und für das, was sie unter seinem Kommando angerichtet hatten.

Der Kaffee bildete hässliche Flecken auf ihrer Hose, doch Leah spürte nicht mal, wie das heiße Getränk ihre Haut verbrühte.

Ihr Blick war rein zufällig auf den Flatscreen gefallen, als die

Kellnerin die Kaffeetasse auf ihrem Tisch abstellte und Leah kurz aufblickte, um sich zu bedanken. Die Lady nickte und verschwand. Ihr freundliches Antlitz hatte wieder dem Bildschirm Platz gemacht. Sie achtete nicht auf die Worte des Sprechers, doch das Schiff, das dort zu sehen war, hätte sie unter Tausenden erkannt: die »SeaSpirit«. Sinkend. Sie war mit einem Schlag hellwach.

Im Flieger war sie vor Erschöpfung immer wieder in einen unruhigen Halbschlaf gefallen, hatte von David geträumt, von den Buckelwalen, von Noah, von der »SeaSpirit«, dazwischen von Michael und Geoffrey – sie hatte all ihre gegenwärtigen Sorgen und Bedenken auf die vierzehnstündige Reise verteilt. Als sie in Minneapolis aus dem Flugzeug stieg, fühlte sie sich, als ob sie die Zeit in einer Teigrührmaschine verbracht hätte. Jetzt saß sie in dem kleinen Café, wartete auf ihren Anschluss und war heimatloser als je zuvor.

Als das Bild der »SeaSpirit« ausgeblendet wurde, erschien Davids geschundenes Gesicht. Sie konnte durch das Stimmengewirr im Café nicht viel verstehen. Nur zwei Worte drangen an ihr Ohr.

»… lebensgefährlich verletzt.«

Leah war aufgesprungen, hatte den Kaffee umgestoßen und auf ihrem Schoß verteilt. Doch sie nahm es nicht wahr, sie rannte quer durch den Raum auf den Fernseher zu, starrte auf die Bilder, die wahrscheinlich Govind von der »SeaSpirit« aus aufgenommen hatte. David an Bord des Japaners, wie er versuchte, mit den zwei Matrosen zu reden, wie sie sich auf ihn stürzten. Jeden einzelnen Schlag, den er einstecken musste, spürte sie am eigenen Leib, sah, wie die Kanone mit brutaler Wucht gegen seinen Kopf knallte, sah ihn über Bord stürzen und stieß einen verzweifelten Schrei aus, während ihre Knie weich wurden und …

»Miss – ist alles in Ordnung?«

Sie stützte sich auf die Kellnerin und rang darum, nicht das Bewusstsein zu verlieren, zwang sich, dem Sprecher weiter zuzuhören, der alles kommentierte, als beschriebe er den Niedergang eines Boxchampions. Er erklärte, man habe David McGregor ins Krankenhaus nach Anchorage geflogen, wo er einer unbestätigten Meldung zufolge bisher nicht aus dem Koma aufgewacht sei. Seine Chancen stünden schlecht.

»Miss – ist alles in Ordnung?«, erkundigte sich die Kellnerin erneut.

Leah sah sie verständnislos an und brachte kein Wort hervor. Nicht schlappmachen, forderte eine mechanische Stimme in ihrem Kopf. Sie spürte, wie sich ihr Magen zusammenzog, wie sich ihr Atem beschleunigte und dunkle Flecken vor ihren Augen zu tanzen begannen. Tief durchatmen. Geh zum Tisch zurück. Nimm das Handy. Lass dir die Nummer der Krankenhäuser geben. Langsam. Und weiteratmen. Oh Gott, ich muss mich übergeben. Vergiss es, denk gar nicht dran, ruf erst an. Weiteratmen.

Sie wankte zu ihrem Tisch zurück, begleitet von der Kellnerin, die auf sie einredete, doch die Worte drangen nicht zu Leah durch.

Noch bevor sie sich setzte, hatte sie bereits das Handy in der Hand. Wie in Trance suchten ihre Finger die Taste, hinter der die Auskunft gespeichert war. Verzweiflung hatte sie mit aller Macht erfasst.

Wo blieb die verdammte Auskunft? Ruf Anchorage an, das Krankenhaus, weiteratmen, ruhig bleiben, sagte ihre innere Stimme. Einige Gäste im Café begannen bereits, zu ihr herüberzuschauen, ignoriere sie. Eine zweite Stimme meldete sich und schien die vernünftige torpedieren zu wollen, sie geben ihm keine Chance.

Kaum eine Chance, nicht keine Chance, außerdem sprach man von einer unbestätigten Meldung, Leah, ganz ruhig, unbestätigt!, wir wissen, was das heißt, versuchte sie sich zu beruhigen. So gut wie wahr, blökte die zweite Stimme dazwischen.

Am anderen Ende der Leitung meldete sich jemand.

»Bitte die Nummer vom Krankenhaus in Anchorage.«

»Einen Moment bitte – ich hab hier mehrere. Welches möchten Sie?«

Das, in dem der Mann liegt, den ich liebe. »Mit dem größten – gibt's eine Uni-Klinik?«

»Das kann ich ihnen leider nicht sagen. Ich habe hier das Alaska Regional, das Alaska Surgery Center ...«

»Geben Sie mir alle«, fuhr sie dazwischen und legte einen zu großen Schein auf den Tisch.

Während sie darauf wartete, verbunden zu werden, verließ sie das Café und ging zielstrebig auf den Customer Service Counter zu.

»Alaska Regional Hospital«, meldete sich eine freundliche Damenstimme. Nachdem sie ihre Frage formuliert hatte, klickte es in der Leitung, und eine neue Stimme verlangte das Gleiche zu wissen. Das Spiel wiederholte sich insgesamt vier Mal, Leah stand bereits am Counter und erfragte den nächsten Flug nach Anchorage, während sie immer noch auf eine Antwort wartete. Endlich erfuhr sie, dass die Northwest-Airlines-Maschine von Anchorage, mit der sie gerade gekommen war, noch am Terminal stand; wenn sie sich beeilte, könnte sie die mit ein bisschen Glück noch erreichen. Sie kaufte bereits das Ticket, als ihr endlich mitgeteilt wurde, dass ein David McGregor nicht im »Alaska Regional Hospital« liege. Also ging sie die nächsten Nummern durch. Kurz bevor sie die Maschine bestieg, erfuhr sie, dass man im Providence Hospital einen McGregor aufgenommen hatte, aber dass man Auskünfte erstens nur an Angehörige und zweitens nicht am Telefon erteile.

Gott sei Dank arbeiteten Leahs Instinkte noch, und die raunten ihr jetzt zu, dass David, wenn er im Krankenhaus lag, logischerweise auch noch am Leben sein musste. Zumindest klammerte sie sich daran und hoffte, dass Gott jetzt nicht mit anderem beschäftigt war, sondern seine ganze, ungeteilte Aufmerksamkeit Leahs einzigem Herzenswunsch widmen konnte, nur diesem einen und nur einmal für dieses ganze Leben.

Gerade als Leah ihr Handy für den Flug ausschalten wollte, klingelte es. Geoffrey war dran und schimpfte, warum bei ihr dauernd besetzt sei. Er habe gerade von dem Vorfall gehört und mache sich Sorgen, sie sei vielleicht doch nicht abgereist. Und wann genau werde sie ankommen, denn Madeleine hatte vergessen, ihm die Ankunftszeit mitzuteilen, und er wollte sie doch mit Mickey abholen.

Sie hatte eigentlich vorgehabt, es ihm persönlich zu sagen. Nicht am Telefon. Nicht jetzt. Zu dumm.

Als die Maschine abhob, fingen die schwarzen Gedanken erneut an, von ihr Besitz zu ergreifen. David wird sterben, hallte es in ihrem Kopf.

Er hielt den Hörer noch in der Hand. Saß auf Leahs Couch, in Leahs Wohnung, trug ihren Bademantel, der nach ihr duftete, und wollte es nicht wahrhaben. Vernahm den hysterischen Besetztton und weigerte sich zu akzeptieren, was sie ihm vor einer halben Stunde offenbart hatte. Sie hatte geweint.

Wegen diesem Mann?

Wegen uns?

Geoffrey legte den Hörer zurück auf die Gabel und wünschte sich nur noch eines: dass dieser Scheißkerl starb.

Dann stand er auf und ging in Michaels Zimmer, um ihm zu erklären, warum sie beide seine Mutter doch nicht wie geplant gemeinsam heute Abend bekochen würden.

Die Frage, ob David noch am Leben war, wurde von der zierlichen Krankenschwester am Empfang des Krankenhauses zunächst mit einer Gegenfrage beantwortet: »Wer will das wissen?«

Bereits im Flugzeug war Leah klar geworden, dass sie an dieser Stelle schwindeln musste.

»Seine Frau will das wissen.«

»Verzeihen Sie, Mrs McGregor, ständig tauchen hier diese Aasgeier von Journalisten auf, wir sind nur ein bisschen vorsichtig. Können Sie sich bitte ausweisen? Führerschein, eine Kreditkarte würde schon …« Sofort zeigte sich Misstrauen in den Augen der Schwester, denn Leah reichte ihr aus Versehen ausgerechnet den Presseausweis.

»Cullin?«

»Cullin, richtig, ich habe meinen Namen behalten, und ich will verdammt noch mal endlich wissen, ob mein Mann lebt!«

Die Skepsis wich der Kälte. »Tut mir leid, wir dürfen nur Familienangehörigen Auskunft erteilen… Wenn Sie jetzt bitte gehen würden.«

»Schwester!«, drohte Leah. »Ich bin mit David McGregor verheiratet, trage den gleichen Namen wie mein Sohn aus erster Ehe, und, ja, ich bin auch Journalistin, einer von den Aasgeiern, eine, die, wenn Sie mir nicht sofort sagen, wie es meinem Mann geht, morgen einen Artikel über Ihr Krankenhaus verfasst, der Sie Ihre Stelle kosten wird … Haben Sie mich verstanden?«

»Mrs McGregor?«

Leah drehte sich um. Hinter ihr stand ein älterer Arzt, ein Afroamerikaner mit schneeweißen Haaren und den gütigsten Augen, die sie jemals gesehen hatte.

»Sie heißt Cullin«, fügte die Schwester schnell hinzu, sichtlich bemüht, ab sofort alles richtig zu machen.

»Wir hatten miteinander telefoniert. Mein Name ist Fletcher. Ich hab Ihren Mann in der Notaufnahme …«

»Bitte sagen Sie's mir, Dr. Fletcher. Lebt er noch?«

Fletcher senkte den Blick, und sie spürte, wie ihr Herz kurz aussetzte.

»Es sieht nicht gut aus, Mrs McGregor.«

»Also lebt er! Er lebt!«

Fletcher nickte. »Ja. Aber Ihr Mann ist in einem kritischen Zustand. Kommen Sie bitte mit.«

Sie hörte die Worte, und statt der Trauer, auf die sie sich innerlich schon eingestellt hatte, kam nun die Angst, dass sie ihn doch noch verlieren könnte. »Was … was hat er?«

Auf dem Weg zur Intensivstation gab ihr Fletcher die Fakten. Eine gebrochene Rippe hatte die Lunge verletzt, aber das war das geringste Problem. Man hatte in der dreistündigen Notoperation eine Niere entfernen müssen, die durch den Sturz auf was auch immer gerissen war. Nach der Narkose war er nicht aufgewacht. Das erste CT, das sofort nach seiner Einlieferung ins Providence gemacht worden war, hatte eine Blutauflagerung auf der Gehirnoberfläche gezeigt …

»Ein epidurales Hämatom?«

»Ja«, antwortete Fletcher überrascht. »Woher …«

»Mein verstorbener Mann war Neurochirurg«, unterbrach ihn Leah. »Wann wird er operiert?«

»Gleich. Er ist der Nächste.«

Sie hatten die Intensivstation erreicht. Als Leah David sah, fing sie an zu weinen. Sein Gesicht war entstellt, er hing an ein paar Schläuchen und Kabeln. Nur das leise Piepsen der Geräte verriet, dass David den Kampf noch nicht aufgegeben hatte.

»Wird er durchkommen?«

»Ich will Sie nicht belügen, Mrs McGregor. Wir haben große Mühe, seinen Kreislauf stabil zu halten. Setzen Sie sich zu ihm.«

Während Fletcher Davids Werte begutachtete, ergriff sie dessen Hand. Sie war kraftlos wie ein verwelktes Blatt, das gerade eben noch am Ast hing. Ich liebe dich. Bleib am Leben. Meines wäre ohne deines nicht mehr lebenswert. Ich liebe dich.

Schon mehr als zwei Stunden kämpften die Ärzte nun um ihn, zum vierten Mal in den vergangenen Minuten schaute sie auf die Armbanduhr.

Ob sie sich nicht ein wenig frischmachen wolle und vielleicht ein bisschen ausruhen, fragte die Oberschwester. Erst da war Leah bewusst geworden, dass sie aussehen musste wie eine Landstreicherin, seit über sechsunddreißig Stunden hatte sie nicht mehr richtig geschlafen, und sie würde es auch jetzt nicht tun. Sich auch nicht frischmachen, sie wollte sich keinen Zentimeter von der Stelle rühren. Fletcher hatte nicht weniger als drei Mal erwähnt, welch ein Glück es sei, dass David überhaupt noch lebe, und sie hatte Angst, dass er, wenn sie jetzt nicht wie in einem magischen Ritual ständig den Kontakt mit David hielt, einfach gehen und seinen Körper und sie für immer verlassen würde. Also klebte sie weiter an dem unbequemen Plastikstuhl und ließ die Tür mit den Milchglasscheiben nicht aus den Augen, hinter denen das Schicksal wohnte. Unterstützt von einem Team von Ärzten.

Von den unzähligen wissenschaftlichen Publikationen, die sie für Timothy abgetippt hatte, war eine Menge hängen geblieben. Leah kannte jeden Handgriff. Befand sich das Hämatom im linken Schläfenbereich, hieß es, den Kopf rechts lagern, rasieren, einen Schnitt vom Ohr aus in Form eines Fragezeichens setzen, dann Umklappen der Kopfschwarte, Darstellen der Knochenhaut und des Kaumuskels, Durchtrennen desselben, Darstellung des Schädelknochens, Anlegen von zwei Bohrlöchern mittels eines Trepans, Verbinden dieser zwei Bohrlöcher mittels einer Knochenfräse, Herausnehmen des Knochendeckels von circa fünf Zentimeter Durchmesser, das Hämatom unter der Trepanationsöffnung mittels Sauger und Dissektor entfernen, die Blutungsquelle, wahrscheinlich eine kleine Arterie an der Basis des Hämatoms, koagulieren, Wiederansetzen des Knochendeckels, Nähen von durchtrenntem Periost und Kaumuskel, Nähen der Kopfschwartenwunde, dann der Verband und schließlich …

Beten. Lieber Gott, lass ihn heil davonkommen. Die Glastür schwenkte zur Seite, und Leah sprang auf, als sie Fletcher herauskommen sah.

»Mrs McGregor, ich kann Ihnen noch nichts sagen. Wir geben unser Bestes, aber die Verletzung ist massiver, als wir angenommen haben, ich hoffe …«

Es musste Leahs Blick sein, der ihn dazu veranlasste, ihr die Standardplattitüden zu ersparen.

Kraftlos ließ sie sich wieder auf den Stuhl sinken. Ihre Perspektive war falsch, das Schicksal wurde nicht von einem Team von Ärzten unterstützt. Momentan befand es sich in einem Kampf gegen sie. Wieder wehrte sie sich gegen die dunklen »Was wäre wenn«-Gedanken. Was, wenn David stirbt, Fletcher hat gesagt, die Blutung war größer als vermutet, was, wenn Ausfallerscheinungen auftraten, Sprachstörungen oder sogar eine halbseitige Lähmung, lieber Gott, lass ihn wieder gesund werden, ich flehe dich an, Hauptsache, du lässt ihn leben, und ich werde mich um ihn …

Leah erinnerte sich an Mrs Kaufmann, ihre Nachbarin aus der Peach Street, wo sie bis zur fünften Klasse mit ihren Eltern gelebt hatte. Mrs Kaufmann war quasi ihre Adoptivoma gewesen, und Mr Kaufmann nahm sie oft auf den Schoß, wenn er im Rollstuhl mit ihr bis zum Dairy Queen fuhr, wo sie beide einen Banana Split aßen. Eines Tages sprang Leah wie immer über den Zaun in ihren Garten und erwischte Mr und Mrs Kaufmann, wie sie sich auf der Veranda küssten. Damals dachte sie, alte Leute machten so etwas nicht, und als Mrs Kaufmann ihr in der Küche Ingwerlimonade eingoss, fragte Leah sie, woher man denn eigentlich wisse, dass man den richtigen Mann gefunden habe. Mrs Kaufmann, die eben noch verschmitzt gelächelt hatte, wurde ganz ernst. »Du weißt es, meine Kleine, wenn du keinen Zweifel hast, dass du deinen Mann auch lieb haben und ganz für ihn da sein wirst, wenn er krank ist. Auch wenn er sehr krank ist. Wenn du ihn pflegen musst.«

Zu jener Zeit hatte sie die Bedeutung nicht recht verstanden, ihre Welt bestand noch aus Froschkönigen und Märchenprinzen, und die schlimmste Krankheit hieß Masern. Jetzt, dreißig Jahre später und um einige Froscherfahrungen reicher, fielen ihr Mrs Kaufmanns Worte wieder ein. Und sie empfand keinen Widerstand, keine Abwehr, als sie daran dachte, dass sie David vielleicht pflegen müsste. Wie lange auch immer. Solange sie zusammen waren. Denn eine Trennung kam für sie nicht mehr in Frage.

Sie schrak auf, als zwei Ärzte aus dem OP rannten. Wenig später hasteten sie zurück, zwei Schwestern im Schlepptau. Kurz darauf rannten zwei andere Schwestern in den OP, die Hände voller Blutkonserven. Als eine der beiden wieder durch die Glastür herauskam, hielt Leah sie fest.

»Bitte, sagen Sie mir doch, was los ist.«

»Herzstillstand. Aber sie haben ihn zurückgeholt. Ihr Mann ist ziemlich zäh, Mrs McGregor. Er kämpft wie ein Löwe.«

Die Milchglastür wirkte auf Leah mit der Zeit wie der Zylinder eines Zauberers. Der legte die Rose hinein und zog das Karnickel heraus. Legte einen Ball nach und entnahm die Rose. Steckte das Karnickel zurück und hielt danach den Ball wieder in der Hand. Ärzte und Schwestern schienen auf die gleiche magische

Weise von einer unsichtbaren Hand durch die Tür hinein- und wieder herausgeschoben zu werden, während Leah in ihren verschlossenen Gesichtern zu lesen versuchte, wie der Stand der Dinge war. Leider vergeblich, offenbar hatten sie alle dem Zauberer gegenüber den Treueschwur geleistet, keinen seiner Tricks zu verraten.

Plötzlich kam Fletcher auf sie zu.

»Er ist über den Berg«, sagte er und nahm erschöpft neben ihr Platz.

»Wird er wieder … ganz gesund?«

»Wir wollen es hoffen, Mrs McGregor, im Moment mache ich mir mehr Sorgen um Sie. Wann haben Sie das letzte Mal etwas gegessen?«

»Keine Ahnung, aber ich könnte jetzt keinen Bissen herunterkriegen.«

»Aber das werden Sie müssen, nein, keine Widerrede! Denn wenn Sie nicht sofort feste Nahrung zu sich nehmen, kriegen Sie von mir auch nicht dieses kleine Namensschildchen hier, das Ihnen erlaubt, ihn zu besuchen.«

»Überredet.« Leah griff nach Fletchers Hand, sie hätte sie küssen können. »Und Dr. Fletcher. Sie haben nicht nur *sein* Leben gerettet. Danke!«

Fletcher zeigte schmunzelnd mit dem Finger nach oben. »Werd's weiterleiten.«

Mit dem farbcodierten »Mrs McGregor, L.«-Namensschild bekam sie auch einen Schlüssel. Das Krankenhaus verfügte über ein Gästezimmer, und sie durfte dort übernachten. In drei Minuten war sie geduscht und frisch angezogen. In fünf hatte sie im Ärztecasino unter Fletchers Aufsicht ein Steak mit frischem Salat verschlungen. Zwei Stunden später war sie fluchend in dem bequemen Clubsessel aufgewacht, in dem Fletcher sie gebeten hatte, nur einen kurzen Moment auf ihn zu warten. Auf ihrem

Schoß klebte eine gelbe Haftnotiz: »Intensivstation, 2. Stock. Und übrigens: Sie schnarchen. ☺, F.«

Dieser Schuft. Dieser wunderbare Schuft.

Der fensterlose Raum in der Intensivstation wurde nur von Neonröhren erhellt, und sie wusste nicht mehr, ob es draußen hell oder dunkel war, ob die Sonne schien oder es regnete.

»David?«

Hatte er eben, ganz leicht, ihre Hand gedrückt? Leah hielt sie seit Stunden, als ob sie dadurch etwas von ihrer Lebensenergie zu David leiten könne. Sie hatte keine Reaktion gespürt – bis eben. Doch auch dies konnte nur Einbildung gewesen sein. Sie massierte sanft seine Finger, hob den Mundschutz und hauchte auf jeden einzelnen einen Kuss.

»Mach die Augen auf. Bitte. Gib mir wenigstens ein Zeichen, dass du mich hörst.«

Fletcher schaute sich ihn vor Dienstschluss nochmals an, schien mit dem Verlauf recht zufrieden. Aber warum wachte David nicht auf? Es hätte längst geschehen müssen.

Irgendwann konnte sie gegen die Müdigkeit nicht mehr ankämpfen und nickte wieder ein. Sie schlief nicht richtig, denn sie vernahm dabei weiter das Piepsen der Geräte, als wäre es der gottgegebene Rhythmus, von dem alles Leben abhing. Das Merkwürdige war, dass sie trotzdem träumte und dabei genau wusste, dass es nur ein Traum war.

Darin führte Dr. Fletcher sie zu David, der sich auf einer Bank, ähnlich wie ihre auf der »SeaSpirit«, im Garten des Krankenhauses ausruhte und blendend aussah; aber sie war dafür sehr alt und hatte weiße Haare wie die von Dr. Fletcher, und David weigerte sich, diese alte Schachtel überhaupt anzuschauen, konnte sich ganz und gar nicht an sie erinnern, doch Dr. Fletcher bedeutete ihr, Geduld zu haben – »Es wird schon wieder werden, Mrs McGregor« –, und David wurde wütend, beharrte darauf, er sei mit dem Drachen an der Rezeption verheiratet, er sei nur da, um seine Frau abzuholen, und da hüpfte die auch schon durch die Milchglastür, und im Gegensatz zu Leah war sie noch jung geblieben, trug ein aufreizendes enges Kleid mit einem Dekolleté, so groß wie North Dakota, und warf sich David um den Hals und erzählte Dr. Fletcher, dass sie und David und ihr Sohn Noah jetzt mit den Walen tauchen würden, und natürlich sei sie seine richtige Frau und nicht die da …

»Mrs McGregor, so, so.«

Leah schreckte hoch, als sie Fletcher hörte, schaute zur Tür, aber niemand war hereingekommen. Sie musste es geträumt haben, irgendetwas in einem Park, und da war auch … Es war keine Einbildung. Definitiv nicht. Davids Augen waren geschlossen, aber sie konnte deutlich sehen, dass er lächelte.

»David?«

»Denk schon, ja.«

»Oh, mein Gott, oh, mein … du bist, du bist …«

»Verheiratet?«, flüsterte er verschmitzt.

»Schwester«, schrie sie euphorisch, »Schwester, er ist wach!«

»War schon hier, Leah«, sagte er und befeuchtete dabei seine trockenen Lippen, »wir wollten dich nicht aufwecken.«

Sie überschüttete seine Hand mit Küssen und ließ sich vom Stuhl runter auf ihre Knie, um näher bei ihm zu sein, und er fragte sie, ob sie in Vegas wären. Leah dachte, er halluziniere noch, aber egal, Hauptsache, er war aus der Narkose aufgewacht, konnte sprechen und, da, auch seine rechte Hand bewegen, denn er deutete auf das »Mrs McGregor«-Namensschild. Es dauerte einen Moment, bis sie begriff, und sie lachte und weinte vor Glück, erzählte ihm, wie es kam, dass sie überhaupt hier sein durfte, wie sie im Fernsehen gesehen hatte, was diese Schweine ihm angetan hatten, nur über den Untergang der »SeaSpirit« verlor sie kein Wort. Sie redete und redete, froh über jedes Lächeln, das er ihr schenkte, bis Dr. Fletcher kam und sie aus dem Zimmer holte.

»Er braucht nun viel Ruhe, Mrs McGregor. Sie gehen jetzt und schlafen sich mal richtig aus.«

Diesmal widersprach sie nicht.

Leah schleppte sich zu dem überraschend gemütlichen kleinen Gästezimmer, warf sich aufs Bett und rief zu Hause an. Sie hoffte, dass Michael noch wach war – und bitte, bitte, lass ihn rangehen und nicht Geoffrey, das verkrafte ich jetzt nicht! Doch für den heutigen Tag hatte das Schicksal ihr offenbar schon sein volles Maß an Gunst gespendet.

Geoffreys Stimme klang ruhig und besonnen, was sie noch mehr schmerzte, denn sie wusste nur zu gut, dass das Fassade war. Voll schlechtem Gewissen versuchte sie, an ihr schlimmes letztes Gespräch anzuknüpfen, war bemüht, sich zu entschuldigen für das, wofür es keine Entschuldigung gab. Geoffrey hörte ihr geduldig zu, was sie noch mehr beunruhigte, und als sie ihn bat, endlich was zu sagen, schien er eher amüsiert.

»Was willst du hören, Leah? Soll ich mich für euch freuen? Whoopie-Doopie-Halleluja. Zufrieden?«

»Geoffrey, bitte«, flehte sie ihn kleinlaut an und erntete prompt ein lautes Lachen.

»Du wolltest sicher Michael sprechen, richtig?«

»Ja, aber …«

»Willst du meine Absolution?«, unterbrach er sie. »Die wirst du nicht kriegen. Aber bevor ich ihn hole, solltest du wissen, dass Michael denkt, du musstest wegen der ›SeaSpirit‹ dableiben. Er hat es im Fernsehen mitgekriegt, also schien es ganz logisch. Ich hoffe, es war in deinem Sinn.«

»Ja«, antwortete sie dankbar. Diese Größe hätte sie ihm nicht zugetraut. Und es lud noch mehr Schuld auf ihre Schultern.

Ihr Sohn kam ans Telefon, und Leah gab sich Mühe, sich nichts anmerken zu lassen. Michael erzählte, was er bis jetzt Tolles gelesen hatte, »Klassiker, Mami, was Erwachsene auch lesen«, wie er dabei war, kochen zu lernen, »Magst du Hühnchencurry, ich kann jetzt Hühnchencurry machen, richtig scharf, mit Reis und so 'nem Gemüsezeug, wie in Indien«, und was er mit Geoffrey noch alles Verrücktes unternommen hatte. Und ihr Herz tat ihr noch mehr weh. Sie hielt es eine Viertelstunde durch. Freute sich für Michael und war traurig wegen Geoffrey. Der all das mitbekam. Michaels quietschvergnügter Bericht von ihrer engen Verbundenheit musste bei Geoffrey wie Salz in der Wunde brennen. Geoffrey war es gelungen, mit Riesenschritten bei Michael an Boden zu gewinnen, damit sie eine Familie werden konnten, und unvermutet zog Leah ihm nun den Boden unter den Füßen weg. Sie dachte an ihn mit einem Gefühl voller Liebe und verstand nicht, warum sie dies erst jetzt erkannte.

Plötzlich stand sie zwischen zwei Männern. Und, ja, sie liebte sie beide. Für wen sie sich entscheiden würde, längst entschieden hatte, stand außer Frage, aber die Tatsache, Geoffrey Leid zuzufügen, machte ihr außerordentlich zu schaffen. Die ganze Zeit auf dem Schiff hatte sie sich vor dem Augenblick gefürchtet, in dem sie Geoffrey damit konfrontieren würde. Im Vergleich zu dem, was jetzt passierte, hätte sie sich eine Konfrontation beinahe gewünscht, wäre froh gewesen, wenn er sie angeschrien, mit Vorwürfen überhäuft und wütend beschimpft hätte. Feige Hoffnung, sich möglicherweise weniger als armes Opfer fühlen zu müssen, sich vor den eigenen Schuldgefühlen drücken zu können. Stimmt schon, Geoffrey. Ich habe wahrscheinlich damit gerechnet, du würdest es mir leichter machen. Mir den Weg ebnen, ohne schlechtes Gewissen, David lieben zu dürfen. Geoffrey, ich liebe dich. Aber ihn liebe ich mehr. Was ich uns antue, ist unverzeihlich. Verzeih mir.

Es war fast Mittag, sie hatte über zehn Stunden geschlafen, und das ohne die Tabletten, die ihr Dr. Fletcher vorsichtshalber am Vorabend in die Hand gedrückt hatte. Leah zog eine Grimasse, als sie im Spiegel ihr verquollenes Gesicht betrachtete, und machte sich daran, die tiefen Furchen, die das Kissen hinterlassen hatte, mit kaltem Wasser wegzumassieren.

Als sie aus dem Aufzug trat, sah sie Masao und Joe vor Davids Zimmer warten. Ihr wurde mulmig zumute, denn der Abschied von den beiden war reichlich frostig verlaufen, doch da sprang Joe schon auf und nahm sie in seine starken Arme.

»Ein Wunder, Leah, ein Wunder, dass er noch lebt.«

Masao blieb reserviert und versuchte, ihrem Blick auszuweichen.

»Ihr habt ihm hoffentlich nichts von der ›SeaSpirit‹ erzählt. Er muss jede Aufregung vermeiden.«

»Tja«, Joe kratzte sich am Kopf, »dummerweise hatten wir angenommen, dass er's schon weiß. Aber keine Sorge, sobald er gehört hatte, dass die ›Hikari‹ keine Wale mehr jagen konnte, hat er sich wie ein Kind gefreut.«

Leah erkundigte sich nach den anderen und erfuhr, dass sie Govind, Sam und Marek um ein paar Minuten verpasst hatte. Die drei waren jetzt auf dem Weg nach Portland, wo sie bei Mareks Familie Unterschlupf suchen würden.

»Und was habt ihr vor?«

»Wir beide werden uns Steve vorknöpfen, darauf kannst du wetten«, versicherte Joe. Dann gab er Masao, der immer noch auf seine Schuhspitzen starrte, einen Stups.

»Leah, der junge Mann hier möchte dir was sagen, nicht wahr, van Gogh? Zumindest ›Hallo‹ oder ›Wie geht's dir, Leah‹ oder sogar, warum er dir zum Abschied nicht mal die Hand gegeben hat, ist doch so, van Gogh … he, ich rede mit dir!«

Masao gab ihr, ohne sie anzuschauen, die Hand, und Joe sah

ihm kopfschüttelnd hinterher, als er sofort danach das Weite suchte.

»Was hat er?«, wollte Leah wissen.

»Das muss er dir selbst sagen«, seufzte Joe.

Die gleiche Antwort erhielt sie auch von David. Egal, wie oft sie ihn danach fragte, sie bekam immer wieder dasselbe zu hören. Sonst war David zahm wie ein Lamm, sagte zu allem Ja und Amen. Während der restlichen zwei Tage, die sie noch bei ihm blieb, schmiedeten sie wieder Pläne und machten es fest und verbindlich, dass David, sobald er das Krankenhaus verlassen dürfte, nach Washington kommen und zuerst bei ihr einziehen würde.

Das könnte in drei Wochen der Fall sein, versicherte ihr Dr. Fletcher mehrmals, der mit den Fortschritten seines Patienten sehr zufrieden war. In drei Wochen würde sich Mickey schon im Camp befinden ... Perfekt. Sie würde sogar seinem Wunsch nachgeben und ihm erlauben, mit der Familie dieses Chaoten Bobby, den sich ihr Sohn seit neuestem als besten Freund auserkoren hatte, ins Sommerhaus nach Lake George zu fahren. Das würde ihn zwar überraschen, aber so hätte sie insgesamt zwei Monate. Sechzig Tage und Nächte, um David zu überzeugen, ab jetzt für immer sein Leben mit ihr zu teilen. Genügend Zeit, um Michael darauf vorzubereiten, wenn alles so lief, wie sie es sich vorgestellt hatte. Auf keinen Fall wollte sie ihn durcheinanderbringen.

Nachdem Leah Dr. Fletcher und sämtliche Schwestern auf der Station mit Obstkörben beschenkt hatte, damit sie auch ja gut auf David aufpassen würden, grübelte sie auf dem Weg zum Flughafen darüber, wie sie es ihrem Sohn schonend beibringen konnte. Am besten wäre, ihn von Lake George abzuholen. Alleine. Das hieß: nicht ganz. In dem neuen Cherokee, von dem Michael schwärmte, am besten noch mit einem Beagle-Welpen, den er sich immer gewünscht hatte. Mickey würde sich schieflachen, wie sein Hündchen ihren Wagen vollpinkelte, und gnädig hinnehmen, dass die liebe Mami, die ihm stets versucht hatte, Papa Geoffrey schmackhaft zu machen, ihm jetzt plötzlich einen anderen Mann vor die Nase setzte. Das war Plan A.

Plan B kam nicht in Frage, denn niemals, niemals würde sie Michael erlauben, wieder auf ein Mountainbike zu steigen.

Plan C könnte klappen: Ihr Schlafzimmer war wirklich zu groß, um nur darin zu schlafen. Michael könnte es haben. Großes Bett inbegriffen. Eigener Fernseher auch.

Noch bevor sie in die Maschine nach Washington stieg, hatte sie alle Buchstaben durch. Und, dem Himmel sei Dank, noch zwei Monate vor sich, um auf bessere Ideen zu kommen.

Tu, was du nicht lassen kannst, aber das ist nicht akzeptabel«, sagte Geoffrey und riss ihre Kündigung in Fetzen.

»Er wird bei mir wohnen, Geoffrey. Willst du mich wirklich hier weiter arbeiten sehen?«

»Kündigst du etwa, um Rücksicht auf mich zu nehmen? Brauchst du nicht. Für mich ist das nur eine vorübergehende Marotte von dir, du kennst ihn kaum. Es macht mich nicht gerade glücklich, mir vorzustellen, dass du und dieser Heini … Egal, wir reden nicht mehr darüber, aber eines sollst du wissen: Ich werd's aussitzen, ich geb dich auf keinen Fall auf. Und weißt du, warum ich dich nicht aufgebe? Weil ich schon jetzt weiß, dass es nicht … niemals klappen wird. Du kannst ihn nicht halten, Leah, er ist ein Abenteurer, er wird hier nicht Fuß fassen können. Wer wird ihn schon nehmen? Der gehört weit weg auf See, und genau dahin wird er bei der ersten Gelegenheit auch wieder abdüsen. Und du wirst endlich aus deiner postpubertären Romanze aufwachen, und der gute alte Geoffrey wird da sein, wie er nach

Timothy da war, um dich aufzufangen. So ist das nun mal mit der Liebe, Ms Cullin, man gibt nicht auf, man kämpft weiter, auch wenn alles dafür spricht, dass da nichts mehr ist, wofür es sich zu kämpfen lohnt.«

Sie wischte sich die Tränen ab, wollte ihm einen Kuss auf die Stirn geben, doch Geoffrey zog seinen Kopf weg.

»Jetzt geh bitte und schreib deine verdammten Artikel, damit ich wenigstens vor der Geschäftsführung nicht wie ein Vollidiot dastehe. Machst du das?«

»Ja«, antwortete Leah leise.

Sie befand sich auf dem Weg hinaus, als er ihren Namen rief.

»Lohnt es sich, Leah?«, fragte er verunsichert. »Lohnt es sich, dich weiter zu lieben?«

Sie musste nicht antworten. Er las es ihr von den Augen ab, als sie sich ihm zuwandte, und senkte traurig den Kopf.

Madeleine und Nick ahnten es bereits, hielten sich aber dezent zurück und stellten keine Fragen. Zur Belohnung verhalf Leah den beiden dazu, in der Redaktion eine Stufe nach oben zu fallen. Die Cape-Canaveral-Geschichte erschien nur unter ihren Namen und sorgte für Furore, danach bekamen sie auch größere Brocken, die eigentlich für Leah bestimmt gewesen waren. Denn ihre Zeit – und Geoffrey schien damit einverstanden – widmete sie ausschließlich der Wal-Serie.

Ihre ersten drei Artikel über die selbst auferlegte Mission der »SeaSpirit« – die Markierung der Wale für die Forschung, der ständige, ungleiche Kampf gegen das Gemetzel, das Horrorszenario der Treibnetze – kamen bei den Lesern einigermaßen an, allerdings bei Weitem nicht so, wie sie es sich erhofft hatte. Der vierte Artikel, der die Brutalität der Mannschaft der »Hikari« anklagen sollte, wurde von Geoffrey gar nicht mehr angenommen. Zu polemisch, zu wenig Fakten, wem gehört das Schiff, für wen jagen sie die Wale, wo wird das Fleisch verkauft, woher wusste Leah, dass die keine Sondergenehmigung hatten, und so weiter und so weiter.

Wegen des verkrampften Zustands, wohlgemerkt nur ihrerseits, denn Geoffrey verhielt sich so, als ob nichts Gravierendes zwischen ihnen passiert wäre, ging Leah nicht wie üblich gegen ihn auf die Barrikaden, sondern ließ ihn gewähren. Wenn er Fakten wollte, dann sollte er sie auch kriegen, denn nichts konnte Leah von ihrem Feldzug, den sie gegen die Walfänger und deren Hintermänner begonnen hatte, abhalten. Sie beschloss also, massiv in die Recherche zu gehen. Da aber für Geoffrey jetzt die »Wal-Arie«, wie er es intern bezeichnete, als endgültig abgehakt galt und er Leah zurück zum Tagesgeschäft beorderte, geschah dies ausschließlich in ihrer Freizeit.

Michael bekam sie kaum noch zu sehen. Nach der Schule ging er zu seinen Freunden, um über die Streiche, mit denen sie der Aufsicht im Camp das Leben schwer zu machen gedachten, Kriegsrat zu halten. Danach schloss er sich in sein Zimmer ein, um sich schnell den Hausaufgaben und, merkwürdigerweise noch schneller, den Bücherbergen von Geoffrey zu widmen. Der Kleine entwickelte sich zu einer richtigen Leseratte, nicht mal seine Lieblingsserien im Fernsehen schienen ihn noch zu interessieren. Allerdings fiel ihm bald auf, dass Geoffrey sich in der Wohnung nicht mehr blicken ließ. Als er Leah darauf ansprach, behalf sie sich mit einer Notlüge: So wie sie ersticke auch er gerade in Arbeit. Beim Abendessen versuchte Leah immer wieder, ihrem Sohn vorsichtig auf den Zahn zu fühlen, wie er *wirklich* zu Geoffrey stünde. Er solle ihr bloß den Gefallen tun und die Wahrheit sagen, nicht das, von dem er annehmen musste, dass sie es hören wolle. Und immer wieder – egal, in welch trickreichen Varianten sie das leidige Thema aufgriff – tat Michael ihr den Gefallen: Alles super, Mami. Geoffrey ist cool. Total korrekter Typ.

Sobald Michael im Bett war, stürzte sie sich ins Internet, auf der Suche nach der »Hikari«, doch sie kam nicht recht weiter. Gemäß dem internationalen Übereinkommen über die hohe See, verfasst von der Seerechtkonferenz der Vereinten Nationen 1958 in Genf, konnte man den Kapitän und die Mannschaftsmitglieder nur in dem Land strafrechtlich belangen, unter dessen Flagge das Schiff gemeldet war. Oder in jenem, dessen Staatsangehörigkeit die betreffenden Personen besaßen. Und man hätte wissen müssen, welcher Staat das Kapitänspatent und andere Urkunden ausgestellt hatte, um sie den jeweiligen Personen entziehen zu lassen.

Die »Hikari« fuhr unter panamaischer Flagge, das hatte sie herausfinden können, aber all ihre unzähligen E-Mails und Faxe an die Behörden dort blieben unbeantwortet. Der Kapitän, dessen Namen sie nicht kannte, war angeblich Japaner, aber nicht mal das war sicher. Die E-Mails an das Fischereiministerium wurden prompt und höflichst beantwortet. Sie solle sich an diese oder jene andere Instanz wenden, teilte man ihr mit, und als sie dies tat, wurde sie erneut auf die Suche geschickt. Möglicherweise war das Taktik, doch Leah musste auch zugeben, dass sie kaum etwas in der Hand hatte. Durch einen Zufall kam ihr Susan zu Hilfe. Sie begleitete Leah zum Bus, um Michael ins Camp zu verabschieden, und Leah erzählte ihr auf dem Spazierweg nach Hause von ihrer Sisyphusarbeit. Susan rief sofort eine frühere Flamme an, der wiederum jemanden im U. S. State Department of Transportation kannte, und der kannte jemanden bei der U. S. Coast Guard, wo sie angeblich ihre Mittel und Wege hatten, sich so eine Auskunft zu beschaffen.

Beim Thema David war Susan weniger behilflich.

»Du hast ein Rad ab, weißt du das? O. k., du hast ihn vernascht, das war schon längst fällig, aber deswegen gleich mit Geoffrey Schluss zu machen?!«

Susan blieb die Nacht über bei Leah und war mächtig bemüht, ihr den Kopf zu waschen. In der Tat hatte sie sich bereits vor Tagen mit Geoffrey getroffen, und sie war hin und weg, wie tolerant, wie großzügig der Mann mit der Situation umging. Leah wollte wissen, ob Geoffrey versucht hatte, hinter ihrem Rücken Susan auf seine Seite zu ziehen, doch dem war offenbar nicht so.

»*Ich* hab ihn angerufen, sorry, auch wenn du jetzt fremdvögelst, bleibt er trotzdem mein Freund. Ich wollte einfach wissen, wie es ihm geht.«

»Und was sagt er?«

»Jedenfalls kein negatives Wort über dich. Er kommt damit klar und will dir Zeit lassen. So einen Mann möchte ich auch mal treffen, dann besorg ich mir Handschellen, kette ihn an mich und werfe den Schlüssel in den Potomac.«

Ihre Mutter war nie besonders in Geoffrey vernarrt gewesen, wollte sich aber diesbezüglich nicht einmischen. Leah war im Zweifel, ob die Zurückhaltung als erzieherische Maßnahme galt, damit sie ihr Leben unbeeinflusst von anderen gestalten konnte, oder nur von deutlichem Mangel an Interesse zeugte. Wenn Letzteres stimmte, dann betraf dies zumindest nicht Leahs Garderobe. Denn ihre Ma lieh sich zunehmend mehr Kleider und Röcke von ihr mit immer kürzerem Saum, schien nicht mal vor den engsten Tops haltmachen zu wollen. Als sie sich auch noch die Haare färben ließ, war sich Leah endgültig sicher: Der neue Bridgepartner ihrer Mutter war nicht nur jünger als sie, sondern auch nicht nur ihr Bridgepartner. Doch auch bei diesem Thema war ihre Mutter ihr gegenüber äußerst zurückhaltend. »Könnte ich ihn nicht mal kennenlernen? Ihn wenigstens auf einen Drink treffen, Ma, was ist schon dabei?«

»Weißt du, Liebes, wir sind auf sämtlichen Turnieren, ich wüsste wirklich nicht, wann. Aber vielleicht könnte ich die Bluse da mal probieren, oder macht sie mich zu blass?«

Er hatte mindestens zehn Kilo abgenommen, und mit den nachwachsenden grauen Stoppelhaaren wirkte David fast greisenhaft. Sie sah, wie er sich am Gate suchend nach ihr umschaute, und rannte ihm entgegen.

»Da bin ich also«, sagte David, nachdem er ihren Kuss erwidert hatte. Leah konnte nicht fassen, dass sie ihn endlich in ihren Armen hielt. Sie hatte sich den Freitag freigenommen, und auch falls Geoffrey den wahren Grund ahnte, ließ er sich nichts anmerken. Auf der Fahrt nach Hause lenkte sie den Wagen mit der linken Hand, die rechte war mit Davids Händen verflochten. In den knapp drei Wochen, in denen sie getrennt waren, war das Telefon zum akustischen Ersatz für körperliche Nähe geworden, und Leah hatte die Anschaffung eines neuen Wagens erst einmal verschoben, bis sie die nächste Telefonrechnung bekommen würde.

David hatte nichts bei sich außer einer Plastiktüte. Darin befanden sich eine Zahnbürste, das Rasierbesteck, das ihm das Krankenhaus geschenkt hatte, und sein Krankenbericht für den Arzt in Washington, den Dr. Fletcher für ihn ausgesucht hatte, falls wider Erwarten Beschwerden auftreten würden. Sonst trug er alles, was er noch besaß, am Körper, und auch das war ihm von einer Hilfsorganisation aus Anchorage gespendet worden. Also stoppte sie an der Mall, und trotz heftiger Proteste besorgte sie ihm eine neue Garderobe.

»Ich fühl mich wie ein Zuhälter, so von dir ausgehalten zu werden«, brummelte er, als die beiden mit voll bepackten Einkaufstüten in den Wagen stiegen.

»Prima, ich bin Leah la Douce und du Jack Lemmon. Jetzt fahren wir in notre Liebesnest und machen Amour fou.«

»Das mit der Amour fou sagt sich so einfach, ich steh noch auf ziemlich schwachen Beinen.«

»Mir wird schon was einfallen«, antwortete sie bedeutungsvoll, und David rutschte schmunzelnd näher und küsste ihren Hals, weshalb sie die Ampel überfuhr, die völlig überflüssigerweise gerade auf Rot gesprungen war.

Zu Hause angekommen, wollte sie ihm gleich etwas kochen, ihn pflegen und verwöhnen, doch David war offensichtlich stärker als vermutet, denn als er in sein übergroßes Handtuch gehüllt aus der Dusche kam, hob er sie kommentarlos in die Höhe und trug sie ins Schlafzimmer. Das sie bis Sonntagabend nicht mehr verließen, außer um sich gelegentlich mit Snacks aus dem Kühlschrank zu versorgen. Am Ende blieben nur noch ein paar Schachteln mit Müsliriegeln übrig, die nicht mehr in Michaels Gepäck gepasst hatten.

»David, Krise! Wir haben seit zwei Tagen nicht die Wohnung verlassen, wir müssen frische Luft schnappen, was Anständiges zum Essen kaufen …«

»Halber Schokonuss gegen Erdbeer mit Sahne?«, fragte David und tauschte mit ihr seinen angebissenen Riegel.

»Hörst du, was ich sage?«, versuchte es Leah erneut.

»Hmm, deiner schmeckt besser, willst du ihn zurückhaben?«

»David!«

»Mir fällt gerade ein, du hast mir nie gesagt, dass du mich liebst.«

»Was ist nur mit euch Männern los, genügt es nicht, wenn man es zeigt? Komm, ab unter die Dusche, und dann gehen wir raus«, sagte Leah und wollte aus dem Bett steigen, aber David schnappte sie und zog sie zurück.

»*Ich* liebe dich, ich will mit dir leben, ich will mit dir alt werden, außer natürlich ich krieg immer Schokonuss und du Erdbeere mit Sahne, dann verlass ich dich für ’ne Jüngere und lass mir die Zunge piercen. Jetzt bist du dran.«

»Mach mir nichts vor. Was, wenn du fit bist und wieder in See stichst?«

»Womit, Leah. Womit?« Er lachte leise, aber seine eben noch fröhlich leuchtenden Augen waren jetzt voller Wehmut. Sie hätte die Frage besser nicht stellen sollen. Die Realität, vor der sie sich seit seiner Ankunft bewusst gedrückt hatte, brach plötzlich in ihre Zweisamkeit ein. Doch das machte nichts. Die zwei Monate waren auch für ihn eine Menge Zeit, um sich über vieles klar zu werden.

»Schluss jetzt«, sagte sie und sprang aus dem Bett. »Wir gehen raus, ich muss an die Luft.«

David folgte ihr ins Bad, und sie seiften sich gegenseitig ein, was ein Fehler war, denn er zeigte ihr, dass man sich auch in der Duschkabine sehr bequem lieben konnte, und es dauerte eine weitere gute Stunde, bis sie tatsächlich aus dem Haus waren.

Am nächsten Morgen ging Leah zur Arbeit, und David zog los, um Führerschein, Pass und all die notwendigen Papiere, die jetzt in der »SeaSpirit« auf dem Grund des Ozeans lagen, neu zu beantragen. Sie verabschiedeten sich nach dem Frühstück wie ein verliebtes Ehepaar und verabredeten sich zum Abendessen beim Libanesen. Zuerst wollte sie Susan dazu einladen, damit sie David kennenlernte, doch dann verwarf sie die Idee schnell wieder, denn dadurch würde sie ihre Freundin, was Geoffrey betraf, in einen unangenehmen Loyalitätskonflikt bringen.

Und so vergingen die nächsten zwei Wochen in einer angenehmen Routine, von der sich Leah nie mehr trennen wollte. Sie hätte niemals geglaubt, dass David sich so schnell erholen würde. Sie zogen jeden Abend vor dem Essen Seite an Seite ihre Runden durch den Park. Anfangs noch ein lockerer Spaziergang – doch inzwischen war daraus eine Joggingtour von zehn Kilometern geworden. David war um einiges älter als sie und trotzdem drauf und dran, sie an Kondition zu schlagen.

Mit ihrer Recherche blieb sie leider stecken, denn der Jemand von der Coast Guard ließ ihr durch die ganze Reihe von Jemands bis zu Susan zurück mitteilen, dass er nach Seattle versetzt wurde und sich um Umzug, neues Haus und neue Schulen für seine Kinder kümmern müsse, versprach aber, sich in ein paar Monaten wieder zu melden. Toll.

Geoffrey lächelte sie jeden Morgen an wie eine Sphinx und zeigte weiterhin Größe. Es gab sogar einen peinlichen Zwischenfall, als sie dummerweise mit David ein Lokal betrat, das Geoffrey, und das war ihr wirklich entfallen, auch gelegentlich besuchte. Sie sah ihn zu spät an seinem Tisch sitzen und wollte schnell kehrtmachen, aber Geoffrey hatte die beiden ebenfalls schon gesehen, stand auf und kam ihnen lächelnd entgegen.

»Geoffrey Wilbert«, sagte er, als er David die Hand reichte, »kommt an meinen Tisch, ich hasse es, allein zu essen.«

Leah war dabei, eine passende Entschuldigung zu formulieren, aber da packte David sie schon am Arm und zog sie hinter sich her. Natürlich bekam sie keinen Bissen runter, saß mit eingefrorenem Lächeln versteinert da und hörte zu, wie die beiden sich vergnügt unterhielten, als hätten sie schon vor Ewigkeiten gemeinsam in den Sandkasten gepinkelt. Nach qualvollen anderthalb Stunden und wiederholtem »Willst du wirklich nichts essen, schmeckt köstlich«, erfand sie einen unerträglichen Bauchkrampf und bat David, mit ihr nach Hause zu gehen. Galant wie immer, übernahm Geoffrey die Rechnung und konnte sich nicht verkneifen, sie und David erneut zum Essen einzuladen.

»Das müssen wir unbedingt bald wieder machen, David«, sagte Geoffrey zum Abschied.

»Unbedingt, Geoffrey«, antwortete David.

Aber nicht in diesem Leben, fluchte Leah innerlich, die nichts als raus wollte.

Wieder auf der Straße, passierten sie das Fenster des Restaurants, an dem Geoffrey saß, und sie sah ihn, der eben noch vergnügt Bye-bye gewinkt hatte, wie ein Häufchen Elend die Wand vor sich anstarren. Und ihr kamen die Tränen.

»Es musste sein«, hörte sie David sagen.

»Du wusstest, wer er ist, warum das Theater?«

»Es wäre schlimmer für ihn gewesen, wenn wir seine Einladung nicht angenommen hätten. Glaub mir, wir Männer müssen beweisen, dass wir über der Sache stehen, die Fassade ist manchmal das Einzige, was uns noch aufrechthält. Er ist übrigens ein sehr netter Kerl, Leah, ein bisschen zu parfümiert, aber total in Ordnung.«

»Tu mir den Gefallen und sag nicht, ihr werdet jetzt Freunde werden.«

»Ich hab damit kein Problem, wenn er …«

»David!«

»Soll ich mich mit ihm duellieren? O.k., ich geh zurück und schmeiß ihm die Serviette ins Gesicht.«

»Lass den Unsinn, kannst du nicht verstehen, wie schwer das für mich ist?«

»Leah«, David legte seinen Arm um ihre Hüften und drückte sie an sich. »Für mich ist es auch nicht einfach, aber wie lange willst du dich noch verstecken? Du hast Freunde, Familie, meinst du, mir ist nicht aufgefallen, dass ich bisher keinen davon getroffen habe?«

Als sie nach einer Rückfahrt, bei der sie kaum miteinander sprachen, zu Hause ankamen, erfuhr Leah, dass sich dieses Manko plötzlich und unerwartet ändern würde. Auf dem Anrufbeantworter befand sich die Stimme von Michaels Betreuer aus dem Camp, der sie aufforderte, ihren Sohn umgehend abzuholen. Er und sein Spezi hatten mit ein paar Feuerwerkskörpern beinahe die Hütte, in der die Mädchen untergebracht waren, in Brand gesteckt.

»Na, da bin ich ja auf deinen Sohnemann gespannt.« David lachte, während sie mit zitternden Knien ins Bad eilte, denn die Magenkrämpfe, die sie beim Italiener noch vorgetäuscht hatte, quälten sie nun wirklich.

Sie erreichte das Camp um die Mittagszeit. Die beiden Jungs fühlten sich ungerecht behandelt, es war nicht ihre Idee gewesen, Feuerwerkskörper anzuzünden, die Mädchen hatten darauf gedrängt, warum sollten nur sie bestraft werden? Die Eltern von Michaels Komplizen waren auch da und schienen das Ganze ziemlich locker zu nehmen, was Leah weniger toll fand. Als sie jedoch vorschlugen, Michael schon morgen Nachmittag abzuholen, um mit ihm nach Lake George aufzubrechen, wäre sie ihnen am liebsten um den Hals gefallen.

Trotzdem wollte sie ihren Sohn nicht so leicht davonkommen lassen und beschloss, ihm die Leviten zu lesen, sobald sie allein im Wagen säßen. Was allerdings nicht die beste Voraussetzung wäre für das, was sie ihm auf der 180 Meilen langen Strecke mitzuteilen hatte. Also entschied sie sich für eine neue Variante. Es war die feigste. Da Michael David nur knappe vierundzwanzig Stunden zu sehen bekam, war eine Notlüge total in Ordnung. Auf Michaels Frage, ob David der Typ sei, mit dem sie jeden Abend stundenlang telefonierte, hatte sie ihm nochmals von der »SeaSpirit« erzählt und auch Bilder hervorgekramt, die sie in weiser Voraussicht dabeihatte.

»Ein guter Freund, Michael, hier, ich hab dir ein paar Bilder mitgebracht, das Schiff ist leider gesunken.«

»Das ist der Typ, der mit den Walen badet?«

»Taucht, Michael. Er versucht sie zu retten.«

»Von unserer Wohnung aus?!«

Sie kannte den Tonfall ihres Sohnes, wenn er die Schotten dicht machte und auf stur schaltete.

»Michael. Er ist krank. Sie haben ihn zusammengeschlagen, er lag drei Wochen im Krankenhaus.«

»Warum geht er dann nicht in seine Wohnung, wenn er krank ist?«

»Weil dort niemand ist, der sich um ihn kümmert.«

»Wird er auch bei uns schlafen?«

»Natürlich wird er bei uns schlafen, er kann schlecht jeden Abend nach L. A. fliegen.«

»Schläft er auf der Couch?«

»Wo denn sonst?!«

»Und wann ist er wieder gesund?«

»Ich weiß es nicht. Ich dachte übrigens, wenn du von Lake George zurückkommst, holen wir uns den Beagle, hmm? Was hältst du davon?«

Ihr Sohn sah sie an und schwieg.

Als sie die Wohnung betraten, hoffte sie, David nicht im Schlafzimmer zu finden; sie hatte sich nicht getraut, es vorher mit ihm abzusprechen. Doch als ob er ihre Gedanken lesen konnte, hatte er die Couch schon bezogen und sogar das Essen vorbereitet. Er reichte Michael die Hand, die dieser jedoch demonstrativ nicht ergriff.

Bevor Leah Michael zurechtweisen konnte, fragte der wenig freundlich: »Wie lange bleibst du hier?«

»He, junger Mann, ist das eine Begrüßung?« Leah spürte, wie sich zur Nervosität, die sie bis eben noch im Griff hatte, eine reichliche Portion Wut gesellte.

»Wenn du nichts dagegen hast«, antwortete David schmunzelnd, »bis ich wieder fit bin.«

»Und wie lange dauert das?«

»Deine Mutter hat mir gesagt, dass du auch mal ein Bein gebrochen hattest. Wie lange hat's gedauert, bis du wieder fit warst, nachdem der Gips ab war?«

»Weiß nicht. Drei Wochen.«

David nickte. »O.k. Bei mir war's der Kopf, und da ich ein wenig älter bin als du, brauch ich vielleicht ein bisschen länger.«

»Und dann gehst du wieder?«

»Aber ja. Dann geh ich wieder.«

Michaels Blick wanderte verunsichert von David zu Leah. Dann verschwand der Junge ohne ein weiteres Wort in seinem Zimmer. Leah wollte ihm hinterhergehen, doch David hielt sie sanft zurück.

»Nein. Lass ihm Zeit, Leah.«

Das Abendessen war das zweite in den letzten Tagen, von dem sie nichts hinunterbekam. Nachdem Michael sich schlafen gelegt hatte, schlich sie auf Zehenspitzen hinaus und wollte David zu sich holen, doch er fand das zu riskant. Was, wenn der Kleine mitten in der Nacht aufs Klo müsste? Sie ließ dennoch nicht locker und zerrte David in ihr Schlafzimmer, wo sie versuchten, sich so leise wie möglich zu lieben, aber das Bett knarrte trotzdem, also vertagten sie es auf morgen. David ging zurück auf seine Couch, und Leah lag noch stundenlang wach im Bett und sinnierte über eine Zukunft, die sich hoffentlich nicht als Luftschloss entpuppen würde.

Als sie am nächsten Morgen aufwachte, fand sie einen Zettel unter ihrer Tür, auf dem David ihr mitteilte, dass er am besten bis Michaels Abfahrt wegbleibe, unnötig, den Kleinen so durcheinanderzubringen. Der »Kleine« war allerdings clever genug, um sie gleich nach dem Frühstück zur Zoohandlung zu schleppen, wo sie den Beagle im Voraus zahlte.

Leah und David hatten sich dem Spiel ihrer Körper völlig hingegeben, als neben dem Bett das Telefon klingelte. Obwohl es leise gestellt war, jagte ihr das Geräusch einen Schrecken ein.

»Hoffentlich hat Michael nicht wieder was angezündet. Wer ruft so spät noch an?«

Nein, sie wollte nicht telefonieren, sie wollte dieses Gefühl mit David genießen, seine Haut, seinen Geruch, seine Stimme, ohne Unterbrechung, ohne Ende. Irgendwann gelang es ihr, das Klingeln zu verdrängen. Ihre Finger krallten sich in Davids Rücken, während seine Bewegungen heftiger wurden und das Telefon endlich kapitulierte. Kurze Zeit später lagen sie atemlos nebeneinander und hielten sich fest umschlungen. Selten in ihrem Leben hatte sich Leah so geborgen und gleichzeitig befreit gefühlt. Sie war bereits im Halbschlaf, als sich das Telefon erneut meldete. Verwirrt sah sie auf die Uhr und stellte fest, dass nur zehn Minuten seit der letzten Attacke vergangen waren. Sie rollte sich unter Davids Arm hervor und tastete nach dem Hörer.

»Nicht«, murmelte David, der schon fast eingeschlafen war.

»Doch«, erwiderte Leah, »es könnte meine Mutter sein.« Sie balancierte den Hörer ans Ohr und meldete sich. David erkannte augenblicklich, dass die Stimme am anderen Ende der Leitung nicht Leahs Mutter gehörte.

»Das ist aber eine Überraschung!«, rief Leah und setzte sich auf. »Es ist Joe! Er möchte uns morgen mit Masao besuchen kommen.«

»Das ist fantastisch!« David freute sich; er hatte befürchtet, seine Mitstreiter hätten sich in alle Winde verstreut.

Leah gab Joe ihre Adresse und sah, wie David mit einem Lächeln auf den Lippen einschlief. Sie selbst konnte nicht einschlafen. Denn Joe hatte angedeutet, er müsse ihnen etwas mitteilen. Und seine Stimme klang nicht so, als ob es sich dabei um etwas Erfreuliches handelte.

Am nächsten Morgen kämpfte David gegen die Tücken jener vermaledeiten original italienischen Espressomaschine, für deren Bedienung man entweder ein Ingenieursstudium oder ein hohes Maß an weiblicher Intuition benötigte – beides Dinge, mit denen er nicht dienen konnte. Dabei sah er zum Fernseher hinüber, den er gerade eingeschaltet hatte. Auf dem Bildschirm war das Gesicht eines Menschen zu sehen, den er seit mehreren Tagen vergeblich zu erreichen versucht hatte – Steve. Als dessen Bild verschwand, tauchte die »SeaSpirit« auf. Und gleich darauf sah David zum ersten Mal, wie sein Schiff, sein Zuhause, der ganze Inhalt seines bisherigen Lebens, im Meer versank. Als die Spitze des Mastes unter der Wasseroberfläche verschwand, wurde der Moderator des Morgenfernsehens wieder eingeblendet.

David drehte die Lautstärke auf. »... freuen wir uns, heute Steve Benson im Studio begrüßen zu dürfen.«

Applaus hallte aus dem Lautsprecher, während Steve im Bild erschien, vertrauenerweckend in die Kamera lächelte und winkte. Er lächelte genau die eine Sekunde zu lang, die David verriet, was nun folgen würde, jene Sekunde zu viel, die ein Lächeln in eine berechnende Geste verwandelte.

»Steve, Sie haben in den letzten Wochen scheinbar Unmögliches geleistet – völlig unbemerkt von den Augen der Öffentlichkeit.«

»Ja, wir haben die Organisation der SeaSpirit-Bewegung in neue Bahnen gelenkt. Wir glauben, dass es uns auf diese Weise möglich ist, dem Schutz der Wale einen größeren Dienst zu erweisen.«

»Was konkret haben Sie unternommen?«

»Oh, es ist nicht allein mein Verdienst – solch einen Schritt kann man nicht alleine gehen. Ich möchte mich bei all unseren Helfern bedanken und natürlich auch bei unseren Spendern, die das Projekt erst möglich gemacht haben. Wir werden heute Mittag unser neues Gebäude in Malibu einweihen.«

Es folgten Bilder eines hübschen und sicher nicht billigen Hauses, direkt an der Strandpromenade gelegen.

David starrte gebannt auf den Fernsehschirm, und mit jedem Wort, das er aus Steves Mund hörte, versteinerte sich seine Miene ein Quäntchen mehr. Er musste der Geschichte lauschen, die er schon in seinem letzten Gespräch mit Steve auf der »SeaSpirit« hatte anhören müssen. Die SeaSpirit-Bewegung war jetzt ohne Schiff und würde es auch bleiben.

»... Wir haben uns nicht immer ganz korrekt verhalten. Und wir mussten erkennen, dass unser Weg in die falsche Richtung lief.«

Das Ganze wirkte wie eine Farce. Steve Benson, Geschäftsführer der SeaSpirit-Foundation, entschuldigte sich in aller Öffentlichkeit bei denen, die sie gemeinsam bekämpft hatten, die David fast umgebracht und die sein Schiff versenkt hatten.

Dann erklärte er die Idee der Walpatenschaften, die man direkt über das Internet abschließen könne, und erläuterte das System der Markierungen, das man auf der »SeaSpirit« betrieben hatte. Leider seien mit dem Schiff auch die Daten über die bislang markierten Wale im Meer versunken. Doch man werde in dieser Richtung weiterarbeiten.

»Und wie wollen Sie die Tiere markieren, wenn Sie kein Schiff haben?«, erkundigte sich der Moderator nach dem offensichtlichen Widerspruch.

»Wir haben bereits Kontakte zu diversen Forschungseinrichtungen geknüpft und sind sicher, dass wir hier Kooperationen erzielen können, die uns unserem Vorhaben näherbringen.«

Plötzlich bemerkte David, dass er nicht mehr allein war. Leah und Joe standen hinter ihm im Kücheneingang – Leah ebenso überrascht und fassungslos wie David, Joe dagegen mit einem

Ausdruck von Abscheu. Deswegen war er also gekommen. Um David die schlechten Nachrichten persönlich zu überbringen.

David erhob sich von seinem Stuhl und umarmte seinen alten Freund und Kampfgefährten. »Schön, dich zu sehen.«

Leah kannte David inzwischen gut genug, um zu erkennen, wie schwer es ihm fiel, seinen Schmerz über das, was er eben gesehen hatte, zurückzuhalten.

»Das ist also das Aus für die SeaSpirit-Bewegung, nicht wahr?«, fragte Joe.

David nickte. »Es ist das Aus für *unsere* SeaSpirit-Bewegung.«

In der nächsten halben Stunde offenbarte ihnen Joe die jüngsten Entwicklungen. Steve hatte sich sofort nach dem Untergang der »SeaSpirit« um ein Büro bemüht und anschließend allen, die es hören wollten, seine Pläne mitgeteilt. Joe, Masao und auch Govind, der später zu ihnen gestoßen war, waren zunächst erstaunt, dass die Foundation über so viel Geld verfügte. Daraufhin führten sie mit Steve eine kurze Diskussion darüber, wie man das Geld in zwei neue Schiffe investieren könne und damit natürlich über ganz andere Möglichkeiten verfügen würde, den Walfängern auf den Pelz zu rücken. Auf Steves K. o.-Argument, er habe den alleinigen Zugriff auf das Geld, folgte die Ernüchterung.

Steve heuerte neue Mitarbeiter an, und die alten konnten nur staunend zusehen, wie generalstabsmäßig er diesen Coup vorbereitet hatte. Bis vor drei Tagen hatten sie noch geglaubt, Steve würde wenigstens ein Schiff kaufen, um mit den Markierungen fortfahren zu können, doch er setzte ihnen ohne Umschweife die Pistole auf die Brust: kein neues Schiff, und sie würden sich entscheiden müssen, ob sie im Büro mitarbeiten wollten oder nicht. An diesem Punkt seiner Erzählung lachte Joe bitter auf: »Ich am Computer, kannst du dir das vorstellen?«

Auf Davids Gesicht zeigte sich seit dem Morgen zum ersten Mal ein leichtes Grinsen.

»Sie können doch die Idee mit den Patenschaften nicht einfach klauen«, brauste Leah auf.

»Wie es scheint, doch.« Jetzt grinste auch Joe. »Aber sie haben keinen einzigen Wal, dem sie einen Paten spendieren können.«

»Wieso nicht?«

»Alle Daten sind mit der ›SeaSpirit‹ untergegangen, Leah, Software, Frequenztabellen der Sender – alles. Und auch der Zugang zu den Satellitendaten geht exklusiv über Govind. Er hat die Passwörter, so wie Steve das Geld hat. Er hat Govind ein Managergehalt angeboten, damit wenigstens das Know-how und der Zugriff auf den Satelliten erhalten bleiben, doch unser Vielfraß hat sich nicht kaufen lassen. Er hat schon drei andere Angebote, unter anderem von einer ziemlich bekannten Umweltschutzorganisation. Aber er wartet auf dich, David, wie wir alle. Nur van Gogh macht mir Sorgen. Wenn der nicht bald einen Job findet, der ihm was bedeutet, dann fürchte ich, dass er wieder im gleichen Sumpf landet wie früher.«

»Wo steckt Masao eigentlich, du hast doch gesagt, ihr kommt zu zweit?«, fuhr Leah hoch.

»Er wartet im Café unten an der Ecke«, antwortete Joe und tauschte einen Blick mit David.

Jetzt hatte sie die Faxen dick. Sie schnappte sich die Hausschlüssel und eilte wütend aus der Wohnung.

Masao saß allein vor einem leeren Teeglas und sah sie nicht kommen.

»Wenn du jetzt wegrennst, schrei ich, du hättest meine Handtasche geklaut, also bleib gefälligst sitzen.«

»Du hast keine Tasche«, sagte er mürrisch.

»Eben, du hast sie geklaut und sie deinem Komplizen gegeben, der da gerade um die Ecke rennt.« Leah schmunzelte und setzte sich neben ihn. »Hast du was gegessen?«

Masao schüttelte den Kopf, und sie bestellte für sie beide einen üppigen Lunch und etwas zu trinken.

»Gut, und jetzt will ich sofort wissen, warum du mich wie eine Aussätzige behandelst.«

»Mein Vater ist ein Dreckschwein, Leah, was er tut, ist ein Verbrechen. Ich war mir sicher, du arbeitest mit ihm zusammen.«

Leah erfuhr, dass Masao ihm die Schuld am tragischen Tod seiner Mutter gab, die seine zahlreichen Affären nicht mehr ertrug. Und warum Masao die Eliteschule, die ihm von seinem Vater aufgezwungen worden war, vor dem Examen abgebrochen hatte. Und wieso er von zu Hause weggelaufen war, und wie David ihm geholfen hatte, von seinem Drogenproblem wieder runterzukommen. Und wer dieser Vater war – kein anderer als Kazuki.

Außer David und Joe hatte keiner eine Ahnung, dass Masao sein Sohn war, nicht einmal Steve, der sonst über alles, was auf dem Schiff vor sich ging, Bescheid wusste.

Als er noch in Tokio studierte, gehörte Masao einer grünen Studentenbewegung an, die gegen die ökologischen Sünden des Establishments auf die Straße zog. Sein Vater war damals der zweite FishGoods-Vize und hatte angeblich mit Walfleischverarbeitung nichts zu tun. Aber als Masao, um an Geld für ein paar Gramm Hasch zu kommen, eines Nachts seine Anzüge durchstöberte, fand er ein Memo, das das Gegenteil andeutete. Dummerweise wurde sein Vater wach, rief die Polizei und ließ ihn für vier Tage, bis zum Shogatsu, dem großen Neujahrsfest, einsperren. Dann holte er ihn wieder raus und demütigte den missratenen Sohn vor der versammelten Familie und dem Bekanntenkreis, indem er ihn als Junkie, Dieb und Kommunistenpenner bezeichnete. Masao hatte sich einen dicken Joint angezündet, seinem Vater den Rauch ins Gesicht geblasen und war für immer verschwunden.

Die Nacht verbrachte Masao in Michaels leerem Zimmer, Joe auf der Couch. Leah bot ihnen an, länger zu bleiben, doch die beiden hatten vor, so lange im New Yorker Hafen zu jobben, bis David sich entschieden hatte, was aus ihrer gemeinsamen Zukunft werden sollte. Wohnen würden sie bei Joes jüngerer Schwester in Newark. Leah bestand darauf, ihnen ein Überbrückungsgeld zu geben, und fuhr sie gemeinsam mit David zur Greyhound-Busstation.

Sie hätte die Zeichen früher erkennen können. Doch manchmal will man Zeichen nicht erkennen, auch wenn sie so groß und deutlich vor einem stehen wie ein Stoppschild. Leah machte ihre Dehnübungen vor der Bank, auf die David sich gesetzt hatte. Nach nur sechs Kilometern. Sie runzelte die Stirn. Neun Kilometer waren es vorgestern gewesen, acht gestern. Und nach dem Duschen war David gleich wieder eingeschlafen. Zumindest hatte er sie das glauben machen wollen.

»Ich krieg keine Luft mehr.«

Einen kurzen Augenblick ergriff Leah die Panik. Doch nichts deutete darauf hin, dass David unter Atemnot litt. Er atmete tief und regelmäßig, und sie ließ sich neben ihm auf die Bank gleiten.

»Was ist los, David?«

Er sah sie an. Und sie erkannte den Schmerz in seinen Augen.

»Ich hab mich gestern an deinen Rechner gesetzt. War auf unserer Homepage – nein, auf der Homepage der SeaSpirit-Bewegung.« Er konnte die Bitterkeit nicht verbergen.

Also doch, dachte Leah. Und spürte, wie wenig es sie erstaunte. Zwei Wochen lag Joes Besuch nun zurück. Die ersten Tage nach ihrem Zusammentreffen hatte David meistens schweigend verbracht, in sich gekehrt, und Leah hatte bereits befürchtet, die Höhle, in der er sich verschanzt hatte, würde bald endgültig von einem dicken Felsen verschlossen. Am dritten Tag schien er sich wieder gefangen zu haben. Er weckte sie am Morgen mit einem sanften Kuss. Und wenn er lächelte, war sein Blick nicht mehr von Schatten getrübt. David schien sich damit abgefunden zu haben, dass er, wenn er wieder gesund wäre, etwas Neues beginnen müsste, was auch immer das sein mochte.

Sie konnte nicht umhin, ihm Vorschläge zu unterbreiten: Vielleicht war an Steves Idee ja doch etwas dran, nämlich die Möglichkeit, über das Internet von jedem beliebigen Punkt der Erde aus eine Organisation aufzubauen? Ohne es David zu sagen, hatte sie von der Redaktion aus ihre Kontakte spielen lassen. Es standen David auch in Washington die Türen offen. In diversen politischen Gremien hätte er als Umweltexperte jederzeit einen Job bekommen können. Sie hatte das Thema noch nicht angesprochen, sondern lieber warten wollen, bis er sich selbst zu seinen Zukunftsplänen äußerte.

»Eins muss man Steve lassen, wen auch immer er sich für die EDV gesucht hat, die haben das Konzept ratzfatz umgesetzt. Man kann schon Patenschaften übernehmen.«

»Sagte Joe nicht, dass sie auf markierte Wale keinen Zugriff haben?«

David nickte.

»Hab mich auch gewundert. Aber ich wollte wissen, wo Noah ist.«

Nicht, dass Leah nicht auch oft an das Walbaby gedacht hatte, doch seinen Namen aus Davids Mund zu hören, ließ aus einer Erinnerung wieder ein lebendiges Wesen entstehen.

»Und?«

»Sie haben ein System eingeführt, bei dem du zuerst Förderer sein musst, um Zugriff auf die Daten der Wale zu bekommen. Dreißig Dollar im Jahr.«

»Dann zahlen wir eben die dreißig Dollar. Das ist es mir wert zu erfahren, wie sie das machen. Oder fällt's dir schwer, Steve Geld zukommen zu lassen?«

»Blödsinn!« Die Kälte in seiner Stimme erschreckte Leah. Die ganze Geschichte hatte sein Nervenkostüm ziemlich angegriffen. Er bemühte sich um ein Lächeln und entschuldigte sich sofort mit einem sanften Kuss.

»Da ich jetzt offiziell dein Gigolo bin, hab ich deine Kreditkarte benutzt, und zehn Minuten später warst du Förderer der Sea-Spirit-Bewegung«, erklärte er mit bitterer Miene. »Und eine Minute später habe ich gemerkt, dass die Wale nicht zu orten sind.«

»Wie meinst du das?«

»Ganz einfach: Wenn man einen Wal anklickt, bekommt man ein Foto zu sehen und die Daten, wann und wo er fotografiert wurde. Steve hat offenbar das gesamte Fotoarchiv geklaut. Hat der Wal einen Paten, erscheint dessen Name daneben und auf Wunsch auch sein Foto. Das nennt man ›kleine Patenschaft‹, und der Spaß kostet hundert Dollar im Jahr. Für fünfhundert kriegt man die große Patenschaft, da kann man den Standort und den Weg seines Wales verfolgen. Diese Option ist jedoch erst in Kürze verfügbar. Fünfhundert Dollar! Das muss man sich mal vorstellen. Kinder können sich so was nicht leisten.«

»Komm her, du Gigolo«, sagte Leah und nahm ihn in den Arm.

»Ja«, seufzte David, »deine Idee zahlt sich aus. Zumindest für Steve.«

Leah traute sich nicht, das Schweigen zu brechen. Sie hatte Angst vor der Richtung, die das Gespräch nehmen könnte.

»Leah, so kann's nicht weitergehen«, sagte David schließlich, und ihr wurde kalt.

»Wir können beide nicht weiter so tun, als ob ich noch deiner Pflege bedarf – sosehr ich das auch genieße.«

Da sind wir schon zu zweit, dachte sie traurig.

»Ich weiß nicht, ob du das nachfühlen kannst, wie eng es einem um die Lunge wird, wenn man diese Luft hier atmet.«

»Nun, ich konnte hier immer gut joggen.« Sie räusperte sich.

»Du weißt, was ich meine. Ist einfach eine andere Luft als auf dem Wasser. Ich hab in der Stadt das Gefühl zu ersticken, und das liegt nicht am Smog. Ich fühl mich hier wie ein Tiger im Käfig.«

Leah nickte. Sie hatte es ja die ganze Zeit über gewusst, dass er eines Tages genau das sagen würde. »Was willst du jetzt machen?«

»Ich weiß es nicht. Ich hab kein Schiff, kein Geld, mir eins zu besorgen, die Wale werden weiter gejagt, und ich kann nichts tun.«

Sie erinnerte sich an Geoffreys Prophezeiung, und mit einem Mal wurde Leah klar, dass ihre unrealistische Hoffnung, David als politischen Schreibtischtäter bei ihr in der Stadt halten zu können, völlig absurd war. Er würde eingehen. Wie ein gestrandeter Wal ohne Wasser. Wie sie ohne ihn. Aber besser sie als er.

Auf dem Spaziergang nach Hause wusste sie genau, was zu tun war. Sie musste David in eine Fernsehsendung bringen und auf diesem Weg eine Spendenaktion starten. Für seinen Kampf, für das nächste Schiff, für einen neuen Anlauf, der ihn ihr ohne Zweifel nehmen und weit weg von ihr bringen würde. Kurz glomm der alte Glanz in seinen Augen auf, aber er verschwand sofort wieder. »Es wird nicht funktionieren. Kein Sender gibt sich für so was her.«

»David, ich werde alle Kontakte anzapfen, die ich habe. Ich muss nur wissen, ob du mitziehst, wenn ich einen Spender finde.«

»Natürlich zieh ich mit, was für eine Frage.«

»Gut«, meinte Leah und drückte David ihr Handy in die Hand, »dann lass uns gleich anfangen. Du versuchst Joe oder Masao an die Strippe zu bekommen, die sollen dir sagen, wie du Govind erreichen kannst, er hat noch eine Menge Filmmaterial. Mal sehn, ob wir's benutzen können.«

Es sah alles andere als rosig aus. Leah hatte alle ihre Beziehungen spielen lassen, war sogar mit einem ihr unendlich unsympathischen Produzenten essen gegangen. Er hatte wohl auf einen Nachtisch in der Horizontalen spekuliert. Am nächsten Morgen folgte die Absage. Die fünfzehnte. Drei ihrer Ansprechpartner hatten ihren Arbeitgeber beim Fernsehen gewechselt, für die anderen war das Thema schon ausgelutscht. Idioten.

Betrübt strich sie mit einem dicken Filzstift gerade einen weiteren Namen von ihrer Liste derer, die in Frage kamen, als das Telefon erneut klingelte.

»Phil Conners hier, ich hab gehört, dass du mich sprechen wolltest.«

»Phil!« Sie strahlte bis über beide Ohren. »Ich hab dich bei NBC nicht erreicht, die sagten, du hast gekündigt!« Leah konnte ihre Freude kaum bändigen. Auf ihrer Liste war Phil Conners der erste gewesen, den sie angerufen hatte. Die beiden verband eine lange Freundschaft, auch wenn sie sich zwischenzeitlich aus den Augen verloren hatten. Seit Ewigkeiten im Fernsehbusiness, war Phil einer der wenigen, die den Mut aufbrachten, auch unkonventionelle Ideen umzusetzen. Damit hatte er gelegentlich einen Flop gelandet, aber auch so manchen Quotenhit. Als man ihr mitteilte, dass Phil nicht mehr bei NBC arbeitete, war ihr das wie ein schlechtes Omen vorgekommen.

»Jetzt bin ich bei KCUY in New York – was hast du auf dem Herzen?«

»Können wir uns treffen?«

»Klar, ich werd in drei Wochen ohnehin in Washington sein, da können wir …«

»Nein, Phil, ich meine heute Abend. Ich komm zu dir.«

Wenn Phil über ihre Spontaneität erstaunt war, ließ er es sich jedenfalls nicht anmerken. »Ich buch uns einen Tisch, irgendwelche Präferenzen?«

»Dass du unter fünf Caipirinhas bleibst und ich dich nicht nach Hause tragen muss.«

»Du übernachtest sowieso bei uns, Martha wird sich freuen.«

Natürlich würde sich Martha freuen, Martha freute sich schon, wenn Phil überhaupt zu Hause auftauchte.

»Bin schon auf dem Weg. Aber versprich mir, dass du nüchtern bist, mir aufmerksam zuhörst und dann Ja sagst.«

Ganz nüchtern war er nicht, aber er hörte ihr trotzdem aufmerksam zu und sagte sofort Nein. Sie saßen im angesagtesten Schuppen von Tribeca, passend zu Phils Outfit, der schon immer viel Wert auf sein Äußeres legte. Auf die Frage, wie es ihr ergangen war, schilderte sie die Ereignisse der letzten Monate und ihr Anliegen, eine Sendung über die skandalösen Zustände auf den Meeren zu machen – mit einer Spendenkampagne für ein neues Schiff.

Im Gegensatz zu Geoffrey schien Phils Bedauern aufrichtig, es änderte nur nichts daran, dass ihr diese Antwort inzwischen zum Hals raushing.

»Die Meere gehören keinem oder, wenn du so willst, jedem von uns. Wie können sich ein paar wenige das Recht herausnehmen, sie leerzufischen, gnadenlos und ohne Rücksicht auf das Überleben von Delfinen, Walen oder Seevögeln – oder wer auch immer dabei noch zugrunde geht?«

»Leah, ich weiß, wie ernst dir die Sache ist, aber was soll ich machen? Es geht nicht, es spricht keine unserer Zielgruppen an. Natur und Umwelt – du liebe Zeit, damit musst du schon zu ›National Geographic‹! Außerdem ist es doch ein alter Hut, dass die Japaner Jagd auf Wale machen.«

Leah war zu verbittert, um darüber lachen zu können. Stattdessen holte sie tief Atem.

»Hör mir jetzt bitte mal zu. Es sind nicht nur die Japaner, die Wale jagen. Wusstest du, dass die Norweger jedes Jahr Hunderte von Grindwalen abschlachten, egal ob Muttertiere, Kälber oder Bullen? Wusstest du, dass sie die Wale dazu in niedriges Gewässer treiben, wo sie sie mit Fischhaken festhalten, um ihnen bei lebendigem Leib das Muskelgewebe aus dem Rücken zu schneiden?«

Leah gelang es kaum, ihre Tränen zurückzuhalten, also redete sie schnell weiter.

»Sie schneiden so lange, bis die Wirbelsäule offen liegt und der Wal, bei den zuckenden Bewegungen, die er vor Schmerzen macht, sich selbst dann das Genick bricht. Und weil das Gemetzel fast den ganzen Tag dauert, schwimmen die anderen Wale im Blut ihrer Artgenossen, bis sie selbst an der Reihe sind. Und weißt du, warum? Einzig und allein, weil sie ihre Freunde niemals im Stich lassen würden! Die halbe Welt ist für die Ausrottung dieser Wesen verantwortlich, und allein diese Tatsache sagt mehr über die Intelligenz des Menschen aus als alles andere. Und wir haben keine verdammten zehn Minuten Sendezeit dafür?«

Phil, dem nicht gerade wohl in seiner Haut war, wollte etwas erwidern, doch Leah hatte sich so in Fahrt geredet, dass es ihr mittlerweile völlig egal war, ob sie ihn mit ihrer flammenden Rede erschlug oder nicht, es musste einfach raus. Sie suchte nach den Worten eines Professors der Universität von Tokio – David hatte ihr einmal von ihm erzählt. Für ihn gab es in der Welt der Säugetiere zwei Gipfel der Schöpfung: Wir und die Wale. Während der Mensch all seine Anstrengung darauf verwendete, überleben zu können, sich Nahrung, ein Heim und die Möglichkeit des Transportes anzueignen, und das alles mit größtmöglichem täglichem Arbeitsaufwand, als ob es um nichts anderes ginge, als die gesamte Intelligenz dafür einzusetzen, die Welt seinen Bedürfnissen unterzuordnen, hatten es die Wale geschafft, sich so stark an ihre Umwelt anzupassen, dass sie mit ihr in völliger Harmonie lebten, ohne Arbeitsaufwand, ohne den Zwang, sich Unterkünfte zulegen zu müssen, Besitztümer anzuhäufen, ohne den Kampf, in dem wir uns permanent befinden, um unser Überleben zu sichern. Bei den Walen gab es niemanden, der verhungerte, während andere im Überfluss lebten, keine Technologien und Kriegsmaschinerien, um Artgenossen zu vernichten oder sich untertan zu machen. Wozu also hatten diese Giganten ihre so komplexe Großhirnrinde in den letzten zehn Millionen Jahren entwickelt? Nur um der Freude am Leben willen und um aggressionsfrei miteinander leben zu können?

»Könnte es sein, dass das, was sie uns in der Lage sind zu vermitteln, um vieles kostbarer ist als alles, was wir ihnen als Gegenleistung anzubieten haben? Könnte das sein, Phil, und wenn ja, warum wollen wir es immer noch nicht begreifen? Wir glauben, dass wir die Einzigen sind, die sich zum Richter über alle anderen Geschöpfe aufspielen dürfen, nur wegen dieses einen Satzes in der Bibel, den wer weiß wer da reingeschrieben hat:

›… und machet euch die Erde untertan!‹ Wer zur Hölle hat uns das eingeredet, dass wir glauben, alle Rechte daraus ableiten zu können?! Sind wir die Einzigen, die den richtigen Draht zum Allmächtigen haben?! Ich weiß nicht mehr, ob die Worte von diesem Professor stammen oder von einem anderen, der darauf hinwies, dass 70 Prozent des in der Atmosphäre befindlichen Sauerstoffs vom Plankton in den Meeren produziert werden. Und dass dieses Plankton hauptsächlich durch die Wale kontrolliert wird, die unzählige Tonnen davon jährlich verspeisen. Allerdings wurden in den letzten zwanzig Jahren so viele Wale getötet, dass die Bestände von Blauwalen, Finnwalen, Buckelwalen und Seiwalen von ursprünglich Millionen auf zum Teil ein paar Tausend zurückgegangen sind. Sie gelten biologisch als nahezu ausgestorben. Wer also soll das Plankton in Zukunft am Massenwachstum hindern? Und was passiert, wenn sich durch die rapide Zunahme die Wassertemperatur der Meere weiter erhöht? Kannst du dir nur annähernd vorstellen, was mit unserem Klima passieren wird? Insbesondere, wenn plötzlich noch die Eisberge wegschmelzen? Ein Hurrikan hier und da wird dann das Geringste aller Probleme sein. Und welche Auswirkungen wird die Erwärmung auf das Sauerstoff produzierende Plankton haben? Wird es völlig aussterben? Aber woher soll dann der verdammte Sauerstoff kommen, den wir zum Überleben brauchen? Sind die Wale am Ende die Hüter unserer Atemluft? Wenn sich das bewahrheitet, Phil, dann haben wir die letzten Jahre kräftig russisches Roulette gespielt und nur noch nicht begriffen, dass uns die Kugel längst erwischt hat. Und wenn nicht uns, dann die, die nach uns kommen. Deine Kinder zum Beispiel. Außerdem, wer zum Teufel braucht Walfleisch?«

Leahs Hände zitterten, als sie einen Schluck aus ihrem Wasserglas nahm. Phil saß ruhig auf seinem Stuhl und schwieg. Leah war ohnehin klar, dass sie mit dem ganzen theoretischen Gerede ihre Chancen verspielt hatte. Bevor er sie also mit einem Nein stoppen konnte, nahm sie einen letzten Anlauf.

»Verdammt, Phil, ich kann doch in deinen Augen sehen, dass dir die Idee gefällt. Es gibt so viel Aufregendes darüber zu berichten! Gerade neulich wurde im Körper eines getöteten Grönlandwals eine unglaubliche Entdeckung gemacht: eine Speerspitze, aus Stein gemeißelt, die über 300 Jahre alt war. Über 300 Jahre hatte sie der Wal mit sich herumgetragen. Untersucht man die Augen getöteter Grönlandwale zwecks Altersspezifizierung, kommt man auf frappierende Ergebnisse: Obwohl die Wale keinerlei Alterserscheinungen zeigen, sind viele über 180, 200 Jahre alt. Wie kann das sein? Also mach dich drauf gefasst, Phil-Darling, David McGregor wird in die Sendung kommen, ihr kriegt bisher unveröffentlichtes Filmmaterial, auch vom Untergang der ›SeaSpirit‹, und wenn du willst, schaff ich dir auch noch mehr Experten vor die Kamera. Dreißig Minuten und ein Banner für die Spenden, das ist alles, was ich will. Weißt du noch, wie du damals diese Sendung mit den Obdachlosen im Studio organisiert hast?«

»Leah, versuch's bitte nicht auf die Tour. Das ist lang her, und auch ich hab inzwischen dazugelernt – bitte.« Dennoch konnte er sich ein Lächeln nicht verkneifen. Er hielt kurz inne, sah ihren Blick, der Felsbrocken erweichen konnte. »Okay, ich geb dir eine Chance. Du holst mir als Gegenpol zu McGregor noch einen Spezialisten ins Studio. Du bekommst fünfzehn Minuten. In ›This Weekend Live‹.«

»Fünfundzwanzig.«

»Spinnst du, die reißen mir den Arsch auf!«

»Ich schreib danach einen Artikel, in dem du als der Megacrack erscheinst, der Typ, der es geschafft hat, David McGregor wieder vor die Kamera zu kriegen, alles war deine Idee, von Anfang an.«

Phil seufzte. »Zwanzig, und du hältst mir Martha vom Hals, heute kommen die Jungs zum Pokern.«

Leah sprang auf, lief um den Tisch herum und drückte Phil einen dicken Kuss auf die Wange.

»O. k., du Plagegeist. Darauf sollten wir anstoßen. Wie ich dich kenne, wusstest du von Anfang an, dass bei uns zwanzig Minuten das Maximum für einen Gast sind.«

Leah grinste. »Wie ich *dich* kenne, hättest du mich auf zehn runtergehandelt, wenn ich zwanzig gesagt hätte.«

Noch zehn Minuten!« Aus dem Lautsprecher in der Maske knarrte der Countdown, während die Visagistin Davids Gesicht gerade unter einer Schicht Puder begrub.

»Du wirst sehen, wir kriegen dein Schiff!«

Nick hatte ihr geholfen, eine Internetseite aufzubauen, und die Homepage bot sogar die Möglichkeit, online zu spenden. Die Seite war optisch gelungen, Govind hatte Links zu noch mehr Backgroundmaterial über die Wale erstellt. Das Tollste war aber, dass in der Sendung das Video mit Ketan ausgestrahlt werden sollte.

Der einzige Wermutstropfen in alldem war Davids Resignation. Nicht, dass er das Projekt nicht mitgetragen hätte, doch er glaubte einfach nicht an den Erfolg. »Ich beneide dich um deinen Optimismus«, sagte er – nicht zum ersten Mal.

»Noch fünf Minuten. Mr McGregor, bitte nehmen Sie Ihren Platz ein.«

Sofort nach dem Werbeblock war er dran. Morgens hatte David eine Generalprobe absolviert, und sie kannte den ganzen Ablauf bereits auswendig.

»Du musst los. Toi, toi, toi! Klopf auf Holz!« Leah küsste David sanft – ausnahmsweise aufs Haar, denn karmesinroter

Lippenstift auf Davids Wange konnte die Sendung schnell in eine Lachnummer verwandeln. Er stand auf und schaute ihr in die Augen.

»Danke.« Dann ging er.

Keine Spur von Nervosität. Zugegeben, er war früher oft im Fernsehen aufgetreten, aber dass er alles so cool nahm, während ihr schon bei der Vorstellung, vor die Kamera treten zu müssen, schwindlig wurde, machte Leah stutzig. Sie eilte in die Regie, von wo aus sie die Sendung verfolgen durfte.

»Schau ihn dir an, total locker«, sagte Phil und schaltete sein Mikro ein, »noch dreißig Sekunden.«

Die Visagistin besserte schnell noch die Stelle an der Stirn nach, wo sich die OP-Narbe befand, dann setzte sich David hin.

»Du hast mehr Lampenfieber als er«, hörte sie Phil sagen.

»Ich schwitze aus allen Poren!« Was in dem vollklimatisierten Regieraum schon eine Leistung war.

Der aufgeweckte junge Moderator begann in seiner ausschweifenden Erzählweise David vorzustellen, ohne jedoch bislang seinen Namen zu erwähnen, sichtbar zu lang ausgeführt für Davids Geschmack, denn er unterbrach ihn mitten in einem nicht enden wollenden Satz und sprach direkt in die Kamera.

»Guten Abend, meine Damen und Herren, was Sie von mir noch nicht wissen, ist, ich heiße David McGregor, und ich möchte nur Ihr Bestes …« Leah hütete sich, den Blick vom Set abzuwenden. Sie spürte Phils Stirnrunzeln auch so. Denn David ignorierte den Teleprompter mit dem vorgegebenen Text und fing einfach an zu improvisieren. »… Ihr Geld.«

»Spinnt der?«, wütete die Regie.

Leah konnte nur hoffen, dass Phil Profi genug war, nach der frechen Eröffnung nicht einen zweiten Werbeblock einzublenden, um währenddessen David aus dem Studio zu werfen. Und sie setzte darauf, dass er ihr vertraute.

»Wenn Sie glauben, Sie haben sich verhört oder versehentlich eine Werbesendung eingeschaltet, so bitte ich Sie, mit dem Umschalten noch ein paar Minuten zu warten. Denn ich bin es nicht, der Ihr Geld braucht. Es sind die Wale. Das Ziel ist simpel: Sie sollen leben. Überleben.«

Phil ließ die Sendung weiterlaufen, obwohl sich der Moderator, da David ihm keine Möglichkeit ließ, sich wieder einzuhaken, langsam überflüssig vorkam und genervt zur Regie blickte.

»Da ich leider keinen Wal einladen konnte, habe ich hoffentlich einen würdigen Ersatz gefunden. Dr. James Redcliff.«

Das Publikum klatschte, als Dr. Redcliff auf die Bühne trat, sie kannten das witzige, rotgelockte Kerlchen aus vielen Lettermann- und Leno-Talkshows. Der Mann war das Ass im Spiel, ein richtiger Entertainer, der vor allem in der Lage war, etwas über die Riesen der Meere zu erzählen, ohne dass die Zuschauer gleich wegzappten. Der Zoologe arbeitete sich geschickt in einen vorbestimmten Dialog mit David ein, der dann zur Einspielung der Videosequenz mit Ketan führen sollte, als es dem Moderator zu bunt wurde.

»Warum kaufen Sie kein neues Schiff? Sie waren doch über Jahre hinweg einer der erfolgreichsten Broker an der Wall Street?!«

David lächelte. »Erfolg dort und das damit verbundene Geld sind flüchtiger als Gas. Ich habe damals alles, was ich noch hatte, in die ›SeaSpirit‹ gesteckt, und sie liegt ...«

Weiter kam er nicht. Der Moderator knüpfte an eine Frage des vorherigen, noch immer anwesenden Gastes an, CEO einer großen Bank, der gegen den Euro wetterte und David McGregor als gescheitertes Finanzgenie von oben herab behandelte, und riss das Gespräch an sich. Diesmal endgültig, denn ganz gleich, wie David sich bemühte, wieder auf die Wale zu kommen, alle an ihn gestellten Fragen galten nur noch seinem Wall-Street-Debakel und den damaligen Konsequenzen für die Wirtschaft. Die Zeit reichte nicht mehr, um die Bilder von Ketan zu zeigen, und das Banner mit dem Spendenaufruf kam gerade, als der Banker die Frechheit besaß, David vorzuwerfen, dass er sich nicht an der Diskussion beteiligte.

Schlichtweg ein Fiasko. Allerdings nicht für Phil, die Quote war unter den monatsbesten. David nahm es stoisch. Leah solle sich nicht grämen, er habe nichts anderes erwartet.

Das gescheiterte Interview fand ansonsten keinerlei Resonanz. Dass kaum ein paar hundert Dollar an Spenden zusammengekommen waren, auch nicht.

Dann geschah das Wunder.

Die Videobilder von der Versenkung der »SeaSpirit« waren bis nach Japan gedrungen, wo sie von einer mächtigen Anti-Walfang-Lobby in Osaka aufgegriffen wurden, die den Kapitän der »Hikari« ausfindig machte. Er stellte sich der Presse und gab öffentlich bekannt, dass er unmittelbar nach seiner Rückkehr in die Heimat in aller Stille sein Kapitänspatent niedergelegt hatte und nicht mehr auf der Gehaltsliste der Mauritius Fishery Enterprises stand. Leah stieß bei ihrer täglichen Internetrecherche zur »Hikari« darauf. Natürlich erschien der achtspaltige Artikel in einer lokalen Zeitung auf Japanisch, sodass sie eine Nachbarin bitten musste, ihn zu übersetzen.

Dass sie jetzt den Namen des dazugehörigen Unternehmens kannte, war schon ein Erfolg. Susans Bekanntem bei der Coast Guard gelang es mit dieser Information, das Spinnennetzgeflecht zur nächsten Firma zu verfolgen, die der Mauritius Fishery gehörte, und von dort zu weiteren Unternehmen, die diese wiederum besaß. Knappe zwölf Stationen weiter rund um den Globus fand er schließlich das Herz der Hydra.

Meinst du Nein-vielleicht? Oder Nein-anders? Weniger heftig, wenn du drauf bestehst, ich bin bereit, Kompromisse zu machen.« Leah war keinesfalls gewillt, die Diskussion so schnell zu beenden.

»Ich meine Nein-nein«, murrte Geoffrey, verärgert über den Zwei-Meter-Putt, der das Ziel um Meilen verfehlte.

»Versteh ich das richtig? Es wird in *deiner* Zeitung kein Artikel mehr über *meine* Wale erscheinen?«

»Genau. Jetzt hast du's.«

»Ich glaube kaum, dass das eine schlaue Entscheidung ist, Geoffrey. Wir rufen zu Spenden auf, da draußen gibt es eine Lobby, die größte Sympathien für die Walschützer hegt, die Leute werden uns lieben – wir brauchen doch neue Abonnenten, ich bring sie dir!« Leahs Stimme glich dem Fauchen einer Raubkatze, und Geoffrey kannte die Nuancen nur zu gut. Es war das Geräusch vor dem Sprung.

»Leah, du kannst keinen Frontalangriff auf die gesamte Fisch verarbeitende Industrie starten. Ich möchte dich daran erinnern, dass ein Großteil unseres Anzeigenkontingents derzeit von eben jener Industrie gebucht wird. Auf die paar Abos von deinen Walfreaks kann ich gerne verzichten. Tut mir leid für deinen König der Fische, aber deine journalistischen Leistungen waren schon besser.«

»Und bevor du dich mit dem König der Fischer eingelassen hast, war dies eine unabhängige Zeitung!«

»Ich glaube, du überspannst den Bogen ein wenig.«

»Es ist FishGoods! Die ›Hikari‹ gehört praktisch FishGoods, und FishGoods will in spätestens einem halben Jahr an die N. Y. Stock Exchange, sag nicht, das ist keine Story.«

»Der Müllskandal ist eine! Ich möchte morgen den Bericht auf dem Tisch haben.«

»O. k., dann erscheint der Artikel eben woanders.«

Geoffrey hielt inne und sah sie nochmals an. »Das wage ich zu bezweifeln, lies mal deinen Arbeitsvertrag.«

»Den kannst du dir sonst wohin schieben«, sagte sie und wollte aus seinem Zimmer stürmen, doch Geoffrey stellte sich ihr in den Weg.

»Denk nach! Denk nach, Leah!«, bellte er sie an. »Willst du eine Vendetta, oder willst du ein Schiff für David?!«

Zwei Wölfen gleich, die einander umschleichen, hielten sie sich gegenseitig in Schach. Leah hätte ihm die Augen auskratzen mögen, so wütend war sie über Geoffreys vorauseilenden Gehorsam, vor FishGoods einfach zu kapitulieren.

»Beides«, zischte sie ihn an.

»Beides kann man im Leben nicht haben, was ist dir wichtiger?«, fragte er sanft.

»Ich wüsste nicht, wie ich David ein Schiff besorgen könnte, aber ich kann mir natürlich denken, dass das für dich am wichtigsten ist.«

»Wieder richtig, du wirst immer besser. Ich würde ihn liebend gerne zur Hölle schicken, aber leider, leider hab ich nicht das Geld, ihm ein Schiff zu spendieren, sonst hätte ich es längst getan, das kannst du mir glauben.«

»Was hat das mit FishGoods zu tun?«

»Ich hab gesagt: Denk nach«, antwortete Geoffrey, während er wieder seinen Putter ergriff. »Und hab ein bisschen Verständnis dafür, dass ich unmöglich deine Hand führen kann, um unserem potentesten Kunden das Messer an die Kehle zu setzen.«

Gott, bist du bescheuert, Leah Cullin. Endlich fiel der Groschen.

»Der Börsengang. Du meinst den Börsengang, nicht wahr?«

Geoffrey schickte seinen nächsten Ball auf den Weg und schwieg.

»Danke, Geoffrey.«

»Vermassle es nicht, Leah. Dann hab ich zu danken«, sagte er leise und ging seine Bälle einsammeln.

Sie wusste nur zu gut, was er damit meinte.

Sie hatte sich diesmal nicht angemeldet, trotzdem war er sofort für sie zu sprechen.

»Sie haben Ihr Wort gehalten, Ms Cullin, das ehrt Sie, leider hat die ›SeaSpirit‹ Dutch Harbour nie erreicht.«

»Hätte ich geahnt, Mr Kazuki, warum Sie so scharf auf die ›SeaSpirit‹ waren, hätte ich diese Information sicher nicht weitergegeben.«

»Wie meinen Sie das, entschuldigen Sie, ich versteh nicht ganz ...«

Wenige Minuten später hatte er verstanden. Und wie Kazuki verstanden hatte! Sie zeigte ihm das Ketan-Video, offenbarte ihm das Organigramm, das zur »Hikari« führte, und auch, dass der ›Chronicle‹ den Artikel nicht drucken wolle.

»... aber jede andere Zeitung, Mr Kazuki. Wenn notwendig, kündige ich und pflastere die ganze Nation damit zu. Sie wollen an die amerikanische Börse, auf der ›SeaSpirit‹ waren amerikanische Bürger, und einer davon wurde von Ihren Männern fast zu Tode geprügelt, weil er genau so ein Gemetzel, wie Sie es gerade gesehen haben, verhindern wollte. Und wir hier in diesem Land sind die Letzten, die Verständnis dafür haben, dass es dabei nur darum ging, dass gewisse Leute partout nicht auf ihr Walfleisch verzichten wollen. Das ist aber nicht das Wichtigste. Das Wichtigste ist: Was werden Ihre Aktionäre denken, wenn ihr geschäftsführender Gesellschafter, nachdem ich ihm all diese Fakten vorgelegt habe, nicht mal in der Lage war, den ganzen Presserummel vor dem Börsengang zu stoppen?«

Kazuki wurde blass. »Sie wollen mich erpressen, Ms Cullin?«

»Ich will ein Schiff. Mit allem Drum und Dran. Sie werden auf einen Ihrer vielen Kähne verzichten müssen und können der ganzen Welt verkünden, wie großzügig FishGoods eine Gruppe engagierter amerikanischer Tierschützer in ihrer fabelhaften Arbeit unterstützt. Wer weiß, möglicherweise sammeln Sie damit sogar bei Ihrem Sohn wieder ein paar Pluspunkte.«

»Sie wissen …?« Kazuki war verblüfft.

»Dass Sie für ihn gestorben sind? Ja, das weiß ich. Aber Sie könnten das ändern. Ich war nie hier, all das ist Ihre Idee. Sie rufen ihn an, ich kann Ihnen gerne seine Nummer geben, oder Sie schreiben ihm einen Brief und werden es ihm selbst mitteilen. Machen Sie ihn gleich zum Miteigentümer, David McGregor wird nichts dagegen haben. Masao ist ein guter Junge, Mr Kazuki, Sie können sehr stolz auf ihn sein.«

»Masao ist rauschgiftsüchtig«, sagte er bitter. »Ich habe damals Detektive auf ihn angesetzt … er ist auf Heroin.«

Leah schüttelte den Kopf. »Schon lange nicht mehr. Danken Sie David McGregor.«

Zu, hab ich gesagt. Und nicht schummeln!«

»David, dann falle ich bestimmt ins Wasser!«

»So wenig Vertrauen in meine Führungskünste?«

»Ich verlass mich lieber auf deine Verführungskünste!«, feixte Leah, doch sie schloss gehorsam die Lider.

Sie konnte hören, wie Masao vor ihnen beiden herlief, und nach einigen Metern bogen sie um die Ecke eines Lagerhauses. Hier begann der Kai.

»Du darfst sie jetzt öffnen, mach die Augen auf.«

Mit Leah im Schlepptau blieb David vor einem Schiff stehen, das offensichtlich gerade generalüberholt worden war. Kein Millimeter Rost störte den glänzenden Farbanstrich. Am Bug prangte ein geschwungener Schriftzug: »SeaSpirit II«.

»Nein!«, sagte sie so überrascht, wie sie nur konnte.

»Doch«, sagte Masao und hüpfte herum wie ein kleiner Junge.

Es hatte noch eine ganze Weile gedauert, bis sich Vater und Sohn wieder näherkamen, doch immerhin war es ein guter Anfang gewesen. Ein Anfang, den Masao zu schätzen wusste. Und wie Leah vorausgesagt hatte, war Kazuki für seinen Sohn tatsächlich von den Toten auferstanden – er sprach plötzlich hin und wieder von seinem *Vater*. Ohne Abscheu, fast mit einem kleinen Unterton von Stolz in der Stimme.

»Komm hoch, Leah«, rief ihr Joe vom Deck aus zu. »Schau's dir an.«

Sie stieg mit David und Masao den Steg hinauf und sprang aufs Deck. David steuerte auf die Brücke zu, wobei er es sich nicht nehmen ließ, einen Umweg über den Maschinenraum einzulegen.

»Wie findest du's?«, hatte er Leah nun schon drei Mal gefragt.

In der Kombüse schickte ihr Marek sein breitestes Grinsen entgegen, während er mit Gewürzen und frischem Gemüse jonglierte und Sam und Govind den Tisch für ein opulentes Mahl deckten. Sogar Blumen hatten sie besorgt.

»Heute ausnahmsweise gutes Essen! Alles frisch. Nicht wie in letzten Jahren. Auf neues Schiff kommen auch nur frisches Essen. Wenn Essen schlecht …«

»… dann alle supertot!«, vollendeten Sam und Govind gemeinsam den Satz.

Im voll ausgestatteten Computerraum teilte ihr Govind mit, dass er nur wenige Tage brauche, um ihre Idee mit den Patenschaften umzusetzen.

»Steve wird sich wundern. All seine Leute werden abspringen und zu uns kommen. Nächsten Freitag starten wir, und dann geht's richtig los.«

Davids Blick fiel auf Leah, und er ergriff ihre Hand.

»Ich freu mich so sehr für euch«, sagte sie und versuchte vergeblich die Tränen zurückzuhalten. Nächsten Freitag. In nicht mal einer Woche. Leah erinnerte sich an ein Gespräch, das sie mit David hatte, kurz nachdem er bei ihr eingezogen war.

»Du gehst wieder auf See, nicht wahr?«, hatte ihn Leah damals gefragt.

»Ich weiß es nicht, Leah. Ich möchte es, ja, aber … ich weiß es nicht.«

Sie wollte nicht, dass er wieder loszog. Sie wollte mit ihm leben, Alltag, Freud und Leid mit ihm teilen.

»Auch ich möchte bei dir sein, mit dir leben«, fügte er damals hinzu, als ob er ihre Gedanken lesen könnte. »Das ist es, was mich hier hält.«

»Ich hatte gehofft, dass du dich um die Organisation kümmern würdest, nein, wir beide gemeinsam, und dass Jüngere wie Masao und Sam und Govind den Job an der Front machen«, murmelte sie daraufhin in einem Anflug von Offenheit.

David hatte sie in den Arm genommen. Schweigend waren sie nach Hause gegangen. Und er hatte sich seitdem nicht mehr zu dem Thema geäußert.

Govind erhob sich und schlug mit einem Löffel gegen die Tasse. Er räusperte sich, als alle im Raum schwiegen. »David, es ist nicht meine Art, große Worte zu machen. Wir wissen alle, was du für uns getan hast. Und ich möchte die Gelegenheit nicht ungenutzt verstreichen lassen, dir jetzt einen kleinen Teil davon zurückzugeben.«

David blickte fragend zu Joe, doch auch der zuckte nur mit den Schultern. Govind griff unter den Tisch und zog ein handliches

Notebook aus seiner Tasche hervor. Er griff nach dem Handy und stöpselte es mit einem Verbindungskabel an das Gerät.

»Wie wir wissen, ist die ›SeaSpirit‹ zum Glück ohne Mann, aber dafür mit allen Mäusen untergegangen. Damit meine ich natürlich insbesondere die Angehörigen der Spezies Computermaus. Das ganze Rechner Equipment wurde Opfer der Fluten.« Ein breites Grinsen überzog sein Gesicht. »Das ganze? Ja, das ganze – bis auf ein paar ziemlich resistente Sicherheitskopien. Ich habe mir erlaubt, ein paar Daten und Programme zu retten.«

Govind klappte das Notebook auf und drehte ihn so, dass David den Bildschirm sah.

»David, Leah, wir sind hier alle versammelt, um unser neues Schiff zu feiern, und ich dachte, es wäre nicht verkehrt …«, er deutete auf einen der vielen Punkte, » … wenn Noah auch dabei wäre.«

Leah starrte auf den kleinen Punkt und konnte sich nicht mehr einkriegen.

Govinds Grinsen wurde noch ein bisschen breiter. »Hab mir erlaubt, das Programm ein wenig aufzupeppen.« Er klickte auf den Punkt, und ein Bildschirmfenster klappte auf. Noahs Bild erschien, daneben sein Name und der Name der Ehrenpatin – Leah Cullin. Selbstverständlich fehlten die Buttons für »Weitere Daten« und »Fotos vergrößern« nicht.

David war sprachlos, schaute Govind dankbar an. Als er ihm die Hand reichte, ließ er Leah für einen Moment los.

Sie stand auf und flüchtete an Deck. Sie weinte nicht, aber sie wusste, dass sie kurz davor war. Sie starrte den Potomac hinunter, als David sie von hinten in seine Arme schloss.

»Ich weiß, was in dir vorgeht. Mir geht's nicht anders. Aber nichts wird sich ändern, Leah, ich liebe dich, mehr, als ich je einen Menschen geliebt habe.«

Dann bleib doch hier! Bleib bei der Frau, die du liebst! Arbeite von hier aus! Stumme, sehnsüchtige Wünsche, die sich nicht erfüllen ließen. Sein Weg, ihrer beider Weg war vorherbestimmt. Dem Schicksal, das David und sie zusammengeführt hatte, hatte sie selbst geholfen, ihn ihr wieder zu entreißen. Keiner hatte sie dazu gezwungen, sie hätte sich einfach nicht einmischen müssen, den Dingen freien Lauf lassen können. Sie war es, die dem eingesperrten Tiger die Tür geöffnet hatte.

»Wir treffen uns in Auckland, so wie wir's geplant haben«, hörte sie ihn sagen. »Bring Michael doch mit, in der Zeit hat er Weihnachtsferien. Und falls ihr nicht könnt, flieg ich für ein paar Wochen hierher.«

Gemeinhin pflegte Leah *eine* Funktion ihres Wagens nie zu benutzen – ihre Hupe. Heute schien sie das an einem Tag nachholen zu wollen. Sie lag praktisch drauf, um die Sonntagsfahrer aus dem Weg zu räumen.

Die Uhr im Armaturenbrett zeigte Viertel vor zwölf. Um neun hatte sie sich von David verabschiedet. Er würde heute in See stechen. Die letzte Nacht hatte er noch bei ihr verbracht, die beiden Nächte davor bereits an Bord. Die »SeaSpirit II« war ein prächtiges Schiff geworden. Bis auf Steve hatte David die gesamte Crew wiedergewinnen können, inklusive einiger neuer Mitstreiter.

»Du willst wirklich nicht mit zum Hafen kommen?« David hatte sie nur einmal gefragt.

Es lag eine lange Zeit der Trennung vor ihnen. David und die Crew würden in Richtung Neuseeland aufbrechen, um der Route der Wale zu folgen. In zehn Wochen wollten sie sich in Auckland treffen.

Sein letzter Kuss war zärtlich gewesen, behutsam und liebevoll, wie immer. Ein Kuss, der jedoch viel mehr »Lebewohl« als »Auf Wiedersehen« ausdrückte.

Kaum hatte David seinen Seesack geschultert und ihre Wohnung verlassen, hatte sie den Weinkrampf nicht mehr zurückhalten können. Sie wollte nicht zum Hafen, nein. Sie wollte nicht weinen vor all den vielen Menschen, vor den Fernsehteams, die Kazuki natürlich für seine PR-Aktion dort hinbestellt hatte, nein. Und sie wollte David nicht in letzter Sekunde vielleicht doch noch anflehen zu bleiben. Blödsinn. Da war sie wieder, die vertraute Kommentatorin ihres geplagten Inneren. Du wolltest deine Wut nicht zeigen, darüber, dass er dir die Wale vorzieht. Den Schmerz darüber, dass ihm der Abschied leichter fällt als dir.

Sie war ins Bad gegangen, hatte zum Kleenex gegriffen und sich die Nase geputzt.

Nein, ich geh nicht hin, weil ich dann ganz sicher weiß, dass er mich verlässt. Jetzt kann ich noch hoffen, dass er an der Tür klingelt, die Treppen hinaufgestürzt kommt und mir sagt, dass er es sich anders überlegt hat.

»Halt die Klappe!«, hatte sie in die Leere des Badezimmers geschrien.

Nicht nur du hast sein Leben verändert, Leah. Diese Stimme der Wahrheit ließ sich, brach sie erst einmal hervor, kaum den Mund verbieten. Wo stündest du heute, hättest du seines nie betreten?

Sie erinnerte sich an die letzten Stunden, an all seine Worte der Liebe und Hoffnung. Und an den Brief, den er Michael hinterlassen hatte. Sie hatte nicht anders gekonnt und ihn geöffnet.

David schrieb ihrem Sohn, dass er auf diese Weise reden müsse, von Mann zu Mann. Dass er verstand, dass Michael ihn ablehne, und dass er hoffte, dass er ihm irgendwann die Gelegenheit geben würde, ihn besser kennenzulernen. Er erzählte Michael, wie Leah sein Herz gewonnen hatte, in jener Nacht, als sie bei dem sterbenden Wal Wache hielt. Er erzählte ihm, dass er, obwohl sie es ihm verschwieg, sehr wohl wusste, wem er sein neues Schiff zu verdanken hatte. Er erklärte ihm, dass der Entschluss, ihn gehen zu lassen, sicher sehr schwer für sie war, viel schwerer als für ihn, denn er war die Einsamkeit gewohnt. Dann bat er Michael um ihre Hand.

»... *Normalerweise, Michael, müsste ich ihren Vater darum bitten, aber den gibt es nicht mehr, und du bist der wichtigste Mensch in ihrem Leben, also frag ich dich. Ich möchte sie heiraten und bitte dich um Erlaubnis, euer Leben zu teilen, wenn auch nur für wenige Wochen im Jahr. Ich möchte so etwas wie dein Vater werden, Michael. Ich kenne dich kaum, aber du bist ein Teil von ihr, und ob du es willst oder nicht, jetzt auch ein Teil von mir. Ich bitte dich, auf sie aufzupassen und, da ich weiß, dass du dich mit dem Internet gut auskennst, mir immer Bescheid zu geben, wenn es ihr schlecht geht. Sie würde es mir verheimlichen. Ich danke dir – David.*

PS: In deinem Schreibtisch, ganz hinten, findest du eine kleine Schachtel. Darin ist ein Ring. Bitte gib ihn deiner Mutter nur, wenn ich dein Einverständnis habe, sie heiraten zu dürfen.«

Leah hatte den Brief zurück ins Kuvert gesteckt und den Part mit der Wimperntusche erneut in Angriff nehmen müssen. Sie hatte versucht, sich so weit wieder herzurichten, dass sie einigermaßen vorzeigbar war. Es hatte einiger Anläufe bedurft. Dann war sie in den Wagen gesprungen, hatte den Rückwärtsgang ins Getriebe geknüppelt und schon an der Auffahrt zur Straße fast alle Verkehrsregeln gebrochen. Doch mit einer wohldosierten Mischung aus Hupe, Gas und Chuzpe gelang es ihr, das Hafengelände in fünfzehn Minuten zu erreichen, knapp nach zwölf. Wahrscheinlich hatte die »SeaSpirit II« bereits abgelegt. Sie jagte den Wagen durch die Schluchten zwischen den Lagerhäusern. Sah das Schiff. Noch vertäut. Und Trauben von Menschen davor.

Die Maschinen tuckerten bereits, und gerade wollten zwei Hafenarbeiter den Steg vom Schiff lösen.

Leah raste mit quietschenden Reifen um die Kurve und brachte den Wagen neben dem Steg zum Stehen.

Sie stürzte heraus, ohne die Tür zu schließen, rutschte aus und fiel prompt auf alle viere. Dieser Auftritt würde im Fernsehen sicher noch besser wirken als ihre Tränen.

»David!«, schrie sie und entdeckte ihn hinter dem Fenster der Brücke. Dann verschwand er aus ihrer Sicht, und für einen kurzen Augenblick befürchtete sie, er wolle sie nicht mehr sehen, doch sogleich tauchte er eine Etage tiefer wieder auf, rannte aufs Deck hinaus und stürzte den Steg herunter auf sie zu. Sie lief ihm entgegen und direkt in seine Arme.

»Danke«, sagte er leise, während er ihre Augen, ihre Lippen küsste. »Danke, dass du doch gekommen bist.«

»Ich ...« Sie hatte sich so viele Worte zurechtgelegt, die sie ihm alle noch sagen wollte, Worte der Erklärung, Einsicht und Hoffnung. Doch jetzt war sie zu aufgewühlt, brachte keines davon hervor.

»Ich dich auch, Leah, mehr, als du ahnst ... Schön, dass du es live sehen kannst und nicht erst im Fernsehen.«

»Was?«

Er deutete auf den Bug des Schiffes. Zuerst erkannte Leah nicht, was er meinte, doch dann sprang es ihr förmlich entgegen. Wo einst die weiße Schrift »SeaSpirit II«. am Bug prangte, las sie nun nur noch vier Buchstaben: *LEAH*.

Tränen schossen ihr in die Augen, sie küsste ihn und schlang ihre Arme um ihn, als ob sie ihn nie mehr loslassen wollte. Über seine Schulter hinweg entdeckte sie Geoffrey, der neben Kazuki am Kai stand, und spürte seine Traurigkeit, als er sie von ihrem Liebsten Abschied nehmen sah, aber auch die Hoffnung, die er sich immer noch machte.

»In zehn Wochen«, hörte sie David sagen, »die gehen schnell vorbei.«

Sie schaute David hinterher, wie er zurück auf sein Schiff stieg, erspähte ihn wieder hinter der Scheibe auf der Brücke neben Joe.

Die Maschinen nahmen an Lautstärke zu. Der Steg wurde zur Seite gerollt. Die Leinen gelöst. Und die »LEAH« setzte sich in Bewegung.

Sie blickte dem Schiff unter Tränen hinterher, bis es aus ihrer Sicht verschwunden war. Und zum ersten Mal seit langer, langer Zeit hatte sie das Gefühl, dass alles seine Richtigkeit hatte.

Unser besonderer Dank gilt:

Michael Kibler für seine umfangreiche Mitarbeit bei der Entstehung,

Ulrika Rinke & Ingeborg Mues für ihre heroische Lektorentätigkeit,

unseren besseren, viel besseren Hälften für die zahlreichen Anregungen, besonders im Anfangsstadium,

Alexander Brawanski, Harald Schuldt und Peter Lohmann für wertvolle Tipps und Beratung,

wie auch all unseren Freunden für den Input, den sie uns gegeben haben.

Euch allen aus tiefstem Herzen: Daaaaaanke!!!!!

Daniel Thomas